TREVOR SHANE

Der Hinterhalt

GOLDMANN
Lesen erleben

Buch

Als Maria in sein Leben tritt, weiß Joseph, dass sich alles ändern wird. Aber eigentlich hatte alles schon viel früher angefangen.
Wenn er genau darüber nachdenkt, begann es in New York: Er hatte den Auftrag bekommen, jemanden zu töten. Das ist nicht ungewöhnlich, denn es ist sein Job. Er ist Profikiller und kämpft in einem Krieg, den keiner so recht versteht. Schon als Kind hatte er gelernt: Nur wer zuerst schießt, wird am Ende überleben können. Und dein Mörder kann dir überall begegnen. Aber das wissen nur die wenigen Eingeweihten. Die meisten Menschen haben keine Ahnung, dass unter ihren Augen zwei verfeindete Seiten einen unerbittlichen Kampf führen.
Joseph zieht sich nach seinem Auftrag an die Küste von New Jersey zurück, aber dort gerät er in eine Falle. In letzter Sekunde gelingt ihm die Flucht und panisch meldet er sich bei seinem Kontaktmann, denn er braucht einen neuen, sicheren Unterschlupf. Er wird nach Kanada geschickt, um dort auf weitere Anweisungen zu warten, doch dann tritt Maria in sein Leben …

Weitere Informationen zu Trevor Shane
sowie zu lieferbaren Titeln des Autors
finden Sie am Ende des Buches.

Trevor Shane

Der Hinterhalt

PARANOIA

Band 1

Roman

Ins Deutsche übertragen
von Thomas Bauer

GOLDMANN

Die Originalausgabe erschien 2011
unter dem Titel »Children of Paranoia« bei Dutton,
a member of Penguin Group (USA) Inc., New York.

Dieses Buch ist auch als E-Book erhältlich.

MIX
Papier aus verantwortungsvollen Quellen
FSC® C014496

Verlagsgruppe Random House FSC® N001967
Das FSC®-zertifizierte Papier *Pamo House* für dieses Buch
liefert Arctic Paper Mochenwangen GmbH.

1. Auflage
Taschenbuchausgabe November 2014

Umschlaggestaltung: UNO Werbeagentur, München
Umschlagmotiv: Stephen Carroll / Trevillion Images;
FinePic®, München
NG · Herstellung: Str.
Druck und Bindung: GGP Media GmbH, Pößneck
Printed in Germany
ISBN: 978-3-442-48163-7
www.goldmann-verlag.de

Besuchen Sie den Goldmann Verlag im Netz

Für meinen Sohn Leo, der mich bereits inspiriert hat,
bevor ich überhaupt wusste, dass es ihn gibt.

PARANOIA
Erstes Buch

Christopher,
du musst erfahren, wer du bist.
Du musst erfahren, woher du kommst.
Nur so kannst du gegen sie kämpfen,
wenn sie hinter dir her sind.

In ewiger Liebe
Deine Mutter

ERSTER TEIL

PROLOG

Liebe Maria,
du hast vermutlich nicht erwartet, dass aus diesem Tagebuch viel werden würde, als du es mir geschenkt hast, aber hier ist es. Ich habe es für dich geschrieben. Als du es mir gabst, sagtest du, dass du mich verstehen möchtest. Ich bin mir nach wie vor nicht sicher, ob du verstehen wirst, was ich getan habe, aber ich hoffe es zumindest.

Du bist ein großer Teil dieser Geschichte – ein größerer Teil, als ich anfangs erwartet hatte. Ich habe einfach immer weitergeschrieben. Hier ist sie also, die Geschichte. Hier bin ich auf ein paar hundert schäbigen Seiten.

Ich weiß nicht, ob ich gesündigt habe oder ob Sünde überhaupt existiert. Wenn ja, habe ich vermutlich mehr als genug gesündigt. Vielleicht sollte ich mir deshalb Sorgen machen, doch das tue ich nicht. Ich sorge mich allein um deine und Christophers Sicherheit. Alles andere wird für sich selbst Sorge tragen.

Ich liebe dich.

Dein Joe

ERSTES KAPITEL

Es fällt mir schwer zu entscheiden, wo ich beginnen soll. Man soll am Anfang beginnen, heißt es, aber woher soll ich wissen, wo der Anfang ist? Schwer zu sagen. Ich hatte immer ein viel besseres Gespür für das Ende. Vermutlich begann es jedoch in Brooklyn, als ich in der Dunkelheit an einer Straßenecke stand und darauf wartete, dass eine Frau ihren Laden schließt.

Als sie aus dem Gebäude trat, wich ich ins Dunkel zurück. Sie blickte sich kurz in alle Richtungen um, doch ich wusste, dass sie nur eine menschenleere Straße sah. Deshalb richtete sie ihre Aufmerksamkeit wieder darauf, ihren Laden abzuschließen. Die letzte Stunde hatte sie damit zugebracht, aufzuräumen, die Theke abzuwischen und die Weinflaschen wieder zu ordnen, die Kunden verstellt hatten. Jetzt stand sie vor dem Laden auf dem Bürgersteig, um nach einem langen Arbeitstag nach Hause zu ihrer Familie zu gehen. Sie zog das Metallgitter herunter, das ihren Laden schützen sollte, sicherte es mit einem Vorhängeschloss, verstaute den Schlüssel in ihrer Handtasche und trat noch einmal einen Schritt zurück, um erneut einen kurzen Blick in beide Richtungen zu werfen. Noch immer nichts. Sie griff in ihre Handtasche, fischte eine einzelne Zigarette heraus und zündete sie an. Sie inhalierte tief, wandte sich nach links und ging die dunkle Straße hinunter.

Bislang war alles genau so gewesen, wie man mir gesagt hatte. Sie hatte keine Begleitung. Sie schien keinen Verdacht zu hegen. Ihr Mann war geschäftlich unterwegs. Es hatte geheißen, die Sache sei einfach, und es sah ausnahmsweise einmal so aus, als würde sich das tatsächlich bewahrheiten.

Ich wartete, bis sie bei der nächsten Querstraße angelangt war, bevor ich aus dem Dunkel trat, in dem ich gewartet hatte. Dann wandte ich mich nach rechts und folgte ihr auf der anderen Straßenseite. Sie ging ziemlich schnell, mit entschlossenem, aber dennoch femininem Schritt. Alle paar Meter zog sie an ihrer Zigarette. Sie trug einen langen schwarzen Rock, schwarze Turnschuhe und eine lilafarbene Bluse. Sie war attraktiv, doch ich gab mir alle Mühe, diesen Umstand aus meinen Gedanken auszublenden. Stattdessen konzentrierte ich mich darauf, mein Tempo so zu wählen, dass ich sie ohne Verdacht zu erregen einholen würde, sobald sie ihre Wohnung erreichte. Ich tat das nicht zum ersten Mal. Meine Unschuld hatte ich schon Jahre zuvor verloren. Und es sollte auch nicht das letzte Mal sein, das war mir schon damals klar. Dieser Gedanke machte mir jedoch nicht zu schaffen. Ich hatte einen Job zu erledigen.

Als sie nach links zu ihrer Wohnung abbog, war ich weniger als einen Viertel-Häuserblock hinter ihr. Ich beobachtete, wie sie ihre Zigarettenkippe auf den Bürgersteig schnippte und mit einer Drehbewegung des Fußes austrat. Dann ging sie die noch ruhigere, baumgesäumte Seitenstraße entlang, in der sie wohnte. Sobald ich mir sicher war, dass ich mich außerhalb ihres Blickfelds befand, wechselte ich rasch die Straßenseite. Dabei nahm ich dünne schwarze Lederhandschuhe aus meiner Tasche und zog sie an. In der Seitenstraße war es noch dunkler. Es gab dort weniger Straßenlaternen.

Sie bewegte sich jetzt ziemlich schnell voran. Schneller, als sie es unter normalen Umständen getan hätte, vermute ich. Ich glaube nicht, dass sie mich gesehen hatte, aber sie muss irgendetwas gespürt haben. Das war normal. Eine Art sechster Sinn, eine bange Vorahnung, dass etwas Schreckliches geschehen würde. Sie wagte es nicht, sich umzublicken. Noch nicht. Mit ein paar langen Schritten verringerte ich den Abstand zwischen uns auf etwa drei Meter.

Inzwischen hatte sie zweifellos bemerkt, dass ich ihr folgte. Gesehen hatte sie mich allerdings immer noch nicht. Sie spürte mich einfach hinter sich. Sie hätte schreien können, doch ich wusste, dass sie das nicht tun würde. Sie würde nicht riskieren, sich lächerlich zu machen. Ich hätte auch einer ihrer Nachbarn sein können, der wie sie gerade von der Arbeit nach Hause kam. Sie war seit einiger Zeit nicht mehr im Geschäft. Sie war nicht mehr in der Lage, sich auf ihre Instinkte zu verlassen.

Ich sah, wie sie abermals in ihre Handtasche griff. Sie hätte nach allem Möglichen tasten können. Ich beobachtete ihre Hand. Wenn sie eine Pistole hervorgeholt hätte, Tränengas oder auch nur ein Mobiltelefon, wäre ich gezwungen gewesen, schneller zu handeln, als ich wollte. Ich hätte sie am Handgelenk packen, es ihr verdrehen und dafür sorgen müssen, dass sie das, was sie in der Hand hielt, fallen lässt. Doch das war nicht nötig. Ich hörte ein leises Klimpern. Sie griff nur nach ihrem Schlüsselbund.

Die Bäume warfen Schatten auf den Bürgersteig, und sie ging mit schnellen Schritten durch Licht und Dunkel. Noch drei Häuser, dann würde sie nach links zu dem Sandsteinhaus abbiegen, in dem sie wohnte. Ich gab mir alle Mühe, meinen Puls zu kontrollieren. Durch meinen Organismus begann Adrenalin zu strömen, von dem ich gehofft hatte, es sei nicht nötig. Wahrscheinlich reagierte ihr Körper genauso wie meiner. Sie ging schneller, sträubte sich aber noch immer dagegen zu rennen. Ich machte weiterhin große, gleichmäßige Schritte und konnte dadurch den Abstand zwischen uns weiter verringern, bis ich sie beinahe berührte.

Inzwischen wusste sie Bescheid. Sie muss Bescheid gewusst haben. Ich war nur noch anderthalb Schritte hinter ihr. Sie muss sich ihrem Schicksal mehr oder weniger ergeben haben. Vermutlich schossen ihr gewisse Gedanken durch den Kopf, womöglich dachte sie mit Bedauern darüber nach, was sie hätte anders machen können, um ihre Haut zu retten. Ich bin sicher, ihr ging durch den Kopf, wie dumm es von ihr gewesen war, abends allein nach Hause zu gehen, auch wenn sie das schon hunderte Male getan hatte. Jahrelang. Über Jahre hinweg angenehme Spaziergänge durch die ruhigen Straßen von Brooklyn nach einem Tag ehrlicher Arbeit. Brooklyn war ihr Zuhause. Zwölf Jahre. Zwei Kinder. Wer weiß, wie viele schöne Erinnerungen… Könnte sie trotzdem schreien? Was wäre, wenn ihr Schreien ihre Kinder wecken würde? Sie wollte sie nicht erschrecken. Das wusste ich. Was hätte sie also anders machen können? Sie hätte ihre Kinder am Morgen umarmen können. Sie hätte ihnen sagen können, wie sehr sie sie liebt. Sie hätte den armen vierjährigen Eric nicht so anzufahren brauchen, als er seine Cornflakes auf dem Küchenboden verschüttete.

Ich erinnerte mich an jenen Augenblick am Morgen zurück, als ich sie von der Eingangstreppe auf der gegenüberliegenden Straßenseite durchs Küchenfenster beobachtet hatte und gerne etwas zu ihr gesagt hätte. Ich hätte sie gerne wissen lassen, wie sehr sie es noch bereuen würde, ihr Kind so anzuschreien. Lass ihn seine Cornflakes doch verschütten, dachte ich, als es passierte, lass ihn sie doch verschütten. Selbstverständlich hatte ich nichts gesagt.

Jetzt, ein Haus vor dem, in dem sie wohnte, ging ich meinen Plan in Gedanken noch einmal durch. Während ich das tat, drehte sie sich nach links und drückte das kleine Tor auf, das zu ihrer Wohnung führte. Ich war ihr dicht genug auf den Fersen, um das Tor auffangen zu können, ehe es wieder ins Schloss fiel. Inzwischen konnte ich sie sogar atmen hören. Aus ihrer Wohnung drangen die Geräusche eines Fernsehers an mein Ohr. Ihre Babysitterin musste ihn eingeschaltet haben.

Ich konnte ihr Gesicht nicht sehen, mir den Ausdruck darin aber vorstellen. In diesem Augenblick muss er Panik oder Entschlossenheit verraten haben, entweder oder. Ich hatte schon beides gesehen und hoffte auf Entschlossenheit. Panik konnte das Ganze zu einer schmutzigen Angelegenheit machen. Bevor sie einen Fuß auf die unterste Stufe der Treppe setzen konnte, die zu ihrer Wohnungstür führte, streckte ich die Hand aus und packte sie fest am Handgelenk. Ich griff nach der Hand, in der sie die Schlüssel hielt, damit sie diese nicht als Waffe benutzen konnte. Das war ihr nämlich mit Sicherheit irgendwann beigebracht worden. »Geh auf die Augen los«, hatte sie gelernt. Alle Frauen lernen das. Nachdem ich sie am Handgelenk gepackt hatte, drehte ich sie zu mir her und presste ihr meine freie Hand auf den Mund, bevor sie mehr als ein kurzes Keuchen ausstoßen konnte.

Wir standen uns gegenüber. Im Licht konnte sie einen flüchtigen, aber deutlichen Blick auf mein Gesicht erhaschen, der sie in einem Punkt bestätigt haben muss: Sie kannte mich nicht. Ich drängte sie rückwärts ins Dunkel neben der Treppe; dabei entwand ich ihr den Schlüsselbund und ließ ihn auf den weichen Boden neben dem Eingang zur Gartenwohnung fallen. Sie wohnte in einem für Brooklyn typischen Sandsteinhaus, bei dem sich die Tür zur Gartenwohnung leicht zurückgesetzt unterhalb der Treppe zum Haupteingang befand. Ich drängte sie weiter zurück, bis sie mit dem Rücken gegen die Tür gepresst dastand. Hier wurden wir von Dunkelheit verschluckt. Niemand konnte uns sehen. Niemand würde sie sterben sehen. Jeder Schritt meines Plans war ohne Probleme aufgegangen.

In einer schnellen, koordinierten Bewegung ließ ich ihr Handgelenk los und nahm die andere Hand von ihrem Mund, um ihr beide Hände um den Hals zu legen. Ohne Zeit zu verlieren, drückte ich zu. Alles ging so schnell, dass auch dann kein Laut zu hören gewesen wäre, wenn sie den Mut aufgebracht hätte zu schreien. Ich sah ihr ins Gesicht, während ich ihr die Luft zwischen Lunge und Gehirn abdrückte. Sie starrte mir in die Augen, als sich meine behandschuhten Hände fester um ihre Kehle schlossen. Ihr Gesicht lief langsam rot an, während sich ihr Mund öffnete und schloss und vergeblich versuchte, ein letztes Mal nach Luft zu schnappen. Sie zeigte kaum Gegenwehr. Kein Treten, kein Schlagen, nur Keuchen. Ein paar Tränen rollten ihre Wangen hinunter, und ihr rot angelaufenes Gesicht verfärbte sich langsam bläulich. Inzwischen konnte ich ihren Puls selbst durch meine Handschuhe spüren, als ihr Herz wie wild zu arbeiten begann, um ihr Gehirn mit Sauerstoff zu versorgen. Ich konnte ihren Puls in meinen Daumen und in meinen kleinen Fingern fühlen. Meine Zeigefinger spürten nur, wie sich die Muskeln in ihrem Hals anspannten. Falls sie noch zu klaren Gedanken fähig war, galten diese jetzt zweifellos ihren Söhnen, ob es ihnen gut ging, ob sie sie noch ein letztes Mal würde hören können, ihre kleinen Stimmen, ihr Lachen. Fehlanzeige. Das einzige Geräusch, das aus der Wohnung drang, war das des Fernsehers.

Ihre Augen wurden glasig, und aus ihrem linken Nasenloch begann ein Rinnsal Blut zu fließen. Zuerst sammelte es sich innerhalb der Nase, und dann rann es schnell nach unten zu ihren Lippen. Ihr eigenes Blut sollte das Letzte sein, was sie schmeckte. Sie wandte nicht ein einziges Mal den Blick von mir ab. Ihre Augen hatten keinen fragenden Ausdruck. Sie kannte mich nicht, doch sie wusste, weshalb ich sie töten musste. Sekunden später war sie tot.

Ich ließ ihren Körper zu Boden sinken und richtete mich wieder auf. Sie lehnte im Dunkeln mit angezogenen Knien zusammengesackt an der Tür, und das Blut auf ihrem Gesicht begann bereits zu gerinnen. Ihre Augen waren geöffnet, aber leblos. Ich empfand so gut wie nichts. Ich war gefühllos. Ich fand keinen Gefallen an dem, was ich getan hatte. In der Vergangenheit hatte ich verschiedene Stadien durchgemacht. Wir alle machen Stadien durch – verschiedene Emotionen. Macht. Stolz. Schuld. Ich empfand jedoch nichts von alledem. Das Einzige, was ich empfand, war Zufriedenheit mit einem gelungenen Job. Von diesem hatte es geheißen, er sei einfach. Ich nehme an, das war er auch.

Ich entfernte mich von der Leiche, trat zurück ins Licht, drehte mich um und ging davon, als sei nichts geschehen. Sie würde in ein paar Stunden gefunden werden. Die Babysitterin würde sich bald fragen, weshalb die Mutter der Kinder so lange nicht von der Arbeit nach Hause kam. Sie würde ihre Eltern anrufen, die daraufhin in der Weinhandlung anrufen würden. Die Eltern würden schließlich vorbeikommen und die Polizei verständigen, die die Leiche finden würde. Als ich wegging, normalisierte sich mein Puls. Ich zog die Handschuhe aus und verstaute sie wieder in meiner Tasche. Morgen würde ich die Stadt verlassen, und dieses Verbrechen würde unaufgeklärt bleiben. Das Viertel würde für ein paar Wochen in leichte Panik verfallen, doch dann würden sich die Wogen wieder glätten. Für alle, außer für ihre Angehörigen, würden die

Ereignisse dieser Nacht irgendwann nur noch eine Geschichte sein, die Kinder sich gegenseitig erzählen, wie eine Gespenstergeschichte am Lagerfeuer, ein echter Tod, zum Großstadtmythos mutiert. Ihre Angehörigen würden ebenso wenig wie sie selbst hinterfragen, weshalb sie getötet worden war. Genauso wie ich nicht hinterfragte, weshalb ich sie getötet hatte. Die Antwort war nämlich ganz simpel: Ich hatte sie getötet, weil ich gut bin und sie böse war. Zumindest war mir das so beigebracht worden, Maria.

Ich müsste lügen, wenn ich abstreiten würde, dass ich das manchmal noch immer glaube.

ZWEITES KAPITEL

Am nächsten Morgen spulte ich nach dem Aufwachen mein normales Programm ab. Training. Zweihundert Liegestütze, vierhundert Sit-ups. Frühstück und anschließend acht Meilen laufen. Da ich früh aufgestanden war, waren die Straßen noch wie ausgestorben. Ich war gegen halb zwei Uhr nachts wieder in der Wohnung meines Gastgebers in Jersey City angekommen. Nach vier Stunden Schlaf war ich aufgewacht und hatte meinen Tag begonnen. Es handelte sich um einen Reisetag. Ich wollte so früh loslegen, wie mein Körper es zuließ. Ich musste am frühen Nachmittag einen Flug in Philadelphia erwischen und konnte es kaum erwarten wegzukommen. Nach einem Job konnte ich es immer kaum erwarten wegzukommen. Vielleicht bereute ein Teil von mir das, was ich getan hatte. Ich weiß es nicht. Mein Plan war, mit dem Bus von Jersey City zum Parkplatz eines Einkaufszentrums am Stadtrand zu fahren. Dort würden mich meine Freunde auflesen und zum Flughafen bringen.

Die frühmorgendliche Luft war frisch. Ich lief durch einen leichten Nebel, der sich zwischen den vierstöckigen Sandsteinhausern entlang der Straßen von Jersey City niedergelassen hatte. Ich lief schnell, um alle Gedanken aus meinem Kopf zu vertreiben. Beim Laufen hielt ich Ausschau nach irgendetwas Verdächtigem, blickte bei jedem Schritt nach links und nach rechts, sah mich um, ob mir irgendetwas seltsam oder fehl am Platz erschien, und versuchte, Blickkontakt mit den Ladeninhabern herzustellen, die ihre Geschäfte öffneten, um herauszufinden, ob es auch nur den leisesten Hinweis darauf gab, dass mich einer von ihnen wiedererkannte. Es würde nicht lange dauern, bis ihnen klar werden würde, was passiert war. »Sie« konnten überall sein. Der Abend zuvor war eine gemeinsame Anstrengung gewesen. Drei Mordanschläge in einer Nacht über ein und dieselbe Stadt verteilt. Alles in allem hinterließen wir fünf Leichen. Ich hatte den einfachen Mord gehabt. Zu diesem Zeitpunkt konnte ich nur annehmen, dass meine Freunde ihre Jobs ebenfalls hatten erledigen können. Wenn nicht, konnte ich lange auf meine Mitfahrgelegenheit warten.

Ich bog um eine Ecke und lief eine steile Straße hinauf. Vor mir lud ein Mann vor einer Reinigung sorgfältig gebügelte Hemden und Anzüge aus einem Lieferwagen. Als unsere Blicke sich trafen, nahm sein Gesicht einen mürrischen Ausdruck an. Ich bog schnell in eine Seitenstraße ein und lief weiter. Ich bezweifelte, dass er mich erkannt hatte, aber man konnte sich nie ganz sicher sein. Bei der nächsten Querstraße drehte ich mich um und blickte zurück, es war jedoch nichts zu sehen. Paranoia. Ein nützliches Hilfsmittel in meiner Branche. Mir wurde früh beigebracht, dass nur die Paranoiden überleben. Vernachlässige auch nur für einen Augenblick deine Deckung, und dieser Augenblick könnte dein letzter sein.

Wenn Jareds und Michaels Mordanschläge ohne großes Aufsehen über die Bühne gegangen waren, würde womöglich erst im Lauf des Tages bekannt werden, was geschehen war. So wie ich Jared und Michael jedoch kannte, waren sie nicht unauffällig vonstattengegangen. Falls ihre Jobs schmutzig gewesen waren, war vermutlich bereits ein ganzes Team von Leuten auf der Suche nach uns. Drei Jobs und fünf Leichen in einer Nacht würden mit Sicherheit Unruhe stiften. Vermutlich war das jedoch genau der Sinn und Zweck der Sache.

Die Polizei machte mir keine Sorgen. Sicher, die Bullen würden ermitteln, und die New Yorker Bullen gehörten zu den besten, aber sie mussten sich an Vorschriften halten. Sie hatten ein System. Scheinbar blindwütiges, sinnloses Töten durch Täter, die für ein oder zwei Nächte in die Stadt kommen und anschließend spurlos verschwinden, war nicht ihre Stärke. Das Motiv? Welches Motiv? Wer in der Lage war, das Motiv für diese Morde zusammenzufügen, wusste bereits, weshalb alle diese Personen getötet worden waren. Derjenige gehörte bereits einer Seite an. Hatten wir irgendwelche eingeweihten Leute in New York? Ich weiß es nicht. Vermutlich schon. Hatten sie welche? Ebenso wahrscheinlich. Wir sind überall – sie ebenfalls.

Ich bog um eine weitere Ecke und lief zur Wohnung meines Gastgebers zurück. Dabei winkelte ich die Arme an, schaltete noch einen Gang höher und gab auf den letzten zwei Meilen alles.

Mein Gastgeber war ein netter Kerl. Er war ungefähr dreißig Jahre alt, alleinstehend und wohnte in einer Zweizimmerwohnung in Jersey City. Er arbeitete als Computer-Programmierer bei einer Versicherung im Zentrum von Manhattan. Als wir an meinem ersten Abend in der Stadt zusammen etwas trinken gingen, überschüttete er mich mit Fragen. Ich beantwortete einige davon und ließ den weitaus größeren Teil unbeantwortet. Er wusste, wie die Sache läuft. Und er wusste, je mehr Informationen er mir entlocken konnte, desto gefährlicher wurde es für ihn.

Ich beendete meinen Lauf mit einem langsameren Tempo als sonst. Die Schuld dafür gab ich meinem Schlafmangel.

Es war beinahe Mittag, als Jared und Michael mit ihrem Mietwagen vorfuhren. Wir würden uns ziemlich beeilen müssen, wenn ich meinen Flug noch erwischen wollte. Da Jared fuhr, war Tempo jedoch kein Thema. Er riss den Wagen herum, und Michael lehnte sich zum Fenster auf der Beifahrerseite hinaus. »Joe«, rief er mir zu, als das Auto zum Stehen kam, »dein Streitwagen ist da!« Er breitete die Arme weit aus, um mich zu begrüßen. »Komm her und lass dich umarmen, du hässlicher Mistkerl.«

Ich hob meine Tasche auf und ging zum Auto. Die letzte Stunde hatte ich auf dem Bürgersteig vor einer Macy's-Filiale Leute beobachtet. Ich hatte ihnen dabei zugesehen, wie sie in das Einkaufszentrum schlenderten, um ihren Tag damit zu verbringen zu entscheiden, in welchen Jeans ihr Hintern am kleinsten aussah oder welcher Fernseher am besten in ihr Wohnzimmer passte. Es gab Momente, in denen ich eifersüchtig war, doch mein Leben – unser Leben – wird nie so normal sein. »Ihr seid spät dran, Leute«, sagte ich, als ich auf Michaels ausgebreitete Arme zuging.

»Besser spät als nie«, flüsterte Michael mir zu, als er mich mit einer ungestümen Umarmung an sich zog. »Steig ein. Wir müssen los.«

Ich warf meine Tasche auf die Rückbank und kletterte hinterher.

»Jared.« Ich begrüßte meinen alten Freund mit einem kurzen Nicken, als sich unsere Blicke im Rückspiegel trafen.

»Wie geht's, Joey? Ich nehme an, alles ist glatt gelaufen?« Er schenkte mir ein breites Grinsen.

»So einfach war's noch nie. Keine Probleme. Was ist mit euch, Leute?«

»Du brauchst nichts ›anzunehmen‹«, sagte Michael. Er warf

mir ein Exemplar der *New York Post* auf den Schoß. »Du fauler Sack hast es nicht mal in die Zeitung geschafft.« Ich warf einen Blick auf die Titelseite. Über einem Foto von zwei blutigen, mit ehemals weißen Laken zugedeckten Leichen prangte die fett gedruckte Überschrift: »Blutbad in der Bronx«. Unter dem Foto, in kleinerer Schrift, stand zu lesen: »Mets nehmen den Phillies zwei Punkte ab und rücken bis auf einen heran.«

»Heilige Scheiße«, sagte ich und blätterte auf Seite drei vor, um den Artikel zu lesen. »Irgendwann bringt ihr euch noch ins Grab.« Ich warf abermals einen Blick auf das Foto und die Überschrift. »Und mich bringt ihr mit euch ins Grab.«

»Sie haben mir und Michael gesagt, dass sie die Sache aufheizen möchten. Tja, Michael ist vielleicht ein bisschen zu weit gegangen.« Jared sah mich erneut im Rückspiegel an. Sein Lächeln war noch immer nicht verschwunden. Er war stolz, stolz auf Michael, stolz auf den Job, den wir soeben erledigt hatten, stolz auf uns alle. Ich begann zu lesen.

Vergangene Nacht um 00:35 Uhr wurden vor der Yankee Tavern, einer gut besuchten Bar in der Nähe des Yankee-Stadions, zwei Männer erstochen. Joseph Delentano und Andrew Braxton wurden beim Verlassen der Bar überfallen, in der sie nach dem Besuch eines Spiels der Yankees etwas getrunken hatten. Der Angreifer ging zuerst auf Delentano los und stach ihm zweimal in die Brust, ehe er sich Braxton zuwandte und ihm in den Hals stach. Beide Männer starben binnen weniger Minuten nach dem Überfall. Zeugen zufolge verlor der Angreifer, ein etwa fünfundzwanzigjähriger Weißer, keine Zeit. Er hielt sich nicht damit auf, die Opfer zu berauben, und schien auch sonst kein Tatmotiv zu haben. »Ich war den ganzen Abend mit Joe und Andy zusammen«, sagte deren Freund Steven Marcomi. »Wir waren nur für ein oder zwei Getränke in der Bar. Ich hatte den Täter noch nie in meinem Leben gesehen. Und ich habe so etwas noch nie in meinem Leben gesehen. Schließlich sind wir nicht in einen Streit geraten oder so. Ich habe keine Ahnung, wieso das passiert ist.« Das Motiv ist weiterhin unklar, die Polizei geht jedoch davon aus, dass es sich um das Werk eines erfahrenen Killers handelt. »Wer auch immer dafür verantwortlich ist«, erklärte Lieutenant John Gallow heute am frühen Morgen Journalisten, »wusste genau, was er tat. Er war effizient und präzise.« Andrew verblutete am Tatort. Delentano erlitt Stichverletzungen an der Lunge. »Genau genommen ertrank Delentano in seinem eigenen Blut«, teilte der amtliche Leichenbeschauer mit. »Beide Lungenflügel wurden durch Stiche verletzt und füllten sich schnell mit Blut. Letztendlich ertrank der arme junge Mann.« Delentanos Mutter sagte dem Verfasser dieses Artikels: »Ich begreife einfach nicht, wie jemand das tun konnte. Mein Sohn war so ein netter Junge. Das hat er nicht verdient.« Braxtons Familie stand für einen Kommentar nicht zur Verfügung.

Neben einem Foto von der Bar war das Phantombild des Täters abgedruckt. »Hübsches Bild, Michael. Deine Mutter ist bestimmt richtig stolz auf dich.«

»Dieser Scheiß sieht mir überhaupt nicht ähnlich.« Michael riss mir die Zeitung aus der Hand, um noch einmal einen Blick auf die Zeichnung zu werfen. Sie sah ihm tatsächlich überhaupt nicht ähnlich. Das war typisch. Phantombilder dienten einzig und allein dazu, einen Generalverdacht zu schüren. Ganz egal, wie die Zeichnung aussah, jeder kannte jemanden, der ihr ein bisschen ähnelte.

»Und das Zitat seiner Mutter. Echt die Krönung. Als wüsste sie nicht, warum ihr Sohn getötet wurde.« Michael hielt kurz inne, ging die Geschichte in Gedanken noch einmal durch. »Aber hast du das Zitat des Polizisten gesehen? ›Präzise und effizient.‹ Das würde ich mir gern auf meine Visitenkarten drucken lassen.«

»Musstest du unbedingt so ein Gemetzel veranstalten?« Ich sah mir erneut das Foto auf der Titelseite an und blickte dann zu Michael auf.

»Vielleicht nicht, aber es war das Beste, was ich tun konnte. Ich musste sie beide erledigen, und ich musste es vor ein Uhr nachts tun, sonst hätte ich riskiert, dass sie von euren Jobs Wind bekommen und sich wehren. Als ich sie in die Bar gehen sah, wusste ich, dass ich die beste Chance hätte, wenn ich sie umlege, sobald sie wieder rauskommen. Ich nahm an, dass sie angeheitert und ihre Reflexe verlangsamt wären.«

»Konntest du deshalb zweimal auf den ersten Typen einstechen, bevor du dich um den zweiten kümmern musstest?« Michael war gut in dem, was er tat. Das musste man ihm lassen.

»Ja. Deshalb, und weil der zweite Typ geahnt hat, was los war. Ein Unbeteiligter hätte das Weite gesucht. Aber der Typ blieb wie angewurzelt stehen. Er wusste, was vor sich geht, konnte sich aber nicht erinnern, wie er hätte reagieren sollen. Er hat total belämmert dreingeschaut, so ungefähr wie: ›Soll ich wegrennen? Soll ich kämpfen? Soll ich kacken gehen?‹ Pffft.« Michael imitierte das Geräusch eines Ballons, aus dem die Luft entweicht. »Zu spät.«

»Und was hast du dann gemacht?«, fragte ich Michael.

»Ich bin in der kühlen Bronx-Nacht verschwunden. Das ist vielleicht ein unheimliches Pflaster, Mann. Ich sage dir, ich war der am harmlosesten aussehende Typ auf der Straße.«

Ich blätterte weiter in der Zeitung. »Jared ist auf Seite vierzehn«, sagte Michael. Ich blätterte um. Dort, ganz am rechten Seitenrand, befand sich ein Artikel über ein wohlhabendes Pärchen aus Westchester. Die beiden hatten den Motor ihres Wagens in der Garage laufen lassen und waren an einer Kohlenmonoxidvergiftung gestorben. Er war Partner in einer großen Anwaltskanzlei in Manhattan, sie früher leitende Angestellte in einer Werbeagentur gewesen und hatte ihren Beruf aufgegeben, um sich um die Kinder zu kümmern. Das Seltsame an der Geschichte war, dass beide Kinder am Morgen schlafend auf der Veranda gefunden worden waren, in Decken eingewickelt und vor den Dämpfen geschützt. Die Ermittler gingen davon aus, dass die Eltern ihre Kinder nach draußen gebracht hatten, ehe sie sich das Leben nahmen. Niemand konnte verstehen, weshalb ein anscheinend so glückliches Paar Selbstmord beging.

»Du bist ein Genie, Jared. Wirklich brillante Arbeit«, sagte ich, während ich die Zeitung weiter durchblätterte, nachdem ich die Artikel über meine Freunde gelesen hatte.

»Du bist nicht drin, Joe«, sagte Michael, der mich weiterhin beim Blättern beobachtete. »Absolut nichts über deinen Mordanschlag.« Nur eine weitere Leiche, dachte ich. Nicht berichtenswert. Nur eine stinknormale Frau, die auf stinknormale Art und Weise getötet worden war. Nicht der Rede wert. »Bist du dir sicher, dass du nicht vergessen hast, deine Zielperson zu erledigen?«, wollte Michael wissen.

»Ja, ich bin mir sicher. War ein Kinderspiel.«

»Ja, aber dein Mord war vermutlich der gefährlichste«, sagte Jared. »Für deinen war alles arrangiert. Wir sollten nur Aufsehen erregen. Du musstest sie umlegen, ihnen zeigen, dass es Konsequenzen gibt.« Jared fuhr auf der I-295 weiter, wechselte immer wieder die Fahrspur und schlängelte sich durch den Verkehr. »Ihrem Ehemann musste eine Lektion erteilt werden. Man legt nicht in einem Jahr acht von unseren Leuten um, ohne dass es ein Nachspiel hat.«

»Ich habe die Hintergrundinfos gelesen«, sagte ich zu Jared. Ich starrte durchs Fenster die Gesichter in den Autos an, die wir überholten, musterte jedes einzelne und versuchte zu erraten, ob es sich um jemanden handelte, der zu uns gehörte, zu den anderen oder zu den vielen glücklichen Unbeteiligten. Es war unmöglich zu sagen. Wir überholten einen silberfarbenen VW Jetta mit einer hübschen Studentin am Steuer und einer Freundin auf dem Beifahrersitz, überholten einen großen schwarzen Cadillac Escalade, den ein korpulenter Mann mit Schnurrbart und einer Tätowierung am linken Arm fuhr, überholten ein schwarzes Pärchen in einem kleinen roten Sportwagen, fuhren dahin, überholten immer mehr Leute, alles potentielle Freunde, alles potentielle Feinde. Das Einzige, was ich mit Sicherheit wusste, war, dass es einen weiteren professionellen Killer gab, der jede Menge Gründe hatte, mich tot sehen zu wollen.

»Was steht bei dir als Nächstes auf dem Plan?«, fragte mich Jared.

»Ich muss einen Vortrag halten. Und bei euch?«

»Ich kann mich ein bisschen ausruhen und entspannen.« Michael lächelte. Ich sah zu Jared hinüber und fragte mich, was er wohl als Nächstes vorhatte.

»Ich habe noch einen Job zu erledigen. Der dürfte allerdings nicht allzu schwierig werden. Vielleicht sollten wir versuchen, uns anschließend zu treffen.« Jared nickte in Richtung Beifahrersitz. »Wohin geht's bei dir im Urlaub, Michael?«

»Du weißt doch, dass ich das euch zwei Losern nicht erzählen soll. Was ist, wenn ihr geschnappt und gefoltert werdet?

Dann verpfeift ihr mich womöglich.« So lauteten die Vorschriften. Selbst ein kurzes Treffen nach einem Job war unorthodox. Uns wurde stets eingetrichtert, dass so wenige Leute wie möglich wissen sollten, wo wir uns aufhielten. Das war sicherer. Bleibe in Bewegung, verhalte dich unauffällig, und du bist sicher. Das war langweilig und verdammt einsam. »Außerdem wärt ihr beiden mir wahrscheinlich nur im Weg.« Er machte eine Pause. »Aber vielleicht fliege ich nach Saint Martin – auf die französische Seite. Jede Menge Sonne, tolles Essen. Meine Unterkunft ist groß genug für uns fünf. Für mich, euch zwei und die beiden Mädels, die ich jeden Abend abschleppe.«

»Was meinst du, Joe? Saint Martin? In der Sonne sitzen, Cocktails trinken und die hübschen Frauen anglotzen, die am Strand flanieren?« Mein Blick traf sich abermals mit dem von Jared im Rückspiegel. Er war mein ältester Freund. Wir kannten uns schon lange, bevor wir wussten, für welche Art von Leben wir bestimmt waren. Als wir in die erste Klasse gingen, spielten wir Räuber und Gendarm. Wir gaben vor, Feuerwehrmänner zu sein oder Astronauten. Das hier hatten wir uns allerdings nie vorgestellt. Wir hatten nie Gut gegen Böse gespielt. Jared wirkte ein wenig müde, ein wenig ausgelaugt.

»Ich bin dabei«, sagte ich.

Am Flughafen gingen wir wieder getrennte Wege. Michael setzte zuerst mich ab. Er würde Jared an einer anderen Stelle rauslassen und anschließend den Mietwagen zurückgeben. Als sie davonfuhren, lehnte sich Michael aus dem Fenster auf der Beifahrerseite, legte die hohlen Hände an den Mund und rief: »Vergiss nicht, junger Jedi, die Macht wird immer mit dir sein!« Ich konnte Michael noch lachen hören, als ich durch die Glastür das Flughafengebäude betrat. Wenn wir uns in Zukunft wieder begegneten, wären wir drei Fremde.

Als ich in meinem Terminal angelangt war, ging ich zum Flugschalter und ließ mir einen Sitzplatz für eine Person zuweisen, deren Name nicht der meine war. Ich zeigte einen Ausweis mit einem Foto von mir vor, der auf den Namen eines Fremden ausgestellt war. Dann ging ich an Bord einer Maschine nach Chicago. Schade, dass es sich nicht um einen längeren Flug handelte, denn ich fiel sofort in einen tiefen, traumlosen Schlaf, als ich mich in meinem Sitz zurücklehnte. Ich wachte nicht auf, als wir abhoben. Ich bekam kaum mit, als wir landeten. Inzwischen waren Flugzeuge der einzige Ort, an dem ich noch tief schlafen konnte.

DRITTES KAPITEL

In Chicago sollte ich bei einem Vortrag für einige ortsansässige Jugendliche assistieren. Genau genommen handelte es sich eher um eine Initiation als um einen Vortrag. Die Jugendlichen waren alle um die sechzehn Jahre alt. Noch waren sie arglos. Ihnen blieben noch zwei Jahre, ehe ihre Welt um sie herum einstürzen würde. Ihnen blieben noch zwei Jahre, um sich an die Vorstellung zu gewöhnen, dass es Leute gab, die ihnen nach dem Leben trachteten. Ich wurde zu solchen Veranstaltungen eingeladen, weil ich den Tod repräsentierte. Sie kannten ihn noch nicht, doch er war ihre Zukunft. Einer unserer Geheimdienstmitarbeiter würde den Vortrag halten. Gegen Ende seiner Ausführungen würde er mich vorstellen. Meine Aufgabe war es, den Jugendlichen zu erzählen, womit ich meinen Lebensunterhalt verdiente, um ihnen vor Augen zu führen, was eines Tages aus ihnen werde könnte. Es handelte sich um eine Art Berufsinformationstag für Kriminelle in spe.

Der Vortrag fand im Wohnzimmer eines Hauses in einem wohlhabenden Vorort von Chicago statt. Die Jugendlichen saßen auf Sofas und gepolsterten Esszimmerstühlen, die von den Erwachsenen für den Vortrag in den Raum gestellt worden waren. Alle Sitzgelegenheiten waren so positioniert, dass sich die Blicke der Jugendlichen auf eine leere Wand richteten, vor der normalerweise ein Fernseher stand. Der Gastgeber der Veranstaltung hatte selbst drei Kinder, zwei Söhne und eine Tochter.

Das älteste Kind, einer der Jungs, hatte in zwei Monaten seinen sechzehnten Geburtstag. Der Vater war mit seinen beiden jüngeren Kindern in die Stadt gefahren. Irgendwann würden auch sie sich diesen Vortrag anhören müssen, aber noch nicht heute. Die meisten Eltern versuchten, ihre Kinder so lange wie möglich vor dem Krieg zu schützen.

Insgesamt waren acht Jugendliche anwesend, die alle aus Chicago und Umgebung stammten und alle in den nächsten drei Monaten sechzehn wurden. Drei Mädchen und fünf Jungs. Die Eltern hatten ihre Kinder für den Vortrag abgesetzt, sie zum Abschied geküsst, ihnen versprochen, sie in etwa vier Stunden wieder abzuholen, und beim Wegfahren vermutlich geweint. Das hier war keine Bar-Mizwa oder Erstkommunion. Hier ging es nicht um eine Zeremonie, sondern schlichtweg um das Ende der Unschuld dieser Jugendlichen. Keiner von ihnen hatte eine genaue Vorstellung, worum es in dem Vortrag gehen würde, aber vollkommen ahnungslos war auch keiner. Wenn man wie ich in einer solchen Familie aufwächst, kommt man nicht umhin, Dinge zu wissen.

Ich saß ganz hinten im Zimmer auf einem der Stühle. Während des Vortrags würde ich die meiste Zeit nur zuhören und meinen Teil erst am Ende beitragen. Anschließend würden der Referent und ich Fragen beantworten. Uns wurden immer viele Fragen gestellt. Wir beantworteten diejenigen, die wir beantworten konnten. Einige Fragen blieben einfach unbeantwortet. Beim heutigen Referenten handelte es sich um einen Typen namens Matt vom Geheimdienst. Ich hatte ihn noch nie zuvor gesehen, und ich würde ihn vermutlich auch nie wieder sehen. Für unsere Paarung gab es keinen ersichtlichen Grund. Den gab es nie. Matt war mit einem dunkelblauen Nadelstreifenanzug bekleidet. Sein Haar war kurz geschnitten, und er trug eine

Brille mit silberfarbenem Metallgestell. Er sah aus wie ein Banker. Die Jugendlichen stellten unsere Kapitalanlage dar.

Matt begann mit seinem Vortrag. »Hallo zusammen. Mein Name ist Matt. Ich bin hier, um euch ein bisschen was über die Welt zu erzählen und wie ihr in sie hineinpasst. Ich bin nicht hier, um euch zu belehren. Das ist ein Vortrag, aber ihr dürft jederzeit Fragen stellen. Ich nehme an, es wird so ähnlich wie in eurem Sexualkundeunterricht an der Highschool, mit dem Unterschied, dass ich euch ein paar Dinge erzählen werde, die ihr noch nicht wisst.« Gut so, schmier ihnen Honig ums Maul, dachte ich. Seine Bemerkung brachte ihm ein paar nervöse Lacher der Jugendlichen ein. Sie warfen sich verstohlene Blicke zu, als versuchten sie herauszufinden, ob es in Ordnung sei zu lachen. Es ist in Ordnung zu lachen, Leute, dachte ich. Ihr solltet lieber jetzt lachen, solange euch noch danach zumute ist. Matt fuhr fort. »Wahrscheinlich ist es das Beste, wenn sich jeder kurz vorstellt, bevor wir anfangen, nur mit dem Vornamen. Erzählt uns ein bisschen was über euch, ob ihr in einem Verein seid, welchen Sport ihr macht, über eure Hobbys, eure Lieblingsband, was auch immer.« So war das bislang bei jedem Vortrag abgelaufen, dem ich beigewohnt hatte. Ich hatte es schon immer für seltsam gehalten, da von jetzt an ein großer Teil ihres Lebens in Heimlichkeit gehüllt sein würde. Normalerweise ging es darum, so wenig Informationen wie möglich über sich preiszugeben, wenn man sich zu zehnt in einem Raum befand. Schweigen bedeutete Sicherheit. Das hier war etwas anderes. Das hier war das erste Mal für diese Jugendlichen. Es war wichtig für sie zu erfahren, dass sie nicht allein waren. Es war wichtig für sie zu erfahren, dass es noch andere gab, andere, die auf ihrer Seite waren, andere, die mit denselben Problemen zurechtkommen mussten wie sie, andere, die wie sie ein Leben voller Angst und Hass erwartete. Matt richtete den Blick auf den Jugendlichen, in dessen Haus wir uns befanden. »Ryan«, sagte er, als sei er ein alter Freund der Familie, »wie wär's, wenn du den Anfang machst?«

Ryan stand auf. Er war groß und kräftig, wirkte athletisch. Aber er war nervös. Er steckte eine Hand in die Hosentasche seiner Jeans, um sie daran zu hindern, dass sie zitterte. »Hi, ich heiße Ryan. Ich bin fünfzehn und werde in zwei Monaten sechzehn. Ich wohne hier, und ich spiele Football.« Football. Wenn Matt nicht im Begriff gewesen wäre, Ryan eine Gehirnwäsche zu verpassen, hätte dieser wahrscheinlich äußerst beliebt sein können. Vielleicht hätte er später einmal der Star seiner Alumni-Jahrestreffen sein können. Vielleicht hätte er das Herz einer Cheerleaderin erobern können. Vielleicht. Das Mädchen zu seiner Linken meldete sich als Nächste zu Wort. »Hallo, ich heiße Charlotte. Ich bin gerade sechzehn geworden und spiele Geige.« Charlotte sah den anderen Jugendlichen ins Gesicht, während sie sprach. Als sie fertig war, ließ sie den Blick schnell wieder in ihren Schoß sinken. Die nächsten fünfzehn Minuten ging es so weiter: Rob, der Eishockeyspieler; Steve, der Präsident des Highschool-Naturwissenschaftsclubs; Joanne, Mitglied der Theatergruppe. Diese Jugendlichen kannten sich nicht. Genau aus diesem Grund waren sie sorgfältig ausgesucht worden. Auch wenn sie Freunde hatten, die auf unserer Seite waren, durften diese es nicht wissen. Jared und ich hatten eigentlich auch nicht wissen sollen, dass wir beide ein Teil des Kriegs waren. Dass wir es herausgefunden hatten, war purer Zufall.

Nachdem die Jugendlichen sich vorgestellt hatten, fuhr Matt fort. »Okay, mir ist klar, dass ihr nervös seid. Ihr seid aus zwei Gründen nervös. Zum einen seid ihr nervös, weil ihr nicht wisst, warum ihr hier seid. Zum anderen habt ihr eine Vermutung, warum ihr hier seid, und es macht euch nervös, dass ihr mit eurer Vermutung womöglich recht habt. Ihr wisst alle, dass ihr anders seid. Ihr wisst, dass euer Leben anders ist als das eurer Freunde. Das spürt ihr. Ich weiß, dass ihr euren Eltern im Lauf der Jahre Fragen gestellt habt, die sie euch nicht beantworten wollten. Nun, ich möchte euch zunächst versichern, dass sie eure Fragen nicht beantworten wollten, um euch zu schützen.« Matt machte eine Kunstpause. »Ich bin hier, weil sich für euch bald alles ändern wird. Unwissenheit wird euch dann nicht mehr schützen. Ich bin hier, um euch die Wahrheit zu sagen.«

Die Wahrheit? Das Wort drängte sich in mein Bewusstsein. Es klang dort für einen Augenblick nach, dann verhallte es, bevor ich zu lange darüber nachdenken konnte. Matt kam direkt zur Sache. »Wie viele von euch hatten einen nahen Angehörigen, der ermordet wurde?« Sechs der acht Jugendlichen hoben die Hand. Matt hob ebenfalls die Hand. Ich hätte es auch tun können, entschied mich jedoch dagegen. »Wie viele von euch haben einen Elternteil verloren?« Drei von acht. Als die Jugendlichen die Hand hoben, blickten sie sich im Zimmer um, ihr Gesichtsausdruck eine Mischung aus Furcht und Verwunderung. Namen, Clubs, Sportarten – nichts von alledem verband diese Jugendlichen. Der Tod war das, was sie verband, was uns alle verband.

»Seltsam, findet ihr nicht?« Matt nickte. »Tja, es ist meine Aufgabe, euch heute zu sagen, wer eure Eltern getötet hat« – Matt nahm Blickkontakt mit den drei Jugendlichen auf, die einen Elternteil verloren hatten – »und eure Angehörigen« – er hob den Kopf und ließ den Blick durchs Zimmer schweifen. Dann schaltete er den Beamer ein, den er an seinen Laptop angeschlossen hatte. Er projizierte ein Bild an die leere weiße Wand. Alle Jugendlichen starrten gebannt auf das Foto vor ihnen. Das hatten sie nicht einmal in ihren wildesten Träumen erwartet. Als ich an ihrer Stelle gewesen war, hatte ich damit auch nicht gerechnet. Ich erinnere mich noch, wie geschockt ich gewesen war. Das Bild leuchtete an der Wand. Es zeigte einen etwa dreißigjährigen weißen Mann mit blondem Haar und Seitenscheitel. Er sah aus wie ein Fernsehstar, gut aussehend, kräftig. Auf dem nächsten Bild war ein ungefähr fünfzigjähriger Schwarzer mit weißem Bart und Brille zu sehen. Matt drückte eine Taste auf seinem Laptop. Das nächste Bild zeigte eine dunkelhaarige Frau mit tief liegenden Augen und leicht schiefem Lächeln. Ein weiteres Bild, diesmal von einem Inder mit Turban, dann das eines pausbäckigen Weißen mit Bürstenhaarschnitt, dann das einer jungen Schwarzen mit zurückgebundenem Haar, einer Frau spanischer Abstammung, eines Koreaners, eines weiteren Weißen, einer weiteren Weißen, einer Frau mit muslimischem Kopftuch, eines Mannes mit langem Bart, einer Chinesin und so weiter und so fort. Die kleine Diashow dauerte fast zwanzig Minuten. Videomaterial hatten wir ebenfalls. Jede Menge Videomaterial, doch man hatte Tests gemacht, und die Fotos zeigten immer mehr Wirkung. Die Fotos gaben den Jugendlichen Zeit, um die Gesichter zu studieren. Ich hatte fast alle diese Bilder schon einmal gesehen. Es waren nur wenige Neuzugänge dabei. Jede dieser Personen war einer unserer Feinde. Das wussten wir. Ungefähr die Hälfte von ihnen war bereits eliminiert worden. Die übrigen befanden sich noch auf der Liste.

Als die Diashow zu Ende war, stand Matt schweigend da. Er würde nichts sagen. Er würde so lange einfach nur dastehen, bis sich einer der Jugendlichen zu Wort meldete, auch wenn es eine Stunde dauerte. Doch so lange dauerte es nie. Rob, der Eishockeyspieler, hob die Hand. »Ja, Rob?«, fragte Matt.

»Und welcher von ihnen hat es getan?«

»Welcher von ihnen hat was getan?«, fragte Matt zurück. Ihm war klar, was Rob mit seiner Frage meinte, doch er wollte, dass Rob die Worte selbst aussprach. Er wollte, dass jeder Jugendliche im Raum Rob die Worte sagen hörte.

»Welcher von ihnen hat meine Mom umgebracht?«, fragte Rob. Dann holte er so tief Luft, dass ich es ganz hinten im Zimmer hören konnte.

»Sie alle haben es getan.« Matt schaltete das Licht wieder ein. Er ging langsam ans vordere Ende des Raums. Wir wussten, wer Robs Mom getötet hatte. Er war noch am Leben und wohnte in St. Louis. Man zog es allerdings vor, keine Fotos von den Leuten zu zeigen, die tatsächlich Angehörige der Jugendlichen getötet hatten. Ihnen sollte nicht nur ein Killer präsentiert werden. Man wollte dafür sorgen, dass die Jugendlichen sie alle hassten. »Sie sind alle Komplizen. Wisst ihr, was man unter einem *Komplizen* versteht?« Alle Jugendlichen nickten. Eine aufgeweckte Gruppe. Matt genoss ihre volle Aufmerksamkeit. »Sie alle haben sie getötet. Sie haben zusammengearbeitet. Das Erschreckende an der Sache ist, dass das nur ein kleiner Teil von ihnen ist. Und sie sind noch nicht fertig. Sie werden nie fertig sein. Sie werden nur aufhören, wenn wir sie stoppen. Sie sind blutrünstige Killer. Sie sind böse. Sie sind unser Feind. Das ist ein Krieg, und er dauert schon seit Generationen. Mit etwas Glück werdet ihr die Generation sein, die ihn beendet.« Ich hatte diesen Teil des Vortrags schon so oft gehört, dass es mir dabei inzwischen jedes Mal den Magen umdrehte. Propaganda war nicht mein Stil. Ich hatte sie schon immer für unnötig gehalten. Ich sah Rob an. Er starrte Matt an. Sein linkes Auge zuckte leicht, und er ballte die rechte Hand immer wieder zur Faust. Ich kam nicht umhin, mir zu denken: Sag dem armen Jungen doch einfach, wer seine Mom ermordet hat, und schick ihn los. Du brauchst ihm nicht zu erklären, welche Seite die gute ist und welche die schlechte. Was ihn anbelangt, weiß er das bereits. Matt fuhr fort. »In zwei Jahren, wenn jeder von euch achtzehn ist, werdet auch ihr ein Teil dieses Krieges sein. Da gibt es keinen Ausweg, kein Entrinnen. Diese Leute« – Matt sprach das Wort *Leute* mit Abscheu aus, als sollte er es eigentlich nicht in den Mund nehmen, und redete dann mit mehr Selbstvertrauen weiter, wobei seine Stimme mit jedem Wort lauter wurde »werden hinter euch her sein. Sie wollen euch tot sehen. Gebt euch keiner Täuschung hin – jeder von euch ist mit einer besonderen Bestimmung auf die Welt gekommen. Jeder von euch kann dazu beitragen, diese Welt zu einem besseren Ort zu machen. Sobald ihr achtzehn seid, gehört ihr zur Zielgruppe. Ihr könnt getötet werden, genauso, wie eure Eltern oder eure Tanten oder Onkel getötet wurden. Ihr könnt vom Feind kaltblütig ermordet werden. Nun, wie Joseph hier …« Matt deutete auf mich und würdigte zum ersten Mal meine Anwesenheit. Alle Jugendlichen drehten sich auf ihren Plätzen, um mich anzusehen. »Wie Joseph euch später erklären wird, könnt ihr dagegen etwas unternehmen. Sobald ihr achtzehn seid, könnt ihr getötet werden, aber ihr könnt auch handeln, um das Töten zu stoppen. Ihr könnt die Gewalt stoppen. Ihr könnt Rache üben.« Jetzt wurde ich interessant. Die Jugendlichen drehten sich abermals um und sahen mich an. Matt fuhr unbeeindruckt fort. »Es gibt viele Möglichkeiten, wie ihr uns dabei helfen könnt, den Feind zu vernichten – aber dazu später mehr.

Fürs Erste habt ihr alle es verdient, mehr über unsere Feinde zu erfahren. Sie wollen euch allein aufgrund dessen töten, wer eure Eltern sind. Sie wollen euch töten, und sie wollen eure Angehörigen töten. Und um das zu erreichen, machen sie vor nichts Halt. Sie sind korrupt, erbarmungslos und unmoralisch.« Matt hielt erneut inne. »Und wir müssen sie vernichten. Viele erkennen zu spät, dass das Böse existiert. Das ist schon unzählige Male vorgekommen. Sie sitzen herum, während andere sterben, und handeln erst dann, wenn es fast schon zu spät ist.« Matts Stimme nahm jetzt einen bestimmten Tonfall an. »Nun, euch allen muss bewusst sein, dass das Böse existiert und dass ihr es bekämpfen müsst. Wir wissen, wer unsere Feinde sind. Wir müssen sie frontal bekämpfen.« Matt deutete auf die pickelgesichtigen Jugendlichen im Raum. »Ihr werdet sie frontal bekämpfen. Wir werden sie angreifen und vernichten, bevor das Böse zu mächtig wird, um besiegt werden zu können. Sie haben bereits Angehörige von euch getötet. Und sie werden wieder töten. Sie werden vor nichts Halt machen, wenn wir sie nicht aufhalten. Sie sind von Hass erfüllt. Ihr braucht sie allerdings nicht ebenfalls zu hassen. Ihr müsst euch bloß bewusst werden, wozu sie imstande sind.«

Und damit schaltete Matt das Licht aus und seinen Computer wieder ein. Dieses Mal wurde ein Foto von zwei blutigen, mit weißen Laken zugedeckten Leichen an die Wand projiziert. Es sah genau wie das Foto in der *New York Post* aus, das ich am Tag zuvor gesehen hatte, das Foto von Michaels Opfern. Matt drückte eine Taste auf seinem Laptop. Das nächste Bild zeigte ein brennendes Auto. Die Flammen loderten hoch empor. Ich konnte mit Mühe die Umrisse zweier verkohlter Leichen im Wagen ausmachen. Matt drückte wieder auf seine Tastatur. Auf dem nächsten Foto war ein älterer Mann zu sehen, ungefähr sechzig, der zusammengesunken auf einem Stuhl saß.

Sein Blick war glasig, und sein Mund stand offen. Er war tot. Eine weitere Gräueltat. Matt klickte und klickte. Ein weiterer ermordeter Mann, eine weitere ermordete Frau. Und so weiter und so fort. Ich weiß noch, wann ich die Diashow zum ersten Mal sah. Sie erinnerte mich an ein Video, das uns in der Highschool gezeigt worden war, mit plastischen Aufnahmen von alkoholisierten Verkehrsunfallopfern. Dieser Film sollte uns Angst davor machen, betrunken Auto zu fahren. Matts Diashow diente einem anderen Zweck. Sie sollte das andere Urgefühl hervorrufen – Hass. Ganz egal, was Matt sagte, ich wusste, dass wir sie nur dann vernichten konnten, wenn wir sie hassten. Auch wenn mir die Propaganda den Magen umdrehte, wusste ich, dass es so war. Während ich ganz hinten im Zimmer saß und die Jugendlichen beobachtete, konnte ich erkennen, dass sie Angst hatten. Ich konnte aber auch erkennen, dass sie anfingen zu hassen. Ich werde ehrlich sein, Maria, damals machte mir ihr Hass Hoffnung.

»Das ist eine Menge zu verdauen«, sagte Matt, als er einige weitere Bilder von leblos herumliegenden Körpern präsentierte. Auch hier hätten wir ihnen ein Video zeigen können, doch wir mussten vorsichtig sein. Wenn man den Jugendlichen zu früh zu viel vorsetzte, trug das nicht dazu bei, dass sie zu Kämpfern wurden. Wir mussten sie behutsam darauf vorbereiten. Dafür hatten wir zwei Jahre Zeit. »Aber ich muss euch trotzdem noch ein paar Bilder zeigen. Ihr habt eure Feinde gesehen. Und jetzt …« Matts Stimme hellte sich auf, und ein Lächeln überzog sein Gesicht. Er fuhr fort: »Lasst mich euch Fotos von euren Freunden zeigen.« Matt drückte eine Taste, und ein neues Bild erschien. Dieses Foto war heller als die anderen. Der Raum begann zu leuchten. Auf dem ersten Bild war ein weißer Mann zu sehen, der athletisch gebaut war und auf einer großen Rasenfläche stand. Er lächelte. Matt ging zum nächsten Bild. Es zeigte eine blonde Frau, die vor einem Wolkenkratzer auf der Straße stand. Auf dem nächsten Foto war ein Schwarzer im OP-Kittel zu sehen, dann eine Inderin, die am Computer arbeitete, anschließend ein Mann spanischer Abstammung im Anzug und so weiter und so fort. Jedes Bild zeigte ein anderes Gesicht, eine andere Pose, eine andere Ethnie, eine andere Religion. Jedes Bild zeigte einen weiteren Menschen, jeder einzelne attraktiv, aufmerksam, ernst und doch lächelnd. Die Bilder waren bei jedem Vortrag, dem ich bislang beigewohnt hatte, dieselben gewesen. Sie sollten Hoffnung verkörpern. Hoffnung für die Jugendlichen, dass sie dieses Leben würden meistern können, Hoffnung, dass sie überleben würden. Hoffnung, weil sie nicht allein waren. Ich weiß noch genau, wie viel mir das bedeutet hatte.

Ich erinnere mich, wie alle plötzlich verstummten, wenn ich als Kind einen Raum voller Erwachsener betrat. Mir war klar, dass sie über irgendetwas gesprochen hatten, über irgendetwas Wichtiges, doch sie ließen mich darüber im Unklaren. Matt führte die anwesenden Jugendlichen durch einen ganzen Zyklus von Emotionen, von Angst zu Wut, von Wut zu Hass, von Hass zu Hoffnung. Das Ganze wirkte ein wenig geglättet, ein wenig vorgefertigt und einstudiert, doch es war geniales Marketing. Ich wusste, wie man tötet. Matt wusste, wie man jemanden dazu bringt, töten zu wollen. Ich bin mir ziemlich sicher, dass er mehr Blut an den Händen hatte als ich. Ich erinnere mich noch genau, wie ich mit sechzehn von dieser Veranstaltung nach Hause ging – vor Wut schäumend, bereit, mit dem Töten zu beginnen. Der Vortrag gab mir ein Ziel. Ich war sechzehn. Alles, was ich wollte, war ein Ziel. Jetzt saß ich da, verfolgte Matts kleine Präsentation und empfand nichts.

Inzwischen hatte ich meine eigenen Gründe, weshalb ich den Feind hasste. Ich brauchte keine Diashow mehr. Das macht der Krieg mit einem.

»Irgendwelche Fragen?«, erkundigte sich Matt, als er das Licht wieder einschaltete. Er sagte das ganz beiläufig, als habe er den Jugendlichen soeben erklärt, wie man einen Wäschetrockner bedient. Ab jetzt konnte die Unterweisung zwei unterschiedliche Richtungen einschlagen, je nachdem, wer die erste Frage stellte. Ryan hob die Hand. Er wohnte hier. Mir war klar, was er fragen würde, bevor er seine Frage stellte. Ich hatte bereits Dutzende Male Jugendliche wie ihn mit ein und derselben Frage den Reigen eröffnen hören. Er wollte tapfer sein. »Ja, Ryan?«

»Wann fangen wir an?«, wollte Ryan wissen. Erst nachdem er die Worte ausgesprochen hatte, wurde ihm bewusst, welche Angst sie ihm machten. Seine Worte jagten ihnen allen eine Heidenangst ein. Matt konnte keinen Zeitpunkt nennen, der nicht zu früh gewesen wäre. Und doch war das die Frage, die gewöhnlich gestellt wurde und die die andere Frage – die Frage, die wir beantworten mussten – hinter von Gruppenzwang erzeugtem Draufgängertum verbarg. Ja, in der Regel wird die Frage nach dem *Wann* gestellt, denn wenn einem jemand ins Gesicht schlägt, ist der erste Instinkt nicht zu fragen, warum, sondern Schmerz und Wut zu empfinden und zurückschlagen zu wollen. Letztendlich fragt man sich dann, warum. Das *Warum* kommt immer. Das ist unvermeidlich. Deshalb versuchten wir immer, diese Frage hier zu beantworten, bei der ersten Unterweisung, denn wenn man den Jugendlichen ein *Warum* nennt, werden sie womöglich gar nicht versuchen, eine eigene Antwort darauf zu finden. Wir lösten dieses Problem jedoch geschickt. Wir bemühten uns, nichts zu erzwingen, da es besser funktionierte, wenn sie zuerst fragten. Auf diese Weise hatten sie das Gefühl, es sei von ihnen selbst gekommen. Also brachten wir es erst ganz zum Schluss zur Sprache und nur dann, wenn niemand fragte.

»Joseph?« Matt sah mich an. Ich war nicht bereit. Das war ich nie. »Könnten Sie das vielleicht beantworten?« Bereit oder nicht, ich war an der Reihe. Ich hatte eigentlich nur eine Aufgabe: diesen Jugendlichen die Einsatzregeln zu erklären. Anschließend war ich bloß noch da, um ihre Fragen zu beantworten.

Ich ging zum vorderen Ende des Raums. »Du kannst recht bald loslegen, Ryan«, antwortete ich ihm. »Ich werde euch sämtliche Regeln dieses Krieges erklären. Nachdem das erledigt ist, Ryan, sollte deine Frage beantwortet sein.« Meine Stimme klang nicht wie meine eigene. Wenn ich zu den Jugendlichen sprach, hatte ich immer den Eindruck, wie jemand anders zu klingen. »Die Regeln sind ganz einfach. Sie sind einfach, aber sie sind unabänderlich, und die Strafen für das Brechen dieser Regeln sind hart. Also hört genau zu.«

Eine der Jugendlichen hob die Hand. Ich gab ihr zu verstehen, dass sie fragen konnte. »Wie kann ein Krieg Regeln haben?«, wollte sie wissen. In den Gesichtern aller war Skepsis zu erkennen. Das war kein Wunder. Sie hatten sich soeben zwei Stunden lang anhören müssen, dass ihr Feind böse sei. Dass er um jeden Preis vernichtet werden müsse. Und jetzt kam ich und erzählte ihnen, es gäbe Regeln.

Ich war auf die Frage vorbereitet. Ich hatte die Antwort gehört, als ich sechzehn war. Seitdem hatte ich sie selbst viele Male gegeben. »Jeder Krieg hat Regeln«, erwiderte ich. »Ich weiß, das scheint ein Widerspruch in sich zu sein. Warum sollten wir Regeln befolgen, wenn wir gegen Leute kämpfen, die unsere Angehörigen ermordet haben?« Die Jugendlichen nickten zustimmend. »Tatsache ist, ohne Regeln herrscht Chaos. Und wenn Chaos herrscht, kann niemand gewinnen. Wir befolgen die Regeln, weil uns diese Regeln helfen zu gewinnen.«

»Und warum befolgen die anderen sie ebenfalls?«, fragte einer der Jugendlichen.

»Aus demselben Grund«, erwiderte ich. »Weil sie glauben, dass die Regeln ihnen dabei helfen werden zu gewinnen, aber wir wissen es besser.« Ich verriet ihnen nicht den wahren Grund, weshalb ich die Regeln befolgte. Ich befolgte sie, weil sie das Einzige waren, was mich daran hinderte, verrückt zu werden. Auch wenn die Regeln keinen Sinn ergaben, so waren sie zumindest Regeln. Sie existierten, Inseln der Vernunft in diesem absurden Ozean. Ich fuhr mit meiner Erklärung fort: »Regel Nummer eins: keine Unbeteiligten töten. Die große Mehrheit der Menschen auf diesem Planeten weiß nicht, dass dieser Krieg vor ihrer Nase tobt. Sie müssen um jeden Preis geschützt werden. Keine Kollateralschäden. Auf das Töten eines Unbeteiligten steht die Todstrafe, vollzogen durch unsere Seite oder ihre. Keine Ausreden. Keine mildernden Umstände.«

»Was ist, wenn es sich um einen Unfall handelt?«, fragte einer der Jugendlichen.

»Unfälle gibt es nicht«, entgegnete ich schnell und fuhr fort: »Regel Nummer zwei: Es wird niemand getötet, der jünger als achtzehn Jahre ist, ganz egal, auf welcher Seite er steht. Bis ihr achtzehn werdet, geltet ihr als Unbeteiligte. Deshalb wird das Töten von Personen unter achtzehn, auch wenn es sich um einen Feind handelt, ebenfalls mit dem Tod bestraft. Die logische Folge aus dieser Regel lautet, dass niemand, auf keiner Seite, eine Rolle in diesem Krieg spielen kann, bevor er achtzehn wird. Also, Ryan« – ich wandte mich kurzzeitig direkt an ihn – »du wolltest wissen, wann du loslegen kannst. Nun, du kannst an dem Tag loslegen, an dem du achtzehn wirst.« Ich hielt einen Augenblick inne und überlegte, ob ich fortfahren sollte oder nicht, ob ich noch dicker auftragen sollte oder nicht. Ich kam zu dem Schluss, dass sie es hören sollten. Also fügte ich hinzu: »Ihr werdet loslegen, sobald ihr achtzehn seid, ob ihr es wollt oder nicht. Bis dahin, in den nächsten zwei Jahren, werdet ihr ausgebildet. Ihr werdet auf den Wandel vorbereitet. Eure Freikarte ist fast abgelaufen.« Achtzehn Jahre waren nicht lang genug. Keine Zeitspanne würde jemals ausreichen. Die nächsten zwei Jahre würden für diese Jugendlichen die Hölle sein. Sie würden körperliches und emotionales Training über sich ergehen lassen müssen. Ihnen würde beigebracht werden, wie man tötete und wie man sich davor schützen konnte, getötet zu werden. Sie würden Dinge sehen, die sie sich noch nicht einmal vorstellen konnten, Dinge, von denen sie sich wünschen würden, sie hätten sie niemals gesehen. Noch waren diese Jugendlichen dafür nicht bereit, aber der Zeitpunkt würde kommen.

»Das sind die beiden wichtigsten Regeln. Alle anderen Regeln ergeben sich aus diesen beiden. Es gibt allerdings noch eine dritte wichtige Regel, die ihr kennen müsst.« Die dritte Regel. Ich habe nie allzu viel über die dritte Regel nachgedacht. Ich habe mir nie wirklich die Zeit genommen, um mir Gedanken über ihre grausame Funktionalität zu machen. Mein Fehler. »Die dritte Regel ist aufgrund dessen erforderlich, wie sich die ersten beiden Regeln auf den Krieg auswirken. Eigentlich ist sie ganz einfach. Ihr dürft keine Kinder bekommen, bevor ihr achtzehn seid. Kann irgendjemand erklären, warum diese Regel nötig ist?« Ein Mädchen hob die Hand. Ich gab ihr zu verstehen, dass sie sprechen solle.

»Wenn man Kinder bekommen dürfte, bevor man achtzehn ist, würde niemand jemals den Krieg gewinnen.«

Scharfsinnig. »Und warum?«, fragte ich.

»Na ja, wenn man jemanden nicht töten darf, bevor er achtzehn ist, und die anderen immer wieder Kinder bekommen, bevor sie selbst achtzehn sind, wie sollte man sie dann jemals stoppen können? Sie würden einfach immer mehr werden.«

»Genau. Deshalb brauchen wir die dritte Regel. Wenn also irgendjemand auf einer der beiden Seiten ein Kind bekommt, bevor er achtzehn wird, muss dieses Kind der anderen Seite ausgehändigt werden.«

»Wird es dann getötet?«, fragte das aufgeweckte Mädchen.

»Nein, es wird nicht getötet. Weder von uns noch von den anderen. Die andere Seite adoptiert es und zieht es groß, als wäre es ein eigenes. Wenn ihr also diese Regel verletzt, vergrößert ihr damit die Population der anderen Seite, anstatt die eigene zu vergrößern. Anstatt unsere Seite stärker zu machen, macht ihr die andere Seite stärker. Irgendwann wird dieses Kind erwachsen. Es wird erwachsen, tritt in den Krieg ein und kämpft. Es wird erwachsen und wird seine Eltern, seine Brüder und seine Schwestern bekämpfen.« Ich ließ den Blick durch den Raum und über die geschockten Gesichter schweifen. Es bestand kein Zweifel daran, dass sie diese Form der Bestrafung schon jetzt grausamer fanden als den Tod. Ich wartete, bis sich das gesetzt hatte, ehe ich fortfuhr. »So lauten also die Regeln. Das ist alles. Drei Regeln, die ihr nicht missachten dürft. Drei Regeln, die ihr nicht vergessen dürft. Drei Regeln, an die ihr euch halten müsst. Bei allem anderen, was ich euch heute sage, handelt es sich nur um Methoden. Also, wer von euch hat schon erraten, womit ich meinen Lebensunterhalt verdiene?«

Ein paar Hände gingen hoch, und ich rief wahllos jemanden auf. »Sie töten Menschen.«

»Das stimmt«, erwiderte ich. »Ich bin ein Soldat.« Ein Soldat. So wurden wir genannt. Ich, Michael, Jared, wir waren Soldaten. Auf diese Bezeichnung hätten wir stolz sein sollen. Dann erklärte ich den Jugendlichen, in welche unterschiedlichen Rollen sie vielleicht eines Tages hineinwachsen würden. Sie mussten nicht in meine Fußstapfen treten. Wir gliederten unsere Seite in drei Grundkategorien. Welcher Kategorie man sich anschloss, hing davon ab, was man sich wünschte und wie gut man für eine bestimmte Rolle geeignet war. Viele wechselten mit zunehmendem Alter von einer Kategorie in eine andere. Bei der ersten Kategorie handelte es sich um die der Soldaten. Ich hatte den Wunsch, Soldat zu werden, kurz nach meiner Informationsveranstaltung im Alter von sechzehn Jahren geäußert. Ich dachte damals, das sei cool. Soldaten stehen im Krieg an vorderster Front. Soldaten sind die Offensive. Soldaten sind unmittelbar mit dem Feind konfrontiert und dafür verantwortlich, ihn zu schlagen. Wie der Jugendliche es formuliert hatte, wir töten Menschen.

Selbstverständlich ist das Töten nie so einfach, wie es klingen mag. Ich konnte nicht einfach losziehen, Feinde ausfindig machen und sie töten. Man braucht einen Schlachtplan. Zunächst muss man wissen, wer in der breiten Masse zum Feind gehört. Das herauszufinden ist gar nicht so einfach. Feinde gibt es nämlich in allen Größen und Gestalten, ethnischen Abstammungen und Religionszugehörigkeiten. Nur wenn man ihre Herkunft weit genug zurückverfolgt, findet man heraus, dass sie alle miteinander verwandt sind. In der Geschichte dieses Krieges haben beide Seiten erfolgreich die Strategie angewendet, Mitglieder zu verbergen, indem sie Genpools diversifizierten.

Was haben sie also gemein? Ein paar Gene und einen gemeinsamen Feind: mich, meine Freunde, meine Familie, diese Jugendlichen. Und wie machen wir sie ausfindig? Das ist die Aufgabe der zweiten Kategorie, des Geheimdiensts. Zum Geheimdienst gehören Leute wie Matt. Beim Geheimdienst gibt es viele verschiedene Jobs: Ahnenforscher, Übersetzer, Pädagogen, Marketing-Gurus, Militärstrategen, Computerspezialisten. Die Liste ist lang. Der Geheimdienst stellt die größte Gruppe dar. Seine Mitarbeiter sind es, die mir, Michael und Jared sagen, wen wir töten sollen. Manchmal verraten sie uns, warum, manchmal bleibt es geheim. Außerdem kümmern sie sich um die Ausbildung und das Training. Sie bringen uns bei, wie man tötet, und dann sagen sie uns, bei wem wir üben sollen.

Die dritte Gruppe bilden die Undercover-Leute. Wir bezeichnen sie einfach als »Züchter«. Ihre Aufgabe ist es, sich vollständig ins Alltagsleben einzugliedern, sich bedeckt zu halten und sich alle Mühe zu geben, normale Familien zu gründen. Sie sind diejenigen, die dafür sorgen, dass sich unsere Zahl nicht verringert. Selbstverständlich laufen sie Gefahr, nach Jahren verdeckter Existenz wehrlos zu werden und irgendwann enttarnt zu werden. Wenn ihre Tarnung auffliegt, werden sie getötet. Ihre Verteidigungsmöglichkeiten sind begrenzt. Die meisten Züchter haben zuvor zumindest eine gewisse Zeit in einer anderen Rolle verbracht. Unter Umständen fangen sie als Soldaten oder beim Geheimdienst an, bis sie ausgebrannt sind oder jemandem begegnen, mit dem sie sesshaft werden möchten. Dann beginnen sie ihre verdeckte Existenz.

»Und woher wissen Sie, wen Sie töten sollen?«, fragte einer der Jugendlichen.

»Ich werde vom Geheimdienst benachrichtigt. Sie setzen mich darüber in Kenntnis, wer meine Zielperson ist, wo sie sich aufhält und ob ich bei ihr irgendetwas Besonderes beachten muss. Außerdem wird mir ein Zeitfenster vorgegeben, in dem ich die Sache erledigen muss, meistens ein paar Tage. Manchmal, wenn die Sache komplizierter ist, eine Woche. Also begebe ich mich an den Bestimmungsort. Ich bekomme eine sichere Unterkunft zugewiesen. Bei dieser sicheren Unterkunft handelt es sich immer um das Haus oder die Wohnung von einem von uns, der keine Kinder hat und bei dem ich bleiben kann, bis ich meinen Job erledigt habe.«

»Weiß derjenige, wozu Sie da sind?«

»Er weiß es, aber ich darf ihm keine Details nennen. Ihr werdet bald lernen, dass Wissen sehr gefährlich sein kann.«

»Wie ist es, jemanden zu töten?« Es erschien mir nicht richtig, darauf eine ehrliche Antwort zu geben. Die ehrliche Antwort lautete, dass es einfacher war, als man erwarten würde.

»Ich betrachte meine Zielpersonen nicht als Menschen. Sie sind einfach Feinde. Wir sind die Guten. Sie gehören zu den Bösen.« Wir näherten uns dem Ende der Veranstaltung. Die Eltern der Jugendlichen würden bald kommen, um ihre Kinder abzuholen. »Noch zwei Fragen.«

»Aber wie können Sie sich sicher sein, dass derjenige, den Sie töten sollen, einer von ihnen ist?«

»Zunächst einmal, weil ich meinem Geheimdienst vertraue. Diese Leute sind gut in dem, was sie tun«, sagte ich und deutete auf Matt. »Aber es ist nicht nur das. Da ist noch etwas anderes, etwas, das ich nicht wirklich beschreiben kann. Man weiß es, weil sie es wissen. Wenn man einem von ihnen begegnet, dann spürt man es, und er spürt es ebenfalls. Man fühlt es. Wie ich schon sagte, es ist schwer zu erklären. Wenn ihr Glück habt, werdet ihr eines Tages wissen, wovon ich spreche.«

»Und was ist, wenn wir kein Glück haben?«, fragte einer der Jugendlichen.

»Dann ist es zu spät.« Ich hielt einen Augenblick inne, weil ich mir nicht sicher war, ob ich zu viel verraten hatte. Noch jemand hob die Hand. Ein Mädchen, das ganz hinten saß und bislang geschwiegen hatte. Ich hatte beinahe gedacht, niemand würde die Frage stellen, auf die Matt und ich warteten, doch wenn jemand sie stellte, würde sie es sein, das war mir klar gewesen. Sie wirkte am ängstlichsten, aber ich wusste, das lag nur daran, dass sie als Einzige tapfer genug war, ihre Angst nicht zu verbergen. Ich deutete auf sie.

»Warum?«, fragte sie mit leiser aber sicherer Stimme.

Ich wusste, was sie meinte, doch es spielte keine Rolle, dass ich es wusste. Alle anderen mussten es ebenfalls wissen. »Warum was?«, stachelte ich sie an.

Sie sah die anderen an, ehe sie sprach, als fürchtete sie sich davor, die Frage zu stellen. »Warum versuchen die anderen, uns zu töten? Warum hassen sie uns? Warum müssen wir sie töten? Warum?« Sie verstummte. Sie hätte fortfahren können. Sie hätte bis in alle Ewigkeit warum und weshalb fragen können, aber sie stoppte sich selbst. Im Zimmer breitete sich Stille aus. Alle Blicke kehrten von dem Mädchen zu mir zurück. Alles hing von meiner Antwort ab.

»Matt hat euch erklärt, dass die anderen böse sind, aber was heißt böse?« Ich zuckte mit den Schultern. »Manchmal bin ich überzeugt davon, es zu wissen. Manchmal habe ich meine Zweifel.« Ich sah zu Matt. Er starrte mich nervös an, da er nicht wusste, welche Richtung ich mit meiner Antwort einschlug. Doch er brauchte sich keine Sorgen zu machen. Ich tat das nicht zum ersten Mal. »Was ich jedoch weiß, ist, dass sie eure Eltern, eure Brüder und eure Schwestern getötet haben.

Und falls sie es noch nicht getan haben, werden sie es irgendwann versuchen.« Ich hielt inne, legte eine Kunstpause ein. »Sie werden alle töten, die ihr liebt, und anschließend werden sie euch töten.« Ich richtete den Blick auf das Mädchen, obwohl ich nicht nur zu ihm sprach. Ich sprach zu allen. »Es sei denn, wir hindern sie daran.«

Ich hätte fortfahren können. Ich hätte sie fragen können, ob ihnen das als Grund genüge. Doch das musste ich nicht. Ich erkannte es in ihren Blicken, sogar im Blick des Mädchens, das die Frage gestellt hatte. Ich hatte sie nicht beantwortet. Ich hatte etwas Besseres getan. Ich hatte sie entkräftet. »Reicht das etwa nicht?«

Einen Moment später sagte ich: »Ich habe noch zwei Fotos, die ich euch zeigen möchte.« Wir mussten sie behutsam einführen, aber wir mussten ihnen auch einen Vorgeschmack geben. Ich gab Matt ein Zeichen. Er drückte eine Taste auf seinem Computer. An der Wand leuchtete die Nahaufnahme des Gesichts eines Mannes auf. An dem Bild war nichts Außergewöhnliches. Es handelte sich um einen etwa fünfunddreißigjährigen Weißen. Er war untersetzt und hatte Geheimratsecken. Auf dem Foto lächelte er, doch sein Lächeln war nicht freundlich. Es war ein Lächeln voller Bosheit. Der Geheimdienst hatte ein gutes Bild für seine Zwecke ausgewählt. »Dieser Mann heißt Robert Gardner.« Die Jugendlichen starrten das Gesicht an. »Als ich zwölf war, tötete dieser Mann meinen Onkel. Ich war damals bei ihm. Mein Onkel war mit mir zum Einkaufszentrum gefahren, um mir einen neuen Baseballhandschuh zu kaufen. Wir gingen zusammen durchs Einkaufszentrum, und ich blieb stehen, um mir die Hunde im Schaufenster einer Tierhandlung anzusehen. Als ich mich wieder umdrehte, war mein Onkel verschwunden. Sie waren gekommen und hatten ihn gepackt, als ich gerade nicht hingesehen hatte. Meine Eltern mussten kommen und mich abholen, nachdem ich im Einkaufszentrum stundenlang nach meinem Onkel gesucht hatte. Niemand sagte mir damals, dass sie ihn bereits im Müllcontainer hinter dem Restaurantbereich gefunden hatten, bevor ich meine Suche aufgab. Die Männer, die ihn gekidnappt hatten, hatten ihm den Hals vom einen Ohr zum anderen aufgeschlitzt.« Niemand im Raum gab auch nur einen Ton von sich. Er war mein Lieblingsonkel gewesen. Ich hatte ihn sehr gemocht. Im einen Moment war er bei mir, im nächsten war er verschwunden, und ich war allein. Ich habe ihn nie wieder gesehen. Du weißt nicht, wie das ist, Maria. Diese Jugendlichen wussten es jedoch. »Als ich achtzehn wurde, erzählten sie mir, was passiert war. Und sie sagten mir, wer es getan hatte.« Ich richtete den Blick wieder auf das Foto an der Wand. Dann wandte ich mich Matt zu und nickte. Er drückte eine Taste, und das nächste Foto erschien. Es zeigte denselben Mann. Diesmal war allerdings eines seiner Augen zugeschwollen. Sein Unterkiefer hing herab, sein Mund stand offen, und seine Zunge war blau angelaufen. Auf seiner rechten Wange befand sich eine tiefe Schnittwunde. Die Pupille seines offenen Auges war geweitet, aber leblos. »Dieser Mann heißt Robert Gardner. Er hat meinen Lieblingsonkel ermordet. Als ich achtzehn wurde, sagten sie mir, wer er ist und wo er wohnt.« Ich deutete auf das groteske Foto an der Wand. »So sah er aus, als ich mit ihm fertig war. Ich war achtzehn, und er war der erste Mensch, den ich tötete. Nachdem ich mit ihm fertig war, konnte er nie wieder einen von uns ermorden.« Ich blickte mich in dem Raum voller Jugendlicher um. Sie alle starrten Robert Gardners kaputtes, lebloses Gesicht an. Ein paar von ihnen sahen aus, als müssten sie sich übergeben. Das war zu erwarten gewesen. Sie hatten an diesem Tag eine Menge gesehen. Sie hatten mehr gesehen, als die meisten Menschen verkraften konnten. Aber nur ein paar von ihnen wirkten geschockt. Die übrigen wirkten inspiriert. Ich sah Matt an. Er beobachtete schweigend die Reaktion jedes einzelnen Jugendlichen. Die Inspirierten waren einen Schritt näher daran, Killer zu werden.

VIERTES KAPITEL

Am nächsten Morgen musste ich planmäßig meinen Ansprechpartner beim Geheimdienst kontaktieren. Es war jedes Mal dieselbe Prozedur. Bleibe in deiner sicheren Unterkunft, bis dein Job erledigt ist. Warte auf den richtigen Zeitpunkt. Setze dich mit dem Geheimdienst in Verbindung, um dir deinen nächsten Auftrag geben zu lassen. Rufe immer von einem Festnetzanschluss an. Vergewissere dich, dass niemand zuhört.

Jedes Mal, wenn ich anrief, klang die Frau am anderen Ende der Leitung wie die Rezeptionistin einer x-beliebigen Firma. Nachdem sie meinen Anruf entgegengenommen hatte, fragte ich drei Telefonistinnen hintereinander nach drei verschiedenen Personen. Nach jeder Anfrage wurde ich zur nächsten Telefonistin durchgestellt. Soweit ich es beurteilen konnte, existierte in Wirklichkeit keine der Personen, mit denen ich sprechen wollte. Das Ganze war nur ein Code. Die Namen bekam ich immer am Ende meines vorangegangenen Anrufs. Ich hatte gelernt, sie mir einzuprägen und niemals aufzuschreiben. Wenn man die Namen vergaß, hatte man keine Möglichkeit, den Geheimdienst zu kontaktieren, und war auf sich allein gestellt, bis sich jemand vom Geheimdienst mit einem in Verbindung setzte. Nachdem ich die Prozedur durchlaufen hatte, wurde ich mit meinem Ansprechpartner verbunden.

»Hey, Matt«, sagte ich, als sich schließlich seine vertraute Stimme meldete. Es gab eine Menge Geheimdienstmitarbeiter namens Matt. Ich war mir lange nicht sicher, warum das so war, sollte es aber bald herausfinden.

»Wie geht's, Joe?«, erwiderte Matt. Er war seit über fünf Jahren mein Ansprechpartner. »Hast du den Kids beigebracht, wie man in der wirklichen Welt überlebt?«

»Ich habe mein Bestes getan.«

»Bist du bereit für deinen nächsten Job?«

»Nein«, entgegnete ich.

Matt lachte. Er dachte, ich hätte einen Scherz gemacht, und fuhr fort: »Ich habe einen Auftrag in Montreal für dich. Einen wichtigen Auftrag. Er wurde extra für dich vorgemerkt. Anscheinend ist irgendjemand aus der Chefetage auf deine Arbeit aufmerksam geworden.«

»Ich meine es ernst, Matt«, sagte ich. »Ich bin noch nicht bereit. Ich brauche eine Pause. Keine Leichen mehr. Nicht in den nächsten Tagen. Kein Blut mehr. Nur für ein paar Tage, dann kann es weitergehen.«

»Im Ernst?« Fünf Jahre, und ich hatte Matt noch nie um eine Auszeit gebeten. Er war mir etwas schuldig. »Was erwartest du von mir?«

»Kann der Job in Montreal warten?«, fragte ich.

Matt schwieg einen Moment lang. Am anderen Ende der Leitung war das Rascheln von Papier zu hören. Ich hatte keine Ahnung, was er vorhatte. »Wie lange brauchst du?«, fragte er schließlich. Matt war ein netter Kerl. Er kümmerte sich um seine Leute. Ich nahm an, dass mein Anliegen einige Verrenkungen seinerseits erforderte.

»Ich rufe dich in fünf Tagen an und lasse mir die Details durchgeben.«

»Wo soll's denn hingehen?«, erkundigte sich Matt. Ich konnte es ihm nicht sagen. Ich hätte eigentlich keine nicht genehmigte Zeit einplanen dürfen, um mich mit anderen Soldaten herumzutreiben. Das widersprach den Bestimmungen. Das war gefährlich.

»Weg.« Mehr sagte ich ihm nicht. Sandstrände, warmes Wasser, kein Tod.

»Fünf Tage«, wiederholte Matt, während er überlegte, wie er das hinbekommen würde. »Verarsch mich bloß nicht. Ich werde mir was einfallen lassen, wie ich die Sache für dich verschieben kann, aber sieh zu, dass du in fünf Tagen einsatzbereit bist.«

»Danke, Matt.«

»Michael Bullock. Dan Donovan. Pamela O'Donnell.« Die Namen klangen im Hörer, als hätte Matt im Morsecode gesprochen. Ich prägte mir jeden Namen sofort ins Gedächtnis ein. »Pass auf dich auf, Joe.«

»Noch mal danke, Matt.« Daraufhin legte Matt auf. Mit meinem nächsten Anruf buchte ich einen Flug. Ich hatte nicht die Absicht, ihn im Stich zu lassen. Leider sind Absichten eine tückische Sache.

FÜNFTES KAPITEL

Saint Martin war nicht Saint Martin. Saint Martin war ein Hirngespinst. Ein Ort, von dem Michael in einer Zeitschrift gelesen hatte. Wir besaßen weder das Geld noch die Entschlossenheit, um an einen solchen Ort zu gelangen. Eines Tages vielleicht. Eines Tages, wenn die höheren Mächte uns für würdig erachteten, bekämen wir vielleicht genug bezahlt, um eine solche Reise unternehmen zu können. Fürs Erste war Saint Martin für uns zu einem Geheimcode geworden. Es war ein Deckname. Wenn Michael uns sagte, wir treffen uns in Saint Martin, wussten wir, wohin wir uns begeben mussten. Es handelte sich um denselben Ort, an den wir schon als Teenager gefahren waren. Unser Saint Martin war die Küste von New Jersey.

Wir waren in der Vergangenheit schon öfter in Arbeitspausen hierhergekommen. Jedes Mal, wenn wir zur selben Zeit freihatten, setzten wir alle Hebel in Bewegung, um uns auf einer schmalen kleinen Insel namens Long Beach Island vor der Küste von New Jersey zu treffen. In unserem Ersatz-Paradies. Die Zeit dafür zu finden war allerdings nicht einfach. Miteinander Kontakt aufzunehmen gestaltete sich noch schwieriger. Die Gelegenheiten, um uns tatsächlich zu treffen, wurden immer seltener. Wir mussten sie ergreifen, wann immer es möglich war, auch wenn wir alle wussten, wie gefährlich ein solcher Trip unmittelbar im Anschluss an die Jobs war, die wir im nur wenige Stunden entfernten New York erledigt hatten. Aber manchmal hatte man einfach keine Lust mehr davonzulaufen.

Ohne Auto war Long Beach Island nicht ganz einfach zu erreichen. Ich musste zurück nach Philadelphia fliegen, von dort einen Zug nach Atlantic City nehmen und mir dann einen Taxifahrer suchen, der bereit war, die einstündige Fahrt zu machen. Ich bot an, das Doppelte zu bezahlen, da ich wusste, dass er niemals einen Fahrgast für den Rückweg finden würde. Es war mitten am Tag. Da keine Schlange von Leuten auf Taxis wartete, erklärte er sich widerwillig bereit. Mein Fahrer war ein großer Schwarzer mit Bart und kurz geschorenem Haar. In Atlantic City gab es eine Menge Schwarze. Auf Long Beach Island dagegen konnte man sie an einer Hand abzählen. Sie stachen heraus. Deshalb erkannte ich ihn sofort wieder, als ich ihn das nächste Mal sah.

Ich hatte nur einen Rucksack mit Badeshorts, einem Strandtuch und etwas Wechselbekleidung bei mir. Und etwa fünfhundert Dollar in bar. Da Nachsaison war, leerte sich die Insel bereits langsam. Die Küste von New Jersey funktioniert wie ein Wasserhahn. Am Memorial Day wird er aufgedreht, und die Strände füllen sich und bleiben den ganzen Sommer brechend voll. Am Labor Day wird er wieder zugedreht, bis nur noch ein Rinnsal übrig ist, dann ein Tröpfeln, und schließlich ist die ganze Gegend menschenleer. Es war Mitte September. Um diese Jahreszeit hatte ich die Küste schon immer am liebsten gemocht. Das Wasser war warm, die Luft noch immer heiß, und es war nicht mehr viel los.

Der Taxifahrer und ich sprachen unterwegs nicht viel miteinander. Ich war froh darüber. Es sollte das, was ich später tat, viel einfacher machen. Als wir an der Brücke ankamen, die auf die Insel führt, fragte er nur: »Wohin?« Er sprach mit leichtem karibischem Akzent, ein Überbleibsel aus seiner Jugend, die er an einem exotischeren Ort als New Jersey verbracht hatte. Mit Michael und Jared hatte ich keinen Kontakt mehr gehabt, seit sie mich am Flughafen von Philadelphia abgesetzt hatten. Trotzdem wusste ich, wohin ich musste.

»Beach Haven«, sagte ich dem Fahrer. Es war immer Beach Haven. Michael bevorzugte diesen Ort. Es gab dort mehr Bars als in den anderen Orten. Und mehr alkoholisierte Frauen.

»In Ordnung, Sir«, erwiderte der Fahrer. Während er fuhr, öffnete ich meinen Rucksack und holte meine Badeshorts hervor. Ich zog auf dem Rücksitz meine Jeans aus und schlüpfte in die Badeshorts. Der Taxifahrer beobachtete mich im Rückspiegel und schüttelte den Kopf. Ich weiß nicht, was er in dem Moment dachte.

»Ich ziehe nur meine Badeshorts an«, erklärte ich, und er wandte den Blick ab. Die Sonne schien hell auf die kleine Insel herab. Wir fuhren über die Brücke und bogen rechts nach Beach Haven ab. Als wir dort ankamen, sagte ich ihm, in welche Straße er einbiegen solle, und bat ihn, mich am Strand abzusetzen.

»Danke, Kumpel«, sagte ich beim Aussteigen.

»Ich bin nicht Ihr Kumpel«, erwiderte er, nahm mein Geld und zählte es. Eine tolle Art und Weise, um einen Urlaub zu beginnen, dachte ich. Dabei wusste ich noch nicht einmal die Hälfte. Ich trat auf den heißen Asphalt, war aber nur zwei Schritte vom weißen Sand entfernt, der zum Strand führte. Einen Augenblick später gruben sich meine Zehen in den feinen, puderartigen Sand. Früher, als wir Kinder waren, war er sogar noch weicher gewesen, bevor man in dem vergeblichen Versuch, die Insel davor zu bewahren, für immer weggespült zu werden, damit begonnen hatte, anderen Sand heranzukarren.

Ich ging den schmalen Pfad entlang, der über die Dünen zum Strand führte. Der Taxifahrer wartete und beobachtete mich, bis ich den kleinen Hügel erklommen hatte. Erst dann hörte ich ihn wegfahren.

Oben auf dem Hügel angekommen blickte ich auf das Meer vor mir. Mein Gott, es war einfach wunderschön. Jedes Mal, wenn ich es sah, fühlte ich mich wieder ganz klein. Ich liebte dieses Gefühl. Die Sonne brannte auf die Wasseroberfläche und ließ die Wellen glitzern, die auf den Strand zurollten. Ich fühlte mich zu Hause. Dieser Ort war einer von nur zwei oder drei Orten auf der Welt, die mir dieses Gefühl vermittelten.

Nachdem ich das Wasser ein paar Augenblicke lang betrachtet hatte, suchte ich den Strand nach meinen Freunden ab. Hier trafen wir uns jedes Mal: an diesem Strand. Entweder würde ich sie sehen, oder ich würde mich in den Sand legen und warten, bis sie auftauchten. Zunächst entdeckte ich keinen von ihnen. Der Strand war noch immer ziemlich voll. Ungefähr alle anderthalb Meter lag ein Handtuch oder eine Decke. Der Anblick glich einem Postkartenmotiv aus den 1950er-Jahren. Ich holte mein Handtuch aus dem Rucksack und ging zum Meer hinunter. Dann breitete ich es gut fünf Meter vom Wasser entfernt im Sand aus und legte mich hin. Die Luft war warm. Ich bin mir nicht sicher, ob ich eingeschlafen bin. Wenn dem so war, muss ich von anderen Sandstränden geträumt haben, da ich mich an nichts anderes erinnere. Zumindest nicht, bis Michael kam und mir Sand ins Gesicht kickte.

»Du Arschloch«, sagte ich, ohne die Augen zu öffnen, da ich mir der Anwesenheit der Kinder um mich herum überhaupt nicht bewusst war. Ich sprang auf und rannte los. Erst nach etwa der Hälfte des Strandes holte ich Michael ein. Er versuchte zu entkommen, indem er im Zickzack lief, wusste jedoch, dass ich mehr Ausdauer besaß als er. Schließlich stürzte ich mich auf seine Beine und brachte ihn zu Fall. Dann kletterte ich auf seinen Rücken und drückte ihm das Gesicht in den Sand. »Ich habe mich prächtig amüsiert, bis du aufgetaucht bist«, sagte ich zu ihm.

»Geh runter von mir, Fettsack«, murmelte er mit Sand im Mund. Ich ließ ihn wieder aufstehen, und er versuchte, so viel Sand wie möglich von seinem Körper abzuwischen. Es war eine Sisyphusarbeit. Nach jedem Wischen blieb ein weißer Rest zurück. »Du weißt wirklich, wie man jemanden begrüßt«, beklagte er sich, während er versuchte, seinen Rücken vom Sand zu befreien.

»Du hast angefangen.« Ich fühlte mich, als wäre ich wieder zwölf.

»Also gut«, erwiderte Michael. »Lass dich drücken.« Er zog mich an sich und umarmte mich fest. Ich roch den Kokosduft seiner Sonnencreme. »Schön, dass du da bist, Joey. Wir kommen seit drei Tagen täglich hierher.«

»Ja, tut mir leid, aber ich habe es einfach nicht früher geschafft«, sagte ich. »Ich nehme an, wir wohnen nicht an diesem Strand.«

»Nein. Ich habe ein tolles Appartement am Meer für uns gefunden, ungefähr fünfzehn Querstraßen von hier.«

»Wo ist Jared?«

»Er ist in unserem Appartement, kümmert sich um die Drinks und wartet darauf, dass du auftauchst, du fauler Sack.« Michael warf mir einen langen Blick zu. Ich erwiderte ihn. Was ich sah, war mein siebzehnjähriger Freund, wenngleich fast ein Jahrzehnt vergangen war, seit wir in diesem Alter gewesen waren. Es kam mir vor, als würde ich durch eine Zeitmaschine blicken. Wenn ich Michael ansah, sah ich nur einen unschuldigen, glücklichen Jungen – obwohl er keinesfalls mehr unschuldig war. »Also, was möchtest du tun?«, fragte er schließlich.

»Lass uns einfach zu unserem Appartement gehen«, erwiderte ich.

Da wir keine Eile hatten, gingen wir die fünfzehn Querstraßen am Strand entlang. Das war alles, was ich mir von der Woche erwartete: keine Eile. Wir gingen nah am Wasser, und jedes Mal, wenn eine Welle heranrollte, spürte ich, wie das warme Wasser meine Knöchel umspülte. Michael beäugte im Gehen die Frauen am Strand. Er starrte jede Einzelne von ihnen an. Weder Alter noch Gewicht schreckten ihn ab. »Hast du denn gar keine Ansprüche?«, fragte ich ihn, als er eine Frau Ende vierzig anstarrte, als diese ihre Shorts auszog und sich auf eine Decke legte.

Michael kam einen Schritt näher und legte im Gehen den Arm um mich. »Ich sehe eben überall Schönheit«, entgegnete er mit einem Grinsen.

»Genau«, erwiderte ich.

»Komm schon, Mann. Du musst ein bisschen lockerer werden. Was glaubst du denn, wozu Strände da sind? Um zu gaffen und begafft zu werden – darum dreht sich alles, Joe.«

»Alles, ja?«

»Alles.« Michael lachte. »Das ist noch gar nichts, Joe. Wart ab, bis wir nach Saint Martin kommen. Die Strände dort sind wie ein dreidimensionales Pornomagazin.« Diesmal lachte ich. »Ein Paradies«, fuhr er fort. »Wie der Garten Eden, nur dass man nicht rausgeschmissen wird, wenn man einen Ständer bekommt.« Er nickte, während er sprach. Es klang ziemlich vielversprechend.

Nach einem ungefähr fünfundvierzigminütigen Fußmarsch

näherten wir uns dem Haus. Meine Haut kribbelte bereits durch die Sonneneinstrahlung, und ich konnte es kaum erwarten, in den Schatten zu kommen. Michael hatte uns ein Appartement unmittelbar am Strand besorgt. Es befand sich im Obergeschoss eines kleinen Zweifamilienhauses. Als wir den Hügel hinauf und auf das Haus zugingen, sah ich Jared lesend auf einem Stuhl auf der Veranda sitzen, die Füße auf dem Tisch vor ihm. »Sieh mal, was ich gefunden habe«, rief Michael, sobald wir nahe genug waren, dass Jared ihn hören konnte. Jared winkte uns mit dem ganzen Arm zu. Ich winkte zurück und beobachtete, wie er sein Buch weglegte und ins Haus marschierte.

»Das Haus sieht super aus«, sagte ich zu Michael.

»Freut mich, dass es dir gefällt«, erwiderte Michael. »Du schuldest mir nämlich siebenhundert Dollar für die Woche.«

Als wir beim Haus ankamen, war Jared wieder draußen auf der Veranda. Er war hineingegangen, um einen Mixbecher und Gläser zu holen, damit er Cocktails zubereiten konnte. Die Veranda war traumhaft. Man konnte von ihr über die Dünen blicken und beobachten, wie die Wellen auf den Sand schlugen. Das Krachen der Wellen war das einzige Geräusch, das vom Strand bis hierher drang. Das Krachen, dann Stille, bis sich langsam das nächste Donnern aufbaute.

Michael verschwand sofort im Badezimmer, als wir ankamen, und ließ Jared und mich allein auf der Veranda zurück. Ich war mit meinem ältesten Freund schon eine ganze Weile nicht mehr allein gewesen. »Und, wie sehen die Pläne aus?«, fragte ich ihn.

»Jetzt gleich? Was trinken. Rumsitzen. Das Meer betrachten.« Jared lächelte und griff zum Mixbecher. Er hatte eine Auswahl von alkoholischen Getränken und Säften vor sich.

»Und heute Abend?«, erkundigte ich mich.

»Machst du Witze? Michael wartet schon die ganze Woche darauf, dass du auftauchst, damit wir gemeinsam die Bars unsicher machen können. Du solltest ihn lieber nicht im Stich lassen.« Damals war das nur so dahingesagt. Jared und ich konnten nicht ahnen, wie sehr ich Michael später im Stich lassen würde.

»Wir sollten es heute Abend entspannt angehen«, erwiderte ich. »Ich kann ein bisschen Ruhe gebrauchen, bevor die Sache ausufert.«

»Ich denke, das lässt sich machen«, sagte Jared. Die Sonne senkte sich langsam über der Bucht auf der anderen Seite der Insel und blendete uns. Trotz des Gegenlichts konnte ich Jared lächeln sehen.

»Was wird das?«, erkundigte ich mich, während ich Jared dabei beobachtete, wie er abmaß, eingoss und mixte.

»Die mache ich bereits seit zwei Tagen. Wenn wir Michael schon nicht in die Karibik bringen, dann können wir zumindest ein bisschen was von der Karibik zu Michael bringen, hab ich mir gedacht.«

»Was ist da alles drin?«

»Ein bisschen Rum, Ananassaft, Orangensaft und etwas Kokosnusscreme. Ist ein angesagter Cocktail in der Karibik. Möchtest du einen?« Jared goss das schäumende Gebräu in ein Glas.

»Klingt für mich ein bisschen mädchenhaft. Wie heißt er denn?«

»Painkiller.«

»Also gut«, entgegnete ich. »Dann mach mir einen doppelten.«

An diesem Abend tranken wir Painkiller und aßen Burger auf der Veranda, während sich der Himmel über uns verdunkelte. Michael gab nach und war mit einem entspannten Abend einverstanden, nachdem ich ihm versprochen hatte, dass er bestimmen dürfe, was wir am nächsten Tag unternehmen würden. Also suchten wir uns am ersten Abend eine kleine Bar in der Bucht aus, in der erfahrungsgemäß nie viel Betrieb war. Als wir dort eintrafen, war sie fast leer. Es lief Countrymusic von Jimmy Buffet, damit die Gäste vergaßen, dass sie sich in einer kleinen heruntergekommenen Bar in New Jersey befanden. Wir traten ein und steuerten geradewegs auf die Theke zu. Michael versuchte, einen Painkiller zu bestellen. Der alte Mann hinter dem Tresen sah ihn an wie einen Außerirdischen. Michael entschied sich für ein Bier.

Ich schnappte mir einen Barhocker und setzte mich. Ich hatte nicht vor, wieder aufzustehen, bis wir gingen. Michael und Jared wollten sich noch ein bisschen umsehen, bevor sie sich setzten. Sie kamen nicht zurück, da sie hinten in einer Ecke ein altes Bar-Spiel entdeckten. Ich kannte Jared und Michael gut genug, um zu wissen, dass sie sich davon nicht würden losreißen können, bis sich einer von ihnen zum Champion der Bar erklärt hatte. Das Spiel schien ziemlich simpel zu sein. Von der Decke hing an einer Schnur ein kleiner goldfarbener Ring herab, der sich ungefähr auf Brusthöhe befand. Etwa anderthalb Meter davon entfernt stand ein Pfosten, an den ein Haken geschraubt war. Ziel des Spiels war es, den Ring zu nehmen, sich hinter eine auf den Boden geklebte Linie zu stellen und zu versuchen, ihn so schwingen zu lassen, dass er an dem Haken hängen blieb. Das schien einfach zu sein, bis man jemanden dabei beobachtete, wenn er es versuchte. Ich saß mit meinem Getränk in der Hand da und sah zu, wie sich meine Freunde abwechselnd hinter der Linie aufstellten und den Ring schwingen ließen. Es war unglaublich frustrierend, und dabei spielte ich nicht einmal selbst. Wenn man mit dem Ring direkt auf den Haken zielte, prallte er ab und kam wieder zurück. Stattdessen musste man ihn leicht zur Seite schwingen lassen, damit er den Haken auf dem Weg nach oben passierte und sich an diesem verfing, wenn er wieder zu einem zurückschwang.

Frust war bei meinen Freunden noch nie eine leise Emotion gewesen. Jareds und Michaels Wettkampf begann recht leise, doch es dauerte nicht lange, bis die beiden lauter waren als die Musik, die aus den Lautsprechern der Bar tönte. Ich sah abwechselnd den beiden und den Luftbläschen zu, die in meinem Bier aufstiegen, und war vollkommen zufrieden damit, einfach nur dazusitzen und meinen Weg zu betäubender Trunkenheit fortzusetzen. Dabei vernachlässigte ich meine Deckung. Als ich beim dritten oder vierten Bier war, setzte sich eine Frau neben mich an die Theke. Es hatte den Anschein, als wäre sie allein. Sie warf einen Blick hinüber zu Michael und Jared. Die beiden waren kaum zu ignorieren. Sie waren schon immer schwer zu ignorieren gewesen. Sie sah sie an, lachte und drehte sich dann zu mir. »Freunde von dir?«, fragte sie.

Es dauerte einen Moment, bis mir bewusst wurde, dass sie mit mir sprach. Als ich es schließlich begriff, versuchte ich, den Unbeteiligten zu spielen. »Wie kommst du denn darauf?«, fragte ich sie. Die Frau trug ein dünnes ärmelloses Oberteil und einen langen Rock mit Hawaii-Muster. Sie war asiatischer Abstammung und vermutlich Ende zwanzig. Außerdem wirkte sie durchtrainiert und nicht wie ein typisches Jersey-Mädchen. Sie schien in keiner Hinsicht typisch zu sein.

»Keine Sorge, ich finde die beiden süß«, sagte sie zu mir und betrachtete meine Freunde, die sich gegenseitig beschimpften.

»Sie werden sich doch hoffentlich nicht umbringen, oder?« Ich sah zu Jared und Michael hinüber. Ihr Verhalten war für mich nichts Neues. Vermutlich war die beste Strategie die, sie einfach zu ignorieren. Diese Strategie hatte ich in den vergangenen zehn Jahren schon viele Male angewendet.

»Bist du allein hier?«, fragte ich. Aus mir sprach der Alkohol, der mir den Mut einflößte, den ich normalerweise nicht besaß.

»Vielleicht«, erwiderte sie. Sie hatte einen seltsamen Akzent. »Was würdest du über eine Frau denken, die allein in eine Bar geht?«

»Wenn sie aussehen würde wie du?«, entgegnete ich. »Ich würde denken, dass sie mysteriös ist. Ein bisschen bedauernswert, aber auf jeden Fall mysteriös.«

»Na toll. Mysteriös und bedauernswert.« Sie lachte.

»Tja«, erwiderte ich, »man kann's nicht jedem recht machen.«

Wir saßen eine Weile schweigend da und beobachteten Jared und Michael dabei, wie sie sich stritten. »Und« – die Frau brach schließlich das Schweigen – »kommst du öfter hierher?«

Ich stellte mein Bier wieder auf der Theke ab. »Versuchst du, mich abzuschleppen?«

»Noch nicht«, sagte sie lächelnd. Sie hielt inne und biss sich seitlich auf die Unterlippe. »Wahrscheinlich sollte ich dich erst mal kennenlernen.«

»Wirst du dann versuchen, mich abzuschleppen?«

»Vielleicht, wenn mir gefällt, was ich höre.« Sie legte mir die Hand auf den Ellbogen, als sie sich auf den Barhocker neben mir setzte. Ihre Haut war rauer, als ich erwartet hätte, aber warm, und meine Haut glühte unter ihrer Berührung. »Wie heißt du denn?«

»Joseph«, erwiderte ich und streckte ihr die Hand hin, um die ihre zu schütteln. Es war das erste Mal seit Ewigkeiten, vielleicht sogar seit der Highschool, dass ich einer Frau meinen echten Namen verraten hatte. Es fühlte sich gut an.

»Catherine«, sagte sie unaufgefordert und gab mir die Hand.

»Woher kommst du, Catherine?«, fragte ich. »Du hast einen eigenartigen Akzent.«

»Ja, ja, mein Akzent. Ich kann nirgendwo auf der Welt hingehen, wo die Leute nicht denken, ich hätte einen Akzent.« Sie sah mich an, musterte mein Gesicht, suchte darin nach irgendetwas. Damals hielt ich das für ein gutes Zeichen. »Ich bin in Vietnam aufgewachsen, habe aber in London studiert.«

»An der Küste von Jersey begegnet man nicht allzu vielen Leuten mit einem solchen Stammbaum«, sagte ich. Sie lachte. Ihr Lachen gefiel mir.

»Was ist mit dir? Woher kommst du?«, fragte sie.

»Von hier«, erwiderte ich. Noch machten mich ihre Fragen nicht nervös.

»Tatsächlich? Du bist aus New Jersey?«

»Na ja, nicht direkt aus New Jersey. Ich lebe in einem Vorort von Philadelphia«, log ich. Lügen war einfacher, als die Wahrheit zu sagen.

»Dann verbringst du also viel Zeit hier?«, fragte Catherine, beugte sich zu mir und drückte die Arme seitlich gegen ihre Brüste, sodass diese beinahe aus ihrem Ausschnitt quollen. Ich spürte im Nu meinen Puls im Kopf. »Ich bin ziemlich neu in der Gegend«, fügte sie hinzu. »Ich bin gerade erst von New York hierhergezogen. Kommst du öfter mal dorthin?«

»Ab und zu«, entgegnete ich. »Ich muss manchmal beruflich hin.« Mir war bewusst, dass das gefährlich nahe an der Wahrheit lag.

»Tatsächlich? Was machst du denn?«, fragte Catherine und setzte weiterhin geschickt ihr Dekolleté ein, um mich zu hypnotisieren.

»Mich abrackern«, erwiderte ich und beschloss, von mir abzulenken. »Was ist mit dir?«

Catherine lachte. »Nein, ehrlich. Was machst du? Wenn ich dich abschleppen soll, muss ich wissen, ob du beruflich etabliert bist.« Sie lächelte mich an. Ich wünschte mir, sie würde niemals aufhören, mich anzulächeln.

»Darüber brauchst du dir keine Sorgen zu machen«, entgegnete ich. Ich beugte mich zu ihr vor. Ich war betrunken und erregt und völlig von der Rolle.

»Lass das mal lieber mich beurteilen«, wies sie mich zurecht. Ich nahm an, dass ich mir einen gut bezahlten Job ausdenken musste, wenn ich sie ins Bett bekommen wollte.

»Also gut. Ich bin Finanzberater«, log ich. Während unserer Ausbildung war uns beigebracht worden, anderen zu erzählen, dass wir Berufe hatten, die kaum Nachfragen hervorriefen. Man hatte uns empfohlen zu sagen, wir seien Produktmanager für einen Kleiderbügelhersteller oder Vertreter für Kunststoff-Türstopper. Mit anderen Worten, man hatte uns nahegelegt, Jobs zu wählen, die jede Unterhaltung im Keim erstickten. Selbstverständlich war uns nicht beigebracht worden, wie man das tut und gleichzeitig flachgelegt wird. Das war wirklich eine Lücke im Lehrplan.

Ihr Lächeln wurde breiter. »Gibt es in Philadelphia großen Bedarf an Vermögensberatung?«

»Kleiner Teich, dicke Fische«, erwiderte ich.

»Solltest du nicht besser in New York arbeiten? Dort werden doch alle Geldgeschäfte gemacht, oder?«, entgegnete Catherine. Es machte mich langsam unruhig, dass sie immer wieder New York erwähnte. »Ich meine, du könntest im Zentrum arbeiten und in Brooklyn wohnen. Ich liebe Brooklyn.« Sie hielt das Wort *Brooklyn* einen Augenblick im Mund, bevor sie es aussprach. »Warst du schon mal in Brooklyn?« Jetzt begannen in meinem Kopf die Alarmglocken zu läuten. Ich ging in Gedanken die letzten Momente durch, die ich in Brooklyn verbracht hatte. Es war erst eine Woche her. Ich sah das Gesicht der Frau, die ich erwürgt hatte. Ich hörte die Stimmen ihrer Kinder. Alles, was ich an der Küste von Jersey hatte vergessen wollen, holte mich wieder ein. Catherine saß einfach nur da, sah mich an und beobachtete, wie mir das Blut aus dem Gesicht wich. »Alles in Ordnung mit dir?«, fragte sie. Ihre Stimme klang kalt. Aus ihr war keine Anteilnahme herauszuhören. Mir wurde schwindlig. Ich musste das Thema wechseln. Ich nahm einen großen Schluck Bier aus der Flasche, die vor mir stand, und atmete ein paar Mal durch, um die Fassung zurückzugewinnen. Mein Puls raste. Wenn ich nicht betrunken und so erregt gewesen wäre und wenn ich nicht den Tag am Strand verbracht und versucht hätte, mein ganzes Leben zu vergessen, wäre es mir vielleicht gelungen, einen kühlen Kopf zu bewahren. *War ich schon mal in Brooklyn?*

»Nein«, antwortete ich und versuchte, genug Zeit zu gewinnen, um mich wieder zu sammeln. »Vielleicht ein oder zwei Mal.« Ich hörte mich unnatürlich schnell sprechen. »Ich kann mich nicht mehr genau erinnern.« Ich sah Catherine an, versuchte, ihre Reaktion zu lesen. Ich hielt nach Verwirrung Ausschau. Jeden normalen Menschen hätte mein Verhalten verwirrt. Sie dagegen saß einfach auf ihrem Hocker und hatte nach wie vor ein schmales Lächeln auf den Lippen. Ich wollte, dass sie aufhörte zu lächeln. Reiß dich zusammen, sagte ich mir. Ich versuchte, mich dazu zu zwingen zu vergessen, dass mir beigebracht worden war, Paranoia sei unser bester Freund. Meine besten Freunde spielten am anderen Ende des Raums Ringewerfen. Ich wollte nur diese Frau ansehen und alles andere vergessen. Ich ließ den Blick abermals über Catherines durchtrainierten Körper wandern. Sie lehnte sich auf ihrem Hocker zurück, den Blick auf mich geheftet, und trank ihren Cocktail durch einen Strohhalm.

»Und, möchtest du dich mal an diesem Ringspiel versuchen?«, fragte ich, da ich aufstehen musste, ehe ich von meinem Barhocker fiel. Bevor Catherine die Frage beantworten konnte, erhob ich mich und ging in den hinteren Bereich der Bar zu meinen unerträglich lauten Freunden. Ich hegte die zweifelhafte Hoffnung, dass sie mir folgen würde, dass wir dieses alberne Spiel spielen würden und dass ich sie anschließend mit nach Hause nehmen und am nächsten Morgen neben ihrem durchtrainierten nackten Körper aufwachen würde. Irgendwo tief in meinem Bauch spürte ich jedoch, dass es dazu nicht kommen würde.

Etwa auf halbem Weg von der Theke zu meinen Freunden blieb ich stehen und blickte mich um. Catherine war weg. Sie war einfach verschwunden. Eine halbe Minute zuvor war sie noch da gewesen, doch jetzt war sie weit und breit nirgends zu sehen. Mir wurde flau im Magen. Ich gab mir Mühe, dieses Gefühl als Enttäuschung abzutun, log mir dabei aber in die eigene Tasche, und das wusste ich auch. Es hatte nichts mit Enttäuschung zu tun. Das Gefühl in meiner Magengegend sagte mir, dass irgendetwas nicht stimmte. Ein Jammer, dass ich nicht darauf hörte.

»Also gut, Joe«, sagte Jared, als ich auf meine beiden alten Freunde zuging. »Mal sehen, wie du dich anstellst.« Er klopfte mir auf den Rücken.

»Ich glaube, die Schnur ist zu kurz«, rief Michael. »Hey, Barmann, was ist mit dieser Schnur los?« Der Barkeeper reagierte nicht. Er schüttelte nur den Kopf und sah weg. Ich trat einen Schritt vor und positionierte die Füße hinter dem Klebeband auf dem Boden.

»Wer war die Schönheit an der Theke?«, erkundigte sich Michael. Ich nahm den Ring in die rechte Hand und trat mit dem linken Fuß nach hinten, als wollte ich einen Dartpfeil werfen. »Und wohin ist sie verschwunden?« Michael lachte, da er davon ausging, dass ich bei ihr abgeblitzt war. Er hatte keinen blassen Schimmer. Ich schloss ein Auge und versuchte, den kleinen Ring in meiner Hand in eine Linie mit dem Haken an dem Pfosten zu bringen. Der Raum drehte sich, was zur Hälfte am Alkohol lag und zur Hälfte daran, dass ich mein Herz nicht dazu bringen konnte, langsamer zu schlagen.

»Irgend so ein Mädchen«, erwiderte ich. Ich ließ den Ring los und schob ihn dabei leicht zur Seite. Er beschrieb einen langsamen Bogen nach links, kehrte um und näherte sich dem Haken. Der goldfarbene Ring funkelte im Licht der Bar, als er zu uns zurückschwang. Dann verfing er sich mit einem leisen Klimpern an dem Haken. Michael stieß ein unverständliches Heulen aus. Die Schnur wurde schlaff, und der Ring hing an dem Haken, der an den Pfosten geschraubt war. Volltreffer.

Am nächsten Morgen stand ich früh auf, ging mit meinen Kopfschmerzen an die frische Luft und sah mir den Sonnenaufgang an. Als Kind war ich jeden Sommer mindestens ein Mal aufgestanden, um den Sonnenaufgang zu beobachten. Es hat mir schon immer gefallen, die Welt aufwachen zu sehen. Die Veranda des Strandhauses war dafür wie gemacht. Man konnte sich morgens dort hinsetzen und beobachten, wie der

Himmel heller wurde, konnte zuhören, wie die Möwen lebendig wurden, konnte die Sonne auf der Haut spüren, wenn sie am Horizont aufging, und brauchte sich dazu trotzdem nicht viel weiter als fünf Meter von seinem Bett zu entfernen. Mein Plan war, mich wieder hinzulegen, sobald das Spektakel vorüber war. Ich hatte noch ein wenig Schlaf nachzuholen.

Am Morgen waren Catherine und meine kleine Panikattacke nur noch undeutliche Erinnerungen. Ich redete mir ein, dass ich einfach noch ein bisschen Zeit brauchte, um runterzukommen. Sieh dir den Sonnenaufgang an. Leg dich wieder ins Bett. Schlaf bis Mittag. Ich glaubte, das wäre alles, was ich brauchte, um mich auszukurieren.

Der Himmel war noch dunkelviolett, als ich die Veranda betrat. Der Wind wehte vom Meer. Es war kalt. Kurz vor Tagesanbruch mag es zwar nicht am dunkelsten sein, aber es ist ganz bestimmt am kältesten. Ich ging wieder ins Haus und zog ein Laken von meinem Bett, damit ich mich darin einwickeln konnte, während ich dasaß und zum Horizont starrte. Dann begann ich meine Nachtwache, saß in das Laken eingewickelt auf der Veranda des alten Ferienhauses und wartete auf den Sonnenaufgang.

Der Himmel war kaum heller geworden, als ich auf der Veranda Gesellschaft bekam. »Wie in alten Zeiten«, hörte ich eine Stimme hinter mir sagen. Ich drehte mich um und sah Jared hinter der Windfangtür stehen. »Ich dachte mir, dass du vielleicht hier draußen bist«, sagte Jared.

Ich zuckte mit den Schultern. »Wozu braucht man ein Haus am Strand, wenn man nicht aufsteht, um sich den Sonnenaufgang anzusehen?«

»Soll ich dir Gesellschaft leisten?«, fragte Jared.

»Wie in alten Zeiten«, erwiderte ich und gab ihm mit einem Nicken zu verstehen, dass er nach draußen kommen solle.

»Was hat es eigentlich mit dir und Sonnenaufgängen auf sich, Ponyboy?«, fragte Jared, als er sich auf dem Stuhl neben mir niederließ. Ich lachte. Ich konnte mich nicht erinnern, wie viele Sonnenaufgänge Jared mit mir beobachtet hatte. Er schien es immer widerwillig zu tun, aber er tat es trotzdem.

»Die haben eben so was an sich«, entgegnete ich. Wenn mir eine bessere Antwort eingefallen wäre, hätte ich sie benutzt.

»Eines Tages werden wir Michael schon noch dazu bringen, uns dabei Gesellschaft zu leisten«, sagte Jared.

»Ja, klar. Das würde ich mir dann ewig anhören müssen.« Wir lachten beide. Ich glaube nicht, dass Michael jemals so früh aufgestanden ist, zumindest nicht dann, wenn er keinen Job zu erledigen hatte. Jared und ich saßen ein paar Minuten schweigend da und betrachteten das Meer, als rechneten wir damit, von irgendetwas überrascht zu werden. Tatsache ist jedoch, dass Sonnenaufgänge keine Überraschungen bieten, ganz egal, was sich sonst im eigenen Leben abspielt. Der Himmel wurde heller und verfärbte sich von dunkelviolett in ein tiefes Rot. Ich hörte, wie die Möwen über unseren Köpfen zu kreischen begannen. Wo sie sich nachts aufhielten, hatte ich mich nie gefragt. Ich war daran gewöhnt, dass Dinge einfach verschwinden und wieder auftauchen.

Schließlich brach Jared das Schweigen. »Und, wie geht's dir so? Ist schon eine ganze Weile her, nicht wahr?«

Das stimmte. »Ja, es ist schwierig, Zeit zu finden«, antwortete ich.

»Das kann man wohl sagen.« Jared schüttelte den Kopf. »Aber jetzt mal im Ernst, alles in Ordnung mit dir? Du stehst irgendwie neben dir.« In Jareds Stimme war aufrichtige Besorgnis zu hören.

»Ich bin einfach nur müde«, log ich. Ich wusste nicht, weshalb ich log. Es gab nur so wenige Menschen, denen ich überhaupt etwas anvertrauen konnte. Lügen war einfach. »Ich hatte eine kleine Pause nötig, das ist alles.«

»Du wirst frühzeitig alt«, spottete Jared.

»Vielleicht.« Ich blickte zu Jared hinüber, um zu sehen, ob sich auf seinem Gesicht die gleiche Müdigkeit abzeichnete wie auf meinem. So war es, aber er ging anders damit um. Jared war eine Maschine. »Macht dir das ständige Töten und Davonlaufen, Davonlaufen und Töten denn gar nicht zu schaffen? Macht dich das nicht müde?«

»Manchmal schon«, sagte Jared. Er log mich ebenfalls an. Es machte ihn nicht müde. Er gab sich Mühe, mich aufzubauen, und es gelang ihm. Er legte einen Fuß auf das Geländer und lehnte sich in seinem Stuhl zurück. »Manchmal kommt einem alles unwirklich vor, findest du nicht?« Jared verschränkte die Arme gegen die kühle Luft. »Konntest du dir mit vierzehn vorstellen, dass wir eines Tages hier sein würden?«

»An der Küste von New Jersey? Wir waren doch mit vierzehn schon hier«, scherzte ich.

Jared ging nicht auf meinen Scherz ein, sondern fuhr fort: »Nein, ich meine, hier, an diesem Punkt in unserem Leben. Dass wir tun würden, was wir tun.«

»Nein.« Ich schüttelte den Kopf. Was meine Antwort betraf, war ich mir sicher. »Um ehrlich zu sein, hätte ich mir mit vierzehn niemals vorstellen können, dass wir später einmal tun würden, was wir tun. Und selbst wenn ich es mir hätte vorstellen können, wäre ich wahrscheinlich nicht gerade begeistert gewesen.« Ich ließ den Blick über den Strand schweifen. Die frühmorgendlichen Strandgutsammler gingen am Wasser entlang. Ein paar Leute mit langen Angeln warfen ihre Leinen in die Fluten aus.

»Da machst du dir was vor, Joe. Das weiß ich, und du weißt es ebenfalls. Du wärst total begeistert gewesen. Ich weiß, dass ich begeistert gewesen wäre. Als wir vierzehn waren und in deiner Einfahrt Basketball spielten, war ich mir sicher, dass wir wie all die anderen Loser auf der Highschool in irgendwelchen sinnlosen, ausweglosen Jobs enden würden. Das heißt, wenn es überhaupt so weit kommen würde, nachdem unsere Verwandten der Reihe nach starben und uns niemand sagen wollte, warum. Vergiss nicht, warum wir überhaupt Freunde geworden sind, Joe.«

»Ich erinnere mich schon«, sagte ich. Aberglaube war es, was uns zusammengeführt hatte – nicht unserer, sondern der anderer Kinder, die überzeugt davon waren, dass wir Unglück brächten. Sie wollten nicht einmal mit uns sprechen, da sie glaubten, wir seien mit einer Art tödlichem Fluch belegt.

»Meine Mutter, mein Bruder, mein Onkel, dein Onkel, deine Großeltern, dein Vater, deine Schwester. Ich war mir ziemlich sicher, dass alle, die mir am Herzen lagen, tot sein würden, wenn ich zwanzig war.« Jared stand auf. »Möchtest du ein Bier? Ich hole mir ein Bier.« Es spielte keine Rolle, dass es ungefähr fünf Uhr morgens war. Ein Bier klang gut. Ich nickte. Jared ging in die Küche und kam mit zwei Flaschen in der Hand zurück. Er öffnete eine davon und reichte sie mir. Dann öffnete er die andere und nahm einen kräftigen Schluck. Ich wollte den Rest dessen hören, was er zu sagen hatte. Ich wollte überzeugt werden. »Aber sieh uns jetzt mal an. Unser Leben hat eine Bedeutung, Joe. Weißt du, was die meisten Menschen auf dieser Welt dafür geben würden, ein bisschen Bedeutung in ihrem Leben zu haben?« Er trank erneut einen großen Schluck Bier.

»Du weißt ja, dass ich hin und wieder unterrichte«, sagte ich. Jared nickte. Ich hatte ihm bereits davon erzählt. Nicht jeder Soldat unterrichtete; nur ein paar von uns wurden dafür ausgesucht. Weder Jared noch Michael hatten jemals unterrichtet. »Wenn die Jugendlichen fragen, warum wir kämpfen, geben wir eine ausweichende Antwort. Wir sagen ihnen das, von dem wir wissen, dass es funktioniert. Und sie geben sich damit zufrieden.«

»Das liegt daran, dass sie keinen Grund brauchen, Joe. Was in ihnen brennt, genügt ihnen als Grund. Wenn man Leidenschaft besitzt, braucht man keinen Grund. Erst wenn man älter wird, so wie wir, fängt man an, Fragen zu stellen. Je älter man wird, desto mehr verliert man von seiner Leidenschaft und desto mehr sucht man nach einem Grund für alles.« Jared nahm einen Zug von seinem Bier. »Hast du jemals einen von den alten Typen, bei denen du während eines Jobs gewohnt hast, gefragt, worum es bei diesem Krieg geht?« Ich schüttelte den Kopf. Ich war nie auf die Idee gekommen zu fragen. Allerdings hatte ich jede Menge Geschichten gehört. Das hatte jeder. Jared lachte. »Die hören gar nicht mehr auf, Mann.« Er schüttelte den Kopf. »Die kauen dir regelrecht das Ohr ab mit ihren Geschichten.«

»Glaubst du sie? Die Geschichten, die sie erzählen?«

Jared überlegte kurz. »Ja«, sagte er. »Ich nehme an, man wird nicht so alt, ohne etwas zu wissen.«

»Dann sind wir also die Retter der Welt?«, sagte ich halb fragend. »Wir sind die Einzigen, die sie aufhalten können?«

»Ich habe nicht den Eindruck, dass es irgendjemand anders versucht. Sieh mal, Joe, ich behaupte nicht, dass ich alle Details kenne, aber ich weiß, dass das Morden und der Tod notwendig sind. Und du weißt es auch.« Wusste ich es? »Wenn wir gewonnen haben, wird die Welt ein besserer Ort sein. Dafür tragen wir die Verantwortung.« Jared glaubte jedes Wort, das er sagte. Ich glaubte gerade genug.

»Ich weiß nicht«, entgegnete ich, »vielleicht geht mir einfach der Hass aus.« Ich trank einen Schluck Bier.

»Mit Hass hat das nichts zu tun. Du tickst nicht mehr ganz richtig.« Er tippte mir mit dem Flaschenhals gegen die Stirn. »So ist es nun mal. Ich habe Hass empfunden, als ich erfuhr, dass einer dieser Scheißkerle meinen kleinen Bruder drei Monate nach seinem achtzehnten Geburtstag umgebracht hat. Das war Hass. Du hast Hass empfunden, als du herausgefunden hast, dass dein Vater nicht bei einem Autounfall starb. Ich erinnere mich. Ich war da. Mir ist der Hass schon längst ausgegangen. Hass hat keine Disziplin.« Wenn Jared eines besaß, dann war es Disziplin.

»Und was ist es jetzt?«, fragte ich. »Was treibt dich an?« Ich dachte, dass das, was Jared antrieb, vielleicht auch bei mir funktionieren würde.

Jared überlegte kurz, bevor er antwortete. »Ich weiß nicht. Wissen. Ziele. Zu wissen, dass ich einen Beweggrund habe. Eines Tages werden wir diesen Krieg gewinnen, und meine Enkel werden ohne Angst aufwachsen können, und das wird unser Verdienst sein.«

»Also töten wir die anderen, weil sie böse sind, wie es uns beigebracht wurde? Ist es das, worauf du hinauswillst?«

»Verdammt, Mann. Zweifelst du etwa daran?« Jared stellte mir die Frage und starrte mich an. Wenn er imstande gewesen wäre, den Zweifel in mir zu finden, hätte er ihn herausgezerrt und erdrosselt.

»Ich weiß nicht«, entgegnete ich. »Glaubst du wirklich, dass sie böse sind?«

Jared richtete den Blick auf die Wellen, die sich am Strand brachen. »Tja, es kann nur sie oder uns geben.«

Ich hatte es satt, das zu hören, Maria. Ich hatte es satt zu hören, dass es nur sie oder uns geben könne. Ich hatte es satt zu hören, dass es entweder töten oder getötet werden hieß. Das ergab für mich schon damals, bevor ich dich kennenlernte, keinen Sinn mehr. Das war es aber nicht, was Jared sagen wollte. Jared wollte sagen, dass ich glauben musste. »Das ist es also? Das ist dein Beweggrund? Sie oder wir? Wer als Erster tötet, überlebt am längsten? Ich kann darin keinen Sinn erkennen.«

»Das ist es nicht, was ich gesagt habe, Joe«, erwiderte Jared. Er kniff die Augen zusammen. »Dreh mir nicht das Wort im Mund um. Du hast mich gefragt, ob ich immer noch glaube, dass die anderen böse sind. Ja. Ja, das glaube ich. Daran habe ich keinen Zweifel, und ich habe keinen Zweifel daran, weil es zu viel Tod gibt, als dass sich alle einer Verurteilung entziehen könnten. Also heißt es, entweder sie oder wir, Joe. Ich sage nicht, dass es heißt, töten oder getötet werden. Ich sage nur, dass entweder die anderen böse sind oder wir, weil nicht jeder unschuldig sein kann. Und ich bin mir verdammt sicher, dass ich nicht böse bin, Joe. Und ich weiß, dass du auch nicht böse bist.« Er deutete mit seiner Bierflasche auf mich. »Ich kenne dich. Ich kannte dich schon, als du noch nichts von diesem Krieg wusstest. Ich bin mir sicher, dass die anderen böse sind, weil ich weiß, dass du es nicht bist.« Ich musste ihm glauben, Maria. Ich hatte keine andere Wahl. Er musste recht haben. Wenn er falschlag, war ich verloren. »Es wird erst dann Frieden herrschen, wenn wir gewonnen haben.«

»Oder die anderen«, fügte ich hinzu.

»Oder die anderen«, wiederholte Jared und nickte. Dann saßen wir lange Zeit schweigend da. Wir saßen da und beobachteten, wie der rote Himmel rosafarben wurde. Wir saßen da und beobachteten, wie das Licht der Sonne von den tief hängenden Wolken reflektiert wurde, bevor wir den ersten Sonnenstrahl zu Gesicht bekamen. Wir saßen da und beobachteten, wie der Strand sich langsam mit Menschen füllte, die nur gekommen waren, um zuzusehen, wie die Sonne aufging wie an jedem anderen Tag. Dann beobachteten wir, wie die Sonne zunächst über den Horizont lugte und anschließend in den Himmel emporstieg. Ich war jedes Mal beeindruckt, wie schnell sich die Sonne zu bewegen schien, wenn sie den Horizont erklomm. Jared und ich saßen nebeneinander und beobachteten, wie die Welt sich veränderte. Ich blickte zu ihm hinüber und wusste, dass er nur vorgab, das meinetwegen zu tun. Es gefiel ihm genauso gut wie mir, bei der Geburt eines neuen Tages zuzusehen. Als es vorbei war, als der Morgen offiziell angebrochen war, stand Jared auf. »Ich lege mich wieder ins Bett und schlage vor, dass du dasselbe tust«, sagte er. »Sonst treibt uns Michael heute Abend in den Wahnsinn.«

»Ja«, erwiderte ich. »Ich komme gleich nach.« Ich brauchte noch ein bisschen Zeit, um meine Gedanken zu ordnen. »Das war gut, Jared«, sagte ich zu ihm, als er die Windfangtür aufmachte. »Das habe ich gebraucht. Danke.«

»Gern geschehen, Joe«, sagte Jared. Seine Stimme klang kräftig. »Manchmal muss man einfach erinnert werden, weißt du? Wir tun etwas Gutes, Joe. Das weiß ich. Und du weißt es auch. Ich bin sicher, du weißt es. Du darfst nicht daran zweifeln. Wenn man tut, was wir tun, können Zweifel tödlich sein.« Jared klang ernst. Er hatte noch nie ernster geklungen.

»Ich weiß«, entgegnete ich. Jared hatte recht. Das Problem

war nur, dass es nicht ganz so einfach war, die Zweifel zu begraben, wie es aus seinem Mund klang.

Wie am Vortag vereinbart, ließen Jared und ich Michael unseren zweiten Abend planen. Er verbrachte den halben Tag damit, darüber zu reden, während ich mich damit zufriedengab, die Stunden auf der Veranda zu vertrödeln und den Tag verstreichen zu lassen. Mittags ging ich zum Strand und sprang ins Meer, um mich abzukühlen. Es fühlte sich gut an, im Meer zu sein. Es fühlte sich gut an, daran erinnert zu werden, wie klein man war.

Später machten wir uns dann zum Abendessen auf den Weg ans südliche Ende von Beach Haven. Wir hatten nicht reserviert, doch Michael ging davon aus, dass er uns einen Tisch in einem der schicken Restaurants in der Bucht besorgen könne, indem er die Tischanweiserin schmierte. Außerdem betrachtete er seinen Bestechungsversuch als ersten Schachzug bei seinem Vorhaben, ihre Telefonnummer zu bekommen. Der Plan war ein gehobenes Abendessen, gefolgt vom Besuch einer überfüllten Beach-Haven-Bar mit Livemusik und betrunkenen jungen Frauen. »Studentinnen«, psalmodierte Michael immer wieder, als handle es sich um ein Zauberwort. Michael trug seine besten Sommersachen – ein Hawaiihemd mit leuchtend rotem Blumenmuster und eine Leinenhose. Er hatte genug Aftershave aufgetragen, um einen Elefanten zu erlegen. Michael war nicht mit Jared und mir aufgewachsen. Ich lernte ihn erst zwei Wochen nach meinem sechzehnten Geburtstag kennen. Am Tag meiner Initiation. An jenem Tag saßen Michael und ich nebeneinander, während uns irgendein Fremder erzählte, dass es Leute gab, die uns töten wollten, und dass wir sie zuerst töten mussten, wenn wir nicht sterben wollten. Wir gingen ahnungslos hinein und kamen alles andere als ahnungslos wieder heraus – nicht erfahren, aber einfach nicht mehr ahnungslos. Als die Gruppe auseinanderging, wurde jedem Einzelnen von uns eingebläut, niemand anderen aus der Gruppe zu kontaktieren oder ausfindig zu machen. Das sei gefährlich, sagte man uns. Es könne dazu führen, dass Menschen sterben mussten. Michael war das egal. Er spürte mich auf, da er nicht in der Lage war, allein mit seinem neuen Wissen umzugehen. Von seinen Angehörigen war kaum noch jemand übrig. Er hatte niemanden, der ihn darauf hätte vorbereiten können, was als Nächstes kam. Michael brauchte Freunde. Keine Vorschrift konnte ihn davon abhalten, sich welche zu suchen. Seine Wahl fiel auf mich, ob ich auserwählt werden wollte oder nicht. Ein paar Wochen nachdem Michael mich ausfindig gemacht hatte, fand ich heraus, dass Jared ebenfalls einer von uns war.

»Seid ihr bereit für einen verrückten Abend, Leute?« Michael klatschte in die Hände und rieb sie aneinander, als wollte er sie wärmen.

»Riecht so, als wärst du es«, erwiderte ich lachend.

Jared ging auf Michael zu, bekam eine Duftwolke ab und sah ihn an. »Du hältst den ganzen Abend mindestens drei Meter Abstand zu mir.«

»Das ist mein Glücks-Aftershave«, sagte Michael. »Ihr werdet schon sehen, Leute, sobald der Alkohol fließt und die Musik dröhnt, werden alle Frauen von diesem Duft angezogen.«

»Wie die Fliegen von der Scheiße«, fügte Jared hinzu. »Können wir essen, bevor ich noch eine Duftwolke von Michael abbekomme und mir der Appetit vergeht?« Wir konnten zu Fuß zu der Straße gehen, in der sich alle guten Restaurants befanden. Dazu mussten wir die Insel überqueren, doch das dauerte nicht lange. Sie war nicht breiter als drei Häuserblocks. Wir legten den Weg hinüber in die Bucht zurück und gingen anschließend zehn Querstraßen Richtung Süden, um zu dem Restaurant zu gelangen, das Michael ausprobieren wollte. Dabei kamen wir am Vergnügungspark, an den Wasserrutschen und an mindestens drei Minigolfplätzen vorbei. In Beach Haven wimmelte es von Familien, Kleinkindern, blinkenden Lichtern und läutenden Glocken. Die Musik des Karussells war noch einige Straßen weiter zu hören. Wir gingen an mindestens zehn Kindern vorbei, die Skee-Ball spielten. Das Restaurant befand sich nicht unmittelbar an der Hauptstraße, sodass es etwas ruhiger wurde, als wir dort ankamen. Wenn wir uns umdrehten, konnten wir noch immer die Lichter oben auf dem Riesenrad sehen, doch die Straße vor uns war ruhig. Es handelte sich um eine kleine Seitenstraße mit drei oder vier der Bucht zugewandten Fischrestaurants. Michael wollte in jedes von ihnen einen Blick werfen, bevor er sich entschied, und seine Wahl danach treffen, welche Tischanweiserin er am attraktivsten fand. Das Restaurant, das Michael schließlich aussuchte, war teuer und überfüllt, doch es gelang ihm, uns einen Tisch zu besorgen. Manchmal zahlte sich seine Beharrlichkeit aus.

»Hast du ihre Nummer auch bekommen?«, fragte ich, nachdem die Tischanweiserin uns zu unserem Tisch gebracht hatte und wieder gegangen war. Michael antwortete nicht. Er beschränkte sich auf ein breites, dümmliches Grinsen.

»Ich setze mich nicht neben Michael«, sagte Jared, bevor wir Platz nahmen. »Ich möchte mein Essen riechen können.« Ich glaube, dass er inzwischen nicht mehr scherzte. Unser Tisch befand sich in einer hinteren Ecke des Restaurants, nur ein kleines Stück von dem Geländer entfernt, das als Abgrenzung zur Bucht diente. Wir konnten dasitzen und essen und gleichzeitig das Spiegelbild der Sterne betrachten, das sich im Wasser kräuselte. Mit etwas Glück würde der Wind in die richtige Richtung drehen und der Geruch von Michaels Aftershave vom salzigen Geruch der Bucht abgelöst werden. Als wir unsere Getränke bestellten, fing es gerade an, dunkel zu werden. Ich saß mit dem Rücken zur Wand. Michael saß zu meiner Linken mit dem Rücken zum Wasser und mit Blick zum Eingang des Restaurants. Jared saß rechts von mir, mit dem Rücken zur Tür, dem Wasser zugewandt. Ich konnte den größten Teil des Restaurants überblicken. Zwar musste ich mich verrenken, um den Eingang sehen zu können, doch ich hatte den gesamten Sitzbereich im Blickfeld und konnte ungefähr die Hälfte der Bar erkennen. Im Raum herrschte ausgelassene Stimmung. Draußen wurde es schnell dunkel. Das Restaurant war angefüllt mit den Geräuschen klirrender Gläser, dem Klappern von Besteck und sinnlosem Urlaubsgeplapper. Wir bestellten unser Essen – Fisch, Venusmuscheln, Krabbenscheren –, ignorierten die Preise und ließen es uns einfach gut gehen. Ich bin froh, dass wir das taten, da es sich um die letzte Mahlzeit handeln sollte, die wir drei jemals gemeinsam einnahmen. Und die Rechnung würden wir ohnehin nie bezahlen.

Nachdem wir unsere Getränke serviert bekommen hatten, hob Michael sein Glas und sagte: »Also, Jungs, worauf sollen wir trinken?«

»Auf den Weltfrieden«, schlug ich vor, und wir lachten alle. Das war ein alter Witz, älter als wir. Ich hatte ihn schon meine Eltern machen hören. Wir versuchten zu vermeiden, über den Krieg zu sprechen, doch unsere Unterhaltung kam stets darauf zurück. Das war immer so. Jeder von uns erzählte den anderen von Gerüchten, die er gehört hatte – von jüngsten Siegen, von jüngsten Niederlagen, von Leuten aus unserem Bekanntenkreis, die befördert worden waren, von Leuten aus unserem Bekanntenkreis, die getötet worden waren. Wir sprachen nicht darüber, weshalb wir kämpften. Über dieses Thema hatten wir schon zu oft gesprochen. Es kam nie etwas dabei heraus. Wir hatten alle die Theorien gehört, manche Theorien häufiger als andere. Einer Theorie zufolge hatten sich ursprünglich fünf Gruppen bekämpft. Wir gehörten einer von zweien an, die noch übrig waren. Eine andere Theorie besagte, wir seien einst Sklaven gewesen und unsere Feinde Sklavenhalter. Als wir rebellierten, gewannen wir die Freiheit, und sie ließen uns gehen. Das Problem war, dass sie kehrtmachten, nachdem wir gegangen waren, und andere Menschen versklavten. Deshalb kamen wir zurück, um sie ein für alle Mal niederzuschlagen, um ihre Herrschaft zu beenden, um die Welt dauerhaft zu befreien. Diese Version bekamen wir am häufigsten zu hören – wahrscheinlich deshalb, weil sie uns in einem besonders heldenhaften Licht erscheinen ließ. Wir glaubten alle daran, dass uns eines Tages die ganze Geschichte erzählt werden würde. Gerüchten zufolge wurde einem alles erzählt, sobald man in den Reihen weit genug aufgestiegen war. Manchmal war das der einzige Grund, warum ich überhaupt daran interessiert war, befördert zu werden.

Als das Essen kam, redeten wir trotzdem weiter. Die Unterhaltung verlagerte sich langsam vom Krieg auf das Schwelgen in Erinnerungen an die guten alten Zeiten, als wir jung und sorglos waren. Obwohl der Krieg mit siebzehn bereits über uns schwebte, hatten wir damals das Gefühl, wir würden für immer siebzehn bleiben. Das war die vermutlich beste Zeit in meinem Leben. Dann wurden wir einer nach dem anderen achtzehn.

Als wir mit dem Essen zur Hälfte fertig waren, kam sie herein. Michael hatte von dem Augenblick an, als wir Platz genommen hatten, beobachtet, wer das Restaurant betrat und verließ, da er hoffte, die Telefonnummern von zwei Mädchen zu ergattern, noch bevor wir uns an die Bar begaben. Sie fiel ihm sofort auf. »Hey, deine kleine Freundin ist hier«, sagte er zu mir.

»Wen meinst du?«, fragte ich. Es dauerte ein paar Sekunden, ehe es mir dämmerte. Michael wollte gerade die Hand heben, um sie an unseren Tisch zu winken, als meine Reflexe einsetzten. Ich packte seine Hand, bevor er sie über Schulterhöhe heben konnte, und schlug sie auf den Tisch. Sie landete mit einem lauten Krachen auf dem Holz. Ein paar der Gäste an den umliegenden Tischen drehten sich um und starrten uns an.

»Verdammt noch mal, was war das denn?«, fragte Michael und drehte das Handgelenk, um zu überprüfen, ob ich ihm etwas gebrochen hatte.

»Kein Gewinke«, befahl ich. »Beantworte meine Frage. Wer ist meine kleine Freundin?« Ich wagte es nicht, selbst nachzusehen.

»Die heiße Asiatin von gestern Abend in der Bar«, erwiderte Michael. »Was zum Teufel ist eigentlich dein Problem? Bist du so übel abgeblitzt?«

»Hat sie uns gesehen?«, erkundigte ich mich mit gedämpfter Stimme. Mein Bauch sprach wieder mit mir. Ich war fest entschlossen, dieses Mal auf ihn zu hören. Irgendetwas stimmte nicht. In unserer Branche gab es keine Zufälle.

»Keine Ahnung«, entgegnete Michael. Seine Stimme folgte meinem Beispiel und wurde leiser. »Das kann ich wirklich nicht sagen. Wenn ja, dann tut sie so, als hätte sie uns nicht gesehen.«

»Tut so, als hättet ihr sie nicht gesehen«, flüsterte ich. »Oder noch besser, tut so, als würdet ihr sie nicht wiedererkennen.«

Das war ein weiterer Befehl. Ich machte mir nicht die Mühe, so zu tun, als wäre es keiner.

»Spaß beiseite, Joe, was geht hier vor sich?«, fragte Jared.

Ich schüttelte den Kopf und versuchte zu entschlüsseln, was das alles bedeuten könnte. »Ich habe einfach nur ein ungutes Gefühl bei ihr«, erwiderte ich. »Sie hat mir eine Menge Fragen gestellt.«

»Was für Fragen?«, wollte Jared wissen. Es dauerte nicht lange, bis er todernst wurde. Das tat es nie.

»Über Brooklyn«, erwiderte ich. Das Wort hallte bei meinen beiden Freunden nach.

»Was für Fragen über Brooklyn?«, bohrte Jared nach. Er lehnte sich auf seinem Stuhl zurück und täuschte ein Lächeln vor, für den Fall, dass uns jemand beobachtete. Wir gaben uns alle so locker wie möglich. Nur unsere Worte waren voller Panik. Wir mussten hoffen, dass uns niemand belauschte.

»Nichts Bestimmtes. Sie war ziemlich unspezifisch. Aber gerade das beunruhigt mich. Sie wollte wissen, wie viel Zeit ich in New York verbracht habe, und dann hat sie einfließen lassen, wie sehr sie Brooklyn mag, und gefragt, ob ich jemals dort gewesen wäre.«

»Tja, das sagt uns nicht viel«, entgegnete Michael. »Klingt für mich nach einer normalen Unterhaltung.«

»Ja, so hat es für mich auch geklungen. Aber es hat sich nicht normal angefühlt.« Ich sah Michael erneut an. »Was macht sie jetzt?« Michael konnte sie als Einziger beobachten, ohne dass es auffiel, dass wir sie entdeckt hatten.

»Sie sitzt an der Bar und hat sich was zu trinken bestellt.«

»Was trinkt sie?« Das war eine wichtige Frage. Wenn sie etwas Alkoholisches trank, war klar, dass ich überreagierte. Wenn sie bei der Arbeit war, würde sie nüchtern bleiben.

»Durchsichtiges Getränk. Normales Glas. Limone«, sagte Michael. »Könnte Gin oder Wodka sein. Könnte aber auch Mineralwasser sein.« Michael wusste ebenfalls, was Sache war.

»Warum hast du denn gestern Abend nichts gesagt?«, fragte Jared.

»Gestern Abend kam es mir nur komisch vor. Heute Abend, am zweiten Abend in Folge, kommt es mir gefährlich vor. Was tut sie, Michael?«

»Nicht viel. Sie sitzt nur da und trinkt langsam. Allerdings hat sie bereits ein paar Mal Blickkontakt mit dem großen schwarzen Typen in der Ecke aufgenommen.«

»Hast du ihn schon mal gesehen?«, fragte ich Michael.

»Nein. Noch nie. Siehst du ihn?«

Ich griff nach meinem Bier, tat so, als würde ich daran nippen, und lehnte mich auf meinem Stuhl zurück, um einen Blick auf den Mann werfen zu können, der in der Ecke stand. Dann sah ich ihn. Ich erkannte ihn sofort. »Wir sind geliefert«, sagte ich.

»Was soll das heißen?«, wollte Michael wissen. »Kennst du den Typen?«

»Ja, das ist mein Taxifahrer. Er hat mich von Atlantic City hierhergefahren. Wir sind geliefert. Daran besteht kein Zweifel.« Ich hätte beinahe tatsächlich von meinem Bier getrunken. Es handelte sich um einen Reflex. Stattdessen presste ich mir die Flasche an die Lippen, ohne einen Tropfen durchzulassen. Dann stellte ich das Bier wieder auf den Tisch. Ich wusste nicht, was der heutige Abend noch bringen würde, war mir aber darüber im Klaren, dass ich im Vollbesitz meiner Fähigkeiten bleiben musste. »Also, wie sieht unser Plan aus?«, fragte ich. Michael und ich sahen beide Jared an. So war es jedes Mal. Michael sorgte für Stimmung. Jared hatte die Pläne. Ich weiß immer noch nicht, was meine Aufgabe war.

»Weiß sie über uns Bescheid?«, fragte Jared und deutete auf sich selbst und Michael.

»Tja, wenn sie bislang noch nicht im Bild gewesen wäre, hätte sie es inzwischen wahrscheinlich erraten, nachdem wir am selben beschissenen Tisch hocken«, sagte ich. »Aber, ja, ich habe ihr gestern Abend erzählt, dass ihr beiden meine Freunde seid.«

»Wir müssen uns trennen«, sagte Jared ohne das geringste Zögern.

»Am anderen Ende der Bar ist noch ein Typ«, warf Michael ein. »Er gehört definitiv auch zu ihr. Ende dreißig, weiß, hat schon graue Haare, ist aber ziemlich gut in Form. Kleine Narbe unter dem linken Auge.« Ich nahm erneut einen gespielten Schluck von meinem Bier, bekam den neuen Typen aber nicht richtig zu Gesicht. Soweit ich es beurteilen konnte, kannte ich ihn nicht. »Dass wir uns trennen sollen, halte ich für eine total bescheuerte Idee«, sagte Michael. Sein Gesicht verriet zum ersten Mal, seit wir mit unserem kleinen Schauspiel begonnen hatten, was wirklich in ihm vorging.

»Entspann dich, Michael«, sagte ich. »Wir dürfen uns noch nicht zu erkennen geben. Warum denkst du, wir sollten uns trennen, Jared?«

»Das ist unsere einzige Chance. Wir können uns nicht mit ihnen anlegen. Wir müssen abhauen. Wenn wir gemeinsam abhauen, werden wir alle erwischt.«

»Ich verstehe nicht, warum wir nicht gegen sie kämpfen können«, erwiderte Michael. »Wenn wir uns trennen, stehen die Chancen ziemlich schlecht, dass wir alle drei davonkommen.« Michael sah mich an, während er sprach. Wir hatten alle dieselbe Vermutung. Catherine oder wie auch immer sie hieß, war auf der Suche nach mir. Ich war ihr Hauptziel.

»Wir können nicht gegen sie kämpfen, Michael«, erklärte Jared. »Wir wissen, dass sie mindestens zu dritt sind. Vielleicht sind sogar noch mehr von ihnen da. Wir sind auf jeden Fall nur zu dritt. Außerdem sind sie hier, weil sie uns suchen, also können wir davon ausgehen, dass sie bewaffnet sind. Bist du bewaffnet, Michael?« Jared zählte nur die Fakten auf.

»Ich habe mein Tauchermesser dabei«, sagte Michael, in dessen Stimme sich Resignation breitmachte. Ein Messer mit fünf Zentimeter langer Klinge für uns alle war nicht genug.

Jared schüttelte den Kopf. »Tja, ich kann dir garantieren, dass sie mehr als ein Tauchermesser haben. Die sind auf einem Jagdausflug. Wer es auf Elefanten abgesehen hat, bringt ein Elefantengewehr mit.«

»Jared hat recht«, klinkte ich mich schließlich ein. Das war nicht das, was ich eigentlich sagen wollte. Wenn ich zu Boden ging, wollte ich das nicht alleine tun müssen, doch Jared hatte recht. Das Schlaueste war, sich zu trennen und abzuhauen. Aus dem Restaurant, von der Insel und so weit weg wie irgend möglich. Mir wurde bewusst, dass es ein Fehler gewesen war, so nah am Schauplatz unserer letzten Mordanschläge Urlaub zu machen. Es gab keinen Grund, einen weiteren Fehler zu begehen.

»Gut. Lasst uns aber einen Treffpunkt vereinbaren«, willigte Michael ein. »Wir müssen wieder Kontakt miteinander aufnehmen, nachdem wir geflüchtet sind.«

»Treffen wir uns im Borgata-Hotel in Atlantic City«, schlug Jared vor. »Wenn wir es schaffen, von der Insel zu kommen, schaffen wir es auch nach Atlantic City. Treffpunkt bei den Hundert-Dollar-Blackjack-Tischen um drei Uhr morgens. Wenn einer bis dahin nicht aufkreuzt, verschwinden wir ohne ihn. Es gibt nur einen Weg, um von dieser Insel zu kommen. Wenn wir nicht rechtzeitig runterkommen, bedeutet das wahrscheinlich, dass wir gar nicht mehr runterkommen.«

»Okay«, sagte ich. »Jared, du verschwindest als Erster. Du stehst auf, um auf die Toilette zu gehen, und marschierst einfach raus. Unwahrscheinlich, dass sie Verdacht schöpfen, bevor der Zweite von uns verschwindet. Dadurch gewinnst du Zeit, um dir was einfallen zu lassen, wie du uns raus aus New Jersey und so weit weg wie möglich bringst.« Jared nickte kaum wahrnehmbar.

»Wir sehen uns um drei, Leute«, sagte er. Dann stand er ohne ein weiteres Wort auf, sah mir kurz in die Augen und ging in Richtung Herrentoilette. Sein Blick war eisern, ohne irgendeinen Zweifel. Nach ungefähr zwei Minuten stand ein junger Mann mit dunklem Haar auf und ging von der Bar zur Toilette.

»Da«, sagte Michael. »Der dunkelhaarige Typ ist der Vierte. Er geht, um nach Jared zu sehen. Ich glaube, das sind alle.« Michael blickte mich an. »Und jetzt?« Ich wusste, was er meinte. Er meinte: Wie sieht unser Plan aus, nachdem Jared weg ist? Abzuhauen war nicht Michaels Stil. Er würde es nur tun, wenn ich ihn dazu aufforderte.

»Ich weiß nicht«, sagte ich, während ich versuchte, mir einen Plan auszudenken. Jared war der Planer. Doch Jared war weg. »Wir müssen uns in Bewegung setzen, bevor der dunkelhaarige Typ vom Klo zurückkommt und den anderen verklickert, dass Jared verschwunden ist. Wir müssen gemeinsam abhauen, sonst ist der Letzte leichte Beute. Und wir können nicht einfach hier rausmarschieren.«

»Das ist wie das Ende von *Zwei Banditen*.« Michael lächelte.

Ich weiß nicht, wie ihm das gelang. Michael hatte etwas an sich, was ich nie besessen habe. »Ich weiß, was wir machen. Sobald wir draußen sind, gehe ich nach links, und du gehst nach rechts. Aber bis zur Eingangstür folgst du mir einfach.« Ich nickte, erleichtert, dass Michael die Zügel in die Hand nahm. Er stand auf und ging auf Catherine zu. Ich hatte keine Ahnung, was er vorhatte, doch ich folgte ihm.

»Hey«, rief Michael Catherine zu, noch bevor er an der Bar ankam. »Bist du nicht diejenige, die meinen Freund gestern Abend hat sitzen lassen?« Er ging zu ihr und legte ihr den linken Arm um die Taille. »Mein Kumpel war deshalb den ganzen Tag total geknickt.« Damit hatten sie nicht gerechnet. Catherine warf dem grauhaarigen Typen am anderen Ende der Bar einen verängstigten Blick zu. Ich behielt die Toiletten im Auge, um zu sehen, wann der dunkelhaarige Bursche zurückkam.

Catherine gab sich Mühe, ruhig zu bleiben. Sie versuchte, Zeit zu gewinnen, damit die anderen sich überlegen konnten, was zu tun war. »Dein Freund hat gestern Abend nicht besonders interessiert gewirkt. Anscheinend hat er irgendwas in den falschen Hals bekommen. Aber vielleicht möchtest du ja ein bisschen Spaß haben?« Ihr Akzent war noch stärker als am Abend zuvor.

»Mein Freund?«, fragte Michael. Genau in dem Moment sah ich den dunkelhaarigen Typen aus der Toilette kommen. Er ging schnell. Das bisschen Tarnung, das wir noch hatten, war kurz davor aufzufliegen. Ich gab Michael ein Zeichen, indem ich ihm kurz zunickte. »Da täuschst du dich, Schätzchen«, sagte er zu Catherine. »Cooler als mein Freund ist keiner.« Und damit schnappte sich Michael eine Bierflasche von der Bar und schlug sie Catherine mit voller Wucht ins Gesicht.

Michaels Bewegung war blitzschnell und unvorhersehbar. Ich hörte ein Knirschen, als Catherines Nase brach, und sah Blut unter der Flasche hervorschießen. Eine Bierflasche zersplittert nicht wie in Filmen, wenn man sie jemandem auf den Kopf schlägt. Im echten Leben sind Bierflaschen härter als die Schädel der meisten Menschen. Man könnte jemandem ebenso gut mit einem Baseballschläger auf den Kopf schlagen. Catherine ging sofort zu Boden. Michael und ich rannten los. Binnen Sekunden befanden wir uns draußen auf der Straße. Ich rannte nach rechts. Michael rannte nach links. Michaels kleiner Plan hatte perfekt funktioniert. Seine Attacke hatte zwei Dinge bewirkt: Zum einen hatte sie für Ablenkung gesorgt. Im Restaurant war genug Unruhe entstanden, um uns ein paar Sekunden Vorsprung zu verschaffen. Zum anderen hatte sie die Zahl der anderen von vier auf drei reduziert. Ich blickte mich einmal um, nachdem ich losgerannt war, um zu sehen, ob schon irgendjemand aus der Bar herausgekommen war. Die einzige Person, die ich erkannte, war Michael, der in die andere Richtung davonrannte. Er blickte sich kein einziges Mal um. Einer der Kellner aus dem Restaurant kam auf die Straße gelaufen und rief: »Haltet sie auf!«, doch sein Schreien machte das Chaos nur noch größer. All diese Menschen, die normalen Menschen, waren im Urlaub. Sie waren nicht bereit, den Helden zu spielen. Einer weniger, dachte ich im Laufen. Michael hatte soeben unsere Chancen verbessert, lebend davonzukommen.

Mir war klar, dass wir durch den Tumult im Restaurant höchstens ein oder zwei Minuten gewinnen würden. Die Leute, die es auf uns abgesehen hatten, waren Profis. Ihr Handeln war koordiniert. Sie wussten, was sie taten. Ich wollte nur so viel Abstand zwischen mich und das Restaurant bringen wie möglich, deshalb rannte ich, so schnell ich konnte. Die Insel verschmälerte sich an beiden Enden. Ich befand mich bereits so dicht an der Südspitze der Insel, dass die Straße, auf der ich lief, in die Bucht mündete und einfach aufhörte. Deshalb musste ich nach links abbiegen und auf die Straße in der Mitte der Insel zusteuern, die noch weiter nach Süden führte. Als ich das tat, blickte ich mich ein zweites Mal um. Ich war bereits über eine halbe Meile von dem Restaurant entfernt. Inzwischen war es Nacht. Der Himmel war mondlos, und der Teil der Insel, auf dem ich mich befand, war bis auf die Lampen ganz oben auf dem Riesenrad fast vollständig in Dunkelheit getaucht. Als ich mich umsah, leuchtete das Licht des Restaurants die Straße hinreichend aus, sodass ich die Menschenmenge ausmachen konnte, die sich davor tummelte. Es herrschte völliges Chaos. Da ich mein Tempo nicht verringerte, als ich um die Ecke bog, blieb mir nur der Bruchteil einer Sekunde, um das Durcheinander zu begutachten. Dieser Sekundenbruchteil genügte mir jedoch, um den dunkelhaarigen Typen zu erkennen, der eingerahmt von den Menschenmassen mit Höchstgeschwindigkeit hinter mir her lief. Er war nur noch ungefähr eine Viertelmeile hinter mir, und er holte auf.

Nachdem ich um die Ecke gebogen war und wusste, dass ich mich außerhalb seines Blickfelds befand, sah ich mich nach etwas um, das mir bei der Flucht helfen konnte. Wenn der dunkelhaarige Typ wusste, wo ich war, würden es seine Freunde aller Wahrscheinlichkeit nach auch bald wissen. Vor mir entdeckte ich ein kleines rotes Fahrrad mit einem am Lenker befestigten Korb, das an einem der Häuschen entlang der Straße lehnte. Ich schnappte es mir, schob es auf die Straße, schwang meine langen Beine über den Sattel und trat so schnell ich konnte in die Pedale. Zu Fuß würde er mich jetzt unmöglich einholen können. Seine Freunde hatten jedoch mit Sicherheit ein Auto, deshalb musste ich mir ein Versteck suchen, und zwar schnell.

Während ich in die Pedale trat, wurden die Straßen noch dunkler. Die Finsternis wurde nur hin und wieder von vereinzelten Veranda-Lampen unterbrochen. Mit der Dunkelheit kehrte auf der Insel auch Stille ein. Ich näherte mich ihrem Ende, wo die Straße einfach aufhört. Vor mir lag die lange, sandige Südspitze der Insel. Auf der einen Seite befand sich das Meer, auf der anderen die Bucht. Dazwischen war nichts als Sand. Je weiter man fuhr, desto schmaler wurde der Strand, bis kein Sand mehr vorhanden war und die Bucht und das Meer eins wurden. Ich hatte keine Zeit, mich umzublicken; ein Blick zurück hätte mich das Leben kosten können. Ich fuhr einfach weiter, ohne nachzudenken. Vermutlich wäre es sicherer gewesen, in einem der Häuser unterzutauchen, mich zu verstecken, wo andere Menschen waren. Aber ich dachte nicht nach. Ich versuchte nur, in Bewegung zu bleiben, und ich bewegte mich geradewegs in eine Sackgasse, in der ich mich nirgends würde verstecken können. Plötzlich hörte ich aus der Dunkelheit den laut aufheulenden Motor eines Autos, das schnell fuhr. Abgesehen vom Krachen der brechenden Wellen war es das einzige Geräusch, das ich hörte. Einen Moment später hörte ich, wie der Wagen mit quietschenden Reifen abbog, und wusste, dass es nicht mehr lange dauern würde, bis sie mich sehen konnten. Ich trat einfach weiter in die Pedale. Am Ende der Straße befand sich ein Tor mit mehreren »Kein Zutritt«-Schildern. Ich ließ das Fahrrad stehen, sprang über das Tor und rannte wieder.

Sekunden später war ich auf allen Seiten von weißem Sand umgeben. Zu meiner Rechten sah ich die Bucht, zu meiner Linken hörte ich die Brandung. Ich bog ab und lief in Richtung Meer. Dabei hoffte ich, das Geräusch der Wellen würde mein Atmen übertönen. Das Meer war schwarz wie Öl und reflektierte den mondlosen Himmel. Das Einzige, was ich sah, als ich hinaus aufs Wasser blickte, waren die winzigen Lichter von Fischerbooten, die meilenweit entfernt über das Meer trieben. Als ich mich dem Ufer näherte, wurde das Donnern der Brandung lauter. Es herrschte Flut, und das Wasser war hier aufgewühlter als irgendwo sonst an der Küste der Insel. Bei mir machte sich Erschöpfung breit, doch ich wusste, dass sie mich schnell erwischen würden, wenn ich mein Tempo verringerte oder kein Versteck fand. Nur ein paar Sekunden später hörte ich wieder den Motor des Autos röhren, das am Ende der Straße mit quietschenden Reifen zum Stehen kam. Sie waren direkt hinter mir. Mir blieb nur ein Augenblick, um mich zu verstecken, oder ich war so gut wie tot. Meine Augen suchten den Strand ab, doch er war leer. Es gab ein paar Dünen und etwas Gras, aber kein Versteck. Ich wandte den Blick wieder auf das pechschwarze Wasser. Das Meer war meine einzige Chance. Ich rannte auf das Wasser zu. Mir blieb keine Zeit, um mein Hemd oder meine Sandalen auszuziehen. Ich hechtete einfach nach vorn, sobald ich spürte, dass das Wasser meine Zehen umspülte, und tauchte geradewegs in eine Welle. Sie drückte mich zurück, doch es gelang mir, sie zu überwinden. Dann schwamm ich. Bereits nach vier Zügen hatte ich meine Sandalen verloren. Ich wusste, dass ich mir nur ein paar volle Schwimmzüge erlauben konnte, bevor Catherines Freunde den Strand erreichen würden. Dann musste ich aufhören zu schwimmen, damit sie mich nicht entdeckten. Meine einzige Chance war, mich reglos aufs Meer hinaustreiben zu lassen.

Ich machte zwölf volle Züge und vergrößerte dadurch meinen Abstand zum Ufer auf gut hundert Meter. Dann hielt ich inne. Ich trieb in der kabbeligen See und wurde von den Wellen auf und ab geschaukelt. Da ich den Brandungsgürtel hinter mir gelassen hatte, brachen sich die Wellen zwischen mir und dem Ufer. Ich blickte zurück, um zu sehen, ob sie bereits am Strand angelangt waren. Wer waren diese Leute? Ich ließ mich tief ins Wasser sinken, bis sich nur noch Augen und Nase über der Oberfläche befanden – gerade genug, um sehen und atmen zu können. Das Wasser war tief. Ich streckte die Beine nach unten aus, konnte den Grund aber nicht berühren.

Ich hatte gerade noch rechtzeitig aufgehört zu schwimmen. Als ich mich umdrehte, sah ich den Ersten von ihnen aus der Dunkelheit treten. Es war der dunkelhaarige Typ, unmittelbar gefolgt von dem Taxifahrer und dem grauhaarigen Mann. Keiner von ihnen war bei Catherine geblieben. Niemand folgte Michael. Ich war froh für ihn. Sie hatten alle Taschenlampen bei sich, deren Licht es mir erleichterte, jeden von ihnen am dunklen Strand zu identifizieren. Sie schwärmten sofort aus und ließen die Lichtstrahlen ihrer Taschenlampen über die Dünen wandern, um zu prüfen, ob ich mich hinter einer davon versteckt hatte. Es dauerte nur Sekunden, bis sie sich vergewissert hatten, dass ich mich nicht am Strand befand. Ich hielt mich im Wasser so ruhig wie möglich. Aus ihren Bewegungen konnte ich schließen, dass der Typ mit den grauen Haaren der Anführer war. Die anderen beiden begaben sich wiederholt an verschiedene Stellen des Strandes und erstatteten ihm dann Bericht, dass sie nichts gefunden hatten. Ich beobachtete, wie ihre Taschenlampen am Strand entlangtanzten. Der grauhaarige Typ stand einfach nur da und versuchte, die Situation einzuschätzen.

Dann sah ich, wie der Taxifahrer zum Ufer ging und sich

bückte, um irgendetwas genauer zu betrachten. Ich war zu tief im Wasser, um erkennen zu können, was er gefunden hatte. Nachdem er es kurz untersucht hatte, eilte er zum Anführer zurück. Das Donnern der Brandung machte es mir unmöglich, irgendetwas zu verstehen. Ich konnte nicht mehr tun, als sie zu beobachten und zu raten, was sie sagten.

Der Taxifahrer hielt in jeder Hand etwas und hatte sich die Taschenlampe unter den Arm geklemmt. Der Anführer richtete den Strahl seiner Taschenlampe auf die Gegenstände. Es handelte sich um meine Sandalen, die zurück zum Strand gespült worden waren. Der Anführer verlor keine Zeit.

»Er ist im Wasser!«, schrie er. Ich konnte ihn trotz der tosenden Brandung verstehen. Er wollte, dass ich ihn hörte. Er wollte mich wissen lassen, dass sie mir auf der Spur waren. Er begann sofort, den Lichtstrahl seiner Taschenlampe über die Wasseroberfläche zu schwenken. Als dieser sich mir näherte, tauchte ich ab. Das Wasser muss an dieser Stelle mindestens fünf Meter tief gewesen sein, da ich den Grund, auch nachdem ich abgetaucht war, nicht berühren konnte. Ich hielt die Augen unter Wasser geöffnet. Das Salz brannte, doch ich musste etwas sehen. Ich wagte es nicht, die Augen zu schließen. Ich hatte damit gerechnet, dass es unter Wasser dunkel sein würde, aber mir war nicht klar gewesen, wie dunkel. Es kam mir vor, als würde ich durchs Weltall schweben, umgeben von endlosem Nichts. Alles, was ich um mich und unter mir sehen konnte, war Finsternis. Als ich zur Wasseroberfläche blickte, bildete ich mir ein, eine Brechung der Lichtstrahlen der Taschenlampen erkennen zu können, als sie die Wasseroberfläche absuchten, doch ich war mir nicht sicher. Ich musste auftauchen, um Luft zu holen, durfte mich dabei aber nicht zeigen. Deshalb würde ich warten, bis eine Welle über mich hinwegrollte. Sie würde mir als Schutzschild dienen, wenn ich hinter ihr auftauchte, um nach Luft zu schnappen. Ich spürte eine Welle wie ein Gespenst über mir, tauchte schnell auf, nahm einen tiefen Atemzug und tauchte wieder ab.

Anschließend ließ ich mich einfach regungslos in der Dunkelheit treiben. Ich konnte nichts sehen, doch aus dem schwarzen Wasser waren seltsame Geräusche zu hören. Ich hatte ein stetiges Klingeln in den Ohren, das ich darauf schob, dass diese sich an den Wasserdruck anpassten. Abgesehen von dem Klingeln vernahm ich jedoch auch das Geräusch des Sandes, der von der Strömung über den Meeresgrund getrieben wurde. Es klang wie Schleifpapier auf Holz. Das Brechen der Wellen am Strand drang an mein Ohr wie ein Gewitter in der Ferne. Abgesehen davon waren noch andere Geräusche zu hören, die ich allerdings nicht einordnen konnte, ein Pochen oder Klopfen in der Dunkelheit, das nicht allzu weit von mir entfernt war. Ich hatte das Gefühl, in einem Albtraum gefangen zu sein, und gab mir Mühe, die Geräusche zu ignorieren. Ich versuchte, den Blick auf das Licht gerichtet zu halten, das sich übers Wasser bewegte, damit ich meine Atemzüge timen konnte. Aus Angst, dass sie mich hören könnten, schnappte ich beim Auftauchen nicht nach Luft. Ich wartete auf eine weitere Welle, die mich schützen würde. Einmal mehr spürte ich, wie sie über mich hinwegrollte. Ich hob kaum mehr als den Mund aus dem Wasser, schnappte ein weiteres Mal tief nach Luft und ließ mich wieder in die Tiefe sinken.

Das ging noch fünf Minuten so weiter, bis die Taschenlampen urplötzlich aufhörten, sich zu bewegen. Ich hob vorsichtig den Kopf aus dem Wasser und fragte mich, was sie wohl als Nächstes tun würden. Ich hatte wenig Hoffnung, dass sie ihre Suche aufgeben würden, da sie dazu schon zu weit gegangen waren. Ich fragte mich, wie sie uns überhaupt gefunden hatten. Vermutlich war mein Taxifahrer derjenige gewesen, der die anderen alarmiert hatte, nachdem ich ausgestiegen war. Wenn es so gewesen war, dann suchte irgendjemand nach mir. Ich hob abermals langsam den Kopf aus dem Wasser. Nach und nach ermüdete es mich, in den Wellen Wasser zu treten. Die drei Männer steckten am Strand die Köpfe zusammen und planten ihren nächsten Schritt. Das Einzige, was ich hören konnte, waren die brechenden Wellen.

Nach ein paar Minuten zogen der dunkelhaarige Typ und mein Taxifahrer die Schuhe aus und gingen in Richtung Meer. Sie kamen, um mich zu holen. Der Anführer blieb am Strand und schwenkte weiterhin den Lichtstrahl seiner Taschenlampe über die Wasseroberfläche. Als seine Untergebenen ins Wasser wateten, sah ich, wie er eine Pistole hinten aus seinen Shorts zog. Jetzt war alles nur noch ein Geduldsspiel.

Nachdem sich der Taxifahrer und der dunkelhaarige Typ ins Meer begeben hatten, war mir klar, dass ich ihnen gegenüber im Vorteil war. Ich wusste, wo sie sich befanden, während ich für sie nach wie vor ein Phantom war. Solange ich sie in der Dunkelheit nicht aus den Augen verlor, brauchte ich nicht mehr zu tun, als mich lautlos durchs Wasser zu bewegen und mich aus ihrem Blickfeld fernzuhalten. Wenn es mir gelang, kein Geräusch zu verursachen und nicht gesehen zu werden, war ich in Sicherheit. Ihnen war ein strategischer Fehler unterlaufen. Sie hätten einfach am Strand bleiben sollen. Sie hätten sich bis zum Morgen hinsetzen und hoffen sollen, dass ich nicht in die Nacht davonschwamm. Bei Tageslicht wäre ich eine leichte Beute gewesen.

Der dunkelhaarige Typ schwamm nach rechts, im Freistil und mit dem Kopf über Wasser. Alle paar Züge hielt er inne und blickte sich um. Ich sah das Messer, das er in der rechten Hand hielt. Der Taxifahrer kam geradewegs auf mich zugeschwommen. Ich hatte Glück, da er offenbar kein annähernd so guter Schwimmer war wie der Dunkelhaarige. Er war allerdings noch frisch, während ich bereits seit einiger Zeit Wasser getreten hatte. Je weiter sich der Taxifahrer vom Ufer entfernte, desto schwieriger wurde es, ihn im Auge zu behalten. Seine dunkle Haut erwies sich im pechschwarzen Wasser als perfekte Tarnung. Ich gab mir alle Mühe, seinem Kurs durch die Wellen zu folgen und wann immer es ging einen Blick auf seine weißen Augäpfel zu erhaschen. Wenn ich ihn aus den Augen verlor, würde es schwierig werden, ihn wieder ausfindig zu machen, es sei denn, er verhielt sich irgendwie auffällig. Ich konnte nicht erkennen, ob er eine Waffe bei sich hatte, ging jedoch davon aus. Er wäre niemals unbewaffnet ins Wasser gestiegen.

Den Schwimmern auszuweichen wäre einfach gewesen, hätte der Anführer nicht unentwegt die Lichtkegel der Taschenlampen über die Wasseroberfläche geschwenkt. Er benutzte alle drei Taschenlampen: Zwei davon hielt er in der linken Hand, die dritte in der rechten. Deshalb musste ich leise sein, den Lichtstrahlen ausweichen und gleichzeitig den Taxifahrer im Auge behalten. Jedes Mal, wenn sich mir ein Lichtstrahl näherte, tauchte ich lautlos ins Wasser und in die Finsternis ab. Ich versuchte, nur so lange wie unbedingt nötig unter Wasser zu bleiben, da ich den Taxifahrer nicht aus den Augen verlieren wollte. Er machte immer drei Schwimmzüge und hielt dann inne, um sich umzusehen. Aus Angst, er könnte mich hören, vermied ich es, mich zu schnell zu bewegen. Ich ließ mich einfach treiben und bewegte mich nur so viel wie nötig, um mich aus seinem Blickfeld fernzuhalten.

Es dauerte nicht lange, bis sich der Taxifahrer mir bis auf fünf oder sechs Meter genähert hatte. Jedes Mal, wenn er schwamm, entfernte ich mich ein Stück zur Seite. Mir fiel bald auf, dass ich mich dabei wieder dem Strand näherte. Da ein Lichtstrahl auf mich zukam, tauchte ich lautlos ab. Als ich Sekunden später den Kopf aus der Finsternis hob, war ich nur noch etwa drei Meter von dem Taxifahrer entfernt und befand mich genau hinter ihm. Ich wollte den Abstand zwischen uns vergrößern und schwamm deshalb langsam und leise rückwärts, weg von seiner massigen Gestalt. Es erwies sich jedoch als Fehler, weil ich mich dabei dem Strand noch mehr näherte. Ich geriet in den Brandungsgürtel. In meinem Bemühen, den Taxifahrer und die Lichtkegel im Auge zu behalten, hatte ich die größte Gefahr überhaupt außer Acht gelassen: das Meer. Plötzlich kam aus der Dunkelheit eine Welle auf mich zu. Sie riss mich um und saugte mich in die Tiefe. Sobald ich unter Wasser war, verlor ich völlig die Orientierung. Die Welle drehte mich mindestens einmal um die eigene Achse. Sekundenlang wusste ich nicht, in welche Richtung ich mich bewegen musste, um wieder an die Oberflache zu gelangen. Ich kämpfte einfach nur gegen die Strömung an. Schließlich gelang es mir herauszufinden, wo oben war, und den Kopf in die Nachtluft zu recken. Als ich auftauchte, schnappte ich nach Luft. Der Taxifahrer hörte mich und drehte sich abrupt zu mir um. Ich glaube nicht, dass er sich sicher war, was er gehört hatte. Er wusste nur, dass er etwas gehört hatte. Ich erhaschte einen kurzen Blick vom Weiß in seinen Augen und sah die Verwirrung in ihnen. Ich tauchte abermals mit dem Kopf unter und schwamm zur Seite weg, um mich wieder von ihm zu entfernen. Nach zwei oder drei kräftigen Zügen hob ich den Kopf, um Luft zu holen. In diesem Augenblick kam eine weitere Welle aus der Dunkelheit angerollt.

Diesmal gelang es mir, den Kopf über Wasser zu halten, doch es war unmöglich, dabei gleichzeitig im Verborgenen zu bleiben. Ich hatte mich verraten. Mein Herz begann zu rasen. Die Wellen konnte ich erst dann sehen, wenn sie fast schon über mir waren. Ich versuchte, mit dem Kopf unterzutauchen, um mich zu verstecken, hatte aber keine Luft mehr übrig. Ich musste wieder an die Oberfläche. Ich musste Atem holen. Also tauchte ich auf und schnappte laut nach Luft.

Der Taxifahrer hörte mein Keuchen erneut, und diesmal war er sich sicher, was es war. Er drehte sich im Wasser zu mir um. Wir waren etwa fünf Meter voneinander entfernt. »Ich habe ihn!«, schrie er, so laut er konnte. Aus seiner Stimme klang die Begeisterung eines Jägers. Binnen Sekunden leuchtete einer der Taschenlampen-Lichtstrahlen direkt auf den Taxifahrer, während ein anderer auf der Suche nach mir über die Wasseroberfläche wanderte. Die Augen des Taxifahrers weiteten sich, als er die Arme hob und auf mich zuschwamm. Die Klinge des Messers in seiner Hand schimmerte im Lichtkegel der Taschenlampe. Da ich zu sehr außer Atem war, um wieder abzutauchen, versuchte ich, Luft zu holen, bevor mich eine weitere Welle erneut nach unten zog. Der Taxifahrer schwamm im Licht der Taschenlampe auf mich zu. Genau in diesem Augenblick ertönte abermals ein Donnern, unmittelbar hinter dem Taxifahrer. Er war ebenfalls in die Brecher geschwommen. Da der Lichtstrahl auf ihn gerichtet war, konnte ich die Welle diesmal sehen. Sie bewegte sich schnell auf uns zu. Der Taxifahrer hörte sie und drehte sich zu ihr um. Die Welle erfasste ihn und zog ihn unter Wasser. Ich schaffte es, unter der Welle durchzutauchen, da ich sie kommen sah. In diesem Moment erkannte ich meine Chance. Ich hatte eine Gelegenheit, und ich würde sie mir nicht entgehen lassen. Also wartete ich darauf, dass der

Taxifahrer wieder auftauchte, da mir klar war, dass er orientierungslos und außer Atem sein würde. Ich schwamm mit drei kräftigen Zügen zu ihm, wobei mich kurz der Lichtkegel der Taschenlampe erfasste. Dann legte ich ihm von hinten den rechten Arm um den Hals und zog ihn unter Wasser.

Es fühlte sich unheimlich an, schwerelos zu sein und in der Dunkelheit zu ringen. Alle Geräusche, die ich zuvor gehört hatte, waren verstummt und wurden allein durch unsere Kampfgeräusche ersetzt. Ich schlang meinen Arm fester um den Hals des Taxifahrers und versuchte, ihn zu erdrosseln, bevor wir beide ertranken. Alles andere verdrängte ich aus meinen Gedanken. Ich vergaß, wo ich war. Ich vergaß, dass ich in der Dunkelheit trieb. Ich vergaß die Wellen, die über uns hinwegrollten. Ich konzentrierte meine gesamte Energie darauf, jegliches Leben aus dem Mann zu quetschen, der Jagd auf mich gemacht hatte. »Entweder wir oder sie«, hatte Jared gesagt, nur dass es diesmal nicht um Richtig oder Falsch ging. Ich hatte keine Zeit, um über Gut oder Böse nachzudenken. Diesmal ging es allein ums Überleben. Es ging um Instinkte. In diesem Augenblick hatte ich nicht den geringsten Zweifel daran, dass ich weiterleben wollte, auch wenn mir beim besten Willen kein einziger Grund einfiel, weshalb. Da der Taxifahrer versuchte, meinen Arm von seinem Hals wegzureißen, packte ich mit meiner freien Hand meinen Arm und zog ihn noch fester um seinen Hals. Ich war mir sicher, dass ich mehr Luft in der Lunge hatte als der Taxifahrer. Ich war mir sicher, dass ich länger durchhalten würde als er, wenn es mir gelang, ihn unter Wasser zu halten. Ich spürte, wie er mit jeder Sekunde schwächer wurde. Er stach mit seinem Messer auf meinen rechten Unterarm ein, und ich spürte, wie dessen Spitze in die Haut auf meinem Arm eindrang, doch er konnte das Messer im Wasser nicht schnell genug bewegen, um größeren Schaden anzurichten. Da er rasch feststellte, dass das Stechen nichts brachte, fing er stattdessen an, mir in den Handdrücken zu schneiden. Das war äußerst schmerzhaft, weil sich die offene Wunde sofort mit Salzwasser füllte. Nachdem er ein paar Mal mit dem Messer über die Haut auf meinem Handrücken gefahren war, spürte ich die Klinge bereits an den Knochen schaben. Zum Leidwesen des Taxifahrers halfen mir die Schmerzen, konzentriert zu bleiben. Als sie schlimmer wurden, drückte ich einfach noch fester mit dem Arm zu, da ich wusste, dass sie umso schneller aufhören würden, je früher er starb. Ich schloss die Augen so fest ich konnte und biss mir auf die Innenseite meiner Wange. Das Schneiden wurde kraftloser. Dann hörte es ganz auf. Der Körper in meinen Armen wurde unter Wasser schlaff. Der Taxifahrer war tot.

Ich ließ die Leiche los, und sie trieb in der Dunkelheit von mir weg. Im Nu verschwand sie in der Schwärze der Nacht, als habe sie niemals existiert. Dann begann mein Gehirn wieder zu arbeiten, und ich erinnerte mich, wo ich mich befand. Ich befand mich unter Wasser. Ich war bereits seit geraumer Zeit unter Wasser und musste atmen. Über der Wasseroberfläche waren noch immer zwei Menschen, die mich töten wollten. Ich blutete und war erschöpft.

Während unseres Kampfes hatten die Wellen den Taxifahrer und mich noch weiter zum Ufer gespült. Als ich mit den Beinen strampelte, um zur Oberfläche zu gelangen, berührte ich mit den Füßen den sandigen Meeresgrund. Ich stieß mich vom Sand nach oben ab. Als ich mit dem Kopf die Wasseroberfläche durchbrach, atmete ich keuchend die kühle Nachtluft ein. Ich war völlig erschöpft. Ich atmete ein und ließ mich anschließend für einen kurzen Augenblick einfach in Rückenlage im Wasser treiben. Ich war bis auf fünf Meter an den Strand herangespült worden, bis auf fünf Meter an den Mann mit Pistole, der mich töten wollte. Ich konnte mich nicht bewegen. Nach nur einer Sekunde Atempause spürte ich, wie mich eine Hand an den Haaren packte. Die Hand zog mich in Richtung Ufer. Ich war froh, dem dunklen Wasser zu entkommen, froh, den Wellen zu entkommen. Am Strand zu sterben erschien im Vergleich dazu beinahe angenehm.

Der dunkelhaarige Typ hörte nach kurzer Zeit auf zu schwimmen und begann, durchs seichte Wasser zu waten. Ich war noch immer zu erschöpft, um mich zu bewegen. Ich lag einfach auf dem Rücken, während er mich an den Haaren an der Wasseroberfläche hinter sich herzog. Das tat nicht weh, bis mein Körper auf Grund lief. Als wir am Strand ankamen, zerrte er mich einfach an dem Büschel Haare, das er in den Fäusten hielt, durch den Sand. Jetzt empfand ich Schmerz. Dieser Schmerz half mir, das Bewusstsein wiederzuerlangen. Ich wehrte mich trotzdem nicht. Inzwischen hatte es keinen Sinn mehr. Ich versuchte, Energie aufzusparen, da ich auf eine letzte Überlebenschance hoffte. Ich brauchte nur eine Gelegenheit.

Schließlich ließ der dunkelhaarige Typ meine Haare los, sodass ich mit dem Rücken in den Sand fiel. Einen Augenblick später leuchtete mir der grauhaarige Anführer mit einer Hand mit der Taschenlampe ins Gesicht, während er mit der anderen seine Pistole auf mich richtete. Das Licht der Taschenlampe blendete mich. Meine Augen hatten sich an die Dunkelheit gewöhnt. »Wo ist Trevor?«, hörte ich eine Stimme hinter dem Licht fragen. Ich nahm an, Trevor war der Taxifahrer.

»Haifutter«, murmelte ich.

»Ja?«, entgegnete der Anführer. Er schien kaum zur Kenntnis zu nehmen, dass sein Kumpan tot war. »Tja, du bist als

Nächster dran.« Dann sah ich, wie sich ein Schatten schnell ins Licht bewegte. Es handelte sich um den Absatz eines Schuhs. Bevor ich Zeit hatte, um diese Information zu verarbeiten, landete er hart auf meiner Nase. Ich war einen Moment lang benommen. Sie drehten mich um. Jemand drückte mir das Gesicht in den Sand, zog mir die Hände auf den Rücken und fesselte meine Handgelenke mit einem Plastikring. All das geschah in einer Bewegung und dauerte nur etwa fünf Sekunden. Sie taten das nicht zum ersten Mal.

Nachdem meine Hände auf dem Rücken fixiert waren, drehte mich der Grauhaarige wieder um. Ich spuckte den Sand aus, den ich im Mund hatte, und versuchte, ihn genauer unter die Lupe zu nehmen. Ich hatte ihn noch nie zuvor gesehen, zumindest nicht leibhaftig. Vielleicht hatte ich ein Foto von ihm gesehen. Ich konnte mich nicht erinnern. Er starrte mich an, als versuchte er, in meinem Gesicht etwas zu lesen.

»Du hast meine Frau umgebracht, du Scheißkerl.« Ich *hatte* ein Foto von ihm gesehen. Es hatte sich in der Kurzbiografie zu meinem letzten Mordauftrag befunden. Ich erinnerte mich, was Jared mir gesagt hatte. Ich hatte die Frau in Brooklyn getötet, um ihrem Mann eine Botschaft zu übermitteln. Er war einer ihrer besten Soldaten. Allein im vergangenen Jahr hatte er acht von unseren Männern getötet – acht, von denen wir wussten. Mein Name würde bald einer äußerst erlesenen Liste hinzugefügt werden.

Ich kam langsam wieder zu Atem und gewann einen Teil meiner Fassung zurück. »Und wie viele Leute hast du umgebracht?«, fragte ich ihn.

Er überlegte kurz. »Mehr als du.« Er starrte mich wütend an, das Gesicht voller Gehässigkeit. »Da bin ich mir sicher.« Dann warf er einen Blick auf die Pistole in seiner Hand. »Ich erinnere mich nicht mehr, wie viele genau.« Ich sah, wie sich seine Brust beim Atmen hob und senkte. Durch seinen Körper strömte Adrenalin. »Irgendwann verschwimmen alle einfach miteinander. An einige von ihnen erinnere ich mich allerdings …« Er starrte mich mit einem wütenden Funkeln in den Augen an. »Und an dich werde ich mich ganz bestimmt erinnern.« Dann wandte er sich dem dunkelhaarigen Typen zu, der tropfnass neben ihm stand. »Gib mir dein Messer, Steve.« Steve hielt ihm das Messer hin. Der Anführer nahm es und gab Steve die Pistole. Dann wandte er sich wieder mir zu. »Ich würde dir raten zu beten, Freundchen, aber in fünf Minuten werde ich dich daran nicht mehr erinnern müssen. Steh auf«, befahl er mir. Ich kämpfte mich auf die Beine. Er ging einen Schritt auf mich zu. Ich schloss die Augen, um mich auf den Schmerz vorzubereiten. Ich wusste nicht, was er vorhatte. Ich wusste nur, dass es wehtun würde und dass es nicht schnell gehen würde. Dann nahm ich einen letzten tiefen Atemzug, da mir bewusst war, dass ich womöglich nie wieder schmerzfrei würde einatmen können. Ich dachte nicht an den Tod, nur an die Schmerzen. Ich spürte, wie mir die Meeresbrise übers Gesicht strich, und konnte den Geruch des Salzwassers riechen, der vom Meer hergeweht wurde. Dann nahm ich von irgendwoher noch einen anderen Geruch wahr, der durch die salzige Luft schwebte. Es war der Geruch von billigem Rasierwasser.

Mit noch immer geschlossenen Augen hörte ich aus der Ferne einen Schrei, einen markerschütternden, manischen Schrei. Er kam mit jeder Sekunde näher. Ich öffnete die Augen gerade noch rechtzeitig, um Michael mit ausgestreckten Armen wie Superman durch die Luft fliegen zu sehen. Er war zurückgekommen, um mir zu helfen. Wie bereits erwähnt, machte er sich nicht gern aus dem Staub. Michael packte den dunkelhaarigen Typen und rang ihn nieder. Er hatte sein Tauchermesser in der Hand. Der grauhaarige Mann blickte kurz zu den beiden hinüber, und als er das tat, vergrub ich die Zehen im Sand. Als er sich wieder zu mir umdrehte, sah ich in seinen Augen, dass er noch immer vorhatte, mich zu töten, auch wenn es das Letzte wäre, was er jemals tun würde. Ich hatte ihm durch den Mord an seiner Frau eine Botschaft übermitteln sollen. Offenbar hatte er die Botschaft empfangen. Genau in dem Augenblick, als er sich mit dem Messer auf mich stürzen wollte, riss ich ein Bein hoch und schleuderte ihm eine Ladung Sand ins Gesicht. Er zuckte zurück, als der Sand ihn in beide Augen traf. Ehe er die Augen wieder öffnen konnte, trat ich ihm mit aller Kraft in den Unterleib, worauf er vor Schmerz auf alle viere ging. Mit auf dem Rücken gefesselten Händen war ich nicht in der Lage, das Gleichgewicht zu halten, und fiel wieder in den Sand.

Plötzlich löste sich ein Schuss aus der Pistole, dessen lautes Krachen in der stillen Inselnacht widerhallte. Ich sah Michael über dem leblosen Körper des Dunkelhaarigen stehen. Mein Freund hatte gewonnen. In diesem Moment sprang unser letzter verbliebener Feind, der Anführer, wutentbrannt auf mich. Da meine Hände auf dem Rücken zusammengebunden waren, hatte ich nur meine Füße, um mich zu verteidigen. Irgendwie gelang es mir, ihn einmal mit den Beinen abzuwerfen. Im nächsten Moment befand er sich jedoch schon wieder auf mir und ging wild mit dem Messer auf mich los. Michael war jetzt im Besitz der Pistole, konnte aber nicht den Abzug betätigen, ohne zu riskieren, dass er mich erschoss. Stattdessen eilte er zu mir, packte den grauhaarigen Mann an der Schulter und zog ihn mit aller Kraft, die er aufbringen konnte, von mir fort. Der Körper des Anführers verdrehte sich, als Michael ihn wegzerrte. Er riss den rechten Arm herum und stieß Michael das Messer tief in den Bauch. Als der Anführer sich von mir wegdrehte, rammte ich ihm einen Fuß in die Rippen, worauf er der Länge nach in den Sand fiel. Nachdem der Anführer und ich jetzt getrennt waren, hob Michael die Pistole. Er zielte. Dann drückte er ab, schickte ein weiteres Knallen durch die Luft und schoss dem grauhaarigen Mann in den Kopf.

Da waren wir also, blutverschmiert, mit zwei Leichen am Strand und einer weiteren, die nicht weit entfernt im Wasser trieb. Unser dringenderes Problem steckte jedoch tief in Michaels Bauch. Ich rollte mich zum Leichnam des dunkelhaarigen Typen hinüber, fand Michaels Tauchermesser und schaffte es, damit das Plastik durchzuschneiden, mit dem meine Handgelenke gefesselt waren.

Nachdem ich mich befreit hatte, sah ich zu Michael auf, um seine Verletzung zu begutachten. Er stand noch immer da, mit ausgestrecktem Arm, die Pistole in der Hand. Er atmete schwer, und bei jedem Atemzug bewegte sich der Griff des Messers auf und ab. Das Messer hatte sein Hawaiihemd durchbohrt und es ihm seitlich an den Körper geheftet, und das Blut bildete einen dunklen Kreis zwischen den Palmen und den roten Blumen. Ich blickte in Michaels Gesicht auf. Er lächelte mich an. »Und Jared dachte, wir würden nicht mit ihnen fertig werden.«

»Wir müssen dich ins Krankenhaus bringen.«

»Ich glaube, das wäre eine gute Idee.«

»War ihr Auto noch an der Straße geparkt?«

»Ja.«

»Ist es ein Taxi?«

»Nein.« Ich stand schnell auf und ging zum Leichnam des

grauhaarigen Mannes hinüber. Steve konnte die Schlüssel nicht haben, da er mich zu Fuß verfolgt hatte. Ich hoffte, dass der Anführer die Autoschlüssel hatte, denn wenn der Taxifahrer sie bei sich hatte, steckten wir in Schwierigkeiten. Ich tastete die Taschen seiner Shorts ab und bemerkte ein Klimpern in seiner rechten Hosentasche. Bingo. Wir waren mobil.

Ich musste Michael in den Wagen helfen. Er verlor viel Blut. Ich wuchtete ihn auf die Rückbank und fuhr los. »Weißt du, wo das nächste Krankenhaus ist?«, fragte ich Michael und sah ihn im Rückspiegel zusammengesunken auf der Rückbank sitzen. Inzwischen hatte sich die gesamte linke Seite seines Hemds dunkelrot verfärbt.

»Ich habe dir doch gesagt, wir können es mit ihnen aufnehmen«, lallte Michael. Er klang betrunken.

»Ich interpretiere das mal als ›nein‹.« Als ich wieder auf die Straße sah, erhaschte ich einen Blick von mir im Rückspiegel. Ich hatte bereits ein blaues Auge, und an meinen Nasenlöchern hing getrocknetes Blut. Ich betrachtete meinen rechten Unterarm und entdeckte rote Wundmale, wo der Taxifahrer auf mich eingestochen hatte. Dann schaute ich mir meinen Handrücken an, auf dem so gut wie keine Haut mehr vorhanden war. Alles, was ich sah, war eine Mischung aus Blut und Knochen. Wir waren ein hübsches Pärchen, Michael und ich, aber zumindest wusste ich von meinen Wunden, dass sie heilen würden.

Ich trat aufs Gaspedal und fuhr so schnell es ging die schmale Straße entlang. Wir näherten uns der einzigen Brücke, die von der Insel aufs Festland führte. Ich musste ein Krankenhaus finden.

»Jared ist ein verdammter Schwachkopf«, brummelte Michael von der Rückbank. »Er hat tatsächlich gedacht, wir könnten es nicht mit ihnen aufnehmen. Aber wir haben sie alle vier ohne ihn erledigt.«

»Entspann dich, Michael. Verschwende nicht deine Kraft. Du verlierst Blut.« Ich trat das Gaspedal noch weiter durch. Es dauerte nicht lange, bis wir auf Verkehr stießen. Ich flog an den anderen Autos vorbei, überholte sie links und rechts. Dann kam ich an eine rote Ampel und hielt neben einem anderen Wagen. Ich kurbelte das Fenster herunter und schrie hinüber: »Krankenhaus?« Die Insassen warfen einen Blick auf mein blutverspritztes Gesicht und riefen mir den Namen einer Stadt ganz in der Nähe der Insel zu: Manahawkin. Ich sah Hinweisschilder für das Krankenhaus und folgte ihnen, bis ich auf der Zufahrt zur Notaufnahme zum Stehen kam.

»Schaffen wir dich rein«, sagte ich und drehte mich zu Michael um.

»Nein«, erwiderte er. In seinen Augen zeigte sich wieder etwas Leben. »Du kannst nicht mitkommen.«

»Was soll das heißen?«

»Wenn du mit mir da reingehst, kommt keiner von uns beiden wieder raus. Setz mich an der Tür ab und verschwinde.«

»Ich kann dich nicht im Stich lassen. Du wirst verhaftet werden, im besten Fall. Du kannst dich momentan nicht verteidigen. Du bist zurückgekommen, um mir zu helfen. Ich kann dich jetzt nicht sitzen lassen.«

»Ich bin nicht deinetwegen zurückgekommen.« Michael rang sich tatsächlich ein Lächeln ab. Ich konnte eine Spur von Blut auf seinen Lippen erkennen. »Ich habe nicht versucht, dir zu helfen.« Seine Stimme war schwach. Jedes Wort kostete ihn Anstrengung. »Diese Scheiße macht mir einen Riesenspaß. Fahr. Fahr und setz dich mit Leuten in Verbindung, die mich hier rausholen können. Das würde Jared uns auch sagen.« Er hatte recht. Genau das hätte uns Jared auch gesagt. Wenn Michael allerdings auf Jared gehört hätte, wäre ich tot.

Was er sagte, ergab jedoch einen Sinn. Ich redete mir ein, dass ich Michael mehr helfen konnte, wenn ich wegfuhr, als ich ihm helfen konnte, wenn ich dablieb. Also setzte ich meinen Freund, der soeben sein Leben riskiert hatte, um mir das Leben zu retten, und in dessen Bauch ein Messer steckte, im Empfangsbereich des Krankenhauses ab und suchte das Weite. Ich fuhr auf den Highway und in Richtung Süden nach Atlantic City. Zwischendurch zog ich in Erwägung, anzuhalten und die Leute vom Geheimdienst anzurufen, um sie über Michaels Situation in Kenntnis zu setzen, doch mir war klar, dass das sinnlos war. Wir hätten eigentlich gar nicht hier sein dürfen. Und ich hatte nicht genug Einfluss, um irgendwelche Hebel in Bewegung zu setzen. Ich kam mit zwanzig Minuten Verspätung im Casino an. Unterwegs hatte ich an einer Raststätte auf dem Highway angehalten und versucht, mich zumindest so weit zurechtzumachen, dass sie mich ins Casino lassen würden. Ich hatte mir das Blut aus dem Gesicht gewischt und meine Hand so gut es ging bandagiert. Ich hoffte, dass Jared noch nicht gegangen war. Als ich bei den Blackjack-Tischen ankam, sah ich Jared da sitzen, einen Stapel Chips im Wert von etwa tausend Dollar vor sich. Er wirkte beinahe elegant. Als er mich sah, löste er seine Chips sofort ein und gab dem Croupier einen Hundert-Dollar-Chip als Trinkgeld.

»Du siehst total fertig aus«, sagte er zu mir. Es würde mehr als ein Boxenstopp nötig sein, um mich wieder salonfähig zu machen. »Wir müssen dich hier rausschaffen. Du erregst Aufsehen.« Er bugsierte mich eilig in Richtung Ausgang. »Hast du Michael gesehen?«, fragte er mich. Ich setzte an, um Jared die ganze Tortur zu berichten. »Die kurze Version«, sagte er. Also übersprang ich die Geschichte und erzählte ihm, dass Michael mit einem Messer im Bauch im Krankenhaus lag und dass ihn sowohl die Polizei als auch unsere Feinde ausfindig machen würden, wenn wir ihn nicht herausholten. »Michael ist in Sicherheit. Ich kümmere mich drum«, versicherte mir Jared. Er legte mir eine Hand auf die Schulter und schob mich Richtung Ausgang.

»Was soll das heißen? Was hast du vor?«

»Ich werde ein paar Anrufe tätigen. Während ihr beiden Räuber und Gendarm gespielt habt, habe ich daran gearbeitet, uns in Sicherheit zu bringen. Manchmal muss man einfach darauf zählen, dass unsere Leute besser sind als ihre. Das ist der Vorteil daran, zu den Guten zu gehören. Hier, bitte schön, Mr Robertson.« Jared zog Unterlagen aus der Hosentasche und drückte sie mir in die Hand. Es handelte sich um ein Flugticket vom Atlantic City Airport nach Atlanta. Ich reiste unter dem Namen Dennis Robertson. Nur Jared und der liebe Gott wussten, was dem echten Dennis Robertson zugestoßen war. »Also, halt dich bis morgen bedeckt. Fahr rechtzeitig zum Flughafen. Bring dich wieder in Ordnung. Ich sorge dafür, dass unser Freund keine Probleme bekommt.«

»Er hat mir das Leben gerettet, Jared.« Ich sah Jared an und versuchte ihm einzuschärfen, wie wichtig es war, dass wir Michael halfen.

»Ich weiß. Aber was auch immer du tust, geh nicht zurück ins Krankenhaus.« Er schüttelte den Kopf. »Keine Heldentaten. Irgendwann sorgst du noch dafür, dass wir alle umgebracht werden. Ich erledige das. Vertrau mir.«

Ich hoffte, dass ich Jared oder Michael am Flughafen sehen würde – dass Jared arrangiert hatte, dass wir uns alle zur selben Zeit auf den Weg an verschiedene Orte machten. Doch dafür war Jared zu schlau. Als ich die Maschine nach Atlanta bestieg, ging ich allein an Bord. Zu diesem Zeitpunkt wusste ich immer noch nicht, wie es meinen Freunden ergangen war.

SECHSTES KAPITEL

Nachdem ich in Atlanta gelandet war, mietete ich ein Auto – oder vielleicht sollte ich sagen, mietete Dennis Robertson ein Auto – und machte mich auf den Weg Richtung Westen. Ich fuhr ein paar Stunden ziellos umher, bis ich ein Motel am Straßenrand fand, in dem ich untertauchen und genesen konnte. Der Mitarbeiter an der Rezeption würdigte mich beim Einchecken trotz meiner bandagierten Hand und meines blauen Auges keines zweiten Blickes.

Sobald ich mich in meinem Motelzimmer befand, schlief ich fast dreißig Stunden am Stück. Als ich schließlich aufwachte, war es Morgen, einen vollen Tag später. Es war ein verrücktes Gefühl zu wissen, dass ich einfach so einen ganzen Tag verpassen konnte. Nach dem Aufwachen hörte ich die Leute im Zimmer nebenan miteinander streiten. Da ich Ruhe brauchte, ging ich nach draußen, um eine Runde zu joggen. Ich besaß neue Turnschuhe und neue Bekleidung, die ich am Flughafen mit Dennis Robertsons Kreditkarte gekauft hatte. Ich lief fast anderthalb Stunden, ehe ich ins Motel zurückkehrte. Wieder angekommen duschte ich. Mir gingen langsam die Möglichkeiten aus, um das Unvermeidliche hinauszuzögern. Deshalb griff ich zum Telefon, wählte und wartete. Es ertönte zweimal das Freizeichen. Mein Anruf wurde von einer fröhlich klingenden Frau entgegengenommen. »Global Innovation Incorporated. Wie können wir Ihnen behilflich sein?«

»Michael Bullock, bitte«, entgegnete ich.

»Einen Moment, bitte.«

Ich wartete kurz, bis abermals das Freizeichen zu hören war. Nachdem es zweimal ertönt war, meldete sich eine ebenso fröhlich klingende Frau. »Spartan Consultants, wie können wir Ihnen behilflich sein?«

»Dan Donovan, bitte«, entgegnete ich dieses Mal.

»Einen Moment, bitte.«

Wieder das Warten. Wieder die zwei Freizeichen. Wieder eine fröhliche Rezeptionistin. Offenbar genügte es nicht, dass sie uns unser Leben riskieren ließen, sie mussten auch noch die schlimmste Art von Unternehmenskultur imitieren. »Verbündete auf Abruf. Wie können wir Ihnen behilflich sein?«

»Ich würde gern mit Pamela O'Donnell sprechen.«

»Einen Moment, bitte.« Ich rief nicht zu einer vereinbarten Zeit an. Trotzdem war ich mir ziemlich sicher, dass jemand meinen Anruf entgegennehmen würde. Vermutlich waren sie nach dem Debakel, das ich gerade erlebt hatte, gespannt darauf, von mir zu hören.

Diesmal ertönte nur ein halbes Freizeichen, bis jemand den Hörer abnahm. »Meine Güte, Joe, was zum Teufel ist passiert?« Es war Matt, mein Ansprechpartner.

»Sitzt du etwa seit zwei Tagen neben dem Telefon und wartest auf meinen Anruf?«

»Mehr oder weniger, ja.«

»Lassen sie dich denn nie nach Hause gehen?«

»Nicht nach dem Scheiß, den du gebaut hast. Nicht, wenn du eigentlich in Montreal sein solltest. Verdammt, was war denn los, Joe?«

»Ich weiß auch nicht. Wir wurden in einen Hinterhalt gelockt.«

»Ja, ich auch. Von meinen Chefs. Du hast mir einen Haufen Probleme gemacht.«

»Komisch. Ich dachte, ein Problem hätte man dann, wenn man mit auf dem Rücken gefesselten Händen an einem Strand steht und ein Psychopath einem erklärt, dass er einen gleich abschlachten wird. Ich war mir ziemlich sicher, dass das ein Problem ist. Aber ich habe mich anscheinend getäuscht.« Ich war nicht in der Stimmung, mir irgendeinen Mist erzählen zu lassen.

»Tut mir leid, Mann. Ich weiß, dass das schlimm für dich war, aber ich versuche nur, meinen Job zu machen. Die Typen, die ihr erledigt habt, waren ziemlich üble Burschen. Die beiden hatten zusammen mindestens vierundfünfzig Morde auf dem Gewissen. Das ist das Einzige, was mich davor bewahrt hat, zurückgestuft zu werden.« Die *beiden*? Anscheinend hatten sie die Leiche des Taxifahrers noch nicht gefunden. Tot und vergessen, einfach so.

»Hör mal, weißt du, was mit Michael ist?«

»Keine Details. Die teilen sie uns nicht mit, nur seinem Ansprechpartner. Ich weiß lediglich, dass wir ihn rausbekommen haben.« Ich stieß einen Seufzer der Erleichterung aus, einen Seufzer, der sich in meiner Lunge aufgestaut hatte, seit ich Michael im Krankenhaus abgesetzt hatte.

»Dann geht es ihm also gut?«

»Soweit ich weiß, ja.«

»Okay. Ich muss dich um einen Gefallen bitten.«

»Hör mal, Joe, ich fürchte, mir sind die Gefallen ausgegangen.« Matts Stimme klang nervös. Seine Nervosität war begründet. Der letzte Gefallen, um den ich ihn gebeten hatte, war für das Schlamassel verantwortlich, in das wir geraten waren.

»Du musst mir helfen, Kontakt mit ihm aufzunehmen.«

»Mit Michael?« Am anderen Ende der Leitung entstand eine Pause. Matts Stimme wurde leiser. »Kommt nicht in Frage. Ihr seid momentan radioaktiv. Die Chefetage möchte nicht, dass ihr euch zu nahe kommt. Das halten sie für zu gefährlich.«

»Sieh mal, ich will mich ja nicht mit ihm treffen. Ich möchte nur mit ihm reden«, argumentierte ich.

»Völlig unmöglich. Ich habe keine Ahnung, wo er steckt, und wenn ich es wüsste und es dir sagen würde, würden sie mir den Arsch aufreißen.« Ich war nicht in der Stimmung, mir so etwas anzuhören. Ich nahm den Hörer und schlug mit ihm dreimal fest auf den Tisch. Aus einem der anderen Motelzimmer schrie jemand, dass ich leise sein solle.

»Wie zum Teufel lautet dein wirklicher Name, Matt?« Es verstieß gegen die Vorschriften, das zu fragen, aber das war mir egal.

»Du weißt doch, dass ich dir das nicht sagen darf, Joe.« Als ich seine Antwort hörte, knallte ich den Hörer auf die Gabel. Ich stand auf und marschierte fünf Minuten lang im Zimmer auf und ab, um mich wieder zu beruhigen. Dann rief ich nochmals an und nannte dieselben Namen wie zuvor. Indem ich denselben Code zweimal benutzte, brach ich eine weitere Regel, doch nachdem ich das Ganze noch einmal durchexerziert hatte, hob Matt abermals ab.

»Wie lautet dein beschissener Name?«, forderte ich.

»Pedro. Rondell. Jesus. Was macht das für einen Unterschied?«, schrie die Stimme am anderen Ende der Leitung. Ich knallte den Hörer erneut auf die Gabel, wartete fünf Minuten und rief ein drittes Mal an.

Matt hob ab. »Du kannst mit diesem Code nicht noch mal anrufen. Wenn du es trotzdem tust, kommst du nicht durch. Dann schrillen hier alle Alarmglocken.« Das war mir bewusst.

Die Codes wurden überwacht. Wenn ein Code mehr als einmal benutzt wurde, überprüften sie ihn, um herauszufinden, ob die Gegenseite spionierte. Wurde ein Code dreimal verwendet, gingen sie vom Schlimmsten aus.

»Dann sag mir deinen Namen. Wir arbeiten seit fünf Jahren zusammen. Ich heiße Joseph. Die Namen meiner Eltern lauten James und Joan. Meine ältere Schwester hieß Jessica. Sie wurde vor meinen Augen umgebracht, als ich vierzehn war. Ich bin in einer Kleinstadt in New Jersey aufgewachsen. Sag mir einfach deinen Namen.« Meine Stimmlage wechselte von Schreien zu Flehen. Ich weiß nicht, warum mir das plötzlich so wichtig war.

»Also gut«, flüsterte die Stimme am anderen Ende der Leitung. »Ich heiße Brian. Mein Name ist Brian.« Er sagte die Wahrheit. Ich weiß nicht, woher ich das wusste. Ich wusste es einfach.

Ich hätte beinahe laut gelacht. »Du heißt Brian, und sie wollen, dass du dich Matt nennst. Wo zum Teufel ist da der Unterschied?«

»Matt ist ein Dienstgrad, Geheimdienst-Offizier dritten Rangs. Wenn ich befördert werde, steige ich zu Allen auf.«

»Hör mir zu, Brian.« Ich benutzte seinen echten Namen. Das fühlte sich befreiend an. »Ich muss wirklich mit Michael sprechen. Er hat mir das Leben gerettet. Ohne ihn wäre ich jetzt mausetot, und die Möwen würden mir die Augäpfel aushacken. Mir das Leben zu retten hat ihm ein zwanzig Zentimeter langes Messer im Bauch eingebracht. Möchtest du wissen, was ich dann getan habe? Ich bin abgehauen. Ich habe ihn allein im Krankenhaus zurückgelassen und bin abgehauen. Ich muss mich vergewissern, dass es ihm gut geht.«

»Oh, Gott, Joe. Tut mir leid, aber ich wüsste nicht mal, wo ich anfangen soll.«

»Weißt du, wer sein Ansprechpartner ist?«

»Sicher.«

»Dann fang bei ihm an.«

Am anderen Ende der Leitung war ein tiefer Seufzer zu hören. »Ich werde sehen, was ich tun kann. Ruf mich morgen wieder an. Um dieselbe Zeit. Aber erwarte keine Wunder.«

»Ich glaube schon lange nicht mehr an Wunder, Brian.«

»Terry Graham. Annie Campbell. Jack Wilkins.« Brian legte auf.

Am nächsten Morgen wachte ich wieder früh auf. Im Lauf der vergangenen zwei Jahre war es für mich zu einer Seltenheit geworden, tief zu schlafen. In der Regel schob ich das meiner inneren Anspannung zu. Ich hatte mich ziemlich daran gewöhnt, mit drei bis vier Stunden unruhigen Schlafs durch den Tag zu wandeln. An diesem Morgen wusste ich jedoch, dass meine Anspannung nicht der einzige Übeltäter war, der mich wach hielt. Es war Anspannung gepaart mit Schuldgefühlen. Ich stand auf und ging erneut eine Runde joggen, wobei ich schnell lief, um Stress abzubauen. Als ich wieder zurückkam, waren es immer noch zwanzig Minuten bis zur vereinbarten Zeit für meinen Anruf bei Brian. Ich nahm trotzdem meine Telefonkarte zur Hand und wählte.

Schließlich meldete sich eine Frauenstimme, die nicht weniger singsangmäßig klang als die Stimmen am Tag zuvor. »Hallo?«

»Hey, Ma, ich bin's«, entgegnete ich.

»Joey! Wird auch langsam Zeit, dass du anrufst. Es ist schon Wochen her.« Ich hatte ein klares Bild meiner Mutter vor Augen, wie sie in ihrem Morgenrock in der winzigen Küche des Hauses umherhuschte, in das wir nach dem Tod meines Vaters gezogen waren, und Kaffee kochte. Ich hatte gewusst, dass sie wach sein würde. Meine Mutter schlief nie länger als bis fünf Uhr.

»Ich weiß, Ma. Entschuldige. Aber du weißt ja, dass ich aus den sichern Häusern nicht anrufen darf, und manchmal ist es echt schwierig, einen Ort zu finden, an dem man gefahrlos telefonieren kann.«

»Ich weiß, ich weiß. Nachdem heutzutage jeder ein Handy besitzt, ist es gar nicht so leicht, ein normales, althergebrachtes Telefon aufzutreiben.« Ich war froh, dass sie Ausreden für mich erfand. Auf diese wäre ich niemals gekommen. Sie musste ihr eingefallen sein, nachdem sie stundenlang darüber nachgegrübelt hatte, warum ich sie nicht öfter anrief. »Wie geht's dir, Joey?«

»Mir geht's gut, Mom. Alles beim Alten. Wie geht's dir?«

»Es geht schon. Jeffrey ist gestorben.« Toll, noch ein Tod. Jeffrey war unser Kater: Er muss mindestens siebzehn Jahre alt gewesen sein.

»Wie das?« Eigentlich war es mir ziemlich egal. Ich betrieb einfach nur Konversation. Nach all dem Tod, den ich gesehen hatte, fiel es mir schwer, um eine Katze zu trauern, auch wenn es sich um meine eigene Katze handelte. Meine Mom dagegen war vermutlich am Boden zerstört. Jetzt war das Haus völlig leer.

»Ich weiß auch nicht genau. Er ging raus und kam ziemlich mitgenommen zurück. Ihm fehlte ein Stück vom Ohr, und er hatte Kratzer auf der Nase und überall Blut. Du weißt ja, Jeffrey war immer ein Raufbold. Jedenfalls kam er nach Hause, und in seinem Alter war das anscheinend einfach zu viel für ihn. Er ist auf meinem Schoß eingeschlafen und nicht wieder aufgewacht.« Ich hörte, wie ihre Stimme zu zittern begann, während sie sprach.

»Na ja, zumindest hat er es bis nach Hause geschafft. Wie ich Jeffrey kenne, ist es demjenigen, gegen den er gekämpft hat, nicht so gut ergangen.«

»Ach, der arme Jeffrey«, sagte sie mit einem kaum hörbaren Seufzen. Dann hielt sie inne, schaltete um und fragte in fröhlichem Tonfall: »Und, was macht die Arbeit?«

»Bei der Arbeit läuft's gut«, log ich. »Auch alles beim Alten.« Meine Mutter wusste, womit ich meinen Lebensunterhalt verdiente, aber ich nannte ihr nie irgendwelche Einzelheiten. Das lag nicht daran, dass ich dachte, es würde sie womöglich in Gefahr bringen. Es fühlte sich einfach nicht richtig an, meiner Mutter die Dinge zu beschreiben, die ich tat.

»Du bist zu bescheiden, Joey. In Wirklichkeit rettest du die ganze Zeit die Welt.«

»Ich würde nicht behaupten wollen, dass ich die Welt rette, Ma.«

»Tja, ich schon«, sagte meine Mutter in strengem Ton, um mich für meine Bescheidenheit zu tadeln. »Aber ich hoffe, du hast auch ein bisschen Zeit für dich selbst. Ich hoffe, du arbeitest nicht zu hart.«

»Um ehrlich zu sein, komme ich gerade aus dem Urlaub.«

»Tatsächlich? Wo warst du denn?«

»Auf Saint Martin mit Jared und Michael«, entgegnete ich. Das war die sichere Antwort. Ich wünschte, es hätte gestimmt.

»Wirklich? Und wie geht's den Jungs?«

»Ihnen geht's gut, Ma.« Ich warf einen Blick auf die Uhr, um zu sehen, wie lange ich noch warten musste, bis ich Brian anrufen und herausfinden konnte, ob ich log.

»Jared ist ein netter junger Mann. Er wird es bestimmt mal zu was bringen. Halte dich an ihn, Joey, und du wirst noch weit kommen.« Meine Mutter mochte Jared. Von Michael hatte sie dagegen schon immer geglaubt, er habe einen schlechten Einfluss auf mich.

»Ich muss leider Schluss machen, Ma. Ich muss mich um ein paar Dinge kümmern.«

»Okay«, sagte sie mit einem weiteren Seufzen. »Ich weiß, dass du ein wichtiger Mann bist.«

»Hör auf, mir ein schlechtes Gewissen zu machen, Ma. Ich muss wirklich Schluss machen.«

»Ich weiß, ich weiß. Aber warte diesmal nicht so lang, bis du wieder anrufst.«

»Okay.«

»Versprochen?«

»Versprochen.«

»Gut. Ich habe dich lieb, Joey. Und du fehlst mir.«

»Ich habe dich auch lieb, Ma.«

»Pass auf dich auf.«

»Ich werde mir Mühe geben.«

»Und vergiss nie, wie stolz ich auf dich bin. Und dein Vater auch. Dein Vater wäre so stolz.« Jetzt war ich damit an der Reihe, fast in Tränen auszubrechen. Meine Reaktion überraschte mich. Ich wollte etwas sagen, aber mir blieben die Worte im Hals stecken. Ich bekam nicht mehr heraus als einen leisen Grunzlaut, bevor ich wieder den Mund hielt. Ich atmete tief durch und kämpfte mit den Tränen.

»Alles in Ordnung mit dir, Joey?«

»Ja, Ma«, brachte ich schließlich heraus. »Ich muss wirklich aufhören. Ich hab dich lieb.« Dann legte ich auf und sah auf die Uhr. Ich hatte immer noch vier Minuten bis zum vereinbarten Zeitpunkt meines nächsten Anrufs. Also saß ich vier Minuten lang einfach auf der Bettkante und starrte auf meine leeren Hände. Sie zitterten.

Als es so weit war, griff ich zum Hörer und wählte. Terry Graham. Annie Campbell. Jack Wilkins. Ich durchlief den Prozess abermals, sprach mit einer fröhlichen Rezeptionistin nach der anderen und wartete darauf, dass ein viertes Mal abgenommen wurde. Es ertönte das Freizeichen. Jedes Freizeichen schien ewig anzudauern. Nach dem sechsten Läuten hob schließlich jemand ab.

»Du bist mir was schuldig.« Es war Brian.

»Ich nehme an, das heißt, du hast ihn ausfindig gemacht?«

»Ja. Aber du musst mir versprechen, dass du deine Schulden begleichst, bevor ich dich mit ihm sprechen lasse.«

»In Ordnung. Also, was bin ich dir schuldig?«

»Deinen nächsten Job. Den in Montreal. Du musst dich noch zwei Wochen bedeckt halten. Bleib einfach da, wo du bist.«

»Hier?«, fragte ich und blickte mich in meinem feuchtkalten Motelzimmer um.

Brian ignorierte meine Frage. »Ich besorge dir einen Flug in zwei Wochen. Nutz die Zeit, um wieder einen klaren Kopf zu bekommen. Der Job in Montreal ist wichtig. Es ist ein komplizierter Job. Du musst ihn richtig erledigen. Keine Fehler, kein Drama. Du fliegst hin, planst den Job, erledigst ihn, und dann verschwindest du wieder.«

»So arbeite ich immer.«

»Ja. So hast du früher gearbeitet, bevor du eine Frau in der Öffentlichkeit angegriffen und drei Leichen an einem Strand zurückgelassen hast.«

»Wurde der Taxifahrer gefunden?«

»Ja, das, was von ihm übrig war. Mit den Leckerbissen haben sich die Haie davongemacht. Den Rest der Leiche hat gestern jemand beim Hochseefischen geangelt. Ich wette, mit diesem Fang hatte er nicht gerechnet.« In Brians Stimme war ein Glucksen zu hören. »Auf jeden Fall bist du mir einen sauberen Job schuldig. Mehr verlange ich nicht.«

»Den bekommst du. Ich wünsche mir nichts mehr auf der Welt, als dass wieder Normalität einkehrt.« Brian fing an zu lachen. »Was ist so witzig?«, fragte ich.

»Deine Normalität ist ziemlich im Arsch. Das weißt du, oder?«

»Ist mir nicht entgangen«, erwiderte ich. Dann nannte mir Brian die Details zu dem Job in Montreal. Es war ein komplizierter Mordanschlag. Der Typ war ein dicker Fisch. Er hatte Leibwächter. Sein Haus war mit Stacheldraht umzäunt, um ungebetene Gäste fernzuhalten. Um mich fernzuhalten. Ich fragte nicht, wer er war und was er tat. Nach dem, was gerade passiert war, brauchte ich keine Motivation. Ich würde nach Montreal fliegen und den Job sechs Tage lang vorbereiten. Anschließend hatte ich ein paar Tage Zeit, um ihn zu erledigen. Ich sollte mich frühestens nach zehn Tagen wieder melden, es sei denn, ich brauchte irgendetwas. »Ruf mich erst wieder an, wenn du vor einer Leiche stehst«, sagte Brian.

»Okay«, erwiderte ich und gab mir Mühe, meine Antwort überzeugend klingen zu lassen. »Also, wie nehme ich mit Michael Kontakt auf?«

»Bleib am Telefon. Ich stelle ihn durch.«

»Danke, Brian.«

»Hör mal, Joe, nenn mich nicht Brian. Ich bin Matt. Es muss Matt sein. Victor Erickson. Leonard Jones. Elizabeth Weissman.« Es war ein Klicken in der Leitung zu hören, dann herrschte Stille. Ich wartete ein paar Sekunden, dann ertönte ein weiteres Klicken.

»Hallo?« Ich hörte Michaels Stimme. Er klang verwirrt.

»Michael? Hier ist Joseph.«

»Joe!« Michael klang aufrichtig begeistert. In seiner Stimme lag weder Wut noch Verbitterung. »Sieh mal einer an, du brichst die Regeln. Wie zum Teufel hast du das eingefädelt?«

»Ich habe Freunde in der Chefetage«, entgegnete ich. »Hat man dir nicht gesagt, dass ich versucht habe, dich zu erreichen?«

»Nein, mein Ansprechpartner hat mir nur gesagt, dass ich in der Leitung bleiben soll, also bin ich in der Leitung geblieben. Wie geht's dir? Wo steckst du?«

»Georgia«, erwiderte ich.

»Was du nicht sagst. Hotlanta? Da kann man richtig einen draufmachen.« Ich war nicht wirklich in der Stimmung, richtig einen draufzumachen. »Was gibt's, Joe?« Es war, als hätte es Beach Haven nie gegeben.

»Ich wollte mich nur vergewissern, dass mit dir alles in Ordnung ist. Ich hatte ein schlechtes Gewissen, dass ich dich einfach so im Stich gelassen habe.«

»Ist ja echt süß von dir, dass du dich nach mir erkundigst.« Mit Sticheleien konnte ich umgehen. Michael hielt kurz inne und sagte dann: »Mir geht's gut. Es gab ein paar unheimliche Momente, die aber im Nachhinein eine gute Geschichte ergeben. Kurz nachdem sie mich wieder zugenäht hatten, sind zwei Bullen reingekommen, haben mich aus dem Bett gezerrt, mich in ihren Streifenwagen gesteckt und mir gesagt, dass sie mich einbuchten. Echte Bullen noch dazu. Mit einem echten Streifenwagen. Das war verrückt. Wie sich herausgestellt hat, waren sie welche von uns. Stell dir das mal vor. Wer hätte damit gerechnet? Echte Bullen? Auf jeden Fall haben sie mir gesagt, sie hätten einen Anruf von irgendeinem hohen Tier beim Geheimdienst bekommen und den Befehl erhalten, mich an einen sicheren Ort zu bringen, an einen Ort, an dem ich weiter zusammengeflickt werden könnte. Hast du dieselben Beziehungen spielen lassen, um mich zu retten, die du auch benutzt hast, um dieses Telefongespräch einzufädeln?«

»Nein«, erwiderte ich. Ich wünschte, ich hätte etwas anderes sagen können. »Dass du aus diesem Loch geholt wurdest, in dem ich dich zurückgelassen hatte, ist allein Jareds Werk.«

Ich konnte spüren, wie Michael am anderen Ende der Leitung nickte. »Dieser Bursche weiß wirklich, wo's langgeht. Wir geben ein ziemlich gutes Team ab, wir drei. Ich habe den Enthusiasmus. Jared hat die Pläne.«

»Ja«, erwiderte ich und fragte mich, was ich wohl hatte. Fragte mich, warum die beiden immer noch mit mir befreundet waren. Obwohl ich die Frage nicht laut stellte, schien Michael sie zu erahnen.

»Du hast Herz, Joe. Du hast sogar angerufen, um dich nach mir zu erkundigen.«

»Tut mir leid, dass ich dich im Krankenhaus zurückgelassen habe, Michael.« Ich musste mich entschuldigen. Ich musste die Schuldgefühle loswerden. Sie waren ein Gift, das ich seit Tagen in mir herumtrug. Ich wünschte, ich könnte behaupten, dass ich mich anschließend besser fühlte.

»Mach dir deshalb keine Gedanken, Joe. Was hättest du denn sonst tun sollen? Wenn du geblieben wärst, hättest du alles vermurkst. Die Bullen – die Bullen, die mir bei meiner Flucht geholfen haben – konnten mich nur verlieren, weil ich allein war. Uns beide zu verlieren hätte sich nur schwer vertuschen lassen. Du musstest verschwinden. Jared würde genau das Gleiche sagen.«

Es war mir egal, was Jared gesagt hätte. »Jared weiß nicht alles.« Ich wollte ihn fragen, warum er so viel tapferer war als ich. Stattdessen brachte ich nicht mehr heraus als: »Warum bist du zurückgekommen, um mir zu helfen?«

»Weil ich bescheuert bin. Ich bin ein bescheuerter Typ, der sich gerne prügelt.« Michael lachte ins Telefon.

»Im Ernst. Warum bist du zurückgekommen, um mir zu helfen?«

»Wir haben alle unsere Gründe, Joe.«

»Was soll das heißen?«, fragte ich.

»Wir haben alle unsere Gründe, warum wir kämpfen. Ich kämpfe für euch. Ich kämpfe für meine Freunde.«

»Schaust du denn nie über den Tellerrand hinaus?«

»Natürlich tue ich das«, erwiderte Michael, »aber solange ihr an meiner Seite kämpft, ist das alles zweitrangig. Du und Jared, ihr habt mich gerettet, als ich jung war. Ich bin euch beiden was schuldig.«

»Tja, wenn du mir tatsächlich was schuldig gewesen sein solltest, ist die Schuld beglichen.«

»Nein, das ist eine Schuld, die ich nie begleichen kann, Kumpel. Du brauchst kein schlechtes Gewissen zu haben, Joe. Du hast das Richtige getan.«

»Ich glaube langsam, dass ›das Richtige‹ manchmal idiotisch ist.« In unserem Gespräch entstand eine unangenehme Pause. Michael sagte nichts, doch sein Schweigen verriet mir alles, was ich wissen musste: Er stimmte mir zu. »Dann geht's dir also wieder so einigermaßen?«, fragte ich, um das Schweigen zu brechen.

»Mir geht's gut. Besser als gut. Ich bin fast schon wieder auf hundert Prozent. Mir wird eine fiese Narbe bleiben, aber wie sagt man so schön? ›Schmerz geht vorüber. Mädels mögen Narben. Ruhm hält ewig.‹«

Ich schüttelte ungläubig den Kopf. »*Man* sagt das nicht,

Michael. Keanu Reeves sagt das in *Helden aus der zweiten Reihe*. Und dieser Film war beschissen. Du bist dir darüber im Klaren, dass du deinen Lebensunterhalt damit verdienst, Leute umzubringen, oder, Michael?«

»Ja, und?«

»Vielleicht solltest du dir ein paar eigene Sprüche einfallen lassen.«

Michael lachte. »Ich werde dran arbeiten. Das nächste Mal schaffen wir es wirklich nach Saint Martin«, sagte Michael. »Wir suchen uns ein paar hübsche Mädels und haben die beste Zeit unseres Lebens.«

»Ich bin dabei«, entgegnete ich. »Ich möchte nur, dass du weißt, Michael, wenn ich noch mal in dieser Situation sein sollte, werde ich dich nicht im Stich lassen.« In diesem Moment schwor ich mir, dass ich nie wieder jemanden im Stich lassen würde, der mir am Herzen liegt. Das ist ein Versprechen, Maria.

»Ich weiß.« Michaels Tonfall war ernst, doch nur für einen kurzen Augenblick. »Jared wird allerdings genervt sein. Jetzt muss er sich mit zwei Idioten rumschlagen, anstatt nur mit mir. So, und jetzt muss ich Schluss machen. Wir sprechen uns bald wieder. Pass auf dich auf, Joe.«

»Du auch«, erwiderte ich. Dann legte ich auf. Zwei Wochen später saß ich in einer Maschine nach Montreal. Aus Saint Martin wurde nie etwas. Michael habe ich seit unserem Telefonat nicht mehr gesehen oder gesprochen. Langsam zweifle ich daran, ob ich ihn jemals wieder sehen oder sprechen werde.

SIEBTES KAPITEL

Es war noch früh am Tag, als ich in Montreal landete. Wie angewiesen nahm ich ein Taxi zu einer kleinen Spielhalle in der St. Catherine Street. Dort sollte ich die Schlüssel zu dem sicheren Haus abholen. Der Name der Spielhalle, Casino Royale, blinkte in grellen Neonlampen über der Eingangstür. Ich ging hinein und marschierte geradewegs in den hinteren Teil der Spielhalle, vorbei an zahlreichen Jugendlichen in Baggy-Jeans, an dem Geläute, dem Gepfeife und dem Geräusch künstlichen Gewehrfeuers. Ich steuerte auf die Theke zu, wo ein paar Angestellte im Teenageralter Münzen austeilten, damit andere Jugendliche ihr Taschengeld in den Spielautomaten versenken konnten. Ich sagte dem Mädchen, das hinter der Theke arbeitete, dass ich da sei, um die Schlüssel zu einer Wohnung abzuholen, und sie händigte sie mir wortlos aus. Die sichere Unterkunft würde für die Dauer meines Aufenthalts leer sein. Mein Auftrag war offenbar so gefährlich, dass er ein zu großes Risiko für das Leben anderer bedeutete. Wenn meine Tarnung aufflog, war ich ein toter Mann, doch das würde keine allzu großen Wellen schlagen. Ich ging die zwei Meilen von der Spielhalle zu dem sicheren Haus zu Fuß, eine lange, mit Steinen übersäte Straße hinauf.

Bei der sicheren Unterkunft handelte es sich um ein kleines, karges Appartement mit Balkon und Blick auf die Straße. Da ich Hunger hatte, überprüfte ich den Inhalt des Kühlschranks.

Ich entdeckte etwas Limonade, ein Stück Käse und die Überreste eines chinesischen Gerichts. Im Gefrierfach befand sich eine Tiefkühlpizza, und an der Wand stand ein Weinregal mit ein paar Flaschen Rotwein. Entweder hielt mein Gastgeber nichts von Vorräten, oder er hatte die Wohnung vor meiner Ankunft leergeräumt. Ich schob die Tiefkühlpizza in den Ofen und setzte mich aufs Sofa. Mir stand ein einsamer Job bevor. Auf dem Couchtisch vor mir lag ein dicker brauner Briefumschlag. Er war mir beim Betreten der Wohnung sofort aufgefallen, aber ich hatte mir Mühe gegeben, ihn zu ignorieren, während ich mich an meine neue Umgebung gewöhnte. Ich starrte ihn einfach noch ein oder zwei Minuten an, bis sich der Geruch der mittelmäßigen Tiefkühlpizza in der Wohnung ausbreitete. Dann riss ich den Umschlag auf.

Bei meiner Zielperson handelte es sich um einen kanadischen Wissenschaftler, der inzwischen Geschäftsmann war. Offenbar leitete er ein großes Pharmaunternehmen. Er war stinkreich. Seinen Wohlstand nutzte er, um Operationen unserer Feinde auf der ganzen Welt zu finanzieren. Afrika, Europa, Asien – sein Geld ging überallhin. Außerdem entwickelte er chemische und biologische Waffen, die im Krieg verwendet wurden. Dabei handelte es sich allerdings nicht um Massenvernichtungswaffen, mit denen der Feind vergast wurde. Er entwickelte zielgenaue, präzise Gifte, die sich kaum nachweisen ließen. Wir wussten, dass er das tat, doch wir hatten keine Ahnung, wie viele von unseren Leuten wir bereits verloren hatten, weil sie an einer seiner Erfindungen erstickt waren. Dutzende? Hunderte? Tausende? Fast alles war möglich.

Meine Zielperson wurde in der Regel von zwei Leibwächtern begleitet. Einer der beiden war in den Krieg hineingeboren worden. Er war einer von den anderen und ein ausgebildeter

Ranger der US-Armee. Auf dem Papier und nach den Fotos zu urteilen war er ein knallharter Bursche. Trotzdem handelte es sich bei ihm um Freiwild. Der andere Leibwächter stellte das größere Problem dar. Er war Zivilist. In den Unterlagen, die mir ausgehändigt worden waren, hieß es, er sei völlig ahnungslos, was den Krieg anbetraf. Er war getäuscht worden und ging davon aus, er würde einfach nur einen paranoiden kanadischen Geschäftsmann beschützen. Der zweite Leibwächter hatte früher bei der australischen Marine gedient und war als Zivilist unantastbar. Es sah diesen Mistkerlen ähnlich, ihn als zivilen Schutzschild zu benutzen.

Meine Pizza war fertig. Ich suchte mir einen Teller, legte die Pizza darauf und begann, über den Tagesablauf meiner Zielperson zu lesen. An zwei Tagen in der Woche, dienstags und donnerstags, unterrichtete er als Lehrbeauftragter Chemie an der McGill University. Jeden Montag ging er mit verschiedenen Gästen von außerhalb im chinesischen Viertel zum Mittagessen. Seine Mittwochnachmittage verbrachte er in einem Strip-Club im unteren Teil der St. Laurent Street, ebenfalls mit auswärtigen Gästen. Dabei handelte es sich nicht um Vergnügungsausflüge, sondern um Treffen, bei denen Geschäfte gemacht wurden. Manchmal drehte es sich bei diesen Geschäften um unseren Krieg, manchmal drehte es sich um andere Kriege. Die Treffen wurden streng bewacht. Die Abende verbrachte er normalerweise zu Hause.

Das Haus meiner Zielperson befand sich auf der anderen Seite des Mount Royal und war eine wahre Festung. Abends blieb nur einer der Leibwächter bei ihm, und bei diesem Job wechselten sich die beiden ab. Der jeweilige Leibwächter verbrachte die Nacht in einem Gästezimmer im Haus. Am nächsten Abend blieb der andere Leibwächter.

Ich beschloss, am nächsten Tag mit meiner Aufklärungsarbeit zu beginnen. Ich würde meiner Zielperson eine Weile folgen, um irgendwelche Schwachpunkte zu finden, um herauszubekommen, ob die Leibwächter nachlässig wurden. Mein Plan – der einzige, den ich zu diesem Zeitpunkt parat hatte – war, ihn drei Tage lang zu beschatten und dann einen besseren Plan auszuarbeiten. Morgen war Mittwoch. Der Strip-Club stand auf der Tagesordnung. Ich hatte keine Ahnung, dass du mein Leben verändern würdest.

Am nächsten Morgen erwachte ich vor Sonnenaufgang und machte mich auf den Weg zum Haus meiner Zielperson. Ich hatte einen arbeitsreichen Tag vor mir. Mein Plan war, ihn zu beschatten, vom Moment des Aufstehens an, bis er wieder schlafen ging. Ich packte ein Fernglas in meinen Rucksack und kaufte unterwegs in einem Laden an einer Straßenecke als Proviant Müsliriegel und Mineralwasser.

Die Sonne ging gerade auf, als ich das Haus erreichte. Ich hatte einen Grundriss in der Tasche, und als ich dort ankam, holte ich ihn in der Hoffnung hervor, eine geeignete Stelle zu finden, von der ich das morgendliche Treiben unbemerkt beobachten konnte. Das Haus war riesig. Der Grundriss wurde ihm nicht gerecht. Alle Zimmer waren gigantisch. Die Vorderseite des Hauses zeigte zur Straße, während man von der Rückseite aus einen traumhaften Blick auf den Park hatte. Das Schlafzimmer meiner Zielperson befand sich im hinteren Bereich des Hauses, also begab ich mich in den Park. Dort kletterte ich auf einen Baum, der noch genug Blätter hatte, um mir Tarnung zu bieten. Ich machte es mir auf einer Astgabel bequem und richtete mein Fernglas auf das Schlafzimmerfenster.

Ich war ein bisschen zu spät dran. Durch die Lamellen der

Jalousien konnte ich gerade noch ins Schafzimmer spähen. Das Bett war leer, ungemacht, aber leer. Ich suchte die anderen Fenster ab. An keinem der übrigen Fenster zum Park befanden sich Jalousien. Zwei Fenster neben dem Schlafzimmer meiner Zielperson befand sich das Zimmer der Leibwächter. Ich spähte hinein und sah einen von ihnen auf dem Boden Liegestütze machen. Bei fünfundachtzig hörte ich auf zu zählen. Nachdem der Leibwächter etwa zwanzig Minuten lang ununterbrochen Liegestütze gemacht hatte, drehte er sich um und machte Sit-ups. Auch das schien sich eine Ewigkeit hinzuziehen. Wie in meinen Unterlagen zu lesen stand, hatte dieser Bodyguard eine Tätowierung mit dem Symbol der australischen Armee am rechten Oberarm und eine weitere am Rücken, die einen Wellenreiter zeigte, der von einem Hai gebissen wird. Bei ihm handelte es sich um den Zivilisten. Du bist weit weg von zu Hause, mein Freund, dachte ich, holte ein Notizbuch hervor und schrieb mir den zeitlichen Ablauf auf. Dem Geheimdienstbericht zufolge, den ich erhalten hatte, wechselten sich die beiden Leibwächter nächteweise ab. Also war der Zivilist diese Woche am Dienstag, Donnerstag und Samstag an der Reihe und nächste Woche am Montag, Mittwoch und Freitag. Die übrigen Nächte würde der andere Leibwächter übernehmen, gegen den ich etwas tun konnte. Nach den Sit-ups begann der Australier Beugestütze zu machen, wozu er zwei Stühle benutzte.

Ich nahm die anderen Fenster unter die Lupe. Da war meine Zielperson. Im Fitnessraum im Untergeschoss. Er befand sich auf dem Stepper, trug ein Headset und telefonierte, während er trainierte. Er unterhielt sich angeregt, was seinen Rhythmus auf dem Gerät ruinierte. Ein paar Mal dachte ich, er würde herunterfallen. Meine Zielperson war knapp einen Meter fünfundsiebzig groß, hatte dunkles Haar und trug einen Bart, der erste Anzeichen zeigte, grau zu werden. Für einen Geschäftsmann war er nicht schlecht in Form, doch sein Bauch hing ihm trotzdem leicht über die Shorts. Seine Augen waren dunkelbraun, beinahe schwarz. Sein Anblick löste eine instinktive Reaktion bei mir aus. Ich wusste, dass ich nicht zögern würde, ihn zu erledigen.

Ich inspizierte den Rest des Hauses. Neben dem Fitnessraum befand sich ein Wohnzimmer mit einem Billardtisch mit violettem Filzbezug. Die Küche und das riesige Wohnzimmer führten zum Garten. Letzterer war vollständig von einem weißen Metallzaum umgeben. Auf beiden Eckpfosten waren Videokameras montiert. Ich riss ein großes Stück Rinde von dem Baum, auf dem ich saß, und warf es in den Garten. Als es über den Zaun flog, drehten sich sofort beide Kameras und folgten ihm, bis es landete. Laser-Bewegungsmelder. Ich richtete den Blick wieder auf das Zimmer des Leibwächters. Wie ich erwartet hatte, wurde durch die Bewegung ein kleiner Alarm im Bodyguard-Zimmer ausgelöst, und der Australier drehte sich um und warf einen Blick auf den Computer auf seinem Schreibtisch. Er sah, was die Videokameras sahen. Ich richtete mein Fernglas auf die Kameras und notierte Hersteller und Modell, damit ich später recherchieren konnte.

Um sieben Uhr tauchte die Hausangestellte in voller Dienstmädchen Montur auf. Sie trug ein taubenblaues Kleid, das ihr knapp über die Knie reichte, und eine weiße Schürze mit Rüschen auf der Seite. Wer ließ seine Haushaltshilfen heutzutage noch solche Kleidung tragen? Dieser Typ war echt ein schräger Vogel. Die Hausangestellte kam herein und begann mit der Zubereitung des Frühstücks. Meine Zielperson frühstückte Speck mit Eiern, Toast und Melone. Er saß allein am Tisch und las die Morgenzeitung. Der Australier aß Eier, Kartoffeln, Melone und eine Schüssel Müsli. Er saß allein an der Küchentheke. Niemand sagte ein Wort. Als die Hausangestellte dann anfing, in der Küche aufzuräumen, zogen sich beide Männer in ihr jeweiliges Badezimmer zurück, duschten und machten sich für den Tag fertig. Der Australier war mit einem dunkelblauen Anzug und einer einfarbig dunkelblauen Krawatte bekleidet, der typischen Bodyguard-Uniform. Außerdem trug er ein Headset, über das er mit dem anderen Leibwächter kommunizieren konnte. Meine Zielperson trug einen dunkelgrauen Anzug und ein gelbes Hemd ohne Krawatte.

Um Punkt acht Uhr tauchte der andere Leibwächter auf. Er und der Australier waren identisch gekleidet. In ihren Arbeitsuniformen waren sie nur auseinanderzuhalten, weil der Amerikaner dunkleres Haar und einen Kinnbart hatte. Die beiden scherzten ein bisschen miteinander, während ihr Boss ins Schlafzimmer zurückging, um seine Aktentasche zu holen. Ich sah, wie sie abwechselnd sprachen und lachten. Sobald meine Zielperson zurückkehrte, wirkten sie stoisch wie Statuen. Um Viertel nach acht brachen die drei auf. Ich begab mich auf die Vorderseite des Hauses und sah sie wegfahren. Der Zivilist und meine Zielperson saßen auf dem Rücksitz. Der andere Leibwächter fuhr den Wagen. Da sie mit dem Auto unterwegs waren, konnte ich ihnen natürlich nicht auf den Fersen bleiben. Meinen Informationen zufolge würden sie jedoch ins Büro meiner Zielperson fahren und sich dort die nächsten Stunden aufhalten. Ich rief ein Taxi und folgte ihnen in die Innenstadt.

Die nächsten vier Stunden verbrachte ich in einem Café gegenüber vom Bürogebäude meiner Zielperson. Ich wagte es nicht, das Gebäude zu betreten, da mein Gesicht dabei aller Wahrscheinlichkeit nach von einer Kamera erfasst worden wäre. Dafür war ich noch nicht bereit. Stattdessen blieb ich einfach in dem Café auf der anderen Straßenseite sitzen, las Zeitung und behielt die Tür und die Tiefgaragenausfahrt im Auge, um mitzubekommen, wenn meine Zielperson das Gebäude verließ. In diesen vier Stunden lernte ich fast nichts Neues dazu.

Gegen halb eins kam meine Zielperson dann schließlich mit den Leibwächtern im Schlepptau zur Tür heraus. Ich hatte mir bereits die Rechnung bringen lassen, zahlte und ging nach draußen. Offenbar gingen sie zu Fuß zu dem Strip-Club. Ich nahm an, dass das vom Wetter abhing, hatte jedoch nichts dagegen, mir die Füße zu vertreten. Meine Zielperson ging neben dem zivilen Leibwächter, während der Amerikaner den beiden mit zwei Schritten Abstand folgte. Die Bodyguards waren äußerst gewissenhaft. Sie hätten durchaus vom Geheimdienst ausgebildet worden sein können. Der Leibwächter an der Seite meiner Zielperson hatte den Blick nach vorn gerichtet und vergewisserte sich, dass ihnen nichts den Weg versperrte und ihnen niemand direkt entgegenkam. Der Bodyguard, der hinter ihnen ging, suchte unentwegt mit dem Blick alle übrigen Bereiche ab: die Straße, die Bürgersteige und sogar den Himmel. Ich ging auf der anderen Straßenseite, musste aber trotzdem darauf achten, dass mich der hintere Leibwächter nicht dabei ertappte, wie ich sie anstarrte. Ich ging lässig und warf nur gelegentlich einen Blick hinüber, um zu sehen, ob sich die Bodyguards irgendeinen Ausrutscher erlaubten, ob sie zu irgendeinem Zeitpunkt nicht auf der Hut waren. Fehlanzeige.

Sie gingen den René Lévesque Boulevard bis zur St. Laurent Street hinunter, dann bogen sie links ab. Sie überquerten die Fahrbahn und gingen auf der rechten Straßenseite weiter. Ich blieb auf der linken Seite. Nach zwei Querstraßen kamen wir bei dem Strip-Club an. Die Fassade war ziemlich eindeutig. Blinkende Neonlampen priesen »Nackte Mädchen – live und rund um die Uhr« an. Von der Straße aus war es nicht möglich, ins Innere des Clubs zu sehen. Es gab keine Fenster. Die einzige Tür führte in ein Treppenhaus. Die Treppe führte hinauf in den Club. Unmittelbar hinter der Eingangstür stand ein großer Türsteher. Meine Zielperson ging auf ihn zu und schüttelte ihm die Hand. Die beiden unterhielten sich etwa eine halbe Minute lang. Der Türsteher lächelte und lachte und klopfte meiner Zielperson auf die Schulter. Dann steckte ihm meine Zielperson Geld zu und ging mit dem amerikanischen Leibwächter im Schlepptau die Treppe hinauf. Der Australier blieb unten neben dem Türsteher auf der anderen Seite des Eingangs stehen. Die beiden tauschten ebenfalls einige Worte und das eine oder andere Lächeln, bevor sie sich wieder schweigend dem Bewachen der Tür widmeten.

Das war zu viel. Ich wollte auf keinen Fall wieder stundenlang herumstehen und warten. In den Strip-Club gehen wollte ich allerdings auch nicht. Zum einen würde der amerikanische Bodyguard bestimmt Verdacht schöpfen, wenn er mich drinnen sah und von der Straße wiedererkannte. Zum anderen fällt man auf wie ein bunter Hund, wenn man in einem Strip-Club nicht die Stripperinnen, sondern andere Typen anstarrt. Ich beschloss, einfach zum Eingang zu gehen, um einen genaueren Blick auf den Leibwächter werfen zu können. Ich schwöre, dass ich nichts anderes tat. Da ich wusste, dass er mich bislang noch nicht in Augenschein genommen hatte, brauchte ich mir keine allzu große Mühe zu geben, mich unauffällig zu verhalten. Ich überquerte die Straße. Im Eingangsbereich des Strip-Clubs hingen einige Fotos von den Stripperinnen in unterschiedlichen Posen. Sie waren alle völlig nackt, was mich ziemlich erstaunte. In den Vereinigten Staaten bekam man so etwas nicht zu Gesicht, zumindest nicht auf offener Straße, so wie hier. Ich gab mir Mühe, die Fotos beiläufig zu betrachten und dabei gleichzeitig den Leibwächter zu mustern. Der Australier war gut zehn Zentimeter größer als ich. Er hatte ein freundliches Gesicht. Ich fragte den Türsteher, welche von den Mädchen heute arbeiteten. Er erklärte mir, dass die Fotos in erster Linie ihre Mädchen von der Nachtschicht zeigen würden, aber die Stripperinnen, die tagsüber arbeiteten, ebenfalls hübsch seien. Bis zu diesem Punkt spielte ich meine Rolle fast perfekt. Dann hättest du meine Tarnung beinahe auffliegen lassen.

Ich sah dich schon ungefähr einen halben Häuserblock, bevor du beim Eingang ankamst, die Straße entlanggehen und erinnere mich, dass du die Kapuze deines Sweatshirts aufhattest, die dein üppiges lockiges Haar verdeckte. Die Hände hattest du tief in den Taschen des grünen Sweatshirts vergraben. Du hast niedlich ausgesehen. Ich fand es viel spannender, dich so eingepackt zu sehen, als die Fotos der nackten Stripperinnen an der Wand zu betrachten. Du musst bemerkt haben, dass ich dich anstarrte. Für einen kurzen Moment trafen sich unsere Blicke. Dabei kräuselte sich die Haut um deine großen blauen Augen, und auf deinen Lippen zeichnete sich ein verschmitztes Lächeln ab. Ich vergaß, wo ich mich befand. Ich vergaß, was ich tat. In diesem Moment vergaß ich alles.

»Da würde ich an deiner Stelle nicht reingehen«, sagtest du.

»Wie bitte?«, erwiderte ich. Dann fiel mir ein, dass ich in der Tür zu einem Strip-Club stand und die Fotos anstarrte, mit denen der Eingangsbereich tapeziert war. Ein toller erster Eindruck.

»Da würde ich an deiner Stelle nicht reingehen«, sagtest du

noch einmal. »Du solltest in die St. Catherine Street gehen. Da gehen alle amerikanischen Touristen hin.« Du hieltest inne und mustertest mich von Kopf bis Fuß. »Natürlich gehen die meisten von ihnen nicht allein am helllichten Tag hin.«

»Oh, ich wollte nicht…« Ich hatte plötzlich die Fähigkeit verloren, in ganzen Sätzen zu sprechen. »Ich… hatte nicht vor reinzugehen«, stammelte ich schließlich. Erst nachdem ich das gesagt hatte, wurde mir bewusst, dass es vermutlich nicht besser wirkte, auf der Straße zu stehen und die Fotos anzugaffen.

»Ist mir eigentlich auch egal«, entgegnetest du und gingst an mir vorbei. Ich sah dir nach und gab mir Mühe, mich zusammenzureißen, ehe du für immer aus meinem Leben verschwinden würdest. Ich musste etwas sagen, irgendetwas, um deine Aufmerksamkeit zu bekommen, bevor du weg warst.

»Und, warum sollte ich nicht in den hier gehen?«, rief ich dir hinterher, da ich dich noch nicht gehen lassen wollte.

Du bliebst stehen und drehtest dich zu mir um. »Ich weiß das nicht aus eigener Erfahrung, aber auf der Straße erzählt man sich, dass die Stripperinnen hier mehr Titten als Zähne haben.«

»Tatsächlich, das erzählt man sich also auf der Straße?«, erwiderte ich.

Du kehrtest mir wieder den Rücken zu und gingst ein zweites Mal von mir weg. »Das erzählt man sich auf der Straße«, riefst du mir zu, ohne dich umzudrehen.

»Ich hatte auch nicht wirklich vor, da reinzugehen!« Inzwischen schrie ich dir hinterher, um sicherzugehen, dass du mich hörst. »Aber nach deiner Beurteilung könnte es ziemlich interessant werden, wenn ich eine Stripperin finde, die mehr als einen Zahn hat.«

Du hörtest mich. Du drehtest dich im Gehen um, die Hände noch immer tief in den Taschen deines Sweatshirts vergraben, und schenktest mir ein Lächeln, das meine Welt erbeben ließ. Dann hobst du eine Hand in einem angedeuteten Winken, ohne sie dabei aus der Tasche zu nehmen, und riefst mir zu: »Mach's gut, Perverser!« Dann drehtest du dich ein drittes Mal von mir weg und warst verschwunden.

Meine Tarnung war hinüber. Der Australier würde sich nun mit Sicherheit an mein Gesicht erinnern. Ich musste für heute Schluss machen, obwohl ich noch kaum etwas erledigt hatte. Aber es hatte sich gelohnt. Dein Lächeln war es wert gewesen, auch wenn ich vermutete, dass ich dieses Lächeln niemals wieder sehen würde.

Bevor ich mich auf den Rückweg zu der sicheren Unterkunft machte, ging ich noch einmal auf die andere Seite des Mount Royal, um die Festung meiner Zielperson zu inspizieren. Ich dachte, dass ich in Abwesenheit der Bodyguards womöglich irgendein Schlupfloch finden könnte, durch das ich passte. Dazu untersuchte ich das Haus ein paar Stunden lang und beobachtete, wie die Hausangestellte von Zimmer zu Zimmer ging und putzte. Als ich sie nach Hause gehen sah, machte ich mich ebenfalls auf den Heimweg. Ich würde meine Arbeit am nächsten Tag fortsetzen. Ab jetzt war besondere Sorgfalt nötig. »Kein Flirten mehr mit Fremden«, sagte ich mir. Nur mit dir.

Am nächsten Tag hielt meine Zielperson ein Seminar an der McGill University. Meiner Ansicht nach war die Teilnehmerzahl groß genug, dass ich mich hinten in den Hörsaal setzen konnte, ohne aufzufallen. Ich setzte eine Schildmütze des Montreal-Canadiens-Eishockeyteams auf, die ich mir gekauft hatte, und zog sie so tief in die Stirn, dass mein ganzes Gesicht verdeckt sein würde, wenn ich den Blick nach unten in mein Notizbuch richtete. Dann packte ich meinen Rucksack und machte mich auf den Weg zur Universität. Wenn alles nach Plan lief, würde diese Überwachung einfach werden. Sich Notizen zu machen trug sonst nur selten zur Tarnung bei.

Als ich den Campus der McGill University erreichte, herrschte dort bereits reges Treiben. Überall waren Studenten. Tausende von Studenten, die meisten von ihnen nur ein paar Jahre jünger als ich, betraten und verließen Gebäude, trugen Bücher umher, wanderten von Vorlesung zu Vorlesung. Ich trat durch das Tor an der University Street und fühlte mich ausnahmsweise einmal wie ein normaler Mensch, der zu seiner ersten Uni-Vorlesung geht. Ich hatte mein Notizbuch, meinen Rucksack und meine Bleistifte bei mir. Das fühlte sich unwirklich an, aber ich fühlte mich gut. Der einzige Unterschied zwischen mir und den anderen Studenten bestand darin, dass ich vorhatte, meinen Professor umzubringen.

Ich machte mich auf den Weg zu dem Hörsaal, in dem meine Zielperson unterrichten würde, und wartete vor der Tür, während nach und nach immer mehr Studenten hineinmarschierten. Ich zählte die Köpfe, als sie durch die Tür traten. Der Kurs hatte hundertfünfzig Teilnehmer, und ich ging davon aus, dass heute mindestens fünfundsiebzig von ihnen anwesend sein würden. Ich wartete, bis fünfzig weitere Studenten den Hörsaal betreten hatten, dann ging ich ebenfalls hinein. Ich suchte mir meinen Sitzplatz sorgfältig aus und entschied mich für die Reihe, die sich zwei Reihen vor den Studenten befand, die am weitesten hinten saßen. Als ich auf einen freien Sitzplatz etwas außerhalb der Mitte zusteuerte, gab ich mir alle Mühe, nicht aufzufallen. Ich suchte den Hörsaal schnell mit den Augen ab. Er bot etwa dreihundert Studenten Platz und füllte sich rasch fast zur Hälfte, während ich mir den Weg zu dem von mir auserkorenen Sitzplatz bahnte. Die Vorlesungen meiner Zielperson waren offenbar beliebt. Er stand bereits am Pult, wühlte in seinen Notizen und unterhielt sich mit einem Fakultätskollegen. Ich suchte den Raum nach den Bodyguards ab, und es dauerte nicht lange, bis ich den ersten entdeckte. Er stand ganz vorne im Hörsaal, in einer der Ecken. Heute ohne Anzug. Wäre er nicht so groß gewesen, wäre er unter den Studenten womöglich gar nicht aufgefallen. Er trug Khakihosen und ein blaues Sweatshirt und stand mit dem Rücken zur vorderen Wand. Von dort konnte er mit einem Blick den gesamten Raum überschauen. Ich brauchte etwas länger, um den Australier ausfindig zu machen. Er hatte hinten im Raum Stellung bezogen. Diese Position war naheliegend. Von ihren Aussichtspunkten konnten die beiden Leibwächter problemlos jede verdächtige Bewegung wahrnehmen und ihr einen Riegel vorschieben, bevor aus verdächtig gefährlich wurde. Trotzdem war ich erleichtert zu wissen, dass der Australier für die nächsten anderthalb Stunden nur meinen Hinterkopf anstarren würde. Möglicherweise erinnerte er sich noch vom Vortag an mein Gesicht, doch das würde ihm von seiner Warte nichts nützen.

Ich beobachtete die Studenten um mich herum und imitierte ihr Verhalten. Als sie ihre Notizbücher hervorholten, tat ich dasselbe. Nachdem alle in ihre Taschen gegriffen hatten und das kollektive Geraschel der Studentenschaft wieder abgeklungen war, begann meine Zielperson mit der Vorlesung. Er trug ein kleines Mikrofon um den Hals, das dafür sorgte, dass man seine Stimme deutlich hören konnte, ganz egal, wo im Hörsaal man saß. Bei der Veranstaltung handelte es sich um einen Chemiekurs für das zweite Studienjahr mit dem Titel »Drogen und Erkrankungen«.

»Toxikologie«, begann er, »Toxikologie ist ein Fachgebiet, das jeder Einzelne von uns tagtäglich praktiziert. Genau genommen sollte ich es nicht so einschränken – es ist ein Fachgebiet, das alle Ihre Angehörigen, alle Ihre Nachbarn, fast jeder auf diesem Kontinent und die meisten Menschen auf diesem Planeten tagtäglich praktizieren. Ja, auch Ihr ungebildeter, arbeitsloser Onkel.« Aus den Reihen der Studenten waren etliche Lacher zu hören. »Tatsächlich praktiziert es dieser Onkel, je nachdem, wie viel Zeit er jeden Tag in seiner Stammkneipe verbringt, womöglich sogar am meisten.« Wieder gedämpftes Lachen. »Ganz egal, was wir tun, wir evaluieren ständig, was wir unserem Körper zuführen, seien es Medikamente, Drogen, alkoholische Getränke oder auch Nahrungsmittel. Warum? Weil wir wissen, dass die verkehrte Menge, die verkehrte Dosis, toxische Wirkung haben kann, und diese toxische Wirkung kann wiederum unzählige verschiedene Folgen haben. Von Euphorie bis hin zu unerträglichen Schmerzen; von vollständiger, aber behaglicher Benommenheit bis hin zu schwerer Krankheit; von Bewusstseinserweiterung bis hin zum Tod.«

Er fuhr fort. Meine Kommilitonen folgten ihm, tippten auf ihre Tastaturen ein und schrieben wie wild in ihre Notizbücher. Es dauerte nicht lange, bis mir das Ganze zu wissenschaftlich wurde. Da ich Probleme hatte, der Vorlesung zu folgen, beobachtete ich einfach meine Zielperson, um herauszufinden, wie der Mann sich bewegte, welche Haltung er einnahm, ob er irgendwelche Angewohnheiten hatte, die ich möglicherweise zu meinem Vorteil würde nutzen können. Bislang hatte ich den Leibwächtern mehr Aufmerksamkeit geschenkt als ihm selbst. Jetzt, in meiner Verkleidung, konnte ich mich jedoch zurücklehnen und den Mann beobachten, der bereits für so viele Tode verantwortlich war.

Er trug abermals einen perfekt geschnittenen dunklen Anzug. Obwohl er nicht groß war, benahm er sich, als wäre er der größte Mann im Raum. Seine Bewegungen waren flüssig und elegant. Beim Sprechen hielt er eine Hand meistens seitlich, die andere legte er aufs Pult. Er passte seine Stimme der Vorlesung an. Manchmal sprach er lauter, hielt die Hände etwa schulterbreit auseinander und ballte sie zur Betonung zu Fäusten. Wenn er wirklich Aufmerksamkeit wollte, senkte er dagegen die Stimme, bis sie kaum noch lauter als ein Flüstern war, stand regungslos da und hielt jede Silbe einen Takt länger. In diesen Momenten lauschten ihm die Studenten mit gespannter Aufmerksamkeit. Dann wurde es in dem großen Hörsaal so still, dass ich eine Nadel hätte fallen hören. Die Bodyguards hätten sie ebenfalls gehört, auch wenn den Studenten das Geräusch vermutlich entgangen wäre. Unter anderen Umständen hätte er der Welt womöglich eine Menge bieten können. Vielleicht wäre es einem seiner Studenten, die an seinen Lippen hingen, eines Tages gelungen, Krebs zu heilen. In gewisser Weise war es fast schade, dass ich ihn töten musste. Doch er wusste über den Krieg Bescheid und hieß ihn trotzdem gut. Er wusste über die Folgen seines Handelns Bescheid. Er würde niemandem außer sich selbst die Schuld für seinen Tod geben können.

Die Vorlesung endete mit irgendwelchen Unannehmlichkeiten im Zusammenhang mit einer Prüfung, und anschließend strömten die Studenten wieder aus dem Hörsaal hinaus. Ich schloss mich an, ging mit gesenktem Kopf mit allen anderen mit und achtete darauf, dass der große Australier mein Gesicht nicht zu sehen bekam.

Da der Korridor überfüllt war, folgte ich einfach der fließenden Menge. Als ich zu einer kleinen Treppe kam, blickte ich mich kurz um. Ich sah, wie meine Zielperson den Hörsaal durch dieselbe Tür verließ, die auch die Studenten benutzt hatten. Er war in ein Gespräch mit einem der Studenten vertieft. Die beiden Leibwächter folgten ihnen mit etwa zwei Schritten Abstand. Der Amerikaner fixierte den Studenten mit strengem Blick. Es hatte den Anschein, als wäre er bereit gewesen, dem armen Kerl den Kopf abzureißen, falls dieser auch nur die kleinste falsche Bewegung machte. Der Student schien das nicht zu bemerken. So viel zur Schulung der Jugend. Der junge Mann würde vielleicht irgendwann einmal ein brillanter Wissenschaftler werden, doch in meinem Job hätte er nicht einen einzigen Tag überlebt.

Dann hörte ich deine Stimme. Sie kam von der anderen Seite des Korridors. Ich erkannte sie sofort. Das zweite Mal innerhalb von vierundzwanzig Stunden hättest du beinahe meine Tarnung auffliegen lassen. Das wurde zu einem lästigen kleinen Hobby von dir.

»Hey, Perverser!«, riefst du, kamst auf mich zu und bliebst ungefähr drei Stufen über mir auf der Treppe stehen. Im Sprechen klapptest du das Schild meiner Mütze hoch. Noch bevor ich eine Chance hatte, dich noch einmal anzublicken, setzten meine Reflexe ein. Ich hielt nach dem großen Australier Ausschau, um zu sehen, ob er dich gehört hatte. Das hatte er. Sein Kopf tauchte aus der Menge auf, und er suchte den Korridor ab. Ich war mir sicher, er suchte nach mir, auch wenn ihm das selbst vielleicht gar nicht bewusst war. Er hatte deine Stimme ebenfalls wiedererkannt. Ich drehte mich um, packte dich unter der Achsel, wobei ich dich beinahe hochhob, und zerrte dich in einen der Seitengänge. Ich hatte keine Zeit, um sanft zu sein. Ich konnte es mir nicht leisten, dass der Bodyguard mich erkannte.

»Hey! Finger weg!«, schriest du und schlugst auf meine Hand ein, als du das Gleichgewicht wiedererlangt hattest.

Ich musste mir schnell etwas einfallen lassen, irgendeine Lüge, um zu rechtfertigen, weshalb ich dich so gepackt hatte. »Hör mal, du kannst mich doch vor meinem Professor nicht einen Perversen nennen. Er hat mich sowieso schon auf dem Kieker.«

Du machtest kreisende Bewegungen mit deinem Arm, als wolltest du testen, ob er noch fest in der Schulterpfanne saß. »Okay, aber du hättest mich einfach bitten können, den Mund zu halten. Du hättest mich doch nicht so zu packen brauchen.«

»Entschuldige.« Dir wehzutun war das Letzte, was ich wollte. »Kommt nicht wieder vor«, versprach ich.

»Genau, das kommt nicht wieder vor. Ich gehe nämlich.« Du warfst dir deinen Rucksack über die Schulter und entferntest dich.

»Warte! Lass mich irgendwas tun, um es wiedergutzumachen. Ich lade dich auf einen Kaffee ein«, rief ich dir hinterher.

»Ach ja?« Du drehtest dich wieder zu mir um. »Ich soll mit dem Strip-Club-Typen einen Kaffee trinken gehen?«

»Ich habe mir nur die Fotos angesehen. Ich bin es nicht gewohnt, so was auf offener Straße zu Gesicht zu bekommen. Außerdem musst du gerade reden, wenn du dich mit Typen anfreundest, die vor Strip-Clubs rumhängen.«

»Wer hat gesagt, wir wären Freunde?«, fragtest du, obwohl du dabei gelächelt hast. Du konntest einfach nicht anders. Ich liebe dieses Lächeln.

»Kaffee?«, fragte ich noch einmal. Du standest etwa drei Meter von mir entfernt im Korridor. Ich vergaß meine Zielperson. Ich vergaß die Bodyguards. In diesem Moment warst du meine ganze Welt. Ich hatte noch nie zuvor so empfunden. Es ging alles so schnell.

»Du zahlst?«

»Klar«, erwiderte ich.

Also gingen wir einen Kaffee trinken, obwohl ich sonst nie Kaffee trinke. Ich dachte mir einfach, dass normale Menschen das tun. Und ich gab mir alle Mühe, normal zu sein. Ich wollte dich auf keinen Fall abschrecken. Du führtest mich zu einem Café unmittelbar neben dem Campus. Das war gut. So war die Wahrscheinlichkeit geringer, dass ich mich plötzlich vor den Leibwächtern meiner Zielperson würde verstecken müssen. Wir plauderten im Gehen. Du fragtest mich, wie mein Ausflug zu dem Strip-Club verlaufen sei. Ich glaube, ich konnte dich schließlich davon überzeugen, dass ich nicht hineingegangen war. Es war seltsam, sich mit dir zu unterhalten. Du schienst kein Pokergesicht zu haben. Alle Karten lagen auf dem Tisch. Das war ich nicht gewohnt. In meiner Welt verbirgt jeder etwas. Jeder ist ein Lügner.

Wir setzten uns, um Kaffee zu trinken – wenngleich ich eine heiße Schokolade bestellte, worüber du dich lustig machtest –, und unterhielten uns weiter. Du setztest die Kapuze deines Sweatshirts ab und entfesseltest eine wilde Flut dunklen Haars. Die unglaubliche Menge von Locken ließ dich noch lebendiger wirken. Bereits nach zwanzig Minuten hatte ich dir mehr über mein Leben erzählt, als ich jemals zuvor irgendeiner Frau erzählt hatte. Ich erzählte dir von meiner Kindheit in New Jersey. Ich erzählte dir so viel ich konnte vom Tod meines Vaters und meiner Großeltern. Ich erzählte dir, dass ich geschäftlich um die Welt reiste.

»Du bist also gar kein Student?«, fragtest du.

»Ich besuche Vorlesungen, wenn ich kann«, erwiderte ich, um meine Fährte zu verwischen. Mir wurde bewusst, dass es dich womöglich abschrecken würde, wenn ich zu früh zu ehrlich war. Deshalb drehte ich den Spieß um und stellte dir Fragen. Wie alt du seist. »Ich bin im zweiten Jahr.« Was du studieren würdest. »Ich schwanke zwischen Psychologie und Religionswissenschaft. Mich interessiert sehr, wie Leute ticken.« Was du in deiner Freizeit machen würdest. »Fremde Amerikaner vor Strip-Clubs aufgabeln und wilde, heiße Affären mit ihnen anfangen.« Ich wäre beinahe an meiner heißen Schokolade erstickt. Meine Reaktion brachte dich zum Kichern. Wo du aufgewachsen seist. »In der Nähe von Toronto in London, Ontario.« Familie? »Typische Durchschnittsfamilie. Ich bin Einzelkind.« Die Unterhaltung ging so weiter, während der Nachmittag verfloss. Ich vergaß völlig, dass ich einen Job zu erledigen hatte. Du verlorst ebenfalls jegliches Zeitgefühl. Plötzlich blicktest du auf die Uhr. »Oh, Scheiße, ich komme zu spät in die nächste Vorlesung.« Du sprangst auf, warfst dir deinen Rucksack über die Schulter und gingst in Richtung Tür.

Ich stand auf und begann zu fragen: »Wann ...?« Ich hätte das nicht tun sollen. Das war unprofessionell. Es fühlte sich aber gut an. Ich hatte es satt, einsam zu sein. Ich wollte wissen, wie sich ein echtes Leben anfühlt. Ich wollte mich in dich verlieben. Zum Glück machtest du es mir leicht.

»Treffen wir uns morgen Abend um acht vor dem Paramount-Kino in der St. Catherine Street?« Du schenktest mir ein letztes Lächeln und eiltest zur Tür hinaus. Dann warst du wieder weg. Ich wusste bereits eine Menge über dich, doch dann fiel mir plötzlich auf, dass ich vergessen hatte, dich nach deinem Namen zu fragen.

Ich verbrachte den Abend allein in der sicheren Unterkunft, wärmte mir ein Tiefkühlgericht auf und brütete über meinen Notizen der vergangenen Tage. Ich war mit meiner Observation ungefähr anderthalb Tage im Rückstand, doch es war fraglich, ob anderthalb Tage mehr etwas gebracht hätten. In der Routine meiner Zielperson schien es keine Löcher zu geben. Mehr Observation hätte vermutlich nur zu mehr Frust geführt. Während ich mich bemühte, einen Plan auszuarbeiten, der mich nicht umbringen würde, ließ ich mich ständig ablenken, indem ich an dich dachte. Ich versuchte immer wieder, mich an Details unserer Unterhaltung zu erinnern. Da ich anfing, mich verrückt zu machen, musste ich unbedingt versuchen, dich aus meinen Gedanken zu verbannen. Morgen Abend, acht Uhr, rief ich mir fortwährend in Erinnerung. Dann ermahnte ich mich zu atmen.

Ich musste noch einiges an Arbeit erledigen und durfte nicht übereilt versuchen, den Professor zu töten, wenn ich irgendeine Chance haben wollte, bei diesem Job mit dem Leben davonzukommen. Deshalb fing ich an, den einzigen Plan zu schmieden, von dem ich glaubte, er könne funktionieren, ohne dass ich dabei getötet werden würde. Dieser Plan erforderte einen vollen Tag Observation des Hauses meiner Zielperson. Ich wollte wissen, wann die Hausangestellte kam, wann sie ging, welche Aufgaben sie erledigte und in welcher Reihenfolge sie diese Aufgaben erledigte. Ich musste herausfinden, wie viel Zeit sie in jedem Zimmer verbrachte und wann. Ich musste so viel wie möglich über die Bewegungsmelder-Kameras in Erfahrung bringen, die um das Haus herum montiert waren. Ich wusste, von welchem Hersteller sie stammten und um welches Modell es sich handelte. Sie waren auf dem neuesten Stand der Technik und reagierten sowohl auf Bewegung als auch auf Wärme. Wenn sich im Garten irgendetwas bewegte oder Wärme abgab, zoomten sämtliche Kameras dieses Etwas heran. Falls es mehrere Veränderungen gab, wie zum Beispiel zwei Körper, die sich bewegten, oder einen Körper, der sich bewegte, und etwas anderes, das Wärme abgab, zoomte jede Kamera das heran, was in der geringsten Entfernung passierte.

Ich musste mich konzentrieren. Das war nicht einfach. Acht Uhr abends. Bis dahin waren es nur noch etwa zwanzig Stunden.

Wie geplant verbrachte ich den ganzen nächsten Tag damit, das Haus meiner Zielperson zu beobachten. Ich notierte mir, wann Leute kamen und wieder gingen. Ich schrieb mir die genauen Zeiten auf, wann die Hausangestellte von Zimmer zu Zimmer ging und wie lange sie sich in jedem Raum aufhielt. Ich fertigte eine Tabelle an, in der ich vermerkte, wie oft sich die Kameras drehten, wenn sie irgendwelche Bewegungen registrierten, wie zum Beispiel Eichhörnchen oder herabfallende Blätter. Ich fing an, den Plan auszuarbeiten. Am Montag würde ich das Haus nochmals einen ganzen Tag lang observieren müssen, um ein paar Dinge zu verifizieren. Ich ging davon aus, dass sich das gesamte Wochenende als hoffnungsloser Fall erweisen würde. Das Wochenende würde ohne Muster und deshalb nutzlos für mich sein. Ich konnte einige Nachforschungen in Bezug auf die Kameras anstellen und das Equipment besorgen, das ich benötigte, aber abgesehen davon würde ich mir am Wochenende freinehmen. Unter normalen Umständen graute mir vor solchen Auszeiten. Dieses Mal bestand jedoch zumindest eine gewisse Aussicht darauf, dass ich nicht das ganze Wochenende allein würde verbringen müssen.

Es kam mir vor, als wollte der Tag niemals enden. Um sieben Uhr abends kam meine Zielperson nach Hause. Nur einer der Bodyguards ging mit ins Haus, der andere wurde am Tor für den Tag entlassen. Heute war der Amerikaner an der Reihe, über Nacht zu bleiben. Es war Freitag, und sie hielten sich genau an den Zeitplan. Das war die letzte Bestätigung, die ich brauchte. Ich notierte es, dann machte ich mich schleunigst auf den Rückweg durch den Park. Ich musste mich für mein Treffen mit dir fertig machen.

Ich war fünf Minuten zu früh da. Als ich ankam, standest du schon vor dem Kino und wartetest auf mich. Der Himmel hatte sich bereits verdunkelt und eine tiefviolette Färbung angenommen, doch die Straße und der Bürgersteig wurden von den Lichtern der umliegenden Geschäfte und Restaurants hell erleuchtet. Du standest vor dem Kino und betrachtetest die Gesichter der Leute, die an dir vorbeigingen. Ich schlich mich von hinten an dich heran, bis mein Mund nur noch wenige Zentimeter von deinem Ohr entfernt war. »Läuft irgendwas Gutes?«, flüsterte ich. Du erschrakst nicht. Du reagiertest kaum. Es war, als hättest du damit gerechnet, dass ich hinter dir auftauche. Du standest einfach mit verschränkten Armen da, und an deinen Mundwinkeln zeichnete sich ein Lächeln ab.

»Hallo, Perverser«, erwidertest du, ohne mich anzusehen und ebenfalls im Flüsterton.

»Und, sehen wir uns tatsächlich einen Film an?«, flüsterte ich dir ins Ohr, da ich meine Lippen kein Stück von deinem Gesicht entfernen wollte und mich nicht vom Duft deines Haares losreißen konnte.

»Dazu geht man normalerweise ins Kino«, entgegnetest du.

»Okay, und was sehen wir uns an?«

Du drehtest dich wieder um und sahst zur Anzeigetafel empor. In dem Kino liefen etwa zehn verschiedene Filme. Das Licht der Anzeigetafel schien auf uns herab. Du hast in diesem Licht geleuchtet. »Du entscheidest«, sagtest du und hast die Arme ausgebreitet, so weit du konntest, als wolltest du die Möglichkeiten auf der Anzeigetafel umfassen.

»Warum darf ich entscheiden?«

Ohne den Blick von der Liste von Filmen zu wenden, entgegnetest du: »Weil ich schon alle gesehen habe«, als hätte ich soeben die dümmste Frage der Welt gestellt.

Nach dem Kino begleitete ich dich nach Hause. Am Abend war es kalt geworden, und du hattest dir deine Kapuze aufgesetzt, genau wie bei den ersten beiden Malen, als ich dich gesehen hatte. Es fühlte sich gut an, bereits Erinnerungen an dich zu haben. Ich kannte dich erst seit drei Tagen, wusste jedoch, dass du für immer in meinen Gedanken leben würdest. Die Kälte machte dir nicht viel aus. Du machtest dich über meine »typisch amerikanische Verfrorenheit« lustig. Und du sprachst über den Film, über die Dinge, die dir beim ersten Mal nicht aufgefallen waren. Der Film habe dir beim zweiten Mal besser gefallen, sagtest du. Beim Gehen tanztest du geradezu um mich herum, bewegtest dich leichten Schrittes im Kreis. Ich sagte fast gar nichts, da mir bereits davor graute, mich von dir verabschieden zu müssen. Als wir schließlich bei deinem Wohnblock ankamen, hatte es zu schneien begonnen. Du stelltest dich im Eingangsbereich unter und vergrubst die Hände in den hinteren Taschen deiner Jeans. Du lehntest dich gegen den Türrahmen und lächeltest mich an. Ich versuchte, die Signale zu lesen. Dann beugte ich mich vor und küsste dich zum ersten Mal. Wir hielten den Kuss einen Moment lang, ohne uns zu bewegen, und ich hob eine Hand und legte sie dir auf die Wange. Der Kuss war süß und unschuldig, aber dennoch sinnlich. Ein Kuss wie aus einem alten Hollywoodfilm. Als sich unsere Lippen schließlich voneinander trennten, fragte ich dich: »Übrigens, wie heißt du eigentlich?« Maria. Du gabst mir deine Telefonnummer. Obwohl du behauptetest, der Spitzname »Perverser« gefiele dir ziemlich gut, sagte ich dir meinen Namen. Dann verabschiedeten wir uns für diesen Abend, obwohl ich glaube, dass ihn keiner von uns beiden schon beenden wollte. Ich weiß zumindest, dass ich es nicht wollte. Ich schaute dir nach, bis du sicher im Treppenhaus angekommen warst, und wandte den Blick erst ab, als ich dich nicht mehr sehen konnte. Dann begann ich den einsamen Heimweg.

Nachdem ich bei der sicheren Unterkunft angekommen war, legte ich mich ins Bett und konnte wie üblich nicht einschlafen. Diesmal waren es allerdings nicht Sorgen oder Schuldgefühle, die mich wach hielten. Es war Einsamkeit. Ich vermisste dich schon jetzt. Binnen Sekunden, nachdem ich dich hinter deiner Wohnungstür verschwinden sah, vermisste ich dich. Mit deinem Namen und deiner Telefonnummer bewaffnet griff ich nach zwei qualvollen Stunden zum Hörer und wählte. Nach nur anderthalb Freizeichen hobst du ab. Du konntest auch nicht schlafen.

»Maria«, sagte ich. Das war keine Frage. Ich wusste, dass du es bist. Ich wollte nur deinen Namen aussprechen.

»Joseph«, erwidertest du und sagtest meinen vollständigen Namen.

»Komm zu mir«, bat ich dich.

»Jetzt?«, fragtest du.

»Jetzt.«

»Es ist zu spät.« Du lachtest.

»Es ist nie zu spät«, erwiderte ich. In meiner Stimme lag Optimismus. Daran war ich nicht gewöhnt. Ich wiederholte die Worte, damit ich sie noch einmal hören konnte, nur um sicherzugehen, dass ich sie tatsächlich ausgesprochen hatte. »Es ist nie zu spät.«

»Wir haben doch schon ›gute Nacht‹ gesagt, Joe. Ich möchte den perfekten Abend nicht ruinieren.« Dein Tonfall verriet eine Mischung aus Angst und Aufregung.

»Er war aber nicht perfekt«, entgegnete ich.

»Das war er nicht?« Du klangst enttäuscht.

»Nein«, sagte ich.

»Warum nicht?«, fragtest du.

»Weil ich hier bin und du dort bist«, antwortete ich.

In der Leitung herrschte für kurze Zeit Stille. In dieser Pause hörte ich alles, was ich hören musste. »Ich habe Angst, Joe. Das geht mir zu schnell.« Ich hätte dir sagen sollen, dass ich ebenfalls Angst hatte. Ich hatte Angst, meine Chance zu verpassen, wenn es nicht schnell genug ging. Die Tage würden vergehen, und ich würde wieder weg sein. Ich wollte zumindest diesen Moment, zumindest diese Nacht. Wo ich herkomme, können gute Dinge gar nicht zu schnell geschehen. Sie können nur zu langsam geschehen, und wenn sie zu langsam geschehen, sind sie verloren.

»Tja, wenn du nicht zu mir kommst, dann komme ich zu dir.«

»Du kannst nicht hierherkommen. Ich habe eine Mitbewohnerin.«

»Dann komm her. Komm zu mir. Hab keine Angst. Das Leben ist zu kurz, um Angst zu haben.«

Wieder eine Pause. »Okay«, sagtest du schließlich. »Wo bist du?« Ich nannte ihr die Adresse meines Appartements. »Ich bin in zwanzig Minuten da.«

Ich zog mich wieder an. Dann setzte ich mich aufs Sofa und wartete. Trotz der Kälte öffnete ich ein Fenster, weil ich hoffte, dich zu hören, wenn du dich dem Gebäude näherst. Fünfzehn Minuten vergingen. Während dieser fünfzehn Minuten beobachtete ich, wie die Zeit auf der Uhr verstrich. Dann klingelte es. Ich hielt mich nicht damit auf, über die Sprechanlage zu fragen, wer da sei. Es musstest du sein. Ich drückte den Türöffner, um dich ins Haus zu lassen, blieb an der Tür stehen und lauschte deinen Schritten im Treppenhaus, als du die Stufen hinaufstiegst. Du gingst schnell, bis du unmittelbar vor der Wohnungstür standest. Dann war da dieser Moment. Ein Moment, in dem Erwartung und Wirklichkeit miteinander gleichzogen. Er hatte etwas Kosmisches. Du zögertest anzuklopfen. Ich beschloss, dein Klopfen nicht abzuwarten. Ich wollte dir keine Zeit geben, um an dir zu zweifeln. Deshalb öffnete ich die Tür, und du standest vor mir. Du sahst verängstigt, aber erregt aus – erregt, weil du deine Ängste ignoriert hast, und verängstigt darüber, wie erregt du warst. Ich wartete einen Augenblick. Dann packte ich dich an der Kapuze deiner Jacke und zog dich nah heran. Ich küsste dich fest auf den Mund. Ich erinnere mich noch heute, wie du geschmeckt hast. Anders als ein paar Stunden zuvor. Ich bemerkte einen moschusartigen Geschmack neben der Süße, die ich zuvor geschmeckt hatte. Es war der Geschmack von Whiskey. Du musstest dir ein Glas genehmigt haben, um den Mut aufzubringen, dich aus deiner Wohnung zu wagen. Der Geschmack war verlockend. Wir bewegten uns, während wir uns küssten. Du übernahmst die Führung. Ohne dich von meinen Lippen zu lösen, lenktest du mich langsam ins Schlafzimmer. Du hattest die Augen offen. Wir fielen in inniger Umarmung aufs Bett. Ich griff nach unten zwischen deine Beine und drang mit der Hand in dich ein. Dir entfuhr ein Seufzen. Dann schobst du mich weg.

»Hier drin ist es eiskalt«, sagtest du zu mir. Bis zu diesem

Augenblick war mir das überhaupt nicht aufgefallen. Ich hatte vergessen, das Fenster wieder zu schließen.

»Warte hier«, sagte ich. Ich sah zu dir hinunter und betrachtete, wie du auf dem Bett lagst. Deine Lippen waren rot und glänzten. Ich sah, wie sich deine Brust mit jedem tiefen Atemzug hob und senkte. »Rühr dich nicht von der Stelle.« Ich lief ins Wohnzimmer, um das offene Fenster zu schließen. Im nächsten Moment war ich zurück im Schlafzimmer. Du hattest dich doch bewegt. Ich hätte es besser wissen müssen und nicht glauben dürfen, du würdest passiv auf mich warten. Ich kam zurück und sah, dass du bereits unter die Bettdecke gekrochen warst. Mein Blick wanderte zu dem kleinen Haufen Kleidungsstücke neben dem Bett. Ich blieb einen kurzen Moment in der Türöffnung stehen, sprachlos, und beobachtete, wie sich die Bettdecke über dir bewegte, als du langsam dein letztes Kleidungsstück auszogst und eine winzige rosafarbene Unterhose oben auf den Haufen abgelegter Bekleidung warfst.

Dann lächeltest du. Die Angst war verschwunden. Erregung und Whiskey hatten ihr den Garaus gemacht. »Und, kommst du jetzt hier drunter und wärmst mich oder nicht?« Ich trat einen Schritt zur Seite und schaltete das Licht im Schlafzimmer aus. Die einzige Lichtquelle war jetzt das Fenster, durch das eine Mischung aus dem bläulichen Mondlicht und dem Schein der Straßenlaternen ins Zimmer drang. Das weiche Licht ließ alles leuchten. Es war wie in einem Traum. Ich zog mich langsam unter deinen Blicken aus. Dann kroch ich zu dir unter die Decke.

Am nächsten Morgen wachten wir eng umschlungen auf. Ich fühlte mich verkatert, als sei ich soeben aus einem langen Schlaf erwacht, und durcheinander, was die Geschehnisse der vergangenen Nacht anbelangte. Die Sonne schien hell zum Fenster herein. Dein Haar war zerzaust, deine Augen waren verschlafen, doch du sahst wunderschön aus. Ich wachte vor dir auf. Während du noch schliefst, lag ich da und betrachtete dich. Ich war mir nicht sicher, was ich davon halten sollte, was passiert war. Dann hast du die Augen geöffnet und mich dabei ertappt, wie ich dich anstarrte. Einen Moment lang war ich hin- und hergerissen. Ich wusste, dass ich nicht gut für dich war. Ich hätte dich damals sofort aus meinem Leben vertreiben sollen. Das wäre das einzig Richtige gewesen. Ich hätte dich vor mir schützen sollen. Als ich dich in der hellen Morgensonne betrachtete, fing ich stattdessen an zu glauben, du könntest mich womöglich retten. Ich wusste nur nicht, wovor.

Warte noch das Wochenende ab, dachte ich.

Wir hatten an diesem Tag beide Dinge zu erledigen. Du musstest eine Hausarbeit schreiben. Ich musste eine Pistole besorgen. Ich glaube, wir waren beide erleichtert, für kurze Zeit voneinander getrennt zu sein, um Bilanz zu ziehen, um zu versuchen zu verstehen, was mit uns geschah, aber wir wagten es nicht, uns zu lange nicht zu sehen. Deshalb vereinbarten wir, uns in der Nähe der sicheren Unterkunft zum Abendessen zu treffen.

Nachdem du gegangen warst, machte ich mich auf die Suche nach einem Münztelefon. Ich hätte vom Festnetzanschluss in der sicheren Unterkunft telefonieren können, aber da ich wusste, dass du noch mehr Zeit dort verbringen würdest, beschloss ich, kein Risiko einzugehen. Ich wollte verhindern, dass irgendetwas mit dir in Verbindung gebracht werden konnte. Ein funktionierendes Münztelefon zu finden war eine echte Geduldsprobe. Ich gehörte zu den wenigen Leuten, deren Job durch den Umstand erschwert wurde, dass inzwischen fast jeder ein Handy besitzt.

Schließlich fand ich jedoch ein Münztelefon. Ich wählte. Nach ein paar Freizeichen nahm eine Frau meinen Anruf entgegen. »Global Solutions. Wie kann ich Ihnen helfen?«

»Victor Erickson, bitte«, erwiderte ich und wurde weiterverbunden. Leonard Jones, Elizabeth Weissman, und schließlich wurde ich durchgestellt.

Die ersten Worte aus Brians Mund waren: »Sag bloß, er ist schon tot?«

»Nein. Ich brauche eine Pistole«, entgegnete ich.

»In Kanada? Du bist wohl nicht ganz dicht. Ich dachte, du wolltest mich erst dann anrufen, wenn er tot ist?«

»Es läuft nicht immer alles nach Plan. Kannst du mir weiterhelfen?« Ich war nicht in der Stimmung für lange Diskussionen. Ich wollte nur mein Tagesprogramm erledigen, damit ich wieder mit dir zusammen sein konnte.

»Du weißt, dass wir Pistolen nicht mögen, oder?« Das war ein Prinzip. Schusswaffen durften nur im äußersten Notfall benutzt werden. Schusswaffen ließen sich zurückverfolgen. Schusswaffen erregten Verdacht. Wenn man jemanden erwürgt, jemanden ersticht, jemandem den Schädel mit einem Baseballschläger zertrümmert, bekommen die Leute Angst, aber niemand denkt, dass irgendetwas Größeres im Gange ist. Man vermutet ein Verbrechen im Affekt, einen Eifersuchtsmord, aber auf keinen Fall einen organisierten Krieg, wenn sich Leute gegenseitig mit Küchenmessern töten. Trotzdem, Prinzip hin oder her, ich brauchte eine Pistole. Ich wünschte, ich hätte Jared anrufen können. Er hätte sicher gewusst, wo man eine bekommt, doch diese Chips hatte ich bereits alle eingelöst. Ich war auf mich allein gestellt.

Ich sagte Brian, was ich von seinen Prinzipien hielt. »Tja, vielleicht möchtest du den Bodyguards meiner Zielperson ja dieses Prinzip erklären. Ich bin mir nämlich nicht sicher, ob sie sich drum scheren. Weißt du, mir wär's lieber, nicht dabei draufzugehen, wenn ich diesen Typen erledige. Also, kannst du mir weiterhelfen oder nicht?« In der Vergangenheit hätte ich vielleicht versucht, die Sache ohne Pistole durchzuziehen. Zu sterben schien mir im Moment jedoch eine besonders schlechte Idee zu sein.

»Ich kann dir nicht helfen, aber wenn es unbedingt sein muss, kann ich dich an Leute verweisen, die dir weiterhelfen können. Mir wär's auch lieber, du würdest nicht dabei draufgehen. Aus irgendeinem bescheuerten Grund ist mir der Mist, den du erzählst, nämlich richtig ans Herz gewachsen.«

»Dieser bescheuerte Grund ist Mitleid. An wen muss ich mich wenden?« Brian bat mich, am Telefon zu bleiben, während er an seinem Computer etwas nachsah. Ich hörte ihn auf seiner Tastatur tippen. Dann legte er mich in die Warteschleife, um ein paar Anrufe zu tätigen. Ich musste noch ein paar Münzen in das Telefon werfen. Schließlich war er wieder in der Leitung und nannte mir eine Adresse, die nicht weit von der sicheren Unterkunft entfernt war. Ich sollte hineingehen, nach Sam fragen, Sam ein Passwort nennen und dann zum geschäftlichen Teil kommen.

»Brian …«, setzte ich an, bis mir die Stimme am anderen Ende der Leitung das Wort abschnitt.

»Joe, ich heiße Matt. Denk daran. Es muss Matt sein.«

»Entschuldige, Matt. Mich würde interessieren, ob ihr irgendwohin keine Verbindungen habt«, sagte ich.

»Geh einfach überallhin«, erwiderte Brian, »dann findest du es heraus.«

»Danke, Matt.« Ich gab mir Mühe, meine Gedanken zu ordnen, damit ich mir den Code einprägen konnte. Normalerweise fiel es mir nicht so schwer, meine Gedanken zu ordnen.

»Gern geschehen, Joe. Aber verbock die Sache bloß nicht, sonst bin ich geliefert. Carol Ann Hunter. Robert Mussman. Dennis Drazba.« Klick.

Ich machte mich auf den Weg zu der Adresse, die Brian mir gegeben hatte. Es handelte sich um einen Laden in der Nähe des chinesischen Viertels, der Sexspielzeug verkaufte. Sex und Schusswaffen. Ich hatte fast das Gefühl, in den Vereinigten Staaten zu sein. Einen Moment lang überlegte ich, ob sich Brian womöglich einen schlechten Scherz erlaubt hatte. Ich betrat den Laden und marschierte durch Gänge voller Dildos, ausgefallener Reizwäsche und Porno-DVDs zur Theke. Es war Samstagmittag, und das Geschäft war bis auf eine Frau hinter der Theke menschenleer. Ich ging auf sie zu.

»Kann ich Ihnen helfen?«, erkundigte sie sich in einem ganz anderen Tonfall als die Rezeptionistinnen beim Geheimdienst. Obwohl sie noch ziemlich jung war, klang ihre Stimme kratzig wie die eines langjährigen Rauchers. Sie trug eine Hose aus Leder und ein ärmelloses, olivgrünes Oberteil. Ihre Arme waren von oben bis unten mit Tätowierungen übersät, mit Engeln und Teufeln, die irgendeine Schlacht austrugen.

»Ich bin hier, um mit Sam zu sprechen«, erwiderte ich in der Hoffnung, dass die junge Frau eingeweiht war.

»Ich bin Sam«, entgegnete sie. Ich nannte ihr das Passwort, und sie sagte, sie habe mich erwartet. Sie ging in den vorderen Teil des Ladens, sperrte die Tür zu und drehte das Schild um, sodass von außen »Geschlossen« zu lesen war. Dann kam sie zurück, ging an mir vorbei und gab mir zu verstehen, dass ich ihr folgen solle. Wir gingen eine Treppe hinauf und kamen an einigen Videokabinen vorbei, in denen man sich für ein paar Dollar fünf Minuten lang Pornofilme ansehen konnte.

»Ich möchte nicht derjenige sein, der hier den Boden putzen muss«, scherzte ich. Sam warf mir einen finsteren Blick zu. Es dämmerte mir, dass womöglich sie diejenige war, die den Boden putzen musste. Hinter den Videokabinen befand sich eine Tür mit der Aufschrift »Nur für Personal«. Wir gingen durch die Tür in den Lagerraum, der beinahe genauso groß war wie der Verkaufsraum im Erdgeschoss. Es lag auf der Hand, dass hier nicht nur Sexspielzeug verkauft wurde.

»Also, was brauchen Sie?«, fragte Sam.

»Was haben Sie?«, erwiderte ich schelmisch, da ich kaum in der Lage war, meine gute Laune zu kontrollieren.

Sam fand das nicht komisch. »Was brauchen Sie?«, wiederholte sie.

Mir wurde schließlich bewusst, dass das nicht der richtige Zeitpunkt für Witze und Spielereien war. »Eine Handfeuerwaffe. Vorzugsweise eine mit hoher Durchschlagskraft, die trotzdem leise ist. Mindestens acht Schuss, bevor ich nachladen muss.«

»Okay.« Sam ging zu einem Regal, das etwa drei Reihen entfernt war, erklomm ein paar Stufen einer Leiter und öffnete einen großen Karton. Sie hob einige Schachteln mit Schmiermitteln aus dem Karton und stellte sie beiseite. Dann griff sie tiefer in den Karton nach etwas, das unter den anderen Dingen vergraben war, und holte eine kleine schwarze Handfeuerwaffe hervor. »Die müsste den Zweck erfüllen.« Sie reichte mir die Pistole. »Leicht. Lässt sich mit Schalldämpfer verwenden. Kann ein Pferd töten. Sie haben fünfundzwanzig Schuss, bevor sie ein neues Magazin brauchen, und mit ein bisschen Übung können Sie das in etwa anderthalb Sekunden wechseln.« Sam schien sich zum ersten Mal zu amüsieren, seit ich den Laden betreten hatte. Ich nahm die Pistole in die Hand, hielt sie vor mich und zielte mit ihr. Sie würde ihren Zweck erfüllen.

Nachdem das Geschäft über die Bühne war, verstaute ich alles – die Pistole, den Schalldämpfer und drei Magazine – in meinem Rucksack. Drei Magazine, doch wenn ich mehr als drei Schuss brauchen sollte, lief irgendetwas vollkommen schief. Als wir wieder im Erdgeschoss ankamen, sperrte Sam die Eingangstür auf und öffnete den Laden für andere Kunden. Ich ging in Richtung Tür, blieb aber auf halber Strecke stehen. Sam war auf dem Weg zurück hinter die Theke. Ich drehte mich zu ihr um. Seit ich den ersten Blick auf sie geworfen hatte, brannte mir eine Frage unter den Nägeln. »Sam?« Sie sah zu mir auf. »Mich würde interessieren, ob Sie das nur der Kohle wegen machen oder ob Sie eine von uns sind?« Das war eine Frage, die man unter keinen Umständen stellen durfte, doch das war mir egal. Ich konnte sie mir einfach nicht verkneifen.

»Ich weiß nicht, wovon Sie sprechen«, entgegnete Sam mit ausdruckslosem Tonfall und leerem Blick. Sie ging zurück hinter die Theke. Ich drehte mich wieder um und marschierte in Richtung Tür. Bevor ich sie öffnen konnte, ergriff Sam abermals das Wort. Diesmal bebte ihre Stimme leicht. Ich drehte mich um und sah sie an. »Ich weiß nicht, wovon Sie sprechen«, wiederholte sie, »aber ich drücke Ihnen die Daumen.« Bevor ich zur Tür hinausging, warf ich einen letzten Blick auf die Tätowierungen an ihren Armen. Engel und Teufel. Ich fragte mich, auf wessen Seite ich war.

Am Abend aßen wir miteinander. Unsere erste gemeinsame Mahlzeit. Du schlangst dein Essen hinunter. Ohne Geziertheit, ohne Befangenheit. Wir teilten uns eine Flasche Wein. Dann gingen wir zurück zu der sicheren Unterkunft. Wir liebten uns auf dem Sofa, da wir zu ungeduldig waren, um ins Schlafzimmer zu gehen.

»Also, wenn du hier nicht studierst, was tust du dann?«, fragtest du, den Kopf seitlich auf deine Hand gestützt, den Ellbogen auf meiner Brust.

»Das kann ich dir nicht sagen. Ich wünschte, ich könnte es«, erwiderte ich. Ich wollte dich nicht anlügen.

»Liegt das daran, dass du verheiratet bist?« Du tatest so, als würdest du scherzen. Ich sah, dass du es ernst meintest.

»Nein. Nicht verheiratet.« Du warst bereits jetzt die längste Beziehung, die ich jemals gehabt hatte. Vor dir war alles immer nur für eine Nacht gewesen.

»Ehrenwort?«

»Ehrenwort.«

»Hast du eine Freundin?«

»Zählst du?« Du hast gelacht. »Hör mir zu, Maria. Seit ich dich kenne, gibt es zwei Frauen in meinem Leben – meine Mutter und dich.«

Du hieltest inne, um meine Bemerkung zu überdenken, da du noch immer versuchtest, mein Geheimnis zu ergründen. Ich wusste, dass mein Geheimnis in Sicherheit war, dass es zu unglaublich war, als dass du es hättest erraten können. »Dann schläfst du also mit deiner Mutter?« Während du lachtest, nahm ich deinen Kopf in die Hände, zog dein Gesicht zu mir her und küsste dich abermals. Ich wusste, dass ich es niemals müde werden würde, dich zu küssen. Ich wollte dich daran hindern, mir noch mehr Fragen zu stellen, die ich nicht beantworten konnte, und hoffte, der Kuss würde als Antwort genügen. Er genügte nicht.

Du begannst eine Bestandsaufnahme. »Also, keine Freundin. Keine Frau. Arbeitest du für die Regierung?« Ich schüttelte den Kopf. »Was hast du dann zu verbergen? Sag mir einfach, was du tust. Ich möchte dich *kennen.*« Du tratst mich unter der Bettdecke.

»Ich kann es dir sagen«, entgegnete ich schließlich, »aber ich müsste lügen. Möchtest du, dass ich dich anlüge?«

Du dachtest kurz nach, überlegtest genau. Dann sahst du mir in die Augen. »Nein. Ich möchte nicht, dass du mich anlügst. Ich möchte, dass du mich niemals anlügst.« Dann hast du mich geküsst. Ich spürte den Kuss bis in die Zehen. Die Fragen hörten vorerst auf, doch ich wusste, dass ich sie eines Tages würde beantworten müssen. Ich nahm an, dass du dich an diesem Tag entscheiden würdest, ob du bei mir bleiben willst oder nicht. Manchmal trifft jedoch das Leben die Entscheidungen für uns.

Am nächsten Morgen, Sonntag, hast du mich in eine der Uni-Bibliotheken geschmuggelt. Du musstest einige Dinge recherchieren. Ich ergriff die Gelegenheit beim Schopf und benutzte einen der Bibliothekscomputer, um ebenfalls Recherche zu betreiben. Ich informierte mich über Überwachungskameras und notierte mir alles, was ich finden konnte: Erfassungswinkel, Wärmesensoren und so weiter. Den Sonntagnachmittag verbrachten wir im Park. Ich hielt dich so weit wie möglich von dem Haus meiner Zielperson fern und versuchte, nicht an morgen, übermorgen oder den Tag danach zu denken. Wir schlenderten durch den Park oben auf dem Mount Royal, blieben stehen und blickten auf die Stadt hinunter, auf unsere Stadt. An diesem Tag und aus dieser Perspektive war Montreal der schönste Ort, den ich jemals gesehen hatte. Auch dieses Mal bliebst du über Nacht.

Am Montagmorgen machtest du dich früh auf den Weg zur Uni. Ich ging ebenfalls früh aus dem Haus. Ich mochte es nicht, wie sich die Wohnung anfühlte, wenn du nicht da warst. Den Tag verbrachte ich damit, das Haus meiner Zielperson ein letztes Mal auszuspionieren. Alles lief wie ein Uhrwerk. Meine Zielperson wachte zur selben Uhrzeit auf wie an den beiden Tagen zuvor, zog sich zur selben Uhrzeit an und machte sich zur selben Uhrzeit auf den Weg zur Arbeit. Der zweite Bodyguard traf zur selben Uhrzeit ein. Die Hausangestellte traf zur selben Uhrzeit ein. Der Tagesablauf der Hausangestellten war derselbe. Sie ging jeden Tag in derselben Reihenfolge von Zimmer zu Zimmer. Als Erstes räumte sie in der Küche auf, dann putzte sie die Badezimmer, und anschließend wischte sie Staub und saugte. Sobald die Zimmer sauber waren, ging sie bis ans Ende der Zufahrt, um die Post zu holen. Nachdem sie wieder zurück war, wechselte sie die Bettwäsche und wusch. Anscheinend war der Toxikologie-Experte ein ziemlicher Bazillen-Paranoiker.

Am Abend sahen wir uns erneut. Ich sagte dir, dass ich glaubte, mich in dich zu verlieben. Du sagtest mir, dass ich ein Idiot sei, dass es noch zu früh sei, von so etwas zu sprechen. Was du nicht wusstest, war, dass ich Montreal in zwei Tagen verlassen würde, wenn alles nach Plan lief. Ich wusste nicht, wie ich dir das sagen sollte. Also sagte ich es dir nicht. Ich sagte dir nur, dass ich am Dienstag den ganzen Tag arbeiten müsse und wir uns deshalb nicht sehen könnten. »Dann eben am Mittwoch«, sagtest du und küsstest mich auf die Wange.

Am Dienstagmorgen wachte ich früh auf, packte meinen Rucksack – eine große Flasche Mineralwasser, drei Energieriegel, mein Fernglas, Wechselkleidung, eine Ski-Maske, schwarze Lederhandschuhe und die Pistole – und machte mich auf den Weg zum Haus der Zielperson, um meinen Job zu erledigen.

Mein Plan war simpel. Jared hatte immer versucht mir beizubringen, dass alle guten Pläne simpel sind. Und dieser Plan war gut. An der Tatsache, dass das Ganze zu einer schmutzigen Angelegenheit wurde, war nicht der Plan schuld. Manchmal geraten die Dinge einfach außer Kontrolle. Als Erstes musste ich in das Haus gelangen, ohne von den Überwachungskameras bemerkt zu werden. Sobald ich drin war, würde ich mich verstecken, bis meine Zielperson und der amerikanische Leibwächter zurückkamen. Dann begann Phase zwei. Ich musste verhindern, von den Überwachungskameras erfasst zu werden, da die Bodyguards nach ihrer Rückkehr als Erstes das Videomaterial aller vier Kameras von diesem Tag sichteten. Sie sahen es sich im Schnelldurchlauf an und verringerten die Geschwindigkeit immer dann, wenn irgendetwas Verdächtiges zu sehen war. Ich war mir sicher, dass nicht nur mein ganzer Plan im Eimer wäre, wenn mich die Kameras erfassten, sondern dass ich im Haus in der Falle sitzen würde.

Durch meine Recherchen hatte ich einiges über das Überwachungssystem in Erfahrung gebracht. Zunächst hoffte ich, dass die Kameras einen toten Winkel hatten, den ich mir zunutze machen konnte, einen Bereich im Garten, in dem ich mich ungehindert bewegen konnte, ohne gefilmt zu werden, doch das erwies sich als Sackgasse. Wer auch immer die Kameras installiert hatte, wusste, was er tat. Ich musste eine andere Lücke im Überwachungssystem finden. Worauf ich bei meiner Suche stieß, war die Reaktionszeit. Die Kameras arbeiteten gründlich und genau, doch sie waren nicht besonders schnell – zumindest nicht so schnell, dass ich ihnen nicht einen Schritt voraus bleiben konnte. Offenbar durfte man von Überwachungskameras einfach nicht erwarten, dass sie alle drei Qualitäten besaßen: Schnelligkeit, Gründlichkeit und Genauigkeit.

Während meiner Observierungen hatte ich die Bewegungen der Kameras gestoppt und mir die Zeiten notiert. Jede Kamera blieb mindestens fünf Sekunden auf ihr Ziel gerichtet. Sobald sich etwas bewegte, drehten sich sämtliche Kameras, die diese Bewegung gut erfassen konnten, zu der Bewegung hin und fokussierten sie. Sie blieben auf die Bewegung ausgerichtet, bis diese wieder aufhörte oder bis sie von etwas anderem abgelenkt wurden. Falls sich zwei Dinge nacheinander an verschiedenen Stellen im Garten bewegten, fokussierten die Kameras zunächst mindestens fünf Sekunden lang die erste Bewegung, dann blieb eine Kamera auf diese Bewegung gerichtet, während die anderen der zweiten Bewegung folgten. Manchmal brauchten die Kameras bis zu drei Sekunden, um eine Bewegung zu erkennen und zu fokussieren. Das bedeutete, solange es eine primäre Ablenkung gab, konnte ich mich in bestimmten Bereichen des Gartens acht Sekunden lang bewegen, ohne von einer Kamera erfasst zu werden. Die wochentägliche Routine im Haus lieferte mir vier brauchbare Ablenkungen, bevor meine Zielperson am Abend nach Hause kam: Die erste war das Eintreffen der Hausangestellten; die zweite das Eintreffen des zweiten Leibwächters; anschließend die Abreise meiner Zielperson mit den Bodyguards; und schließlich der Gang der Hausangestellten zum Ende der Zufahrt, um die Post zu holen. Da es unmöglich war, in weniger als acht Sekunden vom Tor zur Haustür zu kommen, würde ich jede dieser vier Ablenkungen brauchen.

Selbst während ich dasaß, das Haus beobachtete und auf den richtigen Moment wartete, um meinen Plan in die Tat umzusetzen, konnte ich nicht umhin, an dich zu denken. Ich wollte die Sache einfach hinter mich bringen. Ich wollte diesen Job erledigen, damit ich dich wiedersehen konnte. Dabei versuchte ich, nicht darüber nachzudenken, was danach sein würde. Der einzige Teil meiner Zukunft, der mich in diesem Moment interessierte, waren die nächsten vierundzwanzig Stunden, und vierzehn davon würde ich für diesen Mistkerl verschwenden müssen. Dafür hasste ich ihn noch mehr.

Ich hielt mir das Fernglas an die Augen und machte mir weiterhin mentale Notizen zu den Abläufen im Haus. Alles schien in bester Ordnung zu sein. Meine Zielperson trainierte im Fitnessraum, hüpfte auf dem Stepper auf und ab und las dabei den Wirtschaftsteil einer Tageszeitung. Der große Australier befand sich im Leibwächterzimmer und spulte sein Trainingsprogramm ab: Liegestütze, Sit-ups und zuletzt Beugestütze. Mein Timing war perfekt. Ich hatte ein paar Minuten Zeit, um auf die Vorderseite des Hauses zu gelangen, bevor die Hausangestellte eintraf. Ein oder zwei Minuten lang machte ich Dehnübungen, da ich wusste, dass ich für den größten Teil des restlichen Tages völlig stillhalten musste, manchmal in verkrampften, merkwürdigen Positionen. Nachdem ich mit meinen Dehnübungen fertig war, machte ich mich auf den Weg zur Vorderseite des Hauses und versteckte mich hinter einem Busch in der Nähe des Tores. Dort wartete ich etwa fünf Minuten, bis die Hausangestellte eintraf.

Die Hausangestellte kam wie immer mit ihrem kleinen silberfarbenen Auto. Sie hatte eine Fernbedienung im Wagen, mit der sich das Tor öffnen ließ. Diese betätigte sie und bog in die Zufahrt ein, die einen kleinen Hügel hinauf zum Haus und dort um einen großen Brunnen herum führte. In der Mitte des Brunnens stand ein Engel, der die Flügel ausgebreitet hatte, als wollte er sich jeden Moment in die Lüfte erheben. Einen seiner Arme hob er in den Himmel, und in der anderen Hand hielt er ein großes Zepter, das zum Tor zeigte. Aus dem Zepter schoss ein Wasserstrahl, als handelte es sich dabei um eine Waffe.

Als das Auto der Hausangestellten in die Zufahrt einbog, wurde es sofort von den Kameras fokussiert. Sie folgten dem Wagen den Hügel hinauf in Richtung Haus. Ich wartete, bis die Kameras möglichst weit vom Tor und von mir wegschwenkten. Dann schlüpfte ich durch das Tor hindurch, ehe es wieder zugehen und ins Schloss fallen konnte. Nachdem ich mich auf dem Grundstück befand, blieben mir nur ein paar Sekunden, um zu meinem ersten Versteck zu gelangen. Wie so oft in meinem Leben, achtete ich ausschließlich darauf, unsichtbar zu sein. Ich duckte mich schnell hinter einige Büsche, die unmittelbar hinter dem Tor standen. Sie waren dort gepflanzt worden, um den Antrieb des Tores zu verbergen. Ich trug meinen Rucksack in den Händen, kauerte mich rasch hin und presste den Rücken gegen den Elektromotor, dessen Surren ich auch dann noch spürte, als das Tor bereits vollständig geschlossen war. Ich hörte, wie es mit einem Klicken im Schloss einrastete, und spürte die Wärme des Motors am Rücken. Diese Wärme war ebenso wichtig wie das Blattwerk der Büsche. Die Büsche verbargen mich vor den Leuten im Haus. Die Wärme verbarg mich vor den Kameras, die darauf programmiert waren, Temperaturveränderungen an bestimmten Stellen nicht zu registrieren. Der Torantrieb war eine davon, die unmittelbare Umgebung des Hauses eine andere. Die Kameras waren so programmiert, damit sie sich nicht jedes Mal, wenn sich das Tor öffnete oder schloss, auf den Antrieb richteten. Solange ich keine plötzlichen Bewegungen machte, war ich hier vor den Kameras sicher, mit allen meinen siebenunddreißig Grad. Die erste Etappe von Phase eins meines Plans war erfolgreich. Ich befand mich innerhalb des Tores. Ich saß da, verlangsamte bewusst meine Atmung, da ich in dieser Position eine Weile würde ausharren müssen, und bereitete mich auf die zweite Etappe vor.

Ich wusste, dass das Dienstmädchen im Haus gerade das Frühstück für meine Zielperson und den großen Australier zubereitete. In ungefähr einer Stunde würde der amerikanische Bodyguard auftauchen. Wie das Dienstmädchen würde er mit dem Auto kommen und eine Fernbedienung für das Tor bei sich haben. Er würde bis vors Haus fahren und den Wagen parken, bevor er hineinging, um meine Zielperson und den großen Australier abzuholen. Die drei würden dann mit demselben Wagen wegfahren.

Ich hörte das Auto vor dem Tor, bevor ich es sah. Dann spürte ich wieder das Surren des Motors am Rücken, als sich das Tor erneut zu öffnen begann. Ich fixierte die Kamera vor mir, die ich zwischen den Blättern der Büsche sehen konnte, die sich jedoch nie auf mich richtete. Sobald ich mich in Bewegung setzte, würde ich keine Zeit mehr haben, noch einmal einen Blick auf die Kamera zu werfen, keine Zeit mehr, um mich zu vergewissern, dass die Kamera die erforderlichen fünf Sekunden gewartet hatte, bevor sie mir folgte. Ich beobachtete sie einfach und wartete, bis das Objektiv dem Wagen des Bodyguards den Hügel hinauf zum Haus folgte. Nun würde ich mich zum zweiten Mal in Bewegung setzen müssen. Ich zog meine Turnschuhe aus und verstaute sie im Rucksack, der in meinem Schoß lag. Es wurde Zeit, dass ich loslief. Ich spannte meine Muskeln an, stand auf und rannte die Zufahrt genau in der Mitte hinauf. Da ich in Socken lief, verursachte ich fast kein Geräusch. Während ich rannte, zählte ich im Kopf die Sekunden. Eine Sekunde. Zwei Sekunden. Drei Sekunden. Mir wurde bewusst, dass ich seit Georgia nicht mehr trainiert hatte. Vier Sekunden. Fünf Sekunden. Das Ganze würde knapper werden, als ich gehofft hatte. Sechs Sekunden. Ich ließ meinen Rucksack zu Boden fallen. Sieben Sekunden. Ich näherte mich dem Brunnen mit dem Racheengel. Ich sprang, stützte eine Hand auf dem Betonrand des Brunnens auf und schwang die Beine darüber. Als ich im Wasser landete, ertönte ein leises Platschen, das jedoch locker vom Geräusch des Wasserstrahls übertönt wurde, der aus dem Zepter des Engels schoss. Ohne auch nur einen Augenblick zu zögern, tauchte ich mit dem ganzen Körper unter, sodass nur noch meine Nase und mein Mund aus dem Wasser ragten, die ich gerade weit genug über die Oberfläche hielt, um atmen zu können.

Das Wasser war erschreckend kalt. Mein Herz schien doppelt so schnell zu schlagen, sobald ich ins Wasser eintauchte. Wäre es schwächer gewesen, hätte es womöglich ganz aufgehört zu schlagen. Ich hielt mich so still wie möglich, tat aber trotzdem alles, um zu verhindern, dass ich aufgrund der Kälte in Schockstarre verfiel. Wenn alles nach Plan lief, würde ich lediglich fünf bis zehn Minuten im Wasser bleiben müssen, bis meine Zielperson und die Leibwächter das Haus verließen. Ich hoffte nur, dass ich wieder herauskam, bevor Unterkühlung einsetzte. Ich bewegte mich im kalten Wasser so wenig wie möglich und versuchte, meinen Körper dazu zu zwingen, nicht zu zittern. Vom Haus aus war ich wegen des hohen Betonrands des Brunnens nicht zu sehen. Solange ich mich nicht bewegte, würden die Kameras nicht auf mich aufmerksam werden. Das kühle Wasser würde meine Körperwärme wirkungsvoll verbergen. So kalt es auch war, es schützte mich.

Während ich im Wasser lag, ging ich mental die nächste Etappe durch. Ich hatte meinen Rucksack auf die rechte Seite des Brunnens geworfen, da meine Zielperson mit ihren Bodyguards links an ihm mit dem Auto vorbeifahren würde. Ich hob ein Ohr aus dem Wasser und wartete darauf zu hören, dass der Motor wieder angelassen wurde. Die Kälte ließ meinen Körper langsam taub werden. Das machte es weniger schmerzhaft, dort zu liegen. Ich befürchtete allerdings, mich nicht schnell genug bewegen zu können, sobald ich wieder aus dem Wasser stieg. Schließlich musste ich den Kameras davonlaufen. Ganz vorsichtig, um die Kameras nicht auf mich aufmerksam zu machen, begann ich, mit den Händen meine Beine zu massieren und ihre Durchblutung aufrechtzuerhalten. Nach einer gefühlten Ewigkeit hörte ich, wie der Motor des Wagens angelassen wurde. Ich hob den Kopf weiter aus dem Wasser, bis sich beide Ohren über der Oberfläche befanden, damit ich das Geräusch des Autos besser orten konnte, und lauschte, als es den Hügel hinunterfuhr und sich immer weiter vom Brunnen entfernte. Als ich hörte, wie sich das Tor öffnete, beobachtete ich die Überwachungskamera, die es im Blickfeld hatte. Sie zeigte zum Ende der Zufahrt und war genau auf das fahrende Auto gerichtet. Ich kletterte über den Rand des Brunnens, stolperte zu meinem Rucksack, hob ihn auf und rannte auf die Eingangstür des Hauses zu.

Zuerst fühlten sich meine Beine ungelenkig und schwer an, als hätte ich zwei Betonblöcke an den Füßen. Meine Gedanken waren schneller, als meine Beine sich bewegen konnten, und zweimal fiel ich beinahe hin. Zum Glück musste ich nicht weit laufen. Mein Blut begann wieder zu fließen und pumpte Sauerstoff in meine Beinmuskulatur. Ich sprang die Stufen zu der ausladenden Veranda hinauf und duckte mich schnell hinter ein Zweiersofa, das diagonal in einer Ecke stand. Sobald ich in der Hocke war, warf ich einen Blick auf die Kamera, die ich von meiner Warte aus sehen konnte. Sie war mir nicht gefolgt und zeigte noch immer zum Tor, wo sie die letzte Bewegung wahrgenommen hatte. Ich zog meine nassen Kleidungsstücke aus – langsam, um nicht die Aufmerksamkeit der Überwachungskameras zu erregen, aber trotzdem so schnell wie möglich – und ersetzte sie durch trockene: ein Sweatshirt, eine Jogginghose und Socken. Dann schlüpfte ich wieder in meine Turnschuhe und streifte mir die Skimaske über den Kopf, um mich aufzuwärmen. Ich zog die Knie eng an die Brust, legte die Arme um meine angewinkelten Beine und wartete. Da ich mich nah am Haus befand, würden die Überwachungskameras meine Körperwärme nicht registrieren. Seit meiner Ankunft beim Haus waren etwa anderthalb Stunden vergangen. Ich würde noch weitere zweieinhalb Stunden zusammengekauert in der Ecke der Veranda sitzen müssen, bevor ich mich wieder in Bewegung setzen konnte.

Zweieinhalb Stunden. Während dieser zweieinhalb Stunden führte ich jede Bewegung so langsam und bedächtig wie möglich aus. Ich trank ein paar Schlucke Mineralwasser, aß einen Energieriegel und wartete. Mein Job schien schon immer zu achtzig Prozent aus Warten bestanden zu haben – Warten auf Flugzeuge, Warten auf Busse, Warten auf Anweisungen, Warten auf den richtigen Moment, um zu handeln, Warten auf den richtigen Zeitpunkt, um zu töten –, aber nur selten war das Warten so wörtlich zu nehmen gewesen. Ich zählte die Sekunden. Ich beobachtete die Autos, die auf der Straße vorbeifuhren. Ich probierte aus, wie lange ich die Luft anhalten konnte. Ich ging meinen Plan in Gedanken immer und immer wieder durch. Ich dachte an dich. Ich dachte darüber nach, wie es sein würde, mich von dir verabschieden zu müssen. Ich versuchte, nicht mehr an dich zu denken. Es funktionierte nicht.

Die Zeit verging. Schließlich hörte ich, wie sich der Knopf

der Eingangstür drehte. Die Hausangestellte war mit dem Wischen und Staubsaugen fertig und würde jeden Moment herauskommen, um die Post zu holen. Die Tür ging auf, und sie trat ins Freie. Ohne auch nur einen einzigen Blick in meine Richtung zu werfen, wischte sie sich die Hände an ihrer Schürze ab und ging die Zufahrt hinunter. Ich sah ihr nach und beobachtete, wie ihr die Überwachungskameras den Hügel hinunter folgten. Als sie auf der anderen Seite des Brunnens angekommen war, stand ich mit meinem Rucksack auf, ging schnell zur Eingangstür, öffnete sie und betrat das Haus. Meine nassen Kleidungsstücke ließ ich auf der Veranda zurück. Ich würde sie nicht mehr brauchen.

Nachdem ich im Haus war, machte ich mich auf den Weg zum Fitnessraum im Untergeschoss, in dem die Hausangestellte immer unmittelbar nach dem Frühstück saubermachte. Sie hatte also keinen Grund, ihn nochmals zu betreten. Da es darin keine Bettwäsche gab, die hätte gewechselt werden müssen, war ich dort in Sicherheit. Ich betrat den Raum, schlüpfte in den Schrank und setzte mich auf den Boden. Dann nahm ich die Pistole aus meinem Rucksack und montierte den Schalldämpfer, vergewisserte mich, dass sie geladen war, und legte sie in meinen Schoß. Ich trank noch etwas Mineralwasser und aß den zweiten Energieriegel. Ich gratulierte mir selbst. Noch fror ich und war ein wenig müde, doch mein Plan funktionierte hervorragend. Jetzt war es wieder Zeit zu warten. Es würde weitere neun Stunden dauern, bis Phase zwei meines Plans in Kraft trat.

Irgendwann schlief ich ein. Ich weiß nicht, wie lange ich eingenickt bin. Einschlafen gehörte jedenfalls nicht zu meinem Plan. Die fünf Minuten, die ich im kalten Wasser gelegen hatte, mussten mich mehr ausgelaugt haben, als ich erwartet hatte. Als ich wieder aufwachte, saß ich verdreht und an die Wand gelehnt in einer dunklen Ecke des Schranks. Ich öffnete die Augen und hob den Kopf. An meiner linken Schulter befand sich ein feuchter Fleck, da ich im Schlaf offenbar gesabbert hatte. Die Luft im Schrank war extrem warm. Ich erinnerte mich nicht, wovon ich geträumt hatte, aber ich wachte mit einem Krampf im Nacken und einer heftigen Erektion auf. Einzuschlafen war gefährlich gewesen. Ich hätte schnarchen können. Ich hätte zusammenzucken und gegen eine Wand rumpeln können. Ich hätte im Schlaf murmeln oder schreien können. Das war eine dieser Achtlosigkeiten, einer dieser kleinen Fehler, die manch einer mit dem Leben bezahlt. Wenn ich entdeckt worden wäre, schlafend im Schrank, mit einer Pistole im Schoß, hätte das Ganze kein gutes Ende genommen. Zumindest nicht für mich.

Ich hatte jedoch Glück. Alles war in Ordnung. Ich hatte weder geschnarcht noch geschrien. Ich sah auf die Uhr: halb sechs Uhr abends. Ich war mit meinem Nickerchen noch einmal davongekommen. Es war gefährlich gewesen, hatte mir aber vermutlich gutgetan. Ich wollte die Sache einfach nur hinter mich bringen. Ich überprüfte erneut die Pistole. Dann hielt ich inne und lauschte. Ich hielt kurz den Atem an und versuchte, keinen einzigen Laut zu verursachen, damit ich feststellen konnte, ob sich im Haus irgendetwas bewegte. Ich hörte Schritte auf dem Boden über mir. Sie waren leise, aber ich konnte sie hören. Die Hausangestellte war noch immer bei der Arbeit. Hätte es sich bei den Schritten um die des amerikanischen Leibwächters oder die meiner Zielperson gehandelt, wären sie lauter gewesen.

Ich ging den Rest meines Plans noch einmal in Gedanken

durch. Ich würde im Schrank warten, bis meine Zielperson und der Leibwächter nach Hause kamen. Irgendwann zwischen ihrem Eintreffen und dem Zeitpunkt, wenn sie den Nachtsensor einschalteten, würde ich in Aktion treten müssen. Normalerweise schalteten sie den Sensor ein, bevor sie ins Bett gingen. Dieser Sensor löste einen Alarm aus, sobald er irgendeine Bewegung registrierte. Wenn ich nicht vorher handelte, saß ich im Schrank in der Falle. Also musste ich mich nach oben begeben, bevor der Bodyguard ihn einschaltete. Die Schlafzimmer lagen im ersten Stock. Dort würden die Morde stattfinden. Wenn man am oberen Ende der Treppe ankam, befand sich links das Bibliothekszimmer, und rechts ging es zu den Schlafzimmern. Mein Plan war, zuerst den Bodyguard auszuschalten. Dafür brauchte ich die Pistole. Ich würde ihn beim Betreten des Zimmers töten, damit ich mir beim Verlassen keine Sorgen mehr um ihn zu machen brauchte. Eigentlich sollte es ganz leicht sein: die Zimmertür des Leibwächters öffnen, bevor er irgendetwas bemerkt, ihm zwei Kugeln verpassen und dann weiter zur Zielperson selbst.

Pünktlich um halb acht kamen meine Zielperson und der Leibwächter nach Hause. Von meinem Versteck im Schrank hörte ich direkt über mir Schritte. Stimmen hörte ich keine, ich konnte allerdings drei verschiedene Schritte ausmachen. Aus dem Trio von Schritten wurde recht bald ein Duett, als die Hausangestellte Feierabend machte. Solange ich die Schritte über mir hören konnte, war ich in der Lage zu verfolgen, in welchen Zimmern sich meine Zielperson und der Bodyguard aufhielten. Darüber hinaus konnte ich bestimmen, was sie gerade taten, indem ich auf die Uhr sah und die Zeiten mit ihrem üblichen Tagesablauf verglich. Meine Zielperson war wie ein Roboter und wich überhaupt nicht von ihrem Abendprogramm ab. Der Leibwächter hielt sich weniger streng an eine bestimmte Reihenfolge. Er ging irgendwann einmal nach oben, um das Videomaterial der Überwachungskameras zu sichten, aber abgesehen davon war ich in der Lage, seinen Schritten zu folgen und mich in Sicherheit zu fühlen. Trotzdem bereitete ich mich für den Fall, dass die Überwachungskameras irgendetwas aufgezeichnet hatten, auf eine Hausdurchsuchung vor und setzte mich aufrecht, an die Rückwand des Schrankes gelehnt, hin, die Pistole auf die Schranktür gerichtet und bereit, den Abzug zu betätigen. Die Durchsuchung fand nicht statt. Als sich meine Zielperson nach dem Abendessen in ihr Arbeitszimmer zurückzog, setzte sich der Leibwächter vor den Fernseher.

Gegen zehn Uhr abends verschwanden die Schritte beider schließlich die Treppe hinauf. Damit wurde es Zeit für mich, die zweite Phase meines Plans einzuläuten. Ich aß meinen letzten Energieriegel und trank den Rest meines Mineralwassers. Dann holte ich die Skimaske aus dem Rucksack und streifte sie mir über. Die Maske war für meine Flucht erforderlich. Sobald ich den Job erledigt hatte, wollte ich den Kameras zum Trotz einfach zur Haustür hinausmarschieren.

Ich warf mir den Rucksack über die Schultern und drückte die Schranktüren auf. Im Fitnessraum war es beinahe genauso dunkel wie im Schrank. Ich versuchte, mich daran zu erinnern, wo die Geräte standen, um nicht versehentlich gegen eines davon zu stoßen. Ich sah gerade genug, um mir den Weg durch die Dunkelheit bahnen zu können. Ich ging langsam zur Treppe, die ins Erdgeschoss führte, und erklomm die Stufen. Oben angekommen drehte ich mich, die Pistole mit beiden Händen vor mir haltend, nach allen Seiten. Da ich niemals offiziell im Umgang mit Schusswaffen geschult worden war, bewegte ich mich, wie ich es bei Schauspielern in Fernseh-Krimiserien beobachtet hatte, und ging in dem dunklen Haus rasch um die Ecken, wobei ich die Pistole mit ausgestreckten Armen vor mir hielt.

Als ich am Fuß der zweiten Treppe ankam, sah ich Licht unter den beiden Schlafzimmertüren hervorscheinen, das die Dunkelheit durchschnitt. Meine Zielperson und der Leibwächter waren noch wach. Ich lauschte. Aus dem Zimmer meiner Zielperson drang kein Laut an mein Ohr. Der Bodyguard spielte irgendein Computerspiel. Ich hörte das Quietschen von Reifen, Schüsse und allgemeines Chaos. Im Vergleich dazu würde das echte Chaos leise sein.

Ich erklomm die Treppe. Dabei ging ich mit dem Rücken zur Wand und ließ die Schlafzimmertüren nicht aus den Augen. Wenn jetzt jemand herauskam, war ich bereit, bei Sichtkontakt zu schießen. Die Türen bewegten sich nicht. Ich kam ohne Zwischenfall am oberen Ende der Treppe an und duckte mich in der Dunkelheit. Keine einzige Stufe hatte geknarrt. Meine Zielperson und der Leibwächter blieben in ihren Zimmern. Oben angekommen wurden die Geräusche aus dem Zimmer des Bodyguards lauter. Als ich vor seiner Tür stand, streckte ich die Hand aus und berührte sie, als wollte ich testen, ob es in dem Raum brannte. Dabei handelte es sich um einen Reflex. Die Tür war kalt.

Ich holte tief Luft, hielt die Pistole in der rechten Hand, griff mit der linken zum Türknauf und drehte ihn. Zwei Schüsse – das musste genügen. Ich drückte gegen die Tür. Sie schwang mit einem leisen Quietschen auf. Dann trat ich durch die Türöffnung und zielte mit der Pistole auf den Leibwächter. Irgendwie hatte er die Tür trotz all des Lärms aus seinem Computer gehört. Er reagierte schnell. Erst sah er mich an, dann die Pistole. Seine Augen weiteten sich vor Angst. Er warf sich vom Stuhl und versuchte, sich hinter dem Bett in Sicherheit zu bringen. Ich hatte gut gezielt. Wenn er nicht so schnell abgetaucht wäre, hätte ich ihn genau in die Brust getroffen. Hätte er die Tür nicht quietschen gehört, hätte ihn mein erster Schuss wahrscheinlich getötet. Doch anstatt ihn in die Brust zu treffen, landete die Kugel in seiner Schulter. Trotz des Schalldämpfers war der Schuss ziemlich laut. Ich wurde ein wenig nervös und feuerte sofort noch einmal, wobei ich auf seine Körpermitte zielte und ihn in den Unterleib traf. Als die Kugel eindrang, stöhnte der Leibwächter auf. Er fiel zu Boden und blutete bereits stark aus dem Bauch. Dann setzte er sich erneut in Bewegung. Er stürzte sich in Richtung Nachttisch. Dort bewahrte er seine Pistole auf. Ich hatte beobachtet, dass die Bodyguards ihre Pistolen dort verstauten. Ich zielte abermals. Diesmal nahm ich seinen Kopf ins Visier. Ich wollte nur noch einmal schießen, um die Sache zu Ende zu bringen, und mich dann um den Mann kümmern, den ich töten sollte. Ich musste hoffen, dass er die Schüsse nicht gehört hatte, dass sie im Getöse des Computerspiels untergegangen waren. Ich brachte das Visier der Pistole auf eine Linie mit dem Haar des Bodyguards, doch mit seinem Haar stimmte etwas nicht. Sein Haar hätte nicht so aussehen sollen. Sein Haar war blond. Es hätte braun sein sollen. Er war der falsche Bodyguard. Ich war nicht dabei, einen unserer Feinde zu töten. Ich war dabei, einen unschuldigen Menschen zu töten.

Ich nahm den Finger vom Abzug und senkte den Blick auf die Blutspur, die der Australier beim Kriechen auf dem Teppich hinterlassen hatte. Für einen Moment erstarrte ich. Es kam mir vor, als hätte ich zum ersten Mal das Blut eines Fremden gesehen, als hätte sein Blut eine andere Farbe gehabt als das aller anderen Menschen, die ich jemals getötet hatte. Der Magen drehte sich mir um, und ich fing an zu schwitzen. Der Australier warf sich noch einmal ein Stück Richtung Nachttisch und streckte den Arm aus, um die Schublade zu öffnen. Seine Hand näherte sich seiner Pistole. Instinktiv machte ich einen Schritt auf ihn zu und trat ihm so fest ich konnte in den Bauch. Ich traf ihn genau dort, wo mein Schuss ihn getroffen hatte. Er schrie vor Schmerz auf und krümmte sich, bevor er nach seiner Pistole greifen konnte. Ich zog den Fuß zurück. Er war blutüberströmt. Ich beugte mich zu dem Australier hinunter, hielt ihm meine Pistole mit wenigen Zentimetern Abstand an den Kopf und flüsterte ihm mit hasserfüllter Stimme zu: »Du bist der Falsche.« Der Bodyguard machte keine Bewegung. Ich ging zur Schlafzimmertür und schloss sie, um nachdenken zu können.

Der Leibwächter starrte mich einfach nur entgeistert an. Ich sah die Angst in seinen Augen. Ich hatte soeben zweimal auf ihn geschossen und ihm dann gesagt, er sei der Falsche. Er musste mich für wahnsinnig halten. Er öffnete den Mund und brachte ein einziges Wort über die Lippen. »Was?«, fragte er.

Ich schob die Skimaske ein Stück nach oben, sodass mein Mund nicht mehr bedeckt war. »Du bist der Falsche«, wiederholte ich. »Aber wenn du dich wehrst, blase ich dir dein verdammtes Hirn weg.« Das zeigte Wirkung. Der Bodyguard drehte sich um, streckte die Beine aus und lehnte sich mit dem Rücken gegen das Bett. Er sah nach unten auf die beiden Löcher in seinem Körper, die ich ihm verpasst hatte. Aus der Schusswunde an seiner Schulter trat langsam Blut aus, tropfte auf seine Brust und blieb im Feinrippstoff seines Unterhemds hängen. Die Blutmenge war jedoch nichts im Vergleich zu der, die ihm aus dem Bauch quoll. Der Fleck auf seinem Unterhemd war bereits so groß wie ein Tischglobus. Er musterte seine Verletzungen und sah dann zu mir auf. Ich stand mit meiner Pistole in der Hand vor ihm. Er fing an zu heulen. »Halt's Maul«, fuhr ich ihn an und hätte ihm allein wegen seiner Anwesenheit am liebsten ins Gesicht geschlagen. »Du solltest eigentlich nicht hier sein«, murmelte ich. Er schluchzte so laut, dass er mich nicht hören konnte. Mein Gehirn arbeitete auf Hochtouren. Meine Zielperson war nur gut fünf Meter entfernt. Ich hätte hinübergehen und ihr zwei Kugeln in den Kopf jagen können, und die Sache wäre in weniger als einer halben Minute erledigt gewesen. Ich warf erneut einen Blick auf den Australier. Er hatte aufgehört zu schluchzen, starrte mich an und versuchte, mir durch die Skimaske in die Augen zu sehen. Sein Gesichtsausdruck verriet inzwischen eine Mischung aus Verwirrung und Wut. Mir war klar, dass er zu seiner Pistole greifen würde, wenn ich ihn am Leben ließ. Er würde versuchen, den Helden zu spielen. Ihn am Leben zu lassen kam nicht in Frage. Töten konnte ich ihn aber auch nicht. Schließlich war ich kein Mörder. Ich war ein Soldat. Deshalb beschloss ich, ihn zu retten. Ich durfte kein unschuldiges Blut an den Händen haben. Auf gar keinen Fall. Scheiß drauf, dachte ich. Scheiß auf die Zielperson.

»Ich werde dich nicht umbringen«, sagte ich dem Bodyguard im Flüsterton. »Ich werde dich hier rausschaffen, und ich werde dich retten. Aber wenn dein Boss uns sieht oder hört und die Polizei ruft, muss ich euch beide umlegen. Verstanden?« Der Australier nickte. Langsam wich die Wut aus seinem Gesicht. Übrig blieb nur die Verwirrung. Ich hatte soeben auf ihn geschossen, und jetzt versuchte ich, ihn zu retten. Das konnte er unmöglich verstehen. Wenn ich ihn retten wollte, musste ich jedoch schnell handeln.

»Kannst du gehen?«, fragte ich ihn. Ohne ein Wort zu sagen, griff der Australier nach dem Bettpfosten und versuchte aufzustehen. Zunächst benutzte er dazu seinen linken Arm, den mit der Schusswunde in der Schulter. Der Versuch scheiterte. Als er versuchte, sich hochzuziehen, rutschte er mit seiner blutverschmierten Hand ab, fiel mit dem Gesicht nach unten zu Boden und landete mit der Nase auf dem Teppich. Ich trat einen Schritt nach vorn und drehte ihn um. »Kann ich dir trauen?«, fragte ich ihn und suchte in seinen Augen nach der Antwort.

»Ja«, erwiderte er mit leichtem australischem Akzent. Inzwischen war auch die Verwirrung aus seinem Gesicht gewichen und hatte Angst Platz gemacht. Ich traute ihm immer noch nicht. Nur seiner Angst traute ich. Davon hatte ich in meinem Leben schon genug gesehen, um zu wissen, dass ich mich auf sie verlassen konnte.

Ich nahm seinen unversehrten Arm und legte ihn mir um die Schultern. Dann zog ich den Australier an mir hoch auf die Beine. Den anderen Arm, mit dem ich die Pistole hielt, legte ich ihm um die Taille, um ihm dabei zu helfen, das Gleichgewicht zu halten. »Wir gehen nach unten«, sagte ich. Er nickte abermals. Wir machten zwei Schritte in Richtung Tür. Der Australier war bereits geschwächt. Er hob die Füße kaum an und zog sie bei jedem Schritt hinterher. »Streng dich an«, sagte ich zu ihm, als wir bei der Tür ankamen. Bevor ich sie öffnete, wandte ich mich an den Leibwächter: »Hast du die Fernbedienung für die Bewegungsmelder, oder hat er sie?« Der Australier deutete sich mit seiner freien Hand auf die Brust. »Und sie sind nicht eingeschaltet?«, fragte ich. Er schüttelte den Kopf. Nun bestand kein Zweifel mehr. Wir waren im selben Team. Wir hatten dasselbe Ziel.

Ich öffnete die Tür, und wir verließen das Zimmer. Der Australier ging jetzt mit mehr Selbstvertrauen und schien sich daran zu gewöhnen, auf eigenen Beinen zu stehen. Eine Hand presste er nach wie vor auf die Schusswunde am Bauch, um die Blutung zu verringern. Wir machten einen Schritt in Richtung Treppe. Dann hörte ich ein Geräusch aus dem Schlafzimmer meiner Zielperson. Zuerst ein Rascheln, dann eine Stimme. »Mach deine verdammte Tür zu, du Idiot!«, rief der Boss aus seinem Zimmer. Ich streckte einen Fuß nach hinten aus, zog die Tür zu und lauschte. Nichts. Der Boss schöpfte keinen Verdacht.

Als wir bei der Treppe ankamen, warf ich einen Blick auf die Stufen. Aus eigener Kraft würde der Australier den Weg nach unten nicht bewältigen können. Ich wandte ihm das Gesicht zu. Unsere Nasen waren nur wenige Zentimeter voneinander entfernt. Er atmete schwer, und sein Blick wurde langsam glasig. »Ich trage dich runter«, sagte ich zu ihm. Er nickte. Dann ging ich in die Knie und wuchtete mir seinen Körper über die Schultern. Er war schwer. Ich gab mir Mühe, die Stufen leise hinunterzugehen, ohne dabei das Gleichgewicht zu verlieren. Etwa auf halbem Weg nach unten spürte ich, wie das Blut des Australiers von hinten durch meine Maske sickerte. Es fühlte sich warm und klebrig an.

Als wir am unteren Ende der Treppe angelangt waren, lehnte ich den Australier neben der Haustür gegen die Wand. Noch war er bei Bewusstsein. Ich ging mit dem Gesicht nahe zu ihm. »Das Tor. Wie öffne ich das Tor?«

Seine Stimme klang schwach, und er lispelte. »Es gibt einen Knopf. Auf der Innenseite. Neben dem Tor.« Selbstverständlich, hinauszugehen war viel einfacher als hineinzukommen.

»Warte hier«, sagte ich zu dem Australier und wandte mich ab.

»Tu's nicht«, sagte er lauter, als mir recht war.

Ich drehte mich um und sah ihn an. Er bat mich nicht, ihn nicht zurückzulassen. Er bat mich, seinen Boss zu verschonen. Ich hätte ihm gerne gesagt, dass sein Boss es verdient hatte zu sterben. Ich hätte ihm gerne gesagt, dass sein Boss ihn ausnutzte. Ich hätte ihm gerne gesagt, dass er ein bescheuerter Idiot war, der keine Ahnung hat. Ich tat es nicht. Dafür war keine Zeit.

»Keine Sorge«, entgegnete ich. »Ich bringe ihn schon nicht um. Zumindest nicht heute Abend.« Mehr brachte ich nicht heraus. Ich hätte ihn töten sollen. Es wäre einfach gewesen, einfacher, als es jemals wieder sein würde. Und es wäre schnell gegangen. Ich konnte keinen klaren Gedanken fassen. Wenn es mir nicht gelang, den Australier zu retten, hätte ich unschuldiges Blut an den Händen. Mir drehte sich der Magen um. Er hatte durchgehalten, bis ich am unteren Ende der Treppe angekommen war, doch jetzt rebellierte er. Ich entfernte mich von dem Australier in die Dunkelheit, stürmte ins nächstgelegene Badezimmer und übergab mich ins Waschbecken. Ich hatte mich noch nie bei einem Job übergeben müssen. Nach meinem zweiten Auftragsmord an einem dreiunddreißigjährigen Ausbilder, der Killer unserer Feinde trainierte, hätte ich mich allerdings beinahe erbrochen. Ich schlitzte ihm die Kehle mit einem Messer auf, als er gerade in sein Auto steigen wollte. Es war eine schmutzige Angelegenheit, bei der eine Menge Blut spritzte. Ab da fing ich an, Leute zu erdrosseln. Das war in der Regel anstrengender, aber es ging wesentlich sauberer über die Bühne.

Nachdem ich mir Reste von Erbrochenem von den Lippen gewischt hatte, verließ ich das Badezimmer und steuerte auf ein Telefon zu. Ohne lange nachzudenken, nahm ich es in die

Hand und schaltete es ein. Zu meinem Glück war der Boss nicht in der Leitung. Ich hörte das Freizeichen und wählte 911 in der Hoffnung, dass die Nummer auch in Kanada galt. Mein Anruf wurde rasch von einer Telefonistin entgegengenommen. Sie sagte zunächst etwas auf Französisch, dann auf Englisch: »Neun-eins-eins. Wie können wir Ihnen helfen?«

»Ein Mann wurde angeschossen. Er befindet sich Ecke Maplewood, Spring Grove. Schicken Sie einen Krankenwagen.«

»In Ordnung, Monsieur«, erwiderte die Telefonistin in offiziellem Tonfall. »Wir bräuchten noch ein paar Details. Würden Sie bitte in der Leitung bleiben?«

»Nein.« Ich legte auf und ging zurück zur Haustür. Der Australier stand noch genauso da, wie ich ihn zurückgelassen hatte, doch sein Kopf hing schlaff herab. Er hatte die Augen geschlossen und war bewusstlos. Allerdings sah ich, wie sich seine Brust beim Atmen leicht hob und senkte. Ich trat einen Schritt vor und schlug ihm so fest ich konnte mit der flachen Hand ins Gesicht. Seine Augen öffneten sich abrupt und waren für einen Moment voller Leben. »Bleib wach«, befahl ich ihm. Dann legte ich mir erneut seinen unverletzten Arm über die Schulter und ging mit ihm zur Haustür hinaus.

Uns blieb nicht viel Zeit. Wir mussten die Zufahrt, das Tor und ein paar Häuserblocks bewältigen, um zu der Straßenecke zu gelangen, zu der ich den Krankenwagen bestellt hatte. Wenn wir zu spät kamen, würden sie denken, ich hätte ihnen einen Streich gespielt. Wir mussten uns sputen. Ich wandte mich dem Australier zu. »Tempo. Wir müssen uns beeilen.« Er kämpfte, war aber noch bei Bewusstsein. Mit einiger Mühe schafften wir es die Zufahrt hinunter, durch das Tor und die Straße entlang. Beim Gehen ließen wir eine Blutspur hinter uns. Nach etwa zehn Minuten hatten wir eine halbe Meile zurückgelegt.

Als wir um die letzte Ecke bogen, sah ich das Blinklicht des Krankenwagens. Die Sanitäter waren allerdings nicht allein gekommen. Die Polizei war ebenfalls da. Das hatte ich nicht auf der Rechnung gehabt. Für mich war hier Endstation.

Ich streifte den Arm des Australiers ab und half ihm dabei, das Gleichgewicht zu halten, indem ich mich hinter ihn stellte und ihm eine Hand auf seine unversehrte Schulter legte. »Geh«, forderte ich ihn auf und gab ihm mit der anderen Hand, in der ich die Pistole hielt, einen festen Stoß. Er machte zwei unsichere Schritte und fiel hin. Dann kämpfte er sich auf alle viere und begann, in Richtung der blinkenden Lichter zu kriechen. Er sah aus wie eine durstige Zeichentrickfigur, die durch die Wüste zu einer Oase kriecht. Nach einem guten halben Meter brach er unter seinem eigenen Gewicht zusammen. Er rollte auf dem Bürgersteig auf die Seite und blickte sich mit Tränen in den Augen nach mir um. Wenn ich jetzt ging, würde er auf der Straße sterben, zehn Meter von seinen Rettern entfernt.

Ich machte einen Schritt nach vorn, hob den Australier hoch und wuchtete ihn mir über die Schulter. Dann zog ich mir die Skimaske wieder über den Mund und ging mit der Pistole in der ausgestreckten Hand auf den Krankenwagen zu.

Die Sanitäter gingen inzwischen davon aus, dass es sich um einen Fehlalarm handelte, und plauderten mit den Polizisten. Erst als ich nur noch etwa fünf Meter von ihnen entfernt war, bemerkte mich einer der Sanitäter. Sobald er den Blick auf mich richtete, zielte ich mit der Pistole auf ihn. Er erstarrte und sagte kein Wort. Er war vor Schreck wie gelähmt. Selbst aus der Entfernung konnte ich seine Angst spüren. Ganz in Schwarz gekleidet, mit einer Skimaske über dem Gesicht, einem leblosen Körper auf der Schulter und einer Pistole in der Hand muss ich ausgesehen haben wie der Tod höchstpersönlich, der durch die nächtlichen Straßen wandelt. Als ich nur noch etwa drei Meter entfernt war, wurden der andere Sanitäter und der Polizist, die sich miteinander unterhalten hatten, schließlich auch auf mich aufmerksam. Der Polizist griff nach seiner Pistole. Er war außer Übung, und seine Bewegungen waren ungeschickt und langsam. »Denk nicht mal dran!«, rief ich. »Wenn jemand seine Waffe zieht, gibt es Tote. Eine Menge Tote.« Der Polizist nahm die Hand wieder von seinem Gürtel. Ich befahl seinem Kollegen, sich neben ihn zu stellen. Ich wollte, dass alle, die eine Waffe trugen, dort standen, wo ich sie im Auge hatte. Der Kollege, der aussah wie fünfzehn, kam meiner Aufforderung sofort nach.

Ich bückte mich und legte den Australier auf den Boden, ohne die Polizisten aus dem Auge zu lassen. Der Australier stöhnte hörbar auf, als ich ihn ablegte. Er war inzwischen völlig blutüberströmt, aber noch immer bei Bewusstsein. Ich sah die Sanitäter an. »Schafft ihn ins Krankenhaus und bringt ihn wieder in Ordnung«, befahl ich. Sie rührten sich nicht von der Stelle. Ich trat zwei Schritte zurück. »Und zwar sofort!«, schrie ich. Ihre Benommenheit verflog, und sie setzten sich in Bewegung. Sie zogen die Tragbahre aus dem Krankenwagen, legten den Australier darauf und luden ihn ein. Dabei bewegten sie sich schnell und zielgerichtet, da ihnen plötzlich bewusst wurde, dass sie umso rascher von dem Psychopathen mit der Pistole wegkommen würden, je schneller sie handelten. Die Polizisten sahen ihnen voller Neid zu.

Mir war klar, dass die Sanitäter über Funk Verstärkung rufen würden, sobald der Krankenwagen losfuhr. Binnen Minuten würde es in der ganzen Umgebung von Polizisten wimmeln. Das hatte nicht im Lehrplan gestanden. Dafür war ich nicht ausgebildet worden. Ich warf einen Blick auf die beiden Polizisten vor mir. Sie waren kreidebleich und machten sich vor Angst fast in die Hose. Wahrscheinlich hatten sie sogar mehr Angst als ich. »Ihr habt gesehen, dass ich diesen Mann gerettet habe, oder?«, schrie ich. Ich stand ganz in ihrer Nähe. Wahrscheinlich brauchte ich nicht mehr zu schreien. Sie nickten gleichzeitig. »Ich möchte niemanden töten!«, brüllte ich. Sie schüttelten simultan den Kopf. »Ich werde jetzt weglaufen«, erklärte ich. Sie nickten wieder. »Aber wenn ich auch nur einen einzigen Schuss höre, komme ich zurück, und dann ist der Teufel los.« Erneutes Nicken. Ich drehte mich um und rannte los. Einen Plan hatte ich jetzt keinen mehr. Ich rannte einfach, so schnell ich konnte. Ich lief in Richtung Park. Es waren keine Schüsse zu hören. Bald durchschnitt das Heulen von Sirenen die nächtliche Luft. Ich warf die Skimaske weg und rannte weiter, um zu der sicheren Unterkunft zu gelangen. In Sicherheit würde ich erst dann sein, wenn ich mich umgezogen hatte. Ich war in meinem ganzen Leben noch nie so schnell gerannt, und ich werde vermutlich nie wieder so schnell rennen. Ich behielt mein Tempo bei und verbrannte im Laufen meine Angst. Kurz nach Mitternacht erreichte ich die sichere Unterkunft.

Nachdem ich die Wohnung betreten hatte, zog ich mich aus und stieg unter die Dusche. Ich brauchte lange, um mir das Blut vom Nacken zu schrubben.

Der Rest des Abends zog verschwommen an mir vorbei. Wenn ich heute daran denke, erinnere ich mich nur an einzelne Momente und nichts dazwischen. Rückblickend ließ ich mich wie in einem Traum von einem Ort zum nächsten treiben. Ich weiß allerdings noch, dass ich beim Geheimdienst anrief und mit

Brian sprach. Zunächst war er verärgert, dass ich den Job vermasselt hatte. Das änderte sich jedoch, als ihm bewusst wurde, wie durcheinander ich war. Mein Telefongespräch mit Brian glich einem Geständnis. Ich heulte und schwafelte. »Ich hätte beinahe jemanden getötet«, stammelte ich mit bebenden Lippen und wiederholte diesen Satz immer und immer wieder. Brian hörte mir schweigend zu und wartete darauf, dass meine Beichte endete. Als es so weit war, sagte er: »Verschwinde einfach aus der Stadt. Verdammt, verschwinde aus dem Land. Und zwar noch heute Abend. Such dir irgendwas in Vermont, wo du untertauchen kannst. Aber hau ab. Und ruf mich in drei Tagen an.« Dann nannte er mir den Code. Ich verstieß gegen die Regeln und schrieb mir die Namen auf. Ich hatte Angst, dass ich zu durcheinander war, um sie mir zu merken. Stephen Alexander. Eleanor Pearson. Rodney Grant.

Als Nächstes tat ich das, was man auf keinen Fall tun durfte. Ich tat das Unvorstellbare. Ich machte mich auf den Weg ins Krankenhaus, um nach meinem Opfer zu sehen. Mir war klar, dass ich nicht weitermachen konnte, dass ich die Stadt nicht verlassen konnte und dass ich dir nie wieder ins Gesicht würde sehen können, wenn ich mich nicht vorher vergewisserte, dass er überleben würde. Ich war kein Mörder. In einen Mörder hättest du dich nicht verliebt. Dafür warst du zu gut.

Sich ins Krankenhaus zu schleichen war einfach, sogar mitten in der Nacht und um einen Mann zu besuchen, der soeben angeschossen worden war. Das Krankenhauspersonal hatte die Aufgabe, für die Gesundheit der Patienten zu sorgen und nicht für ihre Überwachung. Ich betrat das Zimmer des Australiers und setzte mich auf einen Stuhl gegenüber vom Bett. Ich wagte es nicht, das Licht einzuschalten. Der große Australier schlief. In seinem Arm steckte eine Infusionsnadel. Seine Schulter war bandagiert. Über seinem Bauch lag die Bettdecke, doch dieser musste ebenfalls ziemlich stark bandagiert gewesen sein. Die Verbände verdeckten die Nähte, mit denen die Wunden verschlossen worden waren, die ich ihm nur wenige Stunden zuvor zugefügt hatte. Er war an einen Herzmonitor angeschlossen, der rhythmische Pieptöne von sich gab. Das war beruhigend. Ich wäre auf meinem Stuhl beinahe eingenickt. Ich erinnere mich, dass ich mich fragte, ob mein Herz jemals wieder so gleichmäßig schlagen würde. Ich bezweifelte, dass es das tun würde. Nach etwa fünfzehn Minuten wachte der Australier auf. Er drehte den Kopf und sah mich in der Dunkelheit in gekrümmter Haltung auf dem Stuhl sitzen. Dann blickte er mir in die Augen und erkannte mich. »Du bist es«, sagte er. Ich nickte. Er wusste, dass ich derjenige war, der auf ihn geschossen hatte. »Vor dem Strip-Club?«, fragte er. Daran erinnerte er sich also auch. Ich nickte abermals. Dann fragte er: »Warum?«

Ich wollte ihm antworten. Ich wollte ihm von dem verdammten Krieg erzählen, in dem ich gefangen war. Ich wollte ihm erklären, dass eigentlich er der Glückliche war und ich der Pechvogel – dass ich mir gerne zwei Kugeln hätte verpassen lassen, um in seinen Schuhen zu stecken. Ich wollte ihm versichern, dass ich ein guter Mensch bin. Noch mehr wollte ich mir jedoch von ihm versichern lassen, dass er mich für einen guten Menschen hielt. Doch dafür war nicht genug Zeit. »Es war ein Fehler«, sagte ich. Ich glaube nicht, dass er irgendetwas anderes verstanden hätte. Dann stand ich auf und ging.

Ich musste noch einen Zwischenstopp einlegen, bevor ich Montreal verließ. Es war etwa drei Uhr morgens, als ich schließlich bei deiner Wohnung ankam. Ich weckte mit meinem Klingeln deine Mitbewohnerin, doch das war dir egal. Nachdem ich die Wohnung betreten hatte, zerrtest du mich in dein Zimmer und küsstest mich fest. »Ich muss abreisen«, sagte ich, nachdem du mich aus deiner Umarmung entlassen hattest. Beim Sprechen zitterte ich am ganzen Körper.

»Warum? Was ist passiert?«, fragtest du, deine Stimme voller Besorgnis. Du machtest dir Sorgen um mich. Seit meiner Kindheit hatte sich niemand mehr so um mich gesorgt.

»Nichts. Ich muss abreisen. Aus beruflichen Gründen. Es sind ein paar verrückte Dinge passiert.« Ich konnte mein Zittern nicht kontrollieren.

Du nahmst meine Hände in deine, um das Zittern zu stoppen. »Alles in Ordnung mit dir?«

Ich sah dir in die Augen. Du blicktest mich unverwandt an. »Ich komme schon klar«, entgegnete ich schließlich. »Aber ich muss weg.« Jedes Wort schmerzte. »Ich rufe dich an, sobald ich kann.« Ich hatte das Gefühl, mit jedem Satz einen Schlag in den Magen zu bekommen. »Und ich komme bald zurück. Das verspreche ich dir.«

»Okay«, erwidertest du. »Schon gut.« Du riebst meine Hände, um mich zu beruhigen.

Ich beugte mich zu dir vor, und wir küssten uns. Ich betete, dass es nicht das letzte Mal sein würde. »Ich liebe dich«, flüsterte ich.

»Ich liebe dich auch«, flüstertest du zurück.

Ich nahm ein Taxi zum Flughafen, wo ich mir ein Auto mietete. Dann fuhr ich in die Morgendämmerung und betrachtete durch die Windschutzscheibe den Sonnenaufgang. Irgendwann am Vormittag überquerte ich die Grenze. Beim Fahren hörte ich einen französischsprachigen Radiosender. Ich verstehe kein Wort Französisch, doch aus irgendeinem Grund beruhigte der Klang meine Nerven. Schließlich hielt ich bei einem Motel in

Vermont. Der Parkplatz war voller Autos mit Dachträgern und Skiern. Urlauber. Während der nächsten zwölf Stunden schlief ich oder auch nicht – ich bin mir nicht sicher –, aber ich weiß, dass ich mich nicht bewegte, nicht ein einziges Mal. Ich lag einfach nur da und versuchte, alles über mein Leben zu vergessen – außer dir.

ACHTES KAPITEL

Am Donnerstag stand ich gegen Mittag auf und ging Laufen. Während meines Aufenthalts in Montreal hatte ich mein Training vernachlässigt, was mich beinahe teuer zu stehen gekommen wäre. Ich lief zehn Meilen. Als ich zum Motel zurückkehrte, machte ich Sit-ups und Liegestütze, bis ich vor Erschöpfung fast zusammenbrach. Ich hoffte, dass das Training mir dabei helfen würde, meine Nerven zu beruhigen. Es half nicht. Ich fühlte mich in dem kleinen, eingeschneiten Hotel gefangen. Ich fühlte mich, als würde ich jeden Moment in Flammen aufgehen. Selbst wenn ich in meinen Wagen gestiegen wäre, ich hätte nicht gewusst, wohin ich fahren soll.

Der erste Tag verging, und ich rief dich nicht an. Ich wollte es tun. Ich griff immer wieder zum Hörer und begann zu wählen, überlegte es mir aber jedes Mal anders. Ich wusste nicht, was ich dir hätte sagen können, ohne dich dabei anzulügen. Ich hatte dir versprochen, dich nicht anzulügen, also rief ich dich nicht an.

Den größten Teil des restlichen Tages verbrachte ich vor dem Fernseher. Zum Mittag- und Abendessen fuhr ich zu einem Pizzarestaurant in der Nähe. In der Nacht kehrte meine Schlaflosigkeit zurück. Ich wälzte mich hin und her und kam zu dem Schluss, dass deine Stimme das Einzige war, was mich davor bewahren konnte, verrückt zu werden. Um zwei Uhr morgens rief ich dich schließlich an. Ich versuchte, dem Wahnsinn zu trotzen.

Das Telefon läutete drei Mal, bis du abhobst. Du hattest geschlafen. Es machte mich eifersüchtig, dass du schlafen konntest, während ich wach lag, weil ich mir deinetwegen den Kopf zermarterte. Deine Stimme klang ruhig. Sie war heiser, wie sie es oft früh am Morgen ist. »Hallo«, sagtest du. Ich hätte beinahe aufgelegt, da ich plötzlich Angst davor hatte zu sprechen. »Hallo?«, wiederholtest du. »Joseph?« Als du meinen Namen sagtest, war der Bann gebrochen. Es machte mir Mut.

»Hey, Maria«, entgegnete ich.

»Wie spät ist es?«

»Spät. Richtig spät. Entschuldige, dass ich dich aufgeweckt habe. Ich wollte nur deine Stimme hören. Ich lasse dich wieder schlafen.«

»Nein. Leg nicht auf«, erwidertest du. »Wo bist du?«

»In den Staaten. Ich sitze hier für ein paar Tage in einem Motel fest, aber ich hoffe, dass ich bald wieder nach Montreal kommen kann.« Am anderen Ende der Leitung herrschte Schweigen. Ich war mir nicht sicher, ob du wieder eingenickt warst. »Denkst du, du kannst auf mich warten?«

»Ich warte auf keinen Mann«, erwidertest du mit einem Lachen. Du wurdest langsam wach. »Also solltest du besser bald hierher zurückkommen.« Deine Stimme sorgte dafür, dass ich mich besser fühlte, so als gehörte ich zur Welt.

»Ich komme zurück, sobald ich kann«, entgegnete ich, »aber ich muss jetzt Schluss machen und werde dich in den nächsten Tagen nicht anrufen können.«

»Warum kannst du nicht mit mir sprechen, Joe?«, wolltest du von mir wissen. Ich hörte die Enttäuschung in deiner Stimme.

»Wenn ich zurückkomme und du mich immer noch willst, erzähle ich dir alles«, entgegnete ich. Irgendwann würde ich die Karten auf den Tisch legen müssen. Das hattest du verdient.

»Versprochen?«

»Versprochen«, antwortete ich. »Und jetzt schlaf weiter.«

»Joseph?«

»Ja?«

»Ich liebe dich.« Diese Worte waren wie ein Schuss Morphium, ein Allheilmittel für alle meine Schmerzen.

»Ich liebe dich auch«, erwiderte ich.

»Ich werde so lange auf dich warten, wie es sein muss.« Dann legtest du auf. Nach unserem Gespräch schlief ich ein.

Am nächsten Tag trainierte ich erneut und spulte das gleiche Programm ab. Am Freitagnachmittag fuhr ich dann zur nächstgelegenen Bar, die halb Raststätte, halb Schweizer Skihütte war, setzte mich allein an den Tresen und trank ein paar Biere. Ich musste die Zeit bis zum Abend herumbringen, bis ich beim Geheimdienst anrufen konnte. Zu den Bieren bestellte ich mir einen Cheeseburger. Die Bar füllte sich langsam, als die Vorsaison-Skifahrer von der Piste kamen. Kurze Zeit später war sie voller Menschen, die keine einzige Sorge im Leben zu haben schienen. Es wurde Zeit für mich zu gehen. Ich wusste, dass ich dort nicht mehr hingehörte.

Ich fuhr zurück zum Motel. Als ich wieder in meinem Zimmer war, griff ich zum Telefon und rief beim Geheimdienst an. Ich freute mich darauf, Brians Stimme zu hören, auch wenn er mich anschreien würde. Ich nahm den Zettel zur Hand, auf den ich den Code für diesen Anruf geschrieben hatte, und wurde von einer Rezeptionistin zur nächsten durchgestellt. Stephen Alexander. Eleanor Pearson. Rodney Grant. Schließlich war es an der Zeit, dass ich mit einem echten Menschen verbunden wurde. Ich war bereit, alles zu tun, was in meiner Macht stand, um Brian dazu zu überreden, mich wieder nach Montreal zu schicken – vorgeblich, damit ich den Job zu Ende bringen konnte, in Wirklichkeit jedoch, damit ich dich wiedersehen konnte.

»Hallo, Joseph«, sagte eine tiefe, raue Männerstimme, die ich noch nie zuvor gehört hatte. »Hier ist Allen.« Allen? Wer zum Teufel war Allen? Ich warf einen Blick auf den Zettel, auf den ich die Namen geschrieben hatte: Stephen Alexander. Eleanor Pearson. Rodney Grant. Genau, wie ich gesagt hatte.

»Was?«, sagte ich. Was ich eigentlich hatte sagen wollen, war: »Was soll das, verdammt?«, doch ich brachte nur das erste Wort über die Lippen.

»Ich bin Allen.« Allen? Was war mit Brian passiert? Ich war verwirrt.

»Wo ist Matt?«, erkundigte ich mich. Ich achtete darauf, mir nicht anmerken zu lassen, dass ich Brians wirklichen Namen kannte.

»Matt wurde versetzt. Man kam zu dem Schluss, dass ihr beiden kein produktives Arbeitsverhältnis mehr hattet. Du arbeitest ab jetzt mit mir zusammen.« Allen sprach in einem Ton mit mir, in dem man mit einem unartigen Fünfjährigen sprechen würde.

»Kommt gar nicht in Frage«, erwiderte ich. Ich gab mir alle Mühe, bestimmt zu klingen, obwohl ich mich so schwach fühlte wie noch nie zuvor. »Hat Matt darum gebeten, versetzt zu werden?«

»Nein, das hat er nicht. Um ehrlich zu sein, er hat sich sogar ziemlich dagegen gewehrt. Anscheinend hat er gern mit dir zusammengearbeitet. Vielleicht war das gerade das Problem. Sagen wir einfach, es hat uns nicht gefallen, wie sich die

Sache bei euch entwickelt hat. Zuerst dieser Zwischenfall auf Long Beach Island, wo du dich ohne Erlaubnis mit anderen Soldaten verbrüdert hast. Und dann vermasselst du den Job in Montreal. Es wurde entschieden, dass du mit jemand anderem zusammenarbeiten solltest – mit jemandem, der ein bisschen mehr Erfahrung hat.«

»Und ich habe dabei gar nichts mitzureden? Ich will Matt sprechen.« Meine Stimme bebte. Ich konnte meine Wut kaum kontrollieren.

»Mir ist egal, mit wem du sprechen *willst*. Du wirst mit mir sprechen, und von jetzt an nur mit mir.« Allens Stimme klang gleichmäßig und monoton.

»Du kannst mich mal«, sagte ich. So etwas war mir noch nie zuvor passiert. Ich wollte es regeln. »Ich arbeite nur mit Matt zusammen. Verbinde mich mit Matt, oder ich tue gar nichts.« Ich versuchte weiterhin, bestimmt zu klingen, doch das war alles nur Show. Ich hatte Angst. Brian war meine einzige echte Verbindung zur Welt. Meine Mutter war ahnungslos. Mit Jared und Michael konnte ich ohne Brians Hilfe nicht in Kontakt treten. Ohne ihn war ich hilflos und allein. Ich konnte noch nicht beurteilen, was für ein Typ dieser Allen war, aber ich wusste bereits, dass ich ihn nicht leiden konnte.

Allen reagierte ziemlich verärgert auf meine Dreistigkeit. »Ich kann dich mal? Für wen hältst du dich eigentlich, verdammt?« Trotz seiner Worte war seine Stimme nach wie vor ruhig. »Hältst du dich etwa für was Besonderes? Du bist ein Niemand. Meinst du, du kannst Ansprüche stellen? Einen Scheißdreck kannst du. Wir haben echte Männer, die seit Jahrzehnten tun, was du tust. Wir haben Männer, die Dutzende von Morden auf dem Konto haben. Wir haben Männer, die sich ihre Sporen verdient haben. Und du? Du wirst in einem

Mietwagen nach Montreal geschickt und verbockst den Job, weil der Typ zwei Bodyguards hat? Für wen hältst du dich, verdammt? Ich möchte, dass du mir sagst, für wen du dich hältst, weil ich weiß, wer du bist. Du bist ein Niemand. Du bist eine beschissene Schachfigur. Spielst du Schach, Joey?« Ich hätte am liebsten durchs Telefon gegriffen und ihm den Hals umgedreht. »Spielst du Schach?«

»Ja, ich kenne die Spielregeln«, erwiderte ich. Meine Stimme begann sogar in meinen eigenen Ohren wie die eines bockigen Kindes zu klingen.

»Gut. Dann weißt du ja, welche Aufgabe du als Schachfigur hast. Es ist deine Aufgabe, dich herumschubsen zu lassen. Du bist der Erste, der in die Schusslinie geschubst wird, und wenn wir die Option haben, dich gegen eine von deren Figuren einzutauschen, und es danach aussieht, als würde das der Sache nützen, dann sei's drum. Du bist nicht in der Position, Entscheidungen darüber zu treffen, was mit dir passiert. Du setzt dich in Bewegung, wenn wir dir sagen, dass du dich in Bewegung setzen sollst. Du tötest, wenn wir dir sagen, dass du töten sollst. Und wenn du überlebst und weit genug nach vorne geschoben wirst, du armselige kleine Schachfigur, dann wird vielleicht eines Tages etwas Nützliches aus dir werden. Dann kannst du Ansprüche stellen. Aber bis dahin hältst du einfach das Maul, du kleiner Scheißer.«

Meine Wut kochte beinahe über. »Wenn ich eine beschissene Schachfigur bin, was bist du dann, du Dreckskerl? Du hockst rum und drehst Däumchen. Du laberst den ganzen Tag ins Telefon. Was zum Teufel bist du?«, fragte ich schäumend.

Allen sprach langsam, als er antwortete, und achtete darauf, jede einzelne Silbe deutlich auszusprechen. »Ich bin der kleine

Finger an der Hand desjenigen, der die Schachfigur bewegt.« Er klang nicht stolz. Er nannte einfach nur Fakten.

Ich hatte nichts zu erwidern. Ich wusste nicht, wie ich gegen die gesichtslose Stimme am anderen Ende der Leitung ankämpfen sollte. Er hatte mein Leben in der Hand. Das war die vierte Regel. Diejenige, die wir den Jugendlichen nicht beibrachten. Regel Nummer eins: Unbeteiligte dürfen nicht getötet werden. Regel Nummer zwei: Minderjährige dürfen nicht getötet werden. Regel Nummer drei: Babys von Minderjährigen werden der Gegenseite ausgehändigt. Regel Nummer vier, die unausgesprochene Regel: Beiß in die Hand, die dich bewegt, und sie beißt zurück – nur doppelt so fest. »Okay«, lenkte ich schließlich ein. »Entschuldigung. Keine Forderungen mehr, zu denen ich nicht berechtigt bin.« Die Worte taten mir weh, als ich sie aussprach, aber wenn ich zurück nach Montreal wollte, war ich auf den Wohlwollen dieses Typen angewiesen.

»Schon besser«, sagte Allen. »Siehst du, ist doch gar nicht so schwer.«

»Also, was hast du für mich auf Lager? Ich bin nämlich bereit, nach Montreal zurückzukehren und den Job zu Ende zu bringen.« Ich hatte keine großen Hoffnungen, dass er mich zurückschicken würde.

»Diesen Job wird so bald niemand zu Ende bringen, Kleiner. Du hast ihn zu gründlich vermasselt. Ich habe einen anderen Auftrag für dich.«

»Was heißt *bald*?«, fragte ich, ohne nachzudenken.

»Du hast es immer noch nicht kapiert, oder, Kleiner? Ich brauche dir gar nichts zu erklären. Du musst dir Respekt verdienen, und momentan bist du in den roten Zahlen. Bald heißt bald. Wochen, vielleicht Monate. Wenn es so weit ist, dass der Job erledigt werden kann, schicken wir wieder jemanden dorthin, vorher nicht. Wenn du mich mit deinem nächsten Auftrag beeindruckst, schicken wir vielleicht dich. Vielleicht aber auch nicht.« Ich kam mir vor wie eine Marionette: Zieh die Fäden, und ich tanze. Wochen, vielleicht Monate. Ich hatte dir versprochen, früher zurückzukommen. Was konnte ich tun?

Ich gab mich geschlagen. »Okay, was hast du für mich?«

»Naples, Florida. Die sichere Unterkunft steht in drei Tagen bereit. Dein Gastgeber holt dich dann am Flughafen ab, aber nicht früher. Nimm den ersten Flug von Boston an diesem Tag. Dein Gastgeber weiß, wie du aussiehst. Die Details zu deinem Auftrag liegen bereit, wenn du ankommst.«

»Und was mache ich in den nächsten drei Tagen?«, fragte ich. Ich rechnete nicht damit, dass ihn das interessierte.

»Du halst dir keine Probleme auf, du hältst dich von Kanada fern, und du gehst mir nicht auf die Nerven.« Bevor ich noch ein weiteres Wort sagen konnte, nannte Allen mir den Code: Jimmy Lane, Sharon Bench, Clifford Locklear. Dann legte er auf.

NEUNTES KAPITEL

Die nächsten zwei Tage verbrachte ich auf dieselbe Art und Weise, wie ich auch die letzten beiden verbracht hatte. Ich trainierte, sah mir schlechte Sendungen im Fernsehen an, ging in die Bar, um zu trinken und zu essen, und schlief schlecht. Jeder Tag zog sich endlos in die Länge. Ich erwog, nach Montreal zurückzukehren, um dich zu sehen, hatte jedoch Angst davor, was passieren würde, wenn sie mich dabei erwischten. Wenn ich jetzt erwischt worden wäre, hätte ich dich vermutlich nie wiedergesehen. Ich kam zu dem Schluss, dass es zu schmerzhaft wäre, dich anzurufen. Deine Stimme zu hören, ohne zu wissen, wann ich wieder bei dir sein konnte, war einfach zu viel. Außerdem wäre es dir gegenüber nicht fair gewesen. Das redete ich mir zumindest ein. Also kämpfte ich mich durch jede Minute jedes Tages, sah auf die Uhr und wünschte mir, ich könnte einfach ihre Zeiger weiterdrehen, um die Zeit schneller vergehen zu lassen. Deine letzten Worte hallten in meinem Kopf wider: »Ich werde so lange auf dich warten, wie es sein muss.« Nach zwei weiteren qualvollen Tagen fuhr ich nach Boston und bestieg eine Maschine nach Florida.

Ich landete mittags am Fort Myers Airport außerhalb von Naples. Am Flughafen war wenig los. Es waren einige Großeltern da, die ihre Enkel abholten, aber das war auch schon so ziemlich alles. Ich stieg mit meinem Rucksack aus dem Flugzeug. Der Rucksack war leichter als sonst, weil ich diesmal ausnahmsweise Gepäck aufgeben hatte, eine kleine Reisetasche, die ich mit an Bord hätte nehmen können, wenn ihr Inhalt ein anderer gewesen wäre. Ich war noch nicht bereit, auf die Pistole zu verzichten. In Anbetracht der Umstände glaubte ich, dass ich sie womöglich brauchen würde.

Ich warf mir den Rucksack über eine Schulter und wollte gerade zur Gepäckausgabe gehen, als ein breitschultriger Mann mit breitem Lächeln auf mich zukam. Er streckte die Hand aus. »Joe?«, fragte er mich, als er vor mich trat. Ich nickte und schüttelte ihm die Hand. Sein Lächeln wurde noch breiter. Sein Händedruck war kräftig und bestimmt, wie der Händedruck eines Mannes, der viel Zeit damit verbracht hatte, Hände zu schütteln. Ich vermutete, dass er früher einmal Vertreter oder Politiker gewesen war. Er trug eine Pilotenbrille mit klaren Gläsern. Sein Gesichtsausdruck war freundlich und aufrichtig. Eigentlich wirkte er viel zu ehrlich, um Politiker gewesen zu sein. »Ich bin Dan«, sagte er. »Ich glaube, Sie wohnen die nächsten paar Tage bei mir.«

»Freut mich, Sie kennenzulernen, Dan«, erwiderte ich wesentlich formeller, als ich es normalerweise getan hätte, und ahmte Dan unbewusst nach. »Ich weiß es zu schätzen, dass Sie mich abholen.«

»Gern geschehen, gern geschehen. Ist mir eine Ehre. Ich helfe gerne, wo ich kann.« Er nickte beim Sprechen mit dem Kopf. »Kann's losgehen?«

»Ich muss erst noch meine Tasche holen.«

»Ich hätte nicht gedacht, dass ihr Jungs Taschen aufgebt. Ich dachte immer, ihr reist mit möglichst wenig Gepäck.« Er drehte sich im Sprechen um und ging in Richtung Gepäckausgabe.

»Normalerweise tue ich das auch, Dan. Aber ich wollte heute nicht alles in den Flieger schleppen.«

Dan lächelte und legte mir eine Hand auf die Schulter. »Ich mache Ihnen keinen Vorwurf, mein Junge. Ich mache Ihnen keinen Vorwurf. Ich kann's auch nicht leiden, um Platz in den Gepäckfächern kämpfen zu müssen.« Wir kamen zur Gepäckausgabe und stellten uns hinter den Frauen und Kindern an.

»Warten Sie schon lange, Dan?«, erkundigte ich mich, als wir dastanden und auf den Signalton warteten, der die Ankunft des Gepäcks aus meiner Maschine ankündigte.

»Nur ungefähr eine Stunde«, entgegnete er.

»Eine Stunde? Hatte mein Flug Verspätung?«, fragte ich. Ich wusste, dass er das nicht gehabt hatte.

»Nein, er war absolut pünktlich. Aber ich wollte einen berufstätigen Jungen wie Sie nicht warten lassen. Außerdem komme ich gern hierher, um das Treiben zu beobachten und die Leute kommen und gehen zu sehen.« Ich glaube, ich hatte noch nie einen Mann wie Dan kennengelernt. Ich sah ihn an. Er stand da, ohne auch nur ein Mal den Blick vom Gepäckband zu nehmen, obwohl noch kein Gepäck darauf lag und es sich nicht bewegte.

»Tja, wie gesagt, ich weiß das zu schätzen.«

Nachdem wir meine Tasche in Empfang genommen hatten, gingen wir zu Dans Auto auf dem Parkplatz. Dan fuhr genau den Wagen, in dem ich ihn mir vorgestellt hatte, eine große weiße Limousine, und aus irgendeinem Grund machte mich das glücklich. Während Dan mich in die Stadt chauffierte, überschüttete ich ihn mit Fragen und versuchte, ihn zu entschlüsseln. Er befand sich im Ruhestand und war nach einem kurzen Gastspiel bei der Marine tatsächlich für einen Großteil seines Lebens als Vertreter tätig gewesen. Er hatte Whiskey- und Cocktailservietten an Bars in New York, New Jersey und Pennsylvania verkauft und war erfreut zu hören, dass ich ebenfalls aus New Jersey stammte. Er sagte mir, dass beinahe die Hälfte aller Menschen in diesem Teil von Florida ursprünglich aus New York oder New Jersey käme. In jüngeren Jahren war er ebenfalls »berufstätig« gewesen – dieses Wort benutzte er, um meinen Job zu beschreiben. Zu seiner Zeit, erklärte er mir, hätten die Soldaten nebenbei noch normale Berufe gehabt. Als Vertreter herumzureisen sei eine gute Tarnung gewesen. Er machte seine Touren, verkaufte seine Waren, und ein oder zwei Mal im Jahr rief die Pflicht, wie er es nannte. Ich fragte ihn, wie viele Leute er während seiner Zeit als »Berufstätiger« getötet habe. Er sagte, dass er den Überblick verloren habe, dass Zahlen ohnehin keine Rolle spielen würden und dass er auf die Anzahl nicht stolz wäre, auch wenn er sie kennen würde. Er sei nur darauf stolz, dass er zu seiner Zeit in der Lage gewesen sei, seinen Teil beizutragen. Jetzt sei er stolz darauf, mir helfen zu können, stolz, die Sache immer noch unterstützen zu können. Seltsamerweise sorgte er dafür, dass ich ebenfalls stolz war. Ich hatte beinahe vergessen, wie sich das anfühlte.

Ich erkundigte mich nach seiner Familie. Er sagte mir, er habe keine Angehörigen mehr. Seine Eltern hätten beide bis zum Schluss überlebt und seien mit deutlich über achtzig eines natürlichen Todes gestorben. Er habe jedoch auch eine Frau und eine Tochter gehabt, die beide getötet worden seien. Seine Frau sei Zivilistin gewesen, bevor er sie heiratete, doch das habe die anderen nicht abgehalten. Sie wurde acht Jahre nach ihrer Hochzeit ermordet, als ihre gemeinsame Tochter erst drei Jahre alt war. Es sei eine schmutzige Sache gewesen, sagte er. Sie wurde zu Hause getötet, während er unterwegs war, um einige Besorgungen zu machen. Er war sich ziemlich sicher, dass sie nach ihm gesucht hatten. Als er an jenem Tag nach Hause kam, war alles voller Blut. Blut in mehreren Zimmern.

Sie musste sich heftig gewehrt haben, sagte er. Er fand ihre Leiche auf dem Esszimmertisch. Sie hatten zugesehen, wie sie gestorben war, und sie dann auf den Tisch gelegt, bevor sie gegangen waren. Seine Tochter war die ganze Zeit über zu Hause gewesen. Als er nach Hause kam, war sie im Schlafzimmerschrank versteckt. Er war sich nicht sicher, ob sie sich darin verkrochen hatte oder ob sie dort eingesperrt worden war. Sie sagte es ihm nie. Sie sprach nie darüber, ob sie mit angesehen hatte, was sie ihrer Mutter angetan hatten, doch sobald sie alt genug war, stürzte sie sich in den Krieg. Manchen müssen wir beibringen, wie man hasst. Andere lernen es von selbst. Sie wurde zu einer hochrangigen Geheimdienst-Mitarbeiterin, der jüngsten aller Zeiten. Dass sie so schnell Karriere machte, lag an ihrer Aggressivität. Diese Aggressivität machte sie zu einem Hauptziel. Sie wurde zwei Wochen vor ihrem achtundzwanzigsten Geburtstag ermordet. »Ich kann sie nicht leiden, Joe, und ich bin stolz darauf, dass ich im Kampf gegen sie meinen Teil beigetragen habe«, sagte Dan zu mir, während er fuhr, »aber zu viel Hass macht einen kaputt. Meine arme Tochter – ich weiß nicht, ob sie mehr als ein paar glückliche Tage in ihrem Leben hatte, nachdem sie mit ansehen musste, was mit ihrer Mutter geschah. Ich hatte deshalb immer ein schlechtes Gewissen.« Wir schwiegen eine Zeit lang. »Genug über mich, mein Junge. Was ist mit Ihnen?«, fragte er schließlich und schlug mir mit der Handfläche aufs Knie.

Ich hatte nicht vor, ihm viel zu erzählen. Was konnte ich ihm schon sagen? Sobald ich allerdings begonnen hatte zu sprechen, fiel es mir schwer, wieder aufzuhören. Ich erzählte ihm von meiner Kindheit in New Jersey und von meinen Verwandten, die im Krieg getötet worden waren. Ich erzählte ihm von meiner Arbeit und was es heutzutage bedeutete, »berufstätig«

zu sein. Er war begeistert, Geschichten über den Krieg zu hören, und wollte möglichst viele Einzelheiten erfahren. Offenbar glaubte er, mein Leben sei extrem spannend. Für ihn war ich eine Art James Bond, auch wenn ich diesem Mistkerl Allen zufolge eine Schachfigur war. Ich erzählte ihm, dass meine beiden besten Freunde ebenfalls »berufstätig« waren. Es gefiel mir, diese Bezeichnung in Dans Gegenwart zu verwenden. Das vermittelte mir das Gefühl, ehrlich zu sein. Ich erzählte ihm alles über meine Abenteuer an der Küste von Jersey und schmückte die Geschichte an verschiedenen Stellen aus. Dan saugte jedes Detail regelrecht auf. Das Einzige, worüber ich ihm nichts erzählte, war Montreal. Ich erzählte ihm nicht von dir.

Nachdem wir ungefähr eine Stunde gefahren waren, bogen wir in eine kleine Seniorensiedlung namens Crystal Ponds unmittelbar außerhalb des Stadtkerns von Naples ein. Wir fuhren langsam durch das Viertel. Jeder, an dem wir vorbeikamen, winkte Dan zu, und Dan winkte allen zurück. Sämtliche Rasenflächen waren perfekt gepflegt, und in jedem Garten stand ein Fahnenmast, den eine flatternde US-Flagge zierte. Nachdem wir ein paar Mal langsam abgebogen waren, fuhren wir bis ans Ende einer Sackgasse und bogen schließlich in Dans Zufahrt ein. Bei Dans Haus handelte es sich um einen kleinen weißen Bungalow, vor dem sich ein winziger Teich befand. »Wir sind zu Hause, mein Junge«, sagte Dan zu mir, nachdem er den Wagen in die Garage gefahren und den Motor abgestellt hatte. »Gehen Sie rein und nehmen Sie sich was zu trinken. Ich hole nur schnell die Post.« Dann erhob sich Dan vom Fahrersitz und schlenderte die Zufahrt hinunter zum Briefkasten.

Ich ging in den kleinen Bungalow und wurde sofort von einem Hauch kühler Luft aus der Klimaanlage empfangen. Das erste Zimmer, das ich betrat, war die Küche. Da ich Dan nicht enttäuschen wollte, beschloss ich, sein Angebot anzunehmen und mir etwas zu trinken zu nehmen. Ich ging zum Kühlschrank und öffnete ihn. Er war frisch bestückt mit zwei vollen Sixpacks Bier, einem ungeöffneten Pack Toastbrot, einem ungeöffneten Orangensaft, einer ungeöffneten Packung Hotdogs und etlichen anderen Dingen. Dan war in Erwartung meines Besuchs einkaufen gewesen. Weiß Gott, was er aß, wenn er alleine war. Ich griff in den Kühlschrank, holte eine Flasche Bier heraus, öffnete sie und warf den Verschluss in den Mülleimer unter dem Spülbecken. In diesem Moment kam Dan herein. »Was dagegen, wenn ich eins mittrinke?«

»Nur zu«, erwiderte ich, drehte mich zum Kühlschrank um und nahm noch eine Flasche heraus. Dann setzten wir uns an die Küchentheke und tranken unser Bier in behaglicher Stille. »Also, Dan, ich glaube, Sie haben ein Päckchen für mich«, sagte ich schließlich zu ihm, als wir unser Bier zur Hälfte getrunken hatten.

»Ja, das habe ich«, entgegnete Dan. »Warten Sie hier.« Er ging in ein anderes Zimmer und kehrte mit einem vertrauten braunen, versiegelten Briefumschlag zurück. »Ich nehme an, Sie möchten eine Weile allein sein, um alles durchzulesen«, sagte Dan, als er mir den Umschlag reichte.

»Das wäre vermutlich das Beste«, erwiderte ich und wog das Päckchen in der Hand. Es war leicht – in der Regel ein Hinweis darauf, dass der Job als ziemlich einfach erachtet wurde.

»Mein Arbeitszimmer ist gleich da hinten.« Dan deutete in die Richtung, aus der er mit dem Umschlag gekommen war. »Ich werde Sie nicht stören, während Sie arbeiten. Lassen Sie mich einfach wissen, wenn Sie irgendwas brauchen.«

»Danke, Dan.« Ich nahm das Päckchen und ging durch den Flur in Richtung Arbeitszimmer.

»Hätten Sie Lust, heute Abend essen zu gehen?«, erkundigte sich Dan, der offenbar begierig nach Gesellschaft war.

»Ich bin für alles zu haben, Dan«, antwortete ich. Ich war ebenfalls begierig nach Gesellschaft. Dann betrat ich Dans Arbeitszimmer und machte die Tür hinter mir zu.

Bei Dans Arbeitszimmer handelte es sich um einen kleinen Raum, dessen Einrichtung aus einem Sofa und einem Schreibtisch bestand. Über dem Schreibtisch waren Regalbretter an der Wand montiert, auf denen einige Bücher und ein paar Fotos standen. Ich betrachtete die Fotos eine Weile. Es war offensichtlich, dass es sich bei allen Bildern um Familienfotos handelte, die zum Teil bereits ein wenig vergilbt waren. Eines davon war eine Schwarzweißaufnahme. Sämtliche Fotos waren mindestens dreißig Jahre alt. Es schien, als habe Dans Leben zu diesem Zeitpunkt geendet. Ein Foto zeigte ihn mit seinem Vater. Dan muss darauf etwa acht Jahre alt gewesen sein, war aber eindeutig zu erkennen. Er hielt einen Fisch in die Kamera, den er gerade gefangen hatte. Sein Vater hockte hinter ihm und hatte ein breites Grinsen im Gesicht. Ein anderes Foto zeigte Dan mit seiner Frau bei ihrer Hochzeit, beide wie aus dem Ei gepellt. Dans Frau war bildhübsch. Sie erinnerte mich ein bisschen an dich, wenngleich sie größer war. Ich stellte mir für einen Augenblick vor, wie du in einem Brautkleid aussehen würdest. Auf der Schwarzweißaufnahme waren zwei Menschen zu sehen, bei denen es sich um Dans Eltern gehandelt haben muss. Sie waren jung, lächelten und standen vor einem kleinen Kasten mit Dach, der vermutlich ihr erstes Haus gewesen war. Das nächste Foto ließ mir das Blut in den Adern gefrieren. Es zeigte Dan und seine Frau. Die beiden standen nebeneinander, und Dan hatte ihr den Arm um die Schultern gelegt. Sie hielt die kleine gemeinsame Tochter auf dem Arm. Dan und seine

Frau blickten direkt in die Kamera, doch das kleine Mädchen, das höchstens ein halbes Jahr alt war, sah lächelnd zu seinem Vater auf. Zu guter Letzt stand dort noch das neueste Foto, das vermutlich ebenfalls mindestens dreißig Jahre alt, aber am wenigsten verblichen war. Es zeigte Dans Tochter als Teenager. Sie trug ein weißes, bauschiges Highschool-Abschlussballkleid und stand neben einem pickelgesichtigen Jungen im Smoking. Auf diesem Foto lächelte Dans Tochter. Es muss sich um einen ihrer wenigen glücklichen Tage gehandelt haben. Als ich das Foto betrachtete, hallte Dans Stimme in meinem Kopf wider und erinnerte mich: »Zu viel Hass macht einen kaputt.« *Aber nicht genug davon, und die Welt versinkt im Chaos*, sagte ich flüsternd zu mir selbst. Ich setzte mich an den Schreibtisch, öffnete den Umschlag und begann, mich über den nächsten Mann zu informieren, dessen Leben ich beenden sollte.

Meine Zielperson hieß Jimon Matsuda, war aber nur unter dem Namen »Jim« bekannt. Er war als Sohn japanischer Eltern auf Hawaii zur Welt gekommen und hatte im Koreakrieg und in Vietnam für die Vereinigten Staaten gekämpft. Als Logistik-Experte hatte er im Lauf seiner Karriere zahlreiche tödliche strategische Operationen für die US-Armee geplant. Unabhängig davon hatte er außerdem zahlreiche tödliche strategische Operationen gegen uns geplant. Aus dem Dienst bei der Armee war er als Generalmajor geschieden. Nach Einschätzung unseres Geheimdiensts hatte er ungefähr zur selben Zeit auch aufgehört, aktiv Operationen gegen uns zu planen. Er war jedoch bis zum heutigen Tag als Ausbilder der Logistik-Experten unserer Feinde tätig. Genau genommen waren die meisten ihrer Topleute von Mr Matsuda höchstpersönlich ausgebildet worden. Es ließ sich nicht genau beurteilen, wie viel Schaden er im Lauf seines Lebens angerichtet hatte, sowohl eigenhändig als auch durch seine Schüler, doch die Eliminierung von Mr Matsuda würde unsere Feinde offenbar gewaltig treffen. Meinen Unterlagen zufolge handelte es sich bei meinem Auftrag um einen bedeutenden strategischen Schlag. Trotz allem übte sich Mr Matsuda anscheinend in Zurückhaltung, und es deutete kaum etwas darauf hin, dass er sich schützen ließ. Für mich sah es so aus, als sei dieser Job verhältnismäßig einfach. Dann gelangte ich am Ende des Berichts an, bei dem Teil, der die Informationen enthielt, die ich benötigte, um meine Zielperson ausfindig zu machen. Hier fand ich heraus, dass meine Zielperson in Naples in einer kleinen, ruhigen und unbewachten Seniorensiedlung namens Crystal Ponds wohnte. Dieser Mistkerl Allen ließ mich einen Nachbarn meines Gastgebers töten. Brian wäre mir niemals mit einer derart linken Tour gekommen. Ich konnte mich des Verdachts nicht erwehren, dass es sich dabei um einen Test handelte.

Am Abend, nachdem ich die Akte meiner Zielperson durchgelesen und den Umschlag in eine der Schubladen in Dans Schreibtisch gelegt hatte, machten Dan und ich uns auf den Weg zum Abendessen. Anstatt in den schicken Teil von Naples zu fahren, brausten wir in die entgegengesetzte Richtung. Wir gingen in irgendeine provinzielle Kaschemme, in der im vorderen Bereich Spareribs und Wels serviert wurden und im hinteren Bereich bei der Bar Country-Livemusik gespielt wurde. Dan sagte mir, er könne die protzigen neuen Restaurants in der Innenstadt nicht ausstehen. Die Spareribs, die in einer würzigen Barbecuesauce schwammen, schmeckten ausgezeichnet. Beim Essen genehmigten Dan und ich uns noch ein paar Biere. Je mehr Dan getrunken hatte, desto größer wurde sein Interesse an meinem Job. In seinen Augen war ich ein Held. Ich war der Rächer seiner Frau und seiner Tochter. Um ehrlich zu sein, kaufte ich ihm das auch ab. Nach der verbalen Abreibung, die mir Allen am Telefon verpasst hatte, tat es mir gut, gesagt zu bekommen, dass ich jemand war, dass es einen guten Grund dafür gab, warum ich kein Leben hatte. Es tat mir gut, gesagt zu bekommen, dass die Kompromisse, die ich einging, nicht völlig umsonst waren.

Nach dem Abendessen begaben wir für ein paar weitere Biere an die Bar. »Und, was müssen Sie sonst noch tun, um ihren Job hier erledigen zu können?«, fragte mich Dan zwischen zwei Bieren.

»Morgen werde ich ein paar Erkundungen anstellen, die Gewohnheiten und Vorlieben meiner Zielperson ausspähen und mir überlegen, wann und wo ich am besten zuschlage. Ehrlich gesagt scheint dieser Job ziemlich einfach zu sein. Ich glaube nicht, dass es allzu große Probleme geben wird.« Je schneller der Auftrag erledigt war, so hoffte ich, desto früher würde ich nach Montreal zurückkehren können.

»Erkundungen, hm? Zu meiner Zeit wurde uns nur ein Name genannt. Man ging los, machte den Mistkerl ausfindig und erledigte den Job. Peng, peng, zwei Kugeln in den Kopf hinter einem Schuppen oder so.«

»Tja, Leute von Ihrem Schlag gibt's heutzutage nicht mehr, Dan«, erwiderte ich. Ich konnte nicht umhin, mir vorzustellen, wie gut Dan Michael gefallen hätte.

»Ach was. Heutzutage ist alles viel komplizierter. Ihr Jungs habt es viel schwerer, als wir es zu meiner Zeit hatten. Wahrscheinlich würde ich heutzutage in diesem Job keine zwanzig Minuten überleben. Gott segne euch.« Dan hob seine Bierflasche und prostete mir zu. »Und, wer ist der Mistkerl?«, fragte er.

»Wie bitte?«

»Wer ist der Mistkerl, den Sie töten werden?«, fragte er noch einmal und sprach dabei lauter, als mir recht war.

»Ich fürchte, das darf ich Ihnen nicht verraten«, erwiderte ich im Flüsterton. Ich sah sofort die Enttäuschung in seinem Blick. »Das wäre zu gefährlich.«

»Was? Ich lade Sie zum Essen ein, ich lade Sie auf ein Bier ein, ich bringe Sie in meinem Haus unter, und Sie denken trotzdem, dass Sie mir nicht vertrauen können?« Dan scherzte. Er kannte die Regeln. Trotzdem hätte es ihm sehr gefallen, wenn ich ihm geantwortet hätte.

»Damit hat es nichts zu tun«, entgegnete ich. »Es liegt nicht daran, dass ich Ihnen nicht vertraue. Es liegt daran, dass Informationen gefährlich sind. Je mehr Leute informiert sind, desto gefährlicher wird es. Für Sie und für mich.« Ich holte tief Luft. »Das wurde mir eingepaukt.«

»Ich weiß, ich weiß. Scheiß Regelwerk, was?«, sagte Dan und klopfte mir auf den Rücken. »Halten Sie sich an die Vorschriften, mein Junge. Machen Sie mich stolz.« Dan hielt einen Moment inne und überlegte, was er sonst noch sagen konnte, überlegte, was sonst noch wichtig war. Dann kippte er den Rest seines Bieres hinunter und schlug mit der flachen Hand auf die Theke. »Barkeeper«, rief er, »zwei Whiskey ohne Eis. Den billigsten Single Malt, den Sie haben.« Der Barkeeper kam herbei und schenkte uns zwei Gläser Whiskey halbvoll ein. Dan hob sein Glas und brachte einen Toast aus, der sich anhörte, als habe er schon viele Male zuvor sein Glas dazu erhoben. »Auf dass wir den Mistkerlen das Rückgrat brechen, bevor sie es uns brechen«, sagte er.

Ich war bereit mitzumachen. »Auf dass wir uns daran erinnern, wofür wir kämpfen«, konterte ich. Dan war erfreut, die Weisheit eines Betrunkenen in meinen Worten zu finden.

Dan legte die Hand auf mein Glas, um sicherzugehen, dass ich nicht trank, bevor er fertig war. »Einen habe ich noch, einen noch.« Er erhob sein Glas und sah mir in die Augen. »Auf dass wir nie alleine trinken müssen.« Dann nahm er die Hand von meinem Glas, und wir warfen beide den Kopf in den Nacken und tranken in einem Zug aus. Der billige Fusel brannte, und das Brennen fühlte sich gut an. Anschließend bezahlten wir die Rechnung und machten uns auf den Weg nach Hause.

Wir waren beide noch ein bisschen betrunken, als wir zu Hause ankamen. Dan hätte auf keinen Fall fahren sollen, doch das schien ihn überhaupt nicht zu stören. Ich fühlte mich ziemlich gut. Dann erinnerte ich mich daran, was Jared mir am Strand gesagt hatte. Er hatte gesagt, dass diese alten Knaben einem Geschichten erzählen konnten, dass einem Hören und Sehen verging. Ich nahm an, dass Dan ein ziemlich hohes Tier gewesen sein musste, als er in den Ruhestand ging, und fragte mich, wie viel er wusste.

»Ich glaube, ich werde mich jetzt in die Falle hauen, mein Junge«, sagte Dan, als wir von der Garage in die Küche gingen.

»Halt«, sagte ich, ohne zu wissen, wohin das führen würde. »Ich möchte Sie noch was fragen, Dan.«

Dan sah mich an. Ich konnte jetzt den ehemaligen Soldaten in ihm erkennen. Er war noch nicht tot. Es war noch nicht so lange her. »Schießen Sie los«, forderte er mich auf.

»Sie haben lange im Krieg gekämpft.« Dan nickte. »Hat man Ihnen jemals verraten, was das Ganze eigentlich soll?«

»Der Krieg?«, fragte Dan.

»Ja«, erwiderte ich, obwohl ich ihm beinahe gesagt hätte,

er solle meine Frage einfach vergessen. Vielleicht wollte ich es gar nicht wissen. Was wäre, wenn dieses Wissen alles nur noch schlimmer machen würde? Ich hatte meine Angehörigen im Namen dieses Krieges sterben sehen. Ich hatte im Namen dieses Krieges getötet. Was wäre, wenn es sich nicht gelohnt hätte? Dan machte den Eindruck, als sei er plötzlich wieder nüchtern.

»Setzen Sie sich«, sagt er und deutete auf den kleinen Tisch in der Ecke seiner Küche. Ich ging hinüber, zog einen Stuhl heran und setzte mich. Anstatt zu mir zu kommen, ging Dan zum Kühlschrank und nahm noch einmal zwei Flaschen Bier heraus. Er öffnete sie, stellte ein Bier vor mir auf den Tisch und setzte sich auf den Stuhl auf der anderen Seite des Tisches.

Dan nahm einen Zug aus seiner Flasche. »Was wissen Sie?«, fragte er mich.

»Ich habe Geschichten gehört«, erwiderte ich.

»Was für Geschichten haben Sie gehört?«, erkundigte er sich. Ich wollte nur die Wahrheit von ihm hören. Ich hatte keine Lust mehr auf irgendwelche Spielchen.

Ich räusperte mich. »Was ich am häufigsten gehört habe, ist, dass wir vor hunderten von Jahren alle Sklaven waren. Und dass unsere Feinde Sklavenhalter waren. Aber wir haben rebelliert, und nach jahrelangem Kampf haben wir gewonnen. Sie sagten uns, wir wären frei, und wir gingen. Aber nachdem wir gegangen waren, sprach sich herum, dass sie bereits damit begonnen hatten, andere zu versklaven. Unsere Anführer erhoben sich und verkündeten, dass wir das nicht zulassen dürften. Wir wussten, wie es ist, Sklave zu sein, und wir durften nicht erlauben, dass anderen Menschen dasselbe widerfährt, vor allem nicht anderen Menschen, die eigentlich nur unseren Platz einnehmen sollten, anderen Menschen, die frei gewesen wären, wenn es uns nicht gegeben hätte. Also kehrten wir zurück, um für die Freiheit aller gegen sie zu kämpfen, und das war der Anfang des Krieges.« Ich sah Dan an. Ich versuchte herauszufinden, was in seinem Kopf vorging, war dafür aber zu betrunken. Es gelang mir nicht, seine Gedanken zu lesen. »Und solange wir gegen sie kämpfen, ist für die Freiheit unschuldiger Menschen gesorgt.«

Dan lehnte sich auf seinem Stuhl zurück und nahm noch einmal einen Zug aus seiner Flasche. Ich sah, dass er sie bereits fast zur Hälfte ausgetrunken hatte. »Ich habe dem nichts hinzuzufügen«, erklärte er und stellte sein Bier auf den Tisch.

»Soll das heißen, dass alles, was ich gerade gesagt habe, genau stimmt?«, fragte ich.

»Soweit ich weiß, ja«, erwiderte Dan. Ich spürte, dass er mir irgendetwas verschwieg.

»Ich habe auch gehört, dass früher fünf Gruppen gegeneinander gekämpft haben und dass davon heute nur noch zwei Gruppen übrig sind«, sagte ich.

Dan wirkte unruhig. »Ich denke, in jeder der Geschichten steckt ein Körnchen Wahrheit.«

Er hielt mich zum Narren. Das hatte ich von Dan nicht erwartet. »Wie ist das möglich, Dan? Wie ist es möglich, dass wir begonnen haben, gegen sie zu kämpfen, weil wir Sklaven waren, *und* dass ursprünglich fünf Gruppen gegeneinander gekämpft haben? Wie kann in beiden Geschichten ein Körnchen Wahrheit stecken? Kennen Sie die Wahrheit überhaupt, Dan? Denn wenn Sie sie nicht kennen, dann sagen Sie mir das einfach.« Ich wartete auf seine Antwort. Er saß eine Weile schweigend da. Dann stand er auf.

»Warten Sie hier«, forderte er mich auf. Er entfernte sich vom Tisch und ging in sein Arbeitszimmer, während ich auf meinem Stuhl sitzen blieb. Ich hörte, wie er in seinem Büroschrank wühlte und Schachteln vom obersten Einlegeboden herunterhob. Nach etwa fünf Minuten kam er mit einem Foto in der Hand zurück.

»Sehen Sie das?«, fragte er und reichte mir die Aufnahme. Es handelte sich um ein altes Foto von Dan als jungem Mann, auf dem er einem großen, dunkelhaarigen Mann mit Schnurrbart die Hand schüttelte. Dan war auf dem Foto höchstens dreißig Jahre alt. Der Mann mit dem Schnurrbart muss zwischen fünfzig und sechzig gewesen sein. »Wissen Sie, wer das ist?«, fragte mich Dan. Ich schüttelte den Kopf. Der Mann war mir unbekannt. »Das ist General Corbin«, erklärte Dan, »General William Corbin. Selbstverständlich war ›General‹ kein offizieller Titel im Krieg, aber jeder nannte ihn ›General Corbin‹ oder einfach nur ›General‹. Zu meiner Zeit war er der Leiter der Operationen in Nordamerika. Der Mann war ein Genie. Er war für den Verlauf des Krieges von entscheidender Bedeutung.« Ich warf nochmals einen Blick auf das Foto. Es war schwer, sich vorzustellen, dass der Mann auf dem Foto für all das verantwortlich war. »Und Sie haben noch nie was von ihm gehört?«

»Nein«, erwiderte ich.

Dan schüttelte den Kopf und lachte. »Was wird euch jungen Leuten heutzutage eigentlich beigebracht? Egal, jedenfalls gibt es einen Grund, warum ich Ihnen das erzähle. Nach meinem zwanzigsten Mord – und zwanzig war damals wohlgemerkt eine Menge – wurde ich zu einem Abendessen mit dem General eingeladen.« Dan hatte mir gesagt, er habe den Überblick verloren, wie viele Menschen er getötet hatte. Offenbar wusste er mehr, als er zugab. Er deutete auf das Foto auf dem Tisch. »Die Aufnahme wurde bei diesem Abendessen gemacht.« Ich spürte, wie ich nüchtern wurde, während Dan sprach. »Ich war damals ein übermütiger Bursche, so ähnlich wie Sie jetzt.« Es war klar, dass Dan das als Kompliment verstand. »Bei diesem Abendessen stellte ich dem General dieselbe Frage, die Sie mir gerade gestellt haben. Welche dieser Geschichten ist wahr? Und wissen Sie, was er mir gesagt hat?« Ich schüttelte den Kopf. »Er hat mir gesagt, dass er es auch nicht weiß. Er hat mir gesagt, dass er es nicht wissen will. Es sei für ihn nicht wichtig, meinte er. Wichtig sei nur, dass sich jeder Soldat die Geschichte aussucht, die ihn am meisten inspiriert, und diese Geschichte glaubt.«

Ich hasste diese Antwort. »Und Sie gaben sich damit zufrieden?«, fragte ich.

»Nein, natürlich nicht«, erwiderte Dan und schüttelte den Kopf. »Aber der General hat mir noch Folgendes gesagt.« Dans Stimme wurde plötzlich leiser. »Er hat mir gesagt, dass wir in den vergangenen zwei Jahrhunderten dreimal nach langen, schleppenden Verhandlungen eine Vereinbarung mit der Gegenseite trafen.« Dan hielt mir zur Betonung drei Finger hin. »Alles war ausgearbeitet und vereinbart. Der Krieg war offiziell vorbei.«

Diese Geschichte hatte ich noch nie gehört. »Was ist passiert?«, fragte ich.

»Sie brachen jedes Mal ihr Wort.« Dans Tonfall war jetzt todernst, als hätte er den ganzen Abend keinen Tropfen getrunken. »Sie brachen jedes Mal ihr Versprechen. Sie versuchten jedes Mal, aus unserer Verhandlungsbereitschaft einen Nutzen zu ziehen. Jedes Mal kamen gute Menschen ums Leben. Ganz egal, wie viel wir ihnen geben, Joe, sie wollen immer mehr.« Dan trank das Bier aus, das vor ihm stand. »Der General sagte mir, dass wir in Zukunft nicht mehr verhandeln würden. Und wenn Sie von mir wollen, dass ich Ihnen sage, warum der Krieg ursprünglich begonnen hat, dann haben Sie Pech gehabt, Joe. Diese Information ist außerhalb meiner Gehaltsklasse. Wenn Sie mich jedoch fragen möchten, warum wir noch immer kämpfen, dann haben Sie Ihre Antwort.« Ich saß schweigend da. »Kann ich jetzt ins Bett gehen?«, fragte mich Dan, nachdem er eine Weile gewartet hatte, ob ich irgendetwas erwidern würde.

»Ja«, antwortete ich. Mir drehte sich alles.

Dan stand vom Tisch auf und ging zu seinem Schlafzimmer. »Wir sehen uns morgen früh, mein Junge«, sagte er und machte die Schlafzimmertür hinter sich zu. Ich hatte das Bier, das Dan mir hingestellt hatte, als er mit seiner Geschichte begonnen hatte, kaum angerührt. Jetzt setzte ich es an die Lippen und trank es in einem Zug aus. Dann ging ich zum Kühlschrank und holte mir noch eines.

In dieser Nacht rief ich dich um zwei Uhr morgens an. Du gingst ziemlich verschlafen ans Telefon. Ich sagte dir, dass ich beruflich in Florida sei. Du klangst neidisch und erzähltest mir, wie kalt es in Montreal sei. Nachdem ich mit dir gesprochen hatte, ging ich ins Bett. Am Morgen wartete Jim Matsuda.

Am nächsten Tag machte ich mich auf, um die erforderlichen Nachforschungen in Bezug auf Jim anzustellen. Ich stand früh auf und ging in Dans Viertel laufen. Das war meine normale Routine: früh aufstehen und laufen gehen. Gewöhnlich lief ich während der frühen Morgenstunden durch menschenleere Straßen. Nicht in Crystal Ponds. Bei den Bewohnern von Crystal Ponds handelte es sich um Frühaufsteher. Etliche grauhaarige Senioren machten bereits ihre Morgenspaziergänge. Ich kam an unzähligen Häusern vorbei, wo ältere Männer in ihrer Garage arbeiteten, Angelruten reparierten oder Briefkästen strichen, die erst ein paar Monate zuvor gestrichen worden waren. Alle winkten. Alle lächelten. Die Sonne schien, die Umgebung war eben, und es fühlte sich gut an, in Shorts im Freien zu sein und ins Schwitzen zu kommen. Ich lief absichtlich zweimal an Jims Haus vorbei. Beim ersten Mal hatte es den Anschein, als sei niemand daheim. Als ich mich dem Haus jedoch ein zweites Mal näherte, stand ein kleiner Japaner mit Brille und grauem Kinnbart im Morgenmantel und mit Hausschuhen auf dem Rasen im Vorgarten. Es war Jim. Offenbar war er nach draußen gegangen, um die Zeitung zu holen, und dann am Ende des Rasens, ein kurzes Stück vom Zeitungskasten entfernt, stehen geblieben. Er stand mit einem Kaffeebecher in der Hand da und blickte in die Ferne. Sein Morgenmantel war offen, und er trug darunter hellblaue Boxershorts und ein weißes T-Shirt. Er musste meine Schritte gehört haben, da er den Kopf in meine Richtung drehte, als ich noch einen halben Häuserblock entfernt war. Als er mich sah, hob er die Hand und winkte. Ich gab mir Mühe, mich normal zu verhalten, und winkte genauso zurück, wie ich auch allen anderen zugewunken hatte, die mir begegnet waren. Mr Matsudas Blick folgte mir beim Laufen. Als ich mich ihm näherte und keine drei Meter mehr von dem Mann entfernt war, den ich in nächster Zukunft töten wollte, sah er mir in die Augen. In seinem Blick lag Erkennen, als sei er an diesem Morgen nur deshalb nach draußen gegangen, um darauf zu warten, dass ich vorbeigelaufen kam. Dieser Blick machte mir Angst. Ich überlegte, ob Allen, der Neue beim Geheimdienst, womöglich unvorsichtiger war, als ich geglaubt hatte. Vielleicht war Jim Matsuda gewarnt worden, dass ich kommen würde. Ich versuchte, meine Gedanken zu ignorieren, und redete mir ein, dass Jim nicht im

Morgenmantel und mit Hausschuhen im Garten stehen würde, wenn er gewusst hätte, dass ich es auf ihn abgesehen hatte. Hier winkt jeder, dachte ich. Jeder. Er ist nicht anders. Trotzdem starrte er mir noch immer in die Augen. Ich brach den Blickkontakt ab und sah auf meine Füße hinunter, als ich an ihm vorbeilief.

Nach meinen Beobachtungen an diesem Morgen zu schließen, hätte mein Job einfach sein sollen. Mr Matsuda nahm keinen Personenschutz in Anspruch. Nicht nur das, er schien sich überhaupt keine Sorgen um seine Sicherheit zu machen. Trotzdem beschloss ich, meiner Zielperson einen Tag zu folgen. Ich konnte es mir nicht leisten, noch einen Job zu vermasseln. Vorsicht vor vermeintlich einfachen Aufträgen – eine weitere Lektion aus den Anfangstagen meiner Ausbildung.

Ich verbrachte den Rest des Tages damit, Mr Matsuda zu beschatten. Dan lieh mir seinen Wagen. Ich hielt gerade genug Abstand, um nicht noch einmal von Mr Matsuda gesehen zu werden, da ich befürchtete, er könnte mich oder Dans Auto erkennen. Meine Angst schien jedoch unbegründet zu sein. Mr Matsuda spulte einfach sein Programm ab. Der Tag verlief ohne besondere Vorkommnisse. Ohne Gefahren. Ohne Eile. Ohne Angst. Mr Matsudas Leben schien völlig normal zu sein – erschreckend normal. Wir fuhren zum Supermarkt. Wir hielten bei einer Apotheke. Wir hielten an einer Tankstelle, und er stieg aus, um seine Windschutzscheibe zu säubern. Wir machten bei einem Imbiss zum Mittagessen Halt. Jim aß ein Thunfisch-Käse-Sandwich. Ich aß einen Cheeseburger. Wir fuhren wieder zurück nach Crystal Ponds, wo Jim ein paar Freunde besuchte. Wir hielten bei der Bank. Es gab dort einen Außen-Geldautomaten, den Jim jedoch nicht benutzte. Stattdessen ging er hinein, flirtete mit den Kassiererinnen, reichte ein paar Schecks ein und hob Geld ab. Dann machten wir uns auf den Weg nach Hause. Ich hätte ihn problemlos zu jedem Zeitpunkt an diesem Tag töten können. Gegen sechs Uhr abends beschloss ich, dass ich genug gesehen hatte. Ich erfuhr nichts Neues. Es gab nichts zu erfahren. Deshalb fuhr ich zurück zu Dan. Dort wurde die Sache kompliziert.

Als ich bei Dan zu Hause ankam, saß er auf einem der Eingangstür zugewandten Stuhl im Flur. Sein Gesicht war leer, ausdruckslos. Der Stuhl, auf dem er saß, war fehl am Platz. Er hatte ihn dort hingestellt und zur Tür gedreht, damit er sich hinsetzen konnte, während er wartete, bis ich hereinkam. Weiß Gott, wie lange er bereits gewartet hatte. Auf dem Schoß hatte Dan den braunen Umschlag, der die Details zu meinem Auftrag enthielt. Er musste ihn in der Schreibtischschublade gefunden und an sich genommen haben. Ich trat in die Stille. Eine Zeit lang sagte keiner von uns ein Wort. Dan saß einfach nur da und starrte mich an, als würde er ein Tier im Zoo anstarren. Schließlich brach ich das Schweigen. »Sie wissen, dass Sie sich das nicht hätten ansehen sollen, Dan«, sagte ich und tadelte den alten Mann, als wäre er ein unartiges Kind. Es fühlte sich nicht richtig an, doch das war es, was ich tat. »Das ist gefährlich.«

»Ich weiß«, erwiderte er mit einem Frosch im Hals, der seine Stimme belegt und schwach klingen ließ. Er hielt mir den Umschlag hin. »Nehmen Sie ihn. Ich habe genug gesehen.« Ich nahm ihm den Umschlag ab und klemmte ihn mir unter den Arm.

»Was haben Sie denn gesehen?«, fragte ich. Der Mann auf dem Stuhl vor mir war die in sich zusammengesunkene Version des Mannes, der mich einen Tag zuvor vom Flughafen abgeholt hatte. Dan wirkte kleiner.

»Ich wollte keine Probleme verursachen.« Dans Stimme war leise, als spräche er nicht mit mir, sondern mit der Luft. Die Sonne ging unter, und durch die Fenster sickerten die satten Farben der Abenddämmerung. »Die Tage hier verschwimmen miteinander … Ich wollte wieder am Geschehen teilnehmen. Ich wollte daran erinnert werden, wie sich das anfühlt.«

»Was haben Sie gesehen, Dan?«, fragte ich erneut. Ich warf einen Blick auf den geöffneten Umschlag und versuchte zu erkennen, ob die Seiten noch in derselben Reihenfolge geordnet waren. »Was sollte das?«

»Sie haben meine Tochter umgebracht, Joe. Sie haben meine Frau und meine Tochter umgebracht.« Er blickte zu mir auf. Seine Augen waren verschwollen, aber trocken. Dan hatte alle seine Tränen schon vor vielen Jahren vergossen. Er sah den Umschlag weiterhin aus den Augenwinkeln an. »Ich wollte wissen, wer es war. Ich wollte wissen, wer der wichtige Typ ist, für dessen Ermordung sie einen professionellen Killer hierherschicken. Ich wollte den Namen des Mannes sehen, den Sie umlegen sollen, und ich wollte, dass es sich gut anfühlt. Ich wollte, dass es sich wie Rache anfühlt.« Die letzten Sätze sprach er durch zusammengebissene Zähne.

»Dann haben Sie also in den Umschlag geschaut?«, fragte ich, obwohl ich genau wusste, dass daran kein Zweifel bestand.

Dan nickte. Er entspannte seine Kiefermuskeln. »Ich wollte mich bloß wieder gut fühlen.«

»Und, wie fühlen Sie sich jetzt, nachdem Sie in den Umschlag geschaut haben?« Ich war wütend. Er hatte kein Recht dazu gehabt.

»Ich wusste, dass ich meine Frau und meine Tochter damit nicht mehr lebendig machen kann, aber ich dachte, dass es vielleicht bei mir funktioniert.«

»Dass was funktioniert?«

»Dass es mich wieder lebendig machen würde, Joe. Ich wollte daran erinnert werden, wie es ist, lebendig zu sein.« Dan rang die Hände im Schoß.

»Und was hat es mit Ihnen gemacht, Dan?« Meine Wut verflog schnell. »Es ist nur ein Name, Dan. Er ist einer von den anderen. Ich werde ihn ausschalten. Die Welt wird dadurch ein besserer Ort, und Sie haben Ihren Teil dazu beigetragen. Ist das etwa nichts? Haben Sie mir gestern Abend nicht gesagt, dass man mit den anderen nicht verhandeln kann?«

»Sie verstehen nicht, Joe. Mir liegt nichts mehr daran, meinen Teil beizutragen.«

»Wo ist dann das Problem?«, fragte ich. Vermutlich hätte ich es mir zusammenreimen sollen, doch es war noch nie meine Stärke, die Gedanken anderer zu lesen.

»Er ist mein bester Freund, Joe.« Dan setzte seine Brille ab und rieb sich die Augen. »Er ist einer der wenigen Freunde, die ich noch habe. Und Sie werden ihn töten.« Hätte er noch Tränen übrig gehabt, hätte er jetzt vermutlich geweint.

»Jim Matsuda?« Die beiden waren Freunde. Scheiß-Allen. Dieser verdammte Dreckskerl.

»Ja«, erwiderte Dan. »Das Ganze fing als Geplänkel über unsere militärische Vergangenheit an. Armee gegen Marine. Aber wenn man in unserem Alter ist, verblasst der ganze Mist, und man betrachtet sich gegenseitig nur noch als alte Soldaten. Daraus entstand eine Freundschaft. Ich nehme an, wir haben mehr gemein, als mir zunächst klar war.« Dan senkte den Blick zu Boden. »Ich weiß ehrlich gesagt nicht, was ich ohne ihn tun soll.«

»Das wusste ich nicht, Dan«, sagte ich, obwohl es keine Rolle spielte.

»Er hat in zwei Kriegen für dieses Land gekämpft, wissen Sie? In zwei Kriegen. Ich habe in einem von diesen Kriegen gekämpft. Er und ich, wir waren auf derselben Seite und haben gemeinsam gegen diese Mistkerle gekämpft« – Dan lächelte ein wenig, während er sprach – »haben im selben Team gegen die Bösen gekämpft, haben gemeinsam unsere Familien verteidigt. So haben wir Freundschaft geschlossen. Durch alte Kriegsgeschichten.« Dan schüttelte den Kopf. »Und ich dachte, ich kenne ihn.«

»Was soll ich tun, Dan?« Ich wusste nicht, was ich hätte tun können. Schließlich konnte ich mich nicht einfach vor diesem Job drücken, und das wusste Dan. Aber wenn er mich darum gebeten hätte, hätte ich es versucht.

»Er hat unser Land verteidigt, Joe. *Unser* Land. Ich spiele oft bei ihm zu Hause Poker. Er war schon häufig bei mir, in meinem Haus, und stand genau dort, wo Sie jetzt stehen. Ich habe meinen Whiskey mit ihm geteilt. Ich habe meinen siebzigsten Geburtstag mit ihm gefeiert. Er ist ein guter Mensch. Wie kann er der Böse sein?« Er erwartete keine Antwort von mir.

»Was soll ich tun, Dan? Sagen Sie mir, was ich tun soll.«

»Dieser Krieg hat mir eine Menge genommen, mein Junge.« Dan schloss die Augen und schüttelte abermals den Kopf. So wie er die Hände rang, hatte es den Anschein, als würde er sich noch die Haut von ihnen reiben.

Ich ging vor ihm auf ein Knie, zog seine Hände auseinander und nahm jede von ihnen in eine meiner Hände. Als Dan die Augen wieder öffnete und mich ansah, fragte ich ihn noch einmal: »Was soll ich tun?« Worum auch immer er mich in diesem Augenblick gebeten hätte, ich hätte es ohne Rücksicht auf die Konsequenzen getan. Ich wollte einfach von jemandem, dem ich vertraute, gesagt bekommen, was ich tun soll. Ich wollte selbst keine Entscheidungen treffen. »Was soll ich tun, Dan?«

»Ihren Job, Joe. Erledigen Sie Ihren Job.« Er sah mich nicht an, als er antwortete. Stattdessen starrte er auf den Boden. Als im Raum wieder Stille einkehrte, erhob sich Dan von seinem Stuhl, holte sich ein Bier aus dem Kühlschrank und ging in sein Schlafzimmer. Ohne ein weiteres Wort machte er die Tür hinter sich zu.

Nach meinem Gespräch mit Dan zog ich in Erwägung, mich sofort auf den Weg zu Jim zu machen und die ganze verdammte Sache hinter mich zu bringen, doch letztendlich entschied ich mich dagegen. Ich musste diszipliniert bleiben. Ich musste die Kontrolle behalten. Ich musste mich an meinen Plan halten. Ich durfte mir keine Fehler erlauben.

Dan kam am nächsten Morgen nicht aus seinem Schlafzimmer, zumindest nicht sofort. Ich stand früh auf und ging wieder laufen. Dieses Mal machte ich jedoch einen großen Bogen um Jims Haus. Ich hielt den Kopf gesenkt und schränkte mein Winken und Grüßen auf ein Minimum ein. Das Netz war bereits verwickelt genug. Ich wollte nicht riskieren, es noch mehr zu verheddern. Nachdem ich wieder in der sicheren Unterkunft angekommen war, duschte ich. Als ich aus der Dusche stieg, stand Dan in der Küche. »Morgen, Dan«, begrüßte ich ihn.

»Morgen, Joe.« Dan rührte seinen Kaffee um, den er in der Hand hielt. »Sie sind gestern Abend nicht weg gewesen, oder?«

»Nein«, entgegnete ich. »Ich habe darüber nachgedacht, aber es mir anders überlegt. Ich habe beschlossen, dass es schlauer ist, wenn ich mich an meinen Plan halte.«

»Da haben Sie wahrscheinlich recht.« Aus Dans Stimme

waren keine Emotionen herauszuhören. Sie klang flach und monoton. »Und, wann werden Sie den Job erledigen?«

»Heute Abend. Sobald es dunkel wird.« Ich fragte ihn nicht noch einmal, was ich tun solle. Er hatte seine Chance gehabt. Das Schicksal war besiegelt. Er wusste das ebenfalls.

»Okay.« Dan nickte. »Er weiß übrigens, dass Sie hier sind«, sagte Dan. Irgendwie überraschte mich das nicht. »Wie das?«, fragte ich.

»Ich meine, er weiß nicht, wer Sie sind und warum Sie hier sind, aber ich habe ihm erzählt, dass ich Besuch bekomme.«

»Okay, gut zu wissen.« Diese Information war tatsächlich wertvoll.

»Er hat sich für mich gefreut.« Dan schluckte den Rest seines Kaffees hinunter und stellte den Becher ins Spülbecken. »Er hat sich für mich gefreut, dass ich Besuch bekomme.« Dan war über Nacht um zehn Jahre gealtert. Als ich ihn am Flughafen zum ersten Mal gesehen hatte, war mir klar gewesen, dass er ein alter Mann war, doch er hatte rüstig gewirkt. Jetzt wirkte er gebrechlich.

»Hat er irgendeinen Grund zu vermuten, dass Sie zur anderen Seite gehören oder dass Sie wissen, wer er ist?«

»Nein.«

»Gut.« Es fühlte sich schrecklich an, das Wort *gut* zu verwenden. Nichts war gut. Nichts war jemals gut. Ich konnte die Stunden in meinem Leben, die gut gewesen waren, an einer Hand abzählen.

»In Ordnung«, entgegnete Dan. »Ich werde den ganzen Tag unterwegs sein. Wahrscheinlich sehen wir uns erst heute Abend. Kommen Sie ohne Auto zurecht?«

»Ja, Dan. Ich komme gut zurecht.« Da war es wieder, dieses Wort. Dan nahm die Schlüssel vom Haken und ging zu der

Tür, die zur Garage führte. Zur selben Tür, durch die ich das Haus vor zwei Tagen erstmals betreten hatte. »Und, Dan…« Er drehte sich zu mir um, als ich anfing zu sprechen, doch ich wusste nicht mehr, was ich sagen wollte. Ich brachte nicht mehr heraus als: »Passen Sie auf sich auf.«

Irgendwann im Lauf des Tages ging ich zu Fuß in den Baumarkt und kaufte ein Stück Seil, das ich bar bezahlte. Auf dem Heimweg besorgte ich mir ein Sandwich zum Mitnehmen. Den Rest des Tages verbrachte ich damit, auf Dans Veranda zu sitzen und den Teich im Garten zu betrachten. Er war nicht kristallklar, wie der Name der Siedlung hätte vermuten lassen. Seine Farbe war eher ein schmutziges Grün. Als die Sonne hinter den Dächern der benachbarten Häuser verschwand, ging ich in mein Zimmer und machte mich fertig. Ich zog eine lange Hose und ein dünnes langärmliges T-Shirt an. Um mich vor Kratzern zu schützen, wollte ich so wenig Haut wie möglich frei lassen. Ich durfte mich allerdings nicht zu warm anziehen, weil ich sonst Verdacht erregen würde. Ich packte das Seil, ein Paar Handschuhe und einige Feuchtigkeitstücher in meinen Rucksack, falls ich irgendetwas putzen musste, nachdem ich den Job erledigt hatte. Alles andere ließ ich da: meine übrige Bekleidung, die Skimaske, die Pistole. Ich würde nichts davon brauchen. Dieser Job würde aus ganz anderen Gründen schwierig werden. Sobald die Sonne völlig vom Himmel verschwunden war und das für Nächte in Florida typische ununterbrochene Zirpen und Quaken begonnen hatte, verließ ich Dans Haus und machte mich auf den Weg durch Crystal Ponds zum Haus von Jim Matsuda.

Als ich mich Mr Matsudas Haus näherte, war der Himmel dunkel und farblos. Ich hatte keinen besonderen Plan. Ehrlich gesagt ging ich nicht davon aus, dass ich einen brauchen würde. Ich blieb ungefähr an derselben Stelle vor seinem Haus stehen, an der sich am Morgen zuvor unsere Blicke getroffen hatten, und spähte durch die Fenster hinein. In dem kleinen Haus brannte Licht, und ich konnte sehen, dass sich darin ein Schatten bewegte. Falls er nicht allein war, würde ich später noch einmal wiederkommen müssen. Wenn er allein war, würde die Sache vermutlich binnen einer halben Stunde erledigt sein. Ich muss diesen fürchterlichen Job hinter mich bringen, dachte ich, dann kann ich wieder zurück zu dir. Ein Schritt nach dem anderen, Joe, ein Schritt nach dem anderen.

Leider konnte ich von der Stelle, an der ich stand, nicht genau erkennen, ob Jim Gesellschaft hatte oder nicht. Nach etwa zehn Minuten hatte ich das Warten satt und beschloss, meinen Plan trotzdem durchzuziehen. Wenn nötig, konnte ich jederzeit abbrechen und umdisponieren. Also setzte ich mich in Bewegung und ging den Kiesweg entlang, der zu Jims Haustür führte. Mein Plan – wenn man ihn so nennen konnte – war, an die Tür zu klopfen, ihm ein paar Lügen aufzutischen, ins Haus zu gelangen und ihm dann den Hals umzudrehen. Anschließend würde ich saubermachen und nach Hause gehen. Kriegsheld hin oder her, von meiner Warte war er nichts weiter als ein alter Mann.

Ich ging auf leisen Sohlen den Weg zur Haustür entlang – nicht weil ich befürchtete, Jim könnte mich hören, sondern weil ich nicht die Aufmerksamkeit der Nachbarn erregen wollte. Im ganzen Viertel herrschte Ruhe; die einzigen Geräusche waren die Laute der Grillen und Frösche. Ich ging auf Jims Tür zu und klingelte. Aus dem Haus drangen verschiedene Geräusche an mein Ohr. Leute unterhielten sich. Dann schaltete Jim den Fernseher aus, und ich hörte nur noch einen kleinen alten Mann zur Tür schlurfen.

Jim öffnete mir die Tür in hellblauer Hose und einem gestreiften Polohemd. Er trug dieselben Hausschuhe, in denen ich ihn schon am Tag zuvor gesehen hatte, und zog die Tür weit auf, ohne sich vorher zu vergewissern, wer geklingelt hatte. Beim Öffnen der Tür musterte er mich kurz von Kopf bis Fuß und fragte dann: »Kann ich Ihnen helfen?«

»Ich störe Sie doch hoffentlich nicht bei irgendwas, oder?«, sagte ich und versuchte, ins Haus zu spähen, um sicherzugehen, dass Jim tatsächlich allein war.

»Nein. Nein, keineswegs. Ich habe nur gerade ein bisschen ferngesehen. Was kann ich für Sie tun, junger Mann?«

»Sie sind Jim Matsuda, nicht wahr?« Er nickte. »Ich heiße Joe. Ich wohne für ein paar Tage drüben bei Dan.«

»Ja. Ja, Dan hat mir erzählt, dass er Besuch bekommt. Freut mich, Sie kennenzulernen, Joe.« Jim hielt mir die Hand hin. Ich hatte noch nie jemanden getötet, nachdem ich ihm die Hand geschüttelt hatte. Ich sah kurz zu seinem ausgestreckten Arm hinunter und zögerte. Dann gab ich ihm die Hand, weil ich keinen Verdacht erregen wollte.

»Die Freude ist ganz meinerseits, Mr Matsuda. Darf ich reinkommen?«

»Natürlich. Natürlich. Was ist bloß mit meinen Manieren? Bitte.« Mr Matsuda hieß mich mit einer ausholenden Geste willkommen. Nachdem ich eingetreten war, schloss er die Tür hinter mir und sperrte den Rest der Welt aus. Im Haus waren sämtliche Fenster geschlossen, und die Klimaanlage lief auf Hochtouren. Von draußen würde kein Ton zu hören sein, es sei denn, man stand unmittelbar vor der Haustür. Mr Matsudas tadellose Manieren weihten ihn von Anfang an dem Untergang. »Und, woher kennen Sie Dan?«, fragte er, als er mich in sein Wohnzimmer führte.

»Er ist ein alter Freund der Familie«, erwiderte ich, was ich nicht mal für eine Lüge hielt.

»Tja, schön, dass Dan Besuch hat. Anscheinend hat es das Schicksal nicht gerade gut mit ihm gemeint.« Erinnere mich nicht daran, dachte ich. »Gut zu wissen, dass es noch Leute auf dieser Welt gibt, die an ihn denken. Manchmal kommt es mir so vor, als würden wir hier in unserer eigenen kleinen Welt leben und ins Leere treiben. Nur wenn Angehörige oder Freunde zu Besuch kommen, junge Leute wie Sie, werden wir daran erinnert, dass wir noch eine Verbindung zur Realität haben. Darf ich Ihnen etwas zu trinken anbieten?«

»Ein Glas Wasser wäre toll.« Jim verschwand in der Küche, und ich hörte, wie er eine Schranktür öffnete, um ein Glas für mich zu holen. Während er weg war, inspizierte ich kurz das Wohnzimmer, um mich zu vergewissern, dass nichts vorhanden war, was ihm als Waffe hätte dienen können. Der gefährlichste Gegenstand im Raum schien eine Lampe zu sein. Ich machte mir keine Sorgen. Das Zimmer hatte zwei Türen: Die eine führte in die Küche, die andere in einen Flur, über den man vermutlich ins Badezimmer und in die Schlafzimmer gelangte. Jim würde nirgendwohin flüchten können. Außerdem gab es ein Fenster zum Garten, doch die Vorhänge waren zugezogen.

Nach ein paar Minuten kam Jim mit zwei Gläsern Wasser zurück, in denen jeweils zwei Eiswürfel schwammen. Er reichte mir ein Glas. »Möchten Sie sich setzen?«, erkundigte sich Jim und deutete auf einen der beiden Sessel, die an der Wand standen.

»Nein, danke«, erwiderte ich. »Ich bleibe erst mal stehen.«

»Haben Sie was dagegen, wenn ich mich setze?«, fragte Jim. »Meine alten Beine.«

»Nur zu«, entgegnete ich. Jim ging zu den Sesseln hinüber und setzte sich. Er hätte sich kaum in eine schlechtere Position bringen können, es sei denn, er hatte eine Pistole zwischen den Kissen versteckt. »Sie sagten vorhin, Dan hätte es Ihrer Ansicht nach ziemlich schwer gehabt. Was ist mit Ihnen?«, fragte ich. Ich weiß nicht, weshalb ich mich mit Smalltalk aufhielt.

Jim saß da und überlegte einen Moment, ehe er sprach. Als er antwortete, sah er mir mit dem gleichen vorausahnenden Blick in die Augen, mit dem er mich schon am Morgen zuvor bedacht hatte. »Ich glaube, mit mir war das Schicksal etwas gnädiger. Ich war nie verheiratet und habe keine Kinder, aber mein Leben war ziemlich ereignisreich. Ich bin noch immer aktiv.« Ich möchte wetten, das bist du, dachte ich. »Ich bin hin und wieder als militärischer Berater tätig. Trotzdem ist es für niemanden einfach, alt zu werden. Ich habe in drei Kriegen gekämpft, junger Mann, aber ich kann Ihnen sagen, alt zu werden ist das Härteste, was ich je erlebt habe.«

Jim fixierte mich mit einem Blick, der mir einen Schauer über den Rücken laufen ließ. »Also, Joe, welchem Umstand habe ich Ihren Besuch zu verdanken?«

»In drei Kriegen?«, fragte ich. »Dan hat mir gesagt, Sie wären zweifacher Kriegsveteran.«

»Na ja, ich nehme an, Dan wusste bis vor kurzem nur von zwei Kriegen.« Jim ließ die Eiswürfel in seinem Glas kreisen, ehe er einen Schluck trank. »Aber es sind drei: Korea, Vietnam und dieser gottverdammte Krieg, in dem Sie und ich jetzt kämpfen. Drei Kriege, fünfzig Jahre, und ich habe noch immer keinen blassen Schimmer, warum wir sie geführt haben.« Er wusste Bescheid. Ich spürte, wie Schweiß aus meinen Poren zu sickern begann. Ich hielt mir mein Glas vors Gesicht, ließ das Wasser kreisen und versuchte zu erkennen, ob sich darin irgendetwas befand. Jim lachte mich aus. »Keine Sorge. Da ist nichts in Ihrem Wasser. Obwohl ich sagen muss, dass Sie ziemlich unvorsichtig sind.«

Meine Angst, vergiftet zu werden, verwandelte sich schnell in Verlegenheit. »Wie lange wissen Sie schon Bescheid?«, fragte ich.

»Ich weiß schon seit Jahren, dass Dan einer von euch ist. Aber ich weiß auch, dass er uns keinen Schaden zufügt. Er hat uns nichts mehr angetan, seit wir seine Tochter töten ließen. Anschließend wurde er in den Ruhestand geschickt, ob er es wollte oder nicht. Und ich mag ihn. Er ist ein guter Freund von mir.« Irgendetwas in seinen Worten ekelte mich an. Es handelte sich dabei um einen Reflex.

»Hatten Sie was mit dem Tod seiner Tochter zu tun?«

»Nein. Das war, lange bevor ich Dan kennenlernte. Seit ich ihn kenne, habe ich allerdings immer wieder Geschichten gehört. Anscheinend stellte sie eine Gefahr dar. Wir hatten wirklich keine andere Wahl.«

»Sie hatten keine andere Wahl, als die Tochter Ihres Freundes zu töten?«

Jims Tonfall war zum ersten Mal nicht mehr freundlich. »Ich habe es Ihnen doch gerade gesagt, Joe. Ich hatte nichts damit zu tun. Aber dieser Krieg ist schlimm, und im Krieg geschehen schlimme Dinge. Dagegen können weder Sie noch ich viel tun.«

»Na ja, Sie könnten den Krieg doch beenden.«

»Meine Güte, mein Junge. Glauben Sie etwa noch immer, ihr wärt die Guten und wir die Bösen? Genau das Gleiche wurde mir nämlich auch eingetrichtert, als ich jung war. Vor über einem halben Jahrhundert. Genau dasselbe wurde mir auch eingetrichtert, was die Chinesen und die Nordvietnamesen anbelangt. Die Guten und die Bösen. Polizisten und Verbrecher. Cowboys und Indianer. Das sind alles Kinderspiele, Joe.«

Ich war nicht in der Stimmung für eine Standpauke. Jareds Worte hallten in meinem Kopf wider. Entweder sie oder wir. Entweder ist Jim böse, oder ich bin es. »Ist Ihnen klar, dass ich Sie töten werde?« Ich hoffte, dieser Satz würde die Standpauke beenden.

»Ich habe sofort Verdacht geschöpft, als ich hörte, dass Dan Besuch bekommt. Ein Gast, von dem ich noch nie etwas gehört hatte. Ein Mann, dessen Hintergrund Dan nicht erklären konnte. Deshalb bin ich gestern nach draußen gegangen und habe Ihnen zugesehen, als Sie vorbeiliefen. Nachdem Sie das erste Mal an meinem Haus vorbeigekommen waren. Ich dachte mir, dass Sie womöglich der junge Mann sind, den sie geschickt haben, um mich zu erledigen.«

»Und, werden Sie sich wehren?«

»Hat es irgendeinen Sinn, wenn ich mich wehre?« Jim trank aus und stellte sein Glas auf den Tisch. Die Flüssigkeit darin war dicker, als ich zunächst angenommen hatte. Er hatte mir Wasser gegeben. Er selbst trank Wodka.

»Nein. Es hat keinen Sinn, wenn Sie sich wehren. Dafür wurden Sie nicht ausgebildet.«

»Reden Sie doch kein dummes Zeug, Joe. Ich habe mich mein ganzes Leben lang auf diesen Tag vorbereitet.«

»Dann haben Sie also doch vor, sich zu wehren?«

Jim lachte. »Ich habe mich nicht darauf vorbereitet zu kämpfen, Joe. Ich habe mich darauf vorbereitet zu sterben. Drei Kriege, unzählige Tote. Manche davon durch meine Hand, manche in meinen Armen. Ich habe genug gesehen.«

Das hatte ich ebenfalls. Ich legte meinen Rucksack ab, griff hinein, holte die Handschuhe heraus und zog sie an. Dann nahm ich das Seil, das ich zu einer Schlinge gebunden hatte. Die Schlinge ließ sich zuziehen, aber nicht wieder lösen, ohne dass man vorher den Knoten öffnete. Sie war groß genug, dass der Kopf eines Menschen hindurchpasste, auch für den Fall, dass der Betreffende Widerstand leistete. Ich ging zu dem Sessel, auf dem Jim saß, stellte mich hinter ihn und legte ihm die Schlinge um den Hals. »Ich mache mir Sorgen, wie Dan darauf reagieren wird«, sagte Jim. Das waren seine letzten Worte.

»Darum würde ich mir an Ihrer Stelle keine Sorgen machen«, flüsterte ich ihm ins Ohr und zog die Schlinge um seinen Hals zu. Jim wand sich, als das Leben aus seinem Körper wich, versuchte aber nicht, zu kratzen oder um sich zu schlagen. Er machte auch keine Anstalten, nach dem Seil zu greifen und es sich vom Hals wegzuziehen. Stattdessen kämpfte Jim gegen seinen eigenen Überlebenswillen an. Seine Reflexe setzten immer wieder ein, und er wollte die Hände zu dem Seil um seinen Hals heben, doch dann unterdrückte er diese Reflexe und hielt auf halbem Weg inne, bevor seine Hände eine Chance hatten, das Seil zu erreichen. Während er sich wand, begann Schweiß auf seinem Gesicht zu glänzen. In den letzten Sekunden traten seine Augen hervor, und sein gesamter Körper verkrampfte sich so ruckartig, dass er fast aus dem Sessel gefallen wäre. Schließlich ließ seine Kraft nach, seine Arme hingen seitlich schlaff herab, und der Wille wich aus seinem Körper. Kurz bevor er sein Leben aushauchte, öffnete er den Mund, als wollte er noch etwas sagen, aber da er weder ein- noch ausatmen konnte, brachte er keinen Ton heraus. Dann wurden seine Augen glasig, und er war tot. Sobald ich mir sicher war, dass er nicht mehr lebte, löste ich den Knoten und nahm das Seil von seinem Hals. Dazu musste ich nah an ihn heran. Als ich das tat, sah ich Blut an seinem Hals, wo das

Seil die Haut durchgescheuert hatte. Ohne dass er es wollte, hatte sein Körper heftigen Widerstand geleistet. Das tut er immer.

Ich ließ Jims leblosen Körper auf dem Sessel sitzend zurück und konnte nicht umhin, mich zu fragen, wie lange es wohl dauern würde, bis ihn irgendjemand vermisste, bis irgendjemand bemerkte, dass er tot war. Ich schüttete den Rest des Wassers ins Spülbecken. Dann putzte ich das Glas mit den Feuchtigkeitstüchern ab, die ich mitgebracht hatte. Ich verstaute das leicht blutige Seil wieder in meinem Rucksack und ging zur Tür. Nachdem ich sie hinter mir geschlossen hatte, zog ich meine Handschuhe aus und verstaute sie ebenfalls im Rucksack. Jetzt brauchte ich nur noch zu Dans Haus zurückzugehen, ohne aufzufallen. Jemanden zu töten hätte nicht so einfach sein dürfen.

Ich hatte wirklich nicht damit gerechnet, auf Dan zu stoßen, als ich wieder bei ihm zu Hause ankam. Wenn es ihm irgendwie gelungen wäre, mir bis zu meiner Abreise aus dem Weg zu gehen, hätte mich das nicht überrascht. Ich hätte es ihm nicht übel genommen. Deshalb erschrak ich ein wenig, als ich zur Tür hereinkam und Dan einmal mehr an seiner Küchentheke saß und an einem Bier nippte. Er blickte zu mir auf, als ich hineinging. Offenbar hatte er einen Teil seiner Kraft zurückerlangt. Seine Augen wirkten bei Weitem nicht mehr so schwer wie am Tag zuvor. Ich sagte nichts und überließ es ihm, das Schweigen zu brechen. Er trank einen Schluck von seinem Bier. »Und, ist es erledigt?«

»Ja«, erwiderte ich und ging an ihm vorbei in mein Zimmer, wo ich meinen Rucksack abstreifte. Ich wollte verhindern, dass Dan irgendwelches Beweismaterial zu Gesicht bekam. Dann ging ich zurück in die Küche.

»Möchten Sie auch ein Bier?«, fragte mich Dan, als ich hereinkam.

»Gern«, erwiderte ich und setzte mich neben ihn auf einen Hocker. Dan stand auf, ging zum Kühlschrank und holte ein Bier für mich heraus. Als er die Kühlschranktür öffnete, fiel mir auf, dass nur noch eine Flasche übrig war. Das bedeutete, dass er das letzte Bier für mich aufgehoben hatte. Es bedeutete auch, dass er in den vergangenen vierundzwanzig Stunden eine Menge getrunken hatte.

Er reichte mir die Flasche, und ich begann sofort, daraus zu trinken. Eigentlich wollte ich gar kein Bier. Nach einem Job zu trinken erschien mir respektlos. Doch solange ich die Bierflasche an meine Lippen hielt, hatte ich eine Ausrede, nicht sprechen zu müssen.

Also saßen wir schweigend nebeneinander. Es war das lauteste Schweigen, das ich jemals erlebt hatte. Schließlich tranken wir beide unser Bier aus. Als die Flaschen leer waren, drehte sich Dan zu mir her. »Ich gehe jetzt ins Bett«, sagte er. »Es war ein langer Tag.« Ich nickte und sah ihm nach, als er zu seinem Schlafzimmer ging.

Kurz bevor er die Tür hinter sich schloss, brachte ich den Mut auf, etwas zu sagen. »Er wollte sterben, Dan«, sagte ich. »Er hatte auf mich gewartet.« Dan sah mich an und nickte, um mich wissen zu lassen, dass er verstand. Dann machte er die Tür zu. Ich bin froh, dass ich etwas gesagt habe. Ich wünschte, es hätte genügt.

Ich blieb noch etwa zwanzig Minuten an der Theke sitzen, dann beschloss ich, ebenfalls ins Bett zu gehen. Ich kann mich nicht mehr erinnern, was mir in diesen zwanzig Minuten durch den Kopf ging. Bevor ich mein Zimmer betrat, schaltete ich alle Lampen aus. Die Dunkelheit fühlte sich gut an. Dann zog ich mich bis auf meine Boxershorts aus und legte mich hin. Normalerweise duschte ich nach einem Job, doch das war diesmal nicht nötig. Ich lag einfach mit geschlossenen Augen in der Dunkelheit.

Ein Knall weckte mich. Ein lauter, schrecklicher Knall. Ich weiß noch, dass ich aufschreckte und aufrecht im Bett saß, mit Herzklopfen und außer Atem, bevor ich mich überhaupt erinnerte, was mich aus dem Schlaf gerissen hatte. Dann fiel es mir wieder ein. Der Knall. Ich sprang aus dem Bett, lief zur Kommode hinüber, zog die oberste Schublade auf und spähte hinein. Meine Pistole war noch da. Ich holte sie heraus und nahm sie mit, als ich durchs Haus ging. Der Knall. Hatten sie es herausgefunden? Waren sie bereits gekommen, um sich zu rächen? Ich ging durchs Haus, ohne das Licht anzuschalten. Falls jemand hier war, würde ich ihn überrumpeln. Ich bewegte mich schnell und hielt die Pistole auf Kopfhöhe, damit ich bei Bedarf rasch zielen und schießen konnte. Inzwischen fühlte sich die Pistole gefährlich vertraut in meinen Händen an. Das Wohnzimmer war leer, die Küche ebenfalls. Dann fiel mir auf, dass Licht aus Dans Schlafzimmer kam. Als ich mich näherte, bewegte ich mich langsamer und leiser. Ich drehte den Türknopf und stieß die Tür auf. Das Schlafzimmer war leer, das Bett ungemacht. Auf dem Nachttisch standen sechs oder sieben leere Bierflaschen. Das Licht schien durch den Spalt unter der Tür, die ins Badezimmer führte. »Dan?«, rief ich. Keine Antwort, nicht die geringste Bewegung. Ich hielt die Pistole vor mich und stieß die Badezimmertür auf.

Der weiße Linoleumboden war blutüberströmt. Die weiß gekachelten Wände waren ebenfalls voller Blutspritzer. Das Blut hatte bereits begonnen, zum Boden zu laufen, und hinterließ lange rote Streifen. Dan lehnte zusammengesunken an der Wand, sein Kopf hing herunter, und sein Mund stand offen. Der hintere Teil seines Schädels fehlte. Er hielt einen alten Revolver in der Hand, in dem noch fünf Patronen steckten. Die einzige, die fehlte, war diejenige, die er sich in den Mund geschossen hatte und die an seinem Hinterkopf wieder ausgetreten und in die Wand eingedrungen war.

Ich hatte keine Zeit für Mitgefühl oder Verärgerung oder irgendeine andere Emotion, die ich in diesem Moment hätte empfinden sollen, als ich auf Dans zerstörten Körper hinunterblickte. Ich musste weg, und zwar schnell. Womöglich hatte irgendjemand den Schuss gehört und die Polizei verständigt. Vielleicht war die Polizei schon unterwegs. Dans Selbstmord zu vertuschen wäre kein großes Problem gewesen, aber letzten Endes würde auch Jims Leiche gefunden werden. Ich musste weg, und ich musste meine Spuren verwischen. Ich lief zurück in mein Zimmer und schnappte mir meinen Rucksack und meine Reisetasche. Da ich mich zu Fuß aus dem Staub machen würde, wollte ich so wenig Gepäck wie möglich mitnehmen. Ich holte die Handschuhe aus dem Rucksack und zog sie wieder an. Das Seil, das ich benutzt hatte, um Jim zu erdrosseln, nahm ich ebenfalls heraus. Dann legte ich den Rucksack und die Tasche in der Nähe der Hintertür ab und ging zurück ins Badezimmer, wo Dans Leiche lag. Ich kniete mich neben sie, wobei ich darauf achtete, nicht in das Blut zu treten, das auf den Boden gesickert war, da ich keine verdächtigen Schuhabdrücke hinterlassen durfte. Ich entfernte den Revolver aus Dans Hand und nahm dann seine beiden Hände in meine und umwickelte sie mit dem Seil, mit dem ich seinen besten Freund umgebracht hatte. Ich rieb so lange mit dem Seil, bis es auf seiner Haut sichtbare Verbrennungen hinterlassen hatte. »Tut mir leid, dass ich deinen guten Namen in den Schmutz ziehen muss, aber du lässt mir keine andere Wahl«, sagte ich zu dem, was von Dans Kopf noch übrig war. Ich ging davon aus, dass einige Fasern des Seils und vielleicht sogar etwas von Jims Blut auf Dans Hände gelangt waren und die Verbrennungen erklären würden. Als ich fertig war, platzierte ich den Revolver wieder in Dans Hand. Dann nahm ich das Seil und legte es in die Schublade seines Nachttischs, auf dem die verfänglichen Bierflaschen standen. Anschließend packte ich meine Sachen und lief zur Hintertür hinaus.

Crystal Ponds bot nicht viel Deckung. Die Palmen und die niedrigen Büsche wären vermutlich nicht einmal für ein Versteckspiel von Zehnjährigen geeignet gewesen. Einem ausgewachsenen Mann boten sie jedenfalls keinen Sichtschutz. Stattdessen huschte ich von Haus zu Haus, ging neben unbeleuchteten Außenwänden in Deckung und achtete darauf, nicht an irgendwelchen Fenstern vorbeizugehen. Schließlich bahnte ich mir den Weg aus dem Viertel zum Highway, neben dem sich ein schmales ausgedörrtes Waldgebiet erstreckte, das mir genug Schutz bieten würde, um unbemerkt aus Crystal Ponds zu verschwinden.

Ich hoffte, es bis in die Innenstadt zu schaffen, bevor es hell wurde. Dort konnte ich Zuflucht in der Menschenmenge suchen. Vielleicht würde ich sogar einen Ort finden, an dem ich ein paar Stunden bleiben und mich ausruhen konnte. Nur ein paar Stunden, dann wollte ich schnellstens das Weite suchen. Auf dem Weg Richtung Stadtzentrum kam ich an einer brandneuen Eigenheimsiedlung vorbei. Bislang waren nur ein paar Gebäude fertiggestellt, doch vor einem stand ein Schild, das es als »offenes Haus« auswies. Ich beschloss zu überprüfen, ob in der Werbung ein Körnchen Wahrheit steckte, und stellte zu meinem Glück fest, dass die Glasschiebetür auf der Rückseite nicht verschlossen war. Ich schlüpfte hinein. Tagsüber würde ich wesentlich weniger Aufmerksamkeit erregen, wenn ich mit einer Reisetasche herumspazierte, als um vier Uhr morgens.

Das kleine Musterhaus war vollständig eingerichtet. Im Kühlschrank waren sogar Kekse und Mineralwasser. Ich trank zwei Flaschen aus und warf sie in den Mülleimer unter dem Spülbecken. Ich schaltete kein Licht und keines der Elektrogeräte an, stellte aber den Wecker im Schlafzimmer auf sechs Uhr dreißig. Als ich mich ins Bett legte, war es drei Uhr morgens. Drei Stunden Schlaf hätten mir sicher gutgetan, doch als ich mich hinlegte, war es leider so, als würde man eine Flasche entkorken. All die Emotionen, die ich beim Anblick von Dans zusammengesunkenen auf dem Boden sitzender Leiche unterdrückt hatte, kamen langsam an die Oberfläche. Allerdings war ich mir nicht sicher, ob ich Wut oder Trauer empfand. Ich wäre gern wütend auf Dan gewesen, wütend, dass er nicht noch einen Tag hatte warten und mich mit einem reinen Gewissen hatte abreisen lassen können. Was ich jedoch empfand, war Trauer, Trauer um diesen armen alten Mann, dem in seinem Leben wirklich alles weggenommen worden war. Was hatte ich nur getan? Zuerst hätte ich in Montreal beinahe einen Zivilisten getötet, und jetzt das. Ich versuchte, an dich zu denken, um auf diese Weise einen klaren Kopf zu bekommen, doch das Bild von Dans zusammengesunkenem leblosem Körper, dessen Blut an den Wänden nach unten rann, tauchte immer wieder vor meinem inneren Auge auf. Ich dachte an die Fotos in seinem Bücherregal, Souvenirs eines Lebens, das fürchterlich schiefgegangen war.

»Tut mir leid, Dan«, flüsterte ich in die Dunkelheit und hoffte, er könne mich irgendwie hören. Ich schloss die Augen, konnte aber nicht einschlafen. Ich lag drei Stunden lang da und wünschte mir, dass die Zeit verginge. Ich dachte an Dans ersten Toast, als wir gemeinsam an der Bar gesessen hatten. »Auf dass wir den Mistkerlen das Rückgrat brechen, bevor sie es uns brechen.« Ich vermute, die Reihenfolge spielt nicht wirklich eine Rolle, oder, Dan? Ein gebrochenes Rückgrat ist und bleibt ein gebrochenes Rückgrat.

Um sechs Uhr kroch ich aus dem Bett, eine halbe Stunde bevor der Wecker geläutet hätte, den ich gestellt hatte. Es hatte einfach keinen Sinn, noch länger liegen zu bleiben. Ich suchte das Haus nach einem Telefon ab und wurde an einer Wand neben der Küche fündig. Als ich den Hörer abnahm, hörte ich das Freizeichen. Ich wählte die Nummer des Geheimdienstes. Jimmy Lane, Sharon Bench, Clifford Locklear. Ich wurde zu Allen durchgestellt.

»Ich will kein Wort hören, es sei denn, der Job ist erledigt«, sagte Allen, als er meinen Anruf entgegennahm. So viel zu Begrüßungen.

»Der Job ist erledigt, aber es gab Komplikationen«, entgegnete ich.

»Du bist der verdammte König der Komplikationen.« Allen war in Fahrt. »Ist er tot?«

»Meine Zielperson?«, fragte ich.

»Ja«, erwiderte Allen.

»Ja, er ist tot.«

»Na also, das klingt doch gar nicht so kompliziert. Das klingt eigentlich ganz einfach.« Mein Gott, ich hasste ihn.

»Er ist nicht der Einzige, der tot ist. Mein Gastgeber ist ebenfalls tot. Er hat sich selbst in den Kopf geschossen.«

»Tja, das geschieht deinem Gastgeber recht, nachdem er sich mit dem Feind verbrüdert hat.« Allen wusste es. Dieser

Mistkerl wusste es. Es war in letzter Zeit zu einem unangenehmen Trend geworden, dass andere Leute mehr wussten als ich. »Und, wie hast du die Sache geregelt?«, wollte Allen wissen. Das war ein Test.

»Ich habe meinem Gastgeber das Beweisstück für den Mord untergejubelt, damit das Ganze aussieht wie ein erweiterter Selbstmord.« So würden die Presse und die Polizei es nennen: »erweiterter Selbstmord«. In gewisser Weise würden sie damit auch richtigliegen.

»Gute Arbeit, mein Freund. Echt clever. Vielleicht mache ich doch noch was aus dir.«

»Ich muss jedenfalls von hier verschwinden. Ich habe deinen Job erledigt und bin bereit, zurück nach Montreal zu gehen.«

»Ich schicke dich zurück nach Montreal, mein Freund, aber das dauert noch ein bisschen. Nimm dir einen Leihwagen und fahr Richtung Norden. Ich habe ein paar Jobs für dich, die du unterwegs erledigen kannst.« Ich wollte widersprechen, erinnerte mich jedoch daran, wie weit mich das beim letzten Mal gebracht hatte. Allen nannte mir den nächsten Code: »Mary Joyce. Kevin Fitzgibbon. Richard Klinker.« Dann legte er auf.

ZEHNTES KAPITEL

Ich brauchte für Allens Aufträge fast drei Wochen und hinterließ dabei vier weitere Leichen. Nach den ersten zwei Morden bettelte ich darum, aufhören zu dürfen. Ich sagte ihm, dass ich nicht mehr weitermachen könne. Ich fragte ihn, ob ich stattdessen Unterricht geben dürfe, und erklärte, dass ich bereit sei, andere Arbeiten zu erledigen. Er sagte mir, dass ich in näherer Zukunft nicht unterrichten würde, dass ich erst wieder zur Vernunft kommen müsse, ehe sie mich Einfluss auf die nächste Generation würden nehmen lassen. »Wir brauchen Männer, um die Männer von morgen zu unterrichten«, sagte er zu mir, wenn ich mich recht erinnere. »Im Moment bist du nicht Manns genug für diese Aufgabe.« Also ließ er mich stattdessen weiterhin morden. Dafür war ich offenbar Manns genug.

Bei meinem ersten Opfer handelte es sich um einen fünfunddreißigjährigen Mann in Georgia. Er war ein ehemaliger Killer der Gegenseite, der vor kurzem in den Ruhestand gegangen war und sich frisch verheiratet niedergelassen hatte, um eine Familie zu gründen. Seine Frau war nicht in den Krieg hineingeboren worden. Sie hatte eingeheiratet. Allen ließ mir die »Option«, sie ebenfalls zu beseitigen. Ich lehnte ab.

Als Nächstes tötete ich eine Frau in Tennessee. Sie war nur eine Telefonistin. Ich fragte Allen, weshalb wir uns die Mühe machten, Telefonistinnen zu töten. Er sagte mir nur, dass wir uns im Krieg befänden, dass sie für die Gegenseite arbeite und dass alle, die für die Gegenseite arbeiteten, schon allein beim Gedanken an uns vor Angst zittern sollten. »Bis wir sie besiegt haben, ist jeder Einzelne von ihnen ein potentielles Ziel. Sie töten unsere Leute, und wir müssen zurückschlagen.« Ich nehme an, das bedeutete, dass eine unserer Telefonistinnen, eine von den fröhlich klingenden Damen, die mich immer durchstellten, wenn ich beim Geheimdienst anrief, ermordet worden war. In meinen Augen war das eine fürchterliche Verschwendung, sowohl auf unserer Seite als auch auf der Seite der anderen.

Mein drittes Opfer war ein einundzwanzigjähriger junger Mann in Washington, D.C. Er war arm, wohnte mit seiner gesamten Familie in einem Mietshaus im Südosten der Stadt und leistete heftigsten Widerstand. Ich musste mich anschließend zwei Tage in einem Hotelzimmer einquartieren, um mich zu erholen. Ich trug eine kleine Stichwunde sowie Kratzer und Blutergüsse am ganzen Körper davon. Er hatte mit achtzehn angefangen, für die anderen zu töten, und bereits eine lange Liste von Morden vorzuweisen. Er war äußerst brutal. Sobald ihm klar war, dass er nicht überleben würde, gab er sich alle Mühe, mich mit in den Tod zu reißen. Bevor er starb, fragte ich ihn, warum er für sie totete. Warum er für Leute kämpfte, die ihm ganz offensichtlich nichts dafür gaben. Seine Antwort lautete: »Sie geben mir Hoffnung.« Das waren seine letzten Worte.

An meinem zweiten Tag im Hotel, als ich noch immer damit beschäftigt war, meine Wunden zu säubern, und versuchte, wieder zu Kräften zu kommen, erhielt ich einen Anruf. Als das Telefon in meinem Hotelzimmer läutete, war ich unschlüssig, ob ich abheben sollte. Ich wurde nie angerufen. Niemand durfte wissen, wo ich mich gerade aufhielt. Allen wusste es zwar, hätte sich aber auf keinen Fall einen solchen Verstoß gegen die Vorschriften erlaubt. Doch das Telefon läutete weiter. Wenn es sich um jemanden gehandelt hätte, der sich verwählt hatte, hätte er inzwischen aufgelegt. Nach dem siebten oder achten Klingeln nahm ich den Hörer ab.

»Joe«, sagte eine vertraute Stimme am anderen Ende der Leitung. »Ich dachte schon, du hebst gar nicht mehr ab.«

»Jared«, entgegnete ich, »du kannst dir gar nicht vorstellen, wie gut es tut, dich zu hören. Wie hast du mich ausfindig gemacht?«

»Vergiss das«, antwortete Jared. »Hör mal, ich bin in Washington. Hast du für heute Abend schon irgendwelche Pläne?« Pläne? Welche Pläne hätte ich schon haben sollen?

»Na ja, ich wollte mir was zu essen aufs Zimmer bestellen und mir vielleicht auf dem Pay-TV-Kanal einen Film anschauen«, sagte ich.

Jared lachte. »Wie wär's, wenn du deine Pläne änderst und mit mir was trinken gehst?« Nichts hätte mich davon abhalten können. Ich war auf einem Tiefpunkt angelangt wie nur selten zuvor. Es hatte fast den Anschein, als hätte Jared das irgendwie geahnt, als hätte er genau gewusst, dass ich Hilfe nötig hatte. Jared schlug als Treffpunkt eine alte Bar in Georgetown vor. Die Bar sei ein bisschen ab vom Schuss, doch genau das mache ihren Reiz aus. Es werde dort nicht viel los sein. Wir würden uns unterhalten können.

Jared saß bereits in einer Nische im hinteren Bereich des Raums, als ich die Bar betrat. Sie war ziemlich düster. Der Boden, die Theke und die Sitznischen waren aus altem, dunklem Holz gefertigt. Die Jukebox spielte Frank Sinatra. Jared hätte mir nicht zu winken brauchen. Ich entdeckte ihn sofort, da ich wusste, in welcher Nische er sitzen würde: in derjenigen, die am weitesten von allen anderen Gästen entfernt war. Es waren ungefähr ein halbes Dutzend andere Leute da, die alle an der Theke saßen und sich ein Basketballspiel ansahen. Ich ging an ihnen vorbei zu Jareds Sitznische. Als er mich kommen sah, stand er auf, um mich zu umarmen. Ich hatte nach meinem letzten Job noch immer Probleme beim Gehen. Es würde eine Weile dauern, bis die Blutergüsse abheilten. »Alles in Ordnung mit dir?«, erkundigte sich Jared, als wir uns setzten.

»Ja«, antwortete ich. »Ich erhole mich nur gerade von einem harten Job.«

»Davon habe ich gehört«, sagte Jared.

»Tatsächlich?« Eine solche Äußerung war untypisch für Jared. Wir durften eigentlich nichts über die Jobs anderer wissen. Wir sollten uns ausschließlich auf unsere eigenen Aufgaben konzentrieren.

»Was soll ich sagen? Ich habe gute Beziehungen.« Jared winkte die Kellnerin herbei. Er hatte noch nichts zu trinken. Sie kam, um unsere Bestellung aufzunehmen. Ich versuchte weiterhin zu verarbeiten, was Jared mir soeben gesagt hatte. Jared bestellte einen Manhattan. Ich folgte seinem Beispiel und bestellte einen Scotch on the rocks, da heute Abend offenbar harte Sachen auf dem Programm standen. Bevor ich wieder etwas sagte, wartete ich, bis die Kellnerin gegangen war.

»Bist du deshalb hier?«, fragte ich verwirrt. »Haben sie dich hierhergeschickt?«

Jareds Augen funkelten im gedämpften Licht der Bar. Er lächelte. »Sei doch nicht paranoid, Joe«, entgegnete er. »Ich bin hier, weil ich herkommen wollte. Ich bin hier, weil ich mir Sorgen um dich mache. Ich wollte dich sehen.« Ich war froh, das zu hören. Ich war froh, wenigstens ein paar Minuten mit jemandem zu verbringen, dem ich vertrauen konnte. Die Kellnerin kam mit unseren Drinks.

»Entschuldige«, sagte ich. »Ich wollte dir nichts unterstellen, Jared. Es ist toll, dich zu sehen.« Ich zog in Erwägung, mein Glas zu heben und einen Toast auszubringen, doch dann erinnerte ich mich an den Abend, als ich mit Dan etwas trinken gegangen war, und überlegte es mir anders. »Die letzten Wochen waren einfach ziemlich hart.«

»Ich weiß«, entgegnete Jared. »Ich habe dich seit Long Beach Island ständig im Auge behalten. Ich weiß über Montreal Bescheid, und ich weiß über Naples Bescheid. Das war ein hartes Stück Arbeit.«

»Woher weißt du das alles?«, fragte ich. »Ich dachte immer, wir dürfen nichts voneinander wissen. Ich musste sämtliche Hebel in Bewegung setzen, nur um nach Long Beach Island kurz mit Michael am Telefon sprechen zu können.«

Jared lächelte abermals. Sein Lächeln war so breit, dass ich trotz der Dunkelheit seine Zähne funkeln sehen konnte. »Ich bin befördert worden, Joe. Ich führe nicht mehr nur Befehle aus.«

»Wow«, entgegnete ich. »Davon hatte ich keine Ahnung.« Ich drehte mich zur Theke um und hob die Hand, um die Kellnerin herbeizuwinken. »Kann ich bitte zwei Tequilas haben?«, rief ich ihr zu, als sie auf halbem Weg zu unserer Sitznische war. »Befördert? Das ist ja irre.« Ich muss zugeben, dass ich ein bisschen neidisch war. Irgendwie erschien es mir nicht richtig, dass Jared vor mir befördert wurde. Wir waren zusammen aufgewachsen. Wir waren zusammen ausgebildet geworden. Ich hielt mich genau an das, was mir beigebracht worden war. Die Kellnerin brachte unsere Tequilas. »Gratuliere«, sagte ich.

»Danke, Mann«, erwiderte Jared, als wir anstießen. Dann tranken wir unsere Gläser beide in einem Zug aus.

»Und, was lassen sie dich machen?«, erkundigte ich mich.

»Ich bin jetzt ein Mittelsmann«, erklärte Jared. Ich hatte von dieser Position gehört, aber noch nie einen Mittelsmann kennengelernt. Die Position glich der eines Soldaten, und man stand weiterhin an vorderster Front, musste aber niemanden mehr töten. Abgesehen davon wusste ich jedoch nicht genau, was ein Mittelsmann tat.

»Okay«, entgegnete ich und lehnte mich in der Sitznische zurück, »du bist also jetzt ein Mittelsmann.« Mein Neid verflog langsam, und ich fing an, mich für meinen Freund zu freuen.

»Du hast keine Ahnung, was ein Mittelsmann tut, oder?« Jared lachte.

»Keinen blassen Schimmer«, antwortete ich, schüttelte den Kopf und nippte an meinem Whiskey.

»Eigentlich ist es ganz simpel. Mir werden Soldaten zugewiesen, denen ich dabei helfen soll, wieder aus den Schwierigkeiten herauszukommen, in die sie geraten sind.«

»Dann musst du also niemanden mehr töten?«, fragte ich.

Jared lachte erneut. »Glaubst du wirklich, es wäre möglich, anderen Soldaten aus der Patsche zu helfen, ohne dabei jemanden zu töten?« Ich war mir nicht sicher. Vielleicht war es möglich. Jared hätte allerdings nicht aufhören wollen zu töten, auch wenn es nicht mehr nötig war.

»Tja, noch mal herzlichen Glückwunsch. Das ist echt verrückt.« Ich schüttelte ungläubig den Kopf. Eigentlich hätte ich es mir denken können. Jared war der Beste. Er war der Disziplinierteste. Er war der Zuverlässigste. »Das hast du dir wirklich verdient«, sagte ich. »Aber trotzdem, woher weißt du all dieses Zeug über mich?«

Jared sah mich an und nippte an seinem Drink. Er wusste, dass es schwierig für mich werden würde zu akzeptieren, was er als Nächstes sagte. »Ich bin dir zugeteilt worden.«

Ich lachte, da ich nicht wusste, wie ich sonst hätte reagieren sollen. Als mein Lachen verebbte, sah ich Jared an. »Was zum Teufel soll das heißen?« Die Frank-Sinatra-Songs aus der Jukebox waren zu Ende. Ein Otis-Redding-Song ertönte.

»Das heißt, dass ich dir helfen soll, wenn du in Schwierigkeiten gerätst.«

»Also was jetzt, bist du offiziell hier, oder bist du hier, weil du mich sehen wolltest?«

»Beides«, erwiderte Jared, ohne zu zögern.

»Und in welcher Art von Schwierigkeiten bin ich angeblich?«, erkundigte ich mich.

»Die Leute machen sich einfach Sorgen um dich«, entgegnete Jared. Ich fragte mich, wer diese Leute sein mochten, die sich Sorgen machten. Ich hatte nicht das Gefühl, dass sich irgendjemand Sorgen machte.

»Und warum machen sie sich Sorgen um mich?«, fragte ich.

»Weil du eine Pechsträhne hattest«, erwiderte Jared. Der Begriff »Pechsträhne« erschien mir nicht wirklich treffend. Ich antwortete nicht, sondern saß einfach nur da. »Hör mal, Joe, sei nicht sauer auf mich. Ich möchte dir wirklich helfen. Ich möchte wirklich, dass du dich für mich freust.«

»Entschuldige«, sagte ich schon zum zweiten Mal an diesem Abend. »Aber wie möchtest du mir aus einer Pechsträhne helfen?«

Jared stellte sein leeres Glas auf den Tisch. Er gab der Kellnerin zu verstehen, dass sie uns noch zwei Drinks bringen solle. »Sie haben mir den Job in Montreal angeboten.« Er hatte den Blick jetzt auf seine Hände gesenkt. »Sie glauben, dass es nicht gut ist, wenn du ihn erledigst, nach allem, was beim ersten Mal passiert ist. Sie wollten, dass ich mich darum kümmere.« Ich traute meinen Ohren kaum. »Ich habe mich aber geweigert, weil ich weiß, dass dir dieser Job wichtig ist. Ich habe ihnen gesagt, dass ich mit dir reden würde. Ich habe ihnen gesagt, dass du nur ein bisschen moralische Unterstützung brauchst.« Die Kellnerin stellte uns die neuen Drinks auf den Tisch. Ich trank die Hälfte von meinem in einem Zug. »Sieh mal, Joe« – Jared beugte sich über den Tisch zu mir herüber – »du hast hier eine Zukunft. Versteh es bitte nicht falsch, dass ich gekommen bin. Die verschwenden unsere Energie nicht für hoffnungslose Fälle. Alle glauben, dass du eine wirklich große Zukunft hast. Mag sein, dass ich im Schnellverfahren befördert wurde, aber viele Leute denken, dass du derjenige bist, der wirklich Potential hat. Das bekomme ich ständig zu hören. Es heißt, du hättest ein Feuer, das den meisten anderen einfach fehlt.«

Meine Anspannung löste sich. »Wenn sie so viel von mir halten, warum haben sie Brian dann versetzt?« Ich benutzte Jared gegenüber Brians echten Namen. Ich wusste, dass ich ihm vertrauen konnte.

»Das war keine Strafe, Joe«, erwiderte Jared. »Ich weiß, dass dir dein neuer Ansprechpartner beim Geheimdienst das vermutlich gesagt hat, aber nur deshalb, weil er ein sturer Hund ist. Brian wurde versetzt, weil die hohen Tiere befürchten, dass sie ihm nicht vertrauen können.«

»Warum? Halten sie ihn etwa für einen Spion?«

Jared schüttelte den Kopf. »Niemand ist genau im Bilde«, entgegnete er. »Deshalb ist es umso besser, je weniger darüber gesprochen wird. Du sollst nur wissen, dass es keine Strafe war. Genau genommen ist der Typ, der jetzt für dich zuständig ist, das einzig Wahre, auch wenn er ein sturer Hund ist. Sie haben ihn dir ganz bewusst zugeteilt. Er hat den Ruf, dass er Leute schnell nach oben bringt. Mit ihm umzugehen ist die Hölle, aber er hat eine Menge auf dem Kasten.«

»Was willst du mir damit sagen, Jared?«

Jareds Tonfall wurde mit einem Mal sehr ernst. »Ich will dir damit sagen, dass dir keiner Vorwürfe dafür macht, was in Montreal passiert ist. Genau genommen waren viele Leute sogar ziemlich beeindruckt, dass du diesen Typen gerettet hast. Ich will dir damit sagen, dass niemand damit rechnet, dass du noch lange ein normaler Soldat bleiben wirst. Ich will dir damit sagen, dass du die Ohren steifhalten und deine Arbeit erledigen sollst, dann wird sich für dich alles ziemlich schnell zum Guten wenden.«

»Sind das deine aufmunternden Worte?« Ich war endlich wieder in der Lage, Jared anzulächeln.

»Mehr habe ich nicht zu bieten«, entgegnete er.

»Wie kommt es dann, dass du befördert wirst, während Michael und ich uns immer noch den Arsch aufreißen müssen?«

Jared lachte. »Ich wurde vor Michael befördert, weil Michael, so gern ich ihn mag, ein Loser ist. Er ist gut im Töten, aber das ist auch schon seine einzige Begabung. Er ist bereits dort, wo er hingehört. Er ist bereits dort, wo er am meisten zu bieten hat. Und ich wurde vor dir befördert, weil du erst wieder zur Vernunft kommen musst. Wenn es so weit ist, wirst du mich im Rückspiegel sehen.« Jared nippte an seinem Drink. Jetzt war er an der Reihe, neidisch zu sein. »Du solltest mal hören, wie über dich gesprochen wird, Joe. Die glauben mehr an dich, als du selbst an dich glaubst.« Ich wollte Jared fragen, warum. Ich wollte ihn fragen, was genau er gehört hatte. Aber ich hatte einfach nicht den Mut dazu.

»Und, freust du dich jetzt für mich?«, wollte Jared wissen.

»Komm schon«, erwiderte ich. »Das weißt du doch.«

»Dir zugeteilt zu werden hat mir eine Menge bedeutet, Joe, und nicht nur, weil wir Freunde sind. Es hat mir eine Menge bedeutet, weil ich glaube, dass wir gemeinsam viel erreichen können. Ich glaube wirklich, dass wir etwas bewirken können.« Ich weiß, dass er es ernst meinte. »Erinnerst du dich noch an den Mordanschlag, den sie uns gemeinsam verüben ließen?«, fragte mich Jared. Ich erinnerte mich. Wir beide waren in eine sichere Unterkunft eingedrungen, in dem sich vier Leute aufhielten. Zwei von ihnen waren da, um am nächsten Tag einen Job zu erledigen. Sie bekamen nie die Gelegenheit dazu. »Wir waren wie zwei Tänzer, Mann. Das war echt ein Meisterstück.« Das war es tatsächlich gewesen. Ich nickte zustimmend.

»Also, was möchtest du von mir?«, fragte ich.

»Ich möchte nur, dass du auf Allen hörst«, sagte Jared. »Füg dich in dein Schicksal. Du weißt, dass du mich im Rücken hast. Und vermassle es nicht.« Er lachte. Ich lachte ebenfalls. Wir bestellten noch eine Runde. Ich nahm mir fest vor, mich ab morgen wieder voll auf meine Aufgaben zu konzentrieren. Das war ich Jared vermutlich schuldig.

»Und was kommt nach Mittelsmann?«, fragte ich.

»Danach werde ich für eine ganze Einheit verantwortlich sein. Ich werde zusammen mit dem Geheimdienst Strategien entwickeln.« Jared grinste. Er war in seinem Element. Ich war mir nicht sicher, ob sie recht hatten, was mich anbetraf, aber Jared würde ganz bestimmt Karriere machen.

»Sprechen sie tatsächlich so von mir?«, fragte ich.

»Ja«, erwiderte Jared und nickte. »Und weißt du was? Ich kenne dich schon sehr lange, Joe, und ich kann es ihnen nicht verdenken. Alles, was du brauchst, ist ein bisschen Disziplin. Ich weiß jedenfalls, ich möchte nicht gegen dich kämpfen müssen.«

Am nächsten Morgen erhielt ich die Anweisungen für den letzten Mordanschlag vor meiner Rückkehr nach Montreal. Bei meinem letzten Opfer handelte es sich um eine Schwarze in Boston. Sie war Studentin am Massachusetts Institute of Technology und allein aufgrund ihres Potentials eine Zielperson. »Man muss sie schon an der Wurzel abschneiden«, erklärte Allen. »Man muss sie auslöschen, bevor sie uns echten Schaden zufügen können.«

Das war es. Drei Wochen lang schlief ich fast gar nicht und badete in Tod und Blut. Nach meinem vierten Mord gab mir Allen schließlich grünes Licht für meine Rückkehr nach Montreal. Er räumte mir eine Woche für meinen Job ein und warnte mich, ihn nicht noch einmal zu vermasseln. Außerdem sagte er mir, ich solle ihn nicht anrufen, wenn der Job erledigt war. Er werde es auch so erfahren. Er habe seine Quellen. »Anschließend hast du dir eine Auszeit verdient«, sagte er. »Du kannst zwei Wochen lang tun und lassen, was du willst. Mir ist es egal, was du machst, solange du dabei nicht in Schwierigkeiten gerätst. Ruf mich in drei Wochen wieder an. Stell dich drauf ein, dass du dann wieder arbeiten wirst. Und noch was, mein Freund …«

»Ja?«, erwiderte ich. Ich war ausgelaugt, völlig erschöpft. Nicht einmal Jareds aufmunternde Worte hatten mich länger als einen Tag aufgebaut. Das Einzige, was mich in den vergangenen drei Wochen angetrieben hatte, war der Gedanke, nach Montreal zurückkehren und mit dir zusammen sein zu können.

»Du hast gute Arbeit geleistet. Paul Acker. Herman Taylor. Preston Stokes.« Dann legte Allen auf.

Während der drei Wochen, in denen ich unterwegs war, wollte ich dich anrufen, brachte es aber nicht fertig. Mir wurde einfach alles zu viel. Nach der Sache mit Dan fühlte sich das Töten schlimmer an. Gut und Böse. Daran zu glauben fiel mir mit jeder weiteren Leiche schwerer. Ich versuchte, mich mit Jareds Motto zu motivieren. »Entweder sind die anderen böse oder wir. Und ich bin mir verdammt sicher, dass ich nicht böse bin.« Doch mit jedem Tag, der verging, häuften sich meine Zweifel, ob wir nicht alle böse waren, auf beiden Seiten. Das Einzige, woran ich mich jetzt noch klammern konnte, waren der Umstand, dass du mich liebtest, und die Hoffnung, dass du auf mich warten würdest.

Ich war außer mir vor Freude, als Allen mir mitteilte, dass ich endlich nach Montreal zurückkehren durfte. Schließlich brachte ich den Mut auf, dich wieder anzurufen. Du meldetest dich mit einem kurzen »Hallo«. »Maria?«, sagte ich, als du ans Telefon gingst. Allein deine Stimme zu hören machte mir Hoffnung. Hoffnung worauf, wusste ich allerdings nicht.

»Joe?«, entgegnetest du. »Bist du's? Wo steckst du die ganze Zeit? Warum hast du dich nicht gemeldet?«

»Entschuldige«, erwiderte ich in der Hoffnung, dass das genügen würde, um vorerst alle deine Fragen zu beantworten. »Ich wollte dich anrufen, aber es ging nicht. Ich werde dir alles erklären, wenn ich wieder in Montreal bin.«

»Du kommst zurück?«, entgegnetest du.

»Ja. Ich bin morgen da. Vorausgesetzt, du willst mich noch sehen.«

Du fingst an zu weinen. Ich hatte dich noch nie weinen hören. Übers Telefon klang es herzzerreißend. Ich hätte dich so gerne getröstet. »Ich habe dir doch gesagt, dass ich auf dich warte. Komm schnell«, erwidertest du.

»Wir sehen uns morgen«, sagte ich schließlich.

»Morgen«, wiederholtest du. Wir legten auf, ohne dass einer von uns »Ich liebe dich« sagte. In diesem Moment bedeutete das Wort *morgen* jedoch dasselbe. Mehr musste nicht gesagt werden.

ELFTES KAPITEL

Dieses Mal wurde mir keine sichere Unterkunft zugewiesen. Der Job wurde dafür als zu gefährlich erachtet, vor allem deshalb, weil ich ihn beim ersten Anlauf in den Sand gesetzt hatte. Eigentlich hätte ich darüber verärgert sein sollen, doch ich betrachtete es als Segen. Seit Naples waren sichere Häuser zu einer Belastung für mich geworden. Ich ertappte mich dabei, wie ich meine Gastgeber anstarrte und mich fragte, weshalb sie nicht selbst im Krieg kämpften, wenn sie so begeistert von ihm waren. Vielleicht würden sie die Sache dann anders sehen. Es ist nicht einfach, einen Pompon in der einen Hand zu halten und eine Pistole in der anderen. Im Eifer des Gefechts lassen die meisten Leute den Pompon fallen, wenn sie die Wahl haben.

Anstelle eines sicheren Hauses bekam ich eine neue Identität und die Anweisung, in einem Hotel einzuchecken. Als ich in Montreal ankam, beschloss ich, dass das Hotel warten konnte. Sie dachten, ich sei in Montreal, um einen Job zu erledigen. Ich wusste es besser und machte mich unverzüglich auf den Weg zu deiner Wohnung. Den Mietwagen parkte ich regelwidrig um die Ecke. Warum zum Teufel sollte ich mir darum Gedanken machen? Es war schließlich nicht mein Auto. Es war nicht mein Geld, mit dem die Strafzettel bezahlt werden würden. Ich hatte den Wagen nicht einmal unter meinem echten Namen gemietet. Ich parkte und ging zu deinem Haus. Mein Herz schlug so schnell, dass ich mein Blut in den Adern fließen spürte. Als ich an der Haustür ankam, lehnte ich mich gegen den Klingelknopf. Ich würde ihn nicht loslassen, bis mir irgendjemand öffnete. Das Summen der Klingel war seltsam beruhigend. Dann hörte ich deine Stimme. »Hallo?« Das war Musik in meinen Ohren.

»Maria, ich bin's«, sagte, nein, flüsterte ich in die Sprechanlage, da es mir nicht gelang, meine Lunge mit Luft zu füllen. Du sagtest gar nichts. Du drücktest einfach auf den Türöffner, um mich einzulassen. Ich hörte das Türschloss klicken, ging hinein und begann, die Treppe zu erklimmen. Alles, was ich im vergangenen Monat getan hatte, alles, was ich durchgemacht hatte, schoss mir durch den Kopf, während ich zum ersten Treppenabsatz hinaufging. Ich fühlte mich schwindelig und benommen und redete mir ein, dass es nach diesem Moment keine Zukunft geben würde. Und dass es davor keine Vergangenheit gegeben hatte. Dieser Moment war das Leben. Du, wie du hinter der Tür standest und auf mich wartetest. Ich, wie ich die Stufen zu dir erklomm. Es lohnte sich, allein für diesen einen Moment zu leben. Ich versuchte, mein Versprechen zu vergessen, dass ich dir alles erzählen würde. Das spielte jetzt keine Rolle. Ich konzentrierte mich ausschließlich darauf, mir dein Gesicht in Erinnerung zu rufen. Als ich die drei Treppen hinter mich gebracht hatte, hob ich die Hand, um an deine Tür zu klopfen. Du zogst sie auf, bevor meine Knöchel das Türblatt berührten. Du musst hinter der Tür gewartet und meinen Schritten gelauscht haben.

Du machtest mir die Tür in einem Rock und einem schwarzen Pullover auf. Ich hatte dich noch nie einen Rock tragen sehen. Du sahst so feminin darin aus. Ich versuchte, diesen Anblick aufzusaugen. Mein Blick wanderte an deinem Körper hinunter und verweilte auf deinen Beinen. Ich konnte nicht verhindern, dass er dort hängen blieb, an deiner nackten Haut. Schließlich trat ich durch die Türöffnung, hob den Kopf und sah dir ins Gesicht. Du hattest versucht, dein widerspenstiges Haar in einem Pferdeschwanz zu bändigen, doch ein paar gelockte Haarsträhnen waren entwischt, hingen herunter und rahmten dein Gesicht ein. Du wirktest besorgt. »Hallo Maria«, sagte ich. Ich war völlig außer Atem und brachte die Worte nur mit Mühe über die Lippen. Du packtest mich am Hemdkragen und zogst mein Gesicht zu dir. Wir küssten uns. Du küsstest mich mit geöffneten Augen. Ich folgte deinem Beispiel und sah dir in die Augen, während wir uns küssten. Sie waren unergründlich.

»Hallo, Joe«, sagtest du, als sich unsere Lippen für einen Moment voneinander lösten. Dann schloss ich die Augen, zog dich wieder zu mir her und küsste dich noch eindringlicher. Ich spürte, wie sich deine Mundwinkel nach oben bewegten, als ich meine Lippen auf deine presste. Du legtest mir eine Hand auf die Brust und drücktest mich ein kleines Stück von dir weg, gerade weit genug, damit du dich hinunterbeugen konntest. Du fingst an, meine Gürtelschnalle zu öffnen. Ich streckte den Arm nach hinten aus und drückte die Tür zu. Dann gingst du plötzlich vor mir in die Hocke, die Knie leicht geöffnet, sodass ich einen Blick auf deine hauchdünne schwarze Unterwäsche erhaschte, als dein Rock an deinen Oberschenkeln leicht nach oben rutschte. Du schobst mein Hemd hoch und fingst an, meinen Bauch zu küssen. Dann knöpftest du meine Hose auf.

»Deine Mitbewohnerin?«, flüsterte ich und hasste mich für diese Worte, noch während ich sie aussprach.

»Sie ist ausgezogen.« Du blicktest mit einem schelmischen Ausdruck in deinen blauen Augen zu mir hoch. Gott sei Dank, dachte ich und glaubte das erste Mal seit meiner Kindheit wieder an Gott. Du warfst meinen Gürtel über die Schulter, schleudertest ihn ziellos durchs Zimmer. Dann machtest du den Reißverschluss meiner Hose auf und zogst sie mit einem Handgriff zusammen mit meinen Boxershorts nach unten. Ich sah wieder nach unten. Ich blickte durch die Dunkelheit zwischen deinen gespreizten Beinen und betrachtete deine Lippen, als du mich, bereits hart, in den Mund nahmst. Ich hatte nicht die Kraft, dich zu stoppen, und fühlte mich schuldig. Ich wollte dich stoppen und dir sagen, dass mein ganzes Leben eine einzige Lüge war, aber ich war machtlos, solange du deine Lippen auf mir bewegtest. Du fingst an, mich mit der Zunge zu streicheln. Inzwischen weiß ich, was du getan hast. Du erhobst Anspruch auf mich. Du stelltest sicher, dass ich dich nie wieder verlassen würde. Zu diesem Zweck hast du jedes Werkzeug verwendet, das dir zur Verfügung stand. All das war unnötig. Ich gehörte dir bereits. Ich gehörte dir von dem Moment an, als ich dich das erste Mal sah. Nichts konnte daran etwas ändern. Ich würde dir das nie wieder aufbürden. Ich würde mir das nie wieder aufbürden.

»Hör auf«, flehte ich dich an und konnte meine eigenen Worte kaum glauben. Wenn ich dich nicht gestoppt hätte, wäre alles viel zu schnell vorbei gewesen.

»Ich muss das nicht tun«, entgegnetest du und blicktest zu mir auf. Ich fühlte mich schuldig, weil ich das nicht verdiente. Nach allem, was ich getan hatte, verdiente ich das nicht.

»Ich will dich«, sagte ich, zog dich zu mir hoch und küsste deine feuchten Lippen. Ich legte dir einen Arm um die Schultern, bückte mich und griff mit dem anderen von hinten um deine Beine. Dann hob ich dich hoch und trug dich ins Schlafzimmer. Ich war entschlossen, die Kontrolle zurückzuerlangen, doch du warst noch fester entschlossen, mich zu erobern. Wir fielen aufs Bett, und ich versuchte, auf dich zu klettern und zwischen deine Beine zu schlüpfen. Du manövriertest mich jedoch aus, klettertest rittlings auf mich und bewegtest dich. In der Eile hattest du deine Unterhose angelassen, die du einfach zur Seite schobst, als sie im Weg war. Als du mir die Hände auf die Brust legtest, drückten deine Arme deine Brustwarzen näher an meinen Mund. Ich nahm deine Brüste in die Hände und strich mit Lippen und Zunge über deine Brustwarzen. Du bewegtest dich auf mir auf und ab und sahst mir fest in die Augen, als du dein Tempo steigertest. Mein Blick wanderte über deinen Körper. Ich versuchte, dir in die Augen zu sehen, konnte jedoch nicht umhin, den Blick immer wieder über deine Haut schweifen zu lassen, die blass, aber makellos war. Dein Atem wurde schneller. Du lehntest dich zurück, krümmtest den Rücken und stütztest dich mit einer Hand hinter dir ab, um das Gleichgewicht zu halten. Falls es dein Plan war, Besitz von mir zu ergreifen, mich für immer in deinen Bann zu schlagen, hätte er funktioniert, wenn ich dir nicht ohnehin schon verfallen gewesen wäre. Dann war alles vorbei, und du sacktest auf mir zusammen. Mein Höhepunkt hatte dich zu deinem gebracht, unsere schweißglänzenden Körper ineinander verschlungen.

Wir sagten kein Wort. Ich zog dich an mich heran, presste deinen nackten Körper an meinen und fragte mich, ob es jetzt wohl vorbei sei, ob du mich jemals wieder begehren würdest. Mit jedem Augenblick, der verging, wuchs meine Gewissheit, dass du mich verlassen würdest, wenn ich dir meine Geheimnisse verriet. Währenddessen lagst du neben mir und hattest Angst, dass ich dich verlassen würde, wenn du mir dein Geheimnis preisgabst. Letzten Endes trieben uns unsere Geheimnisse nicht auseinander. Sie schweißten uns zusammen.

In dieser Nacht hatte keiner von uns beiden den Mut zu beichten. Wir taten so, als sei alles normal. Wir kletterten aus dem Bett, um zu essen. Irgendwann hatten wir uns gegenseitig ausgelaugt. Du schliefst zuerst ein. Ich lag neben dir, spürte deinen Herzschlag und die Wärme deines Körpers auf meiner Haut. Schließlich schloss ich die Augen und schlief ebenfalls ein.

Ich erinnere mich, dass ich am nächsten Morgen aufwachte und ein paar Minuten lang einfach mit geschlossenen Augen liegen blieb. Ich wollte nicht wach sein. Ich wollte nicht, dass der Tag anbrach. Mit dem Morgen kam das Bezahlen ungetilgter Schulden, das Enthüllen unausgesprochener Wahrheiten. Ich konnte dich neben mir hören. Du warst wach. Ich sah dich durch halb geschlossene Augenlider an. Du hast aufrecht im Bett gesessen und hattest dir die Bettdecke bis unter die Achseln gezogen, um nicht zu frieren. Ich erkannte Angst in deinem Gesicht – Angst und Entschlossenheit. Langsam öffnete ich die Augen.

Du verlorst keine Zeit. »Wir müssen reden«, sagtest du, sobald du sahst, dass ich wach war. Du wirktest nervös. Ich beobachtete, wie dein Blick zwischen meinem Gesicht und der Zimmerdecke hin und her tanzte.

»Ich weiß«, erwiderte ich. »Ich habe dir versprochen, dass ich dir alles erzähle.« Meine Worte verhallten. Da ich nicht wusste, was ich als Nächstes hätte sagen können, schwieg ich. Es kehrte Stille ein.

»Aber?«, bohrtest du nach.

»Nichts aber«, entgegnete ich. »Wenn du es wirklich wissen willst, dann erzähle ich es dir.« Ich verstummte abermals.

»Natürlich will ich es wissen«, sagtest du. »Du verschwindest für Wochen. Du rufst kaum an. Du sagst mir nicht, was du eigentlich machst. Du sagst mir nicht mal genau, wo du bist. Und wenn du mich anrufst, dann rufst du mich mitten in der Nacht an. Ich *muss* es wissen, Joe.« Du warst den Tränen nahe. Das erkannte ich an deinen Augen. Es war greifbar. Ich wusste nicht, wo ich beginnen sollte. Ich dachte an all die Einführungsveranstaltungen, denen ich beigewohnt hatte. Ich dachte daran, wie die Leute vom Geheimdienst den Jugendlichen all die Fotos zeigten. Als Erstes zeigten sie ihnen Fotos von ihren Feinden. Dann zeigten sie ihnen Fotos von Leichen – Leichen über Leichen. Schließlich zeigten sie ihnen Fotos von ihren Verbündeten. Sie hatten ein System, und dieses System funktionierte. Aber du warst anders. Alle diese Jugendlichen, jeder einzelne von ihnen, wuchsen mit einem Verdacht auf. Die Welt, in der sie lebten, ergab für sie keinen Sinn, bis ihnen jemand Fotos und Erklärungen präsentierte. Für sie sorgte der Krieg dafür, dass alles mehr Sinn ergab. Deine Welt ergab bereits einen Sinn. Das Einzige, was in deiner Welt keinen Sinn ergab, war ich.

»Wovor hast du Angst?«, fragtest du, da du meine Furcht spürtest.

Vor so vielem, dachte ich. »Ich habe Angst davor, dass du mir nicht glauben wirst« war das, wofür ich mich entschied.

Du wolltest mir helfen. Du wolltest mir glauben. Es heißt, dass Ungeheuer unheimlicher sind, wenn man sie nicht sieht. Dass das Ungeheuer, das man sich vorstellt, meist unheimlicher ist als die Wahrheit. Was passiert, wenn dem nicht so ist? Was passiert, wenn das Ungeheuer schrecklicher ist, als man sich jemals hätte vorstellen können? »Was wäre, wenn ich dir versprechen würde, dir zu glauben?«, sagtest du, als sei ein solches Versprechen überhaupt möglich.

»Ich fürchte, das wäre womöglich noch schlimmer«, erwiderte ich. Mein Mund war trocken. Ich sah dich an, um Mut zu fassen, doch das machte alles nur noch schwieriger. Dieser Krieg hatte mir viel genommen. Ich wollte nicht, dass er mir dich ebenfalls nehmen würde.

»Du musst es mir sagen«, fordertest du mich auf, während sich Tränen in deinen Augen sammelten.

»Ich weiß«, erwiderte ich. Mir waren die Ausreden ausgegangen. Der Rest meines Lebens hing von diesem Moment ab. Mir blieb nichts anderes übrig, als über den Rand des Abgrunds zu treten. Ich sprang. »Alles, was ich dir gleich erzählen werde, wird für dich absurd klingen.« Du öffnetest den Mund, um etwas zu sagen, um mir Mut zu machen, um mir weitere Versprechen zu geben, zu denen du kein Recht hattest. Ich hob die Hand, um dich zu stoppen, bevor du anfangen konntest. »Alles, was ich dir gleich erzählen werde, wird für dich absurd klingen. Ich glaube, dass du mir inzwischen vertraust, deshalb wirst du vermutlich nicht denken, ich würde lügen. Wahrscheinlich wirst du mich eher für verrückt halten.« Ich sah zu dir auf. Du starrtest mich mit ungläubigem Blick an. »Lass mich dir als Erstes versichern, dass ich nicht verrückt bin. Auch wenn du dir das vielleicht wünschen wirst, sobald ich fertig bin.« Ich beobachtete weiterhin dein Gesicht und versuchte, deine Reaktion zu lesen. Auf diese Weise würde ich durch diese gefährlichen Gewässer navigieren. Auf deiner Stirn zeichneten sich Linien ab. Du begannst daran zu zweifeln, ob du die Wahrheit überhaupt wissen wolltest, doch dafür war es jetzt zu spät. Es gab kein Zurück mehr. Trotzdem waren diese Zweifel ein guter Anfang. Auch die Jugendlichen, die ich unterrichtete, hatten Zweifel. Sie zweifelten daran, dass die Welt einen Sinn ergab. Sie zweifelten an fast allem. Die starken zweifelten an allem, außer an sich selbst. Man musste sie brechen und anschließend wieder aufbauen. Mit Fotos wäre das Ganze so viel einfacher gewesen.

Zweifel, dann Tod: Die Leute vom Geheimdienst baten alle Jugendlichen, die enge Angehörige durch einen Mord verloren hatten, die Hand zu heben. Zwangsläufig hob jedes Mal mehr als die Hälfte aller im Raum die Hand. Dir musste ich meine Verbindung mit dem Tod erklären. »Ich weiß, das wird jetzt seltsam klingen«, sagte ich, »aber ich muss dir ein bisschen was über meine Familie erzählen.« Als Erstes erzählte ich dir von meiner Mutter, der netten, naiven kleinen Frau, die allein in New Jersey lebte. Du lächeltest, als ich dir meine Mutter beschrieb. Dein Lächeln machte es schwieriger, aber ich fuhr fort. »Sie ist meine ganze Familie. Sie ist alles, was davon noch übrig ist.« Ich hielt einen Moment inne, wartete, bis das in dein Bewusstsein gedrungen war. »Alle anderen – meine Großeltern, meine Tante, meine Onkel, meine Schwester –, alle anderen sind tot.« Deine blasse Haut wurde plötzlich noch weißer. »Sie wurden getötet. Und zwar nicht bei irgendeinem Unglück. Sie wurden getrennt voneinander getötet. Sie wurden ermordet.«

Deine Angst wich schnell Verwirrung. »Warum?«

»Dazu komme ich noch«, erwiderte ich. Bevor es so weit war, musste ich dich jedoch noch tiefer in den Tod tauchen. Ich musste dir das Wie vor dem Warum präsentieren. Ich musste dir die Details zeigen, so wie den Jugendlichen in der Einführungsveranstaltung die grauenhaften Fotos gezeigt wurden.

»Mein Vater wurde getötet, als ich acht war. Eines Tages kam er nicht von der Arbeit nach Hause. Mir wurde gesagt, er sei bei einem Autounfall gestorben. Ich nehme an, das hat genau genommen auch gestimmt. Die Einzelheiten habe ich erst mit achtzehn erfahren. In Wirklichkeit hat ihn ein anderer Fahrer absichtlich von der Straße gedrängt. Sie warteten, bis er auf einer kurvigen Straße fuhr, die an einer Schlucht entlangführte. Dann rammten sie ihn von hinten und schoben ihn über die Böschung. Für mich war er an einem Abend da und am nächsten weg. Damit begann alles. Von meinen Großeltern hatte ich nur einen Teil kennengelernt, deshalb begann für mich alles mit meinem Vater.« Dann erzählte ich dir von meinem Onkel. Ich erzählte dir dieselbe Geschichte, die ich auch erzähle, wenn ich unterrichte. Allerdings ließ ich die zweite Hälfte weg, als ich sie dir erzählte, das, was ich mit dem Mann machte, der meinen Onkel tötete. Dieser Teil der Geschichte konnte noch warten. Anschließend erzählte ich dir von meiner Schwester.

»Meine Schwester war fünf Jahre älter als ich. Sie war immer für mich da. Sie passte immer auf mich auf. Meine Mutter war trotz aller ihrer Tugenden noch nie die stärkste Frau auf dieser Welt. Nachdem mein Vater ums Leben gekommen war, blieb nur meine Schwester. Sie brachte mir bei, stark zu sein. Ich liebte sie sehr. Mit vierzehn ließ mich meine Mutter abends immer noch nicht allein zu Hause bleiben. Ich verstand nie, warum, und es war mir ziemlich peinlich. Viele meiner Mitschüler durften allein zu Hause bleiben. Meine Mutter war einfach paranoid. Das macht dieses Leben aus einem. Irgendwann war sie dann an einem Samstagabend bei Freunden zum Bridge-Spielen eingeladen. Meine Schwester hat damals im zweiten Jahr an der Rutgers University studiert. Meine Mutter bat sie, nach Hause zu kommen und an diesem Abend auf mich aufzupassen. Selbstverständlich sagte meine Schwester ja. Sie hätte alles für mich getan. Also bestellten wir uns eine Pizza und sahen uns einen Film an.

Gegen elf Uhr kamen sie dann. Daran erinnere ich mich

noch. Ich sah gerade auf die Uhr, als plötzlich das Spiegelbild von einem von ihnen auf dem Fernsehbildschirm auftauchte. Er stand vor unserer Windfangtür und beobachtete uns. Ich wollte schreien, war aber vor Angst wie gelähmt. Noch bevor meine Schwester die Männer vor der Tür bemerkte, sah sie die Angst in meinen Augen. Sie waren zu dritt, aber mir kam es vor, als wären es hundert gewesen. Sie umzingelten unser Haus. Meine Schwester packte meine Hand, und wir rannten los, doch vor jeder Tür stand jemand. Da wir nicht wussten, was wir sonst tun sollten, liefen wir zur Hintertür. Meine Schwester machte sie auf. Einer der Männer wartete draußen. Ich weiß nicht mehr, wie sie aussahen. In meiner Erinnerung sind sie nur schemenhafte Riesen. Jessica sprang einen von ihnen an. Er packte sie. Sie schrie: ›Lauf, Joe, lauf!‹ Also lief ich. Ich blickte mich nicht um. Ich hörte Jessica schreien, als der Mann sie zurück ins Haus zerrte, aber ich blickte mich nicht um. Die Nacht verbrachte ich zusammengekauert im Wald. Ich erinnere mich noch, dass ich die ganze Nacht gezittert habe, aber ich weiß nicht mehr, ob es kalt war oder nicht. Ich ging erst am Morgen zurück nach Hause. Als ich dort ankam, war meine Mutter da. Meine Schwester war weg. Sie starb, weil sie sich bereit erklärt hatte, auf mich aufzupassen. Meine Mutter hätte es besser wissen müssen. Mich hätten sie ohnehin nicht töten können.«

»Warum nicht?«, fragtest du.

»Weil ich noch nicht achtzehn war.«

»Das verstehe ich nicht«, sagtest du.

»Ich weiß.« Wie hättest du es auch verstehen können? »Ich werde es dir erklären.« Fotos vom Feind waren das, was bei jeder Unterrichtsstunde, der ich jemals beigewohnt hatte, als Nächstes kam. Man erzählte ihnen vom Tod, und dann zeigte man ihnen die Mörder. »Es gibt eine Gruppe von Menschen, die es darauf abgesehen hat, mich, meine Angehörigen und meine Freunde zu töten.« Dein Gesichtsausdruck veränderte sich abermals. Diesmal verwandelte sich Furcht in Unglauben, nachdem sie Verwirrung abgelöst hatte.

»Warum?«, fragtest du.

Ich hatte darauf nur eine Antwort, auch wenn ich sie selbst nicht mehr ganz glaubte. »Weil sie böse sind«, entgegnete ich. Vergiss all die anderen Geschichten. Vergiss die Geschichte vom Sklavenaufstand. Vergiss die Geschichte von den fünf Armeen. Vergiss die gebrochenen Friedensabkommen. Ich musste dich von der Bösartigkeit meiner Feinde überzeugen, damit du nicht vor mir weglaufen würdest, wenn ich dir von all den Dingen erzählte, die ich getan hatte.

Du reagiertest mit der zu erwartenden Skepsis. »Du willst mir also weismachen, dass es eine Gruppe von bösen Menschen gibt, die deine Angehörigen und Freunde umbringt, und niemand bemerkt es?«

»Doch, viele Leute bemerken es«, erwiderte ich. »Aber es wird alles vertuscht. Und es geht nicht nur um meine Angehörigen und meine Freunde. Es geht um mehr. Um viel mehr. Weißt du, wie viele Todesfälle jedes Jahr in den Vereinigten Staaten auf Unfälle zurückgeführt werden?« Du schütteltest den Kopf. »Über hunderttausend.« Ich kannte die Zahlen. Wir alle kannten die Zahlen. »Menschen neigen nicht in diesem Umfang zu Unfällen. Bei den meisten dieser Todesfälle handelt es sich nicht um Unfälle.«

»Was soll das heißen?«, fragtest du. Du warst dir nicht sicher, ob du mir glauben solltest.

»Es herrscht Krieg«, entgegnete ich.

Jetzt verstandest du. Zum ersten Mal verstandest du. Ich sah es in deinen Augen. »Und was tust du?«

»Ich kämpfe gegen sie«, erwiderte ich.

»Was heißt das, du *kämpfst* gegen sie?«, fragtest du.

»Ich mache sie ausfindig und sorge dafür, dass sie niemanden mehr töten können. Ich sorge dafür, dass sie nie wieder tun können, was sie mit meiner Schwester gemacht haben.«

»Du tötest sie?« Jegliche Farbe war aus deinem Gesicht gewichen.

»Ich muss«, entgegnete ich.

»Und wie oft musst du?«

Ich wollte diese Frage nicht beantworten, aber ich hatte es versprochen. »Oft. Es herrscht Krieg, Maria.«

»Gibt es noch andere?« Diese Frage ließ mich schmunzeln. Du hättest sie mir nicht gestellt, wenn du nicht gedacht hättest, ich sei womöglich verrückt, ein einsamer Ordnungshüter, der gegen einen imaginären Feind kämpft.

»Tausende«, erwiderte ich. Ich hatte keine Ahnung, wie viele es tatsächlich waren. Hunderte? Tausende? Hunderttausende? Das hatte man mir nie gesagt. Vielleicht wusste Jared Bescheid.

»Aber wofür kämpfst du?«, wolltest du wissen. Inzwischen warst du kaum noch in der Lage zu sprechen.

»Für meine Schwester«, antwortete ich in der Hoffnung, dass das nach all dem, was ich dir soeben erzählt hatte, nachhallen würde.

»Okay«, entgegnetest du. »Dafür kämpfst du. Aber wofür kämpfen alle anderen?« Diese Frage war mir noch nie gestellt worden.

»Weil alle eine solche Geschichte zu erzählen haben, Maria. Mein Freund Jared musste mit ansehen, wie sie seinen älteren Bruder erwürgt haben. Mein Freund Michael hat seine Eltern nie kennengelernt. Er wuchs bei einer seiner Tanten auf. Jeder hat einen Grund zu kämpfen.«

»Aber das ergibt keinen Sinn, Joe. Es muss irgendwo angefangen haben. Man führt nicht grundlos einen Krieg. Es muss irgendwas geben, worum man kämpft. Macht? Land? Geld? Irgendetwas.« In deinem Blick war Mitleid zu erkennen. Hinter deiner Angst verbarg sich Mitleid. Dein Mitleid machte mich wütend. Es sorgte dafür, dass ich mir wie ein Idiot vorkam.

Ich zog in Erwägung, dir die Geschichten zu erzählen. Ich zog in Erwägung, dir von dem Sklavenaufstand zu erzählen und dass wir für die Freiheit der restlichen Welt kämpften. Ich zog in Erwägung, dir von den gebrochenen Friedensabkommen zu erzählen, doch ich wusste, dass es keinen Unterschied machen würde. Auch wenn diese Geschichten stimmten, waren es nicht deine Geschichten. Man versteht erst dann, wenn man selbst einen Grund hat zu kämpfen. Wir alle möchten die Vorgeschichte kennen. Wir alle möchten wissen, dass wir die Guten sind. Aber auch das erklärt nicht alles. Deshalb antwortete ich, so gut ich konnte. »Ums Überleben« war alles, was mir einfiel.

»Das ergibt keinen Sinn, Joe.« Du hattest Tränen in den Augen.

»Du verstehst es einfach nicht«, erwiderte ich. »Deine Angehörigen wurden nicht getötet. Wie könntest du es da verstehen?«

Du fingst an zu weinen. »Man führt keinen Krieg ums Überleben, Joe. Das ergibt einfach keinen Sinn. Wenn beide Seiten nur versuchen zu überleben, braucht ihr bloß aufzuhören zu kämpfen.«

»Wenn es nur so einfach wäre, Maria.«

»Und wann hört es auf?«, fragtest du. Du kanntest die Antwort, ohne dass ich etwas sagte. Du weintest wieder. Tränen strömten dir über die Wangen. »Hört es jemals auf?«

Ich gab dir keine Antwort. Ich war es langsam müde, Fragen zu beantworten, auf die ich keine Antwort wusste.

»Wie viele?«, wolltest du wissen, als der Strom deiner Tränen verebbte. Du wolltest wissen, wie viele Menschen ich getötet hatte. Diese Frage würde ich auch nicht beantworten.

»So viele, wie ich musste«, antwortete ich.

»Wie viele?«, fragtest du mit mehr Nachdruck. Ich schüttelte nur den Kopf. Du erkanntest, dass du nichts mehr aus mir herausbekommen würdest.

»Was soll ich jetzt machen?« Du sahst zu mir auf, deine blauen Augen so groß wie Monde.

»Vertrau mir«, flehte ich dich an. »Ich bin ein guter Mensch, Maria. Vertrau mir.« Noch während ich die Worte aussprach, wurde mir bewusst, dass du keinen Grund hattest, mir zu vertrauen. Ich bin überzeugt, du wärst gegangen, wenn du nicht deine eigenen Geheimnisse gehabt hättest. Ich hätte es dir nicht verübelt, wenn du gegangen wärst.

»Und was ist mit mir?«, fragtest du.

»Wenn du bei mir bleibst, wirst du zu einem Teil dieser Sache. Allerdings gibt es bestimmte Regeln, die dich schützen – zumindest am Anfang.«

»Regeln?«, fragtest du.

»Ja«, erwiderte ich und bemerkte, wie lächerlich das klang. »So, wie sie mich nicht töten konnten, weil ich noch nicht achtzehn war, als sie kamen, um meine Schwester umzubringen. Das ist eine der Regeln.« Während ich sprach, war mir nicht bewusst, wie wichtig die Regeln noch werden würden. »Eine andere Regel besagt, dass Unbeteiligte nicht getötet werden dürfen. Also bist du für sie unantastbar, es sei denn, wir gründen eine Familie. Falls es dazu kommen sollte, werde ich dich beschützen.« Ich hätte dich auffordern sollen wegzulaufen. Ich hätte dich anflehen sollen, dass du dich so weit wie möglich von mir fernhältst. Wenn ich mutig wäre, hätte ich dich verlassen. Stattdessen stammelte ich: »Ich kann dich nicht bitten, bei mir zu bleiben. Ich kann dir nur versprechen, dass ich alles tun werde, um dich zu beschützen.«

Es entstand eine lange, schmerzhafte Pause. Mein ganzer Körper tat mir weh. Du warst an der Reihe, etwas zu sagen. Du nahmst meine Hände in deine und drehtest sie um, damit du meine Handflächen betrachten konntest. »Du tötest Menschen. Du tötest Menschen mit diesen Händen.« Jetzt war ich an der Reihe zu weinen. Ich vergrub das Gesicht an deiner Schulter und ließ meinen Tränen freien Lauf.

Du musst in Betracht gezogen haben, mich zu verlassen. Es wäre verrückt gewesen, das nicht zu erwägen. Trotzdem spürte ich, dass du mich mit deinen Fragen nicht zermürben wolltest. Du versuchtest nur, die Situation in vollem Umfang zu ermessen. Bleibst du bei einem Mann, von dem du weißt, dass er ein Mörder ist, oder läufst du davon? Schließlich hörte ich auf zu weinen. »Vertraust du mir?«, fragte ich mit aller Kraft, die ich aufbringen konnte.

»Ich glaube nicht, dass mir etwas anderes übrig bleibt«, erwidertest du.

Jetzt war ich verwirrt. »Was meinst du damit?«

»Ich bin schwanger.«

Letzten Endes sind es unsere Geheimnisse, die uns zusammenschweißen.

»Was?« Ich stand schockiert wieder auf.

»Ich bin schwanger, Joe.«

»Wie das?« Ich suchte nach Worten.

»Du weißt genau, wie, Joe.« Deine Antwort war barsch. Ich

hatte nicht so reagiert, wie du wolltest. Ich hatte dir soeben erzählt, dass ich Leben beende. Jetzt sagtest du mir, dass in dir eines entstand, und ich verhielt mich wie ein Idiot.

»Was ist mit Verhütung?«

»Was ist damit, Joe? Das ist vermutlich nicht der richtige Zeitpunkt, um das zum ersten Mal zur Sprache zu bringen.« Deine Stimme klang wütend.

»Du bist an der Uni. Welche Studentin nimmt nicht die Pille?« Das war eine dumme Bemerkung, aber ohne sie wäre uns nicht bewusst geworden, in welcher misslichen Lage wir uns befanden.

»Ja, ich bin an der Uni. Aber ich nehme nicht die Pille.«

»Warum nicht?«

»Ich bin siebzehn, Joe«, erwidertest du.

Meine Gedanken rasten. Siebzehn? Wie konntest du siebzehn sein? Ich fing an, im Kopf zu rechnen. Siebzehn plus neun Monate. Was ergab siebzehn plus neun Monate?

»Aber du hast doch gesagt, du wärst im zweiten Jahr?«

»Ich habe dir gesagt, dass ich im zweiten Jahr studiere. Mehr wolltest du nie wissen. Du hast mich nie gefragt, wie alt ich bin. Ich habe meinen Highschool-Abschluss vorzeitig gemacht. Ich war weit für mein Alter.« Du schriest. »Ich war siebzehn, an der Uni und einsam, und dann bin ich dir begegnet. Ich war schon immer anders, Joe. Ich war anders als meine Mitschüler auf der Highschool. Ich bin anders als meine Kommilitonen an der Uni. Dann habe ich dich kennengelernt, und du warst auch anders. Wir waren gemeinsam anders.« Inzwischen flehtest du mich an. Ich versuchte weiterhin, im Kopf zu rechnen. Siebzehn plus neun Monate, was ergab siebzehn plus neun Monate?

»Wann hast du Geburtstag?«

»Was spielt das für eine Rolle?« Deine Verärgerung über meine Reaktion wich Verwirrung.

Ich sah dich an. Mein Blick muss dich erschreckt haben, da du zusammenzucktest. »Wann hast du Geburtstag?«, wiederholte ich.

»Ich bin vor zwei Monaten siebzehn geworden.« Vor zwei Monaten. Was bedeutete das? Meine Gedanken rasten.

»Wie weit bist du schon?«, fragte ich. Es war eine dumme Frage. Mein Verstand funktionierte nicht richtig.

»Was glaubst du wohl, Joe?«, erwidertest du.

Es war einen Monat her. Ich zählte eins und eins zusammen. Es war einen Monat her, dass wir ein Wochenende miteinander verbracht hatten. Dein Termin war in acht Monaten. Zwei Monate vor deinem achtzehnten Geburtstag. Daran gab es nichts zu rütteln. Das Ganze ließ sich unmöglich um weitere zwei Monate ausdehnen. Ich erstarrte.

»Joe?«, schriest du mich an, um meine Aufmerksamkeit zu erregen, als ich ins Leere starrte. Ich sah dich an. Du machtest den Eindruck, als würdest du jeden Moment wieder anfangen zu weinen. »Freust du dich?«

»Was soll das heißen?«

Ich hätte taktvoller sein müssen, glaubte aber, dass dafür keine Zeit war. »Willst du es behalten?«

Du fingst wieder an zu weinen. Deine Tränen ließen keinen Zweifel daran, dass ich Vater werden würde. Ich würde Vater des Kindes einer Frau werden, die noch keine achtzehn Jahre alt war. Mein Kind würde mein Feind werden. So lauteten die Regeln.

Ich ging zu dir, weil ich dich halten wollte, weil ich dich beruhigen wollte, damit ich dir meine Reaktion erklären konnte. Als ich versuchte, dich in die Arme zu nehmen, schlugst du mir ins Gesicht. Es tat weh, doch für Schmerz war einfach keine Zeit. Ich versuchte abermals, dich zu umklammern, und kämpfte mich durch deine Arme, mir denen du wild um dich schlugst, bis dein Körper an meinen gepresst war.

»Tut mir leid, tut mir leid, tut mir leid«, murmelte ich. Ich wiederholte die Worte immer und immer wieder. Sie waren wie ein Mantra. Ich wiederholte sie so lange, bis du aufhörtest, dich zu wehren, und dein Körper in meinen Armen schlaff wurde. Das Geheimnis, das ich gerade offenbart hatte, rückte bereits in den Hintergrund, doch ich durfte nicht zulassen, dass es verblasste. Ich durfte dich den Krieg und auch meine Rolle darin nicht vergessen lassen. Ich durfte dich nichts davon vergessen lassen, da es jetzt noch mehr zu erzählen gab. Du hattest mich gefragt, warum ich kämpfe. Ich konnte dir keine Antwort darauf geben, zumindest keine, die du verstanden hättest. Jetzt jedoch gab es einen neuen Grund zu kämpfen. »Natürlich freue ich mich«, sagte ich und versuchte, dich zu beruhigen, »aber du bist selbst noch ein Kind. Du bist siebzehn. Bist du dir sicher, dass du weißt, was du tust?«

»Ein Kind, Joe? Du kannst mich mal. Bis jetzt hast du mich nicht wie ein Kind behandelt. Letzte Nacht hast du mich nicht wie ein Kind behandelt. Vielleicht ist das jetzt nicht der richtige Zeitpunkt, um damit anzufangen, mich wie ein verdammtes Kind zu behandeln.« Siebzehn. Großer Gott. Ich sah dich an. Du hattest recht. Wenn sich einer von uns beiden wie ein Kind benahm, dann ich.

»Entschuldige«, flehte ich dich erneut an. »Entschuldige, dass ich dich als Kind bezeichnet habe. Es tut mir leid, wie ich reagiert habe. Entschuldige für alles. Ich war einfach überrascht. Du hast mich auf dem falschen Fuß erwischt.« Du begannst in mein Hemd zu schluchzen, das feucht wurde und an meiner Haut klebte. Ich beschloss zu sagen, was du meiner Meinung nach von mir hören wolltest. »Ich freue mich darauf, mit dir ein Kind zu haben. Ich freue mich.« Ich stand noch zu sehr unter Schock, um überzeugend zu klingen. Das wusste ich. Du saugtest es jedoch auf, da du dir so sehr wünschtest, überzeugt zu werden. »Ich möchte ein Kind mit dir haben, aber es gibt noch eine Sache, die ich dir sagen muss.« Ich hielt dich ein Stück von mir weg, damit ich dir in die Augen sehen konnte, während ich sprach. Du wurdest langsam ruhiger, als meine Worte schließlich dem entsprachen, was du zu hören gehofft hattest.

»Ich glaube nicht, dass ich noch mehr ertragen kann«, erwidertest du. Deine Vorahnung war zutreffender, als du wissen konntest.

»Tut mir leid, aber es gibt da noch eine Sache.« Siebzehn? Ich war erst sechzehn gewesen, als mich dieser Krieg überrollte. Das kam mir so jung vor und schien eine Ewigkeit her gewesen zu sein. Doch ich hatte überlebt, und du warst stärker als ich. Ich erzählte dir nochmals von den Regeln, die ich immer als sicheren Hafen im Wahnsinn dieses Krieges betrachtet hatte. Jetzt erschienen mir diese Regeln mehr als grausam. Regel Nummer eins: Unbeteiligte dürfen nicht getötet werden. Regel Nummer zwei: Minderjährige dürfen nicht getötet werden. Jetzt brauchte ich dir nur noch die dritte Regel zu erklären: Babys von Minderjährigen mussten der Gegenseite ausgehändigt werden. Du rangst nach Luft, als ich sie dir nannte, und brauchtest nicht lange, um sie zu begreifen. »Ich könnte dir sagen, dass du davonlaufen sollst, aber sie würden dich finden«, sagte ich. Ohne mich davonzulaufen kam nicht mehr in Frage. »Sie würden dich finden und dir unser Kind wegnehmen. Wenn du bei mir bist, kann ich dich beschützen.«

»Es muss eine andere Möglichkeit geben.«

»Nein, die gibt es nicht. Wenn wir dieses Baby bekommen, haben wir keine andere Wahl.« Du schütteltest ungläubig den Kopf. Ich wünschte, ich hätte eine bessere Antwort gehabt, doch es gab keine bessere.

»Und was machen wir jetzt? Ich gebe dieses Baby nicht her, Joe.« Deine Stimme klang trotzig und stark, stärker, als ich es in diesem Moment für möglich gehalten hätte.

Ich war auch nicht bereit, unser Baby aufzugeben, Maria. »Wir hauen ab«, sagte ich zu dir. »Wir hauen ab.« Noch nicht sofort, aber bald.

Der Rest des Tages verstrich verschwommen, da wir beide erschöpft und emotional ausgelaugt waren. Wir versuchten, den neuen Kurs zu verarbeiten, den unser Leben eingeschlagen hatte; wir waren uns beide darüber im Klaren, dass nichts jemals wieder so sein würde, wie es war. Hin und wieder stelltest du mir eine Frage, oder ich stellte dir eine, um bestimmte Details zu klären, um Ungewissheiten auszuräumen und um den anderen besser kennenzulernen. Es war schwer zu glauben, dass wir tatsächlich nur fünf Tage miteinander verbracht hatten.

»Und, warst du schon beim Arzt?«, erinnere ich mich, dich gefragt zu haben.

»Warum? Zweifelst du etwa daran, dass ich schwanger bin?« Du lächeltest wieder. »Versuchst du immer noch, aus dieser Sache rauszukommen?«

»Nein, nein, nein. Vertrau mir. Ich möchte nur sichergehen, dass du gut auf dich aufpasst. Ich möchte nur sichergehen, dass du gut auf unser Kind aufpasst.«

»Wir sind hier in Kanada«, erwidertest du. »Natürlich war ich beim Arzt.«

»Und wann ist es so weit?« Ich begann, an den Fingern abzuzählen.

»Im Juli«, sagtest du, bevor ich zu Ende zählen konnte.

»Im Juli«, wiederholte ich und lächelte.

»Was ist mit meinen Eltern?«, fragtest du irgendwann. Ich hatte dich bislang kaum über deine Angehörigen sprechen hören. In meiner Vorstellung verklärte ich sie. Sie waren normal. Sie hatten dich hervorgebracht.

»Wenn sie glauben, dass deine Eltern etwas wissen, werden sie ihr Leben auf den Kopf stellen. Sie sind Unbeteiligte, deshalb kann ihnen kein körperlicher Schaden zugefügt werden, aber es gibt viele Möglichkeiten, wie sie einem auf die Pelle rücken können, ohne einem körperlichen Schaden zuzufügen.«

»Dann kann ich also nicht mal mit ihnen Kontakt aufnehmen? Ich darf ihnen nicht sagen, wo ich bin?«

»Na ja, es gibt schon Wege. Wir können sie wissen lassen, dass wir in Sicherheit sind, ihnen vielleicht sogar Fotos schicken. Aber sehen dürfen wir sie nicht.« Du wirktest besorgt.

»Nie wieder?« Die Kraft in der Stimme war zurückgekehrt. Ich konnte erkennen, dass du schon jetzt bereit warst, jedes Opfer zu bringen, um unser Kind zu schützen.

»Eines Tages, nachdem wir uns aus dem Staub gemacht haben, werden uns beide Seiten vergessen. Sie werden uns abschreiben. Dann können wir deine Eltern besuchen.« Vielleicht, dachte ich. Vielleicht wird es uns gelingen zu entkommen. »Ich möchte sie kennenlernen.« Ich lächelte, um dich aufzuheitern. »Und ich bin sicher, deine Eltern möchten ihr Enkelkind kennenlernen.«

»Sie werden das nicht verstehen«, sagtest du. Deine Stimme

klang traurig. Ich hätte gern irgendetwas gesagt, um dich aufzumuntern. Ich sagte nichts.

»Also, was bist du, so eine Art Genie?«, fragte ich.

»Nein«, erwidertest du. »Ich wurde zu Hause unterrichtet. Meine Eltern sorgten immer dafür, dass ich anderen Kindern voraus war. Aber jetzt sitze ich in Seminaren und bin erstaunt, wie schlau die anderen Studenten sind.«

»Du bist schließlich auch zwei Jahre jünger als sie.«

»Was hat das Alter denn damit zu tun?«

»Warum gibst du nicht einfach zu, dass du scheißclever bist?«

»Nette Ausdrucksweise, Joe.«

»Vielleicht würde ich *guter* sprechen, wenn ich auch zu Hause unterrichtet worden wäre«, scherzte ich.

»Halt doch die Klappe«, sagtest du. Du nahmst ein Kissen und zieltest damit auf meinen Kopf.

»Ich bin begeistert. Mein Kind hat eine Fünfzig-fünfzig-Chance, ein Genie zu werden«, erwiderte ich, nachdem ich dem Kissen ausgewichen war. Du lächeltest das erste Mal an diesem Tag.

»Muss jeder andere Menschen töten?«, erkundigtest du dich. Das war eine berechtigte Frage. Du wolltest wissen, ob ich mich für diese Aufgabe freiwillig gemeldet hatte.

»Nein, es gibt viele verschiedene Jobs.«

»Und wie bist du bei dem gelandet, den du hast?«

»Eignungstest«, entgegnete ich.

»Du verarschst mich.«

»Ich wünschte, es wäre so, ist es aber nicht. Ich hätte auch beim Geheimdienst landen können, als Ahnenforscher oder in irgendeinem anderen Job. Aber am Anfang deiner Ausbildung wird analysiert, wie du reagierst. Nachdem sie meine Reaktion analysiert hatten, ließen sie mich einen Test machen, und der Test ergab, dass ich einen guten Killer abgeben würde.« Ich sah dich an. Es gefiel dir nicht, wenn ich dieses Wort benutzte. »Aber ich will ehrlich sein. Mit siebzehn oder achtzehn hätte ich mich für diesen Job freiwillig gemeldet, weil ich so wütend auf sie war.«

»Und jetzt?«, wolltest du wissen.

»Jetzt würde ich mir wünschen, meine Hände wären sauber. Aber wütend bin ich immer noch.«

»Auf die anderen?«

»Ja«, entgegnete ich, »auf die Leute, die meine Angehörigen ermordet haben.«

»Hältst du mich für einen schlechten Menschen?«, fragte ich dich, nachdem ich den Mut dazu gesammelt hatte.

»Nein«, erwidertest du. Ich stieß einen Seufzer der Erleichterung aus. »Aber ich kenne dich nicht.« Ich sah dich an. Du kanntest mich. Du wusstest es nur nicht. Du kanntest mich bereits besser als jeder andere Mensch auf der Welt. Das konnte ich dir allerdings nicht erklären. Ich würde es dir beweisen müssen, und das würde dauern. »Ich kenne dich nicht, aber ich liebe dich.« Liebe war gut und hatte uns so weit gebracht. »Und ich denke, was du getan hast, ist falsch, wie sehr du auch versuchst, es zu rechtfertigen.« Das akzeptierte ich. Schließlich hattest du nicht mein Leben gelebt. »Und ich habe ein wenig Angst vor dir. Ich möchte, dass du aufhörst zu töten.«

»Okay …«, sagte ich. Viel mehr als das konnte ich nicht verlangen. Ich war mein ganzes Leben lang von Angst begleitet worden. Es war nur natürlich, dass du ebenfalls Angst hattest, nach dem, was ich dir erzählt hatte. Ich wünschte mir nur, du hättest keine Angst vor mir gehabt, doch das würde sich im Lauf der Zeit legen. Du hieltst mich nicht für einen schlechten Menschen. Das war vorerst genug für mich.

»Und, wirst du?«

»Werde ich was?«

»Aufhören zu töten.«

»Ja, das werde ich«, erwiderte ich. »Wenn sie mich lassen.«

»Wohin werden wir gehen?«, fragtest du. Darüber hatte ich mir noch keine Gedanken gemacht. Wir mussten versuchen, einen Ort zu finden, an dem sie nicht nach uns suchen würden.

»Ich weiß nicht. In den Süden?«

»Warum in den Süden?«

»Ich bringe dich irgendwohin, wo es warm ist«, erwiderte ich.

»Wenn wir irgendwohin gehen, wo es warm ist, wozu brauche ich dich dann?« Unsere erste gemeinsame Nacht schien schon lange her zu sein. Ich starrte in die Ferne und erinnerte mich an deinen Gesichtsausdruck, als du mich batest, zu dir unter die Bettdecke zu kommen. »Woran denkst du, Joe?«, wolltest du wissen.

»An dich«, erwiderte ich und beließ es dabei.

Vor dem Fenster ging der Tag in den Abend über. »Und wann gehen wir?«, fragtest du.

»Bald«, entgegnete ich. »Ich muss mich noch um eine Sache kümmern, die uns etwas Zeit verschaffen wird. Anschließend können wir aufbrechen.« Du stelltest keine Fragen. Ich glaube, du wusstest, was ich tun musste. Du hattest mich gebeten, aufzuhören zu töten. Ich hatte dir versprochen, dass ich das tun würde. Ich hatte vor, dieses Versprechen zu halten, aber noch konnte ich das nicht. Ich musste noch einen Job erledigen, um uns genug Zeit für unsere Flucht zu verschaffen. Und dieser Job erforderte einiges an Vorbereitung.

Am Abend, nachdem uns die Fragen ausgegangen waren, die wir uns gegenseitig stellen konnten, checkte ich unter dem Pseudonym, das Allen mir gegeben hatte, in einem Hotel ein. Mit einem Mal war es wichtig, dass alles so normal wie möglich wirkte. Ich war mir sicher, sie würden meine Spur verfolgen, würden sich vergewissern, dass ich meiner Aufgabe dieses Mal gewachsen war. Ich erinnerte mich daran, was Jared mir gesagt hatte, dass sie große Pläne für mich hätten, doch ich wusste, dass ich nicht vorsichtig genug sein konnte. Im Lauf meiner Karriere hatte ich nur einen Mord verpfuscht, doch dieser eine genügte. Außerdem war ich bereits einen Tag im Rückstand. Eigentlich hätte ich schon am Abend zuvor in das Hotel einchecken sollen. Von jetzt an musste ich mich bei allem, was ich tat, genau an die Vorschriften halten. Ins Hotel einchecken. Den Job erledigen. Anschließend hätten wir zwei Wochen Vorsprung. Sie rechneten erst in zwei Wochen damit, dass ich wieder anrief. In zwei Wochen konnten wir um die halbe Welt reisen. Soweit ich es beurteilen konnte, war das auch nötig, wenn wir entkommen wollten.

Ich wählte mein Hotel willkürlich aus und checkte in einer Unterkunft in der Altstadt ein, die früher einmal eine Bank gewesen war. Als wollte man mir unmissverständlich klarmachen, dass ich unter Beobachtung stand, bekam ich nur drei Stunden nach dem Einchecken ein Paket in mein Hotelzimmer geliefert. Sie mussten meine Kreditkarten überwacht haben, da ich mir sicher war, dass mir niemand folgte. Das Paket enthielt einen aktualisierten Statusbericht zu meiner Zielperson. Viel

Neues war darin nicht zu finden, zwei Tage in der Woche Unterricht an der Universität, ein Nachmittag im Strip-Club, ein Mittagessen im chinesischen Viertel. Der große Australier hatte gekündigt, nachdem er aus dem Krankenhaus entlassen worden war. Soweit bekannt war, hatte er sich vollständig erholt und war nach Australien zurückgekehrt. Meine Zielperson hatte einen neuen Leibwächter engagiert, um ihn zu ersetzen. Diesmal handelte es sich auch bei dem zweiten Bodyguard um einen von ihnen. Beim letzten Mal hatte ich eine Woche damit verbracht, einen Plan auszuarbeiten, der nicht funktioniert hatte. Jetzt hatte ich zwei Tage Zeit, um mir einen neuen Plan auszudenken, und ich musste mit einberechnen, dass meine Zielperson und sämtliche Mitarbeiter aller Wahrscheinlichkeit nach in höchster Alarmbereitschaft waren. Ein Killer war in sein Haus eingedrungen und hatte vor seiner Schlafzimmertür gestanden, und das wusste er. Das konnte niemand einfach so ignorieren. Von welcher Seite ich es auch betrachtete, dieser Job würde eine heikle Sache werden. Aber es war der letzte Job, den ich jemals erledigen würde. Rein, raus, weg. Dann war ich frei. Dann waren wir frei, um zusammen zu sein.

Ich holte meine alten Aufzeichnungen hervor, da ich nachsehen wollte, ob es vielleicht irgendwelche Möglichkeiten gab, die mir beim letzten Mal nicht aufgefallen waren. Sein Haus war tabu. Seit meinem letzten Versuch waren die Sicherheitsmaßnahmen zweifellos verschärft worden. Außerdem wäre ich mir wie ein Idiot vorgekommen, wenn ich denselben Job zweimal auf dieselbe Art und Weise in den Sand gesetzt hätte. Ich musste mich für einen anderen Ort entscheiden. Im Strip-Club gab es zu viel Sicherheitspersonal. Ich zog die Universität in Erwägung, machte mir jedoch Sorgen, dass das zu nahe bei dir wäre. Ich hoffte, dass niemand von deiner Existenz wusste, und hatte vor, es auch dabei zu belassen. Darüber hinaus gab es auf dem Campus zu viele Augen, zu viele wachsame junge Menschen, die alles ruinieren konnten. Ich musste meine Zielperson so gut wie möglich isolieren. Dazu musste ich mit weniger Anwesenden beginnen.

Mir blieb nur eine Möglichkeit: das chinesische Restaurant, in das er einmal in der Woche zum Mittagessen ging. Es handelte sich um ein kleines Lokal mit etwa zwanzig Tischen. Es gab dort zwei kleine Nebenräume, die mit Holzperlen-Vorhängen vom Haupt-Essbereich abgetrennt waren. Meine Zielperson saß mit ihren Geschäftspartnern immer in einem dieser Nebenräume. Auch die Bodyguards spulten beim Mittagessen immer dasselbe Programm ab: Sie teilten sich auf. Einer von ihnen aß mit meiner Zielperson und saß neben ihr. Der andere aß allein im Haupt-Essbereich und behielt das Restaurant im Auge. Die Situation war alles andere als ideal, stellte aber die beste meiner schlechten Optionen dar. Der Schauplatz war also festgelegt. Jetzt brauchte ich nur noch einen Plan.

Gift? Es wäre ihm recht geschehen, wenn ich ihn mit einem seiner eigenen Gifte getötet hätte. Die Idee war allerdings zu kompliziert. Wie hätte ich ihn vergiften sollen, ohne zu riskieren, dass ich auch die anderen Leute am Tisch vergiftete? Ich stieß immer wieder auf dieselbe Tatsache: Jemanden zu töten war einfach, aber denjenigen zu töten, den man töten wollte, war schwierig.

Ich fragte mich, was Michael an meiner Stelle getan hätte, da ich den Verdacht nicht loswurde, dass ich es bei meinem ersten Versuch mit der Planung schlichtweg übertrieben hatte. Ich hatte es auf Jareds Weise versucht, doch ich konnte Jared einfach nicht das Wasser reichen. Deshalb war auch er derjenige, der befördert worden war. Also, was hätte Michael getan? Vermutlich wäre er einfach hineinmarschiert, hätte seine Pistole gezogen und den Bodyguard im Haupt-Essbereich erschossen, wäre dann in den Nebenraum gegangen, um dem anderen Bodyguard und meiner Zielperson eine Kugel zu verpassen, und wäre anschließend hinausspaziert, als gehöre ihm das Restaurant. Genau das war Michaels Stil. Er widersprach allem, was uns beigebracht worden war. Doch meine Zielperson wusste, was uns beigebracht worden war. Ihm war das Gleiche beigebracht worden. Ich würde aufpassen müssen, dass ich keine Unbeteiligten erschoss, und ich würde schnell handeln müssen. Ich würde das Weite suchen müssen, bevor irgendjemand im Restaurant begriff, was vor sich ging. Es war riskant, aber ich musste langsam anfangen, mich an riskante Aktionen zu gewöhnen.

Das Mittagessen im chinesischen Viertel stand am nächsten Tag auf dem Programm. Ich versuchte, mich auf meinen Job zu konzentrieren. Es war nicht einfach.

Am nächsten Morgen stand ich früh auf und machte mich auf den Weg zum Haus meiner Zielperson. Ich hatte beschlossen, ihnen den ganzen Vormittag zu folgen, bis sie zum Mittagessen gingen, da ich den neuen Leibwächter ein paar Stunden lang beobachten wollte. Ich musste mir sein Äußeres ins Gedächtnis einprägen. Ich konnte es mir nicht erlauben, irgendwelche Zweifel zu haben, wenn der Mordanschlag über die Bühne ging.

Der neue Leibwächter hatte die Nacht im Haus meiner Zielperson verbracht. Er war blond und hatte stechend blaue Augen. Er war kleiner als der Australier, hatte aber irgendetwas an sich, was mich nervös machte. Irgendwie wirkte er ein bisschen verrückt. Er war höchstens einen Meter siebzig groß und besaß nicht die imposante Statur, die andere Bodyguards hatten. Der Geheimdienst hatte mir nicht viele Informationen über ihn gegeben, abgesehen davon, dass er zur Gegenseite gehörte und bereits mehrmals im Krankenhaus gewesen war, mindestens dreimal davon wegen Schussverletzungen. Somit wusste ich bereits im Voraus, dass er sich nicht so leicht töten ließ.

Als ich meiner Zielperson folgte, wurde mir bewusst, dass das mein letzter Mordanschlag war, mein letzter Job. Anschließend würde ich nie wieder Allens Stimme hören müssen. Ich konnte gehen, wohin ich wollte. Ich konnte zusammen mit dir an jeden beliebigen Ort auf der Welt verschwinden. Wir konnten ein Kind bekommen, das sich keine Sorgen um Tod, Mord und Krieg würde machen müssen. Wir würden frei sein. Diese Vorstellung machte mir fürchterliche Angst. Wovor ich Angst hatte, war nicht das Davonlaufen. Es war das, was nach dem Davonlaufen kommen würde. Ich fing an, auf eine Art und Weise an mir zu zweifeln, die ich dir damals nicht erklären konnte. Plötzlich fand ich die Vorstellung, Vater zu werden, erschreckend. Töten war alles, was ich konnte, alles, was mir jemals beigebracht worden war. Bislang hatte sich mein ganzes Leben ums Töten gedreht. Ich atmete tief durch und versuchte, meine Nerven zu beruhigen. Das Gewicht der Pistole in meinem Rucksack war eine Erleichterung.

Ich folgte meiner Zielperson und ihren Begleitern ins Stadtzentrum und beobachtete, wie sie dasselbe Bürogebäude betraten, das ich schon ein paar Wochen zuvor überwacht hatte. Genau wie beim letzten Mal ging ich in das Café auf der gegenüberliegenden Straßenseite, um den Gebäudeeingang zu beobachten und zu warten. Ich erinnerte mich daran, dass ich mich beim letzten Mal, als ich in diesem Café gesessen hatte, gelangweilt und jede Minute gezählt hatte. Dieses Mal saß ich unruhig da und wünschte mir, die Zeit würde langsamer vergehen, damit mir ein paar zusätzliche Momente blieben, um mich zusammenzureißen. Die Fragen, die mir durch den Kopf schossen, nahmen kein Ende. Ich warf abermals einen Blick auf die andere Straßenseite, beobachtete die bewegungslose Eingangstür und betete, dass sie sich niemals öffnen würde. Ich legte den Rucksack auf meinen Schoß und griff mit der Hand hinein, um das Gewicht der Pistole auf meiner Handfläche zu spüren. Dann erinnerte ich mich daran, wie ich nur ein paar Monate zuvor auf dem Parkplatz des Einkaufszentrums in New Jersey gesessen und darauf gewartet hatte, von Jared und Michael abgeholt zu werden. Ich dachte daran zurück, wie Leute hineingegangen und herausgekommen waren und ich sie um ihr Leben beneidet hatte. Ich hatte sie angesehen und keine Angst erkannt. Sie fuhren am Wochenende ins Einkaufszentrum, um ein paar Besorgungen zu machen, und kehrten anschließend in ihre Vorstadthäuser zurück, wo sie fernsahen und auf Montagmorgen warteten, wenn sie aufwachen und sich auf den Weg zur Arbeit machen würden, die sie hassten. Ich beneidete sie um ihr Leben, ihr »normales« Leben, ihr sinnloses, langweiliges, normales Leben. War ich dazu bestimmt? Und wie sah es mit Michael und Jared aus? Wie sah es mit den anderen auf unserer Seite aus? Wie sah es mit den Jugendlichen aus, die ich unterrichtete? Ich erinnerte mich, was Jared mir nur ein paar Abende zuvor gesagt hatte. Sie glaubten mehr an mich, als ich selbst an mich glaubte. Konnte ich diesen Krieg einfach aufgeben? Konnte ich den einzigen Kampf aufgeben, auf den ich von klein auf vorbereitet worden war? War ich zu alldem bereit? Ich streichelte den Griff der Pistole. Vielleicht gefiel es mir ja zu töten. Vielleicht hatte ich so viel

Tod gesehen, dass er das Einzige war, bei dem ich mich wohlfühlte. Ich gab mir Mühe, diese Gedanken aus meinem Kopf zu verdrängen.

Ich nippte immer wieder an meinem Getränk, beobachtete die Eingangstür des Bürogebäudes und wartete darauf, dass sie herauskamen, wartete darauf, dass mein Schicksal aus dieser Tür kam und die Straße in Richtung chinesisches Viertel hinunterging. Ich hatte Angst. Diese Art von Angst hatte ich noch nie empfunden. Nicht einmal in New Jersey, als ich am Strand gekniet hatte, die Hände auf dem Rücken gefesselt, eine Pistole auf mein Gesicht gerichtet, hatte ich solche Angst gehabt. Die Angst, die ich am Strand empfunden hatte, war simpel gewesen. Ich hatte Angst gehabt zu sterben, aber es war nur um mich gegangen. Alles, was ich zu verlieren hatte, war mein eigenes erbärmliches Leben gewesen. Wenn ich jetzt versagte, würde ich dir gegenüber versagen und unserem Kind gegenüber. Bislang war ich Soldat in einem Krieg gewesen, der größer war als ich. Ich war eine Schachfigur gewesen. Darüber war ich mir im Klaren. Ich war ausschließlich für Tod verantwortlich gewesen. Selbst wenn ich versagt hätte, hätte das zum Tod geführt. Ein erfolgreicher Job bedeutete, dass jemand anderer starb, ein missglückter Job hatte zur Folge, dass ich starb. Jetzt trug ich auch Verantwortung für Leben. Das war beängstigend. Während ich allein im Café saß und der Griff der Pistole in meiner Hand ruhte, musste ich mir in Erinnerung rufen, dass mir meine einzige Fähigkeit gute Dienste leisten würde, zumindest noch ein Mal.

Nach ein paar Stunden kam meine Zielperson mit ihrem Gefolge aus dem Gebäude, der neue Leibwächter vorneweg, meine Zielperson in der Mitte, der Amerikaner hinter den beiden. Der neue Bodyguard suchte im Gehen mit den Augen die

Straße ab. Für eine Sekunde blickte er in meine Richtung. Ich spürte sein Starren im Bauch. Die drei verließen das Gebäude und gingen die Straße hinunter. Es wurde Zeit, dass ich mich in Bewegung setzte. Plötzlich waren sämtliche Zweifel verflogen. Die Angst war weg. Ich war ein letztes Mal bei der Arbeit. Für Zweifel würde ich wieder Zeit haben, wenn ich fertig war.

Ich folgte ihnen nicht bis zum Restaurant, weil ich befürchtete, entdeckt zu werden. Schließlich wusste ich, wohin sie gingen. Ich musste nur herausfinden, welcher der beiden Leibwächter im Haupt-Essbereich saß und in welchem der beiden Nebenräume sich meine Zielperson befand. Dann würde ich durch die Tür spazieren, beiläufig auf den ersten Bodyguard zugehen, ihn aus nächster Nähe erschießen, in den Nebenraum marschieren, den zweiten Bodyguard erschießen und schließlich meiner Zielperson eine Kugel verpassen. Anschließend würde ich das Restaurant durch die Küche verlassen und für immer verschwinden. Wenn ich erfolgreich war, würde ich mit diesem Job angeben können, doch ich wusste, dass die Zeiten der Angeberei für mich vorbei waren. Wenn dieser Job erledigt war, würde ich Michael und Jared nie wiedersehen. Das konnte ich ihnen nicht zumuten. Ich konnte nicht von ihnen verlangen, für mich die Regeln zu ignorieren.

Als ich zum Restaurant ging, stellte ich mir das Ganze bildlich vor. Ich versuchte, es aus verschiedenen Blickwinkeln zu betrachten, um sicherzugehen, dass ich nichts übersah. Ich ging davon aus, dass in der Küche niemand versuchen würde, mich aufzuhalten. Das war eine begründete Vermutung, schließlich würde ich eine Pistole in der Hand halten und unter Beweis gestellt haben, dass ich bereit war, sie zu benutzen. Ich versuchte, mir jedes erdenkliche Szenario auszumalen. Im ersten saß meine Zielperson im Nebenraum auf der rechten Seite. Im zweiten im Nebenraum auf der linken Seite. Ich versuchte mir vorzustellen, wie der Job mit den Leibwächtern in jeweils unterschiedlichen Positionen verlaufen würde, und hoffte, dass der neue Bodyguard im Haupt-Essbereich sitzen würde. Ich wollte ihn als Ersten aus dem Weg räumen.

Als ich am Ende des Häuserblocks ankam, spähte ich um die Ecke, um meine Zielperson und ihr Gefolge zu orten. Die drei standen vor dem Restaurant und warteten. Der neue Leibwächter nahm einen langen, tiefen Zug von einer Zigarette. Er hielt den Mund geschlossen, nachdem er inhaliert hatte, und stieß zwei lange Rauchsäulen durch die Nasenlöcher aus. Ich verschwand wieder hinter der Häuserecke und lehnte mich gegen die Wand, um sicherzugehen, dass sie mich nicht sahen. Ich lauschte, aber keiner von ihnen sagte etwas. Ich blickte mich um, da ich wusste, dass ich mich in Bewegung setzen musste, sobald die Geschäftspartner meiner Zielperson auftauchten, doch ich hatte Glück. Sie kamen aus der anderen Richtung. Ich hörte, wie meine Zielperson sie begrüßte. Nachdem ich seine Stimme in der Vorlesung gehört hatte, erkannte ich sie sofort wieder. Man begrüßte sich und stellte sich einander vor. Im Freien wurde nicht über Geschäftliches gesprochen – darüber würde man sich im Restaurant unterhalten. Ich wusste, wozu diese Männer hier waren. Sie wollten Waffen kaufen. Ich wusste nur nicht, für welchen Krieg, und das war mir eigentlich auch egal.

Ich wollte mir das Äußere der Käufer genau einprägen, bevor sie das Restaurant betraten, da ich sichergehen musste, dass ich sie von meinen Zielpersonen unterscheiden konnte. Deshalb trat ich kurz einen Schritt vor und sah beiläufig in beide Richtungen die Straße hinunter, als würde ich nach jemandem Ausschau halten. Dabei warf ich einen flüchtigen

Blick auf die Gesichter der Käufer. Sie waren zu viert und alle ähnlich gekleidet. Jeder von ihnen war mit schwarzer Hose, einem dunklen Hemd und einer hellen Krawatte bekleidet. Außerdem trug jeder anstelle eines Jacketts eine schwarze Lederjacke. Alle hatten dunkles Haar. Sie sahen aus wie Brüder. Nachdem ich einen kurzen Blick auf sie erhascht hatte, trat ich zurück in den Schatten. Sie miteinander zu verwechseln würde kein Problem darstellen. Meine einzige Sorge war, dass sie bewaffnet sein könnten. Falls einer von ihnen eine Pistole bei sich hatte und beschloss, den Helden zu spielen, war ich geliefert. Schließlich war ich nicht Dirty Harry. Auf eine Schießerei war ich nicht vorbereitet.

Ich blieb noch kurz mit dem Rücken an die Backsteinmauer gelehnt stehen, lauschte und wartete darauf, sie hineingehen zu hören. Ich wollte beobachten, wenn sie zu ihrem Tisch geführt wurden, damit ich wusste, auf welcher Seite des Restaurants sie sitzen würden. Die linke Seite wäre besser gewesen, da man von dort schneller in die Küche gelangte, doch ich konnte mit beiden Seiten leben. Ich musste es nur unbedingt vorher wissen. Es wäre ein Desaster, wenn ich in den falschen Nebenraum gehen würde, nachdem ich ins Restaurant spaziert war und jemandem in den Kopf geschossen hatte. Ich wartete, bis ich die letzten Schritte auf den Stufen zur Eingangstür des Restaurants hörte, dann ging ich um die Ecke und spähte durch eines der vorderen Fenster. Das Restaurant war ziemlich klein. Das Gebäude selbst war leuchtend rot gestrichen, und in den Torbogen über der Tür war ein Drache geschnitzt. Die gesamte Gebäudefront war mit Fenstern versehen, die sich an heißen Sommertagen zur Straße hin öffnen ließen. Ich spähte durch eines dieser Fenster und beobachtete, wie meine Zielperson zu ihrem Tisch geführt wurde. Ich hatte Glück. Der neue Leibwächter betrat das Restaurant als Letzter und würde deshalb im Haupt-Essbereich Platz nehmen. Während die Gruppe in den Nebenraum auf der linken Seite des Restaurants geführt wurde – das Glück schien abermals auf meiner Seite zu sein –, brachte eine andere Kellnerin den blauäugigen Bodyguard zu einem freien Tisch in der rechten hinteren Ecke des Haupt-Essbereichs. Er nickte und setzte sich.

Noch hätte ich die Sache abblasen können. Wir hätten weglaufen können. Ich hätte meinen Job ausfallen lassen und zu dir zurückkehren können, und wir hätten uns noch am selben Nachmittag aus dem Staub machen können. Wir hätten trotzdem noch einen kleinen Vorsprung gehabt. Vermutlich hätte es ein bis zwei Tage gedauert, bis ihnen bewusst geworden wäre, dass ich den Job nicht erledigen würde. In zwei Tagen wären wir ziemlich weit gekommen. Wir hätten nach Europa oder Asien fliegen können. Wir hätten den großen Australier in seiner Heimat besuchen können. Die Welt war klein. Ein bis zwei Tage hätten uns womöglich genügt, um abzuhauen und unterzutauchen, doch unsere Fährte wäre in diesem Fall noch frisch gewesen. Unser Geruch hätte noch an allem gehaftet, was wir angefasst hatten. Es spielte keine Rolle, wohin wir uns hätten absetzen können, da sie ebenso schnell dorthin hätten gelangen können. Wir brauchten mehr Zeit. Wir brauchten nicht nur Zeit, um abzuhauen, sondern auch Zeit, um abzutauchen.

Ich atmete tief durch. Ein Job. Das war alles. Ich holte die Pistole aus meinem Rucksack und steckte sie in meine Jackentasche. Dann warf ich mir den Rucksack wieder über die Schulter. Er enthielt die anderen beiden Magazine für meine Pistole, drei Pässe, die auf drei verschiedene Namen ausgestellt waren, und ein paar hundert Dollar in bar. Ich war bereit, meinen Job hinzuschmeißen und für immer zu verschwinden. Ich griff mit der Hand in meine Jackentasche, umschloss die Pistole, legte den Zeigefinger an den Abzug und streichelte ihn. Der Schalldämpfer war noch an die Mündung montiert. Ich hatte ihn nie entfernt. Die Pistole war entsichert. Es wurde Zeit, dass ich mich in Bewegung setzte.

Ich steuerte geradewegs auf die Eingangstür des Restaurants zu, erklomm die Stufen, zog die Tür auf und ging auf die Kellnerin zu. Dabei hielt ich den Blick nach vorn gerichtet, doch aus dem Augenwinkel beobachtete ich den blauäugigen Bodyguard. Er beobachtete mich ebenfalls. Ich trat zwei Schritte auf die Kellnerin zu. Sie lächelte mich an und machte Anstalten, mich zu fragen, mit wie vielen Leuten ich hier sei. Doch bevor sie die Worte aussprechen konnte, sah ich, dass sich der Leibwächter bewegte. Er nahm vorsichtig die Serviette von seinem Schoß und faltete sie auf dem Teller zusammen, der vor ihm stand. Das war seltsam. Warum nahm er sich die Zeit, um seine Serviette zusammenzufalten? Ich ging schnell an der Tischanweiserin vorbei. Dabei sah ich die Verwirrung in ihrem Gesicht. Ich machte zwei große Schritte auf den Bodyguard zu, der inzwischen aufgestanden war. Er hielt irgendeinen Gegenstand in der linken Hand. Als ich mich ihm noch ein Stück näherte, begann er die linke Hand in meine Richtung auszustrecken. Ich ging bis auf etwa drei Meter an ihn heran und zog dann meine Pistole aus der Jackentasche. Meine Bewegungen waren schnell, schneller als seine. Ich hob die Pistole und drückte ab. Ein Schuss. Ich traf ihn in den Kopf. Nicht zwischen die Augen, aber trotzdem in den Kopf. Er hatte seinen Arm ungefähr zu drei Vierteln in meine Richtung ausgestreckt. Blut spritzte an die Wand hinter ihm, und er fiel zu Boden.

Niemand im Restaurant bewegte sich. Die Tischanweiserin, die sofort gespürt hatte, dass irgendetwas nicht stimmte, als ich an ihr vorbeigegangen war, unterdrückte einen Schrei. Abgesehen davon hatte ich das Gefühl, in einem Museum zu sein oder in einem Bestattungsinstitut. Ich hatte damit gerechnet, dass sich alles langsam bewegen würde. Ich hatte damit gerechnet, dass sich die Zeit verlangsamen würde. Ich hatte damit gerechnet, alles in Zeitlupe zu sehen. Ein paar Sekunden lang war es auch so. Nachdem ich jedoch zum ersten Mal den Abzug betätigt hatte, spielte sich alles im Schnelldurchlauf ab.

Ich ging unverzüglich quer durch den Haupt-Essbereich zu dem Nebenraum. Niemand im Restaurant rührte sich von der Stelle. Ich gab mir Mühe, fokussiert zu bleiben. Alle Bilder außerhalb des schmalen Tunnels meines Blickfelds verschwammen. Ich hielt die Pistole im Gehen vor mir, schob den Holzperlen-Vorhang mit der linken Hand beiseite und trat an den langen, rechteckigen Tisch. Alle sechs Personen am Tisch blickten zu mir auf. Meine Zielperson und ihr Leibwächter saßen mir gegenüber an der Wand. Die vier Käufer saßen mit dem Rücken zu mir auf Stühlen, drehten sich jedoch um und sahen mich an, als ich den Raum betrat. Ich verzichtete auf Blickkontakt. Ich hob die Pistole und schoss dem amerikanischen Bodyguard einmal in die Brust. Er sah mich einen Moment lang an und senkte dann verwirrt den Blick auf seine Brust. Ich drehte mich zu meiner Zielperson, richtete die Pistole auf seinen Kopf und feuerte. Anschließend feuerte ich noch einmal. Und noch einmal. Ich erinnere mich nicht mehr, wie oft ich den Abzug betätigte. Die ersten beiden Schüsse trafen ihn am Kopf. Danach durchlöcherte ich ihn mit Kugeln. Bei jedem Schuss zuckte sein Körper, und mit jedem Zucken verlor ich das Vertrauen, dass er tatsächlich tot war. Alles hing davon ab, dass er tot war. So oft, wie ich den Abzug betätigte, hätte ich ihn fünf Mal töten können.

Dann hörte ich hinter mir ein lautes Knallen, das mich aus
meiner Trance riss. Ich hörte auf zu schießen und sah mich
am Tisch um. Der Amerikaner saß einfach da, mit glasigem
Blick, und rührte sich nicht. Meine Zielperson war in sich zu-
sammengesackt und berührte mit dem Gesicht beinahe ihren
Teller. All die Planung und Vorbereitung, die ich in den ersten
Mordanschlag auf ihn investiert hatte, und jetzt war er ein-
fach tot. Es war tatsächlich so einfach gewesen. Dann betrach-
tete ich die ernsten, hässlichen Gesichter der Käufer. Sie wirk-
ten stoisch und erweckten nicht den Anschein, als wollten sie
in das Kampfgeschehen von jemand anderem verwickelt wer-
den. Einer von ihnen griff zu seinem Löffel und aß seine Suppe
weiter.

Ich hörte es hinter mir ein weiteres Mal knallen und spürte
plötzlich einen stechenden, brennenden Schmerz hinten an mei-
nem linken Bein. Ich drehte mich um und blickte durch den
Perlenvorhang. Dahinter stand der blauäugige Bodyguard mit
seiner Pistole in der ausgestreckten Hand. Sein Gesicht war
zur Hälfte mit Blut bedeckt. Er hatte ein Auge geschlossen, da-
mit ihm kein Blut hineinlief, stolperte nach vorn und betätigte
erneut den Abzug. Diesmal sauste die Kugel an meinem Kopf
vorbei und schlug in der Wand hinter mir ein. Ich hörte jeman-
den schreien und sah ein paar Leute zur Eingangstür laufen.
Der Bodyguard hob die Pistole abermals an, doch bevor er
schießen konnte, bahnte ich mir den Weg durch den Perlenvor
hang in Richtung Küche. Erst als ich den ersten Schritt machte,
wurde mir der Schmerz in meinem Bein wieder bewusst, das
beim Gehen vor Qual aufzuschreien schien. Ich hatte einen
Schuss hinten in meinen Oberschenkel abbekommen, glück-
licherweise ein paar Zentimeter oberhalb der Kniekehle. Ich
versuchte, so schnell wie möglich in die Küche zu gelangen.

Dabei hörte ich einen weiteren Knall und ein Zischen neben meinem Ohr. Ich musste sofort verschwinden.

Ich ging schnell durch die Küche und hielt die Pistole dabei auf Kopfhöhe. Das Küchenpersonal kam mir nicht in die Quere. Ich humpelte zur Hintertür. Sie führte neben den Mülltonnen auf der Rückseite des Gebäudes ins Freie. Es roch nach verfaultem Fleisch. Der Gestank der Mülltonnen in Verbindung mit dem brennenden Schmerz in meinem Bein hätte beinahe dafür gesorgt, dass mir übel wurde. Ich holte tief Luft. Ich musste mich in Bewegung setzen. Ich musste weg vom Tatort. Als ich die Seitenstraße etwa einen halben Häuserblock entlanggelaufen war, hörte ich, wie sich hinter mir die Küchentür öffnete. Ich blickte mich um und sah den blauäugigen Bodyguard auf mich zustolpern wie einen Zombie aus einem Billig-Horrorfilm. Er war ein wandelnder Albtraum. Ich konnte erkennen, wo ich ihn getroffen hatte, wo meine Kugel seinen Scheitel gestreift und ein Stück von seiner Schädeldecke weggerissen hatte. Es war kein direkter Treffer gewesen. Er richtete seine Pistole auf mich und feuerte erneut. Die Kugel sauste an mir vorbei, und ich hörte Glas splittern. Der Leibwächter war nicht mehr in der Lage zu zielen. Er verlor Blut und wurde schwächer. Sein geschlossenes Auge muss seine Tiefenwahrnehmung völlig auf den Kopf gestellt haben. Aber selbst mit geschlossenen Augen trifft man irgendwann ins Schwarze, wenn man genug Dartpfeile wirft. Ich hatte nicht vor, herumzustehen und ihm für Schießübungen zu dienen.

Ich versuchte, um die nächste Ecke zu laufen und zu verschwinden, konnte mich mit meinem linken Bein aber nicht abstoßen. Stattdessen wankte ich auf die Ecke zu, dicht gefolgt von dem wandelnden Albtraum. Trotz seiner Verletzung waren seine Beine besser in Form als meine. Ich bog um die Ecke, bevor er mir zu nahe kam. Dann wartete ich.

Ich hörte ihn gehen. Er ließ dabei die Füße über den Boden schleifen wie ein Betrunkener. Ich warf einen Blick auf meine Jeans. Die Rückseite meines linken Hosenbeins war unterhalb des Knies dunkelrot verfärbt. Scheiße, dachte ich. Das war nicht gut. Das Monster näherte sich der Ecke. Es kannte keine Gnade. Wenn der Leibwächter auch nur einen Funken Verstand besessen hätte, dann hätte er eine andere Route gewählt oder einfach aufgegeben und versucht, seine Haut zu retten. Er folgte mir trotzdem. Als er mit der Pistole in der ausgestreckten linken Hand um die Hausecke kam, streckte ich den Arm aus und packte ihn am Handgelenk. Ich hielt seine Hand mit der Pistole hoch über unsere Köpfe, damit er nicht auf mich zielen konnte. Bei dieser Bewegung zog ich seinen Körper zu mir heran, bis wir mit der Brust zusammenstießen und unsere Gesichter nur wenige Zentimeter voneinander entfernt waren. Er war geschwächt.

Ich blickte ihm direkt in die Augen und sah Tod. Wie oft hatte ich das schon gesehen? Er erwiderte meinen Blick. Weiß Gott, was er sah. Dann öffnete er den Mund. »Ich wurde hierhergeschickt, um dich zu töten«, sagte er zu mir. Während er sprach, lief ihm Blut übers Gesicht in den Mund und sammelte sich an einem Mundwinkel. Das dickflüssige Blut dämpfte seine Worte und sorgte dafür, dass seine Stimme klang, als befände er sich halb unter Wasser. Er starrte mir geradewegs in die Augen. »Ich wurde hierhergeschickt, um dich zu töten. Sie wussten, dass du zurückkommen würdest. Sie wussten es.« Mit jedem Wort wich Kraft aus seinem Körper. Ich hob meine Pistole und hielt sie ihm an die Brust. Selbst in seinem geschwächten Zustand wandte er den Blick nicht von mir ab. Ich rammte ihm die Mündung der Pistole zwischen die Rippen. Obwohl ich mir sicher bin, dass er es spürte, starrte er mich unverwandt mit kaltem Blick an. »Ich wurde hierhergeschickt, um dich zu töten«, wiederholte er abermals und besprenkelte mich beim Sprechen mit Blut. Ich betätigte den Abzug und verpasste ihm eine Kugel ins Herz. Nachdem ich gefeuert hatte, stöhnte er noch einmal auf. Dann endete seine Gegenwehr. Meine Finger umschlossen nach wie vor sein Handgelenk, und ich hielt ihn fest. Ich hatte den Tod schon oft gesehen, und seiner stand unmittelbar bevor. Bei seinem letzten Atemzug sah er mich noch einmal an. Aus seinem Blick sprach jetzt Verwirrung, als hätte er völlig vergessen, wer ich war. Er zuckte noch einmal, dann war er tot.

Ich ließ seinen Körper zu Boden sinken, bückte mich und wischte mir mit der einzigen sauberen Stelle an seinem Hemd das Blut aus dem Gesicht. Nachdem der Kampf vorbei war, kehrte der Schmerz in meinem Bein mit voller Wucht zurück. Ich musste zurück ins Hotel und mich so gut es ging wieder in Ordnung bringen. Ich musste dich suchen, und dann mussten wir verschwinden. Mit einem Mal erschien alles unglaublich dringend. Ich hätte dafür sorgen sollen, dass du startbereit bist. Ich hätte dich bitten sollen, im Hotel auf mich zu warten. Die Worte des blauäugigen Bodyguards hallten in meinem Kopf wider: »Sie wussten, dass du zurückkommen würdest. Sie wussten es.« Ich konnte sie ihn immer und immer wieder durch seine blutverschmierten Lippen sprechen hören. Sie wussten es, dachte ich. Sie wissen es einfach immer. Wenn wir davonkommen wollten, mussten wir uns dafür so viel Zeit wie möglich nehmen. Wir würden weglaufen und uns verstecken, weglaufen und uns verstecken, bis unsere Fährte nicht mehr ausfindig zu machen wäre. Das war unsere einzige Chance.

Ich verstaute meine Pistole wieder im Rucksack. Dann warf ich noch einmal einen Blick auf mein Bein. Ich entdeckte das Loch in meinen Jeans, das die Kugel hinterlassen hatte. Auf der Vorderseite war nichts zu sehen. Die Kugel steckte also noch im Bein. Ich musste zurück ins Hotel, um die Wunde auszuwaschen und abzubinden, damit die Blutung aufhörte. Ich war mir ziemlich sicher, dass ich mich wieder erholen würde. Trotz meiner Schmerzen ging ich nicht davon aus, dass die Kugel einen Knochen getroffen hatte. Vermutlich steckte sie einfach in einem Muskel. Ich würde die Wunde säubern, damit sie sich nicht entzündete, und die Blutung stoppen. Das und ein halbes Fläschchen Schmerztabletten sollten genügen.

Ich humpelte auf die Straße hinaus und betrachtete mein Spiegelbild im Fenster eines Gebäudes, um mich zu vergewissern, dass ich einigermaßen vorzeigbar war. Vom Knie aufwärts sah ich passabel aus. Meine Haut glänzte ein wenig, da ich schwitzte, aber ich hatte nichts Auffälliges an mir, das mich verraten hätte. Bislang hatte ich noch keine einzige Sirene gehört. Ich rechnete allerdings damit, dass jeden Moment das Heulen von Streifenwagen ertönen würde, die angerast kamen. Das Geräusch blieb jedoch aus. Das ergab keinen Sinn für mich, doch ich wollte mein Glück nicht hinterfragen. Später las ich, dass die Geschäftspartner meiner Zielperson, die selbst bis an die Zähne bewaffnet gewesen waren, das ganze Restaurant davor gewarnt hatten, die Polizei zu verständigen, da sie es nicht mit kanadischen Behörden zu tun bekommen wollten. Sie blieben noch eine Viertelstunde mit gezogenen Waffen im Restaurant sitzen, gegenüber von zwei Leichen, und aßen auf. Als sie schließlich verschwanden, befahlen sie den Anwesenden, noch zwanzig Minuten zu warten, bis sie die Polizei verständigten. Sie drohten an, alle ausfindig zu machen, die sich nicht daran hielten. Sie forderten zwanzig Minuten und bekamen zehn. Diese zehn Minuten retteten mir vermutlich das Leben.

Mein Bein schmerzte bei jedem Schritt. Ich biss mir auf die Unterlippe und ging weiter. Die unvermeidlichen Sirenen, die ich erst hören sollte, als ich nur noch einen halben Block von meinem Hotel entfernt war, trieben mich an. Mein Hotel war nur etwa zehn Häuserblocks von dem Restaurant entfernt, ungefähr eine halbe Meile. Zu Fuß brauchte ich für die Strecke fast zwanzig Minuten. Als ich mich dem Hotel näherte, hörte ich zum ersten Mal die Sirenen. Die Polizei würde ein paar Minuten zu spät kommen, um noch jemanden zu verhaften, und zwanzig Minuten zu spät, um noch jemanden zu retten. Als ich das Hotel erreichte, biss ich die Zähne zusammen und gab mir Mühe, ohne zu hinken durch die Lobby zu gehen. Ich steuerte geradewegs auf den Aufzug zu und drückte den Knopf. Das Warten, während ich beobachtete, wie die Zahl auf der Anzeige über der Aufzugstür quälend langsam kleiner wurde, als sich der Aufzug der Lobby näherte, war das Schlimmste von allem. Ich drehte mich zur Seite, damit niemand die blutdurchtränkte Rückseite meines Hosenbeins sehen konnte. Nach ungefähr einer halben Minute ertönte die Klingel, und ich stieg in den Aufzug. Sobald ich in der Kabine stand, schlug ich auf den Knopf, damit sich die Türen schlossen.

Als die Türen wieder aufgingen, stolperte ich hinaus und humpelte zu meinem Zimmer. Ich holte die Schlüsselkarte hervor, öffnete die Tür und verlor beim Hineingehen beinahe das Gleichgewicht. Dann ließ ich mich zu Boden fallen und zog sofort meine Jeans aus. Da das Blut auf dem Stoff bereits geronnen war, musste ich mir die Jeans regelrecht vom Bein reißen. Das wäre grundsätzlich kein Problem gewesen, wenn die Einschusswunde nicht schon angefangen hätte zu verschorfen und ich mit dem Stoff nicht auch den Schorf weggerissen hätte. Die Blutung, die nachgelassen hatte, setzte wieder voll ein. Ich ging ins Badezimmer, drehte das Wasser der Dusche so heiß wie möglich auf, stieg in die Wanne und reinigte die Wunde mit Seife. Ich musste mit den begrenzten Mitteln auskommen, die mir zur Verfügung standen. Nachdem ich die Wunde gesäubert hatte, ging ich zur Minibar. Das Wasser ließ ich währenddessen laufen. Ich öffnete die Minibar, schnappte mir sämtliche vorhandenen Spirituosenfläschchen und nahm sie mit unter die Dusche. Dann legte ich mich bäuchlings in die Wanne, ließ mir das heiße Wasser auf den Rücken prasseln, öffnete nacheinander die Wodka-, Whiskey- und Ginfläschchen und goss ihren Inhalt in die Wunde auf der Rückseite meines Oberschenkels. Der stechende Schmerz wurde mit jedem Fläschchen schwächer. Als der Alkohol aufgebraucht war, reinigte ich die Wunde erneut mit Wasser und Seife. Sie blutete noch immer. Ich kletterte aus der Wanne und trocknete mich ab. Dann nahm ich ein altes T-Shirt, wickelte es mir ums Bein und band es auf dem Einschussloch fest, um die Blutung zu stoppen. Nachdem ich damit fertig war, schluckte ich eine Handvoll Schmerztabletten. Diese wurden meine Schmerzen schließlich lindern, aber wenn ich sie ganz vergessen wollte, brauchte ich etwas Stärkeres.

Was war noch zu tun? Ich setzte mich auf einen Stuhl, nackt, bis auf das T-Shirt, das ich mir ums Bein gewickelt hatte, und ruhte mich kurz aus. »Ich wurde hierhergeschickt, um dich zu töten. Sie wussten, dass du zurückkommen würdest. Sie wussten es.« Was zum Teufel hatte das zu bedeuten? Meine Gedanken rasten. Ich wollte schlafen. Ich wollte mich hinlegen und schlafen. Ich wollte die Gesichter der Toten vergessen. Dazu würde es jedoch nicht kommen. Nicht jetzt, nicht später, niemals. Wir mussten uns in Bewegung setzen. Ich griff zum Telefon und wählte deine Nummer. Es läutete zweimal. Du hobst ab.

»Maria, ich bin's. Wir müssen los.«

»Ich weiß.« Deine Stimme klang traurig, schicksalsergeben, doch es lag keine Dringlichkeit in ihr. Ich brauchte Dringlichkeit.

»Nein, Maria. Du verstehst nicht. Wir müssen sofort los.«

»Sofort?«

»Ja.«

»Warum? Was ist passiert? Warum sofort?«

»Vertrau mir einfach. Wir müssen sofort weg. Komm zu mir ins Hotel. Nimm alles mit, was du brauchst, aber nicht mehr, als du tragen kannst.«

»Das ist doch verrückt, Joe. Wir können nicht sofort weg. Wir können doch nicht einfach so von einer Sekunde auf die andere verschwinden!« Es war verrückt. Du hattest keine Ahnung, wie verrückt. Nicht einmal ich wusste, wie verrückt es war.

»Wir haben keine andere Wahl, Maria.« Ich gab mir Mühe, in ruhigem, aber bestimmtem Tonfall zu sprechen. Vielleicht hätte ich dich besser vorbereiten sollen. Doch das spielte keine Rolle. Ganz egal, wie gut du vorbereitet gewesen wärst, du wärst trotzdem nicht startbereit gewesen. Nachdem ich dir erklärt hatte, wo ich mich aufhielt, zog ich mich an. Ich ließ das T-Shirt um mein Bein gewickelt, obwohl ich mir ziemlich sicher war, dass die Blutung inzwischen aufgehört hatte. Ich warf alle meine Habseligkeiten in eine Tasche. Dann rief ich die Rezeption an, gab Bescheid, dass ich die Stadt für ein paar Tage verlassen, das Zimmer aber dennoch bezahlen würde, und fragte, ob sie es für mich weiter reservieren könnten. Sie kamen meiner Bitte gerne nach. Genau neunzehn Minuten nachdem wir aufgelegt hatten, klopfte es an der Tür.

Wir nahmen einen Bus nach Boston. Du schliefst fast die gesamte Strecke mit dem Kopf an meine Brust gelehnt. Wie vereinbart, hattest du wenig eingepackt und nur etwas Wechselbekleidung und einen Kulturbeutel dabei. Ich betrachtete dein Gesicht, während du schliefst. Dein Kopf schaukelte jedes Mal auf und ab, wenn der Bus über Unebenheiten auf der Straße holperte. Du schliefst trotz der Bodenwellen weiter, als hätten sie gar nicht existiert. Ich musste dich beschützen. Ich wollte nicht das Schlimmste sein, das dir jemals begegnet war, und hoffte, du würdest eines Tages denken, es sei ein Segen, dass du mir begegnet bist. Ich wachte jeden Morgen mit derselben Hoffnung auf.

Wir hatten keine Probleme an der Grenze. Ich warnte dich, dass ich mit einem gefälschten Pass und unter einem falschen Namen reiste. Diese Lügen brachten dich nicht aus der Ruhe. Das verhieß Gutes für unsere Zukunft.

Als wir in Boston ankamen, nahmen wir uns einen Leihwagen. Wir wollten den restlichen Weg mit dem Auto zurücklegen. Unser Ziel war New Jersey, da ich glaubte, dass wir dort in Sicherheit wären. Ich rief meine Mutter nicht an, um sie vorzuwarnen, dass wir kommen würden. Mir war klar, dass ich sie nach dieser Reise womöglich nie wiedersehen würde. Ich wollte, dass sie vorher noch die Mutter ihres Enkelkindes kennenlernt, und wünschte mir, dass wir uns für einen kurzen Moment wie eine ganz normale Familie fühlen würden.

Auf der Autofahrt von Boston nach New Jersey schwiegst du. Die einzige Frage, die du während der gesamten Fahrt stelltest, lautete: »Bist du dir sicher, dass du das schaffen wirst, Joe?«

»Was schaffen?«, fragte ich, da ich mir nicht sicher war, wovon du sprachst.

»Bist du dir sicher, dass du dem Krieg den Rücken kehren kannst?«

Ich dachte darüber nach. Ich dachte darüber nach, was der Krieg mir bedeutete. Ich dachte an meine Angehörigen, die ermordet worden waren. Ich dachte an meinen Vater und an meine Schwester. Ich dachte daran, was Jared über meine Zukunft gesagt hatte. Ich dachte an meine Freunde, die ich zurückließ. Mir war bewusst, dass ich nie wieder solche Freunde haben würde. »Ich bin mir sicher«, antwortete ich.

»Wie kannst du dir sicher sein?«, wolltest du wissen, als hättest du meine Gedanken gelesen und gewusst, dass ich den Krieg noch nicht aufgegeben hatte.

Ich sah dich an. Ich sah hinunter auf deinen Bauch, in dem sich das Geheimnis verbarg, das mein Leben für immer verändern würde. »Ich hatte einen guten Grund zu kämpfen. Jetzt habe ich einen besseren Grund abzuhauen.«

ZWÖLFTES KAPITEL

Es war bereits dunkel, als wir beim Haus meiner Mutter im Norden von New Jersey ankamen. Wir waren fast fünf Stunden unterwegs gewesen. Ich hatte Skrupel, schnell zu fahren. Die Leute vom Geheimdienst würden unsere Spur nach Boston verfolgen können, wo ich mit einem der gefälschten Pässe, die sie mir gegeben hatten, unseren Wagen gemietet hatte. Meine Hoffnung war, dass sie unsere Fährte schließlich verlieren würden, wenn wir bar bezahlten und nicht in Schwierigkeiten gerieten. Noch hatte ich zwei Wochen Zeit, bis ich mich wieder melden sollte. Diese zwei Wochen mussten uns genügen, um in der Menge unterzutauchen.

Ich bog in die Zufahrt des kleinen Hauses meiner Mutter ein und schaltete das Licht aus. Du schliefst, als ich anhielt. Du hattest in letzter Zeit viel geschlafen. Bislang war dieser Umstand das einzige Anzeichen dafür, dass du schwanger warst. Ich wusste, dass meine Mutter uns nicht kommen gehört hatte, da ich sie nicht zum Küchenfenster hinausspähen sah, was sie sonst immer tat, wenn sie Besuch bekam. Dieser würde eine Überraschung werden. Ich sah dich an, während du auf dem Beifahrersitz schliefst, und mir wurde bewusst, dass eine ganze Reihe von Überraschungen bevorstand. Ich überlegte, wie lange es her war, seit ich meine Mutter zuletzt gesehen hatte. Drei Jahre? Fünf Jahre? Wann hatte ich sie zum letzten Mal gesehen? Ich konnte mich nicht mehr erinnern. Dann betrachtete ich das Haus. Ich hatte so viele Erinnerungen an dieses Haus – einige gute, einige schreckliche.

Ich beugte mich zu dir hinüber und schüttelte dich sanft. »Wir sind da.«

Du wachtest langsam auf, sahst zum Fenster hinaus und drehtest den Kopf, um dir einen Eindruck von deiner Umgebung zu verschaffen. Alles, was du vom Auto aus sehen konntest, waren Bäume und Wald. »Das ist New Jersey?«

»Ja«, flüsterte ich und lehnte mich zu dir hinüber, um dich auf die Stirn zu küssen. Ich war glücklich – so glücklich, wie ich es unter den gegebenen Umständen sein konnte. Glücklich, zu Hause zu sein. Glücklich, dich mit nach Hause zu bringen. »Hier gibt's nicht nur Giftmüllhalden und Highways.«

»Es ist schön hier«, sagtest du. Du öffnetest die Tür und stiegst aus dem Wagen. Die Luft war frisch, aber trotzdem viel wärmer als in Montreal. Es roch nach Kiefern und verbranntem Holz. Mom hatte im Kamin ein Feuer brennen. Von der Zufahrt aus sah man kein einziges anderes Haus, nur Wald. »Hier bist du aufgewachsen?«

»Den Großteil meiner Kindheit habe ich hier verbracht, ja. In dieses Haus sind wir gezogen, als Dad starb. Es war so etwas wie unser Versteck. Wahrscheinlich hätten wir umziehen sollen, nachdem sie meine Schwester getötet hatten, aber vermutlich hat sich meine Mom einfach gedacht, scheiß drauf. Wenn sie es auf sie abgesehen hatten, dann sollten sie doch kommen. Sie kamen nie wieder. Mein Freund Jared hat nur zehn Minuten von hier entfernt gewohnt und mein Freund Michael ein paar Orte weiter. Ich habe die beiden kennengelernt, als ich in diesem Haus wohnte, also sind nicht alle meine Erinnerungen daran schlecht. Wo die beiden aufgewachsen sind, ist es ein bisschen zivilisierter.«

»Und hier haben sie deine Schwester umgebracht?« Ich nickte. Du verschränktest die Arme und riebst sie mit den Händen, um dich aufzuwärmen.

Ich schlug die Autotür hinter mir zu, wie ich es als Teenager jeden Abend getan hatte, wenn ich nach Hause kam. Das war ein Signal, das meine Mutter und ich vereinbart hatten. Wir machten Lärm, wenn wir nach Hause kamen, weil die anderen niemals laut gewesen wären. Du zucktest zusammen, als ich die Tür zuschlug. Die kühle Nachtluft war so friedlich gewesen. »Entschuldige.«

»Schon okay«, erwidertest du.

Nachdem die Tür ins Schloss gefallen war, spähte ich durchs Küchenfenster und wartete ein paar Sekunden lang. Wie aufs Stichwort tauchte das Gesicht meiner Mutter auf. Sie schob den Vorhang zur Seite und blickte zu uns herunter. Sie sah alt aus, alt und müde. Ich winkte ihr zu, als sie nach unten blickte. Als ihr bewusst wurde, wer sie besuchte, strahlte sie übers ganze Gesicht. Dann verschwand sie wieder. Ich wusste, sie sauste gerade wie eine Verrückte durchs Haus, um im letzten Moment noch ein bisschen aufzuräumen, weil sie wollte, dass es einen guten Eindruck auf Gäste machte. Wahrscheinlich waren wir ihre ersten Gäste seit Jahren. »Lass uns reingehen«, sagte ich schließlich zu dir. Du gingst auf dem schmalen, mit Steinplatten gepflasterten Weg in Richtung Eingangstür. »Nicht da entlang!«, rief ich dir hinterher. »Wir gehören zur Familie. Wir gehen zur Seitentür rein.« Ich führte dich zu der Tür auf der Seite des Hauses, durch die man direkt in die Küche gelangte. Du kauertest hinter mir, als ich anklopfte, sodass dich meine Mutter nicht sehen konnte, bis ich die Gelegenheit hatte, euch einander richtig vorzustellen.

Meine Mutter kam in Windeseile an die Tür, riss sie auf

und umarmte mich innig, bevor wir sie überhaupt begrüßen konnten. Nach etwa einer Minute lockerte sie ihre Umarmung schließlich, ohne mich jedoch ganz loszulassen. Während sie mich festhielt, sagte sie: »Das ist eine wunderbare Überraschung. Einfach wunderbar.«

»Ich freue mich auch, dich zu sehen, Ma«, entgegnete ich, als sie mich schließlich losließ.

»Und jetzt komm rein, draußen ist es kalt«, befahl meine Mutter. In diesem Moment trat ich zur Seite, damit sie dich sehen konnte. »Und wen haben wir da?«, fragte mich meine Mutter mit einem triumphierenden Lächeln im Gesicht.

»Mutter«, begann ich die formelle Vorstellung, »das ist meine Freundin, Maria. Maria, das ist meine herrschsüchtige Mutter.« Meine Mutter gab mir einen spielerischen Klaps auf den Arm.

Du hast die Hand ausgestreckt und damit gerechnet, dass meine Mutter sie schütteln würde, doch sie bedachte dich in Sekundenschnelle mit einer stürmischen Umarmung, die beinahe genauso lang dauerte wie die, mit der sie mich bedacht hatte. Ich blickte meiner Mutter über die Schulter, um dein Gesicht zu sehen, als sie dich umarmte. Du warst wie benommen. Ich hatte dir so viel von den Schrecken in meinem Leben erzählt, dass meine Mutter wie ein Anachronismus auf dich gewirkt haben muss.

Schließlich ließ meine Mutter dich wieder los, trat zwei Schritte zurück und musterte dich von Kopf bis Fuß, als betrachtete sie ein Kunstwerk. »Also wenn du kein süßes Ding bist«, sagte sie. »Maria, du kannst mich Joan nennen. Ich freue mich wahnsinnig, dich kennenzulernen.« Du gabst keine Antwort, da du von der Begrüßung noch immer völlig überwältigt warst. »So, und jetzt schnell rein mit euch, bevor wir uns in dieser Kälte noch den Tod holen.« Dann führte uns meine Mutter ins Haus. Ich humpelte die Stufen hinauf.

»Meine Güte, Joseph, alles in Ordnung mit dir?«, rief meine Mutter, als sie mein Humpeln bemerkte. Die Wunde verheilte gut, tat mir aber immer noch weh. Der Schmerz hatte nachgelassen, sich aber über mein ganzes Bein ausgebreitet.

»Nur ein kleiner Arbeitsunfall«, erwiderte ich. Sie verstand das als Zeichen, das Thema vorerst fallen zu lassen.

Im Haus sah es genau so aus, wie ich es in Erinnerung hatte. Selbst die Pfannenheber befanden sich am selben Fleck. Meine Mutter führte uns durch die Küche und in das winzige Wohnzimmer. Dich setzte sie vor den offenen Kamin, damit du dich aufwärmen konntest. Da ich kein Mädchen mehr mit nach Hause gebracht hatte, seit ich siebzehn war, war ich mir nicht ganz sicher, wie meine Mutter reagieren würde. Ich setzte mich auf das Zweiersofa, meiner Mutter gegenüber, die in der Mitte der Couch saß. Wir waren alle höchstens anderthalb Meter voneinander entfernt. Meine Mutter musterte uns abermals schweigend, als versuchte sie, in Gedanken ein Bild zu malen. Schließlich sagte sie: »Und, welchem Umstand habe ich diesen Besuch zu verdanken?« Sie sah dich an, als sie die Frage stellte. Du sahst mich an. Vielleicht hätten wir uns im Auto auf diese Fragen vorbereiten sollen. Ich hoffte, sie glaubte nicht, wir seien gekommen, um unsere Verlobung bekannt zu geben.

»Ich habe zwei Wochen Urlaub, Ma. Maria und ich haben beschlossen, ihn gemeinsam zu verbringen.« Du wirktest erleichtert, als ich sprach, erleichtert, dass du noch nichts sagen musstest. »Ich wollte, dass sie dich kennenlernt.« Ich wusste, dass sich meine Mutter über diesen letzten Teil freuen würde, und hoffte vergebens, er würde für eine Weile weitere Fragen abwenden.

»Von wo aus seid ihr beiden denn hierhergefahren?« Meine Mutter sah abermals dich an, als sie die Frage stellte. Trotzdem antwortete auch diesmal ich.

»Wir sind von Boston hergefahren, nachdem wir einen Bus von Montreal genommen hatten. Maria studiert in Montreal.« Die Unterhaltung war wie ein Spiel, bei dem ihr, du und meine Mutter, nicht genau wusstet, was ihr sagen durftet. Meine Mutter zog sich aus der Affäre, indem sie Fragen stellte. Du zogst dich aus der Affäre, indem du ganz verstummtest.

»Tatsächlich? Studentin? Das ist ja großartig. Ein bisschen Bildung können wir hier gut gebrauchen. Und was studierst du, meine Liebe?« Du sahst mich an, um dich zu vergewissern, ob du diese Frage gefahrlos beantworten konntest. Ich gab dir mit einem Nicken grünes Licht.

»Ich versuche immer noch, mich zwischen Psychologie und Religionswissenschaft zu entscheiden«, erwidertest du.

Meine Mutter nickte. »Versuchen wir das nicht alle?«, entgegnete sie lachend. »Nun, das klingt beides wirklich interessant. Montreal? Bist du Kanadierin?«

»Ich hole uns mal was zu essen, Ma«, unterbrach ich sie. »Hast du irgendwas im Kühlschrank?«

»Oh, was ist nur mit meinen Manieren?« Meine Mutter erhob sich. »Ihr wart den ganzen Tag unterwegs. Ich hätte euch etwas anbieten sollen.«

»Setz dich wieder hin, Ma«, sagte ich. »Ich finde mich in der Küche schon zurecht. Bleib hier und leiste Maria Gesellschaft. Wenn ich wieder zurückkomme, weißt du sicher mehr über sie als ich. Hast du Hunger, Maria?«

»Und wie«, entgegnetest du. Wir hatten auf der Fahrt in Connecticut angehalten und einen Snack gegessen, aber den ganzen Tag keine richtige Mahlzeit zu uns genommen.

»Möchtest du auch was, Ma?«

»Ich werde meinen Sohn und seine Freundin doch nicht alleine essen lassen.« Die Stimme meiner Mutter klang begeistert, als sie das Wort *Freundin* benutzte. Es hörte sich beinahe so an, als würde sie das *R* darin bewusst rollen. Ich ging in die Küche und überließ dich und meine Mutter euch selbst. Meine Mutter kannte die Spielregeln. Sie würde kein brisantes Thema mehr ansprechen. Das würde sie sich für spätere Unterhaltungen mit mir aufheben. Ich wollte einfach, dass ihr beiden euch unterhaltet. Ich wollte, dass ihr euch kennenlernt. Mir war bewusst, dass dieser flüchtige Moment vermutlich der einzige sein würde, den ihr jemals miteinander verbringen würdet. Trotz allem, was geschehen ist, weiß ich solche Momente noch immer zu schätzen.

Der Kühlschrank war erwartungsgemäß leer. Meine Mutter hatte es mehr oder weniger aufgegeben zu essen, als wir hier eingezogen waren. Was ich in den Schränken fand, genügte mir jedoch, um eine Mahlzeit zusammenzuzaubern. Ich hörte dich und meine Mutter – vor allem meine Mutter – im Wohnzimmer plaudern, als ich einen Topf Spaghetti aufsetzte. Im Haus war es behaglich warm. Ich deckte den Tisch, damit wir gemeinsam in der Küche essen konnten. Der Küchentisch stand an der Wand, sodass er nur drei Personen Platz bot, was an diesem Abend jedoch genügte. Ich deckte ihn so, dass du auf der einen Seite von mir sitzen würdest und meine Mutter auf der anderen. Während die Nudeln kochten, öffnete ich eine Dose mit geschälten Tomaten und holte verschiedene Gewürze aus dem Schrank, um eine Soße zuzubereiten. »Ma, hast du Wein für die Spaghettisoße da?«, rief ich aus der Küche und unterbrach eure Unterhaltung.

»Klar«, erwiderte meine Mutter. Sie erhob sich von der

Couch, kam in die Küche und nahm eine Flasche aus ihrem kleinen Weinregal. »Wir müssen eine neue Flasche aufmachen, aber ich glaube nicht, dass es dafür einen besseren Anlass geben könnte.« Meine Mutter reichte mir die Flasche, beugte sich vor und küsste mich auf die Wange. »Sie ist ganz reizend«, flüsterte sie mir zu. »Du hast dich selbst übertroffen.«

»Ich weiß«, erwiderte ich.

Dann warf mir meine Mutter einen Blick zu. Es war nur ein flüchtiger Blick, aber ich wusste, er bedeutete, dass sie sich später mit mir allein unterhalten wollte. »Warum erfahre ich erst jetzt von ihr?«, fragte sie mich lächelnd. Ich zuckte als Antwort einfach mit den Schultern und zog die Augenbrauen hoch. Sie würde mir später noch mehr Fragen stellen. Ich wollte, dass sie dich ein bisschen besser kennenlernt, bevor ich sie beantworten musste. Es hatte ganze zehn Minuten gedauert, bis ich dir verfallen war. Ich ging davon aus, dass es bei meiner Mutter nicht länger als eine Stunde dauern würde.

Ich entkorkte den Wein und goss ein ganzes Glas davon in meine Spaghettisoße. Meine Mutter ging zurück ins Wohnzimmer, und ihr beiden plaudertet weiter. Du hast mir nie erzählt, worüber ihr euch unterhalten habt, während ich kochte. Meine Mutter wurde letzten Endes zu einem Tabuthema. Als ich euch beide zum Abendessen rief, wirktest du glücklich. Du sahst mich an, bevor du dich an den Tisch setztest, und deine Augen funkelten.

»Sieh mal einer an, mein Sohn, der Chefkoch«, säuselte meine Mutter, als sie sich setzte. »Du hast nicht lange gebraucht, um ihn zu domestizieren, oder, Maria?«

»Das ist nicht mein Verdienst«, erwidertest du und starrtest auf deinen Teller. »Das ist das erste Mal, dass er für mich kocht.«

»Schäm dich, Joey. Habe ich dir nicht beigebracht, wie man eine Frau richtig behandelt?«

»Bleib sitzen. Iss. Warten wir erst mal ab, ob es überhaupt genießbar ist, bevor wir uns beklagen, dass ich nicht oft genug koche.« Als ich mich setzte, stand meine Mutter auf, ging zu einem der Küchenschränke und holte drei Weingläser.

»Bevor wir essen«, sagte sie, als sie zum Tisch zurückkam, »stoßen wir an.« Sie füllte die drei Gläser mit dem restlichen Wein aus der Flasche, die ich zur Zubereitung der Spaghettisoße geöffnet hatte. »Ich nehme an, ich muss die schlechten Manieren meines Sohns wiedergutmachen.« Ich konnte mich nicht erinnern, meine Mutter jemals so glücklich erlebt zu haben. Zumindest diesen Moment wollte ich ihr gönnen. Sie hob ihr Glas. »Auf meinen Sohn, den ich nicht annähernd oft genug sehe, und auf seine neue Freundin, die ich in Zukunft hoffentlich öfter sehen werde.« Wir stießen mit unseren Weingläsern an. »Möchtest du noch etwas hinzufügen, Joey?« Meine Mutter sah mich an. Ich hatte keine Ahnung, was sie von mir hören wollte.

»Auf dass wir nie alleine trinken müssen«, fügte ich hinzu, ohne mich erinnern zu können, wo ich diesen Toast schon einmal gehört hatte.

»Sehr stilvoll«, schimpfte mich meine Mutter, aber wir stießen nochmals mit unseren Gläsern an. Meine Mutter und ich hoben beide unser Glas an die Lippen. Du stelltest deines wieder auf den Tisch. Meine Mutter bemerkte das. Ihr entging nichts. »Trinkst du nichts, Kleines?«

»Ich hab's nicht so mit Alkohol, Joan.«

»Na ja, nur einen kleinen Schluck, Liebes. Es ist kein echter Toast, wenn du gar nichts trinkst«, drängte meine Mutter. Sie beobachtete dich aufmerksam.

»Das gilt nur für Geburtstagswünsche und Glückskekse, Mom«, schaltete ich mich ein und gab meiner Mutter mit einem Blick zu verstehen, dass sie das Thema fallen lassen solle. »Wir hatten einen langen Tag. Lasst uns essen.« Ich verteilte gleich große Portionen Spaghetti auf unsere Teller. Meine Mutter aß ihre nicht auf. Ich nahm mir einen Nachschlag. Du verschlangst eine dritte Portion. Ich war beeindruckt, wie viel du bereits essen konntest.

Beim Abendessen unterhielten wir uns. Meine Mutter wollte wissen, wie lange wir vorhatten zu bleiben. Darüber hatten wir beide bislang noch nicht gesprochen. Ich sagte ihr, dass wir für zwei Nächte bleiben wollten. Das hörte sich genau richtig an. Ich wollte dir in der Stadt ein paar Dinge zeigen, bevor wir weiterfuhren. Zwei Tage waren meiner Ansicht nach nicht zu lang. Uns blieben anschließend immer noch zehn Tage, um uns aus dem Staub zu machen. Dann fragte meine Mutter, wo wir Urlaub machen wollten. Auch auf die Frage wusste ich keine Antwort. Du sahst mich an, als hättest du dich das ebenfalls gefragt. Selbst wenn ich gewusst hätte, wohin wir fahren wollten, hätte ich es meiner Mutter nicht gesagt. Ich hätte es niemandem gesagt. Je weniger Leute Bescheid wussten, desto besser. »Irgendwo im Süden«, sagte ich. »Vielleicht statten wir Graceland einen Besuch ab.« Du schienst von dieser Idee fasziniert zu sein.

»Aber wehr dich dagegen, wenn er mit dir in irgendwelchen billigen Hotels absteigen will, Liebes«, sagte meine Mutter zu dir, beugte sich über den Tisch und legte ihre Hand auf deine. »Irgendwann muss er lernen, was Stil ist.«

»Ja, Ma'am«, erwidertest du kichernd. Ich hoffte, du würdest dich daran erinnern, dass dies kein Urlaub war – dass wir größte Sorgfalt walten lassen mussten. Vorerst sagte ich jedoch nichts.

Als wir mit dem Essen fertig waren, halfst du meiner Mutter, den Tisch abzuräumen. Da ich gekocht hatte, bestandet ihr darauf, dass ich mich erholen solle. Nachdem die Küche wieder auf Vordermann gebracht war, sagtest du, dass du müde seist und ins Bett gehen wolltest. Meine Mutter brachte dich ins ehemalige Zimmer meiner Schwester, in dem sie seit deren Tod nichts mehr angerührt hatte. Im Bücherregal standen noch immer gerahmte Fotos von ihr und ihren Schulfreunden. Ein paar Aufnahmen von ihr mit Freunden von der Uni waren mit Reißnägeln an der Wand über ihrem Schreibtisch befestigt. Ihre Französisch-Auszeichnung aus der Highschool war noch gut sichtbar aufgehängt, als habe sie sie erst gestern gewonnen. Ich trug deine Tasche die Treppe hinauf und stellte sie im Zimmer ab. »Dann bin ich also heute Nacht allein hier drin, oder?«, fragtest du mich, als du deine fast leere Reisetasche ans Fußende des Bettes stelltest.

»Ich denke schon. Meine Mom ist ein bisschen altmodisch«, entgegnete ich. »Ist das okay für dich?«

»Ja, kein Problem. Es ist so friedlich hier.« Du stelltest dich auf die Zehenspitzen, um mich kurz auf den Mund zu küssen. »Deine Mutter ist echt nett.«

»Ja, zu dir schon«, scherzte ich. »Du gehst ins Bett, und ich muss die Inquisition alleine über mich ergehen lassen.«

»Dann bleiben wir also zwei Tage hier?«

»Ja, das scheint mir angemessen.«

»Und dann statten wir Graceland einen Besuch ab?«

»Mal sehen.«

Als ich wieder nach unten ging, wartete meine Mutter bereits auf meine Rückkehr.

»Sie ist reizend«, sagte meine Mutter zu mir, noch bevor ich die Treppe ganz hinuntergegangen war.

»Wenn du wüsstest«, erwiderte ich mit einem Grinsen. Ich war wieder ein kleiner Junge, der seiner Mutter den Schatz zeigte, den er im Wald gefunden hatte.

»Wie lang seid ihr beiden schon zusammen?« Sie versuchte herauszufinden, wie ernst mir die Sache war. Allein die Tatsache, dass ich dich mit nach Hause gebracht hatte, hätte ihr das verraten sollen.

»Lang genug, um zu wissen, dass ich nie mehr mit jemand anderem zusammen sein möchte.«

»Aha.« Meine Mutter hielt inne, verblüfft über meine Antwort. Dann setzte sie sich wieder auf die Couch. Ich setzte mich ihr gegenüber. »Und wie lang ist das?« Sie lächelte wieder.

»Ein paar Monate, aber es kommt mir viel länger vor. Wir haben uns sofort super verstanden.«

»Sie ist jung, Joe. Sie ist vielleicht zu jung, um eine solche Bindung einzugehen.« Anscheinend versuchte sie, mich vor einer Enttäuschung zu bewahren.

»In mancher Hinsicht ist sie jung, in anderer nicht. Sie ist klüger als ich. Manchmal kommt es mir so vor, als wäre sie älter als ich.«

»Wie alt ist sie denn?«

»Sie studiert im zweiten Jahr an der Uni, Mom. Das ist nicht so jung.« Ich bediente mich derselben Halbwahrheit, die du mir gegenüber benutzt hattest. Meine Mutter hatte mich in die Defensive gedrängt. Irgendetwas erschien mir verkehrt.

»Ist sie eine von uns?« Endlich stellte sie die Frage, die ihr von dem Moment an, als sie dich zum ersten Mal erblickt hatte, unter den Nägeln gebrannt haben musste.

»Nein, Mom. Das ist sie nicht. Sie ist ein ganz normaler Mensch. Sie ist keine von uns. Und sie ist keine von den anderen.«

»Weiß sie Bescheid?« Meine Mutter meinte den Krieg, obwohl sie das Wort nie in den Mund nahm.

»Ja.«

»Dann hast du ihr es also erzählt?« Meine Mutter starrte eine Zeit lang durchs Fenster in die dunkle Nacht hinaus. Auch auf diese Frage erwartete sie keine Antwort. »Nun, dann gibt es wohl kein Zurück mehr, oder?«

»Ich habe doch gesagt, Mom, dass sie die Richtige ist. Selbst wenn es ein Zurück gäbe, käme das für mich nicht in Frage.« Ich wollte, dass sie sich für mich freute.

»Es ist ein hartes Leben, in das du sie da hineinziehst, Joe«, sagte sie. Meine Mutter wirkte traurig. Sie war der lebende Beweis dafür, wie hart dieses Leben sein konnte. Ich nehme an, sie dachte an meinen Vater, an meine Schwester, an ihre Eltern. Sie alle waren viel zu früh eines gewaltsamen Todes gestorben und hatten meine Mutter zurückgelassen, die sich in einem kleinen Haus am Ende der Welt versteckte und allein alt wurde.

»Hättest du irgendwas aufgegeben, Mom?«, fragte ich.

»Wie meinst du das?«

»Hättest du dein Leben gegen ein gewöhnliches Leben eingetauscht, wenn du gewusst hättest, dass du Dad niemals kennengelernt hättest, Jessica niemals gekannt hättest, mich nie bekommen hättest?«

Meine Mutter wirkte entsetzt, dass ich die Frage überhaupt gestellt hatte. »Selbstverständlich nicht.« In ihre Stimme kehrte etwas Kraft zurück. »Es ist ein hartes Leben, sicher, aber für uns ist es ganz normal und die Opfer wert. Das weißt du doch.«

»Nun, dann freu dich doch für mich, Mom.« Ich stand auf, ging zu ihr hinüber, setzte mich neben sie auf die Couch und legte ihr den Arm um die Schultern. »Die Welt ist nicht perfekt, Ma, aber sie ist besser für mich, wenn Maria bei mir ist.«

»Dann freue ich mich für dich«, sagte meine Mutter. Ich merkte, dass Wahrheit in dem steckte, was sie sagte, doch es war nicht die ganze Wahrheit. »Ich mache mir einfach Sorgen um sie.«

»Ich denke, sie weiß, worauf sie sich einlässt, Mom.« Ich glaubte meine Worte nicht einmal selbst, als ich sie aussprach.

»Das wollen wir hoffen«, erwiderte sie. Dann drehte sie sich zu mir, und ihre Augen glänzten, als kämpfe sie mit den Tränen. Sie umarmte mich noch einmal. Die Umarmung an der Tür war für die Vergangenheit gewesen, diese war für die Zukunft.

»Hör mal, Mom«, sagte ich schließlich und löste mich aus ihrer Umarmung. »Ich möchte Maria morgen ein paar Sachen zeigen und mit ihr vielleicht rauf zum Rocky Point. Außerdem brauche ich ein bisschen Schlaf. Ich bin völlig erledigt.« Ich stand auf und humpelte in Richtung Treppe. Mein Bein pochte.

»In Ordnung, Joe«, erwiderte meine Mutter. Sie stellte keine näheren Fragen, was meine Verletzung anbelangte, da sie wusste, dass sie mich nicht nach Details zu meinem Job fragen durfte. »Gute Nacht«, sagte sie, ohne sich von der Stelle zu rühren, während ich langsam zur Treppe ging. Als ich gerade einen Fuß auf die unterste Stufe setzen wollte, rief sie mir hinterher: »Joseph?« Ihr Tonfall verriet mir, dass es noch etwas gab, was sie schon die ganze Zeit hatte sagen wollen, etwas, das sie zurückgehalten hatte.

Ich drehte mich um. Sie saß auf der Couch, die Hände im Schoß gefaltet. Sie wirkte nervös. »Ja, Mom?«, fragte ich.

»Sie ist schwanger.« Ich weiß nicht, warum sie das wusste. Sie wusste es einfach.

»Ich weiß, Mom.« Ich blieb einen Moment am Fuß der Treppe stehen und überlegte, ob ich noch etwas sagen sollte. Ich entschied mich dagegen. Dann humpelte ich die Treppe hinauf und ging ins Bett.

Als ich am nächsten Morgen aufwachte, drang der Geruch von gebratenem Speck aus der Küche. Es fühlte sich an, als sei Samstagmorgen und als sei ich wieder zwölf Jahre alt. Ich kletterte aus dem Bett. Mein Bein fühlte sich besser an. Es tat immer noch weh, aber es fühlte sich besser an. Ich holte die Schmerztabletten aus meiner Tasche und schluckte ein paar davon ohne Wasser. Dann zog ich mich an, um nach unten zu gehen. Auf dem Weg klopfte ich an deine Tür, um herauszufinden, ob du schon wach warst. Da ich nichts hörte, beschloss ich, dich schlafen zu lassen, und ging die Treppe allein hinunter. Die Stufen hinabzusteigen erwies sich als doppelt so schmerzhaft, wie der Weg nach oben gewesen war, doch mir blieb nichts anderes übrig, als die Zähne zusammenzubeißen und es zu ertragen.

Unten angekommen war ich überrascht, aus der Küche deine Stimme zu hören. Offenbar warst du bereits wach und freundetest dich mit meiner Mutter an. Nachdem meine Mutter wusste, dass du schwanger warst, beunruhigte es mich irgendwie, dass ihr euch näherkamt. Ich weiß nicht, warum. Vermutlich war es ein klassischer Fall von Paranoia. Rückblickend hätte ich mich auf meinen Instinkt verlassen sollen.

Meine Mutter spannte dich voll ein und ließ dich Pfannkuchenteig anrühren, während sie den Speck in der Bratpfanne mit einer Gabel wendete. Ihr wirktet beide glücklich, sorgenfrei. Ich beschloss, zumindest vorübergehend an dem Spaß teilzuhaben, lächelte und setzte mich an den Küchentisch.

»Schön zu sehen, dass meine Mom dir bereits beibringt, dich selbst zu domestizieren.«

»Guten Morgen, Joseph«, sagte meine Mutter zu mir und drehte sich zu mir um. Ich betrachtete dich bei der Arbeit. Das war das erste Mal, dass ich dich in der Küche hantieren sah. Du wirktest gefährlich.

»Vergiss die Uni, vergiss die Arbeit, alles, was du in dieser Männerwelt können musst, ist Kochen und Putzen, stimmt's, Ma?« Du warfst mir einen bösen Blick zu. Meine Mutter kam zu mir und schlug mir mit einem Geschirrtuch auf die Schulter. »Wie lang seid ihr beiden denn schon wach?«

»Ich bin früh aufgestanden und einkaufen gegangen, damit wir was zum Frühstücken haben. Als ich nach Hause kam, war Maria schon wach. Sie war so nett und hat angeboten, mir zu helfen.« Meine Mutter trug eine Schürze. Sie sah aus wie aus einer Backpulver-Reklame aus den Fünfzigerjahren.

Ich ging an den Herd und nahm mit der Hand ein Stück Speck aus der Bratpfanne, blitzschnell, um mir die Finger nicht an dem kochend heißen Fett zu verbrennen. »Kannst du nicht zehn Minuten warten?«, rief meine Mutter, als ich mir den brutzelnden Speck in den Mund steckte.

»Ich könnte auch drei Tage warten«, erwiderte ich, »habe aber keine Lust.« Du hattest bislang noch nichts gesagt. »Hat meine Mutter dich gut behandelt?«, fragte ich dich schließlich, nur halb im Spaß.

»Es war wirklich nett«, sagtest du in viel ernsterem Tonfall, als ich erwartet hätte. Du klangst beinahe traurig. Vielleicht wirst du mir eines Tages erzählen, was dir durch den Kopf ging.

Wir setzten uns an den Tisch und frühstückten. Einmal mehr aß meine Mutter fast nichts, während du doppelt so viel verschlangst wie ich. Unsere Unterhaltung beim Frühstück wechselte von einem belanglosen Thema zum nächsten, und jeder von uns behielt seine Geheimnisse für sich. In erster Linie sprachen wir über unsere Pläne für den Tag. Ich erzählte meiner Mutter, dass wir ein paar Dinge zu erledigen hatten und dass ich anschließend mit dir hinauf zum Rocky Point wollte, einem Felsgrat oberhalb der Stadt, wo Jared, Michael und ich als Jugendliche regelmäßig gecampt hatten. Du schienst dich aufrichtig darauf zu freuen, einen Teil meiner Vergangenheit mit eigenen Augen zu sehen.

»Bist du dir sicher, dass das eine gute Idee ist«, warf meine Mutter ein, »im Hinblick auf …« Und dann entstand eine Pause. Diese Pause sprach Bände; sie sagte ziemlich deutlich »Marias Zustand«. Schließlich vollendete meine Mutter jedoch ihren Satz, indem sie sagte: »Im Hinblick auf dein Bein.«

»Das kriegen wir schon hin, Ma«, entgegnete ich. »Die frische Luft und ein bisschen Bewegung werden uns beiden guttun.« Ich legte meine Hand auf dem Tisch auf deine. Es fühlte sich gut an, dich zu berühren.

Kurz nachdem wir aufgegessen hatten, stiegen wir ins Auto und fuhren in die Stadt. Unsere Sachen ließen wir im ersten Stock, da wir wussten, dass wir in ein paar Stunden zurück sein würden. Meine Mutter blieb allein zu Hause.

Als Erstes mussten wir uns mit Vorräten eindecken, da wir New Jersey bald verlassen würden. Wir hielten bei einer Bank, und ich hob am Geldautomaten vierhundert Dollar ab, den Maximalbetrag, den ich pro Tag abheben konnte. Bei dem Konto handelte es sich um mein Spesenkonto. Ich war im Besitz der Bankkarte und der Geheimnummer, hatte aber ansonsten keinen Zugriff auf das Konto, da es von unserer Zentrale kontrolliert wurde. Wann immer ich Geld abheben wollte, konnte ich Geld abheben. Wir waren allerdings angehalten, keinen verschwenderischen Lebenswandel zu führen. Falls wir das doch taten, wurde uns der Geldhahn abgedreht. Mehr wusste ich nicht. Neben meiner Bankkarte besaß ich noch fünf verschiedene Kreditkarten, von denen jede auf einen anderen Namen ausgestellt war. Ich bekam nie auch nur eine einzige Kreditkartenabrechnung zu Gesicht. Diese gingen direkt an die Zentrale. Auch bei der Verwendung der Kreditkarten hatte ich nie ein Problem gehabt. Die Regeln waren dieselben wie bei der Bankkarte: Erledige deine Arbeit und halte dich zurück. Wir konnten nicht leben wie James Bond, das hatte Allen deutlich gemacht, aber wir brauchten uns nie Sorgen ums Geld zu machen. Das war etwas, das ich immer als Selbstverständlichkeit betrachtet hatte, das sich jedoch bald ändern würde. Mein Plan war, alle drei Tage vierhundert Dollar abzuheben, bis wir sechzehnhundert Dollar in bar hatten. Zum Kauf der Vorräte, die wir auf der Flucht benötigten, würde ich die Kreditkarten verwenden. Ich hoffte, die Ausgaben würden keine Alarmglocken läuten lassen. Schließlich befand ich mich offiziell im Urlaub. Nach zwei Wochen würden wir alles wegwerfen, alles hinter uns lassen. Dann würde die Trittbrettfahrt ein Ende haben, denn solange wir ihre Bankkarte und ihre Kreditkarte benutzten, wussten sie, wo wir uns aufhielten. Solange wir ihr Geld ausgaben, waren wir nicht frei.

Nachdem wir bei der Bank gehalten hatten, fuhren wir zum Supermarkt. Wir kauften ein, als wollten wir campen gehen: keine leicht verderblichen Waren; vieles, was sich leicht zubereiten ließ; vieles, was man ungekocht verzehren konnte;

jede Menge Mineralwasser. Wir kauften Müsliriegel, Trockenfleisch, japanische Ramen-Nudeln. Außerdem kauften wir genug pränatale Vitamine, um für die gesamte Dauer deiner Schwangerschaft versorgt zu sein. Jetzt war der richtige Zeitpunkt zum Geldausgeben.

Wir luden den Kofferraum mit unseren Einkäufen aus dem Supermarkt fast ganz voll. Dann fuhren wir über den Highway zu einem Laden für Campingbedarf und kauften zwei Schlafsäcke, zwei Taschenlampen, ein Erste-Hilfe-Set und ein Zelt.

Das Einkaufen nahm den restlichen Vormittag und einen Teil des Nachmittags in Anspruch. Trotzdem wollte ich dir noch ein paar Sachen zeigen, bevor wir weiterfuhren, damit du sehen konntest, wie meine Welt ausgesehen hatte, als ich noch unschuldig war. Ich wollte dir meine beste Seite zeigen. Ich parkte unseren Mietwagen am Ende einer Sackgasse. Wir gingen durch den Garten eines alten Hauses und marschierten eine Weile durch den Wald. Ich vergewisserte mich immer wieder, dass du keine Probleme beim Gehen hattest, doch schnell stellte sich heraus, dass uns mein Bein mehr aufhielt als deine Schwangerschaft. Du strotztest vor Energie. Wir überquerten einen kleinen Bach und gingen langsam bergauf. Nichts hatte sich verändert. Es schien, als wäre im Wald die Zeit stehen geblieben. Ich hatte mich verändert. Meine Welt hatte sich verändert. Der Wald war noch derselbe. Als wir tiefer in den Wald vordrangen, wurden die Bäume und der Abstand zwischen ihnen größer. Trotzdem fand nur hin und wieder ein Sonnenstrahl den Weg durch den Baldachin aus Baumkronen. »Es ist wunderschön hier«, sagtest du, als wir den immer steiler werdenden Hang erklommen.

»Du hast noch längst nicht alles gesehen«, erwiderte ich. Mein Bein pochte bei jedem Schritt, doch unser Ausflug war den Schmerz wert. Als wir nach dreißig Minuten dieselbe Strecke zurückgelegt hatten, für die ich früher fünfzehn gebraucht hatte, näherten wir uns dem Fuß des Felsens, der fast fünfzig Meter hoch senkrecht emporragte. Du recktest den Hals und blicktest zu seiner Spitze hinauf, die sich knapp über die Baumwipfel erhob.

»Wow«, sagtest du, als wir den Felsen erreichten. Du gingst auf den Felsen zu und berührtest ihn, prüftest seine Beschaffenheit. »Das ist echt beeindruckend. Wie hoch ist er?«

»Fast fünfzig Meter«, antwortete ich. »Wir sind früher immer an ihm hochgeklettert.«

»Tatsächlich?«, fragtest du und schienst überrascht zu sein, dass du das noch nicht über mich wusstest.

»Ja.« Ich erinnerte mich an das erste Mal, als ich den Felsen erklommen hatte, als wäre es gestern gewesen. Jared hatte all die Bücher gelesen und sämtliche Vorbereitungen getroffen und sich deshalb bereit erklärt, beim ersten Aufstieg das Seil zu sichern. Also blieb es Michael und mir überlassen, untereinander auszumachen, wer als Erster klettern würde. Ich bot Michael an, ihm den Vortritt zu lassen. Er wollte davon nichts wissen. »Das ist dein Felsen, Joe. Du hast uns hierhergebracht. Du kletterst als Erster.« Der erste Aufstieg dauerte über zwei Stunden. Ich kämpfte mich langsam voran, hing gut dreißig Meter über dem Boden und hielt mich an winzigen Felsvorsprüngen fest. Jared und Michael johlten ununterbrochen und feuerten mich an. Wir waren alle drei noch mehr als ein Jahr von unserem achtzehnten Geburtstag entfernt. Damals war die Welt für uns noch einfach.

»Und wie kommen wir da hoch?«, wolltest du wissen. In deinem Blick lag Übermut, den ich seit dem Wochenende, an dem wir uns kennenlernten, nicht mehr gesehen hatte.

»Auf der anderen Seite führt ein Pfad hinauf. Der ist allerdings ziemlich steil. Meinst du, du schaffst das?«

»Denkst du etwa, du kannst mich aufhalten, Hinkebein?«

Wir marschierten weiter. Mein Bein brannte. Du musstest dich ein paar Mal umdrehen und mir die Hand reichen, um mir zu helfen. Ich versuchte, nicht zu fest an deiner Hand zu ziehen, weil ich befürchtete, ich könnte dir wehtun. Schließlich schafften wir es gemeinsam bis zum Gipfel. Von dort oben kam es uns so vor, als sähen wir halb New Jersey vor uns. Wir gingen zur Kante, setzten uns hin und ließen die Füße über dem fünfzig Meter tiefen Abgrund baumeln. Die Baumkronen reichten uns bis knapp unter die Fußsohlen. Du lehntest den Kopf an meine Schulter.

»Wie lange kommst du schon hier hoch?«

»Seit ich sieben bin. Ich kam immer hier hoch, wenn ich vor irgendwas flüchten wollte. Nachdem mein Vater starb, bin ich ständig hierhergekommen. Ich fuhr von unserem neuen Haus mit dem Fahrrad her. Als Michael, Jared und ich vom Krieg erfuhren, kamen wir alle drei hierher. Hier waren wir unter uns. Kein Krieg, kein Tod.«

»Klingt nett.«

»Das war es auch.«

Wir verbrachten noch etwa zwanzig Minuten damit, die Welt von oben zu betrachten, zu beobachten, wie kleine Spielzeugautos die Straßen entlangfuhren, zu beobachten, wie winzige Menschen in ihren Gärten herumhantierten. Wir saßen da, dein Kopf ruhte auf meiner Schulter, und wir betrachteten die Welt, zu der wir nicht mehr gehörten. Der Nachmittag verstrich, es wurde kälter, und wir beschlossen, uns auf den Heimweg zu machen.

Als wir am frühen Abend zu Hause ankamen, ging ich nach

oben und umarmte meine Mutter. Sie erwiderte meine Umarmung, jedoch ohne Herzlichkeit. Irgendetwas stimmte nicht, doch ich ignorierte es. Ich hatte keine Lust, mit ihr zu diskutieren. Wir begaben uns ins Wohnzimmer. Du setztest dich auf die Couch, und ich schaltete den Fernseher ein. Nach einer Weile entschuldigte ich mich und ging nach oben ins Badezimmer, um die Schusswunde an meinem Bein zu überprüfen. Ich zog meine Jeans aus und betrachtete mein Bein in dem großen Spiegel an der Wand. Es war weder Blut noch Eiter zu sehen. Die Wunde schien gut zu verheilen.

Ich war etwa fünf Minuten im Badezimmer, als es an der Tür klopfte. »Wer ist da?«, fragte ich.

»Hier ist deine Mutter, Joseph. Wir müssen reden.«

»Einen Moment. Ich ziehe nur meine Hose wieder an.« Ich schlüpfte wieder in meine Jeans und öffnete die Tür. Meine Mutter stand keine zehn Zentimeter davor. Ihre Augen waren voller Tränen, und ihre Unterlippe bebte. Alles schien in sich zusammenzustürzen. Die Zeit blieb stehen.

»Sie ist siebzehn, Joseph«, sagte meine Mutter mit bebenden Lippen. Das letzte Mal hatte ich sie so weinen sehen, nachdem Jessica ermordet worden war.

»Woher weißt du das?«, fragte ich und versuchte, ruhig zu bleiben.

»Es steht in ihrem Pass«, erwiderte meine Mutter kühl.

»Du hast in ihren Sachen herumspioniert?«

»Ich musste, Joseph. Mir war klar, dass irgendetwas nicht stimmt. Ich habe mich nur um dein Wohl gesorgt. Sie ist erst siebzehn, Joseph. Du weißt, was das bedeutet!«

»Sprich nicht so laut, Mutter. Sie ist unten.«

»Sie schläft. Sie schläft auf unserer Couch, Joseph. Sie ist siebzehn, sie ist schwanger, und sie schläft auf unserer Couch!«

»Ich habe es erst erfahren, als es schon zu spät war, Mom«, sagte ich zu ihr.

»Du wusstest es?« Der Gesichtsausdruck meiner Mutter wurde hässlich. Ich hatte sie noch nie so gesehen. »Sie ist noch ein Kind, Joseph. Du hast mit diesem armen Kind geschlafen, und jetzt wirst du euer beider Leben ruinieren.«

»Sie ist nicht mehr Kind, als ich es bin.«

»Dann seid ihr eben beide Kinder – verwöhnte Kinder, die ihr Leben wegwerfen!«

»Hör zu, Mutter, ich wusste es nicht«, wiederholte ich.

»Sie darf dieses Baby nicht bekommen.« Die Worte klangen kalt und verbittert.

»Sie wird es bekommen.«

»Du lässt zu, dass sie es bekommt?« Sie rang nach Luft.

»Wir werden es zusammen bekommen. Das möchten wir beide.« Ich meinte, was ich sagte.

»Und wie soll das funktionieren? Du kennst doch die Regeln!«

Ich senkte die Stimme. Ich wollte, dass sie sich beruhigt, und hoffte, dass sie das tun würde, wenn ich ruhig blieb. »Wir hauen ab, Mutter. Deshalb sind wir hierhergekommen. Ich wollte dir die Mutter deines Enkelkinds vorstellen, und dann wollte ich Lebewohl sagen.« Ich hätte am liebsten geheult, aber ich nahm mir fest vor, nicht zu weinen, wenn meine Mutter nicht weinte.

»Bist du dir sicher, dass du weißt, was du tust, Joseph? Wenn du fliehst …« Sie war nicht in der Lage, den Satz zu vollenden. Ihre Lippen bebten noch immer. »Wenn du fliehst, gibst du alles auf. Du gibst alles auf, wofür dein Vater gekämpft hat, alles, wofür dein Großvater gekämpft hat! Du gibst deine Zukunft auf. Du gibst alles auf, wofür du selbst gekämpft hast!« Ihre Stimme wurde immer lauter, während sie sprach.

»Und wofür genau kämpfen wir, Mom?«, fragte ich. »Sag es mir.«

Sie stand fassungslos da. Ich sah ihr in die Augen und erkannte sie nicht mehr.

»Tut mir leid, Mutter, aber wir haben eine Entscheidung getroffen.« Ich trat an ihr vorbei in den Flur.

»Ich glaube, du hast das nicht richtig durchdacht, junger Mann«, rief mir meine Mutter hinterher, als ich mich von ihr entfernte. Ich drehte mich noch einmal um und sah sie mit einem Blick an, der ihr sagen sollte, dass ich die Sache sehr wohl durchdacht hatte und sie mich nicht aufhalten konnte. »Dein Vater wäre sehr enttäuscht von dir«, sagte sie, während ich sie anstarrte. Ihre Bemerkung fühlte sich an wie eine Ohrfeige.

Ich blieb ruhig. Mein Tonfall war sanft. »War schön, dich zu sehen, Mom. Maria und ich werden noch eine Nacht bleiben. Ich lasse dich noch einmal über all das schlafen. Wenn sich deine Meinung bis morgen früh nicht geändert hat, reisen wir ab.« Dann stieg ich die Treppe hinunter. Ich wollte in deiner Nähe sein. Ich hatte plötzlich das Bedürfnis, dich zu beschützen.

Als du aufwachtest, schlug ich vor, in einem Restaurant zu Abend zu essen. Du wundertest dich, warst aber einverstanden. Ich ließ mir beim Essen viel Zeit. Du hattest großen Appetit. Wie ich gehofft hatte, war meine Mutter bereits in ihrem Schlafzimmer, als wir nach Hause kamen. Sie hatte das Licht ausgeschaltet, doch ich wusste, dass sie nicht schlief.

Wir gingen nach oben, gaben uns einen Gutenachtkuss, und du gingst zum ehemaligen Zimmer meiner Schwester, um dich schlafen zu legen. »Maria? Tust du mir einen Gefallen?«, fragte ich, als du dich von mir entferntest.

»Sicher, Joe. Was denn für einen?« Du warst ein bisschen verwirrt.

»Schließ heute Nacht deine Tür ab.«

»Warum denn?«, wolltest du wissen.

»Nur für alle Fälle«, erwiderte ich. »Macht es dir was aus, heute Nacht mit abgesperrter Tür zu schlafen?«

»Du machst mir Angst, Joe. Stimmt irgendwas nicht?«

»Maria, bitte. Schließ einfach deine Tür ab. Ich bin sicher, am Morgen ist alles in Ordnung.«

»Okay«, sagtest du. Du hattest Angst, weitere Fragen zu stellen.

Ich ging in mein Zimmer und legte mich ins Bett. Eine ganze Weile lag ich einfach nur da. Die Gedanken, die mir durch den Kopf gingen, waren zusammenhangslos. Ich hörte immer wieder Stimmen. *Und was hast du dann vor? Du kennst die Regeln, junger Mann! Entweder sind die anderen böse oder wir. Aber wofür kämpfst du? Ich bin schwanger, Joe. Für wen hältst du dich, verdammt? Hältst du dich etwa für was Besonderes? Du bist ein Niemand. Sie wussten es. Sie darf dieses Baby nicht bekommen. Gute Menschen und schlechte Menschen. Polizisten und Verbrecher. Cowboys und Indianer. Das sind alles Kinderspiele, Joe. Ich wurde hierhergeschickt, um dich zu töten. Sie haben meine Tochter ermordet, Joe. Sie haben meine Frau und meine Tochter ermordet. Dein Vater wäre sehr enttäuscht von dir. Ich habe mich nicht darauf vorbereitet zu kämpfen, Joe. Ich habe mich darauf vorbereitet zu sterben. Sie ist siebzehn, Joe. Ich bin siebzehn.* Dann unterbrach etwas die Stimmen. Ich hörte jemanden weinen. Zunächst glaubte ich, es handle sich nur um ein weiteres Geräusch, das in meinem Kopf gefangen war. Nur um eine weitere Stimme, bei der ich nicht verstand, was sie sagte. Doch als das Weinen anhielt, kam ich langsam wieder zu Bewusstsein. Es weinte tatsächlich jemand. Und zwar nicht in meinem Kopf, sondern in der Realität.

Ich sprang aus dem Bett und eilte zur Tür. Mein erster Gedanke war, dass meine Mutter zu dir ins Zimmer gegangen war und dir irgendetwas angetan hatte. Ich konnte mir allerdings nicht vorstellen, was sie dir angetan haben könnte. Ich dachte mir, dass sie dich womöglich geweckt hatte. Vielleicht hatte sie dich geweckt, um dir einen Vortrag zu halten, dass du mein Leben ruinieren würdest. Ich bedauerte, dir nicht alles erzählt zu haben. Ich hätte dir sagen sollen, was meine Mutter wusste und wie sie reagiert hatte.

Als ich aus meinem Zimmer trat, sah ich, dass deine Tür geschlossen war. Das Licht in deinem Zimmer war ebenfalls aus. Das Schluchzen kam aus dem Erdgeschoss. Ich erkannte am Tonfall, dass es meine Mutter war, die weinte, und hoffte wider alle Hoffnung, dass sie meine Entscheidung doch akzeptiert hatte – dass sie weinte, weil sie wusste, sie würde mich nie wiedersehen.

Im Wohnzimmer brannten sämtliche Lichter. Ich ging die Treppe hinunter. Meine Mutter saß schluchzend auf der Couch, das schnurlose Telefon auf dem Schoß.

»Was ist los, Mom?«, fragte ich sie. Ich hätte mit dem Schlimmsten gerechnet, wenn ich mir hätte vorstellen können, was das Schlimmste war.

Meine Mutter schüttelte einfach nur den Kopf, anstatt zu antworten. Sie bekam zwischen ihren Schluchzern nicht genug Luft zum Sprechen.

»Was ist passiert, Mutter?«

Schließlich ließ das Schluchzen nach, und sie war in der Lage zu sprechen. »Es tut mir leid, Joseph.« Mehr bekam sie nicht heraus, ehe erneut heftiges Schluchzen einsetzte.

»Was tut dir leid, Ma?« Mein Blick wanderte zwischen den verweinten Augen meiner Mutter und dem Telefon in ihrer Hand hin und her. »Was hast du getan? Bitte sag mir, was du getan hast.«

Sie hörte auf zu weinen. Es war, als stecke plötzlich ein völlig anderer Mensch in ihrem Körper.

»Ich habe getan, was ich tun musste, Joseph«, sagte sie und gab sich Mühe, ihre Stimme so stark wie möglich klingen zu lassen.

»Was hast du getan, Ma?«, fragte ich erneut, dieses Mal flehend.

»Ich habe es ihnen gesagt, Joseph.« Sie hielt das Telefon in ihrer Hand hoch. »Ich habe getan, was du längst hättest tun sollen. Ich habe getan, wofür du zu schwach warst. Ich habe es ihnen gesagt. Ich habe getan, was ich tun musste.«

»Ist dir klar, was das bedeutet, Mom?«, schrie ich sie an. Sie drehte einfach den Kopf und wandte den Blick ab. »Sie werden versuchen, mich aufzuspüren! Sie werden versuchen, mich und Maria und unser Kind aufzuspüren!«

»Ich habe nur getan, was ich tun musste, Joseph«, sagte sie noch einmal, ohne mich dabei anzusehen.

»Du hast getan, was du tun musstest? Dieses Kind ist dein Enkelkind!«

»Sag so was nicht!«, schrie sie zurück und hob einen Finger, sträubte sich aber noch immer dagegen, mir in die Augen zu sehen.

»Dieses Kind ist dein Enkelkind!«, wiederholte ich lauter, damit die Worte auch noch lange, nachdem wir weg waren, in ihren Ohren nachhallen würden. »Dein Enkelkind!«

Schließlich drehte sie den Kopf und sah mich mit großen, geröteten Augen an. »Nein, das ist nicht mein Enkelkind. *Die-*

ses Kind ist ein Kind von ihnen!« Ich sah meiner Mutter in die Augen. Die Frau, die ich kannte, war verschwunden.

Ich hatte bereits genug Zeit verschwendet, deshalb drehte ich mich um, rannte wieder nach oben und hämmerte mit der Faust an deine Tür. »Maria! Maria! Wach auf! Pack deine Sachen! Wir müssen weg!« Das war der zweite Feueralarm, den ich dir innerhalb von drei Tagen zumutete. Und es würde nicht der letzte sein. Du öffnetest die Tür. »Pack deine Sachen, wir müssen sofort los«, sagte ich zu dir mit gedämpfter Stimme. Du nicktest nur, ohne etwas zu sagen. Du warst startbereit. Du warst bereits daran gewöhnt. Während du packtest, lief ich ins Badezimmer und warf alles, was ich besaß, in meine Tasche – alles, bis auf die Pistole. Die Pistole nahm ich aus der Tasche und steckte sie mir hinten in den Hosenbund.

Als wir am Fuß der Treppe ankamen, saß meine Mutter noch immer auf der Couch und umklammerte das Telefon. Die Sehnen auf ihrem Handrücken spannten sich unter der Haut, als müsste sie sterben, wenn sie das Telefon losließ. Sie blickte auf, als wir unten ankamen. Ich sah ihr ein letztes Mal in die Augen. Sie war wieder meine Mutter. Die Kreatur, die von ihr Besitz ergriffen hatte, war verschwunden. Leider war es zu spät. Sie würden kommen, um uns zu holen. Wir mussten weg.

Wir gingen in Richtung Tür. Du wolltest dich umdrehen, um etwas zu meiner Mutter zu sagen, doch ich stieß dich leicht von hinten an, damit du nicht stehen bliebst. Du verstandst diesen Wink und gingst weiter. Du fragtest mich nicht, was geschehen war. Ich nahm an, dass du es dir zusammengereimt hattest. Als ich zur Tür hinausgehen wollte, erhob sich meine Mutter schließlich doch mit tränenüberströmtem Gesicht von der Couch.

»Ich hab dich lieb, Mom, und ich werde dich immer lieb

haben«, sagte ich, bevor ich durch die Seitentür ins Freie trat. Sie nickte. Wir warfen unser Gepäck auf den Rücksitz des Wagens und stiegen ein. Ich drehte den Zündschlüssel, und wir schlitterten aus der Einfahrt. Im Wegfahren warf ich noch einen letzten Blick auf das alte Haus. Meine Mutter stand weinend am Fenster und hielt eine Hand über der Schulter. Sie winkte zum Abschied.

DREIZEHNTES KAPITEL

Wir schafften es, die Stadt ohne Zwischenfälle zu verlassen. Ich fuhr überwiegend auf Nebenstraßen, wechselte häufig die Richtung und warf einen prüfenden Blick auf jedes Auto, das uns begegnete. Ich sah mit einem Auge auf die Straße und mit dem anderen in den Rückspiegel. Jedes Mal, wenn das Bremslicht eines Wagens aufleuchtete, der uns gerade entgegengekommen war, zuckte ich zusammen und dachte, er würde wenden. Ich hatte keine Ahnung, wie viele Informationen meine Mutter ihnen gegeben hatte. Ich musste davon ausgehen, dass sie wussten, mit welchem Auto wir unterwegs waren, und nahm an, dass uns höchstens eine Stunde blieb, um uns möglichst weit von meinem ehemaligen Zuhause zu entfernen. Für die Zeit danach hatte ich keinen Plan. In Anbetracht der Umstände hatte es jedoch auch keinen Sinn, weiter vorauszuplanen.

Du saßest eine Weile schweigend neben mir, beobachtetest mich, beobachtetest, wie ich den Rückspiegel kontrollierte, beobachtetest, wie ich nachdachte. Du unterbrachst mich nicht, bis ich mich langsam wieder beruhigte. »Was ist passiert?«, fragtest du schließlich. Obwohl du in einem fremden Haus mitten in der Nacht aus dem Bett gescheucht und aufgefordert worden warst, deine Sachen zu packen, anschließend in ein Auto gezerrt und weiß Gott wohin gefahren worden warst, hast du über eine Stunde gewartet, bis du eine Erklärung von mir verlangtest. Du lerntest die Spielregeln schnell. Zu wissen, wann man Fragen stellt und wann man einfach handelt, war die erste Grundvoraussetzung zum Überleben. Kurz bevor du deine Frage stelltest, fuhren wir auf den Highway. Es war kurz vor zwei Uhr morgens. Die Straße war fast leer. Allem Anschein nach waren wir fürs Erste noch einmal davongekommen.

»Sie sind uns auf den Fersen«, erwiderte ich, den Blick auf die Straße vor uns gerichtet. Ich sagte dir damit nichts, was du nicht schon wusstest.

»Was bedeutet das?«, fragtest du, nachdem du kurz darüber nachgedacht hattest.

»Das bedeutet, dass sie Bescheid wissen. Sie wissen von dir. Sie wissen von unserem Kind. Sie wissen, dass wir auf der Flucht sind.«

»Nein, Joe. Was *bedeutet* das?«, wiederholtest du. »Für uns?« Ich sah zu dir hinüber. Du wirktest nicht verängstigt, nur nervös. Ich legte dir meine Hand aufs Bein und streichelte es.

»Das verändert eigentlich nicht viel. Wir hätten uns ohnehin irgendwann verstecken müssen. Jetzt müssen wir es eben früher tun.« Du nicktest. Du wirktest stark, viel stärker, als ich mich fühlte. Doch hier waren wir, auf dem leeren Highway, und niemand sagte uns, wohin wir fahren mussten, niemand sagte mir, wen ich zu eliminieren hatte. Wir waren frei, sofern es uns gelang, nicht getötet zu werden. »Das ist die Route Eighty«, erklärte ich dir, während wir fuhren und auf den Highway vor uns blickten. »Sie beginnt in New Jersey, unmittelbar nach der George Washington Bridge, die nach New York führt«, fuhr ich fort.

»Ich kenne die George Washington Bridge. Ich bin Kanadierin, nicht zurückgeblieben«, erwidertest du.

»Okay, Hinweis vermerkt. Auf jeden Fall führt diese Straße von der George Washington Bridge bis zur Golden Gate Bridge. Von New York bis nach San Francisco, quer durchs Land. Und heute Nacht gehört sie uns.« Du legtest deine Hand auf meine Hand, die noch immer auf deinem Bein lag.

»Und wohin fahren wir?«

»Ich dachte an Chicago.« Wenn wir in einem Stück durchfuhren, konnten wir es in etwa zwölf Stunden bis nach Chicago schaffen. Wir konnten morgen Nachmittag dort sein. Ich war allerdings der Meinung, dass wir uns nicht sofort in eine Stadt begeben sollten. Der Anruf meiner Mutter würde die Alarmglocken läuten lassen. Und am ersten Tag, nachdem die Alarmglocken geläutet hatten, würde die Lage ziemlich brenzlig sein. Man würde intensiv nach uns Ausschau halten. Im Lauf der Zeit würden sich jedoch andere Dinge ereignen, und wir würden zurückgestellt werden, zumindest von denjenigen, die kein persönliches Interesse daran hatten, uns dingfest zu machen.

»Warum Chicago?«

»Keine Ahnung.« Ich zuckte mit den Schultern. »Ich war noch nie in Chicago.« Das stimmte zwar, war aber nur einer der Gründe, weshalb ich mich für Chicago entschieden hatte. Der wirkliche Grund war, dass ich in Chicago noch nie einen Job erledigt hatte.

»Dann also Chicago«, entgegnetest du.

»Chicago«, wiederholte ich und nickte. Das hörte sich gut an. »Ich meine, wir sollten heute Nacht noch ein paar Stunden schlafen. Ich werde noch zwei Stunden weiterfahren, ein gutes Stück nach Pennsylvania hinein. Vielleicht finden wir dort eine geeignete Stelle, um uns bis zum Morgen auszuruhen. Bis dahin kannst du schlafen, während ich fahre.«

»Ich glaube nicht, dass ich das kann, Joe«, sagtest du. »Nicht heute Nacht.« Offenbar wirktest du auch stärker, als du dich selbst fühltest.

Wir fuhren weiter, kamen am Delaware Water Gap vorbei und erreichten Pennsylvania. Als wir das Durchbruchstal passierten, erinnerte ich mich daran, dass mein Großvater mich als Kind öfter hierher mitgenommen hatte. Wir brachen immer sonntags am frühen Morgen vor Sonnenaufgang auf, um ins Tal hinunterzugehen und die Brieftauben fliegen zu lassen, die er als Haustiere hielt. Auf der Fahrt gurrten die Tauben in ihren Käfigen hinten im Kombi meines Großvaters. Wir fuhren zum Fluss hinunter, stiegen aus, und mein Großvater lud die Käfige aus seinem Kombi. Dann setzten wir uns hin und warteten eine Zeit lang, während die Tauben aufgeregt raschelten. Sie kannten die Prozedur und wussten, dass sie bald frei sein würden, frei, um davonzufliegen. Mein Großvater war ein ziemlich stoischer Typ. Ich kann mich nicht mehr erinnern, wie seine Stimme klang. Ich kann mich nicht einmal mehr daran erinnern, dass er überhaupt jemals etwas sagte. Ich erinnere mich jedoch daran, dass wir in das Durchbruchstal fuhren, um seine Tauben fliegen zu lassen.

Bald fingen die Käfige an zu wackeln, als seien sie lebendig. Mein Großvater wartete immer, bis die Aufregung der Tauben ihren Höhepunkt erreichte, bevor er die Türen ihrer Käfige öffnete. Je aufgeregter sie waren, desto schneller flogen sie. Wenn der richtige Zeitpunkt gekommen war, öffneten wir die Türen, und die Tauben flatterten heraus und erhoben sich sofort in die Lüfte. Sie flogen in der Gruppe einen riesigen Bogen und schraubten sich in den Himmel, um sich zurechtzufinden. Sie schossen in die Höhe, bis sie nur noch winzige Flecken am frühmorgendlichen Himmel waren. All das geschah in Sekundenschnelle, dann waren sie verschwunden. Wenn wir keine Taube mehr sahen, luden wir die Käfige wieder in den Kombi. Mein Großvater kletterte auf den Fahrersitz und fuhr zurück auf den Highway. Auf der Heimfahrt hielten wir zum Frühstücken an, und ich schlug mir den Bauch mit Pfannkuchen und Speck voll, wobei ich alles auf meinem Teller mit Sirup übergoss. Mein Großvater bestellte immer Rühreier extra trocken. Ich erinnere mich nicht mehr an seine Stimme, aber ich kann mich erinnern, was er aß. Das Gedächtnis ist in dieser Hinsicht seltsam. Wenn wir fertig gegessen hatten, stiegen wir wieder in den Kombi und fuhren nach Hause.

Für die Heimfahrt einschließlich Frühstück brauchten mein Großvater und ich etwa zwei Stunden, in denen wir um die fünfzig Meilen zurücklegten. Wenn wir zu Hause ankamen, gingen wir in den Garten. Dort standen zwei Liegestühle vor dem Taubenschlag, den mein Großvater gebaut hatte. Wir setzten uns und warteten. Da es noch früh war, hatte der Morgentau auf dem Gras im Garten gerade erst begonnen zu trocknen. Nachdem wir uns gesetzt hatten, nahm mein Großvater seine Uhr und sein Klemmbrett zur Hand, und wir warteten. Bald kehrten die Tauben, die nicht lange zuvor so erpicht darauf gewesen waren, ihren Käfigen zu entkommen und davonzufliegen, eine nach der anderen zurück. Sie landeten in der Nähe des Taubenschlags und hüpften wieder in ihre Käfige. Sie hätten überallhin fliegen können. Und doch, hier waren sie und stachen vom Himmel herab, kehrten zurück in den kleinen Taubenschlag, den mein Großvater in seinem Garten errichtet hatte. Mein Großvater erkannte jede von ihnen mit einem Blick. Wenn sie zurückkamen, notierte er ihre Ankunftszeiten auf seinem Klemmbrett, damit er sie mit den Zeiten der vergangenen Wochen vergleichen konnte. Er lächelte, wenn eine seiner Favoritinnen als Erste zurückkehrte, und er machte sich Sorgen, wenn eine bestimmte Taube länger brauchte, als er erwartet hatte. Letzten Endes kamen immer alle zurück. Mein Großvater verlor nie eine Taube. Sie kämpften sich gegen Wind und Wetter voran und überwanden alle anderen Hindernisse, die sich ihnen in den Weg stellten. Nachdem sich alle wieder im Taubenschlag befanden, machte mein Großvater die Tür zu und ließ das Schloss zuschnappen. Als Kind wunderte ich mich immer, warum die Tauben sich so abmühten, nur um anschließend wieder in ihre Käfige gesperrt zu werden. Als ich an jenem Abend mit dir aus New Jersey hinausfuhr, hatte ich endlich das Gefühl, es zu wissen.

Binnen Minuten durchquerten wir das Durchbruchstal und ließen New Jersey für immer hinter uns. Wir befanden uns jetzt in Pennsylvania, und je weiter wir fuhren, desto ländlicher wurde die Gegend. Wir waren von Bäumen umgeben. Der zweispurige Highway vor uns schien sich in die Unendlichkeit zu erstrecken. Wir legten Meile um Meile zurück, und trotzdem fühlte es sich an, als kämen wir nicht von der Stelle. Wir kämpften uns voran, machten Boden gut. Um kein Aufsehen zu erregen, fuhr ich ein paar Meilen in der Stunde langsamer als die erlaubte Höchstgeschwindigkeit. Hin und wieder überholte uns ein Lastwagen, oder wir sahen die Scheinwerfer von einem, der in die Richtung fuhr, aus der wir kamen. Die meiste Zeit sahen wir allerdings nur Bäume.

Ich gab mir Mühe, mich strikt an unseren Zeitplan zu halten. Disziplin. Das war es, was wir brauchten. Halte dich immer an den Plan. Sei immer bereit, deine Pläne spontan zu ändern. Um halb vier Uhr morgens verließ ich den Highway über eine Ausfahrt, die zu einer kleinen Stadt irgendwo in Pennsylvania führte. Wir hatten vor, abseits der Straße zu parken, die Schlafsäcke auszupacken und zu versuchen, ob wir ein paar Stunden schlafen konnten, ehe die Sonne aufging. Die Nacht war ziemlich klar. Es war frisch, aber nicht allzu kalt. Wir würden das Zelt nicht aufzustellen brauchen. Als wir in einer ländlichen Gegend an einer alten Tankstelle vorbeikamen, legten wir einen Boxenstopp ein. Neben der Werkstatt standen drei heruntergekommene, auf Betonblöcken aufgebockte Autos. Ich bog auf den Parkplatz ein und hielt an.

»Warum halten wir hier?«, wolltest du wissen. Du hattest nicht geschlafen. Ich hatte gedacht, du würdest trotz deiner Angst schlafen können. Fehlanzeige. Ich deutete auf die alten Autowracks am Rand des Grundstücks. »Wir klauen ein Auto? Wir klauen eines von denen da?«, fragtest du ungläubig.

»Nein, nicht ein Auto«, erwiderte ich. »Wenn du ein Auto klaust, suchen sie nach dir.« Ich wühlte in meiner Reisetasche, die auf dem Rücksitz stand, bis ich mein Taschenmesser fand. »Wir nehmen nur die Nummernschilder mit.« Die Leute, die nach uns suchten, wussten, welches Auto wir fuhren. Sie kannten die Marke, das Modell und höchstwahrscheinlich auch das Kennzeichen. Ich schraubte von einem der Autos die Pennsylvania-Nummernschilder ab. Dann entfernte ich von einem anderen Wagen das hintere Kennzeichen und montierte es vorne an das erste Auto, damit es nicht sofort auffallen würde, dass die Nummernschilder gestohlen worden waren. Es war ziemlich unwahrscheinlich, dass jemandem aus der Werkstatt auffallen würde, dass zwei der alten Wracks die gleiche Nummer hatten. Man konnte deutlich erkennen, dass an diesen Autos seit Jahren niemand mehr gearbeitet hatte. Ich schraubte unsere Massachusetts-Kennzeichen ab und warf sie in den Kofferraum. Dann montierte ich die neuen Nummernschilder. Jetzt waren wir getarnt.

Wir fuhren weiter. Ich bog auf immer kleinere Straßen ab, bis wir uns schließlich auf einer langen, nur teilweise asphaltierten Straße befanden, die zwischen einem Wald und einem Getreidefeld entlangführte. Als wir zu einer Lücke zwischen den Bäumen kamen, durch die unser Auto passte, steuerte ich den kleinen Mietwagen in den Wald. Ich fuhr so weit wie möglich von der Straße weg, bevor ich den Wagen abstellte, aber wir waren dennoch nur etwa zehn Meter von der Straße entfernt. Bei Tageslicht wäre der graue Wagen zu sehen gewesen, doch in der Dunkelheit waren wir ziemlich gut versteckt. Für diese Nacht hatten wir eine Unterkunft.

Ich holte unsere neuen Schlafsäcke aus dem Kofferraum. »Wir hätten Kissen mitnehmen sollen«, sagtest du, als du mich die Schlafsäcke zu einer kleinen Lichtung im Wald tragen sahst.

»Tja, man kann nicht an alles denken«, erwiderte ich. Du nahmst zwei Pullover aus deiner Reisetasche und stecktest sie in die Plastiktüten, die wir am Tag zuvor beim Einkaufen bekommen hatten.

»Kissen«, sagtest du zu mir und warfst mir einen der eingetüteten Pullover zu. Wir breiteten unsere Schlafsäcke auf dem Boden aus und krochen hinein. Der Abstand zwischen uns betrug etwa einen Meter. Ich hatte meine Reisetasche neben mich gestellt. In der Tasche, auf allen anderen Sachen, lag die Pistole – nur für den Fall. Ich steckte mein Kissen unter den Schlafsack, legte den Kopf darauf und schloss die Augen. Es würde schwierig werden, in dieser Nacht überhaupt Schlaf zu finden, doch ich wusste, dass wir welchen brauchten.

»Joe?« Du lagst auf der Seite und stütztest den Kopf auf einem Arm auf. Ich machte die Augen wieder auf.

»Wir müssen schlafen, Maria«, sagte ich. »Wir müssen es zumindest versuchen.«

»Nur eine kurze Frage«, sagtest du und fuhrst fort, bevor ich widersprechen konnte. »Was passiert jetzt?«

»Wie meinst du das?«, fragte ich.

»Ich weiß, dass wir flüchten und dass wir uns verstecken, aber was tun sie?«

»Sie suchen nach uns.«

»Wie? Ist so was schon jemals vorgekommen?«

»Genau in dieser Form?«, überlegte ich laut und betrachtete deinen Bauch. »Keine Ahnung. Wahrscheinlich schon. Ich habe aber nie irgendwelche Geschichten gehört, nie irgendwelche Details erfahren.« Du wirktest erleichtert. Die Erleichterung hielt jedoch nicht lange an. »Ich weiß allerdings von einem Fall, als jemand geflüchtet ist. Der Typ hieß Sam. Sam Powell. Er war einer von ihnen. Er war Killer für die andere Seite. Bei einem seiner Jobs ging irgendwas schief. Er hatte sich zu einem Restaurant auf Long Island begeben, wo er den Koch töten sollte, und wartete auf dem Parkplatz hinter dem Lokal, nachdem sie abends zugemacht hatten. Als er das Restaurant an den beiden Abenden davor beobachtet hatte, war der Koch jedes Mal mit großen Müllsäcken rausgekommen und hatte sie in die Tonnen geworfen, die im hinteren Bereich des Parkplatzes standen. Der Koch hatte die schweren Müllsäcke mitten in der Nacht alleine über den leeren Parkplatz geschleppt und war völlig schutzlos gewesen. Keiner weiß, was sie gegen diesen Typen hatten, gegen den Koch. Ich habe nie erfahren, wer er war und warum sie ihn auf dem Kieker hatten. Einfach so, nehme ich an.

In der fraglichen Nacht war es sehr dunkel. Und dieser Typ, Sam Powell, bezog mit einem Messer hinter der Mülltonne Stellung. Er hatte vor zu warten, bis der Koch herauskam, und wollte in dem Augenblick, wenn dieser den ersten Sack in die Tonne warf und sich nicht wehren konnte, hinter der Tonne hervorspringen und ihn erstechen. Anscheinend war Sam ein alter Hase, was das anbelangt. Mehr als einen Messerstich würde er nicht brauchen. Also wartete Sam und lauschte, und als er die richtigen Geräusche hörte, die gleichen Geräusche, die er auch an den beiden Abenden davor gehört hatte, die Geräusche, wenn sich der Koch nach vorne beugte, um den Müllsack in die Tonne zu wuchten, schnellte Sam vor und stach dem Typen in den Hals. Er war nach weniger als einer Minute tot. Das Problem war, dass es sich nicht um den Koch handelte. Aus irgendeinem Grund hatte an diesem Abend einer der Tellerwäscher den Müll hinausbringen müssen. Er hatte die gleiche Statur wie der Koch, war aber nur irgendein armer ausländischer Tellerwäscher. Und er war ein Zivilist.

Nun, die Regeln besagen, dass man sich stellen muss, wenn man einen Zivilisten tötet. Man muss sich seinen eigenen Leuten stellen. Die können dich dann entweder an die andere Seite ausliefern, was nie vorkommt, oder sie können die Hinrichtung selbst ausführen.« Du zucktest zusammen, als ich das sagte. Offenbar warst du kein Fan der Todesstrafe. »Also, hier ist Sam. Er hat gerade irgendeinem armen Kerl in den Hals gestochen, und jetzt soll er sich selbst an der Säule der Gerechtigkeit opfern. Er soll sein Leben für die Sache geben. Stattdessen ergreift er die Flucht. Soweit ich weiß, ist das nur ein einziges Mal passiert.« Ich hatte gute fünf Minuten geredet, als ich wieder zu dir aufsah. Du wirktest geschockt. Ich glaube, dass diejenigen, die behaupten, sich ein Monster vorzustellen sei erschreckender, als tatsächlich ein Monster zu sehen, nie wirklich ein Monster zu Gesicht bekommen haben. Kinder haben

Angst vor der Dunkelheit, weil sie es nicht besser wissen. Wenn sie schlau wären, hätten sie Angst vor dem Licht.

»Und was ist dann passiert?«, wolltest du wissen. Dein Gesichtsausdruck ließ mich beinahe verstummen, doch du musstest die Wahrheit erfahren. Wenn wir es schaffen wollten zu fliehen, musstest du wissen, wovor wir flüchteten.

Ich fuhr fort: »Die Polizei von Long Island konnte sich keinen Reim auf den Mord machen. Einfach eine weitere ziellose Gewalttat. Er wurde nie aufgeklärt. Ein Mexikaner wird hinter einem Restaurant erstochen. Es gibt keine Hinweise und kein Motiv. Die Story kommt und geht. Wir brauchten allerdings nicht lange, um herauszufinden, was passiert war. Der Koch wusste es sofort. Die andere Seite wusste, dass Sam den Job hätte erledigen sollen und dass Sam verschwunden war. Das spricht sich herum. Ich bin sicher, dass beide Seiten Funktionäre auf den Fall angesetzt haben. Das mussten sie wahrscheinlich, um die Form zu wahren. Aber das ist nicht das Problem. Sams Problem ist, dass er vogelfrei ist, sobald die Sache die Runde macht. Von seinen Leuten darf ihn niemand mehr beschützen. Nicht nur das, jeder muss auch sämtliche Informationen herausgeben, die er über ihn hat. Es werden sogar Pakete mit Infomaterial über ihn verschickt. Diese Pakete enthalten ein Foto von Sam. Sie enthalten alle seine Decknamen und noch eine ganze Menge mehr. Das weiß ich, weil ich auch eins von diesen Paketen bekommen habe. Wie gesagt, ich bin mir sicher, dass ein paar Leute offiziell auf den Fall angesetzt wurden, aber viele andere bekamen das Paket. Und in dem Paket sind sämtliche Jobs aufgelistet, die Sam jemals erledigt hat. Alle Männer und alle Frauen, die er getötet hat, sind darin aufgeführt. Jeder Tod, bei dem er seine Finger im Spiel hatte. Und sie verschicken das Paket an alle, die Interesse an diesen Informationen haben. Ich hatte noch nie etwas von Sam Powell gehört, bevor ich das Paket bekam. Aber wie sich herausstellte, war Sam am Mord an meinem Vater beteiligt. Er hat eine Menge Leute ermordet. Ich war nicht einmal der Einzige, der das Paket wegen meines Vaters bekam. Jeder, der meinem Vater nahegestanden hatte, bekam es. Und die Liste von Sams Jobs war ziemlich lang. Deshalb gibt es eine Menge Leute, die diese Informationen bekommen. Sie wissen, wie er aussieht. Sie wissen, wo er wohnt. Sie wissen eine Menge über ihn. Sie alle bekommen dieses Paket, das mehr oder weniger sagt: Versucht, ihn euch zu schnappen, und wir werden nicht versuchen, euch davon abzuhalten. Und jeder, der eines von den Paketen bekommt, hat einen Grund, ihn schnappen zu wollen.

Sam war ein echter Profi. Ich sage das nicht, weil ich ihn bewundere. Es ist eine Tatsache. Er überstand sechs Tage. Sein Leichnam wurde seiner Familie schließlich aus Holland zugeschickt. Ich kenne keine Details, aber ich weiß, dass die Beerdigung in einem geschlossenen Sarg erfolgte.«

»Hast du ihn auch gejagt?«

»Nein, ich musste arbeiten.« Ich hielt inne. »Ich habe mich nie als Ordnungshüter betrachtet.«

»Und was bedeutet das für uns?«

»Denk zuerst an jede Sünde, die du jemals begangen hast. Denk an alle Menschen, denen du jemals unrecht getan hast. Und jetzt stell dir vor, all diese Leute bekämen die Gelegenheit, sich für diese Sünden an dir zu rächen – ohne sich schuldig zu machen, ohne Konsequenzen. Kannst du mir folgen?« Du nicktest. »Und jetzt stell dir vor, das, was du ihnen angetan hast, wäre unverzeihlich.«

Ich sah dir in die Augen. Du hattest Angst. Das war gut. Angst würde uns gute Dienste leisten. »Sie werden Jagd auf uns machen. Sie werden Jagd auf uns machen und versuchen, mich zu töten. Sie werden versuchen, mich zu töten, und sie werden versuchen, uns unser Kind wegzunehmen. Um ehrlich zu sein, weiß ich nicht, was dir blüht.«

»Wer sind sie?«, fragtest du, doch was du eigentlich meintest, war: *Wie lang ist deine Liste, Joe?*

»Ich weiß nicht, wer sie sind«, erwiderte ich, »aber sie sind viele. Trau niemandem, Maria.«

Nach unserem Gespräch lagen wir beide noch eine Zeit lang wach, lauschten den zirpenden Grillen, lauschten, ob irgendwelche seltsamen Geräusche aus dem Wald drangen. Schließlich schliefen wir ein.

Am nächsten Morgen frühstückten wir trockene Cornflakes und Wasser aus dem Kofferraum. Das Thema Geld hatte ich dir gegenüber bislang noch nicht angesprochen. Ich wollte dich nicht mit Problemen überhäufen. Du hattest bereits genug zu verdauen. Es würde jedoch nicht mehr lange dauern, bis Geld zu einem Problem wurde. Wir hatten zusammen weniger als fünfhundert Dollar. Ich war im Besitz der Kreditkarten, wagte es aber nicht, sie noch einmal zu verwenden. Ab jetzt waren wir vom Koordinatensystem verschwunden. Seit wir das Haus meiner Mutter verlassen hatten, waren sieben Stunden vergangen. Nach sieben Stunden hätten wir uns irgendwo zwischen Montreal, Cleveland und Richmond in Virginia befinden können. Das war ein großer Radius. Wir würden jedoch Geld brauchen und einen Arzt, der deine Schwangerschaft überwachte. Letzten Endes würde ich mir Arbeit suchen müssen. Entweder das oder stehlen, aber ich hatte mich nie als Dieb gesehen.

Wir waren etwa neun Stunden von Chicago entfernt, doch

ich wollte frühestens in zwei Tagen dorthin fahren. In Chicago konnte ich vielleicht Arbeit finden. Vielleicht konnten wir uns dort eine billige Wohnung suchen. Vielleicht konnten wir dort ein bisschen zur Ruhe kommen. Das hörte sich gut an, aber das Wort »vielleicht« kam zu oft darin vor.

Wir hatten vor, in den nächsten zwei Tagen Großstädte zu meiden und uns bedeckt zu halten. Außerdem wollte ich nicht, dass du zu lange am Stück im Auto sitzen musstest. Das würde dir nicht guttun. Ich hatte Veränderungen bei dir festgestellt. Du brauchtest wesentlich mehr Schlaf. Dein Appetit war unstillbar. Wenn du weiterhin so viel essen würdest, würde nach zwei Tagen nichts mehr von dem Reiseproviant übrig sein, den wir mitgenommen hatten. Wir würden deshalb unterwegs essen gehen, allerdings nur fernab vom Highway. Der Highway war gefährlich. Die Leute, die uns auf den Fersen waren, würden dort unterwegs sein. Von diesen Leuten mussten wir uns fernhalten. Mir fiel auf, dass du mit Übelkeit zu kämpfen hattest, auch wenn du versuchtest, das vor mir zu verbergen. Du musstest dich zwar nicht übergeben, aber ich ertappte dich dabei, wie du dir mit schmerzverzerrtem Gesicht den Bauch hieltst. Ich nahm an, dass das normal war. Ich hoffte, dass es normal war.

Der erste Tag verlief angenehm ereignislos. Die folgende Nacht ebenfalls. Wir frühstückten in einem kleinen Esslokal in irgendeiner Ortschaft mitten im Bundesstaat, die vom Maisanbau lebte. Anschließend fuhren wir wieder ein paar Stunden lang auf dem Highway in Richtung Westen. Der Highway machte mich nervös. Ich fühlte mich wesentlich besser, wenn wir abseits der großen Straßen unterwegs waren. Wir hielten an einer Tankstelle, wo ich eine detaillierte Karte des Bundesstaats kaufte. Die Spritpreise würden unser Budget ziemlich schnell dahinschmelzen lassen, doch wir hatten keine andere Wahl. Im Notfall konnten wir immer noch versuchen, nachts den Tank anderer Autos anzuzapfen. Doch es war sicherer, wenn wir damit noch eine Weile warteten. Vorerst mussten wir einfach unsichtbar bleiben.

Du schliefst die meiste Zeit, während wir fuhren. Im Lauf des Tages hielten wir einmal an. Ich gab dir die Karte, und du verschlangst sie regelrecht. Du hast jede Ausfahrt markiert und jede Sehenswürdigkeit angekündigt, an der wir vorbeikamen, ob wir sie von der Straße aus sehen konnten oder nicht. Ich war der Meinung, dass wir uns ein bisschen Bewegung verschaffen sollten, deshalb hast du uns vom Highway zu irgendeinem Naturschutzgebiet gelotst, das du auf der Karte entdeckt hattest. Wir machten eine zwei Meilen lange Wanderung an einem Bach entlang. Es war herrlich, sich die Füße zu vertreten. Meine Wunde verheilte gut. Die zwei Meilen gaben dir den Rest. Nachdem wir wieder ins Auto eingestiegen waren, schliefst du binnen Minuten mit der aufgefalteten Karte im Schoß ein.

Ich zählte jede Stunde, die verging, ohne dass jemand auf uns aufmerksam wurde. Jede Einzelne davon machte es ein wenig wahrscheinlicher, dass wir irgendwann in Vergessenheit geraten würden. Es ging nicht um Entfernung, sondern ausschließlich um Zeit. Am Nachmittag überquerten wir die Grenze nach Ohio. Dort fuhren wir wieder an irgendeiner beliebigen Ausfahrt ab, um uns ein billiges Restaurant zu suchen. Unser Geld wurde schnell weniger. Die Nacht war abermals klar, deshalb suchten wir uns zum Übernachten erneut eine abgelegene Stelle neben einer Landstraße. Ich beobachtete dich in dieser Nacht, während du schliefst, und hatte große Schuldgefühle. Du warst siebzehn, schwanger und obdachlos. Wir bewegten uns am Rand der Zivilisation und hofften, dass uns niemand finden würde. Eines Tages wollte ich dich zurück in die Zivilisation bringen. Ich wusste nur noch nicht, wann.

In dieser Nacht schliefen wir zum ersten Mal wieder miteinander, seit wir uns gegenseitig unsere Geheimnisse verraten hatten. Du krochst zu mir in meinen Schlafsack. Zu zweit war es darin viel wärmer. Wir zogen uns gegenseitig unbeholfen von der Taille abwärts aus und behielten unsere Sweatshirts an, um uns vor der kalten Nachtluft zu schützen. Wir küssten uns. Der Schlafsack passte wie angegossen, wenn wir beide darin lagen. Die Bewegungsfreiheit war eingeschränkt, aber wir konnten uns ausreichend bewegen. Wir bewegten uns langsam, vorsichtig. Es war anders. Wir waren jetzt andere Menschen. Zuvor waren wir unschuldige Menschen gewesen, die ein gefährliches Spiel spielten. Jetzt waren wir gefährliche Menschen, die das Unschuldigste, Ursprünglichste taten, was sie sich vorstellen konnten. Am Ende hast du dir auf die Unterlippe gebissen und am ganzen Körper gezittert, gabst aber keinen Laut von dir. Der ganze Schlafsack bebte mit dir. Anschließend weintest du.

Der nächste Tag verlief genauso. Wir kämpften uns durch eine zwölfstündige Autofahrt und versuchten, sie auf drei Tage auszudehnen, ohne dabei einen echten Zwischenstopp einzulegen. Du fandest abermals einen Ort auf der Karte, an dem wir Zeit totschlagen konnten. Es handelte sich um einen Leuchtturm am Eriesee. Wir verbrachten ein paar Stunden in dem Park, der den Leuchtturm umgab. Einmal mehr aßen wir unser Mittagessen aus dem Kofferraum. Du hattest Besseres verdient, beklagtest dich aber nicht.

Bei einem unserer Stopps kaufte ich eine Zeitung. Ich überflog die Überschriften und das Polizeiregister auf der Suche nach irgendetwas Interessantem, nach irgendetwas, das mir einen Hinweis darauf hätte geben können, was in meiner alten Welt vor sich ging. Die Lage war ruhig. Ich las den Wetterbericht. Für den Abend war Regen vorhergesagt. Mit dem Regen krochen die Kreaturen aus dem Schlamm.

Der Regen setzte am späten Nachmittag ein. Noch bevor er begann, sahen wir hohe dunkle Wolken über die Prärie auf uns zurollen. Die Luft wurde dick und feucht. Kurze Zeit später verhängten die dunklen Wolken den ganzen Himmel und verdeckten die Sonne. Es wurde kalt, und der Wind frischte auf. Die Bäume um uns raschelten in der Brise. Dann kam der Regen, schnell und heftig.

Als wir die Regenwolken auf uns zukommen sahen, batest du mich anzuhalten. Du wolltest spüren, wie der Sturm sich nähert, sagtest du. Also hielt ich am Straßenrand an, und wir setzten uns auf die Motorhaube, als die Wolken heranrollten. Wir spürten den Sprühnebel und den Wind. Unmittelbar bevor es anfing zu regnen, fragte ich dich: »Genügt das?« Du sagtest ja, und wir stiegen hastig wieder ins Auto. Da unsere Kleidung feucht vom Sprühnebel war, schaltete ich die Heizung ein, nachdem ich den Wagen angelassen hatte, damit wir schneller trocken wurden. Das Prasseln der Regentropfen auf dem Autodach war so laut, dass wir unser eigenes Wort kaum verstanden. Wir saßen eine Weile einfach nur da und warteten darauf, dass der Regen nachließ, damit ich durch die Windschutzscheibe sehen konnte.

»Wo ich herkomme, regnet es nie so«, sagtest du.

»Wir sollten uns was suchen, wo wir zu Abend essen können«, schlug ich vor, als ich schließlich losfahren konnte. Es regnete noch immer in Strömen. Bei jeder Bewegung der Scheibenwischer blieb mir gerade genug Zeit, um einen Blick auf die Straße zu erhaschen, bevor die Welt wieder in den Fluten verschwand.

»Wo schlafen wir heute Nacht?«, fragtest du, während du beobachtetest, wie der Himmel auf uns herabzufallen schien.

»Kümmern wir uns erst darum, wo wir essen. Dann überlegen wir uns, wo wir schlafen«, erwiderte ich.

Ich konnte wegen des Regens kaum schneller als zehn Meilen in der Stunde fahren. Wir passierten andere Autos, die einfach angehalten hatten, um das Ende des Unwetters abzuwarten. Womöglich hätte ich das Gleiche getan, wenn es so ausgesehen hätte, als würde es irgendwann aufhören. Schließlich entdeckten wir ein kleines Esslokal unmittelbar neben der Straße. Ich bog auf den Parkplatz ein und stellte unseren Wagen auf einer Seite des Lokals ab. »Warum parken wir hier, Joe?«, wolltest du wissen. »Da ist ein Parkplatz genau vor der Tür frei.« Ich hatte unseren Wagen seitlich abgestellt, damit er im Vorbeifahren nicht zu sehen war, obwohl wir nur an einer kleinen Landstraße standen. Ich wollte nichts dem Zufall überlassen, brachte es aber nicht übers Herz, dir das zu sagen. Deshalb legte ich den Rückwärtsgang ein und parkte vor dem Lokal.

Wir setzten uns auf zwei Hocker an der Theke. Du wolltest an der Theke essen, obwohl etliche Sitznischen frei waren. Du sagtest, es sei dir unbegreiflich, wie jemand ein solches Esslokal besuchen und sich nicht an die Theke setzen könne. Du redetest, als wärst du im Urlaub auf Sightseeing-Tour. Wir saßen mit dem Rücken zur Tür und dem Gesicht zur Küche auf den hohen, dick gepolsterten roten Hockern. Einer der beiden Köche, die in dem Lokal arbeiteten, kam zu uns her und nahm unsere Bestellung auf. Er sah aus, wie man sich einen

Koch vorstellt: untersetzt, Mitte fünfzig und mit einer weißen, mit Fettflecken übersäten Schürze bekleidet. Ich bestellte eine Cola. Du bestelltest einen Schokolade-Vanille-Milchshake. Es gab keine Milchshakes. Du entschiedst dich stattdessen für einen Kakao. Manchmal vergaß ich, wie jung du noch warst.

Ich bestellte einen Cheeseburger mit Pommes. Du bestelltest ein gegrilltes Käse-Sandwich und eine Tomatensuppe. Dann legtest du mir die Hand auf den Rücken und ließest sie auf meinen Schulterblättern kreisen. Ich glaube, du spürtest, dass ich angespannt war, ohne zu wissen, warum. Nicht einmal ich selbst wusste, warum. Ich hatte einfach ein ungutes Gefühl. Bislang war alles zu glatt gelaufen. Deine Berührung beruhigte mich vorerst.

Ungefähr in der Mitte unserer Mahlzeit ging die Tür auf, und ich spürte, wie der Wind von draußen ins Lokal wehte. Er fegte mit einem Pfeifen durch die Tür. Ich hörte den Regen laut und anhaltend auf den Bürgersteig prasseln. Mit dem Wind kam ein Jugendlicher herein. Er schloss schnell die Tür hinter sich und schottete uns wieder von dem Unwetter ab. Er war ein schlaksiger Typ, groß und dürr. Bekleidet war er mit Jeans und einem völlig durchnässten Kapuzensweatshirt – nicht gerade die ideale Regenbekleidung. Über einer Schulter trug er einen Rucksack. Er setzte sich neben dich auf den übernächsten Barhocker und schlüpfte dabei mit seinem anderen Arm durch den zweiten Schultergurt seines Rucksacks, der schlaff an seinem Rücken herabhing. Dann bestellte er eine Cola und nahm die Speisekarte in die Hand. Für mich sah er aus wie fünfzehn. In Wirklichkeit war er allerdings mindestens ein Jahr älter als du. Seine Haut war fast genauso fettig wie sein Haar. Er hatte Akne am Kinn und auf der Stirn. Nachdem er sich etwas zu essen bestellt hatte, fing er an, sich auf dem Hocker hin und her zu drehen. Das ging ungefähr zwei Minuten lang so, bis der Koch wieder aus der Küche kam und den Jugendlichen anherrschte: »Das ist ein Hocker, Freundchen, und kein beschissenes Karussell.«

Der Jugendliche hielt inne. »Entschuldigung«, sagte er. Er tat mir beinahe leid. Dann widmete er seine Aufmerksamkeit seiner Cola und beschäftigte sich mit dem Strohhalm.

Plötzlich unterbrachst du mich bei meinen Beobachtungen. »Also, wo schlafen wir heute Nacht?«, fragtest du abermals. Der Regen hatte kein bisschen nachgelassen. Er prasselte und wehte unvermindert gegen die Fensterscheiben des Lokals.

»Ich hab's dir doch schon gesagt, Maria. Ich weiß es nicht.«

»Wir könnten uns doch ein Hotel suchen.« Aus deiner Stimme war ein Funken Hoffnung herauszuhören.

Ich schüttelte den Kopf. »Wir müssen unser Geld zusammenhalten, Maria. Es geht ohnehin schon so viel für Essen und Benzin drauf. Wir brauchen noch was, wenn wir in Chicago sind. Hier ist es einfacher, obdachlos zu sein, als dort.« Meine Worte deprimierten mich.

»Und wenn wir uns was richtig Billiges suchen?«, fragtest du. Ja, das war genau, was ich wollte, mit meiner schwangeren siebzehnjährigen Freundin in einem billigen Motel in der hintersten Provinz von Ohio absteigen. Ich hatte plötzlich das Gefühl, dass alles, was Allen über mich gesagt hatte, der Wahrheit entsprach.

»Vielleicht«, erwiderte ich, um das Thema zu beenden. Ich hatte ungefähr die Hälfte meines Burgers gegessen. Du verschlangst deine Suppe und dein Sandwich. »Möchtest du den Rest von mir?«, fragte ich und deutete auf meinen halbleeren Teller.

»Du bist echt ein Gentleman«, sagtest du. Deine Stimme triefte vor Sarkasmus.

»Ja oder nein?«, erwiderte ich.

»Klar«, sagtest du. Ich schob dir den Teller hin.

Ich brauchte etwas Zeit für mich allein. »Ich gehe mal kurz auf die Toilette«, sagte ich. »Ich bin gleich wieder da.« Bevor ich ging, warf ich noch einmal einen Blick auf den Jugendlichen. Er hatte irgendetwas an sich. Ich war mir sicher, dass er meinen Blick spürte, aber er sah mich nicht an. Da ich nicht lang weg sein würde, rechnete ich nicht damit, dass es Schwierigkeiten geben würde. Also ging ich auf die Toilette und schloss die Tür hinter mir. Der Raum war winzig. Auf der einen Seite befand sich ein WC, auf der anderen ein Waschbecken mit Spiegel. Die Toilette war kaum größer als die in einem Flugzeug. Ich stellte mich vors Waschbecken, drehte den Hahn auf, ließ kaltes Wasser in meine hohlen Hände laufen und spritzte es mir ins Gesicht. Dann betrachtete ich mein Gesicht im Spiegel. Ich sah alt aus. Im Vergleich zu dem Jugendlichen im Lokal sah ich aus wie ein Greis.

Ich kann mich nicht erinnern, wie lange ich mich auf der Toilette aufhielt, da ich jegliches Zeitgefühl verloren hatte. Vermutlich war ich nicht länger als fünf Minuten weg, doch das war zu lang gewesen und erwies sich als Fehler. Der Jugendliche hatte sich bewegt: Das zuckende Nervenbündel hatte sich auf den Hocker neben dir gesetzt. Ihr beiden unterhieltet euch. Ich hätte dich am liebsten angefahren. Ich wäre am liebsten auf dich zugegangen und hätte dir gesagt, dass du nicht mit Fremden sprechen sollst. Wahrscheinlich wollte er dich nur anmachen. Das hätte ich an seiner Stelle sicher auch getan. Dennoch hatte ich das ungute Gefühl, dass die Angelegenheit in Gewalt enden würde.

Trotz meiner Vorahnung machte ich gute Miene zum bösen Spiel. Ich ging zurück zu meinem Hocker und setzte mich hin.

Du drehtest dich zu mir, als ich wieder saß. »Joe«, sagtest du, »das ist Eric. Er hat uns reden hören und mir gesagt, er wüsste was Nettes, Billiges, wo wir heute übernachten können.«

Ich streckte dem Jugendlichen die Hand hin. »Freut mich, dich kennenzulernen, Eric.« Dann beobachtete ich seine Reaktion. Er blickte auf meine Hand, zögerte, wusste nicht, was er tun sollte. Er zögerte nur für den Bruchteil einer Sekunde, aber ich war sicher, er zögerte. Er wollte mich nicht berühren. Er war einer von ihnen, daran bestand kein Zweifel. Er war einer von ihnen, und er wusste, wer ich war. Es dauerte nur einen kurzen Augenblick, bis er sein Selbstvertrauen zurückgewann, doch in diesem Augenblick hatte er sich verraten.

»Hey« war alles, was er sagte, als ich ihm die Hand schüttelte. Ich hasste den Jugendlichen, hasste ihn abgrundtief. Ich hasste ihn dafür, dass er mit dir gesprochen hatte. Ich hasste ihn dafür, dass er uns nachspioniert hatte. Ich hasste ihn dafür, dass ich ihn töten musste.

»Du hast also einen Vorschlag, wo wir heute Nacht absteigen können?«, fragte ich und sah ihm dabei fest in die Augen, um zu prüfen, ob er meinem Blick standhielt.

»Ja«, erwiderte er und starrte wieder auf sein Getränk. »Ich kenne einen Typen, der ein Zimmer übrig hat. Er versucht schon länger, es zu vermieten, hat aber bislang kein Glück gehabt. Ich bin sicher, er lässt euch für zwanzig Dollar übernachten.«

Du sahst mich mit erwartungsvollem Blick an. Ich konnte in deinen großen blauen Augen beinahe deine Gedanken lesen. Ein Bett war alles, was du wolltest. »Tja, der Preis klingt gut«, sagte ich. Ich wusste, das würde dich glücklich machen. Selbst zehn Minuten Glück waren es wert. Schließlich konnte man nicht wissen, wie viele Gelegenheiten wir noch bekommen würden, um uns gegenseitig glücklich zu machen. »Wie finden wir ihn?«

Der Jugendliche saß da und kaute auf dem Ende seines Strohhalms, den er wie einen Zahnstocher aus dem Mundwinkel hängen ließ. Auf diese Frage war er nicht vorbereitet gewesen. »Ihr fahrt mir einfach hinterher. Ich bringe euch hin, und dann sage ich meinem Kumpel, was ich mit euch abgemacht habe.« Er lächelte. Sein Lächeln war echt. Sein Plan gefiel ihm.

»Wie heißt denn dein Freund?«, fragte ich.

»Pete«, erwiderte er, ohne zu zögern. Die Sache nahm für ihn schnell Gestalt an. Er war jung, aber er war nicht dumm.

»Und was springt für dich dabei raus?«, fragte ich und bedachte ihn mit einem strengen Blick, um ihn einzuschüchtern. Ich wollte, dass er einen Rückzieher macht und das Weite sucht. Ich wollte, dass er seinen Plan aufgibt. Ich öffnete ihm ein Hintertürchen, auch wenn er das meiner Meinung nach nicht verdient hatte. Ich tat es für dich, nicht für ihn.

»Joe«, unterbrachst du mich, da du nicht verstanden hattest, was ich tat. »Das ist nicht besonders nett.« Du gabst dir Mühe, so zu klingen, als würdest du nur sticheln, aber ich merkte, dass du verärgert warst. Du glaubtest, ich würde uns eine Chance verbauen.

»Nein, nein. Das ist schon okay«, verteidigte mich der Jugendliche. »Ich versuche nur, ein paar Leuten zu helfen.« Dieses Mal erwiderte er mein Starren. Er gab sich größte Mühe, mich mit einem kalten, harten Blick zu fixieren. Während er mich anstarrte, sah ich in ihm etwas, das mir bekannt vorkam. Ich erkannte jene Furchtlosigkeit, jene ungezügelte Wut. »Das hier ist eine gastfreundliche Gegend«, fuhr er fort. Ich weiß nicht, was in dem Jugendlichen vorging. Dachte er, er könnte schneller ziehen als ich? Dachte er, er sei im Wilden Westen?

»Manchmal dauert es nur eine Weile, bis man sich an die Gastfreundlichkeit gewöhnt.« Er drehte sich zu dir und schenkte dir ein breites Lächeln. Du erwidertest sein Lächeln, wofür ich ihn noch mehr hasste.

»Nun, ich nehme an, solche Gastfreundlichkeit können wir nicht ausschlagen«, sagte ich. Du drehtest dich auf deinem Hocker und umarmtest mich kurz. Ich hoffte, es würde nicht das letzte Mal sein. Der Jugendliche machte mir keine Angst. Du machtest mir Angst, da ich nicht wusste, wie du reagieren würdest. Trotzdem versuchte ich es. Ich öffnete ihm ein Hintertürchen. Er machte nicht davon Gebrauch. Sein Pech. Inzwischen war es beinahe neun Uhr abends. Wir saßen seit fast zwei Stunden an der Theke. »Ich denke, wir sollten zahlen und aufbrechen.« Ich warf einen Blick auf den Teller vor dir. Du hattest meinen Burger und die restlichen Pommes aufgegessen. »Bist du mit deinem Essen fertig, Eric?«

»Ja«, erwiderte er. »Ich muss nur noch zahlen.«

»Schon gut«, sagte ich. »Du hast uns eine Übernachtungsmöglichkeit organisiert. Dich zum Essen einzuladen ist das Mindeste, was wir tun können.« Ich signalisierte dem Koch, dass ich für uns und für Eric bezahlten wollte. Du schienst stolz auf mich zu sein, weil ich plötzlich wieder Manieren an den Tag legte. Ich brachte es nicht übers Herz, dir zu sagen, dass es damit nichts zu tun hatte. Ich war nicht großzügig, sondern ging davon aus, dass wir am Ende des Abends ohnehin Erics Geld haben würden. Raub war zwar sonst nicht mein Stil, doch wir brauchten Geld. Wenn ich den Jugendlichen schon eliminieren musste, hatte es keinen Sinn, auf sein Geld zu verzichten.

»Vielen Dank, Joe«, sagte der Jugendliche. »Echt nett von dir.« Ich nahm beide Rechnungen, legte zwei Dollar auf die

Theke und zahlte an der Kasse. Ich nickte dem Jugendlichen zu. Dieses Mal vermied ich Blickkontakt. Ich wollte mich später nicht mehr an sein Gesicht erinnern. Ich wollte vergessen, was ich gleich tun würde, bevor ich es getan hatte. Es wurde Zeit, dass wir uns wieder nach draußen ins Unwetter begaben.

Wir eilten hinaus in den Regen. Ich stellte sicher, dass der Jugendliche vor uns zu seinem Auto lief, da ich nicht das Risiko eingehen wollte, dass ihm einer von uns den Rücken zukehrte. Der Jugendliche hatte der Einfachheit halber unmittelbar neben uns geparkt. Unmittelbar vor dem Lokal. Er fuhr einen ramponierten roten Kleinwagen mit verrosteten Kotflügeln. Das Auto war vermutlich erst ungefähr sieben Jahre alt, aber völlig heruntergekommen. Wahrscheinlich hatte der Jugendliche es für ein paar hundert Dollar gekauft. Der Wagen hatte Ohio-Kennzeichen. Das war ein gutes Zeichen. Vielleicht war er zufällig auf uns gestoßen. Vielleicht war er uns nicht gefolgt. Doch wenn er uns ausfindig gemacht hatte, würden uns andere Leute mit mehr Erfahrung sicher auch ausfindig machen.

Bevor der Jugendliche den Kopf einzog, um in seinen Wagen zu steigen, rief er uns zu: »Wir müssen nur ein paar Mal abbiegen. Ich fahre langsam, damit ihr mich nicht verliert.« Ich winkte ihm als Antwort darauf zu. Wir standen unter dem Vordach des kleinen Lokals. Was hatte er vor? Versuchte er, uns in einen Hinterhalt zu locken? Oder wollte er uns einfach auf ein freies Feld bringen, weil er glaubte, dort im Vorteil zu sein? Mir war nicht klar, welchen Plan er hatte. Vielleicht hatte er auch gar keinen Plan. Vielleicht improvisierte er einfach. Es spielte keine Rolle. Er war ohnehin so gut wie tot. Unter anderen Umständen hätte ich ihn womöglich gemocht. Er besaß mehr Herz als Verstand.

Der Jugendliche brauchte drei Versuche, bis sein Wagen ansprang. Sobald der Motor lief und er das Licht eingeschaltet hatte, eilten wir zu unserem Auto. Du stiegst auf der Beifahrerseite ein, und ich schlüpfte hinters Lenkrad. Ich drehte den Zündschlüssel um, schaltete die Scheinwerfer ein und folgte dem Jugendlichen, als er vom Parkplatz fuhr. Ich sagte nichts zu dir, als wir auf die regennasse Straße glitten. Eric fuhr wie versprochen langsam, damit wir ihm folgen konnten. Ich sah dich nicht einmal an, als wir zum ersten Mal abbogen, unmittelbar hinter ihm. Mit jeder Sekunde wurde die Umgebung trostloser. Ich spürte deinen brennenden Blick auf mir, während ich fuhr, wagte es aber nicht, den Kopf in deine Richtung zu drehen. Ich war noch nicht bereit, dir ins Gesicht zu sehen.

»Was ist los, Joe?«, fragtest du schließlich.

»Bist du nicht misstrauisch?« Du hättest misstrauisch sein sollen. Wenn wir noch zwei Wochen überleben wollten, musstest du misstrauisch sein.

»Weswegen misstrauisch?«, fragtest du ungläubig.

»Du bist nicht im Geringsten misstrauisch?«, wiederholte ich, dieses Mal mit mehr Nachdruck.

»Was ihn anbelangt? Eric? Er ist doch noch ein Kind, Joe. Er ist vielleicht neunzehn.« Du begegnetest meiner Verärgerung mit deiner eigenen.

»Tja, damit wäre er zwei Jahre älter als du.«

»Du kannst mich mal, Joe«, erwidertest du. Ich bemühte mich, ruhig zu bleiben.

»Bei meinem ersten Mordanschlag war ich ungefähr so alt wie er. Er ist einer von ihnen. Der Typ ist einer von den anderen.«

»Was soll das heißen, verdammt? Er will uns doch nur helfen, Joe.« Ich schüttelte den Kopf. »Woher willst du wissen, dass er einer von ihnen ist?«

»Ich weiß es einfach. Er wollte mir nicht die Hand geben. Er hat gezögert.«

»Das glaube ich nicht.« Du starrtest nach draußen in den Regen. Du wolltest mir nicht glauben.

»Also gut, dann sieh zu.« Ich riss das Lenkrad abrupt nach links herum und bog von der Straße in einen schmalen Feldweg ein. »Denkst du, er wird uns folgen, wenn er nichts im Schilde führt?«

»Was soll das, Joe?«, schriest du mich an. Du hast dich auf dem Sitz umgedreht und zur Straße geblickt, um die Scheinwerfer des Jugendlichen zu beobachten, um zu sehen, ob er umdrehen und uns folgen würde.

»Glaubst du mir, wenn er uns hinterherfährt?«

»Hör auf, Joe!«, schriest du mich an. Ich fuhr etwa fünfhundert Meter und hielt am Wegrand an.

»Glaubst du mir, wenn er uns hinterherfährt?«, fragte ich dich noch einmal. Ich drehte mich zu dir um und starrte sich an. »Warum sollte er uns folgen, wenn er keiner von ihnen ist?« Du richtetest den Blick wieder auf die Straße, um die Scheinwerfer des Jugendlichen zu beobachten. Er hatte angehalten. Sein Auto bewegte sich nicht. Er schätzte die Situation ab. Ich sah dich an. Deine Lippen bewegten sich. Du sagtest keinen Ton, aber ich konnte von deinen Lippen ablesen. Du sagtest immer und immer wieder: »Komm nicht. Komm nicht. Komm nicht.« Ich wusste, dass es sinnlos war. Ich griff nach meiner Reisetasche auf dem Rücksitz und nahm die Pistole heraus.

»Was hast du vor, Joe? Was hast du vor?«

»Er ist einer von ihnen, Maria. Er ist einer von ihnen, und er weiß, wo wir sind. Wenn wir ihn nicht loswerden, ist uns bald die ganze Welt auf den Fersen. Er hat ein Hintertürchen. Wenn er uns nicht folgt, ist er frei. Wenn er uns folgt, bleibt uns keine andere Wahl.« Dein Blick wanderte zwischen der Pistole und dem Wagen des Jugendlichen hin und her. Plötzlich legte er den Rückwärtsgang ein. Er fuhr uns hinterher.

»Man hat immer eine Wahl, Joe«, sagtest du. Das war dein letzter verzweifelter Versuch.

»Das ist ein Klischee, Maria. Manchmal treffen andere Leute Entscheidungen für einen. Manchmal bekommt man gar keine Chance.« Ich sah dich an. Ich wollte dir zu verstehen geben, dass das etwas war, was ich nicht freiwillig tat. Es war etwas, was ich tun musste. Du nahmst mir das nicht ab.

»Was ist, wenn du dich täuschst? Was ist, wenn er nur nett sein will?«, fragtest du. Der Jugendliche bog langsam auf den schmalen Feldweg ein, auf dem wir geparkt hatten. Er hielt seinen Wagen fünf Meter hinter uns an und schaltete das Fernlicht ein. Die Scheinwerfer blendeten. Das war seine erste professionelle Handlung. Er sah uns, aber wir konnten ihn nicht sehen.

»Schnall dich an«, forderte ich dich auf.

»Was?«

»Schnall dich an«, wiederholte ich. Ich legte mit der Pistole in der Hand meinen Sicherheitsgurt an, um dir zu zeigen, was ich meinte. Als du sahst, wie ich mich anschnallte, wurde dir offenbar bewusst, dass es mir ernst war, und du legtest deinen Gurt ebenfalls an. Sobald ich ihn einrasten hörte, schaltete ich in den Rückwärtsgang. Fünf Meter. Im Schlamm. Ich musste hoffen, dass der Abstand genügte, und trat das Gaspedal durch. Die Räder drehten kurz durch, ehe sie auf dem matschigen Boden Halt fanden. Dann beschleunigte der Wagen ruckartig rückwärts. Ich steuerte direkt ins Licht. Wir hatten ein ziemliches Tempo drauf, als wir das Auto des Jugendlichen frontal rammten. Ich hoffte, dass wir schnell genug waren. Der

Wagen des Jugendlichen rutschte im Schlamm nach hinten. Er war vorne eingedrückt wie eine zerquetschte Getränkedose. Einer der Scheinwerfer zersplitterte und ging aus. Der andere blendete einfach ab, leuchtete jetzt schief zur Seite und warf einen schwachen Lichtkegel auf das regennasse Feld.

Ich öffnete die Autotür, stieg aus, ging im Regen zum Wagen des Jugendlichen und riss die Fahrertür auf. Die Wucht des Zusammenstoßes hatte genügt, um seinen Airbag auszulösen. Er saß auf dem Sitz, noch immer benommen vom Aufprall auf dem Luftkissen. An seiner Unterlippe lief ein kleines Rinnsal Blut hinunter. Er war nicht angeschnallt. Sein Rucksack lag auf dem Beifahrersitz, der Reißverschluss halb geöffnet. Er hatte unmittelbar vor dem Zusammenstoß nach dem Rucksack gegriffen. Als ich die Tür ganz aufzog, sah er mich an. Sein Blick war glasig. Er war noch nicht in der Lage, ihn zu fokussieren. Ich verlor keine Zeit, packte ihn an der Schulter und zog ihn aus dem Wagen. Dann zerrte ich ihn in den Lichtkegel des einen Scheinwerfers, der noch funktionierte, warf ihn in den Matsch und ging zu seinem Wagen zurück, ohne ihn dabei aus den Augen zu lassen. Ich nahm den Rucksack heraus, warf ihn neben ihm auf den Boden und stellte mich über ihn. Der Scheinwerfer leuchtete auf uns wie ein Rampenlicht. Der Regen durchschnitt den Lichtkegel und warf Schatten, die wie Millionen von winzigen Dolchen aussahen. Ich richtete meine Pistole auf den Jugendlichen, der sich auf die Knie kämpfte. Er kam langsam wieder zu sich, und sein Blick wurde klarer. Schließlich wurde ihm bewusst, was gleich passieren würde.

Zunächst sah er mich nicht direkt an. Er starrte einfach auf die Mündung der Pistole. Sein Gesicht kam mir bekannt vor, doch ich wusste nicht, woher. Dann blickte er zu mir auf. Er zuckte nicht zusammen, sondern sah mir genau in die Augen.

Ich entdeckte keine Furcht in seinem Blick, zumindest noch nicht. Ich sah nur Hass und Schmerz. Sein Gesichtsausdruck war der gleiche wie der in den Gesichtern sämtlicher Sechzehnjähriger, die ich jemals über den Krieg unterrichtet hatte. Es war der gleiche Gesichtsausdruck, den auch sie hatten, wenn wir ihnen zum ersten Mal die Fotos von Tod und Zerstörung zeigten. Der Umstand, dass er seinen eigenen Tod anstarrte, änderte nichts daran.

Ich hörte eine Autotür zuschlagen. Du warst ausgestiegen. Ich wusste allerdings nicht, ob du davonliefst oder auf uns zukamst. Ich blickte nicht auf. Ich ließ den Jugendlichen nicht aus den Augen. Ich wollte dir nicht ins Gesicht sehen, nicht bevor ich getan hatte, was ich tun musste. Mir war klar, du würdest zurückkommen, wenn du davongelaufen warst. Ich wusste jedoch nicht, wie du reagieren würdest, wenn du noch da warst.

»Wer bist du?«, fragte ich. Das machte mich noch verrückt. Warum kam mir der Jugendliche bekannt vor?

»Leck mich«, erwiderte er und starrte dabei die Pistole an. Ich hatte kein Problem mit dieser Antwort. Ich respektierte sie. Trotzdem half sie mir nicht weiter. Ich verlagerte mein Gewicht auf den linken Fuß und trat dem Jugendlichen mit dem rechten so fest ich konnte in den Bauch. Ich hörte jemanden nach Luft schnappen, als ich das tat, aber es war nicht der Jugendliche. Du warst dageblieben. Ich hätte in diesem Moment lieber auf deine Anwesenheit verzichtet, doch irgendwann musstest du mit Gewalt bekannt gemacht werden.

Der Jugendliche kippte vornüber in den Matsch, nachdem ich ihn getreten hatte. Er rang nach Luft und schluckte dabei Regen. Das löste einen Hustenanfall bei ihm aus. Ich wartete, bis er fertig war und sich trotzig wieder auf die Knie kämpfte.

»Wer bist du?«, fragte ich ihn erneut, dieses Mal leiser. Er starrte mich einfach nur zornig an. Sein Blick wiederholte, was er zuvor gesagt hatte, doch er schwieg. »Was ist? Hältst du dich für einen Cowboy, oder was?«, schrie ich ihn an. »Hast du etwa gedacht, du kannst uns hierherbringen, damit wir uns duellieren? Zwölf Schritte um Mitternacht? Hast du dir das gedacht? Du bist ein Idiot, Kleiner. Und du wirst als Idiot sterben.« Der Jugendliche wirkte beschämt, zeigte aber noch immer keine Angst. Ich richtete mich wieder auf und hielt ihm die Pistole an den Kopf. Ich würde kurzen Prozess machen. »Das hätte nicht sein müssen, Kleiner. Du hättest uns einfach in Ruhe lassen können. Du hättest abhauen können. Du hättest weiterfahren können. Ich wünschte, das hättest du getan.« Ich krümmte meinen Finger am Abzug. Als hätte der Jugendliche für diesen Augenblick geprobt, drehte er den Kopf zur Seite, damit die Kugel nicht im Gesicht eindringen würde.

»Was soll das, Joe?« Deine Stimme durchschnitt plötzlich das Prasseln des Regens. Du glaubtest, ich hätte nur eine Drohkulisse aufgebaut. Du glaubtest, ich würde bluffen, ich würde schauspielern. Dir war nicht bewusst, dass es sich nicht um einen Bluff handelte. Ich hatte nicht vor, unser Leben aufs Spiel zu setzen. Ich entspannte den Finger am Abzug. Der Jugendliche blickte durch den Regen zu dir auf. Ich wagte es nicht, dich anzusehen, und hielt den Blick auf den Jugendlichen gerichtet. »Was soll das?«

»Er ist einer von ihnen, Maria.« Ich zielte wieder mit der Pistole. Ich wollte mir von dir nichts ausreden lassen. Ihn zu töten war die einzige Lösung.

»Er ist doch noch ein Kind, Joe!« Du schriest. In deiner Stimme lag Panik.

»Nein, das ist er nicht«, erwiderte ich. Ich sah den Jugendlichen an, während ich redete. »Er ist ein Soldat. Und er stellt eine Gefahr dar.« Der Jugendliche sah mich aus dem Augenwinkel wütend an. In seinem Gesicht war noch etwas außer Hass zu erkennen: Stolz.

Du drehtest dich plötzlich zu dem Jugendlichen und schriest: »Sag es ihm! Sag ihm, dass du nicht weißt, wovon er spricht!« Du flehtest uns jetzt beide an, einfach aufzuhören. Mit dem Wahnsinn aufzuhören. Das überstieg unser Fassungsvermögen. Der Jugendliche und ich steckten zu tief drin.

»Los, Kleiner. Sag mir, dass du nicht weißt, wovon ich spreche«, sagte ich zu dem Jugendlichen. Er warf mir abermals einen zornigen Blick zu. Ohne die Pistole von seinem Kopf zu nehmen, griff ich nach seinem Rucksack, der im Matsch lag und den Regen aufsaugte. Ich hob ihn auf und griff hinein. Wie erwartet war er voller Papiere. Darunter befand sich eine Pistole, die ich herausnahm und einfach zur Seite warf. Sie verschwand in der Dunkelheit. Der Regen war so laut, dass ich sie nicht einmal landen hörte. Es hatte den Anschein, als existiere nichts mehr außerhalb des kleinen Lichtkegels der lädierten Autoscheinwerfer. Wie die Pistole war auch der Rest der Welt verschwunden.

Ich warf den Rucksack, in dem sich keine weiteren Waffen befanden, neben dem Jugendlichen auf den Boden. »Zeig ihr, was in dem Rucksack ist, Eric.« Er sah zu mir auf, rührte sich jedoch nicht. Ich gab mir Mühe, möglichst gemein zu klingen, und sagte: »Ich weiß, dass du stolz bist und keine Angst davor hast zu sterben, aber ich bin mir nicht zu schade dafür, dich langsam zu töten. Also zeig ihr, was in dem beschissenen Rucksack ist.« Schließlich streckte der Jugendliche doch die Hand nach seinem Rucksack aus. Er öffnete den Reißverschluss, griff hinein, holte einen dicken Stapel Papier heraus und warf ihn in den Matsch. Es waren unzählige bedruckte Seiten. Absatz um Absatz voller Details. Von unserer Position aus konnten wir die Worte nicht lesen. Ich wusste allerdings auch so, was dort stand. Ich sah so etwas nicht zum ersten Mal. Abgesehen von den bedruckten Seiten hatten sich in dem Rucksack auch Fotos befunden. Die Fotos waren auch von dort, wo wir standen, klar zu erkennen. Auf fünf oder sechs Fotos war ich zu sehen. Aufnahmen von mir mit Kinnbart, Aufnahmen von mir ohne Bart, ältere Aufnahmen und eine Aufnahme, die irgendwann in den letzten drei Monaten gemacht worden sein musste. Ein Foto zeigte unseren Leihwagen, hinter dem wir gerade standen. Die Massachusetts-Kennzeichen, die wir in Pennsylvania zurückgelassen hatten, waren darauf deutlich zu erkennen. Außerdem gab es noch zwei Fotos von dir. Bei dem ersten schien es sich um die Vergrößerung eines Fotos von dir aus deinem Highschool-Jahrbuch zu handeln. Du warst darauf vermutlich nicht älter als fünfzehn. Das zweite war eine neuere Aufnahme von dir, die dich neben einem älteren Mann am Ufer eines Sees zeigte. Der Mann hatte dir den Arm um die Schultern gelegt. Vermutlich handelte es sich um deinen Vater. Derjenige, der dieses Foto beschafft hatte, musste es aus dem Haus deiner Eltern entwendet haben. Ich hörte, wie deine Atmung schneller wurde, als du die Fotos betrachtetest, die sich im Regen kräuselten.

Plötzlich fing der Jugendliche an zu sprechen. »Dein Kind gehört nicht zu ihm, Maria«, sagte er. Er sprach dich direkt an. »Dein Kind gehört zu uns. Dein Kind hat die Chance, etwas Gutes für die Welt zu tun.«

Als du seine Worte hörtest, fingst du an zu weinen. Du legtest die Hand auf deinen Bauch, als wolltest du dein Baby beschützen, beugtest dich vor und stütztest dich mit der anderen Hand auf dem eingedrückten Kofferraum unseres Wagens ab. Du schluchztest und hieltst kurz inne, um nach Luft zu schnappen. Dann kamen dir Worte über die Lippen. Wütende Worte, die sich an den Jugendlichen richteten. »Was hat er dir denn getan?«, fuhrst du ihn an. »Warum lässt du uns nicht einfach in Ruhe?« Du fingst erneut an zu schluchzen und krümmtest dich. Als du wieder zu Atem kamst, wiederholtest du leiser: »Warum lässt du uns nicht einfach in Ruhe?« Dann sahst du den Jugendlichen an, der schlammverschmiert im Regen kniete, und fragtest noch einmal, als würde diese Frage alles beenden: »Was hat er dir denn getan?«

»Dieser Scheißkerl«, erwiderte der Jugendliche und deutete auf mich – er hatte die Dreistigkeit, auf mich zu deuten, während ich ihm eine geladene Pistole an den Kopf hielt, »dieser Scheißkerl hat meinen älteren Bruder umgebracht.« Er sprach zu dir, als wäre ich gar nicht da. »Er ist zu uns nach Hause gekommen« – die wütende Stimme des Jugendlichen wurde lauter – »als ich dreizehn war. Er kam, als mein Bruder und ich allein zu Hause waren. Mich hat er zuerst gepackt, weil mein Bruder im ersten Stock war. Er hat mich gepackt, mir Hände und Füße gefesselt und mir Klebeband über den Mund geklebt. Dann ist er nach oben gegangen und hat meinen großen Bruder erdrosselt.« Der Jugendliche deutete immer wieder auf mich, während er sprach. »Das hat er mir getan.« Deshalb hatte der Jugendliche das Paket bekommen. Und deshalb erkannte ich ihn. Sein Bruder war mein dritter Job gewesen. Er hatte in Cincinnati gewohnt, gute drei Stunden entfernt. Ich erinnere mich nicht mehr, weshalb er eine Zielperson war.

Du gabst keine Antwort. Dir war das alles zu viel. Ich machte mir Sorgen um unser Baby. Ich musste dem Ganzen ein Ende setzen. Der Jugendliche fuhr fort: »Dein Baby, Maria, dein

Baby kann besser sein als das.« Ich hatte genug gehört. Es war auch mein Baby. Ich drehte mich um und trat dem Jugendlichen ins Gesicht. Sein Körper zuckte, und er fiel kopfüber in den Matsch. Langsam kämpfte er sich wieder auf alle viere hoch. Ich hasste ihn in diesem Augenblick. Er versuchte, dich dazu zu überreden, mich zu verlassen. Dass er sterben würde, war ihm völlig egal.

»Bist du etwa kein Killer?«, schrie ich ihn schließlich an. Er war genau wie ich, als ich in seinem Alter war.

Er hob den Kopf und sah mich zum ersten Mal seit Minuten wieder an. Sein Blick war voller Verachtung, seine Stimme voller Hass. »Ich bin nicht wie du«, sagte er. »Ich bin anständig.« Ich drückte ab. Der Schuss hallte durch die Nacht, als würde er noch tagelang nachklingen. Der Kopf des Jugendlichen wurde nach hinten gerissen, dann kippte er leblos nach vorn in den Schlamm. Es tat mir sofort leid. Zum ersten Mal, seit ich mich erinnern konnte, hatte ich Gewissensbisse.

Du schriest. Dann ranntest du in die Dunkelheit davon. Du kamst gute fünf Meter weit, ehe du zu Boden fielst. Ich hörte Würgelaute aus der Dunkelheit, als du dich in den Matsch übergabst, und ging dir hinterher. Nachdem ich aus dem Lichtkegel getreten war, erschien die Dunkelheit, die uns umgab, nicht mehr so allumfassend. Ich konnte zumindest schemenhaft Umrisse, Formen und Schatten erkennen. Und ich sah dich, wie du gebeugt am Boden knietest. Als ich mich dir näherte, standest du plötzlich auf und drehtest dich um. Du strecktest die Arme in meine Richtung aus. Zuerst glaubte ich, du würdest mich umarmen wollen, doch dann wurde mir bewusst, dass du die Pistole des Jugendlichen gefunden hattest.

Du hieltst die Pistole vor dir und zieltest genau auf meine Brust. Ich blieb stehen, da ich es nicht wagte, mich dir weiter zu nähern. Ich war mir nicht sicher, wozu du in diesem Moment imstande gewesen wärst. Du weintest noch immer und wolltest mich nicht in deiner Nähe haben. »Warum hast du das getan, Joe?«, riefst du. Dein Haar, das der Regen geglättet hatte, hing dir über die Schultern, und deine nasse Kleidung klebte dir am Körper.

»Ich musste, Maria … Ich weiß, dass du denkst, ich hätte eine andere Wahl gehabt, aber ich hatte keine. Er ist nur die Spitze des Eisbergs, Maria. Wenn wir ihn hätten gehen lassen, hätte er allen gesagt, wo wir sind. Er hätte allen gesagt, wo wir sind, und das wär's gewesen. Wir hätten in der Falle gesessen.«

Du hast meine Logik nicht verstanden. Töten ergab für dich noch immer keinen Sinn. »Du hast mir versprochen, dass du niemanden mehr töten würdest, Joe.« Das hatte ich. Und ich hatte es so gemeint, als ich es sagte. Das war vier Leichen zuvor gewesen.

»Ich wollte ihn nicht töten, Maria.« Ich ging einen weiteren Schritt auf dich zu.

»Bleib stehen, Joe.« Du hobst die Pistole an, sodass die Mündung nicht mehr auf meine Brust, sondern auf meinen Kopf zielte. »Komm mir nicht zu nahe, Joe.«

»Bitte, Maria. Bitte setz dich wieder ins Auto. Du bist völlig durchnässt. Du frierst. Du musst dir was Trockenes anziehen. Wir müssen dich aufwärmen. Das ist nicht gut für das Baby.«

»Bleib stehen, Joe.«

»Maria, bitte. Komm jetzt her. Wärm dich auf. Zieh dir was Trockenes an. Wenn du mich morgen früh verlassen möchtest, bringe ich dich, wohin du willst.« Du hast widerwillig den Arm sinken lassen, kamst aber nicht zu mir her, sondern gingst an mir vorbei zum Auto. Ich folgte dir mit ein paar Schritten Abstand. Bevor du auf den Rücksitz klettertest, warfst du einen letzten Blick auf den Jugendlichen, der ausgestreckt und mit dem Gesicht nach unten im Matsch lag. Dann schleudertest du seine Pistole wieder in die Dunkelheit.

Ich ging zurück zu dem leblosen Körper, hob ihn auf und trug ihn zu seinem Wagen. Ich öffnete die hintere Tür und legte ihn auf den Rücksitz. Dann zog ich meine Jacke und mein T-Shirt aus und wischte ihm mit dem T-Shirt den Schlamm aus dem Gesicht. Die Kugel war seitlich in seinen Kopf eingedrungen und auf der anderen Seite wieder ausgetreten. Sein Gesicht war unversehrt. Nachdem ich den Schmutz abgewischt hatte, griff ich zum Armaturenbrett und schaltete den noch funktionierenden Scheinwerfer aus. Ich zog meine Jacke wieder an und ließ das T-Shirt im Matsch neben dem Auto liegen. »Tut mir leid, Kleiner«, sagte ich zu seinem leblosen Körper. »Das mit deinem Bruder tut mir auch leid.« Dann machte ich die Autotür zu, ließ den Leichnam vor dem Regen geschützt auf dem Rücksitz liegen und ging zurück zu unserem Wagen. Auf dem Weg dorthin sammelte ich die am Boden verstreuten Seiten und Fotos auf. Den Rucksack ließ ich liegen. Das Geld ebenfalls. Es kam mir einfach nicht richtig vor, es an mich zu nehmen, obwohl wir es gut hätten gebrauchen können. Ich ließ alles zurück, was uns nicht belasten konnte. Die Seiten und die Fotos warf ich in unseren verbeulten Kofferraum, da ich keine Beweisstücke im Schlamm liegen lassen wollte. Der Schaden an unserem Auto war kaum der Rede wert und würde keinen Verdacht erregen. Sie besaßen allerdings Fotos von unserem Wagen. Wir würden ihn bald austauschen müssen.

Du hast drei Tage lang kein Wort mit mir geredet, bliebst aber trotzdem bei mir.

VIERZEHNTES KAPITEL

Am Tag nachdem ich den Jugendlichen in Ohio getötet hatte, schafften wir es bis nach Charleston in South Carolina. Ich fuhr die Nacht durch. Du schliefst irgendwann auf dem Rücksitz ein. Als wir dem Jugendlichen begegneten, war mir sofort klar gewesen, dass Chicago nicht mehr in Frage kam. Wir hatten New Jersey verlassen und waren dann in einer mehr oder weniger geraden Linie Richtung Chicago gefahren. Sobald der Leichnam des Jugendlichen gefunden wurde, würden sie nicht lange brauchen, um sich auszurechnen, wohin wir unterwegs waren. Wir mussten den Kurs ändern.

Ich war noch nie in Charleston gewesen. Das machte es so attraktiv. Ich hatte dort nie einen Job erledigt und nie unterrichtet. Ich war schon daran vorbeigefahren, hatte aber nie angehalten. Soweit ich wusste, gab es in Charleston niemanden, der einen Grund hatte, mich tot sehen zu wollen. Wenn sie uns in Charleston finden wollten, mussten sie kommen und nach uns suchen. Ich hoffte, die Stadt war groß genug, damit ich dort Arbeit finden würde und wir untertauchen konnten.

Wir kamen mit ungefähr zweihundert Dollar und einem verbeulten Auto in Charleston an. Noch hatten wir etwas Proviant übrig, aber auch der ging langsam zur Neige. Wir mussten uns einen neuen Wagen besorgen. Wir mussten uns etwas einfallen lassen, wie wir zu Geld kamen. Ich war bereit zu arbeiten, doch die Liste meiner vermarktbaren Fähigkeiten war schmerzlich kurz. Und ich war nicht gewillt, für Geld Menschen zu töten. Das wäre nicht richtig gewesen. Außerdem hatte ich dir ein Versprechen gegeben. Wir brauchten eine Unterkunft. Ich musste die Möglichkeit haben, mich zurechtzumachen, wenn ich irgendeine Arbeit finden wollte, doch ich hatte Angst davor, zu lange an ein und demselben Ort zu bleiben. Ich entschied mich für eine Drei-Nächte-Regel: Wir würden nirgendwo länger als drei Nächte bleiben. Wir würden in Bewegung bleiben. Eine andere Idee hatte ich nicht. Ohne Geld konnten wir nicht dauernd die Stadt wechseln. Ich hätte dir meine Pläne gerne mitgeteilt, doch du redetest nicht mit mir. Ich nahm an, du brauchtest Zeit. Vermutlich hatte das, was du in Ohio gesehen hattest, dir endgültig klargemacht, was Sache war. Dir die Realität vor Augen geführt. Die erste Nacht verbrachten wir in einem billigen Motel etwa vierzig Meilen außerhalb von Charleston. Am nächsten Tag fuhren wir dann in die Stadt, sahen uns um und versuchten auszuloten, ob ich dort Arbeit finden konnte.

An unserem zweiten Tag in Charleston redetest du endlich wieder mit mir. »Was, glaubst du, ist mit ihm passiert?«, fragtest du mich. Wir saßen auf einer Bank im Waterfront Park. Ich überflog die »Aushilfe gesucht«-Anzeigen in einer der kostenlosen Lokalzeitungen. Dein Gesichtsausdruck war leer. Zunächst wagte ich es nicht, überhaupt etwas zu dir zu sagen. Ich sah dich an und hatte Angst, meine Antwort könnte dich wieder verstummen lassen. Du starrtest aufs Meer hinaus. »Ich meine, was, glaubst du, ist mit seiner Leiche passiert?« In deiner Stimme lag keine Traurigkeit mehr, nur Neugier.

»Falls seine Eltern und seine Freunde noch nicht bemerkt haben, dass er verschwunden ist, wird es ihnen bald auffallen. Sie werden Leute losschicken, die nach ihm suchen. Letzten

Endes wird irgendjemand die Leiche entdecken. Die Polizei wird eingeschaltet werden. Ohne Verdächtige und ohne Motiv wird die Sache einfach als ein weiterer unaufgeklärter Mord, als eine willkürliche Gewalttat zu den Akten gelegt werden. Seine Eltern und seine Angehörigen werden die Wahrheit allerdings kennen.« Vom Meer wehte eine kühle Brise. Es roch nach verfaultem Fisch.

»Und sie werden noch einen Sohn verloren haben«, sagtest du, sahst mich an und suchtest nach einem Zeichen von Reue.

»Ja«, entgegnete ich, und die Schuldgefühle, die ich empfunden hatte, nachdem ich den Jugendlichen tötete, kehrten zurück. Die Schuldgefühle taten gut. Sie sorgten dafür, dass ich mich mehr und mehr wie ein Mensch fühlte.

»Und deshalb sind wir jetzt in Charleston und nicht in Chicago?«

»Und deshalb sind wir in Charleston und nicht in Chicago«, bestätigte ich.

Du stelltest keine weiteren Fragen mehr, noch nicht. Vorerst hattest du genug gesprochen.

Nach zwei Nächten in einem Motel übernachteten wir zweimal im Auto. Wir achteten darauf, Hauptstraßen zu meiden. Noch hatte ich keine Idee, wie wir an einen neuen Wagen kommen konnten. Unser Essen ging zur Neige und unser Geld ebenfalls. Wir befanden uns seit vier Tagen in Charleston, und ich hatte noch immer keine Arbeit gefunden. Immerhin waren die vier Tage ohne Zwischenfälle verlaufen. Das war meiner Ansicht nach ein Fortschritt. Vier Tage in Charleston. Schließlich sollten daraus fast vier Monate werden. Vielleicht würden wir am nächsten Ort fünf Monate durchhalten, dann sechs, und schließlich würden sie uns vergessen, und wir würden uns niederlassen können.

Die Jobsuche war eine Qual, doch damit hatte ich gerechnet. Ich hatte keine Zeugnisse vorzuweisen, geschweige denn irgendwelche Fähigkeiten. Das Einzige, was für mich sprach, war meine Bereitschaft, für wenig Geld zu arbeiten. Ich wusste, dass ich irgendwo anfangen musste. Selbst im Krieg hatte ich ganz unten angefangen. Deshalb lief ich mir jeden Tag die Füße wund, sprach unaufgefordert vor, um nach Arbeit zu fragen, oder meldete mich auf Anzeigen für Hilfsarbeiten in den Zeitungen. Mir war jedoch kein Glück beschieden. Sie musterten mich, einen Fünfundzwanzigjährigen ohne Vergangenheit, ohne Vorgeschichte, und jeder Einzelne von ihnen passte. Ich nahm es ihnen nicht übel. Schließlich roch ich geradezu nach Schwierigkeiten. Das konnte ich sogar selbst riechen.

Mir war immer klar gewesen, dass es nicht einfach werden würde, ein neues Leben zu beginnen. Ich hatte nur nicht damit gerechnet, dass mich jeder Einzelne, dem ich begegnete, daran erinnern würde. Nach drei Tagen beschlossen wir, dass du dich ebenfalls nach Arbeit umsehen würdest. Ich war nicht besonders glücklich damit, dich allein in die Welt hinausgehen zu lassen, doch wir brauchten dringend Geld, und du wirktest wesentlich unschuldiger als ich. Noch warst du seit weniger als zwei Monaten schwanger. Man sah es dir noch nicht an. Wir wussten allerdings beide, dass sich bald Veränderungen bemerkbar machen würden. Lange konnte ich es dir nicht mehr zumuten, im Auto zu übernachten. Dort war es ohnehin schon unbequem genug, doch sobald dein Bauch wuchs, würde es noch schlimmer werden. Wir mussten ein Bett für dich finden, auch wenn es alle paar Nächte ein anderes war.

Nachdem du ein paar Tage mit Arbeitssuche verbracht hattest, beschlossen wir, uns ein Zimmer in einem Hotel außerhalb der Stadt zu mieten. Unmittelbar vor dem Hotel befand sich eine Bushaltestelle. Es war keinesfalls extravagant, setzte unseren schwindenden Geldvorräten aber trotzdem heftig zu. Wir waren fast pleite, brauchten das Hotelzimmer aber unbedingt. Du musstest dich ausruhen. Ich musste mich duschen.

Du warst bereits in unserem Hotelzimmer, als ich es nach einem weiteren Tag erfolgloser Bewerbungen betrat. Ich erinnere mich, dass es völlig still im Zimmer war, als ich den Schlüssel ins Türschloss steckte. Ich erinnere mich, dass ich glaubte, du wärst noch unterwegs und würdest der Zurückweisung besser trotzen als ich.

Ich drehte den Türknopf und betrat das Zimmer. Du saßest aufrecht auf der Bettkante, hattest die Hände im Schoß liegen und starrtest die Wand an. Der Fernseher war ausgeschaltet. Du rührtest dich nicht, als ich die Tür öffnete. Man hätte dich für eine Schaufensterpuppe halten können, so reglos warst du. Ich trat neben dich, um zu sehen, was du anstarrtest. Hinter dem Fernseher, über einer Kommode, hing ein Spiegel. Du starrtest dein Spiegelbild an.

»Alles okay?«, erkundigte ich mich.

»Nein«, erwidertest du mit ausdrucksloser Stimme. Deine Augen waren trocken.

»Was ist passiert?«, fragte ich. Du löstest den Blick von deinem Spiegelbild und richtetest ihn auf mich.

»Ich weiß nicht, ob ich das schaffe, Joe.«

»Was ist passiert?«, fragte ich erneut.

»Wer ist das, Joe?«, fragtest du und deutetest auf dein Spiegelbild.

»Das ist Maria«, entgegnete ich, nahm deinen Kopf in die

Hände und küsste dich auf die Stirn. »Das ist Maria. Das wird immer Maria sein.«

»Warum stelle ich mich dann mit einem anderen Namen vor, wenn mir fremde Leute begegnen?«, wolltest du wissen. Wir hatten vereinbart, von jetzt an Pseudonyme zu benutzen. Das war sicherer.

»Wie du dich nennst, ändert nichts daran, wer du bist.«

»Aber ich erkenne mich selbst nicht mehr, Joe. Das liegt nicht nur am Namen. Ich gehe die Straße entlang, und die Leute sehen mich an, aber sie sehen nicht mich. Sie sehen jemand anderen.« Ich wusste, dass du recht hattest. Ich hatte fast mein ganzes Leben so verbracht. Es gab nur eine Handvoll Menschen auf der Welt, die *mich* sahen, wenn sie mich anschauten. Alle anderen sahen nur ein Trugbild, eine Illusion. Dein Leben war inzwischen genauso geworden. Es tat mir weh, das zu sehen, doch für die Welt musste deine Identität von jetzt an ein Geheimnis bleiben. Für mich wirst du immer Maria sein.

»Sie kennen dich nicht, Maria. Es spielt keine Rolle, was sie sehen.«

»Für mich spielt es eine Rolle, Joe. Weil ich Angst habe, dass ich eines Tages vergessen könnte, wer ich bin, und nur das sehen werde, was sie sehen.«

»Was ist passiert? Was hat das ausgelöst?«

»Ich war heute in einem Laden, in einem Klamottenladen in der Innenstadt.« Dein Blick huschte im Zimmer umher, während du sprachst, als befürchtetest du, jemand würde uns beobachten. »Ich wollte mich dort bewerben, wollte fragen, ob sie vielleicht noch eine Verkäuferin brauchen. Die Frau, mit der ich gesprochen habe, war schon ein bisschen älter. Sie hat mir ein paar Fragen gestellt, du weißt schon, was den Job betrifft, ob ich Erfahrung habe und so. Dann hat sie mich angesehen. Sie hat mir einen langen, prüfenden Blick zugeworfen. Das hat mich nervös gemacht. Ich habe die ganze Zeit überlegt, ob sie mich vielleicht kennt. Dann hat sie gelächelt, und ich habe richtig Angst bekommen.« Du sahst zu mir auf, und deine Augen flehten mich an, dem Ganzen ein Ende zu setzen. Deine Stimme bebte. »Dann hat sie zu mir gesagt: ›Du kommst mir so bekannt vor, Kleines. Warum kommst du mir so bekannt vor?‹ Und mein einziger Gedanke war, diese Frau will mir mein Baby wegnehmen.« Du zittertest inzwischen am ganzen Körper. »Ich kann das nicht, Joe. Ich kann so nicht leben. Der arme Junge in Ohio. Er hat einen so netten Eindruck gemacht. Er war so nett zu mir. Er war so nett zu mir, und trotzdem wollte er mir von Anfang an mein Baby wegnehmen. Und jetzt ist er tot, und ich sehe ihn in jedem Gesicht, das mir begegnet. Und ich habe keine Schuldgefühle, ich habe nur Angst.«

Ich stand auf. »Das ist Paranoia, Maria«, sagte ich zu dir. »Das ist gesund. Ich habe sie auch. Eines der ersten Dinge, die mir beigebracht wurden, war, dass nur die Paranoiden überleben. Diese Angst beschützt einen. Man lernt, mit ihr zu leben.« Ich ging ins Badezimmer, um mir das Gesicht zu waschen. Ich ging ins Badezimmer, um mir die Sünden von der Haut zu waschen.

»Alles, was sie dir beigebracht haben, ist krank, Joe!«, schriest du, damit ich dich trotz des laufenden Wassers hören konnte.

Ich verließ das Badezimmer wieder, ging zu dir und küsste dich auf die Wange. »Alles, bis auf das«, sagte ich leise.

Am nächsten Tag fand ich Arbeit.

Ich entdeckte in der Zeitung ein Stellenangebot für einen Zimmermannsgehilfen. Es war an diesem Vormittag die achte Anzeige, auf die ich mich meldete. Der Typ, der meinen Anruf entgegennahm, war barsch und kam gleich zur Sache. Ihm gefiel, dass ich Englisch sprach. Er fragte mich, ob ich mein eigenes Werkzeug besäße. Ich verneinte das, sagte ihm aber, dass ich bereit sei, mir welches zu kaufen. Die Bezahlung betrug zehn Dollar in der Stunde.

»Wann kann ich anfangen?«, fragte ich.

»Morgen früh um sechs«, erwiderte er und gab mir die Adresse, zu der ich kommen sollte.

Das Werkzeug würde den Rest unseres Geldes fast ganz verschlingen, doch es war eine Investition. Ich konnte unmöglich Arbeit ablehnen. Zehn Dollar in der Stunde. Es würde zwei Tage dauern, bis ich genug verdient hatte, um die Kosten des Werkzeugs zu decken, das ich mir kaufen musste. Doch nach allem, was wir bereits durchgemacht hatten, klangen zehn Dollar in der Stunde wie ein Vermögen.

Wie vereinbart fand ich mich am nächsten Morgen mit einem neuen Werkzeuggürtel, einem neuen Maßband und einem neuen Kuhfuß auf der Baustelle ein. Als ich die Sachen im Baumarkt kaufte, musste ich einen Verkäufer fragen, was ein Kuhfuß sei. Er zeigte mir ein Werkzeug, das wie eine Miniatur-Brechstange aussah. »Damit lassen sich Nägel rausziehen. Man hämmert das eine Ende unter den Nagel, benutzt das andere Ende als Hebel, und der Nagel kommt raus.«

»Gut«, sagte ich, da ich so schnell wie möglich wieder gehen wollte. »Das nehme ich.« Nachdem ich das Geld ausgegeben hatte, war klar, dass wir die nächsten Tage wieder im Auto übernachten mussten, da ich erst am Ende der Woche meinen ersten Lohn bekam. In einer Woche konnte ich jedoch fast so viel Geld verdienen, wie wir am Anfang besessen hatten, mit dem Unterschied, dass es diesmal unser Geld sein würde, Geld, das wir verdient hatten. Das fühlte sich an wie der Beginn von etwas. Das fühlte sich an wie der Beginn eines normalen Lebens.

Die Arbeit war ziemlich einfach. Wir rissen ein Haus ab und bauten auf dem alten Fundament ein neues. Wir waren nur zu zweit, Frank und ich. Am ersten Tag tauchte ich zwanzig Minuten zu früh auf der Baustelle auf. Als ich dort ankam, parkte ich rückwärts in eine Lücke ein, damit Frank den eingedrückten Kofferraum nicht sehen konnte. Dann setzte ich mich auf die Motorhaube und wartete. Die Luft war kühl und feucht, aber mir war klar, dass der Tag heiß werden würde. Es war still. Dann hörte ich ein Auto kommen.

Frank war etwa vierzig Jahre alt. Er fuhr einen weißen Pick-up, der auf der Seite leicht verrostet war. Sein rötlicher Bart war kurz gestutzt, bedeckte aber einen großen Teil der Vorderseite seines Halses. Er trug Jeans und ein T-Shirt. Als er ausstieg, machte er sich nicht die Mühe, mich anzusehen. Er ging einfach nach hinten und kletterte auf die Ladefläche. Ich ging zu ihm. »Nimm die drei Kübel da«, sagte er und deutete auf drei weiße Eimer, »und trag sie zum Haus.« Ich nahm den ersten Eimer. Er war schwer. Ich sah hinein. Er war randvoll mit Nägeln. Ich trug ihn zu dem alten Haus und suchte mir eine trockene Stelle, um ihn abzustellen. Dann ging ich zurück zu dem Pick-up. Ich warf einen Blick in den nächsten Eimer. Er war ebenfalls randvoll mit Nägeln, die etwa anderthalb Mal so groß waren wie die im ersten Eimer. »Diesmal wird nicht getrödelt.« Frank sah mich prüfend an, als ich wieder bei seinem Pick-up ankam. »Du kannst beide Kübel auf einmal tragen. Wir haben heute noch eine Menge zu tun.« Ich nahm die nächsten beiden Eimer am Henkel. Auch der dritte Eimer war voller Nägel, die jedoch kleiner waren als die im ersten Eimer. Ich stellte die beiden Eimer neben den ersten und ging wieder zurück. »So, und jetzt hilf mir, dieses Ding abzuladen«, sagte er und deutete auf einen gasbetriebenen Generator, der auf der Ladefläche stand. Er schob ihn über die Ladekante, und ich nahm ihn an einem Ende. Nachdem er ihn am anderen Ende gepackt hatte, gingen wir zu der Stelle, wo die Eimer standen.

Als wir den Generator auf dem Boden abgesetzt hatten, richtete Frank sich wieder auf. »Ich heiße Frank«, sagte er und streckte mir die Hand hin, ohne den Blick vom Haus abzuwenden.

Ich packte seine Hand und schüttelte sie fest. »Ich bin Jeff«, entgegnete ich. Den Namen Jeff benutzte ich, seit wir angekommen waren. Es gefiel mir, trotzdem noch ein »J« in meinem Namen zu haben. Das vermittelte mir das Gefühl, dass ich meine Herkunft nicht vollständig verleugnete.

»Also, Jeff, du bist pünktlich aufgetaucht, das ist schon mal was. Du machst einen kräftigen Eindruck, und wie ich sehe, hast du dir schickes neues Werkzeug besorgt.« Frank sah zu meinem Werkzeuggürtel hinunter und lachte in sich hinein. »Du arbeitest, ich bezahle dich für deine Arbeit, und dann sehen wir mal, wie lange das gut geht.«

»Und was gibt's zu tun?«, fragte ich, begierig darauf anzufangen.

»Das siehst du vor dir«, sagte Frank und deutete auf das Haus. »Wir reißen das alte Haus ab und bauen ein neues. Wir erweitern das Fundament ein wenig, aber in erster Linie bauen wir ein Haus.«

»Sind wir nur zu zweit?«, fragte ich.

»Ja«, antwortete Frank.

Es wurde heiß an diesem ersten Tag. Ich konnte mich nicht erinnern, jemals so geschwitzt zu haben. Noch nie zuvor in meinem Leben hatte ich körperlich härter gearbeitet. Zunächst hämmerte ich nur, schlug die alten Bretter vom Stabwerk des Hauses. Mein rechter Unterarm schmerzte vom Hämmern. Selbst wenn ich eine Pause machte, spürte ich die Knochen in meinem Unterarm vibrieren. Doch bis zum Mittag hatte ich bereits mehr als fünfzig Dollar verdient.

Gegen halb sechs kam Frank zu mir und sagte: »Hilf mir, dieses Zeug wieder aufzuladen.« Ich half ihm, den Generator, verschiedenes Werkzeug und die Eimer mit den Nägeln zu seinem Pick-up zu tragen und auf die Ladefläche zu heben. Um sechs Uhr war alles wieder aufgeladen. Man hätte nicht bemerkt, dass wir überhaupt da gewesen waren, wenn nicht von dem Haus, das am Morgen dort gestanden hatte, jetzt kaum noch mehr als ein Skelett übrig gewesen wäre. Bevor Frank losfuhr, drehte er sich zu mir und fragte: »Und, bist du morgen wieder hier?« Vermutlich sah er mir an, wie erschöpft ich war.

»Sechs Uhr?«, fragte ich.

»Sechs Uhr«, erwiderte Frank, nickte und fuhr los.

Am Abend sagtest du zu mir, dass du gerne etwas für mich kochen würdest, ein richtiges Männeressen, sagtest du. Ich wusste diese Idee zu schätzen, doch wir übernachteten noch immer im Auto. Da wir kein Geld hatten, um essen zu gehen, richtetest du uns Erdnussbutter- und Marmelade-Sandwichs her, und wir machten Picknick auf der Motorhaube. Du sagtest, du seist stolz auf mich, und das genügte mir vollkommen.

In der ersten Woche tat ich nichts anderes, als zu arbeiten und zu schlafen. Am Freitag bekam ich meinen Lohn. Frank hatte kein Problem damit, mich bar auszuzahlen. »Es ist dein

Geld«, sagte er. »Du hast es verdient. Ob du dem Finanzamt was davon abgeben möchtest oder nicht, geht mich nichts an.« Ich ließ ihn in dem Glauben, dass ich mich nur um die Steuern drücken wollte, und verriet ihm nicht den wahren Grund, weshalb ich schwarzarbeiten musste. Nachdem ich meinen Lohn bekommen hatte, übernachteten wir nicht mehr im Auto, sondern wohnten wieder in Motels. Das Timing war gut. Dein Rücken fing an zu schmerzen, und ich war froh, dir ein echtes Bett bieten zu können.

In der Woche darauf fandest du ebenfalls Arbeit. Du hattest viel Zeit in einer Buchhandlung mit Lesen verbracht. Nach vier Tagen fragten sie dich, ob du Interesse hättest, Teilzeit an der Kasse zu arbeiten. Der Job war nicht gut bezahlt, aber auch nicht allzu anstrengend für dich und brachte uns zusätzliche hundertfünfzig Dollar in der Woche ein. Da wir jetzt beide verdienten, konnten wir ein bisschen Geld auf die Seite legen. Ich war der Meinung, dass wir einen Puffer brauchten, da wir unmöglich wissen konnten, wann wir wieder die Flucht ergreifen mussten. Irgendwann würde es so kommen. Es war nur eine Frage der Zeit.

Während die Tage verstrichen, wuchs Franks Vertrauen in mich. Er gab mir Arbeit, die anspruchsvoller war als das Einreißen von Wänden und das Tragen von Eimern voller Nägel. Nach und nach lernte ich Dinge von ihm, praktische Dinge. Zunächst ließ mich Frank Holz messen und zuschneiden. Er gab mir einen Zettel, auf dem verschiedene Maße aufgelistet waren. Sechs drei Meter lange Fünf-mal-zehn-Kanthölzer. Acht sechs Meter lange Fünf-mal-dreißig-Bretter. Ich saß mit Maßband und Bleistift auf einem Berg Holz, zeichnete es an und schnitt es mit der Kreissäge zu. Ich versuchte, mir alles zu merken, was Frank mir sagte, ohne mir Gedanken darüber zu machen, dass es andere Informationen aus meinem Gedächtnis verdrängen könnte.

»Das Kreissägeblatt ist ungefähr drei Millimeter dick«, erklärte mir Frank in der zweiten Woche, bevor er mir die Verantwortung übertrug, das wertvolle Bauholz zu sägen. »Du darfst keinen Schnitt machen, ohne die Dicke des Sägeblatts einzukalkulieren. Sobald du sägst, sind diese drei Millimeter weg. Sie sind Sägespäne. Wenn du sägst, nimmst du Holz weg, daran führt kein Weg vorbei.« Um es mir zu demonstrieren, nahm er die Kreissäge zur Hand und setzte das Sägeblatt außen an der Bleistiftlinie an, die er zuvor gezogen hatte. »Wenn du also sägst«, schrie Frank über das Kreischen des runden Sägeblatts hinweg, »musst du außerhalb der Linie sägen, sonst schneidest du das Holz zu kurz ab.« Er sägte das Brett durch, damit ich sehen konnte, wie die drei Millimeter einfach verschwanden. »Säg das Holz nicht zu kurz ab. Es ist teuer.« Nachdem ich die Bretter und Balken gesägt hatte, schleppte ich sie zum Fundament des Hauses. Ich machte tagelang nichts anderes, als Bauholz zu sägen und herumzutragen.

Die Arbeit fiel mir von Woche zu Woche leichter. Mein Körper gewöhnte sich langsam an die Hitze. Ich war abends nicht mehr so müde. Mir fiel auf, dass ich die Schmerzen im Unterarm lindern konnte, wenn ich den Hammer nicht so fest hielt. Die Tage vergingen. Dein Job in der Buchhandlung lief gut. Wir bemühten uns, daran zu denken, alle drei Tage das Motel zu wechseln. Alles schien in geregelten Bahnen zu verlaufen. Als ich eines Abends in unser Motelzimmer kam, gabst du mir einen braunen Umschlag. Er enthielt dieses Tagebuch. Du batest mich, meine Geschichte für dich aufzuschreiben. Du sagtest, du wolltest mich verstehen. Ich erinnere mich, dass ich dich mit berechtigter Skepsis ansah. Mein Leben war ein Geheimnis. Das war schon immer so gewesen. Und so sollte es auch sein. Du nahmst mir trotzdem das Versprechen ab, dass ich es zumindest versuchen würde.

Am übernächsten Abend, nachdem du eingeschlafen warst, schlug ich das Tagebuch auf und schrieb über die Frau, die ich in Brooklyn erdrosselt hatte. Das Schreiben fiel mir leichter, als ich erwartet hatte. Es half, dass ich dabei das Gefühl hatte, über das Leben von jemand anderem zu schreiben.

Aus Tagen wurden Wochen und aus Wochen Monate. Alle Tage waren gleich. Der einzige Hinweis darauf, dass die Zeit verging, waren die wechselnden Hotels und du. Dein Bauch wuchs mit jedem neuen Tag. Dein Körper veränderte sich. Wir gaben uns größte Mühe, wachsam zu sein. Das war nicht immer leicht. Manchmal mussten wir uns in Erinnerung rufen, dass sich nichts geändert hatte. Man war noch immer auf der Suche nach uns. Es konnte nicht so einfach sein. Das wusste ich. Du wusstest es ebenfalls. Trotzdem war es oft nur allzu einfach zu vergessen, dass wir nach wie vor auf der Flucht waren. Manchmal erinnerte ich mich nur im Schlaf daran. Ich träumte, doch in meinen Träumen lief ich nie davon. In ihnen war immer ich derjenige, der andere verfolgte, und diejenigen, die ich jagte, liefen um ihr Leben. Wenn ich solche Träume hatte, wachte ich jedes Mal schweißgebadet auf. Dann schrieb ich für dich in dieses Tagebuch. Ich tat Buße.

Du brachtest aus der Buchhandlung ein Buch mit, das erklärte, was mit dir geschah, was mit unserem Baby geschah, Woche für Woche. Da wir es uns nicht leisten konnten, dass du zum Arzt gingst, verließen wir uns auf das Buch. Wir lernten, dass sich deine Blutmenge um fünfzig Prozent vergrößert hatte – ein Umstand, der mir schlicht die Sprache verschlug. Wir standen gemeinsam deine morgendliche Übelkeit durch. Du bekamst Hautausschlag, der wieder verschwand. Irgendwann passte dir deine Kleidung nicht mehr. Wir mussten dir neue Sachen besorgen, was unser begrenztes Budget weiter schmälerte. Unterdessen wuchs das Baby. Es entwickelte ein Knochengerüst, ein Gehirn, seinen eigenen Herzschlag. Es wurde ein Mensch. Bald würden wir seine Bewegungen spüren können. Das machte es einfach, alles andere zu vergessen.

Nachdem ich etwa zwei Monate gearbeitet hatte, ließ ich den Kofferraum unseres Leihwagens reparieren. Wir hätten versuchen können, ihn für ein anderes Auto in Zahlung zu geben, doch ohne Papiere wäre das schwierig gewesen. Auf diese Weise sparten wir uns Geld. Der Kofferraum wurde ausgebeult und neu lackiert. Als der Wagen fertig war, sah er fast wieder aus wie neu.

Bei der Arbeit war ich inzwischen in eine gewisse Routine verfallen. Frank wurde immer lockerer und brachte mir eine Menge bei. Er zeigte mir, wie man die Wandpfosten abmaß und in den richtigen Abständen aufstellte. Er zeigte mir, wo ich beim Ausrichten der Nägel an den Wandpfosten den Fuß hinstellen musste, damit sie sich auf gleicher Höhe befanden. Manchmal arbeiteten wir zusammen, um sicherzustellen, dass das Stabwerk des Hauses waagrecht war, und zogen, drückten und hämmerten es in Position. Einige Lektionen lernte ich schneller als andere. Frank zeigte mir, wie man ein verzogenes Holzbrett mit Hilfe eines neuen Bretts wieder gerade klopfte. Dazu legte man die beiden Bretter aneinander und schlug einen

Nagel diagonal durch das verzogene Brett, bis es sich begradigte. Sobald der Nagel durch das verzogene Holzbrett in das gerade Brett eingedrungen war, wurde das verzogene Brett mit jedem Hammerschlag gerader. Nach kurzer Zeit waren die beiden Bretter bündig. Manchmal war dafür mehr als ein Nagel nötig, doch wenn man es richtig machte, konnte man am Schluss kaum noch erkennen, wo ein Brett aufhörte und das nächste anfing.

Allerdings schien es nicht immer zu funktionieren. Eines Nachmittags arbeitete ich mit zwei Brettern, die sich einfach nicht bündig ausrichten ließen. »Hey, Frank, was macht man denn, wenn man die Bretter auch mit zwei Nägeln nicht bündig hinbekommt?« Frank sah mich an. Ohne ein Wort zu sagen, nahm er seinen Hammer, hängte ihn in die Lederschlaufe unten an seinem Werkzeuggürtel und trat zu mir. Er nahm mir meinen Hammer aus der Hand und prüfte sein Gewicht. Dann hob er ihn an und ließ ihn viermal herabsausen, zweimal auf jeden der beiden Nägel, mit denen ich versucht hatte, das Brett zu begradigen. Mit vier Schlägen schaffte Frank, was mir mit zwanzig nicht gelungen war. Er gab mir den Hammer zurück. Ich betrachtete die beiden Bretter, die jetzt aussahen, als seien sie aus einem Stück.

»Manchmal gibt es keinen Trick«, sagte Frank im Weggehen, ohne sich die Mühe zu machen, den Kopf zu drehen. »Manchmal muss man einfach fester draufhauen.«

Nachdem wir etwas mehr als drei Monate in Charleston waren, wurde ich sechsundzwanzig. Wenn du mich mit zwanzig gefragt hättest, ob ich damit rechnete, meinen sechsundzwanzigsten Geburtstag zu erleben, hätte ich dich ausgelacht. Jetzt hatte ich nicht nur das geschafft, sondern war sogar kurz davor, Vater zu werden. Du gingst zur Feier des Tages mit mir ins Kino. Es war mein bester Geburtstag, den ich je gehabt hatte.

Als ich eine Woche nach meinem sechsundzwanzigsten Geburtstag nach der Arbeit in unser Motelzimmer zurückkam, hattest du dich im Badezimmer eingesperrt. Du warst inzwischen seit knapp zwanzig Wochen schwanger. Ich schlug gegen die Badezimmertür, aber du wolltest sie nicht öffnen. Ich schrie durch die Tür, weil ich wissen wollte, was passiert war. Du brachtest die Worte kaum über die Lippen, als du mir sagtest, du hättest Krämpfe und Blutungen. Ich erkannte Panik in deiner Stimme. Nachdem du mir gesagt hattest, was geschehen war, lief ich los, um das Buch zu holen. Ich schlug deine Symptome nach. Sie waren nicht normal, nicht in diesem Schwangerschaftsstadium. Du hättest keine Blutungen haben dürfen. Das Buch, das uns in den vergangenen Monaten so viele gute Neuigkeiten übermittelt hatte, sagte mir jetzt, dass ich dich sofort ins Krankenhaus bringen musste. Ich flehte dich an herauszukommen, damit ich dich zur Notaufnahme fahren konnte. Ich brauchte dich nicht zweimal zu bitten.

FÜNFZEHNTES KAPITEL

Das Motel, in dem wir wohnten, war nicht weit vom Krankenhaus entfernt. Du beschriebst mir den Weg, während ich fuhr, da du dir die Route eingeprägt hattest. Ich wusste nicht, wann, und fragte mich, ob du das auch bei allen unseren bisherigen Motels getan hattest, ohne es mir zu sagen. Abgesehen von der Wegbeschreibung sagtest du kein Wort. Du gabst mir nicht einmal eine Antwort, als ich dich fragte, wie es dir gehe. Anstatt mir zu antworten, warfst du mir nur einen Blick zu. Dieser Blick genügte mir als Antwort. Ich fragte dich nicht noch einmal.

Die Notaufnahme war bereits überfüllt, als wir dort ankamen. Die Frau an der Rezeption drückte uns einige Formulare in die Hand. Ich gab sie dir, da ich nicht in der Lage gewesen wäre, sie auszufüllen. Ich war völlig von der Rolle. Ich stand auf und ging auf und ab. Alle paar Minuten lief ich zu der Schwester, die uns die Formulare gegeben hatte, und erkundigte mich, wann wir endlich einen Arzt zu Gesicht bekämen. »Alle hier warten« war alles, was sie darauf erwiderte. »Alle« interessierten mich nicht. Ich interessierte mich nur für dich. Deine Krämpfe hatten nachgelassen, aber noch nicht ganz aufgehört. Du hattest keine Möglichkeit nachzuprüfen, ob du noch Blutungen hattest. Ich wollte gerade etwas sagen, als dein Name aufgerufen wurde und sie dir sagten, ein Arzt werde dich jetzt untersuchen. Du hattest ihnen deinen wirklichen Namen genannt. Vermutlich hattest du nicht nachgedacht. Ich konnte dir deswegen keinen Vorwurf machen, obwohl ich wusste, dass es ein Fehler gewesen war. In Momenten wie diesem ist es schwierig, seine Gedanken zu ordnen.

Wir gingen durch die Tür des Wartezimmers in die Notaufnahme, in der es aussah wie in einem Feldlazarett. Die Neonröhren waren erbarmungslos. Ich konnte sie trotz des Geplappers der Schwestern und der Schreie der Patienten summen hören. Letztere lagen in Betten, die entlang der Wände aufgereiht und nur mit provisorischen Vorhängen voneinander getrennt waren. Wir folgten einer Krankenschwester den Mittelgang hinunter, bis wir bei einem freien Bett ankamen. Sie bat dich, deine Kleidung abzulegen und einen Krankenhauskittel anzuziehen. Ich zog den Vorhang um uns zu und half dir beim Ausziehen. Dann sah ich das Blut. Deine Unterhose war durchtränkt und hatte eine dunkelrote Färbung. Deine Hände zitterten, als du dich bücktest, um sie auszuziehen. Ich beugte mich hinunter, um dir zu helfen. Wo zum Teufel blieb der Arzt?

Wir zogen dich um und setzten dich aufs Bett. Ein paar Minuten später erschien ein Arzt, der nicht viel älter zu sein schien als ich. Er fragte uns, weshalb wir da seien. Du erklärtest es ihm ruhig und beschriebst ihm deine Symptome.

»Wurden Sie ärztlich betreut?«, erkundigte er sich.

»Nein«, erwidertest du kopfschüttelnd. Ich senkte den Blick auf meine Hände und fühlte mich machtlos. Wir hatten darüber gesprochen, dich zum Arzt zu bringen, aber ich war der Meinung gewesen, dass wir uns das nicht leisten konnten. Wir mussten Geld auf die Seite legen. Ich wusste, dass irgendwann ein Notfall eintreten würde. Dies war allerdings nicht die Art von Notfall, an die ich gewöhnt war.

»Wir müssen verschiedene Untersuchungen durchführen«,

sagte der Arzt, bevor er den Vorhang zur Seite schob und wieder ging.

»Du hast ihnen deinen echten Namen genannt«, sagte ich, ohne nachzudenken, nachdem der Arzt gegangen war.

»Tu mir das jetzt nicht an, Joe«, entgegnetest du. Ich beließ es dabei. Wir konnten uns später darüber Sorgen machen. Ich hoffte nur, dass es dann noch etwas geben würde, worüber wir uns Sorgen machen konnten.

Der Arzt kam mit einer Krankenschwester zurück. Die beiden nahmen dir Blut ab. Er bat dich, die Beine zu spreizen, damit er dich untersuchen konnte. Ich wandte den Blick ab, als er das tat. Dann rollte eine andere Schwester ein Gerät herbei, das aussah wie ein Fernseher auf Rädern und das ich aus Filmen kannte. Es handelte sich um ein Ultraschallgerät. Ich wandte mich erneut ab, da ich nicht auf den Bildschirm schauen wollte, falls irgendetwas nicht stimmte. Der Arzt fuhr dir mit einer Sonde über den Bauch. »Sehen wir doch mal nach, was hier vor sich geht«, sagte er.

Dann warteten wir. Wir warteten eine gefühlte Ewigkeit, obwohl es wahrscheinlich nur ein oder zwei Minuten waren. »Was ist zu sehen?«, fragtest du schließlich.

Der Arzt zögerte einen Moment, ehe er antwortete. Er bewegte die Sonde über deinen Bauch und beobachtete den Bildschirm. »Da ist es«, sagte er endlich. Ich blickte auf. Ich konnte einfach nicht anders. Ich musste hinsehen, auch wenn ich eigentlich nicht wollte. »Sie sagten, Sie seien fast im fünften Monat?«, fragte der Arzt.

»Ja«, erwidertest du, den Tränen nahe. »Ist alles in Ordnung?«

»Nun«, sagte der Arzt, »sehen Sie diese Bewegung auf dem Monitor?« Ich richtete den Blick auf den Bildschirm. Ich sah sie. Ein winziges Zucken. Ich spürte, wie sich mein Puls beschleunigte. »Das ist der Herzschlag Ihres Babys.« Ich sah dich an. Du konntest die Augen nicht vom Bildschirm abwenden. Ich blickte ebenfalls wieder auf den Monitor. Da war es erneut, das gleichmäßige Zucken. Ich spürte, wie mein Herz zu rasen begann, bis mein Herzschlag und der unseres Babys völlig synchron zu sein schienen.

»Ist alles in Ordnung?«, fragtest du den Arzt noch einmal.

»Der Herzschlag sieht gut aus«, antwortete er, »aber ich möchte mir erst noch die Ergebnisse der anderen Untersuchungen ansehen und Sie eine Weile im Auge behalten. Wir verlegen Sie nach oben.«

»Wir sind nicht versichert«, sagte ich dem Arzt. Er wusste, was ich damit meinte. Er wusste, ich meinte damit, dass wir für nichts bezahlen konnten.

»Das überlasse ich den Kollegen im ersten Stock«, erwiderte der Arzt, bevor er ging. Sie schoben dich zum Aufzug, ohne dass du dein Bett verlassen musstest. Ich ging neben dir her und hielt deine Hand. Wir kamen an anderen Patienten in der Notaufnahme vorbei, die husteten und schrien und nach Schmerzmitteln verlangten. Dann befanden wir uns im Aufzug, die Türen schlossen sich hinter uns, und alles war still.

Als wir oben ankamen, wurdest du in dein eigenes Zimmer geschoben, in dem sich zwar noch ein zweites Bett befand, das jedoch nicht belegt war. Ein ganzes Team von Leuten kümmerte sich um dich. Krankenschwestern kamen herein und schlossen dich an verschiedene Geräte an – an einen Herzmonitor, an einen Tropf und an einige andere Geräte, über deren Aufgabe ich mir nicht im Klaren war. Ganz egal, wie oft wir nachfragten, niemand wollte uns sagen, ob alles in Ordnung war. Niemand wollte uns irgendetwas sagen. Ich setzte mich auf den Stuhl neben deinem Bett. »Es wird alles gut«, sagte ich zu dir.

»Das kannst du nicht wissen«, erwidertest du. »Und wag es nicht, mir das zu sagen, wenn du dir nicht sicher bist, dass es stimmt.« Also hielt ich wieder den Mund und wartete. Irgendwann kamen sie herein und führten weitere Untersuchungen durch. Ich verlor den Überblick, was sie alles mit dir machten. Ich wollte das Zucken wieder sehen. Ich wollte sichergehen, dass es noch da war. Dieses Zucken war augenblicklich zu meinem ganzen Leben geworden.

Nachdem die Untersuchungen zu Ende waren, bliebst du weiterhin an ein paar Geräten angeschlossen. Etwa eine Stunde später kam ein weiterer Arzt herein. Er trug normale Straßenbekleidung unter seinem weißen Kittel. Als er das Zimmer betrat, musterte er mich über seine Brille hinweg von Kopf bis Fuß. Er hatte ein Klemmbrett bei sich. Wie er mich ansah, gefiel mir nicht. Ich dachte sofort, er sei einer von ihnen. Ich unternahm allein aus dem Grund nichts, dass er unsere einzige Hoffnung war. Wir mussten unser Kind retten. Anschließend war alles möglich.

»Kann ich mit Ihnen *allein* sprechen Ms _____?« Der Arzt nannte deinen Nachnamen, deinen echten Nachnamen. Mein Verdacht wurde noch stärker. Du sahst mich an. Du wolltest nicht, dass ich gehe. Das konnte ich deinem Gesichtsausdruck entnehmen. Du hättest dir keine Sorgen zu machen brauchen. Ich wäre nirgendwohin gegangen.

»Er kann bleiben«, entgegnetest du.

»Ich würde aber wirklich lieber mit Ihnen allein sprechen, Ms _____.« Er nannte deinen Namen erneut.

»Nein.« Deine Antwort war bestimmt. »Er bleibt.«

»Okay.« Der Arzt lenkte schließlich ein. »Ich habe ein paar

Fragen an Sie, und es gibt ein paar Dinge, die ich Ihnen sagen kann.« Er warf einen Blick auf die Untersuchungsergebnisse in seinen Händen. »Die gute Nachricht lautet, der Herzschlag Ihres Babys ist kräftig und alles scheint sich normal zu entwickeln. Das Baby ist nicht zu klein und scheint schnell genug zu wachsen. Was den Embryo anbelangt, sieht alles gut aus.«

Ich hörte dich einen Seufzer der Erleichterung ausstoßen, doch du warst noch nicht zufrieden. »Was stimmt dann nicht?«, fragtest du.

Der Arzt steckte sich das Klemmbrett unter die Achsel, um direkt mit dir zu sprechen. »Die Blutung und die Krämpfe sind auf eine sogenannte vorzeitige Plazentaablösung zurückzuführen.« Ich versuchte, mir jedes Wort ins Gedächtnis einzuprägen, weil ich glaubte, bei der Lösung des Problems helfen zu können, wenn ich wusste, worin es bestand. »Das bedeutet, dass sich Ihre Plazenta irgendwann im Lauf Ihrer Schwangerschaft von der Gebärmutterwand gelöst und sich Blut zwischen Plazenta und Gebärmutter gesammelt hat.«

»Ist das gefährlich?«, fragtest du. Du warst mir bei jeder Frage voraus und stelltest sie, bevor ich meine Gedanken ganz verarbeiten konnte.

»Es kann gefährlich sein«, entgegnete der Arzt. »Sie können eine Menge Blut verlieren, und das kann für Sie und für Ihr Baby gefährlich sein. Außerdem kann es Frühwehen auslösen, was in diesem frühen Stadium Ihrer Schwangerschaft nicht gut wäre, da Ihr Baby noch nicht lebensfähig ist.«

Du sahst mich an. Du hattest Angst. Ich reichte dir meine Hand, die du fest umklammertest. »Woher kommt das?«, fragtest du. Du schautest mich dabei an, als könnte ich dir antworten, obwohl du wusstest, dass ich keine Antworten hatte.

»Das ist der Grund, warum ich mit Ihnen allein sprechen

wollte«, erwiderte der Arzt. »Bei einer jungen Frau wie Ihnen, die zum ersten Mal schwanger ist, die weder raucht noch Drogen nimmt, ist die Ursache in der Regel irgendein Trauma.« Der Arzt warf mir erneut einen missbilligenden Blick zu. Es war der gleiche Blick, mit dem er mich bedacht hatte, als er zur Tür hereingekommen war, und der mich dazu veranlasst hatte zu glauben, er sei einer von ihnen. Inzwischen wusste ich, dass er keiner von ihnen war. Er hatte andere Gründe dafür, mich missbilligend anzusehen.

»Wollen Sie mir etwa unterstellen, ich hätte Maria geschlagen?«, fragte ich ihn, obwohl ich genau wusste, was er andeutete.

»Niemand unterstellt hier jemandem irgendwas«, entgegnete der Arzt. »Es ist nur so, dass in Fällen, in denen es keine anderen offensichtlichen Ursachen für ein Trauma gibt, nicht selten häusliche Gewalt die Ursache ist.« Der Arzt sah dich abermals an. »Wir möchten nur sichergehen«, sagte er.

»Joe ist nicht so«, erwidertest du kopfschüttelnd. »Er ist kein solcher Gewalttäter.« Du meintest, was du sagtest. Ich nehme an, es stimmte auch. Ich war *kein solcher* Gewalttäter. Eine Welle von Schuldgefühlen überrollte mich, bevor mir überhaupt der Umfang dessen bewusst wurde, wessen ich mich schuldig fühlen musste.

»Okay«, sagte der Arzt. »Fällt Ihnen irgendein anderes Trauma ein, das Sie erlitten haben könnten?« Er senkte den Blick und machte ein paar Notizen auf seinem Klemmbrett.

Mir fiel eines ein. Ich wünschte, dem wäre nicht so gewesen. »Wir hatten einen Auffahrunfall«, sagte ich zu dem Arzt. Das war zumindest halbwahr. Die ganze Wahrheit war viel hässlicher. Ich rief mir in Erinnerung, wie die Leiche des Jugendlichen vor seinem ramponierten Auto im Matsch gelegen hatte, während Regentropfen in die Pfützen um ihn herum prasselten. »Aber das ist schon Monate her«, fügte ich hinzu.

»Nun, das könnte die Ursache sein«, sagte der Arzt und machte eine weitere Notiz in deiner Akte. »Liegt Bluthochdruck bei Ihnen in der Familie, Maria?«, fragte er. Du schütteltest den Kopf. »Ihr Blutdruck ist nämlich extrem hoch. Der Autounfall, den Sie hatten, könnte die Ablösung verursacht haben, und womöglich hatten Sie bislang keine Symptome, weil sie durch Ihren hohen Blutdruck plötzlich verschlimmert wurde. Hatten Sie in letzter Zeit großen Stress?«, wollte der Arzt wissen. Ich sah dich an. Du wusstest nicht, wie du seine Frage beantworten solltest. Stress beschrieb nicht einmal ansatzweise das, was du durchmachtest, Maria. Dabei spielte es keine Rolle, dass wir seit Monaten keinen unmittelbaren Gefahren mehr ausgesetzt gewesen waren.

»Ein bisschen«, antwortetest du, als Kompromiss zwischen der Wahrheit und einer unverschämten Lüge.

Der Arzt nickte. »Ich gebe Ihnen noch ein paar Stunden lang Infusionen«, sagte er. »Die Blutung ist offenbar zurückgegangen, aber wir sollten Sie trotzdem noch beobachten. Recht viel mehr können wir im Moment nicht tun. Ich werde Ihnen etwas gegen Ihren hohen Blutdruck verschreiben. Das wird womöglich helfen. Darüber hinaus müssen Sie alles daransetzen, um Stress zu vermeiden.« Der Arzt sah mich erneut an, als sei ich die Ursache für all deinen Stress gewesen. Vermutlich hatte er in dieser Hinsicht recht. »Außerdem sollten Sie versuchen, möglichst wenig auf den Füßen zu sein. Mir ist klar, dass Bettruhe in diesem frühen Stadium Ihrer Schwangerschaft nicht möglich ist, aber geben Sie sich Mühe. Verzichten Sie unbedingt auf anstrengende Aktivitäten.«

Ich hätte ihn gern gefragt, was wir tun sollten, wenn das

nicht möglich war. Was sollten wir tun, wenn wir im wörtlichen Sinn um unser Leben laufen mussten? Was sollten wir tun, wo wir doch wussten, dass uns Stress bevorstand, obwohl wir alles taten, um ihn zu vermeiden? Ich wollte brauchbare Antworten auf Fragen bekommen, die ich nicht zu stellen wagte. »Das ist alles?« war die einzige Frage, die mir einfiel.

»Das ist alles«, erwiderte der Arzt. »Halten Sie sich daran, und hoffen Sie das Beste.« Er sah uns abermals über sein Klemmbrett hinweg an und lächelte. »Die gute Nachricht lautet, dass der Herzschlag kräftig ist. Das Baby ist kräftig.« Er hielt inne. »Wurde Ihnen nach der Ultraschalluntersuchung das Geschlecht Ihres Babys gesagt?«, fragte er dich.

Wir sahen uns an. Ich ließ dich antworten. »Denken Sie, das Baby ist gesund?«

»Ich kann Ihnen nichts versprechen«, erwiderte der Arzt. »Eine Schwangerschaft ist immer eine ungewisse Sache. Die Chance, dass Sie Ihr Kind austragen, ist nicht sehr hoch. Aber Ihr Baby macht einen kräftigen Eindruck. Es gibt sein Bestes. Es muss nur noch zwei Monate durchhalten, um lebensfähig zu sein.«

»Dann möchte ich es wissen«, sagtest du zu ihm.

»Ihr Baby wird ein Junge«, erwiderte der Arzt. Es wird ein Junge, Maria. Wir bekommen einen kleinen Jungen. Ich hätte meiner Begeisterung gern freien Lauf gelassen, doch mit einem Mal erschienen mir die Risiken beinahe unerträglich. *Vorzeitige Plazentaablösung*. Ich hatte einen neuen Namen auf der wachsenden Liste meiner Feinde. Meine anderen Feinde durfte ich jedoch nicht vergessen. Sie waren noch immer irgendwo da draußen. Sie suchten noch immer nach uns. Wie sollte ich deinen Stress lindern und dich daran hindern, irgendetwas Anstrengendes zu tun? Wie sollte ich das Unmögliche schaffen?

SECHZEHNTES KAPITEL

Wir hätten Charleston sofort verlassen sollen, nachdem wir aus dem Krankenhaus gekommen waren. Wir hätten zurück ins Motel fahren, unsere Sachen packen und die Stadt für immer verlassen sollen. Das wäre das Schlaueste gewesen. Du hattest ihnen deinen richtigen Namen genannt. Ich hätte sofort dafür sorgen sollen, dass wir die Flucht ergreifen, aber ich hatte Angst. Ich hatte Angst davor, was passieren könnte, wenn ich dich abermals aufscheuchte. Furcht war schon so lange meine Verbündete, dass ich nicht wusste, wie ich mich verhalten sollte, sobald sie zu unserer Feindin wurde. Furcht bedeutete Stress. Niemand wusste das besser als ich. Ich verlor mein inneres Gleichgewicht. Ich hatte Angst davor, was Furcht unserem Sohn antun könnte. Ich wollte nur, dass du dich entspannen kannst. Ich wollte, dass alles ruhig ist. Ich wollte, dass unser Sohn in Sicherheit ist. Also versuchte ich, mich zu verhalten, als wäre alles in Ordnung. Aber es war nicht alles in Ordnung. Du hattest im Krankenhaus deinen echten Namen genannt. Tief in mir wusste ich, dass es jetzt nur noch eine Frage der Zeit war.

Es ist erst fünf Tage her, dass wir das Krankenhaus verlassen haben. Seitdem hat sich schon so viel verändert. Wir hielten fast vier Monate in Charleston durch, bis wir die Flucht ergreifen mussten. Vielleicht werden wir diesmal noch länger durchhalten. Ich gebe mir deinetwegen Mühe, positiv zu denken. Ich schreibe weiterhin in dieses Tagebuch, weil ich ihm Dinge anvertrauen kann, die ich dir nicht zu sagen wage. Ich kann ihm anvertrauen, welch große Angst ich habe. Eines Tages werde ich dir dieses Tagebuch geben, aber ich möchte damit warten, bis unser Sohn auf die Welt gekommen ist. Ich möchte zuerst wissen, dass er in Sicherheit ist. Bis dahin möchte ich nichts anderes tun, als euch beide zu beschützen. Es gibt ein paar Dinge, die du über Charleston wissen solltest, über unsere Abreise aus Charleston. Ich habe dir einige Details verheimlicht, weil ich sie nicht verstand. Ich verstehe sie noch immer nicht.

Nachdem wir das Krankenhaus wieder verlassen hatten, wusste ich, dass irgendetwas passieren würde. Ich wusste nur nicht, was, und ich wusste nicht, wann, deshalb wartete ich wie ein Idiot. Es hätte noch schlimmer kommen können. Wenn wir den Anruf nicht bekommen hätten, wären wir womöglich nicht einmal mehr rechtzeitig aus unserem Motelzimmer herausgekommen.

Ich wachte in jener Nacht noch vor dem Läuten des Telefons auf. Warum, kann ich nicht erklären. Irgendetwas stimmte nicht. Das spürte ich. Ich mochte meine Instinkte ignoriert haben, aber sie waren noch nicht tot. Mein Körper war schweißüberströmt. Mein Herz raste. Meine Lunge rang nach Luft. Ich spürte, wie du dich neben mir unter der Bettdecke bewegtest. Inzwischen bewegtest du dich viel im Schlaf, da du versuchtest, trotz deines stetig wachsenden Bauchs eine bequeme Position zu finden. Ich atmete ein paar Mal tief durch. Du wachtest nicht auf. Noch nicht. Ich warf einen Blick zum Fenster und versuchte mich zu erinnern, was mich geweckt hatte. Die Vorhänge waren zugezogen. Zwei hässliche gelbe Gardinen verdeckten das Fenster, das zum Parkplatz des Motels führte. Ich begann mir einzureden, dass dort draußen jemand war. Dass unmittelbar vor unserem Fenster jemand wartete, dass ich etwas gehört und mich dieses Geräusch geweckt hatte. Ich zog in Erwägung, zum Fenster zu gehen und einen Blick nach draußen zu werfen, wollte dich aber nicht aufwecken. Ich konnte es mir nicht erlauben, dich zu erschrecken, es sei denn, ich war mir ganz sicher, dass wir uns in Gefahr befanden. Außerdem wäre es ohnehin zu spät, wenn draußen jemand wartete.

Also blieb ich einfach liegen, gelähmt von einer irrationalen Angst, die sich noch als allzu rational entpuppen sollte. Ich hatte das Gefühl, als würde mich ein großes Gewicht aufs Bett drücken. Ich lag da und wartete darauf, dass irgendetwas passierte. Es war halb drei Uhr morgens. Im Zimmer war es dunkel. Nur durch den Spalt unter den Vorhängen kroch etwas Licht herein. Ich ließ den Blick über die Wände und die Decke schweifen und beobachtete, wie eine Kakerlake von einer Ecke in die andere lief. Ich fand keinen konkreten Hinweis darauf, dass etwas nicht stimmte. Trotzdem liefen meine Instinkte Amok.

Dann hörte ich ein klickendes Geräusch aus dem Telefon, bevor es anfing zu läuten. Es war kaum wahrnehmbar, doch ich hörte es. Dann klingelte es. Ich hechtete übers Bett, griff nach dem Hörer und hob noch vor dem zweiten Läuten ab. Ich hatte keine Ahnung, was mich erwartete. Alles, was ich wollte, waren Antworten. Ich hielt den Hörer ans Ohr und setzte mich im Bett auf. Du rührtest dich kaum.

»Hallo?«, flüsterte ich.

Die Stimme am anderen Ende der Leitung war gedämpft, aber voller Dringlichkeit. »Du musst weg.« Irgendetwas an der Stimme kam mir bekannt vor, irgendetwas an ihr glaubte ich wiederzuerkennen. Ich hatte diese Stimme schon einmal am Telefon gehört.

»Wer ist da?«, fragte ich.

»Joe«, erwiderte der Anrufer, »du musst weg.« Der Groschen fiel, als er meinen Namen sagte.

»Brian?«

»Sag nicht meinen Namen, Joe. Denk nicht darüber nach, wer ich bin und warum ich anrufe. Hau einfach ab. Und zwar sofort.« Ich hörte die Angst in seiner Stimme. Sie war echt.

»Was ist los?«, fragte ich verwirrt. Ich war mir sicher, dass es Brian war, ich verstand nur nicht, warum er mich anrief. Ich war abgekapselt worden.

»Sie wissen Bescheid«, erwiderte Brian. »Sie wissen, wo du bist, Joe. Du hast keine Zeit mehr. Du musst weg.« Seine Stimme bebte. Mir wurde endlich bewusst, dass er mir helfen wollte.

»Wohin soll ich gehen?«, fragte ich in der Hoffnung, dass Brian noch mehr Antworten hatte, dass er irgendeinen Plan hatte. Ich hoffte, Brian würde mir sagen, was ich tun soll und wohin ich gehen soll, wie er es früher getan hatte, als alles noch einfacher gewesen war.

»Ich kann dir nicht helfen, Joe. Wenn sie herausfinden, dass ich dich angerufen habe, bin ich ein toter Mann. Ich muss jetzt Schluss machen. Geh einfach und sieh dich nicht um.«

»Was wissen sie?«, fragte ich. Ich versuchte, ihm so viele nützliche Informationen zu entlocken wie möglich, bevor er auflegte.

»Alles, Joe. Sie wissen, wo du arbeitest. Sie wissen, welches Auto du fährst. Sie wissen alles, und sie werden kommen. Du bist nicht mehr sicher. Sie sind bereits unterwegs.« Ich wollte weitere Fragen stellen. Ich öffnete den Mund, doch bevor ich noch irgendetwas sagen konnte, hörte ich ein klickendes Geräusch und dann das Freizeichen. Brian hatte aufgelegt. Entweder das, oder jemand hatte unsere Verbindung gekappt.

Ich hielt mir den Hörer noch ein paar Sekunden lang ans Ohr und lauschte dem Tuten. Es war wieder Zeit, die Flucht zu ergreifen, doch dieses Mal war der Einsatz höher. Dieses Mal stand auch das Leben unseres Sohnes auf dem Spiel. Ich betrachtete dich, während du schliefst. Ich wollte dich nicht wecken. Ich wollte dich nicht wieder aufscheuchen. Doch ich wusste, dass Tatenlosigkeit riskanter war als Hast.

Ich stand auf, schnappte mir meine Reisetasche und warf alles hinein, von dem ich glaubte, dass wir es brauchen würden. Dann ging ich ins Badezimmer, griff unters Waschbecken und holte das Bargeld hervor, das wir dort versteckt hatten. Im Lauf der vergangenen Monate war es uns gelungen, etwas Geld auf die Seite zu legen. Einen großen Teil unserer Ersparnisse hatten wir jedoch für deine Blutdruckmedikamente ausgegeben. Viel Geld war nicht mehr übrig, aber ich hoffte, dass es uns genügen würde, um das Weite zu suchen. Ich öffnete eine Schublade, nahm Kleidungsstücke heraus und warf sie ebenfalls in die Reisetasche. Dann nahm ich die Pistole und hielt sie einen Moment lang in der Hand. Ich hatte sie nicht mehr in der Hand gehabt, seit ich in der Nähe von Toledo den Jugendlichen erschossen hatte. Die Pistole fühlte sich gut an. Ich weiß nicht, warum, doch es beruhigte mich, ihr Gewicht in meiner Hand zu spüren.

Für den Fall, dass wir beobachtet wurden, verzichtete ich darauf, das Licht einzuschalten. Womöglich warteten sie bereits draußen und hätten das Aufflackern des Lichts als Startsignal für ihren Plan verstanden. Ich wollte erst bereit sein. Inzwischen gab ich mir keine Mühe mehr, leise zu sein. Du musstest ohnehin aufwachen – besser durch Lärm, als dich von mir wachrütteln zu lassen. Als du schließlich die Augen öffnetest, sahst du mich mit der Pistole in der Hand.

»Was ist los?«, fragtest du mit einem Blinzeln.

»Wir reisen ab«, antwortete ich.

»Was?«, fragtest du.

»Wir reisen ab. Jetzt sofort«, erwiderte ich.

»Das geht nicht, Joe. Das ist zu gefährlich.« Du blicktest auf deinen Bauch hinunter.

Ich nahm eine Handvoll Kleidungsstücke von dir aus der Kommode und warf sie neben dir aufs Bett. »Zieh dich an«, flehte ich. »Bitte.«

»Das können wir nicht machen, Joe. Das ist zu gefährlich.« Du legtest die Hand mit gespreizten Fingern auf deinen Bauch, als wolltest du ihn schützen. »Wir müssen vorsichtig sein.«

Ich trat ans Fenster, hob den Vorhang ein wenig an und spähte hinaus. Es war nichts zu sehen. Auf dem Parkplatz war es ruhig. Nichts bewegte sich. Alles befand sich dort, wo es hingehörte. Ich versuchte, einen Blick auf den Bereich vor unserer Motelzimmertür zu werfen. Der Winkel war ungünstig, aber es hatte nicht den Anschein, als würde dort jemand auf uns warten. Vielleicht hatte Brian sich getäuscht; vielleicht handelte es sich aber auch um eine Falle.

»Ich habe einen Anruf bekommen«, erklärte ich dir. »Es war eine Warnung.«

»Von wem?«, wolltest du wissen.

»Von einem Freund«, erwiderte ich. Ich musste glauben, dass Brian mein Freund war. Ich musste irgendjemandem vertrauen. »Bitte zieh deine Turnschuhe an.«

»Ich dachte, du wärst abgekapselt worden? Ich dachte, du hättest keine Freunde mehr?«

»Ich auch« war die einzige Antwort, die ich dir darauf geben konnte. Du saßest auf der Bettkante und schlüpftest in deine Turnschuhe.

»Ich kann nicht rennen, Joe. Das weißt du.« Ich wusste es. Keine anstrengenden Aktivitäten. Wir mussten verschwinden, ohne dass du rennen musstest.

»Wir machen uns aus dem Staub, Maria. Ich verlange nicht von dir, dass du rennen sollst.«

»Wissen wir überhaupt, vor wem wir uns aus dem Staub machen?«, fragtest du.

Ich wusste es nicht. Entweder hatte Brian interne Informationen, oder er hatte Gerüchte gehört, die von der Gegenseite kamen. Wir hatten keine Zeit, um uns darüber Gedanken zu machen. »Ja«, antwortete ich, »vor denjenigen, die uns auf den Fersen sind.«

Ich blickte mich im Zimmer um und überlegte, was wir noch brauchen würden. Ich packte unser Geld und etwa die Hälfte deiner Bekleidung ein. Dann ging ich zum Schrank und nahm meinen Werkzeuggürtel und mein Werkzeug heraus, warf beides zu unserer Bekleidung in die Reisetasche und machte den Reißverschluss zu. Ich prüfte das Gewicht der Tasche. Es wäre einfacher gewesen, wenn du sie hättest tragen können, doch sie war zu schwer. Das konnte ich nicht von dir verlangen. Ich warf mir meinen Rucksack über die Schulter. Dann vergewisserte ich mich, dass die Pistole geladen war. »Wir müssen zum Auto«, sagte ich zu dir. Du nicktest. »Ich weiß nicht, ob es draußen sicher ist.« Der Arzt hatte mir gesagt, ich solle darauf achten, dass du keinem Stress ausgesetzt bist. Manches ist leichter gesagt als getan.

Ich hielt die Pistole in der rechten Hand und dirigierte dich mit der linken hinter mich. Als ich die Tür unseres Motelzimmers öffnete, machte ich mich auf das Allerschlimmste gefasst. Nichts geschah. Die Tür schwang quietschend auf. Als sie sich nicht mehr bewegte und das Quietschen aufgehört hatte, waren nur noch die dumpfen Laute der Nacht zu hören. Der Mond hatte nur etwa ein Viertel seiner vollen Größe, doch der Parkplatz vor dem Motel wurde von einer Straßenlaterne hell erleuchtet. Dahinter war die Nacht voller Schatten.

»Die Luft scheint rein zu sein«, flüsterte ich über meine Schulter, ohne dich anzusehen. »Alles okay?«

»Ich gebe mir Mühe«, erwidertest du, so ehrlich du konntest.

»Hier ist der Autoschlüssel«, sagte ich zu dir und reichte ihn dir hinter meinem Rücken. Ich spürte, wie du die Hand danach ausstrecktest. Deine Hand war warm. »Bleib hinter mir, bis wir die Treppe ganz hinuntergegangen sind. Wenn wir unten sind, duckst du dich und läufst zum Auto. Ich folge dir. Ich beschütze dich.« Wir stiegen langsam zusammen die Treppe hinab. Unten angekommen zogst du den Kopf ein und eiltest zu unserem Wagen. Ich dachte nur: *Nicht zu schnell, Maria.* Du gingst neben der Beifahrertür in die Hocke und sperrtest sie auf. Ich lief dir schnell hinterher und versuchte dabei, in alle Richtungen gleichzeitig zu schauen. Ich sah jedoch immer noch dasselbe, immer noch nichts. Inzwischen war dieses Nichts das, was mir am meisten Angst machte. Ich warf die Reisetasche auf den Rücksitz und kletterte in den Wagen.

Du gabst mir den Autoschlüssel. Ich steckte ihn ins Zündschloss und drehte ihn um. Der Motor sprang an.

Ich fuhr vom Parkplatz. Meine Gedanken rasten, während ich versuchte, die Situation zu begreifen. Ich wusste, dass wir nicht so leicht davonkommen würden. Ich wusste es.

»Und jetzt?«, wolltest du wissen. »Fahren wir einfach weg?« Ich erkannte in deinem Blick, dass du anfingst zu bezweifeln, ob wir wirklich die Flucht ergreifen mussten.

Ich wog unsere Möglichkeiten in Gedanken ab. Brians Worte

hallten in meinem Kopf wider. *Sie wissen, welches Auto du fährst.* Letztendlich würden wir unseren Wagen loswerden müssen, aber noch nicht sofort. Unser erstes Ziel war, aus der Stadt hinauszukommen. »Das ist eine Möglichkeit«, erwiderte ich. »Aber sie wissen, welches Auto wir fahren.«

»Und, haben wir irgendeine andere Wahl?«, fragtest du.

»Ich weiß nicht.« Ich wusste nicht einmal, wohin ich fuhr. Ich gab einfach Gas und fuhr immer tiefer ins Nirgendwo. Die Nacht war ruhig und friedlich. Nichts bewegte sich außer uns. Ich fuhr die leere, baumgesäumte Straße entlang, bog immer wieder ab, und wir sahen nichts.

»Lass uns einfach weiterfahren«, sagtest du. »Lass uns einfach den Highway nehmen und fahren. Sie kennen also unser Auto. Na und? Hier ist niemand, Joe.« Ich sah, wie die Schatten der Bäume, an denen wir vorbeifuhren, über dein Gesicht huschten und abwechselnd helle und dunkle Streifen darauf zeichneten. »Wie wollen sie uns finden, wenn sie nicht mal hier sind?«

»Vielleicht hast du recht«, sagte ich. Allein der Gedanke, einfach davonzufahren, war eine Erleichterung. »Wir können den Wagen später loswerden. Wir können wieder untertauchen.« Ich bog ein weiteres Mal ab, um zu dem langen, zweispurigen Highway zu kommen, weg von Charleston, weg von unserem neuen Leben. Ich brauchte nur auf den Highway zu fahren und Gas zu geben. Für einen Augenblick erschien alles so einfach.

Dann hörten wir ein Krachen. Es kam aus dem Nichts und hallte durch die Nacht wie Donner. »Was war das, verdammt?«, schriest du und drehtest dich auf deinem Sitz um, ohne zu wissen, aus welcher Richtung das Geräusch gekommen war. Es hatte sich beinahe wie eine Explosion angehört.

Und es war vom Highway gekommen, von dem Highway, auf den wir zufuhren.

»Keine Ahnung«, entgegnete ich und fuhr langsamer, damit wir besser hören konnten. Sekunden nach dem Krachen war zunächst ein aufheulender Motor zu hören, dann das Quietschen von Reifen auf Asphalt. Es kam vom Highway. Das Geräusch wurde immer lauter. Was auch immer es war, wer auch immer es war, es kam auf uns zu. Ich schaltete die Scheinwerfer aus, ohne den Wagen anzuhalten. Wir fuhren ohne Licht durch die Dunkelheit. Das Geräusch kam immer näher. Es war inzwischen ganz nahe. Ich riss das Lenkrad nach rechts, fuhr von der Straße und zwängte den Wagen zwischen zwei Bäume. Genau in dem Moment, als ich den Motor ausschaltete, raste auf der Straße ein Auto an uns vorbei. Ich sah ihm im Rückspiegel nach. Es flog wie ein verschwommener Fleck vorbei. Nur einen Sekundenbruchteil später folgte ein weiterer Wagen, der den ersten verfolgte. Bei dem zweiten Auto war der vordere Kotflügel eingedrückt. Es hatte irgendetwas gerammt. Weiß Gott, was. Wir saßen ein paar Sekunden lang schweigend da, bis ich es wagte, den Motor wieder anzulassen. Keiner von uns beiden atmete.

»Denkst du, die haben nach uns gesucht?«, fragtest du mich. Ich schaltete das Licht an. Dann fuhr ich wieder auf die jetzt leere Straße.

»Ergibt irgendwas anderes einen Sinn?«, entgegnete ich. Du schütteltest den Kopf. Du kanntest die Wahrheit. Sie waren da draußen. Sie waren ganz in der Nähe. Und sie machten Jagd auf uns.

»Was sollen wir jetzt tun?«, fragtest du. Deine Angst, die noch kurz zuvor wie weggeblasen gewesen war, machte sich wieder in deiner Stimme breit.

»Das ändert gar nichts. Wir wussten ja bereits, dass sie hier sind.« Ich beschleunigte langsam. Wir fuhren Richtung Highway. Als wir auf der Zufahrt ankamen, blickte ich den dunklen Highway hinunter. Er war lang, gerade und leer und führte in die Dunkelheit. Ich lenkte unser Auto auf den Highway. Ich wollte einfach nur fahren. Ich stieg aufs Gaspedal, doch nur für einen kurzen Moment.

»Heilige Scheiße!«, schriest du. »Was ist das?« Ich sah es ebenfalls, erhaschte einen Blick davon am Rand des Lichtkegels unserer Scheinwerfer. Irgendetwas entfernte sich vom Fahrbahnrand. Was auch immer es war, es sah nicht wie ein Mensch aus. Zum zweiten Mal innerhalb weniger Minuten lenkte ich unseren Wagen von der Straße und schaltete das Licht aus.

»Warte hier«, sagte ich zu dir. Du hörtest nicht auf mich. Bis ich aus dem Auto geklettert war, standest du bereits draußen. In der warmen Luft hing ein stechender Geruch, den ich erkannte, aber nicht einordnen konnte. Ich zog die Pistole aus meinem Gürtel und näherte mich der Bewegung am Straßenrand. Du gingst so dicht hinter mir, dass sich unsere Körper beinahe berührten. Ich spürte deinen Atem im Nacken. Bevor ich irgendetwas sah, spürte ich, wie du hinter mir nach Luft schnapptest.

»Oh, mein Gott!«, schriest du. Ich senkte den Blick. Das Gras vor uns war dunkel verfärbt. »Da ist Blut!«, riefst du. »Da ist alles voller Blut!« Daher stammte der Geruch. Es handelte sich um den Geruch von Blut.

»Leise«, flüsterte ich. »Ganz egal, was wir sehen, wir müssen leise sein.« Die Blutspur begann am Straßenrand und führte bis zu dem, was wir vom Auto aus gesehen hatten. Es bewegte sich noch immer. Ich trat einen Schritt näher heran.

Jetzt konnte ich mehr erkennen. Es handelte sich um einen Mann, doch er war in schlimmerer Verfassung, als ich es jemals bei irgendjemandem gesehen hatte. Ich hatte Tote gesehen, die in besserer Verfassung waren. Er lag mit dem Gesicht nach unten im Gras. Er war ganz in Schwarz gekleidet, trug die Uniform eines Killers – die gleiche Uniform, die auch ich unzählige Male getragen hatte. Die Bewegungen seines Körpers waren völlig unnatürlich. Seine Arme bewegten sich in Richtungen, in die sie sich nicht hätten bewegen sollen. Womöglich handelte es sich nur um Muskelkrämpfe. Ich war mir nicht einmal sicher, ob er überhaupt noch lebte. Wir gingen noch ein paar Schritte auf ihn zu. Dann hörten wir ihn stöhnen.

Wir hatten keine Zeit. Wir wurden verfolgt. Dessen war ich mir inzwischen sicher. Und dieser Mann hatte irgendetwas damit zu tun. Wie er neben die Straße gelangt war, konnte ich mir allerdings nicht vorstellen. »Wir müssen ihn hier liegen lassen«, sagte ich zu dir. Ich drehte mich um und ging auf unser Auto zu.

»Was?«, fragtest du. »Wir können ihn doch nicht einfach liegen lassen.« Du warfst einen Blick auf den Körper. »Er wird sterben.« Daran bestand kein Zweifel. Was es mit uns zu tun hatte, war mir allerdings schleierhaft.

»Wir fahren weiter.«

»Wir können ihn nicht hierlassen!«, protestiertest du. Ich legte erneut meinen Zeigefinger an die Lippen, um dir zu signalisieren, dass du leise sein sollst. Du senktest die Stimme. »Du hast mir versprochen, dass es keine Toten mehr gibt.«

»Das ist nicht mein Werk«, sagte ich und deutete mit der Mündung der Pistole auf den sich krümmenden Körper. Das war eine Lüge. In gewisser Weise war das eine Lüge. Das Stöhnen wurde lauter und ausgeprägter. Er hörte uns reden. Er versuchte, uns etwas zu sagen. Seine Stimme drang mühsam durch seinen mit Gras und Erde gefüllten Mund. Ich verstand nicht, was er sagte. Dann gelang es ihm, ein Wort herauszubringen: »Bitte.« Du sahst mich an. Selbst in der Dunkelheit erkannte ich den Schmerz in deinem Blick.

Ich ging an dir vorbei zurück zu dem Körper. Als ich in deiner Nähe war, flüstertest du: »Sei vorsichtig.« Ich trat an den Mann heran. Du standest nur einen Meter hinter mir. Ich hielt die Pistole auf den sich krümmenden Körper gerichtet, obwohl ich mir sagte, dass es sich unmöglich um eine Falle handeln konnte. Für eine Falle war da einfach zu viel Blut. Das Stöhnen war inzwischen verstummt, als hätte der Mann seine gesamte verbliebene Energie dafür aufgebraucht, mit uns zu sprechen. *Bitte*. Jetzt gab er nur noch ein leises Wimmern von sich, während er zitternd vor meinen Füßen lag. Ich schob ihm einen Fuß unter die Schulter und hob ihn an. Er war unglaublich schwer. Ich musste meine gesamte Kraft aufwenden, doch es gelang mir, ihn umzudrehen, ohne mir dabei die Hände schmutzig zu machen. Er lag jetzt auf dem Rücken.

Der Mann war blutüberströmt. Ich war mir ziemlich sicher, dass das Blut nicht ausschließlich von ihm selbst stammte. Seine Beine waren verdreht wie ein Korkenzieher, da sie sich nicht mit dem Rest seines Körpers umgedreht hatten. Er konnte sie nicht bewegen. Sein Genick war gebrochen. Als er dem Himmel zugewandt dalag, öffnete er die Augen. Sein Gesicht war zerschnitten und fast vollständig mit Blut bedeckt, doch als er die Augen aufmachte, leuchteten sie hellgrün. Selbst in der Dunkelheit konnte ich ihre Farbe erkennen. »Helft«, sagte er jetzt deutlicher. Eigentlich wollte er »Helft mir« sagen, doch er hatte nicht die Kraft, um das zweite Wort herauszubringen. Perforierte Lunge. Gebrochene Rippen. Ich diagnostizierte einen ganzen Haufen Probleme, die ich nicht heilen konnte. Du tratst vor mich, knietest dich neben ihn ins Gras und wischtest ihm etwas Schmutz aus dem Gesicht.

Ich nahm Blickkontakt mit ihm auf. »Waren Sie an dem Unfall beteiligt, den wir gehört haben?«, fragte ich. Er bewegte den Kopf unmerklich. Ein deutlicheres Nicken würden wir nicht bekommen. »Ist das bei diesem Unfall passiert?« Ein weiteres Nicken. Er war eindeutig Opfer einer Verfolgungsjagd geworden. »Und dann haben sie Sie aus dem Auto geworfen? Sie haben Sie hier liegen lassen?« Wieder bewegte sich sein Kopf. Dieses Mal erkannte ich Traurigkeit in seinen Augen. Du zogst eine Grimasse, da es dir unbegreiflich war, wie jemand so kalt sein konnte. Ich wusste es. Er war Ballast gewesen. Er hatte eine Mission behindert. Uns zu finden war das Ziel dieser Mission. Wenn man tagtäglich mit dem Tod konfrontiert ist, bedeutet einem ein weiterer Tod nicht allzu viel. Vermutlich hatten sie nicht lange gefackelt, ehe sie ihn aus dem Auto warfen.

»Wir müssen irgendwas tun, Joe«, sagtest du und drehtest dich zu mir, während du den Kopf des sterbenden Mannes in den Händen hieltst. Er sah dich an, als du ihm sein blutverschmiertes Haar aus der Stirn strichst.

»Wir können nichts tun, Maria.« Du wusstest, dass ich recht hatte. Trotzdem flehtest du mich mit Blicken an, es zumindest zu versuchen. Ich kniete mich auf der anderen Seite von ihm hin.

»Können Sie die Beine bewegen?«, fragte ich. Der Gesichtsausdruck des Mannes verzerrte sich. Ich warf einen Blick auf seine Beine. Sie bewegten sich nicht. »Was ist mit Ihren Armen? Können Sie die Arme bewegen?« Wieder verzerrte sich sein Gesicht. Einer seiner Arme bewegte sich. Der andere lag reglos da. Er war offenbar gebrochen. Als er den einen Arm bewegte, stöhnte er abermals vor Schmerz.

Plötzlich hörte ich auf dem Highway ein Auto kommen. Uns blieb keine Zeit, um uns eine bessere Deckung zu suchen. »Duck dich«, sagte ich zu dir. Wir legten uns so flach wie möglich auf den Boden. Der Himmel leuchtete auf, als die Scheinwerfer sich uns näherten. Das Geräusch von aufgewirbeltem Split wurde lauter und dann wieder leiser. Der Wagen schoss an uns vorbei. Kurz darauf war nur noch unser Atmen und das Keuchen des Mannes zu hören.

»Wir müssen weiter, Maria. Wir sind hier nicht sicher.« Ich spürte Panik in mir aufsteigen. Sie würden uns noch schnappen, weil du zu gutmütig warst.

»Wir können ihn nicht einfach hierlassen, Joe«, erwidertest du, und deine Augen füllten sich mit Tränen.

»Hör mir zu, Maria. Du musst jetzt eine Entscheidung treffen. Möchtest du diesen Mann retten, oder möchtest du unseren Sohn retten? Beides ist nämlich nicht möglich.« Du verstandest. Ich konnte es an deinem Gesichtsausdruck ablesen.

Der Kopf des sterbenden Mannes lag noch immer in deinem Schoß. Du sahst zu ihm hinunter. »Es tut mir leid«, sagtest du. Du hobst seinen Kopf von deinem Schoß und standest auf. Du gabst dir Mühe, nicht zu weinen, was dazu führte, dass du anfingst zu schluchzen. Dann wandtest du dich ab und gingst zurück zu unserem Wagen. Ich beobachtete den Mann auf dem Boden. Seine Augen folgten dir, als du dich von ihm entferntest.

Ich wandte mich ebenfalls von ihm ab und folgte dir in Richtung Auto. Dann hörte ich erneut ein Stöhnen, dieses Mal lauter. Er wollte nicht allein gelassen werden. Er muss gewusst haben, dass er sterben würde, doch er wollte nicht allein sterben. Ich drehte mich noch einmal zu ihm um. »Wenn ich ein Telefon finde, schicke ich Ihnen Hilfe«, sagte ich zu ihm. Er schloss langsam die Augen. Ihm war klar, dass niemals Hilfe kommen würde.

Als ich wieder bei unserem Auto ankam, hattest du dich bereits hineingesetzt. Die Tränen waren versiegt. Dein Gesichtsausdruck verriet jetzt nur noch Entschlossenheit. Ich ließ den Motor an und lenkte unseren Wagen wieder auf den Highway. Wir fuhren in die entgegengesetzte Richtung.

»Wohin fahren wir?«, fragtest du.

Ich hatte jetzt einen Plan. Der Anblick des sterbenden Mannes auf dem Boden hatte mir dabei geholfen, einen Plan auszuarbeiten. Sie wussten, wo wir waren. So viel war sicher. Sie opferten nicht einfach so einen Mann. Sie wussten, dass sie ganz in unserer Nähe waren. Meiner Ansicht nach konnten wir das ausnutzen. Wir konnten es ausnutzen, um Geld abzuheben, bevor wir wieder verschwanden. Da wir nur noch ein paar hundert Dollar übrig hatten, brauchten wir dringend Geld. Wir würden eine Weile brauchen, um uns dort, wohin es uns als Nächstes verschlagen würde, einzuleben, und wir mussten mit dir zum Arzt gehen, wenn wir wollten, dass unser Sohn überlebt. »Wir fahren in die Innenstadt«, sagte ich.

»Was? Warum?« Die Innenstadt war nicht weit entfernt, und du wolltest einfach nur so weit weg wie möglich. Rückblickend betrachtet wäre das vermutlich die richtige Entscheidung gewesen.

»Ich habe immer noch meine Bankkarte. Ich habe sie nicht benutzt, weil ich Angst hatte, dass ihnen das verraten könnte, wo wir sind. Tja, aber jetzt wissen sie, wo wir sind. Das ist für die nächste Zeit unsere letzte Chance, an Geld zu kommen. Wenn wir in der Innenstadt abheben, wissen sie nicht, in welche

Richtung wir anschließend gefahren sind.« Ich sah zu dir hinüber. Du wirktest skeptisch. »Uns bleibt nichts anderes übrig«, sagte ich. Du wusstest, dass ich recht hatte.

»Okay«, erwidertest du und besiegeltest damit unser Schicksal. Ich trat aufs Gaspedal, und wir rasten in Richtung Stadt.

Während der Fahrt blieb alles ruhig, beinahe unheimlich ruhig. Nichts regte sich. Wir sahen die Lichter der Stadt in der Ferne. Es war mitten in der Nacht. Die Stadt schlief noch, aber die Lichter waren an. Wir fuhren über die Brücke, die zur Stadt führte. Mein Plan war, einfach in eine Straße einzubiegen, in der sich eine Bank befand, anzuhalten, so viel abzuheben, wie der Geldautomat ausspuckte, wieder ins Auto zu steigen und wegzufahren. Voraussetzung war natürlich, dass meine Bankkarte noch funktionierte. Sie hatten aber sicher darauf spekuliert, dass ich sie benutzen würde, da sie genau wussten, dass mich das verraten würde.

Die Straßen der Stadt waren fast leer. Alle paar Häuserblocks sahen wir jemanden die Straße entlanggehen, auf dem Heimweg von Freunden oder von einer Bar. Wir fuhren durch ein wohlhabendes Viertel mit großen Häusern und altem Geld. Von der Stadt führten Highways in alle Himmelsrichtungen. Ich hatte mir noch nicht einmal überlegt, in welche Richtung wir fahren würden. *Eins nach dem anderen*, dachte ich. Du saßest schweigend auf dem Beifahrersitz. Ich wusste nicht, ob du an den sterbenden Mann dachtest, den wir am Straßenrand zurückgelassen hatten, oder ob du versuchtest, an gar nichts zu denken.

Ich spähte eine lange Straße hinunter und entdeckte eine Bank mit Geldautomat. Als wir vor der Bank ankamen, parkte ich unseren Wagen in einer Lücke auf dem Seitenstreifen und blickte mich um. Die Straße war leer. Das glaubte ich zumindest. Ich löste meinen Sicherheitsgurt und drehte mich zu dir. »Warte hier«, sagte ich. Du nicktest. »Und diesmal wirklich. Bleib im Auto.« Dann machte ich die Fahrertür auf und stieg aus. Ohne Zeit zu verlieren, lief ich zur Eingangstür der Bank und öffnete sie mit meiner Karte. Ich drehte mich ein letztes Mal zu dir um, vergewisserte mich, dass alles in Ordnung war, und betrat die Bank.

»Komm schon, komm schon, komm schon«, flüsterte ich, als ich meine Bankkarte in den Geldautomaten schob und die Geheimnummer einhämmerte. Der Bildschirm leuchtete auf und fragte mich, welchen Betrag ich abheben wolle. Ich tippte tausend Dollar ein, doch der Automat ließ mich nicht so viel abheben. Als Nächstes tippte ich fünfhundert Dollar ein und wartete. Ich hörte das Rascheln der Scheine aus dem Geldautomaten, dann spuckte er fünfundzwanzig Zwanzig-Dollar-Scheine aus. Damit würden wir etwas Zeit gewinnen.

Als ich mich umdrehte, um zum Auto zurückzugehen, sah ich dich darin sitzen. Alles war in Ordnung. Du schienst in Sicherheit zu sein. Auf dem Weg zur Eingangstür entdeckte ich an der Wand gegenüber von den Geldautomaten ein Telefon. Es handelte sich nicht um ein Bank-Notruftelefon, sondern um ein normales Münztelefon. Ich beschloss, ein Versprechen einzuhalten, das ich gegeben hatte. Nachdem ich die fünfhundert Dollar in meine Geldbörse und die Geldbörse in meine Tasche gesteckt hatte, ging ich zu dem Telefon hinüber, nahm den Hörer ab und wählte die Nummer des Notrufs. Ich wurde das Gefühl nicht los, dass ich das alles schon einmal erlebt hatte. Mein Magen verkrampfte sich. Eine Rezeptionistin nahm ab. »Ich möchte einen schweren Unfall melden«, sagte ich.

»Wo?«, erkundigte sich die Telefonistin.

»Ein Mann liegt am Straßenrand«, erwiderte ich. »Er wurde

von einem Auto angefahren und braucht dringend Hilfe.« Ich nannte der Rezeptionistin den Namen der Straße, neben der wir ihn gefunden hatten.

»Würden Sie bitte am Apparat bleiben?«, sagte die Frau.

»Nein«, erwiderte ich. Ich wollte gerade auflegen, als ein Schuss ertönte. Der Schuss war klar und laut. Zunächst erkannte ich das Geräusch nicht. Es klang zu sehr nach einem Knallkörper. Dann ertönte ein zweiter Schuss. Dieses Mal war das Geräusch weniger deutlich, gedämpfter. Es stammte aus einer anderen Waffe. Plötzlich wurde mir bewusst, was vor sich ging. Ich warf einen Blick hinaus zum Auto. Du saßest noch immer auf dem Vordersitz, doch du hattest dich unter das Fenster geduckt. Eine Kugel hatte bereits das hintere Fenster auf der Beifahrerseite unmittelbar hinter dir zersplittern lassen. Ich konnte nicht erkennen, ob du unverletzt warst, und rannte auf die Tür zu. In diesem Moment hörte ich ein weiteres Knallen, und die Glasscheibe neben dem Geldautomaten zersplitterte in tausende winzige Stücke. Ich lief weiter in Richtung Tür, lief in deine Richtung. Mein Herz raste. Wenn ich in diesem Augenblick eine Kugel auf dich hätte zufliegen sehen, hätte ich mich dazwischengeworfen. Allerdings wäre ich dir dafür nicht annähernd nahe genug gewesen. Ein weiteres Knallen ertönte, und eine Kugel riss ein Loch in unseren rechten Hinterreifen. Mir war nicht klar, von wo aus sie schossen. Als ich vor der Tür war, stellte ich fest, dass die Schüsse aus entgegengesetzten Richtungen kamen. Und ich hörte dich schreien. Das war nicht gut. Stress war nicht gut. Leider hatte die Nacht gerade erst begonnen.

Ich rannte zum Auto und hörte eine weitere Kugel an meinem Kopf vorbeisausen. Ich versuchte zu erkennen, woher die Schüsse kamen. Sie schienen aus sämtlichen Himmelsrichtungen zu kommen. In Wirklichkeit waren vermutlich nur fünf oder sechs Schüsse abgegeben worden, doch es hatte den Anschein, als befänden wir uns mitten in einem Feuergefecht. Ich erreichte die Fahrertür und öffnete sie. »Alles in Ordnung?«, schrie ich dir zu, während ich einstieg.

»Nein!«, schriest du zurück. Ich duckte mich sofort, bis sich mein Kopf unterhalb der Fensterkante befand. Dann ließ ich den Motor an und gab Gas. Ich wollte uns nur aus der Schusslinie bringen. Wir würden den Wagen zurücklassen müssen, da wir einen kaputten Hinterreifen hatten. Sie hatten den Reifen sicher absichtlich getroffen. Mit einem Platten konnten wir nicht aus der Stadt fahren. Aber wir konnten aus der Schusslinie fahren. Anschließend würden wir zu Fuß flüchten müssen. Daran führte kein Weg vorbei.

Ich trat das Gaspedal durch und hob den Kopf gerade weit genug, um über das Armaturenbrett sehen zu können. Ich konnte es mir nicht erlauben, irgendetwas zu rammen. Ich konnte mir keinen weiteren Unfall erlauben. Als sich der Wagen in Bewegung setzte, spürte ich, wie das Hinterrad über den Asphalt rumpelte. In den Häusern entlang der Straße gingen Lichter an. Ich gab mir Mühe, sie zu ignorieren. Wir mussten nur weg.

Wir schlingerten beim Beschleunigen hin und her. Ich versuchte, den Wagen unter Kontrolle zu bringen, doch der kaputte Reifen machte es mir nicht leicht. Nach vier oder fünf Häuserblocks hörte ich keine Schüsse mehr. Ich lenkte den Wagen an den Straßenrand. »Wir müssen aussteigen«, sagte ich zu dir. Du sahst mich an, als sei ich verrückt. »Hier drin sind wir leichte Beute, Maria. Wir müssen aussteigen.«

Du griffst nach unten, löstest deinen Sicherheitsgurt und krochst über die Mittelkonsole, um auf meiner Seite aussteigen zu können. Ich öffnete die Fahrertür und stieg aus.

Dann wartete ich einen Augenblick, weil ich damit rechnete, einen weiteren Schuss zu hören, eine weitere Kugel an meinem Ohr vorbeisausen zu hören, doch es blieb still. Ich packte dich am Handgelenk und zog dich auf den Bürgersteig, und wir rannten die nächste Seitenstraße hinunter. Nachdem wir zwei Häuserblocks weit gelaufen waren, entdeckte ich einen Durchgang zwischen zwei Häusern. Wir verbargen uns in einem der wenigen Gärten, die kein verriegeltes Tor hatten. Ich legte den Zeigefinger an die Lippen, um dir zu signalisieren, dass du leise sein sollst. Ich hatte etwas gehört. Jemand lief die Straße entlang. Ich hörte Schritte auf dem Asphalt. Wir hatten Glück gehabt, dass wir rechtzeitig in Deckung gegangen waren. Plötzlich rannte ein Mann an uns vorbei. Er hielt eine Pistole in der Hand.

»Was machen wir jetzt, Joe?«, flüstertest du mir zu, als wir den Mann nicht mehr sehen konnten.

»Ich weiß es nicht.«

»Wie kommen wir von hier weg?«

»Ich weiß es nicht.« Ich versuchte nachzudenken. Wir hatten nicht viele Möglichkeiten. »Wie weit ist es von hier zum Busbahnhof?«, fragte ich dich. Du kanntest die Stadt besser als ich.

»Ungefähr sechs Meilen«, erwidertest du. Das war weit. Die Nacht war dunkel und voller Gefahren. Trotzdem war es unsere einzige Chance.

»Wir müssen irgendwie zum Busbahnhof kommen«, sagte ich zu dir. Dann hörte ich wieder etwas. Ich legte dir die Hand auf den Mund, um sicherzustellen, dass du nicht sprichst. Jemand war ganz in unserer Nähe. Derjenige rannte nicht. Er ging. Und er pfiff im Gehen vor sich hin. Wir gaben uns Mühe, so gut wie möglich in Deckung zu gehen. Er ging in dieselbe

Richtung, in die der Mann mit der Pistole gelaufen war. Er hatte keine Pistole. Stattdessen hielt er ein großes Messer in der Hand. Er pfiff die Melodie von »What a Wonderful World« von Louis Armstrong. Wir hielten den Atem an, als er an uns vorbeiging. Zehn Minuten verstrichen, bis wir uns sicher waren, dass er weg war.

Du setztest unser Gespräch genau dort fort, wo wir es unterbrochen hatten. »Ich kann nicht rennen, Joe«, sagtest du und legtest beide Hände auf deinen Bauch.

»Ich weiß«, entgegnete ich. Weiß Gott, welchen Schaden wir unserem Kind bereits zugefügt hatten. Wir sprachen nicht darüber. »Wie spät ist es?«, fragte ich dich. Du sahst auf die Uhr.

»Vier Uhr morgens.«

»Hör zu.« Ich holte tief Luft und konnte selbst kaum glauben, was ich dir gleich vorschlagen würde. »Der erste Bus fährt wahrscheinlich erst gegen sieben. Meinst du, du kannst in drei Stunden sechs Meilen gehen?«

»Habe ich eine andere Wahl?«, fragtest du.

»Nein.«

»Das schaffe ich schon«, sagtest du mit einem Nicken.

»Braves Mädchen.« Ich versuchte, dich anzulächeln. Allerdings weiß ich nicht, wie das ankam, da mir eigentlich nicht nach lächeln zumute war. Ich zog erneut die Pistole aus meinem Gürtel. »Nimm die«, sagte ich und reichte dir unser einziges Schutzmittel.

»Ich kann sie nicht nehmen«, erwidertest du und hieltst die Pistole locker mit zwei Fingern. »Ich kann nicht damit umgehen.«

»Nimm einfach die verdammte Pistole, Maria«, sagte ich verzweifelt. »Bitte nimm die Pistole. Es ist ganz einfach, mit ihr umzugehen. Ich habe sie bereits entsichert. Du brauchst damit nur auf das zu zielen, was dir Angst macht, und abzudrücken.« Du betrachtetest die Pistole in deiner Hand. Sie schien nicht dorthin zu gehören. Deine Hände sahen zu klein für sie aus.

»Wozu brauche ich dic?«, fragtest du. »Warum nimmst du sie nicht einfach?«

Ich schüttelte den Kopf. »Gemeinsam schaffen wir die sechs Meilen niemals. Wir müssen uns etwas anderes einfallen lassen.«

»Was hast du vor?«, fragtest du. Du ahntest, dass dir mein Plan nicht gefallen würde, wie auch immer er aussah.

»Ich werde sie ablenken«, erklärte ich. Ich sah alles, was du mir sagen wolltest, in deinem Gesichtsausdruck. Du wolltest mir sagen, dass meine Idee lächerlich sei. Du wolltest mich dafür verfluchen, dass ich sie überhaupt in Erwägung zog. Und du wolltest mir sagen, dass wir es gemeinsam schaffen konnten. Du zögertest, weil du wusstest, dass Letzteres nicht stimmte. »Bitte, Maria«, flehte ich dich an. »Ich weiß nicht, was wir sonst tun sollen. Das ist unsere einzige Chance.«

»Also gut«, lenktest du schließlich ein. Du wusstest, dass wir keine andere Wahl hatten, wenn wir unseren Sohn retten wollten. Inzwischen hieltst du die Pistole mit beiden Händen. Sie war jetzt dein Beschützer.

»Kennst du den Weg?«, fragte ich dich und zögerte den Moment hinaus, in dem ich mich von dir trennen würde.

»Ja«, erwidertest du. Dann fiel mir das Geld ein. Ich nahm meine Geldbörse aus der Hosentasche.

»Nimm das hier ebenfalls«, sagte ich und reichte dir knapp tausend Dollar in bar. Jetzt besaß ich nichts mehr.

»Wir treffen uns am Busbahnhof, ja?«

»Klar«, erwiderte ich, obwohl ich wusste, die Wahrscheinlichkeit war gering, dass wir es beide dorthin schaffen würden. »Aber wenn ich nicht da sein sollte, steigst du trotzdem in einen Bus. Steig in einen Bus, der weit fährt.« Ich drehte mich um und blickte die umliegenden Straßen hinunter. Sie waren wieder leer. Nicht einmal ein Streifenwagen war zu hören. Die Leute glaubten offenbar, die Schüsse seien Feuerwerkskörper gewesen, die Kinder gezündet hatten. Die Luft schien rein zu sein. Ich drehte mich wieder zu dir um. »Gib mir fünf Minuten Vorsprung«, sagte ich. »Bleib in der Dunkelheit und geh unauffällig. Pass auf, dass dich niemand sieht.« Du nicktest. »Ich werde versuchen, sie auf meine Fährte zu locken.« Schon als ich das sagte, klang es lächerlich. Wie lange würden sie brauchen, um mich zur Strecke zu bringen? Wie lange würde ich vor ihren Kugeln davonlaufen können? Mein Ziel war nicht, zu überleben. Ich musste realistisch bleiben. Mein Ziel war, lange genug zu überleben. Ich holte tief Luft und bereitete mich darauf vor, aus dem Dunkel auf die beleuchtete Straße zu treten. Bevor ich das tat, nahmst du meinen Kopf in die Hände und zogst mich zu dir. Du hieltest die Pistole in der rechten Hand, und ich konnte Metall an der Wange spüren. Du küsstest mich zart auf die Lippen, dann fester. Dann musste ich los.

»Wir sehen uns um sieben«, sagte ich. Dann rannte ich los. Ich trat auf die Straße hinaus und rannte, als gäbe es kein Morgen, da es für mich vermutlich kein Morgen gab.

Ich blickte mich nicht um. Ich rannte einfach. Ich rannte Richtung Süden, weg von dem Busbahnhof, um dir Bewegungsfreiheit zu geben. Falls ich es schaffte davonzukommen, hätte ich noch genug Zeit, um zum Busbahnhof zu gelangen. Nur Sekunden nachdem ich aus dem Dunkel getreten war, hörte ich die ersten Schritte, die mich verfolgten. Jeder Schritt schlug laut auf der Straße auf. Zwischen den einzelnen Schritten verging fast keine Zeit. Wer auch immer hinter mir war, bewegte sich schnell. Ich wagte es nicht, mich umzublicken. Die anderen waren bewaffnet. Ich hatte nur die Angst auf meiner Seite.

Mir war bewusst, dass ich den Abstand zu meinem Verfolger halten musste, aber ich konnte es mir nicht erlauben, ihn abzuschütteln. Das Einzige, wovor ich mehr Angst hatte, als erwischt zu werden, war, dass sie dich erwischen würden. Dann hörte ich die Schritte einer zweiten Person, weiter entfernt, aber deutlich. Es war, als würde ich zwei aus dem Rhythmus geratenen Trommeln lauschen. Ich fragte mich, zu wievielt sie waren. Waren die beiden die einzigen? Waren sie nur zu dritt gewesen, bevor sie ihren Partner am Straßenrand abgeladen hatten, oder waren sie zu mehreren? Warst du in Gefahr, wenn sie zu mehreren waren? Ich konnte es unmöglich wissen. Ich hatte nie gehört, dass jemand in einer Gruppe mit mehr als vier Leuten gearbeitet hatte. Selbst wenn sie ursprünglich zu fünft gewesen waren, hatten sie bereits einen bei dem Unfall verloren. Das hätte bedeutet, dass abgesehen von den beiden, die mich verfolgten, noch irgendwo zwei andere lauerten.

Ich rechnete damit, Schüsse hinter mir zu hören, doch dem war nicht so. Offenbar wollten sie nicht zu hoch pokern, was die Polizei anbelangte. Sie glaubten vermutlich, ich würde nicht allzu schwer zu erwischen sein. Ich war etwa sechs Häuserblocks weit gelaufen, als mir bewusst wurde, dass ich auf dem Weg ans südliche Ende von Charleston war. Im Süden der Stadt gab es nur Wasser. Mich nachts im dunklen Meer zu verstecken, dieses Spielchen hatte ich bereits hinter mir. Und überlebt hatte ich es nur, weil Michael mich gerettet hatte. Diesen Fehler würde ich nicht noch einmal machen. Deshalb bog ich in die nächstbeste Straße ein und lief in eine andere Richtung weiter.

Langsam ging mir die Kraft aus. Meine Beine, meine Arme

und meine Lunge ermüdeten bereits. Ich musste mich irgendwo verstecken, um mich ausruhen zu können, wenn auch nur für ein paar Minuten. Die Straßen waren noch immer menschenleer und lediglich von den altmodischen Laternen beleuchtet, welche die Bürgersteige säumten. Auf beiden Seiten der Straße standen alte Häuser, die unmittelbar an den Bürgersteig angrenzten. Die meisten von ihnen verfügten über ein geschlossenes Tor, das in einen Privatgarten führte. Die Häuserreihen wurden nur von alten Kirchen und überfüllten Friedhöfen unterbrochen. Ich hatte bislang keinen meiner beiden Verfolger hinter mir um die Ecke laufen hören. Vor mir sah ich einen Zaun, einen hohen schmiedeeisernen Zaun, der von Zacken gekrönt war. Er muss gut zweieinhalb Meter hoch gewesen sein. Ich nahm zwei Schritte Anlauf und sprang. Im Sprung griff ich nach oben und bekam eine der Zacken zu fassen. Ich rammte meinen rechten Fuß zwischen zwei Stangen und kletterte über den Zaun. Dabei blieb ich mit dem Aufschlag des linken Hosenbeins meiner Jeans kurz an einer Zacke hängen, fiel auf der anderen Seite zu Boden und landete hart auf dem Rücken. Einen Moment lang bekam ich keine Luft mehr. Dann hob sich meine Brust wieder, und ich atmete ein, um meine Lunge mit der kühlen Nachtluft zu füllen. Ich musste mir in Erinnerung rufen, dass mir meine Verfolger noch immer auf den Fersen waren.

Ich drehte mich schnell auf den Bauch, um durch die Metallstäbe des Zauns sehen und lauschen zu können. Es waren keine Schritte zu hören. Alles war still. Einen Moment lang hatte ich Angst, dass sie womöglich umgedreht hatten, um dich zu suchen. Dann erspähte ich einen von ihnen. Er ging die Straße hinunter und warf einen Blick in alle Durchgänge. Eine Pistole hatte er keine in der Hand, dafür aber ein Messer mit einer gezackten, etwa acht Zentimeter langen Klinge. Es handelte sich um irgendein Jagdmesser.

Ich blickte mich nach einem besseren Versteck um. Dabei stellte ich fest, dass ich mich auf einem winzigen Friedhof befand. Ich war über den Zaun geklettert, der Touristen und Teilnehmer an Geister-Stadtführungen fernhalten sollte. Nur ein kleines Stück von mir entfernt befand sich ein großer, zur Straße hin ausgerichteter Grabstein, der mir perfekte Deckung bieten würde. Ich beobachtete den Mann mit dem Messer und wartete, bis er in eine andere Richtung sah, dann kroch ich schnell hinter den Grabstein. Ich kauerte mich so dicht wie möglich an den Stein und duckte mich. Dabei spürte ich den kalten Granit auf meiner Haut. Ich betrachtete die Inschrift, doch es war zu dunkel, um entziffern zu können, auf wessen Grab ich saß. Dann spähte ich über den Grabstein auf die Straße. Der Mann mit dem Messer suchte noch immer nach mir, es hatte allerdings den Anschein, als sei er drauf und dran aufzugeben. Als er schließlich kehrtmachte, befürchtete ich, dass er sich auf die Suche nach dir machen würde. Ich fragte mich, wie es dir wohl erging, wie weit du bereits gekommen warst, wie es unserem Sohn ging. Mir war bewusst, dass er noch schlechtere Chancen hatte als wir, diese Nacht zu überleben, und dass es dazu eines Wunders bedürfen würde. Vielleicht würde er es schaffen, wenn du langsam gingst und ruhig bliebst. Vielleicht würde nicht alles, was wir auf uns genommen hatten, umsonst gewesen sein, wenn ich sie ein paar Stunden in Schach halten konnte. Ich hoffte einfach auf ein Wunder.

Dann hörte ich, wie sich dem Mann mit dem Messer auf der Straße Schritte näherten. Ich beobachtete ihn. Er hörte die Schritte ebenfalls und blickte in die Richtung, aus der sie kamen. Sein Gesichtsausdruck veränderte sich. Seine Augen weiteten sich. Er geriet plötzlich in Panik. Dann drehte er sich um und rannte los. Er rannte schnell, noch schneller, als er mir hinterhergerannt war. Wenn er so schnell gelaufen wäre, als er mich verfolgt hatte, hätte er mich vermutlich eingeholt. Nur einen Augenblick später sah ich einen anderen Mann vorbeilaufen. Er hatte eine Pistole in der Hand, und es sah so aus, als würde er den ersten Mann verfolgen, doch das ergab keinen Sinn. Nichts ergab einen Sinn. Ich beobachtete, wie der zweite Mann vorbeilief, und versuchte zu begreifen, was vor sich ging. Meine Gedanken wurden von einem Geräusch unterbrochen, einem neuen Geräusch, dem Geräusch klappernden Metalls hinter mir. Ich warf einen Blick über den Friedhof, vorbei an den hundert Jahre alten Grabsteinen. Jemand kletterte über den Zaun auf der anderen Seite des Friedhofs. Der Grabstein hatte mir hervorragende Deckung in eine Richtung geboten, doch aus der anderen Richtung war ich deutlich zu sehen. Ich hatte mir nicht die Mühe gemacht, den Bereich hinter mir zu kontrollieren. Sie hatten mich entdeckt. Sie waren dabei, über den Zaun zu klettern, um mich zu holen.

Ich sah den Zaun wackeln, als sich ein Mann an den Zacken hochzog. Ein zweiter half ihm dabei, indem er ihn an den Füßen nach oben schob. Derjenige, der über den Zaun kletterte, hatte eine Pistole in der Hand. Ob der andere ebenfalls bewaffnet war, konnte ich nicht erkennen. Ich war mir allerdings sicher, dass auch er eine Waffe bei sich trug, auch wenn er sie nicht griffbereit hatte. Ich hätte versuchen können, wieder über den Zaun auf meiner Seite des Friedhofs zu klettern, doch ohne Anlauf wäre das eine mühsame und umständliche Angelegenheit geworden. Dafür blieb mir keine Zeit. Der Mann mit der Pistole hätte mich mit einem Schuss ebenso leicht vom

Zaun holen können, als würde er eine Dose von einem Pfosten schießen. Ich brauchte Anlauf. Also lief ich. Ich lief geradewegs auf den Zaun zu, über den die beiden Männer kletterten. Der Mann, der noch auf dem Boden stand, sah mich an. Sein Gesichtsausdruck verriet seine Verwirrung. Genau darauf zählte ich: auf das Überraschungsmoment. Ich lief über die Gräber und wich dabei ein oder zwei Grabsteinen aus. Der Friedhof war nicht besonders groß, sodass ich binnen Sekunden bei dem Zaun angelangte, über den die Männer kletterten. Der Mann mit der Pistole war bereits oben auf dem Zaun angekommen, als er bemerkte, dass ich auf ihn zulief. Er stand auf dem Zaun und wollte gerade auf den Boden springen. Ich machte einen Satz nach vorn und rammte wie zuvor, als ich über den anderen Zaun geklettert war, einen Fuß zwischen zwei Stangen. Dieses Mal griff ich allerdings nicht nach einer der Zacken. Stattdessen packte ich den Mann mit der Pistole. Ich streckte den Arm aus, packte ihn am Knie und zog mich daran hoch. Er verlor das Gleichgewicht und schlug mit dem Bein aus. Als er fiel, landete er mit der Rückseite seines Oberschenkels auf einer der Zacken. Ich hörte, wie die Zacke seine Haut durchbohrte und dann das Splittern eines Knochens. Im nächsten Moment befand ich mich auf der anderen Seite des Zauns. Dieses Mal landete ich auf den Füßen. Ich warf keinen Blick mehr auf den Mann, den ich soeben auf dem Zaun gepfählt hatte. Seinen Begleiter würdigte ich ebenfalls keines Blickes. Ich wandte mich einfach nach rechts und rannte, so schnell ich konnte.

Jetzt wusste ich, dass sie mindestens zu fünft gewesen sein mussten. Ich hatte fünf gesehen. Zwei davon waren inzwischen außer Gefecht. Der Mann am Straßenrand war so gut wie tot, und der Mann auf dem Zaun würde in dieser Nacht, selbst wenn er überlebte, niemanden mehr verfolgen. Ich gab mir alle Mühe, Maria. Ich hätte dir gerne zugerufen, dass du weitergehen sollst. Doch ich hoffte, dass du mich nicht gehört hättest, weil du zu weit weg warst.

Ich versuchte mir auszurechnen, wie viel Zeit bereits vergangen war. Zwanzig Minuten? Eine halbe Stunde? Mehr? Ich wusste nicht, wie lange ich mich auf dem Friedhof aufgehalten hatte. Ich blickte zum Himmel. Noch war er pechschwarz. Auf der Suche nach einem Versteck, in dem ich eine Verschnaufpause einlegen konnte, bog ich um eine weitere Ecke. Ich entdeckte eine dunkle Nische zwischen zwei Häusern, in die ich mich presste. Sie bot keine vollständige Deckung, musste aber vorerst genügen. Ich versuchte, meine Atmung zu verlangsamen. Dann sah ich am anderen Ende der Straße einen weiteren Mann. Er trug schwarze Jeans und ein schwarzes Sweatshirt, dessen Kapuze er aufgesetzt hatte. In der Hand hielt er eine Pistole. Ich versuchte mich zu erinnern, ob es sich bei ihm um einen der Männer handelte, die ich bereits gesehen hatte, und kam zu dem Ergebnis, dass er keiner von ihnen war. Das bedeutete, dass sie mindestens zu sechst gewesen sein mussten und dass noch mindestens vier übrig waren. Sechs. Warum hätten sie sechs Männer auf mich ansetzen sollen? Das ergab einfach keinen Sinn.

Ich verhielt mich ruhig, beobachtete den Mann, als er vorbeiging, und hoffte, dass er mich nicht bemerken würde. Solange er nicht in die Straße einbog und auf mich zukam, war ich vermutlich in Sicherheit. Er ging weiter und verschwand um die Ecke. Ich hatte sechs Leute gesehen. Mehr konnten es nicht sein, sagte ich mir. Wenn ich recht hatte, waren alle körperlich Leistungsfähigen von ihnen in meiner Nähe. Wenn ich recht hatte, warst du vielleicht in Sicherheit.

Ich lauschte. Die Nacht war wieder still. Ich trat aus der dunklen Nische und ging langsam die Straße hinunter. Dabei gab ich mir Mühe, möglichst leise zu gehen, da ich hoffte, auf diese Weise meine Verfolger zu hören, bevor sie mich hörten. Inzwischen war ich mit meiner Weisheit am Ende. Ich konnte nicht die ganze Nacht laufen. Dafür fehlte mir die Kondition. Ich überlegte, ob ich den Spieß umdrehen sollte, ob ich sie jagen sollte. Lange brauchte ich allerdings nicht zu überlegen. Es war nicht so einfach, in die Rolle des Jägers zu schlüpfen, wenn man der Gejagte war.

Ich hatte Glück, dass ich ihn sah, Sekunden bevor er mich sah. Er bog in die Straße ein, auf der ich ging, und steuerte auf mich zu. Mir blieb gerade noch genug Zeit, um in einem dunklen Hauseingang in Deckung zu gehen, ehe er in meine Richtung blickte. Er kam auf mich zu. Wenn er noch näher kam, war ich ein toter Mann. Die Straße bot keine Versteckmöglichkeiten. Ich zog in Erwägung, Reißaus zu nehmen, doch dann wäre ich den anderen womöglich direkt in die Arme gelaufen. Ich saß in der Falle.

Ich griff in dem Eingang, in dem ich stand, hinter mich, ertastete den Türknopf und versuchte, ihn zu drehen. Zu meinem Glück war die Tür nicht abgesperrt. Ich öffnete sie einen Spalt und schlüpfte hindurch. Im Haus war es dunkel und still. Trotz der Dunkelheit konnte ich von dort, wo ich stand, die Küche und das Wohnzimmer sehen. Auf dem Wohnzimmerboden war Spielzeug verstreut. Ich trat einen Schritt vor und ging auf der Suche nach einem Versteck weiter in das Haus. Im Wohnzimmer gab es einen Wandschrank. Ich öffnete die Tür und stieg hinein. Anstatt die Tür hinter mir zu schließen, ließ ich sie einen Spalt offen stehen, damit ich hinaussehen konnte. Mein Herz hämmerte in meiner Brust. Warten war fast noch anstrengender als laufen. Durch den Spalt konnte ich die Haustür sehen. Sie ging langsam auf. Draußen war es genauso dunkel wie im Haus. Mein Verfolger trat leise ein. Die Pistole in seiner rechten Hand hielt er auf Höhe seines Ohrs, um bei Bedarf schnell mit ihr zielen zu können. Er ließ den Blick durch den Raum schweifen. Ich sah mich nach einem Gegenstand um, den ich als Waffe benutzen konnte, wie etwa einen Baseballschläger oder eine Bratpfanne. Fehlanzeige. Dann entdeckte ich nur einen halben Meter von der Schranktür entfernt einen Lichtschalter. Er war meine einzige Chance.

Der Mann machte noch ein paar Schritte ins Haus. Er bemühte sich, lautlos zu gehen. Es hatte den Anschein, als sei er auf dem Weg an mir vorbei in Richtung Küche. Darauf wollte ich mich jedoch keinesfalls verlassen. Inzwischen war er nur noch etwa einen Meter von mir entfernt. Ich sah sein Gesicht, das in der Dunkelheit blass wirkte. Mir war klar, dass er wusste, wo ich war. Mir war klar, dass er bluffte. Ich sah ihn an und prägte mir seine Position ein. Dann streckte ich den Arm aus dem Schrank. Ich fuhr mit der Hand an der Wand entlang, bis ich den Lichtschalter spürte, und schaltete das Licht ein. Im Bruchteil einer Sekunde war das Zimmer hell erleuchtet. Ich hatte auf die Helligkeit gezählt. Der blasse Mann versuchte, mit seiner Pistole auf mich zu zielen, doch seine Augen hatten sich noch nicht auf das Licht eingestellt. Er war praktisch blind. Ich konnte ebenfalls nur Farbblitze erkennen, aber mehr brauchte ich auch nicht zu sehen. Ich stieg aus dem Schrank, hob den rechten Fuß an und trat dorthin, wo ich sein Knie vermutete. Ich spürte sofort, wie sein Bein einknickte. Er fiel zu Boden und gab dabei einen Schuss aus seiner Pistole ab. Ich hörte Glas splittern, als die Kugel das Küchenfenster durchschlug. Dann ging im ersten Stock das Licht an. Ich hörte Schreie. Meine Augen gewöhnten sich allmählich an die Helligkeit. Ich richtete den Blick nach oben, woher die Schreie kamen, und sah eine Frau im Nachthemd am oberen Ende der Treppe stehen. Sie hielt sich am Geländer fest und schrie aus vollem Hals.

Ich rannte abermals. Inzwischen kam ich mir vor wie ein wandelndes Desaster, das von hier nach da rannte und überall Chaos und Verwüstung anrichtete. Es kam mir vor, als sei diese Nacht eine Metapher für mein ganzes Leben gewesen. Ich rannte zur Eingangstür hinaus. Ich rannte weg von der Frau, die im ersten Stock schrie. Ich rannte weg von dem verletzten Mann mit der Pistole. Dieses Mal war der Tumult zu groß. Die anderen würden ihn hören. Alle, die in der Dunkelheit umherschlichen, würde es an diesen einen Ort ziehen. Ich musste die Flucht ergreifen. Sobald ich draußen auf der Straße war, rannte ich wieder nach Süden. Der Himmel wechselte langsam die Farbe. Als ich aus dem Haus trat, war er dunkelviolett. Die Morgendämmerung setzte ein. Ich kam bis zur übernächsten Querstraße, bis mich wieder einer von ihnen verfolgte. Er lief auf das Haus zu, während ich von ihm wegrannte, doch als er mich sah, machte er kehrt und folgte mir. Ich erkannte ihn wieder. Es handelte sich um den zweiten Mann vom Friedhofszaun. Ich fragte mich, ob er seinen Partner ebenso zurückgelassen hatte, wie sie den anderen Mann am Straßenrand zurückgelassen hatten. Meine Beine waren inzwischen schwer. Ich rannte schon zu lange. Viel länger würde ich nicht mehr laufen können.

Doch das spielte keine Rolle, da ohnehin nicht mehr viel Platz zum Laufen vorhanden war. Am südöstlichen Ende von Charleston befindet sich ein Park mit Eichen und einem kleinen Pavillon. In der Nähe des Wassers stehen alte Kanonen und eine Gedenkstatue. Dahinter beginnt das Meer. Als ich am Wasser ankam, als ich nirgendwohin mehr rennen konnte, war ich völlig erschöpft.

Mein Verfolger hatte den Abstand zwischen uns verringert, bis er nur noch etwa zehn Meter hinter mir war. Als ich am Ufer angekommen war, drehte ich mich zu ihm um. Ich erkannte ihn nicht. Er sah niemandem ähnlich, an den ich mich erinnerte. Er sah niemandem ähnlich, den ich getötet hatte. Ich hätte ihn fragen können, warum er mich verfolgte. Ich hätte ihn fragen können, warum er bereit war, so viel zu riskieren, nur um mich zu töten. Den Jugendlichen in Ohio hatte ich das gefragt. Jetzt war ich zu müde, als dass es mich gekümmert hätte.

Der Himmel über mir verfärbte sich von Dunkelviolett zu Tiefrot. Bald würde hinter mir die Sonne aufgehen. Der Mann hob seine Pistole und zielte auf mich. Ich fragte mich, ob ich dir genug Zeit verschafft hatte. Ich fragte mich, ob unser Sohn durchhielt. Ich stellte mir vor, wie du dich allein in einen Bus setztest, der nach Westen fuhr. Ich stellte mir vor, wie du aus dem Bus ausstiegst und von niemandem verfolgt wurdest. Es machte mich glücklich, mir vorzustellen, dass es dir gelungen war zu entkommen, doch es stimmte mich traurig, dass du allein sein würdest. Es stimmte mich traurig, dass ich unseren Sohn niemals kennenlernen würde, falls er überlebte. Was hätte ich in diesem Moment nicht alles für einen einzigen Tag mit unserem Sohn gegeben. Ich sah auf und blickte in die Mündung der Pistole meines Mörders. Ich erinnerte mich an das letzte Mal, als ich dem Tod so nahe gewesen war – als ich vor Long Beach Island im Meer getrieben war. Ich erinnerte mich an den schieren Überlebenswillen, der mich damals angetrieben hatte, auch wenn mir kein einziger Grund einfiel, weshalb ich damals unbedingt leben wollte. Jetzt wusste ich nicht nur, dass ich leben wollte, sondern ich wusste auch, warum. Unser Sohn machte die Aussicht darauf, sterben zu müssen, so viel schlimmer.

Ich sagte kein Wort zu meinem Mörder. Was gab es schon zu sagen? Er sagte ebenfalls kein Wort. Ich hörte nur einen Pistolenschuss und spürte nichts. Dann hörte ich noch einen Schuss. Und dann noch einen. Ich spürte noch immer nichts außer der Brise, die vom Wasser herwehte. Ich öffnete die Augen. Die Kugeln waren nicht für mich bestimmt gewesen. Die ersten beiden Schüsse hatten meinen Mörder in die Brust getroffen. Die dritte hatte seinen Kopf erwischt. Als ich die Augen öffnete, stand er noch immer vor mir, und Blut strömte aus seinen frischen Wunden. Die Pistole fiel ihm aus der Hand. Wir sahen uns für einen kurzen Moment in die Augen, ehe er zusammenbrach. Er wirkte nicht verängstigt, nur verwirrt, da er ebenso wenig wusste wie ich, was vor sich ging. Ich blickte mich um, doch mir war nicht klar, woher die Schüsse gekommen waren. Ich sah niemanden. Aus irgendeinem Grund war ich verschont worden, obwohl so viele Menschen um mich herum gestorben waren. Aus irgendeinem Grund schien es in diesem Moment keine Rolle zu spielen, ob ich wusste, warum.

Ich fing erneut an zu rennen, wieder erfrischt, wiederbelebt. Zum letzten Mal in dieser Nacht rannte ich. Bis zum Busbahnhof waren es gut sieben Meilen, doch ich wusste, dass ich es schaffen würde. Ich hatte eine neue Chance bekommen.

Du warst bereits am Busbahnhof, als ich dort ankam. Du verstecktest dich in einer Ecke, damit dich niemand sehen konnte. Zwei Busse waren bereits abgefahren, doch du hattest dich geweigert einzusteigen, weil du auf mich warten wolltest, weil du dich an die geringe Hoffnung klammertest, dass ich es schaffen würde. Irgendwie schaffte ich es tatsächlich. Ich erzählte dir nicht, was passiert war. Wie hätte ich es dir auch erzählen können, wenn ich es nicht einmal selbst wusste?

Der nächste Bus fuhr nach Nashville. Wir stiegen ein.

Du schliefst fast die gesamte Busfahrt durch. Ich fragte dich, wie es dir geht. Du entgegnetest, du hättest keine Krämpfe gehabt und nur leichte Blutungen. Dann sagtest du mir, dass du auf dem Weg zum Busbahnhof zum ersten Mal gespürt hättest, wie sich unser Sohn bewegt.

Ich schlief während der Busfahrt höchstens zwei Stunden. Jedes Mal, wenn der Bus anhielt, ertappte ich mich dabei, wie ich alle musterte, die zustiegen. Ich war mir sicher, einer von ihnen würde auf uns losgehen. Keiner tat es.

Wir blieben nicht länger als nötig in Nashville. Als wir dort ankamen, kauften wir uns als Erstes ein neues Auto. Ich machte einen alten, ramponierten Chevy für dreihundert Dollar ausfindig. Der Typ, der ihn uns verkaufte, versprach mir, dass der Motor in gutem Zustand sei. Wir hatten keine Zeit, um zu feilschen. Ich nahm mir vor, dass wir so weit fahren würden, wie der Wagen durchhielt, und uns dann dort niederlassen würden, wo er den Geist aufgab.

Dieses Mal würden wir nach Westen fahren. Ich würde so lange fahren, bis ich vor Erschöpfung nicht mehr konnte. Für jemanden in deiner körperlichen Verfassung hattest du bereits viel zu viel durchgemacht. Es wurde Zeit, dass du dich ausruhen konntest.

SIEBZEHNTES KAPITEL

Ich fuhr schnell durch die Dunkelheit. Die Landschaft war karg und flach. Wir waren bereits seit Stunden unterwegs. Ich wusste nicht mehr, wie lange schon. Der Tag machte abermals der Nacht Platz. Ich verlangte der kleinen Blechdose von einem Auto alles ab, was sie hergab. Der Mond hing tief, und am Himmel befanden sich mehr Sterne, als ich jemals zuvor gesehen hatte. Während ich den Highway entlangraste, verschwamm die Umgebung, doch die Sterne bewegten sich nicht.

Ich blickte zu dir hinüber. Du lagst neben mir auf dem Beifahrersitz. Die Lehne war ganz zurückgestellt. Du lagst auf der Seite, mit dem Gesicht zu mir, und hattest die Hände zwischen die Knie geklemmt, um sie zu wärmen. Seit Charleston hattest du fast ununterbrochen geschlafen. Sobald wir irgendwo hielten, würden wir dich zu einem Arzt bringen, um sicherzugehen, dass mit unserem Sohn alles in Ordnung war. Ich wollte keine Risiken mehr eingehen.

Als du aufwachtest, waren wir noch immer auf der langen, monotonen Straße unterwegs, die durch die Wüstenlandschaft führte. Du verstelltest die Lehne, um aufrecht sitzen zu können. Du sahst müde aus und starrtest mit leerem Blick auf die freie Straße. »Wie lange habe ich geschlafen?«, murmeltest du.

»Ein paar Stunden.« Du hattest geschlafen, seit wir zum Abendessen angehalten hatten. Ich blickte abermals zu dir hinüber. Im Sitzen sah dein Bauch noch größer aus.

»Kommen wir gut voran?«, fragtest du.

»Na ja, die kleine Kiste ist leider nicht die allerschnellste«, erwiderte ich. Dann deutete ich durch die Scheibe auf den Himmel. »Sieh dir mal die Sterne an.«

Du beugtest dich vor, um durch die Windschutzscheibe nach oben schauen zu können. »Krass«, sagtest du, und deine Augen leuchteten, als würdest du zum ersten Mal einen Nachthimmel sehen. »In Kanada gibt's keine solchen Sterne.«

»In New Jersey auch nicht«, erwiderte ich.

Du starrtest den Sternenhimmel ein paar Minuten lang an, dann lehntest du dich wieder in deinem Sitz zurück. Ich warf einen Blick auf dein Gesicht und sah, wie sich deine Augen mit Tränen füllten. Du hattest sie so lange zurückgehalten. Du warst so lange tapfer gewesen. »Versprich mir, dass alles gut gehen wird«, platzte es aus dir heraus. Du sahst mich nicht an. Du richtetest den Blick stur auf die Straße vor uns.

Ich überlegte, was ich dir darauf antworten sollte. »Das kann ich nicht«, sagte ich.

Du sahst mich an, fixiertest meine Augen. Du zögertest und atmetest langsam tief durch. »Dann lüg mich an«, sagtest du schließlich und ließest deinen Tränen freien Lauf.

Ich dachte kurz nach. »Alles wird gut«, versicherte ich dir.

»Versprochen?«

»Versprochen.«

Ich weiß nicht mehr, wie lange ich noch weiterfuhr. Irgendwann schliefst du wieder ein. Ich jagte den Wagen weiter durch die Nacht. Ich wollte eine möglichst große Distanz zwischen meiner Vergangenheit und meiner Zukunft schaffen. Irgendwann wurde ich zu müde, um weiterzufahren, hielt neben der Straße an und schlief. Im Schlaf träumte ich.

In meinem Traum hielt ein Wagen vor uns an, während wir beide am Straßenrand im Auto schliefen. Der Wagen kam mit blockierenden Reifen zum Stehen, wirbelte roten Wüstensand auf und versperrte jede Fluchtmöglichkeit, die wir hatten. Ein Mann und eine Frau stiegen aus. Beide hielten eine Pistole in der Hand. Ich erkannte die Frau, eine hübsche Asiatin, konnte sie jedoch zunächst nicht einordnen, da sich ihr Gesicht verändert hatte, als sei es wiederhergestellt und dabei anders zusammengefügt worden. Der Mann war mir fremd. Jedes Mal, wenn ich ihn ansah, veränderte sich sein Gesicht. Seine Nase, seine Augen, seine Haarfarbe, seine Lippen – alles veränderte sich. Jedes Mal, wenn ich ihn ansah, war er ein anderer Mensch. Er war jeder: jeder, den ich nicht kannte, jeder, den ich auf der Straße sah und bei dem ich mich fragte, auf wessen Seite er stand.

Es war noch Nacht, als sie aus ihrem Wagen stiegen und uns aufforderten, ebenfalls auszusteigen. Dann gingen sie mit uns in die Wüste. Der Himmel war mit Sternen übersät. Der Mann und die Frau hielten ihre Pistolen auf uns gerichtet. Ich sagte ihnen, dass du erst siebzehn seist. Ich sagte ihnen, dass du tabu seist, dass du unschuldig seist. Es schien ihnen egal zu sein. Der Mann stellte mir Fragen zu den Menschen, die ich getötet hatte. Er versuchte, mich Momente in meinem Leben noch einmal erleben zu lassen, die ich eigentlich vergessen wollte. Er kannte kein Erbarmen und stellte mir Fragen zu Menschen, an die ich seit Jahren nicht mehr gedacht hatte, Menschen, deren Leben durch meine Hand geendet hatte.

Ich warf einen Blick auf die Asiatin und dachte an Long Beach Island. Ich dachte an Jared und Michael und erinnerte mich an jenen ersten Abend, als Catherine mit mir geflirtet hatte. In einer einfacheren Welt hätte ich sie mit zu mir nach

Hause genommen. Wir hätten bis zum Morgen gevögelt und wären dann wieder getrennte Wege gegangen. Ich studierte ihr Gesicht, ihre wiederhergestellte Nase und ihre rekonstruierten Wangenknochen. Ihre Augen sahen noch genauso aus, doch der Rest ihres Gesichts war anders. Sie musterte mich im Gehen. Ich rechnete damit, dass sie verärgert sein würde. Das war sie jedoch nicht. »Du siehst gut aus«, sagte ich zu ihr, gerade laut genug, dass sie – und nur sie – es hören konnte. Sie machte Anstalten, mir zu antworten, überlegte es sich dann aber anders. Sie lächelte kaum merklich, wobei sich ihre Lippen an den Mundwinkeln hoben. In meinem Traum fragte ich mich, wer von den beiden abdrücken würde, wenn sie mich erschossen. Ich hoffte, sie würde es tun.

Wir gingen weit in die Wüste. Die Autos verschwanden hinter dem Horizont. Schließlich wandte ich mich an den Mann: »Sind Sie uns den ganzen Weg von Charleston hierher gefolgt?« Ich atmete tief durch. Die Luft war kühl und trocken. Sie roch nach Erde und Steinen. Ich warf Catherine abermals einen Blick zu. Sie sah mich nicht an, sondern blickte in die Ferne, in die scheinbar endlose Dunkelheit.

»Wir sind euch den ganzen Weg von Montreal hierher gefolgt«, sagte der Mann. Ich wollte nicht an die Leichen denken, die ich hinterlassen hatte. Nicht mehr. Ich war fertig.

»Wie regeln wir das?«, fragte ich und drehte mich zu dem Mann ohne Gesicht. Alles, was ich sah, waren seine sich ständig verändernde Visage und seine weiß hervortretenden Knöchel an der Hand, mit der er seine Pistole hielt. Er hob die Pistole an, und sein Finger krümmte sich um den Abzug. Ich blickte in den Himmel hinauf, da ich nicht wollte, dass die Kugel das Letzte war, was ich sah. Einige Sterne waren verschwunden. Dann durchschnitt ein Schuss die Stille. Ich spürte nichts. Es war alles genauso wie Charleston. Die Sonne hatte zu scheinen begonnen.

Die Sonne ging über der flachen Wüste auf wie ein Feuerball, der in den Himmel gehoben wurde. Es gab keine Berge, die den Sonnenaufgang verlangsamten, nichts, was Schatten warf. Der Tag überrollte die Landschaft wie eine Flutwelle. Ich drehte mich um und sah dich an, als du im violetten Licht der Morgendämmerung dastandest. Ich drehte mich um, weil ich sehen wollte, wessen Pistole abgefeuert worden war, weil ich mich vergewissern wollte, ob mit dir alles in Ordnung war. Es ging dir gut. Dein Bauch warf den größten Schatten in der ganzen Wüste. Sein Schatten sah aus wie der eines Berges, der auf der Seite lag. Es herrschte Stille. Plötzlich spürte ich ein Brennen an meiner linken Hand. Ich blickte hinunter. Von meiner Hand tropfte Blut auf den Boden, der so ausgetrocknet war, dass das Blut eine Pfütze auf ihm bildete, anstatt zu versickern. Ich betrachtete meine Hand. Mein Ringfinger fehlte. Ich sah zu dem Mann mit der Pistole. Sein Gesicht hatte sich ein weiteres Mal verändert. Aus der Mündung seiner Pistole stieg Rauch auf. Er hatte mir den Finger abgeschossen. Die Schmerzen kamen langsam.

»Und jetzt?«, fragte der Mann mit der rauchenden Pistole. Ich fragte mich, ob er womöglich vorhatte, mich Stück für Stück zu demontieren.

»Mehr wollen wir nicht von dir«, erwiderte er und steckte sich seine Pistole in den Hosenbund. »Gehen wir«, sagte er zu Catherine. Sie warf zuerst mir einen Blick zu, dann dir, dann drehte sie sich um, und die beiden gingen davon. Sie verschwanden hinter dem Horizont.

Ich sah dich an, wie du im Sonnenlicht standest. »Er bewegt sich wieder, Joe«, sagtest du.

»Ich ballte meine Hand zur Faust. Die Blutung hatte bereits nachgelassen. »Tut es weh?«, fragtest du mich.

»Es geht schon«, erwiderte ich. »Komisch. Ich spüre den Schmerz in meinem Finger, in meinem ganzen Finger, obwohl der Finger nicht mehr da ist.«

»Phantomschmerzen«, sagtest du. »Ich habe früher mal im Krankenhaus gejobbt und hatte dort mit Amputierten zu tun. Sie sagten mir, sie könnten noch immer ihre Zehen spüren, obwohl sie kein Bein mehr hatten.«

»Und wann hat das aufgehört?«, fragte ich.

»Nie«, erwidertest du und schütteltest den Kopf. »Es ist nicht so einfach, einen Teil von sich gehen zu lassen.« Ich betrachtete meine Hand. Die Blutung hatte inzwischen ganz aufgehört. Es war nur noch eine Lücke zu sehen.

»Wird alles gut werden, Maria?«, fragte ich dich. Im wirklichen Leben konnte ich dich das nicht fragen. Im wirklichen Leben musste ich so tun, als wüsste ich es. Fragen konnte ich dich nur im Traum.

»Ja, Joe. Es wird alles gut«, sagtest du.

»Warum klingt es wie eine Lüge, wenn ich es sage, und wie die Wahrheit, wenn du es sagst?«, fragte ich.

»Weil für dich nie alles gut war. Deshalb weißt du nicht, wie es sich anfühlt.«

Ich wachte auf, als die Sonne hinter uns aufging. Ich hatte noch nie viel in meine Träume hineininterpretiert. Ich war einfach froh, ausnahmsweise einmal einen schönen Traum gehabt zu haben. Das hatte ich schon so lange nicht mehr gehabt.

Ich ließ den Wagen an, legte den Gang ein und gab wieder Gas. Vor etwa hundertfünfzig Meilen hatte ich vollgetankt. Wir hatten noch einen halbvollen Tank. Ich fuhr lange, bis ich wieder ein Anzeichen für Zivilisation sah.

ACHTZEHNTES KAPITEL

Wir sind inzwischen seit über drei Wochen in Aztec in New Mexico. Ich warte auf die nächste Hiobsbotschaft, doch bislang ist alles ruhig. Das Wetter hier ist schön. Untertags ist es heiß, aber du scheinst mit der Hitze gut zurechtzukommen. Abends ist es angenehm kühl. Wahrscheinlich hätten wir noch weiter fahren sollen. Vielleicht bis nach Los Angeles, vielleicht noch weiter. Vielleicht wäre Mexiko sicherer gewesen. Ich weiß es nicht. Aber hier sind wir, noch immer in Aztec. Ich glaube, du hast beschlossen, dass du hierbleiben möchtest. Vermutlich werden wir nicht von hier fortgehen, bis uns jemand verjagt. Das könnte allerdings jeden Moment passieren. Wir sind darauf vorbereitet. Ich glaube, wir sind besser darauf vorbereitet als beim letzten Mal. Doch fürs Erste fühlen wir uns hier zu Hause.

Arbeit zu finden war hier viel einfacher als in Charleston. Ich verstand mich jetzt auf ein Handwerk. Zumindest wusste ich genug, um lügen zu können, was meine Fähigkeiten anbelangt. Frank war ein guter Lehrer. Ich mag die Leute, mit denen ich zusammenarbeite. Mein Boss ist Mexikaner. Sein Sohn arbeitet ebenfalls mit uns. Er wurde in New Mexico geboren. Ich bin der Gringo. Das gefällt ihnen. Es gefällt ihnen, dass ein Weißer in der Hierarchie ganz unten steht.

Wir haben ein Zuhause gefunden. Da es uns nicht geholfen hatte, von einer Unterkunft in die nächste zu ziehen, kamen wir zu dem Schluss, dass es womöglich unauffälliger ist, wenn wir an einem Ort bleiben. Wir haben ein kleines Haus draußen am Rand der Wüste gemietet. Wir bezahlen wöchentlich im Voraus und in bar. Wir haben keine Nachbarn. Wenn man zu den hinteren Fenstern hinausschaut, kann man meilenweit sehen. Am wichtigsten ist jedoch, dass du beim Arzt warst. Er möchte dich von jetzt an bis zur Geburt regelmäßig untersuchen. Ich habe ihm gesagt, dass unsere finanziellen Mittel begrenzt seien. Er wollte davon nichts wissen. »Kommen Sie einfach alle zwei Wochen vorbei«, sagte er. Vielleicht können wir uns eines Tages irgendwie bei ihm revanchieren. Mit unserem Sohn ist alles in Ordnung. Noch sind wir nicht aus dem Schneider, aber er wächst und entwickelt sich. Seit wir hier sind, hat es keine Komplikationen mehr gegeben. Trotzdem bist du auf Anraten des Arztes möglichst wenig auf den Beinen, liegst viel im Bett und liest Bücher, die ich dir aus dem Minimarkt in der Stadt mitbringe. Dein Bauch wird mit jedem Tag größer, und dein Körper verändert seine Form für unseren Sohn.

Wir hatten nie vor, in Aztec zu bleiben. Als wir hier ankamen, musstest du unbedingt etwas essen. Du hattest fast zwölf Stunden am Stück geschlafen und warst am Verhungern. Wir hielten zum Frühstücken bei einem kleinen Esslokal an und setzten uns an die Theke. Du kamst mit der Frau, die uns bediente, ins Gespräch. Sie hatte ihr ganzes Leben in Aztec verbracht. Du fingst an, ihr Fragen zu stellen. Sie sagte uns, wo wir eine Unterkunft finden konnten, falls wir eine suchten. Als ich ihr erzählte, dass ich Zimmermann sei, nannte sie mir ein paar Adressen, wo ich womöglich Arbeit finden konnte. Sie stellte uns keine Fragen. Sie wollte nicht wissen, woher wir gekommen waren. Es schien sie nicht zu interessieren. Viele Menschen, die nach Aztec kommen, sind auf der Durchreise. Aztec ist eine typische Zwischenstation. Ich frage mich, wie viele von denen, die hier durchkommen, auf der Flucht vor irgendetwas sind.

Nach dem Frühstück beschlossen wir, einen kleinen Spaziergang zu machen, um uns die Beine zu vertreten, bevor wir wieder ins Auto stiegen. Es war ein heiterer, sonniger Tag. Außer uns waren noch ein paar andere Leute unterwegs, gerade genug, um die Stille zu vertreiben, aber auch nicht mehr. Die kleine Straße war von Geschäften gesäumt. Alle paar Häuserblocks kamen wir an einer Kirche vorbei. Du sahst dir im Vorbeigehen die Schaufenster an. Ich musterte die Gesichter der anderen Leute auf der Straße, um zu sehen, ob ich irgendjemanden aus jener Nacht in Charleston wiedererkannte. Wir gingen langsam, da wir erschöpft waren und es nicht eilig hatten, wieder in den Wagen zu steigen. Ein Ziel hatten wir ohnehin keines. Wir waren müde, und wir waren es müde davonzulaufen.

Einer der Läden, an denen wir vorbeikamen, pries sich als UFO-Museum an, wobei es etwas weit hergeholt erschien, ihn als Museum zu bezeichnen. Doch als du ihn entdecktest, fragtest du mich, ob wir hineingehen könnten. Ich sah keinen Grund, warum nicht. Der Laden schien keine größere Gefahr darzustellen als irgendein anderer Ort. Wir traten ein und gingen einen langen Gang voller Filme und Bücher über UFOs entlang, die zu verkaufen waren. Abgesehen von ein paar alten Fotos gab es nicht viel zu sehen. Du warst trotzdem fasziniert. Du gingst in den hinteren Bereich des Museums und strichst dabei mit den Fingern über die alten Videokassetten. Jede von ihnen behauptete, zweifelsfreie Beweise für die Besuche von Außerirdischen zu liefern. Obwohl ich keine Meinung zu diesem Thema hatte, war ich mir sicher, dass sich so etwas durchaus vertuschen ließe. Der alte Mann hinter der Theke sah nur kurz von seinem Buch auf und warf dir einen Blick zu, als du seine Sammlung von Erinnerungsstücken betrachtetest. Er lächelte dich an und las weiter. Du gingst zur hinteren Wand, um dir einige Fotos anzusehen. Ein paar davon waren bei Festivals zu Ehren von UFOs aufgenommen worden. Du verschränktest die Hände hinter dem Rücken, beugtest dich vor und studiertest die Gesichter der Menschen auf den Fotos. Dann gingst du an weiteren Büchern und Videokassetten vorbei. Ich blieb in der Nähe der Eingangstür stehen und gab mir Mühe, nicht zu vergessen, dass wir noch immer vorsichtig sein mussten. Du zogst eine der Videokassetten aus dem Regal, sahst dir die Hülle an und lächeltest. Es tat gut, dich lächeln zu sehen.

Du stelltest die Videokassette zurück und gingst zur vorderen Theke hinüber. Ich beobachtete dich einfach nur. Du gingst zu einem großen Fischglas, das auf der Theke stand und randvoll mit winzigen Außerirdischen aus Plastik war. Du nahmst einen davon aus dem Glas und hieltest ihn in der Hand. Es handelte sich um ein kleines grünes Männchen mit großen Augen, das einen silberfarbenen Raumanzug trug. Auf dem Fischglas prangte ein Aufkleber, auf dem stand: »Adoptiere einen Außerirdischen«. Die Adoption eines Außerirdischen kostete einen Dollar, und laut Aufkleber floss der gesamte Erlös in die UFO-Forschung. Du hobst das kleine grüne Männchen hoch, um es mir zu zeigen. »Schau mal, Joe«, sagtest du. »Ist der nicht niedlich?« Du strahltest übers ganze Gesicht und wirktest glücklicher, als ich dich seit unserer ersten gemeinsamen Woche erlebt hatte.

Ich adoptierte einen Außerirdischen für dich. Seitdem haben wir nicht mehr daran gedacht, Aztec wieder zu verlassen.

Seit diesem Tag sind über drei Wochen vergangen. Ich sitze

auf einem Klappstuhl hinter unserem Haus und schreibe diese Zeilen für dich, während du drinnen ein Nickerchen machst. Ich habe wieder angefangen zu joggen. Dein Bauch wird von Tag zu Tag größer, und du wirkst von Tag zu Tag glücklicher. Deine Haut ist jetzt dunkler, gebräunt von der südlichen Sonne. Du siehst aus wie das blühende Leben. Ich freue mich jeden Morgen darauf zu beobachten, wie du aus dem Bett steigst und dich anziehst. Du stehst beim ersten Tageslicht auf, um mir das Frühstück zuzubereiten, bevor ich zur Arbeit gehe. Jeden Morgen sehe ich dir im trüben bläulichen Licht dabei zu, wie du aus dem Bett kletterst, das T-Shirt ausziehst, in dem du geschlafen hast, und dich ankleidest. Ich weiß, du spürst, dass ich dich beobachte. Es scheint dich nicht zu stören.

NEUNZEHNTES KAPITEL

Heute waren wir wieder beim Arzt. Er hat gesagt, alles sei in bester Ordnung. Deine Schwangerschaft dauert nun schon länger, als wir uns jemals erhofft hatten. Dem Arzt zufolge hast du inzwischen mehr oder weniger die normale Schwangerschaftsdauer hinter dir. Er rechnet damit, dass das Baby jetzt jeden Tag kommen kann. Wir sind mittlerweile genauso lange in Aztec, wie wir in Charleston waren. Die Erinnerungen an meine Vergangenheit verblassen mit jedem Tag, der vergeht. Ich bin froh darüber, dass ich das Meiste vergesse, gebe mir jedoch Mühe, mich an manche Dinge zu erinnern – nur für alle Fälle.

Du hast mich nie gefragt, was in der Nacht geschah, in der wir aus Charleston flüchteten. Als ich dich fragte, sagtest du mir, es sei nichts passiert. Du seist einfach gegangen. Von Zeit zu Zeit hättest du geglaubt, seltsame Geräusche zu hören, doch es sei nie irgendetwas passiert. Ich glaube, du wolltest einfach nicht darüber sprechen. Vermutlich machte dir die Tatsache Angst, dass es so einfach gewesen war. Ich weiß nicht, was ich dir gesagt hätte, wenn du mich jemals gefragt hättest, wie ich diese Nacht überlebt habe. Doch du hast mich nie gefragt. Ich glaube, du bist letztendlich zu dem Schluss gekommen, dass es einige Dinge gibt, die du einfach nicht wissen willst.

Manchmal überlege ich noch immer, wie ich überlebt habe, warum ich überlebt habe. Ich habe verschiedene Theorien, aber keine davon ergibt einen Sinn. Vielleicht sollte ich es unter göttliches Eingreifen verbuchen. Irgendetwas hat sich eingemischt und mich und unseren Sohn gerettet. Wahrscheinlich sollte ich mir ein Beispiel an dir nehmen. Vielleicht gibt es einige Dinge, die ich einfach nicht wissen will.

ZWANZIGSTES KAPITEL

Heute ist unser Sohn auf die Welt gekommen. Er ist wunderschön. Er ist mehr als vollkommen. Selbst Vollkommenheit kann nicht so perfekt sein. Sein Name ist Christopher. Er hat deine Augen. Der Arzt sagt, dass sich die Augenfarbe häufig noch ändert, wenn Kinder älter werden. Ich hoffe, seine ändert sich nicht. Ich hoffe, dass er für immer deine Augen haben wird.

Der Arzt entband dich bei uns zu Hause. Offenbar ist das hier nichts Ungewöhnliches. Wie wir besitzen viele Leute keine Krankenversicherung. Er sagte, er habe gern geholfen und Geburten seien das, was ihm an seinem Beruf am meisten Spaß mache. Du warst unglaublich tapfer. Ich habe in meinem ganzen Leben noch nie solche Tapferkeit gesehen. Du warst still und entschlossen, als seien die Schmerzen nicht mehr als ein Ärgernis, für das du keine Zeit hattest. Ich hoffe, Christopher weiß, welches Glück er hat, dich als Mutter zu haben. Ich hoffe, er weiß, dass es auf dieser Welt nichts gibt, was sich mit deiner Liebe zu ihm und den Opfern, die du für ihn gebracht hast, vergleichen lässt. Deinen Gesichtsausdruck, als der Arzt ihn dir reichte, werde ich niemals vergessen. Dieser Gesichtsausdruck hat mich für alles entschädigt, was ich in meinem Leben durchgemacht habe. Endlich habe ich der Welt etwas gegeben, das von Bedeutung ist.

Ich war froh, dass unser Sohn zu Hause auf die Welt kommen konnte, da ich nach dem Debakel in Charleston Angst davor hatte, wieder ein Krankenhaus zu betreten. Außerdem ist Christophers Geburt auf diese Weise durchs Raster gefallen. Es ist nirgendwo vermerkt, dass er überhaupt existiert. Niemand kann rekonstruieren, woher er kommt. Offiziell wurde er von Geistern geboren. Hoffentlich wird das dafür sorgen, dass er in Sicherheit ist.

Mir fehlen die Worte, um zu beschreiben, was ich empfinde. Vielleicht bin ich einfach zu erschöpft. Vielleicht gibt es dafür aber auch gar keine Worte. Heute ist unser Sohn auf die Welt gekommen. Ich fühle mich, als wäre ich mit ihm wiedergeboren worden. Danke, Maria. Du hast mir ein unbeschreibliches Geschenk gemacht. Du hast mir mehr gegeben, als ich verdiene.

EINUNDZWANZIGSTES KAPITEL

Es ist kurz nach drei Uhr morgens. Du liegst im Bett und schläfst. Der kleine Christopher ist sich noch nicht ganz klar über den Unterschied zwischen Tag und Nacht. Ich bin sicher, das wird sich noch ändern. Er ist erst anderthalb Wochen alt. Momentan bin ich darüber allerdings recht froh. Da wir es uns nicht leisten können, dass ich aufhöre zu arbeiten, bekomme ich unseren kleinen Jungen auf diese Weise zu sehen. Er ist so klein. Er wacht jede Nacht fast zur selben Zeit auf und schreit. Meistens schreit er, weil er Hunger hat, und dann musst du mit ihm aufstehen. Doch gegen drei Uhr morgens wacht er immer nur deshalb auf, weil er gehalten werden möchte. Das kann ich ihm nicht verübeln. Allein zu sein ist unheimlich.

Wenn er um drei Uhr aufwacht, versuche ich, dich schlafen zu lassen. Seit du stillst, bist du immer ziemlich erschöpft. Außerdem gefällt es mir, Zeit allein mit ihm zu verbringen – wir Männer unter uns. Es gefällt mir, dass ich ihn beruhigen kann, indem ich ihn einfach nur nehme und halte. Manchmal stelle ich mir vor, dass er nachts schreit, obwohl er gar keinen Hunger hat, weil er weiß, dass ich ihn dann auf den Arm nehme. Wenn ich ihn aus seinem Bettchen hebe und auf meinen Schoß lege, streckt er oft die Hand aus und umklammert einen meiner Finger. Unser Junge hat einen ziemlich festen Griff. Er hält sich an meinem Finger fest, als würde er ins Leere fallen, wenn er ihn loslässt.

Er schläft gerade in meinem Schoß. Ich könnte ihn wieder in sein Kinderbett legen, aber das möchte ich nicht. Ich möchte ihn noch eine Weile halten.

Der Mond scheint hell, hell genug, dass ich bei Mondlicht schreiben kann. Ich weiß nicht, wie lange ich noch in dieses Tagebuch schreiben werde. Ich bin mir nicht sicher, ob ich es noch brauche. Ich bin mir nicht sicher, ob es noch irgendetwas gibt, was ich dir über mich erzählen kann. Alles, was man über mich wissen muss, befindet sich auf meinem Schoß. Es ist das Einzige, was wichtig ist.

Ich kann immer noch kaum glauben, dass all das wahr ist. Ich kann einfach nicht glauben, dass ich Vater bin. Ich kann einfach nicht glauben, dass ich dem Krieg den Rücken gekehrt habe. In gewisser Hinsicht ergibt es einen Sinn. Ich habe noch ein paar zufällige Erinnerungen an meinen Vater vor seiner Ermordung. Sie stammen allesamt aus einer Zeit, als ich noch nichts vom Krieg wusste. Es sind allesamt unschuldige Erinnerungen.

Jeden Sonntagmorgen nahm er mich mit zum Angeln. Andere gingen in die Kirche, wir gingen angeln. Manchmal kam meine Schwester mit, die jedoch nicht besonders gern angelte. Ich angelte eigentlich auch nicht besonders gern, aber ich begleitete meinen Vater, weil es mir gefiel, Zeit mit ihm zu verbringen. Wir fuhren immer zu einem See ganz in der Nähe. Dort gab es einen kleinen Steg, der ins Wasser hineinragte und aus altem Holz bestand, das bereits morsch war. Ich sah nie, dass ein Boot daran festgemacht war. Der Steg war so etwas wie unsere Zufluchtsstätte. Wir gingen bis an sein Ende, setzten uns hin, versahen unsere Angelhaken mit einem Köder und warfen unsere Leinen ins Wasser aus. Mein Vater steckte jedes Mal für mich den Köder auf den Angelhaken, da ich es nicht übers Herz brachte, den Haken durch den sich windenden Wurm zu stechen. Dann warteten wir und unterhielten uns. Ich glaube, dass vor allem ich redete. Ich erinnere mich allerdings nicht mehr, worüber wir redeten. Ich erinnere mich nicht, dass mein Vater versuchte, mir irgendwelche väterlichen Weisheiten zu vermitteln. Ich erinnere mich nur noch, dass ich immer glücklich war, während ich darauf wartete, dass ein Fisch an meinem Haken anbiss, obwohl ich insgeheim Angst davor hatte. In gewisser Weise, denke ich, war es besser, dass mein Vater starb, bevor ich vom Krieg erfuhr. Ich bin froh, dass ich nie mit ihm darüber sprechen musste. Ich bin froh, dass meine Erinnerungen an ihn reiner sind.

Eines Tages werde ich vielleicht mit Christopher angeln gehen. Wenn es dazu kommt, werde ich für ihn einen Köder auf seinen Haken stecken. Dann können wir uns den ganzen Tag über Nichtigkeiten unterhalten, und alles wird gut sein.

ZWEITER TEIL

Chris,

ich hoffe aus tiefstem Herzen, dass du diese Zeilen niemals lesen musst, dass ich schließlich und endlich in der Lage sein werde, dich zu beschützen. Falls du sie doch liest, ist irgendetwas an meinem Plan schiefgegangen, und ich habe dich zum zweiten Mal im Stich gelassen. Falls dir irgendetwas zugestoßen ist, falls ich dich erneut im Stich gelassen habe, dann solltest du unbedingt erfahren, wer du wirklich bist und wer dein Vater war. Dein Name – der Name, den dein Vater und ich dir gegeben haben – ist Christopher. Dein Nachname spielt keine Rolle. Wahrscheinlich ist es sogar besser, wenn du ihn nicht kennst. Mein Name ist Maria. Ich bin deine Mutter. Dein Vater hieß Joseph. Wir haben dich bekommen, als wir noch sehr jung waren, vor allem ich. Ich weiß, wie gefährlich die Welt ist, in die ich dich geboren habe. Glaub mir, ich habe ihre Gefahren aus nächster Nähe erlebt. Du musst wissen, dass ich mein Möglichstes tue, um dich zu beschützen. Ich treffe vielleicht nicht immer die richtigen Entscheidungen, aber ich gebe mir Mühe. Dein Vater hat sich ebenfalls Mühe gegeben. Wir wünschten uns so sehr ein normales Leben für dich. Eine kurze Zeit lang hatten wir auch die Illusion, dass wir dir ein solches Leben würden ermöglichen können.

Du wurdest in New Mexico geboren. Nachdem dein Vater und ich fast neun Monate lang auf der Flucht gewesen waren, ließen wir uns in einem kleinen weißen Haus am Rand der roten Sandwüste nieder. Wir glaubten, endlich einen sicheren Ort gefunden zu haben, eine Oase. Wir schotteten uns ab. Wir wollten niemanden belästigen. Du erinnerst dich natürlich nicht mehr, aber eine kurze Zeit lang waren wir eine ganz normale, glückliche kleine Familie. Ich erinnere mich an wunderschöne Momente, in denen ich tatsächlich vergaß, dass wir auf der Flucht waren. Ich glaube, sogar dein Vater hat sich manchmal den Gedanken gestattet, sie hätten uns vergessen. Wir waren so naiv, so verloren in unserer kleinen Traumwelt. Wir glaubten, alles könne in Erfüllung gehen, wenn man es sich nur fest genug wünscht, und hofften, dass das, was wir bereits geopfert hatten, genügen würde. Wir hatten alles aufgegeben – alles, außer uns selbst und dir. Du warst ein solcher Segen, ein Geschenk, das sich mit Worten nicht beschreiben lässt. Dann kamen sie, um dich zu holen. Wir hatten dich erst seit vier Wochen, die wundervollsten Wochen meines Lebens. In diesen vier Wochen hast du mir mehr gegeben, als ich dir jemals zurückgeben kann.

Ich wünschte, ich hätte irgendeine Möglichkeit, um dir zu zeigen, wie sehr du deinen Vater verändert hast. Ich erinnere mich, ihn dabei beobachtet zu haben, wenn er dich hielt. Er legte die Hände um dich und hielt dich unsagbar vorsichtig. Manchmal schriest du, dann brauchte er dich nur auf den Arm zu nehmen, und schon hörtest du wieder auf. Er legte dich immer auf seine Brust, wenn er auf dem hässlichen grünen Sofa lag, das wir im Wohnzimmer stehen hatten, und du schliefst ein wie ein kleiner Engel. Du bewegtest dich auf und ab, während dein Vater atmete. Wir überlegten, wie wir das kleine Haus verschönern könnten, damit du darin aufwachsen konntest wie ein normales Kind. Im Garten stand ein alter grauer und knorriger Baum, der letzte Baum vor vielen Meilen öder Wüste. Dein Vater sprach die ganze Zeit davon, dass er an einem seiner Äste mit einem Seil einen Autoreifen befestigen wolle, damit du eine Schaukel hättest, wenn du älter wärst. Ich wünschte, es wäre noch dazu gekommen. Ich wünschte, ich hätte echte Erinnerungen daran, wie dein Vater dich auf der Reifen-Schaukel anschubst, und nicht nur Träume von Erinnerungen, die nie existiert haben.

Manchmal taten wir so, als wären wir tatsächlich eine normale Familie. Wir sprachen tagelang nicht über den Krieg. Doch wie sehr wir uns auch verstellten, wie sehr dein Vater auch versuchte, so zu tun, als sei alles normal, er vergaß nie, wer wir waren oder warum wir uns abschotteten und am Ende der Welt versteckten. Er dachte stets daran. Das weiß ich, weil er im Schlaf oft Selbstgespräche führte. Weil er im Schlaf murmelte und schrie. Tagsüber benahm er sich jedoch mir und dir zuliebe völlig normal. Wir wollten unbedingt unser Leben mit dir verbringen, wollten vergessen und vergessen werden. Wir wollten einfach nur von ihnen in Ruhe gelassen werden. Aber es war noch nicht vorbei. Sie haben uns nicht vergessen, Chris. Und wenn du dir nur eines von dem merkst, was ich dir beibringen möchte, dann merke dir, dass sie niemals vergessen.

Sie kamen an einem Sonntagnachmittag, um dich zu holen. Manchmal kommt es mir so vor, als hätte ich überhaupt keine Erinnerungen außer den Erinnerungen an jenen Tag, als seien alle anderen Erinnerungen von fünf bewaffneten Männern ausgelöscht worden. Es schien ein ganz normaler, friedlicher Sonntag zu sein, bis es an der Haustür klopfte. Wer sollte bei uns klopfen? Wir sprachen mit kaum jemandem, abgesehen von dem Arzt, der dich zur Welt brachte, und den Arbeitskollegen deines Vaters. Dein Vater bestand darauf, dass wir uns um deiner Sicherheit willen bedeckt hielten. Doch es war alles umsonst. Sie wussten von Anfang an, wo wir waren.

Die Erinnerung an das hohle Geräusch des Klopfens an der Tür jagt mir noch immer Angst ein. Ich hörte ein lautes Pochen, auf das eine lange Pause folgte, als wartete derjenige, der geklopft hatte, dass das Echo verstummte. Ich saß mit dir auf dem Schoß in der Küche. Zunächst dachte ich mir nichts dabei. Leute klopfen nun einmal an Türen. Nur an unsere Tür hätte niemand klopfen sollen.

Beim zweiten Pochen war dein Vater bereits aufgestanden und kam zu uns. Er hatte im Wohnzimmer auf der Couch gelegen und Zeitung gelesen. Ich sorgte sonntags immer dafür, dass er sich ausruhen konnte, da ich wusste, wie hart er unter der Woche arbeitete. Ich sah, wie er auf uns zukam. Er ging völlig lautlos. Er hatte, schon lange bevor wir uns begegneten, gelernt, so zu gehen, rasch, aber lautlos. Als ich ihn so auf uns zugehen sah, wurde mir bewusst, dass ich Angst haben musste. Du solltest wissen, dass dein Vater vor deiner Geburt ein sehr gefährlicher Mann war. Ich hatte alles Erdenkliche getan, um ihn zu zähmen, doch wirklich verändert hat er sich erst, als du auf die Welt kamst. Als er das Klopfen an der Tür hörte, verwandelte er sich beinahe augenblicklich wieder in diesen gefährlichen Mann. Ich sah, wie die Paranoia erneut in ihm aufloderte, und, um ehrlich zu sein, ich war froh darüber.

Erst als dein Vater nur noch ein oder zwei Schritte von uns entfernt war, warf ich schließlich einen Blick zur Haustür. Die Tür bestand aus hellbraunem Holz und hatte zwei dünne Buntglasfenster, die farbiges Licht – rot, grün, blau und gelb – auf den Boden warfen. Als ich zur Tür blickte, sah ich zwei Gestalten hinter dem Buntglas stehen. Wegen der Farben konnte ich nur die Silhouetten von zwei großen, massigen Körpern erkennen. Der dritte Mann hinter der Tür, derjenige, der geklopft hatte, war durch die Scheiben nicht zu sehen. Dein Vater trat, ohne zu zögern, zwischen uns und die Tür, um den Männern mit seinem Körper den Blick auf uns zu versperren, falls sie versuchten, durch die Buntglasscheiben zu spähen. Als er bei uns ankam, streckte er die Hand aus und steckte dir seinen Daumen in den Mund. Du fingst sofort an, daran zu saugen wie an einer Brust. Unmittelbar darauf klopfte es ein drittes Mal.

Ich hielt dich ganz nah an mich. »Ich komme sofort«, rief dein Vater in Richtung Haustür. Dann drehte er sich zu uns um und flüsterte: »Nimm Christopher. Geh zur Hintertür hinaus.« Er hielt einen Moment inne und wartete, bis ich nickte, damit er sich sicher sein konnte, dass ich verstanden hatte. Dann sprach er weiter: »Geh nicht zum Auto. Geh einfach so weit wie möglich von hier weg. Geh geradeaus. Mach Boden gut.« Ich wollte etwas sagen, doch dein Vater legte mir seine freie Hand auf den Mund. Er schüttelte den Kopf, um mir zu verstehen zu geben, dass ich nicht sprechen, dass ich keinen Laut von mir geben sollte. Ich war froh, dass er das tat, da ich ohnehin nicht wusste, was ich hätte sagen sollen. »Geh jetzt. Wann immer du die Wahl hast, geh nach Norden.« Ich wusste, dass ich Fragen hätte stellen sollen, doch mir fielen nicht die richtigen Fragen ein. Angst nahm den gesamten Platz in meinen Gedanken ein. »Ich finde euch«, sagte dein Vater zu mir und beantwortete damit die wichtigste Frage, ohne darauf zu warten, dass ich sie stellte. Dann nahm er meine Hand, hielt sie sich vors Gesicht und küsste meine Fingerspitzen. Nachdem er meine Hand geküsst hatte, nahm er seinen Daumen aus deinem Mund und steckte stattdessen meinen hinein. Ich spürte, wie dein Zahnfleisch auf meinen Daumen drückte, und einen Sekundenbruchteil später drehte sich dein Vater zur Haustür um. Er blickte nicht zurück, um sich zu vergewissern, ob ich tat, worum er mich gebeten hatte. Er wusste, dass ich es tun würde. Ich liebte deinen Vater. Ich wollte ihn nicht verlassen. Aber mir blieb nichts anderes übrig. Dein Vater hatte mich nicht dazu aufgefordert wegzulaufen, um mich selbst in Sicherheit zu bringen. Er hatte mich aufgefordert wegzulaufen, um dich in Sicherheit zu bringen.

Ich bin diesen Nachmittag immer und immer wieder im Kopf durchgegangen und habe gegrübelt, ob es einen Moment gab, in dem ich irgendetwas hätte tun können, um unser Schicksal zu ändern. Dieser Gedanke verfolgte mich wochenlang. Er zehrte jeden Augenblick jedes Tages auf. Irgendwann wurde mir dann bewusst, dass ich nicht in der Vergangenheit verharren durfte. Selbst wenn ich irgendetwas hätte anders machen können, Tatsache war, dass ich es nicht gemacht hatte. Die Vergangenheit ist die Vergangenheit, Christopher. Sie ist irrelevant, es sei denn, man kann aus ihr etwas für die Zukunft lernen.

Ich drehte mich noch einmal kurz zu deinem Vater um, als er gerade die Hand nach der Türklinke ausstreckte. Die massigen Schatten standen noch immer hinter dem Buntglas. Wir mussten weg. Wir mussten aus dem Haus, bevor dein Vater die Tür öffnete, und hoffen, dass uns niemand sah. Ich ging mit dir auf dem Arm durch die Glasschiebetür, die von der Küche nach draußen führte, und war bereit loszulaufen. Ich hatte nicht daran gedacht, irgendetwas mitzunehmen. Über Essen und Windeln konnten wir uns später Sorgen machen. Dein Vater hatte mich aufgefordert wegzulaufen, also hatte ich vor wegzulaufen. Geradeaus. Wenn möglich in Richtung Norden. Die Instinkte deines Vaters sagten ihm, dass das Klopfen an der Tür Gefahr bedeutete, und meine Instinkte sagten mir, dass ich ihm glauben sollte.

Ich trat ins Freie auf die harte rötliche Erde und hielt dich fest an mich gedrückt. Die Sonne stand bereits tief am Himmel, aber es war noch immer heiß. Ich kann mich noch deutlich daran erinnern, wie still die Luft war, als hätten wir uns auf einem Filmset befunden. Vor uns erstreckte sich die Wüste. Sie schien endlos. Diese Erinnerung hat sich in mein Gedächtnis eingebrannt und quält mich noch immer. Ich hatte keine Ahnung, ob ich deinen Vater jemals wiedersehen würde, aber ich schwöre, dass ich keine Sekunde zögerte. Ich hielt dich fest an meine Brust und hatte meinen Daumen noch immer in deinem Mund. Ich blickte mich nicht um, sondern sah nach vorne, vorbei an dem Baum mit der imaginären Reifen-Schaukel, die es nie gegeben hatte und nie geben würde. Dahinter war nichts als flache, von der Sonne verbrannte Erde. Ich konnte kein einziges anderes Haus und keine einzige Straße sehen. Deshalb hatte dein Vater dieses Haus ausgesucht. Er glaubte, die Abgeschiedenheit würde uns Schutz bieten. Ich wollte mich mit dir so weit wie möglich vom Haus entfernen, bevor du anfingst zu schreien. Ich hatte keine Ahnung, was dein Vater vorhatte. Nichts hätte mich überrascht. Er hatte sich schon einmal bereit erklärt, sein Leben für dich zu opfern, bevor du überhaupt auf der Welt warst, als wir aus Charleston flohen, aber irgendwie war er verschont worden. Ich wusste nicht, was dein Vater tun würde, doch ich wusste, dass es meine Aufgabe war wegzulaufen, also lief ich weg. Wir kamen von der Hintertür etwa zehn Schritte weit, als ich ein schreckliches, krachendes Geräusch hörte. Es war ein Geräusch, das ich erkannte, ein Geräusch, an das ich mich inzwischen zu sehr gewöhnt hatte. Ich hielt im Laufen inne, das Geräusch im Ohr, das irgendwo zwischen dem Knallen einer Peitsche und dem Donnern einer Kanone lag. Es kam nicht aus dem Haus, wie ich beinahe erwartet hatte, sondern ertönte unmittelbar hinter mir. Ich blieb abrupt stehen, als sei ich an einem Abgrund angelangt, und drückte dich noch fester an mich, damit sie dich nicht erschießen konnten, ohne mich ebenfalls zu erschießen. Dann ertönte das krachende Geräusch erneut: Diesmal sah ich anderthalb Meter vor mir Staub aufwirbeln, als würde eine winzige rote Rauchfahne vom Boden emporsteigen. Du fingst an zu schreien. Selbst mit meinem Daumen im Mund schriest du lauter, als ich dich jemals hatte schreien hören. Ich hätte am liebsten ebenfalls geschrien. Ich wusste, dass dein Vater dein Schreien hören würde, falls er noch am Leben war, und wüsste, dass ich versagt hatte.

Ich drehte mich um und blickte zurück. Zwei Männer standen neben der Hintertür unseres Hauses, der Tür, durch die ich soeben nach draußen gerannt war. Einer von ihnen hielt eine kleine Pistole auf Höhe seiner Taille. Der andere hatte ein Gewehr an die Schulter gelegt und zielte auf den Boden vor uns. »Ich würde an deiner Stelle lieber stehen bleiben«, sagte der Mann mit der Pistole. Sein freundlicher Tonfall hielt mich nicht davon ab, ihn zu hassen. »Warum kommst du nicht einfach mit uns rein?«, fügte er hinzu. Er war ein hässlicher Kerl, klein und untersetzt mit einer Knollennase. Der andere Mann hielt sein Gewehr weiterhin auf Schulterhöhe, zielte auf uns und machte es mir dadurch unmöglich, sein Gesicht zu sehen. Ich ging die zehn Schritte zum Haus zurück. Mir blieb nichts anderes übrig. Dann ging ich an den beiden Männern vorbei ins Haus. Dabei drückte ich dich noch fester an mich. Ich wusste nicht, was sie mit uns vorhatten, aber ich würde dich nicht hergeben, nicht ohne Gegenwehr. Ich drückte dich an meine Brust, um dir das Gefühl zu vermitteln, dass du nichts zu befürchten hattest. Die beiden Männer folgten uns ins Haus.

Drinnen war es merklich kühler, wenn man aus der Wüstensonne kam. Als wir uns wieder im Haus befanden, blickte ich mich um. Alles schien in Ordnung zu sein. Nichts deutete auf einen Kampf oder eine tätliche Auseinandersetzung hin. Alles war beinahe unheimlich ruhig. Dein Vater saß im Wohnzimmer auf der Couch. Von dort, wo ich stand, sah ich einen Mann auf der anderen Seite des Couchtisches deinem Vater gegenübersitzen. Zwei weitere Männer standen bei der Eingangstür. Ich erkannte sie allein anhand ihrer Statur als die Männer hinter den Buntglasfenstern wieder. Beide hatten eine Pistole. Die zwei Männer, die dir und mir ins Haus gefolgt waren, blieben an der Hintertür stehen. Auf diese Weise hielten sie sämtliche Ausgänge besetzt.

Der Mann, der deinem Vater gegenübersaß, blickte auf, als wir hereinkamen. Mir lief ein Schauer über den Rücken. Dann sah er dich an. In diesem Blick erkannte ich alles, was ich wissen musste. Ich erkannte Hass in diesem Blick. Der Mann machte mir Angst. Er drehte sich wieder zu deinem Vater um. »Komm schon, Joe«, sagte der Mann mit gespielter Enttäuschung, »dachtest du tatsächlich, wir würden niemanden an der Hintertür postieren?«

»Mir war nicht klar, dass du es bist, Jared«, erwiderte dein Vater. »Wenn ich gewusst hätte, dass du es bist, wäre mir klar gewesen, dass du an alles denken würdest. Nicht jeder ist so penibel wie du.« Dein Vater klang resigniert. Ich versuchte vergeblich, Hoffnung aus seiner Stimme herauszuhören. Dann sah ich den Mann an, der deinem Vater am Tisch gegenübersaß. Ich kannte den Namen Jared. Der älteste Freund deines Vaters hieß so. Dein Vater hatte mir erzählt, dass Jared und er zusammen aufgewachsen sind. Ich wünschte, das hätte mir Hoffnung gemacht. Dem war jedoch nicht so. Nicht nach dem Blick, den

Jared dir zugeworfen hatte. Irgendetwas stimmte nicht. Irgendetwas stimmte ganz und gar nicht.

»Da ist also die Ursache all deiner Probleme«, sagte Jared zu deinem Vater und deutete auf dich wie ein Zeuge, der im Gerichtssaal einen Mörder identifiziert. Er wirkte beinahe lächerlich, als er so auf ein Baby zeigte.

»Er heißt Christopher«, sagte dein Vater. »Christopher Jude.« Mir war klar, was dein Vater versuchte. Er versuchte, zu seinem alten Freund durchzudringen.

»Es ist mir völlig egal, wie er heißt, Joe. Und dir sollte es auch egal sein.« Jareds Worte klangen monoton und gefühllos. Er griff in den Bund seiner Hose und zog eine matt silberfarbene Pistole heraus, die er vor sich auf den Couchtisch legte. Als er wieder deinen Vater ansah, war der Hass vollständig aus seinem Blick verschwunden. An seine Stelle war etwas anderes getreten, etwas wie Mitleid. »Er ist einer von ihnen, Joe.« Jared sprach beinahe im Flüsterton. Laut genug, damit ich ihn verstehen konnte, aber leise genug, damit deinem Vater bewusst war, dass die Worte allein für ihn bestimmt waren. Jared versuchte ebenfalls, zu deinem Vater durchzudringen.

»Er ist mein Sohn, Jared«, sagte dein Vater. Selbst in diesem Moment, umgeben von fremden Männern mit Pistolen, verliehen mir diese Worte Kraft, wenn auch nur für kurze Zeit. Jared nickte. Ich dachte, er würde deinem Vater womöglich zustimmen.

»Mir war immer klar, dass einer von euch beiden irgendwann in Schwierigkeiten geraten würde«, sagte Jared und schüttelte den Kopf. »Ich dachte nur immer, dass Michael derjenige sein würde.« Er lachte kurz und hörte ebenso plötzlich wieder auf, wie er angefangen hatte. »Es ist noch nicht zu spät für dich, Joe. Dafür habe ich gesorgt. Sie haben dich noch nicht ganz abgeschrieben. Gib mir den Jungen. Gib mir den Jungen, dann kannst du wieder zu uns zurückkehren.«

»Das kann ich nicht tun, Jared.« Jetzt flüsterte dein Vater ebenfalls.

Jared beugte sich zu deinem Vater vor und stützte die Ellbogen auf den Knien auf. »Ich hatte wirklich geglaubt, du würdest zur Vernunft kommen, sobald der Junge auf der Welt ist – sobald du ihn tatsächlich siehst. Ich dachte, du würdest zu uns zurückkehren, sobald dir bewusst wird, was dein Kind tatsächlich ist.« Jared kaute auf seiner Unterlippe. »Deshalb haben wir gewartet, Joe. Deshalb habe ich dich die ganze Zeit über beschützt.« Ich bekam eine Gänsehaut, als ich diese Worte hörte, bevor ich überhaupt begriff, was sie bedeuteten. »Ich dachte, du würdest zur Vernunft kommen, wenn ich dir Zeit gebe.«

»Dann hast du mich also in Charleston gerettet?«

»Glaubst du etwa, du wärst ohne meine Hilfe so weit gekommen, Joe?«, erwiderte Jared. Es hatte beinahe den Anschein, als würde er gleich wieder anfangen zu lachen, was er jedoch nicht tat. »Komm schon, Joe!« Jared sprach lauter. Er ballte die Hand zur Faust und schlug sich damit aufs Knie. »Ist dir eigentlich bewusst, was ich riskiert habe, um dich zu retten? Wir haben in Charleston drei von ihren Leuten erledigt, um dich zu schützen. Mir wurde vorgeworfen, ich hätte dich als Köder benutzt, ich hätte dich benutzt, um sie anzulocken. Weißt du, welche Strafe darauf steht, Joe? Ich habe alles für dich riskiert.« Ich war mir nicht sicher, wer verzweifelter klang, Jared oder dein Vater. »Du bist mein bester Freund. Ich habe mir immer wieder gesagt: ›Gib ihm etwas Zeit, dann kommt er wieder zu sich.‹« Langsam fügte sich in meinem Kopf alles zusammen. Diese Leute in unserem Haus waren der Grund, weshalb wir es geschafft hatten, aus Charleston zu verschwinden. Sie hatten uns geschützt, um später wiederkommen und dich uns wegnehmen zu können.

»Gehört das also alles zu deinem Job als Mittelsmann?«

»Tu mir das nicht an, Joe«, sagte Jared. »Du weißt, dass das weit darüber hinausgeht.« Jared sah kurz durchs offene Fenster nach draußen. »Ist dir eigentlich bewusst, dass du deine Mutter noch ins Grab bringst?«, sagte er zu deinem Vater.

Joe nickte nur. Ich wusste, dass er deine Großmutter bereits abgeschrieben hatte. »Was ist mit Michael?«, fragte dein Vater und meinte damit seinen und Jareds besten Freund, den Dritten in ihrem Trio.

»Michael packt das einfach nicht, Joe«, erwiderte Jared. »Er hat das Weite gesucht, als er gehört hat, dass du abgehauen bist. Das hat ihn völlig verunsichert. Er weiß nicht, was er ohne dich tun soll.«

»Dann ist er ebenfalls auf der Flucht?« Hoffnung kehrte in die Stimme deines Vaters zurück.

»Nein. Niemand verfolgt Michael. Er hat nichts Falsches getan. Wenn ich dich zurückhole, wird er im Nu von selbst zurückkommen. Alles wird wie in den alten Zeiten sein.« Jared legte die Hand auf die Pistole und schob sie in die Tischmitte, sodass sie genauso nah bei deinem Vater lag wie bei ihm. Mir war nicht klar, ob es sich dabei um ein Friedensangebot oder um eine Kampfansage handelte. Ich verstand die Rituale immer noch nicht. Ich wandte den Blick von der Pistole ab. Alle waren zu ruhig. Ich hätte am liebsten geschrien. Du warst in meinen Armen eingeschlafen. Draußen nahm der Himmel einen dunkelrosafarbenen Ton an, als die Sonne anfing unterzugehen. Im Haus machten sich lange graue Schatten breit.

»Also, was willst du von mir, Jared?«, fragte dein Vater.

»Ich möchte nur, dass du das Richtige tust«, erwiderte Jared.

»Es geht nur um das Kind. Das Mädchen kannst du behalten.« Jared machte eine Kopfbewegung in meine Richtung. Ich hätte ihn gern einen Dreckskerl genannt und ihn gefragt, für wen er sich eigentlich hielt, wagte es aber nicht, den Mund aufzumachen. »Das ist nur zu deinem Besten, Joe. Ich kenne dich schon sehr lange. Ich mag dich. Ich versuche bloß, dir zu helfen.« Als ich Jared diese Worte sagen hörte, hätte ich ihm beinahe geglaubt.

Dein Vater rieb seine Hände aneinander. »Ich möchte nicht, dass mein Sohn in irgendwas reingezogen wird, Jared. Ich möchte nicht, dass er zu einem Killer heranwächst.« Dein Vater schüttelte den Kopf. In seinem Tonfall lag eine Entschlossenheit, wie ich sie noch nie zuvor gehört hatte. »Was würdest du mit Christopher tun, wenn ich ihn dir aushändigen würde?«

Jared lehnte sich auf seinem Stuhl zurück. Er kannte die Antwort auf diese Frage. »Ich werde dafür sorgen, dass er dort hinkommt, wo er hingehört. Ich werde ihn der anderen Seite aushändigen. Ich werde die Regeln befolgen, Joe, was du auch hättest tun sollen.«

»Und wenn er achtzehn wird?«, fragte dein Vater, obwohl er die Antwort kannte, bevor er die Frage stellte.

Jared schüttelte den Kopf. Ihm war bewusst, dass dein Vater wusste, was er antworten würde. »Dann werde ich den kleinen Scheißkerl eigenhändig umbringen«, erwiderte Jared. Ich schnappte nach Luft, als ich diese Worte hörte. Jared drehte sich um und sah uns mit unverhohlener Verachtung an. Sein Blick verriet mir, was er von mir dachte. Ich hatte seinen besten Freund korrumpiert. Ich hatte ihm seinen Bruder gestohlen.

Ein knappes »Nein« war alles, was dein Vater kopfschüttelnd erwiderte.

»Nein, was?«, fragte Jared.

»Nein, du nimmst mir meinen Sohn nicht weg. Nein, mein Sohn wird nicht Teil dieses Krieges.« Dein Vater sprach diese Worte wie eine Zauberformel, als würden sie ihm Kontrolle verleihen. Doch es handelte sich nur um Worte. Wie sehr er es auch hoffte, sie hatten nichts Magisches an sich.

»Es bricht mir wirklich das Herz, Joe, aber ich habe alles für dich getan, was ich tun konnte. Wir nehmen ihn mit. Eines Tages wirst du mir dafür dankbar sein.« Jared beugte sich vor und griff nach der Pistole auf dem Tisch. Dann stand er auf und steckte sie sich hinten in den Hosenbund. »Ich habe dir die Chance gegeben, das Richtige zu tun. Wenn du wieder zur Vernunft kommst, steht dir meine Tür offen. Hoffentlich wird es mir dann noch gelingen, sie dazu zu überreden, dich wieder aufzunehmen.« Jared ging auf uns zu. »Schnappt euch das Kind«, befahl er seinen Begleitern und deutete dabei wieder auf dich. Zwei der vier bewaffneten Männer traten auf mich zu. Einer richtete seine Pistole auf mich. Mir wurde plötzlich bewusst, was vor sich ging. Sie würden dich mir sprichwörtlich aus den Armen winden.

»Halt!«, schrie dein Vater, bevor irgendjemand mich berühren konnte. Sein Tonfall war so autoritär, dass alle im Raum einen Moment innehielten. »Entschuldigst du dich wenigstens bei mir, bevor du gehst, Jared?« Dein Vater starrte geradeaus an die Wand. Er sah Jared nicht an, als er sprach. Uns sah er ebenfalls nicht an. Ich dachte, er hätte aufgegeben.

»Wofür?«, fragte Jared. Er schien überzeugt zu sein, dass er keinen Grund hatte, sich zu entschuldigen.

»Dafür, dass du mir das Herz brichst«, erwiderte dein Vater. Das waren die traurigsten Worte, die ich jemals gehört habe.

»Du zuerst, mein Freund«, entgegnete Jared mit dem gleichen Nachdruck. Dann nickte er seinen Begleitern kurz zu, die sich mir daraufhin wieder näherten. Der erste Mann, der bei mir ankam, packte meine Arme wie ein Schraubstock. Er trat von hinten an mich heran und zog mir die Ellbogen auf den Rücken. Dabei lockerte sich mein Griff, mit dem ich dich hielt. Ich spürte, wie du mir entglittst. Kurz bevor ich dich hätte fallen lassen, nahm dich einer der anderen Männer an sich. Er hielt dich nicht wie ein Kind, sondern so, wie man ein wildes Tier halten würde.

»Lass sie das nicht tun, Joseph!«, schrie ich. Ich wusste nicht, was ich sonst hätte tun können. »Du bist doch angeblich sein Freund!«, kreischte ich Jared an. Inzwischen weinte ich. Ich wusste nicht, was ich ohne dich tun sollte.

»Ich bin sein Freund«, flüsterte Jared mir zu. Er klang jetzt wütend, als sei er es nicht gewohnt, dass sich ihm jemand widersetzte. Als sie dich mir entrissen hatten, ließ mich der erste Mann wieder los. Meine Beine wollten mich nicht mehr tragen. Meine Muskeln verweigerten den Dienst. Ich sackte zusammen. Sie nahmen dich mit, und ich wusste nicht, wie ich sie daran hindern konnte.

Draußen hatte sich der Himmel inzwischen verdunkelt. Da niemand irgendein Licht eingeschaltet hatte, wurde es im Haus ebenfalls dunkel, sodass man kaum noch etwas erkennen konnte. Ich sah hinüber zur Couch, auf der dein Vater gesessen hatte, und hätte ihn verfluchen können, weil er all das zugelassen hatte. Ich hätte ihn anschreien können, weil er sie nicht davon abgehalten hatte, dich mir wegzunehmen. Doch die Couch war leer. Dein Vater war verschwunden. Jared und seine Handlanger waren auf dem Weg zur Tür. Der Mann mit dem Gewehr ging voraus. Unmittelbar hinter ihm ging der Mann, der dich trug. Ich richtete abermals den Blick auf die leere Couch, dann ließ ich ihn auf der Suche nach deinem Vater durchs Zimmer schweifen. Meine Augen erfassten ein Stück dunkelvioletten Himmel, und ich bemerkte das offene Fenster. Dein Vater war bereits im Freien. Er wartete auf sie. Ich wollte irgendetwas tun. Ich wollte ihm irgendwie helfen, doch ich hatte keine Ahnung, was er vorhatte.

Der Mann mit dem Gewehr öffnete die Haustür und trat ins Freie. Der Mann, der dich trug, folgte ihm nach draußen. Da die anderen drei Männer vor mir standen, war mir der Blick zur Tür versperrt. Ich hörte allerdings ein Geräusch, einen tiefen kehligen Laut der Überraschung. Dann fiel die Haustür ins Schloss. Jared und die anderen beiden Männer befanden sich noch im Haus. Sie hielten alle für einen Augenblick verwirrt inne. Dann waren unmittelbar vor der Tür Schüsse zu hören. Ich hielt den Atem an, lauschte und versuchte mir zusammenzureimen, was die Schüsse zu bedeuten hatten. Ich wagte es nicht, wieder zu atmen. Ich lauschte und hoffte. Zunächst herrschte Stille. Dann hörte ich dich schreien. Ich hätte nie gedacht, dass ich einmal so froh sein würde, dich schreien zu hören. Noch besser war, dass dein Schreien leiser wurde – nicht weil es nachließ, sondern weil es sich entfernte. Dafür musste dein Vater verantwortlich sein. Die Handlanger wären zurück ins Haus gekommen. Dein Vater ließ mich sitzen, er ließ mich mit diesen drei schrecklichen Männern im Haus zurück, und ich liebte ihn trotzdem mehr als je zuvor, weil er versuchte, dich zu retten.

Ich beobachtete die drei Männer, die sich noch im Haus befanden. Die beiden Handlanger schienen nach wie vor nicht verstanden zu haben, was vor sich ging. Sie griffen hektisch nach ihren Waffen. Nur Jared blieb ruhig. Er streckte den Arm aus und drückte auf die Klinke der Haustür. Als er die Tür öffnete, hörte ich, wie draußen auf der Straße ein Auto angelassen wurde. Dein Vater war nur Sekunden davon entfernt, mit dir zu flüchten. Ich rappelte mich auf. Das Einzige, was mir einfiel, um euch bei eurer Flucht zu helfen, war, mich auf Jared zu stürzen. Als er ins Freie trat, rannte ich zur Tür, vorbei an seinen beiden verwirrten Begleitern. Jared stand auf der Veranda, und ich sah, wie er sich bückte, um etwas aufzuheben. Ich war inzwischen ebenfalls draußen und wild entschlossen, ihn zu attackieren, ihn festzuhalten, ihn irgendwie an seinem Vorhaben zu hindern. Doch dann machte ich meinen einzigen Fehler. Bevor ich mich auf ihn stürzte, blickte ich kurz auf. Ich konnte einfach nicht anders. Ich wollte dich und deinen Vater sehen. Ich wollte wissen, ob ihr beiden in Sicherheit seid, da ich glaubte, ich würde euch womöglich nie wiedersehen. Dein Vater saß auf dem Fahrersitz unseres Autos. Dich sah ich nicht, aber ich wusste, dass du auf dem Sitz neben ihm liegen musstest.

Ich blickte zu Jared hinüber. Er bückte sich, um das Gewehr aufzuheben. Die beiden Männer, die dein Vater auf der Veranda überrumpelt hatte, lagen bewegungslos da. Ich sah Blut. Sie waren tot. Irgendwie war es deinem Vater gelungen, sie binnen Sekunden zu töten.

Jared nahm einem der beiden leblosen Körper das Gewehr aus den Händen. Als ich auf ihn zurannte, legte er es an die Schulter. Ich versuchte, schneller zu rennen, doch Jared sah mich kommen. In dem Moment, in dem ich zögerte, in dem Moment, in dem ich aufblickte, um mich zu vergewissern, dass du in Sicherheit warst, sah mich Jared auf sich zukommen. Ich senkte den Kopf, um ihn anzurempeln und umzuwerfen oder zumindest aus dem Gleichgewicht zu bringen, damit dein Vater Zeit hätte, mit dir zu fliehen. Doch bevor ich Jared mit der Schulter rammen konnte, packte er mich mit seiner freien Hand am Hals und hielt mich auf Abstand. Er vergrub die Finger unter meinem Schüsselbein, während er mit der anderen Hand das Gewehr hielt. Er war stark, und ich fühlte mich schwach und hilflos. Dann hob er mich am Schlüsselbein hoch, als würde ich nichts wiegen, und schleuderte mich von der Veranda. Ich fiel zu Boden und drehte mich mehrmals um die eigene Achse. Als ich endlich zum Liegen kam, wandte ich mich um und blickte zum Auto. Alles spielte sich wie in Zeitlupe ab. Ich warf einen Blick zur Veranda und sah, wie Jared das Gewehr anlegte. Er zielte. Er feuerte einen Schuss ab. Ich drehte mich wieder um und sah zum Auto. Jared hatte den rechten Vorderreifen getroffen. Der Wagen geriet ins Schlingern und drehte sich beinahe in unsere Richtung. Trotz der Dunkelheit sah ich deinen Vater verzweifelt gegenlenken. Dann blickte ich wieder zu Jared auf. Er legte für einen zweiten Schuss an, zielte und betätigte den Abzug. Ich hörte Glas zersplittern, bevor ich den Kopf drehen konnte. Als ich mich umwandte, sah ich die geborstene Windschutzscheibe, auf der Zickzacklinien im Glas ein Netz um ein Loch bildeten, das sich exakt vor dem Fahrersitz befand. Jared hatte genau getroffen. Ich wollte schreien, war jedoch wie gelähmt.

Jared ging zurück zur Haustür und rief nach seinen beiden verbliebenen Handlangern. Er befahl ihnen, herauszukommen und mit ihm zum Auto zu gehen. »Schnapp dir das Mädchen«, sagte er zu einem der beiden, als sie an mir vorbeigingen. Der Mann bückte sich, packte mich an den Haaren und zerrte mich auf die Füße, ohne anschließend meine Haare loszulassen. Stattdessen zog er mich hinter sich her. Ich versuchte stolpernd mit ihm Schritt zu halten. Es tat nicht weh. Ich spürte keinen Schmerz, da ich mich wie betäubt fühlte. Ich betete, dass das Auto leer sein würde, wenn wir dort ankamen, dass es deinem Vater irgendwie gelungen war, auszusteigen und mit dir wegzulaufen. Jared warf mir im Gehen einen hasserfüllten Blick zu. »Du hast meinen besten Freund getötet«, sagte er ohne eine Spur von Ironie. Mein Mund war zu trocken, als dass ich etwas hätte erwidern können.

Als wir uns dem Wagen näherten und ich dich weinen hörte, verließ mich der Mut. Das Geräusch war gedämpft, aber unverwechselbar. Du musstest vom Sitz auf den Boden gerutscht sein, als das Auto sich gedreht hatte. Für einen kurzen Moment war meine einzige Sorge, ob du dich verletzt hattest. Dann fielen mir all die anderen Dinge ein, deretwegen ich mir ebenfalls Sorgen machen musste. Du warst am Leben. Dafür dankte ich Gott, doch das war auch schon alles, wofür ich dankbar sein konnte. »Du kannst sie loslassen, aber pass auf, dass sie nicht abhaut«, bellte Jared den Mann an, der mich an den Haaren festhielt und mich daraufhin wegstieß. Ich fiel abermals hin und schlug mit meinen bereits blutigen Knien auf dem Boden auf. Selbst wenn ich hätte weglaufen wollen, wäre ich dazu nicht in der Lage gewesen, da ich keine Kraft mehr hatte. »Du«, befahl Jared mit emotionsloser Autorität und deutete auf den anderen Mann, »holst das Kind.« Ich beugte mich vor, damit ich dich sehen konnte, als der Mann die Beifahrertür öffnete. Er griff in den Wagen hinein und packte dich. Dann hob er dich an einem Bein aus dem Auto. Er ließ deinen Körper in seiner Faust baumeln, als würde er ein Stück Fleisch halten. Ich hasste ihn dafür. Dann hielt ich den Atem an. Du warst blutüberströmt. Ich weiß nicht, ob es dein Blut oder das deines Vaters war. Es tut mir so leid, Christopher. Es tut mir so leid, dass ich sie dir das habe antun lassen.

»Sie tun ihm weh!«, schrie ich, doch niemand hörte mir zu.

Irgendetwas in mir verursachte mir körperliche Schmerzen, obwohl ich nicht verletzt war.

Jared ging zur Fahrertür des Wagens, öffnete sie und blickte hinein. Ich konnte nicht erkennen, was er betrachtete. Das Einzige, was ich sehen konnte, waren die zersplitterte Windschutzscheibe und Blut. Jared warf einen langen Blick in das Auto, ohne ein Wort zu sagen. Sein Gesichtsausdruck war nicht zu entschlüsseln. Seine Augen waren kalt. Dann wandte er sich wieder ab.

»Gehen wir«, sagte Jared und ging auf den Geländewagen zu, den er und seine Handlanger in der Nähe unseres Hauses geparkt hatten. Die beiden anderen Männer folgten ihm. Mit den Leichen auf der Veranda hielten sie sich nicht auf. Du schriest unentwegt, und dein Gesicht lief dunkelviolett an, da der Mann dich mit dem Kopf nach unten trug. Ich wollte zu dir laufen, Chris, und dich trösten, aber ich hatte keine Kraft mehr. Ich war nicht mehr in der Lage zu kämpfen. Ich konnte kaum atmen. Es fühlte sich an, als stünde jemand auf meiner Brust. Aus meinem Körper war sämtliche Energie gesaugt worden. Ich war nicht so stark wie dein Vater. Ich hatte nicht einmal mehr die Kraft, um einen letzten verzweifelten Versuch zu unternehmen, dich zu retten. Der Tod machte mir keine Angst, nur die Hoffnungslosigkeit.

Sie gingen keinen Meter entfernt an mir vorbei. Für einen Moment hatte ich den Eindruck, sie würden so tun, als sei ich gar nicht da. Das war das Schlimmste überhaupt – ihre Gleichgültigkeit mir gegenüber. Mir wäre es lieber gewesen, erschossen zu werden, als nutzlos dazuliegen. Ich wollte Schmerz spüren. Als sie an mir vorbeigingen, drehte sich Jared ein letztes Mal zu mir um. Ich betete, dass er seine Pistole heben und mich von meinem Leid erlösen würde. Stattdessen sah er mir in die Augen, machte eine Kopfbewegung in Richtung Auto und sagte mit schauriger Teilnahmslosigkeit: »Er ist noch am Leben, aber nicht mehr lange. Mach dir nicht die Mühe, Hilfe zu holen, denn dafür ist nicht mehr genug Zeit. Geh einfach zu ihm und verabschiede dich. Betrachte das als den letzten Gefallen, den ich meinem Freund tun kann.« Dann hielt Jared einen Augenblick im Gehen inne und fügte hinzu: »Und dann solltest du besser verschwinden.«

Ich fing laut an zu weinen, obwohl ich glaubte, keine Tränen mehr übrig zu haben. Mir fehlte die Kraft, um aufzustehen. Da ich wusste, dass ich wieder zusammenbrechen würde, blieb ich einfach auf dem Boden liegen und beobachtete, wie die drei Männer mit dir in ihren Wagen stiegen. Der Mann, der dein Bein in der Faust hielt, kletterte auf den Rücksitz. Als er im Wagen saß, konnte ich dich nicht mehr sehen. Dann schloss er die Tür hinter sich, und dein Schreien verstummte. Der Motor des Geländewagens sprang an, und die Männer fuhren los und ließen mich auf dem Boden liegen. Im nächsten Moment warst du weg.

Ich sah dem Geländewagen so lange wie möglich hinterher, da ich wusste, dass du dich darin befandst. Als ich ihn aus den Augen verlor, robbte ich auf dem Boden zu deinem Vater. Das Auto war nur sechs oder sieben Meter von mir entfernt, doch ich hatte kaum noch die Kraft, um zu kriechen. Ich wusste nicht, was ich zu deinem Vater sagen sollte. Ich schämte mich. Dein Vater lag im Sterben, weil er versucht hatte, dich zu retten, und hier war ich, wie gelähmt und mit aufgeschürften Knien.

Als ich mich dem Auto näherte, wurde mir bewusst, dass aus dem Innenraum kein Geräusch zu hören war, und ich dachte, ich sei womöglich zu spät. Ich versuchte aufzustehen, indem ich mich an der Autotür festhielt, doch meine Knie gaben nach, und ich fiel wieder zu Boden. Als ich dalag, drang ein leises Geräusch aus dem Wagen an mein Ohr. Ich blickte auf. Die Innenbeleuchtung war an, da die Tür offen stand. Dein Vater saß zusammengesunken auf dem Fahrersitz, mit einer Blutlache auf seinem Hemd. Jared hatte ihm mitten in die Brust geschossen. An den Mundwinkeln deines Vaters befand sich ebenfalls Blut, das bereits anfing zu gerinnen. Beim Atmen keuchte er leicht. Die Schmerzen waren ihm ins Gesicht geschrieben.

»Ich habe zugelassen, dass sie ihn mitnehmen«, beichtete ich. Ich kniete bereits, die perfekte Position, um deinen Vater um Vergebung zu bitten.

Er schüttelte den Kopf. »Du konntest nichts tun«, sagte er zu mir, wobei seine Stimme mit jedem Wort schwächer wurde. »Du hast nichts von alledem verdient. Du und Christopher, ihr habt nichts von alledem verdient.« Er sah auf das Blut an seinem Hemd hinunter.

»Du hast das auch nicht verdient, Joe. Es ist nicht deine Schuld.« Ich kroch näher zu ihm und legte ihm meine Hände in den Schoß.

Er lachte leise. Es hörte sich schmerzhaft an. »Nein, da täuschst du dich. Das ist genau das, was ich verdient habe. Es war schon immer klar, dass es einmal so mit mir enden würde.« Mir fehlten die Worte. Rückblickend weiß ich allerdings, was ich hätte sagen sollen. Ich hätte deinem Vater sagen sollen, wie sehr ich ihn liebe. Ich hätte ihm sagen sollen, dass ich dich finden würde. Ich hätte ihm sagen sollen, dass ich dich retten und nicht zulassen würde, dass du zu einem Killer heranwächst. Ich hätte ihm sagen sollen, dass er der tapferste Mensch ist, dem ich jemals begegnet bin und dass ich ihm für nichts die Schuld gäbe. Doch ich sagte nichts. Er bat mich um einen letzten Gefallen. »Küss mich«, sagte er. Seine Stimme war inzwischen kaum mehr als ein Flüstern. Ich zögerte, da ich mir nicht sicher war, ob ich ihn richtig verstanden hatte. »Ich möchte, dass deine Lippen das Letzte sind, was ich spüre.« Dieses Mal waren seine Worte klar zu verstehen.

Ich nahm meine ganze Kraft zusammen, stand auf und stützte mich mit einer Hand am Autodach ab. Die andere Hand legte ich deinem Vater vorsichtig auf die Brust. Durch sein Hemd spürte ich sein Blut, doch das war mir egal. Ich beugte mich hinunter und küsste deinen Vater ein letztes Mal. Ich presste meine Lippen auf die seinen, aus denen bereits die Wärme wich, aber ich spürte sein Herz noch schwach unter meiner Hand schlagen. Während wir uns küssten, hörte der Herzschlag auf.

Du bist deinem Vater nichts schuldig, Christopher. So etwas würde ich dir niemals aufbürden. Du solltest jedoch wissen, dass er bei dem Versuch, dich zu retten, sein Leben ließ. Mach ihm keinen Vorwurf für das, was du bist. Es ist nicht seine Schuld. Er hat dich geliebt. Er hat alles gegeben, um dir ein normales Leben zu ermöglichen.

Nach dem Tod deines Vaters brauchte ich einige Zeit, um mir darüber klar zu werden, was ich tun muss. Jetzt weiß ich es. Ich muss dich finden. Ich muss mir ein Beispiel an der Stärke deines Vaters nehmen. Ich muss herausfinden, wohin sie dich gebracht haben, und ich muss dich retten – dir zuliebe und deinem Vater zuliebe. Ich war nicht stark genug, um sie daran zu hindern, dich mitzunehmen, aber ich kann genug Kraft aufbringen, um dich zurückzuholen. Zumindest kann ich es versuchen. Ich habe eine Weile gebraucht, um zu erkennen, dass ich nichts mehr zu verlieren habe. Es ist mir egal, wie weit ich gehen muss und wie lange es dauert. Sie sind uns bis in einen entlegenen Winkel dieser Welt gefolgt. Wenn sie das konnten, kann ich es auch. Sie haben mir mein Kind genommen und den einzigen Mann getötet, den ich jemals geliebt habe. Ich bin genug gerannt. Jetzt sind sie an der Reihe.

DANKSAGUNG

Mein Dank gebührt in erster Linie meiner Frau Carly. Träumer können träumen, so viel sie möchten, doch ohne einen Pragmatiker an ihrer Seite, der sie hin und wieder antreibt, werden sie diese Träume niemals verwirklichen.

Meiner Agentin Alexandra Machinist möchte ich nicht nur dafür danken, dass sie mir dabei geholfen hat, mich in der seltsamen Branche namens Verlagswesen zurechtzufinden, sondern vor allem dafür, dass sie an mich und meine Arbeit geglaubt hat und hinter mir stand, als ich mich weigerte, Kompromisse zu machen.

Dank gebührt außerdem meinem Lektor Ben Sevier und dem restlichen Team bei Dutton. Ihr habt mich zu einem besseren Schriftsteller gemacht, und dafür werde ich euch ewig dankbar sein.

Zu guter Letzt möchte ich mich noch bei Drew Pitzer, Amanda Hulsey, Aron Gooblar, Jay Johnston, Noah Davis, David Menoni, Marty McLoughlin, Kevin Trageser, Stephen Szycher und Michael Bedrick dafür bedanken, dass sie Rohfassungen des Manuskripts gelesen und mit Anmerkungen versehen haben. Ohne ihren Beitrag wäre ein völlig anderes, wesentlich schlechteres Buch daraus geworden. Besonders dankbar bin ich dafür, dass ich in ihnen eine Leserschaft hatte, die mich dazu inspiriert hat weiterzuschreiben, ganz egal, wie frustriert, eingeschüchtert oder entmutigt ich war.

Trevor Shane

studierte am Columbia College und am Georgetown Law Center, arbeitete lange Zeit als Berater für einen großen international tätigen Finanzkonzern und lebt heute in Brooklyn, New York. Weitere Informationen zum Autor unter: www.paranoia-buch.de.

GOLDMANN
Lesen erleben